宋元明清
咏岳飞选注

◎ 傅炳熙 选注

中州古籍出版社
·郑州·

图书在版编目(CIP)数据

宋元明清咏岳飞选注/傅炳熙选注. —郑州:中州古籍出版社,2015.6
ISBN 978-7-5348-5369-2

Ⅰ.①宋… Ⅱ.①傅… Ⅲ.①古典诗歌-注释-中国-宋代~清代 Ⅳ.①I222.74

中国版本图书馆 CIP 数据核字(2015)第 143920 号

出版社:中州古籍出版社
（地址:郑州市经五路 66 号　　邮政编码:450002）
发行单位:新华书店
承印单位:山东齐鲁古籍印务有限公司
开本:710 mm×1000 mm　　1/16　　印张:35
字数:530 千字
版次:2015 年 6 月第 1 版　　　　印次:2015 年 6 月第 1 次印刷

定价:90.00 元
本书如有印装质量问题,由承印厂负责调换。

序

王曾瑜

傅炳熙先生费了很大功夫，广泛搜罗自南宋经元、明、清四代的咏岳飞诗词两千四百余篇，编成《宋元明清咏岳飞广辑》，又在此基础上，选出四百余篇，撰写成《宋元明清咏岳飞选注》。其工作量之大，为前所未有。这固然得益于目前的电子信息技术，但劳绩之巨，也足以令人瞠目。我个人断断续续为时数月，方得以卒读。

古典诗词的一大特点，就是使用典故，既有历史的，也有文学的。我个人古典文学修养颇差，无力为此，而傅炳熙先生依凭他相当深厚的素养和功底，足以驾轻就熟。拜读他的许多注释，当然是给自己上课，受教良多，至于对略具古典文学修养的读者，则肯定会增加许多阅读的方便和教益。

岳飞作为一位古代伟大的爱国英雄，其英勇善战的精神和人格魅力，足以使时人、敌人和后人深感敬佩和崇拜。金使刘祹针对杀害岳飞一事，也毫不客气地奚落宋高宗君臣说："江南忠臣善用兵者，止有岳飞，所至纪律甚严，秋毫无所犯。所谓项羽有一范增而不能用，所以为我擒。如飞者，无亦江南之范增乎！"[①] 今人也有如此评价："对照如今的各种丑恶现象，像岳飞那样一个为山河一统的崇高事业而献身，仅就不爱钱，不贪色，不是官迷和严以待子这四条，就足以成为震烁千古的伟人。"[②]

历代歌颂和追怀岳飞的诗词数量颇为可观。据史料记载，当岳飞遇害

---

① 《说郛》卷一八叶寘《坦斋笔衡》。
② 刘红：《面对精神抉择的心灵之河》，《丝毫编》第662页，河北大学出版社，2009年。

时，就有士人李安期"作表忠诗百二十首吊之"①。明嘉靖时，"岳坟诗集无虑千首"②。由于时光之流逝，文字之佚失，许多歌颂和追怀岳飞的诗词已无以传世。然而仅就傅炳熙先生的搜罗，也足见为数之多。此类诗词的意义，一是宣扬了爱国正气，二是证明了岳飞的大名，他的崇高精神和气节，确实已深深地镌刻在中华民族的心坎上，融合在中华民族的血液里，成为激励中华民族奋进的道义力量。据明代贾应龙的记述，"王之忠义，自宋迄今，虽闾夫妇人皆能道之"。可知他的精神对整个民族影响之深。这恐怕是受难者岳飞生前所不能设想的，更是屠害他的宋高宗、秦桧之流所根本无法设想的。

对于遗臭万年的秦桧，在此不必赘说。对于荒淫无道的宋高宗，在此有必要多说几句。

在南宋一代，特别是向杀父之仇敌自称"臣构"的宋高宗在位时，在其酬赏重奖之下，一大群无耻的臣僚和文士争先恐后地进献颂词和赞歌，曾经达到了极其肉麻的程度。如参与杀害岳飞的万俟卨上《皇太后回銮事实》，并作序说："恭惟皇帝陛下法姚虞之尽善尽美，迈汤后之克宽克仁。""大谋长算，时出宸虑，讲信修睦，断以不疑，不惮谦辞厚币之劳，以冀承颜问膳之乐。""自我作古，贻之方来，其盛德之举，不其伟欤！"③另有秦桧的养子秦熺，则在官史中称颂皇帝"孝悌绝人，前古帝王所不能及"④。臣僚们盛赞官家"圣孝，感通神明，敌国归仁"⑤。有一首《绍兴中兴上复古诗》说："书契以来，中兴复古之君，比德较功，莫有望其仿佛者。""皇帝躬行，过于尧、禹。"⑥"沔鄂蕲黄一千里，更无人说岳家军。"⑦

即使宋高宗死后，很多大宋臣子为表达自己无限犬马依恋之情，纷纷撰写大量挽诗，赞颂这位"中兴之主"的功业。如"赫奕中兴事，洪图久系

---

① 《嘉靖邵武府志》卷一四《隐士》，《同姓名录》卷一〇。
② 《西湖游览志馀》卷七。
③ 《会编》卷二二三。
④ 《要录》卷一四六绍兴十二年八月己丑附录。
⑤ 《要录》卷一四六绍兴十二年八月癸未。
⑥ 张嵲：《紫微集》卷一。
⑦ 《能改斋漫录》卷一一《曾郎中献秦益公十绝句》。

隆"，"天开圣哲君"，"帝学穷渊奥"，"洗甲乾坤净，揅戈日月［辉］"，"兼爱无南北，全能冠古今"，"忧勤三纪外，揖逊一言中"，"何止超前代，功隆道更尊"，如此之类，不一而足。①

权奸秦桧尸骨未寒，其熏天的势焰顿熄，万众的唾骂声一时犹如火山喷发。但宋高宗却完全不同，按古代的伦理和法律，本朝人哪怕说一点本朝皇帝的坏话，就是犯了"指斥乘舆""十恶不赦"的弥天大罪。宋高宗在权相死后，算是行"更化"之政，对于受迫害的官员，大多予以宽贷或平反，而唯独岳飞例外，他自愿承担杀害岳飞的责任，并不乘机诿过于秦桧。宋高宗在位末年，金海陵王大举南侵，南宋抗金情绪重新高涨。很多人冲破禁网，公开要求为岳飞平反。尽管如此，宋高宗只是下诏，将"蔡京、童贯、岳飞、张宪子孙家属令见拘管州军并放令逐便"，给岳飞和张宪家属解除拘禁，以开"生还"之路②，却须与蔡京、童贯之流祸国巨奸并列，也足见这个独夫民贼之用心。

待到宋孝宗为岳飞平反后，囿于古代的君臣伦理和法制，岳飞之孙岳珂为祖父编写传记等，却只能讳避祖父与皇帝的矛盾，说祖父和宋高宗本来是亲密无间的，仅是秦桧从中作祟，才发生了悲剧。特别是伪造了秦桧矫诏杀害祖父之说，对后世产生了巨大影响，或以为此即是信史。清代齐学裘诗说，"史书矫诏桧杀之，为尊者讳何须疑"，"桧也遗臭千万世，高宗隐慝无人窥"。其实，从今存岳飞的狱案原始文件看来，秦桧和万俟卨所拟的刑名，无疑已是最大限度地施加重刑，但尚不能满宋高宗之意。他不仅亲自下旨杀害岳飞，而且将岳云由徒刑超越流刑，改判死刑，又将其他卷入冤狱者逐一法外加刑。

南宋人一般自然明白岳飞遇害的事理，又囿于古代的君臣伦理和法制，他们虽在诗中严厉谴责秦桧，却不能涉及宋高宗。但唯有刘过词说："北望帝京，狡兔依然在，何事（一作'良犬'）先烹。"其典故来自《史记》卷四一《越世家》，范蠡写信劝文种说："蜚鸟尽，良弓藏；狡兔死，走狗烹。

---

① 分别选自《五百家播芳大全文粹》卷一○二，《鄧峰真隐漫录》卷五《高宗圣神武文宪孝皇帝挽辞》，《水心文集》卷七《高宗皇帝挽词二首》，《后乐集》卷二○《挽高宗皇帝章四首》。

② 《要录》卷一九三绍兴三十一年十月丁卯。

越王为人,长颈鸟喙,可与共患难,不可与共乐。子何不去?"文种不听,结果越王勾践赐剑,逼迫他自杀。同书卷九二《淮阴侯列传》载,韩信说:"狡兔死,良狗亨;高鸟尽,良弓藏;敌国破,谋臣亡。天下已定,我固当亨。"刘过词句虽已隐约地指责宋高宗,但他毕竟仍须遵守皇宋的臣规,故又在词中强调"陛下圣","万感君恩",以事弥补。

相形之下,宋以后的诗词,对宋高宗的罪恶就不须隐讳。元代赵孟頫虽为宋赵氏宗室,但在宋亡之后,可以写出"南渡君臣轻社稷"的诗句,不说"相臣",而说"君臣",直接指责宋高宗。此外,如元代班惟志诗"威名震主自全难",元明之交的高启诗"每忆上方谁请剑,空嗟高庙自藏弓",明代文徵明词"笑区区一桧亦何能,逢其欲",明代王世贞诗"莫将鸟喙论勾践,鸟尽弓藏也不悲",明代包裕诗"不思宗社千年计,惟徇江南一日安",都点明了宋高宗是杀害岳飞的元凶。

李濂词说:"飞鸟在,自藏弓。金牌诏退虎旅,抚剑泣英雄。肯念二龙沙漠,绝爱六桥烟柳,歌舞且江东。谁雪靖康耻,千载恨无穷。"女子邓铃诗也说:"中原父老空遮诉,南渡君臣不耻和。"陈赟诗说:"休言宋将非唐将,自是高宗愧肃宗。"沈周的诗词说:"古来功高众必忌,伍相既前公乃后。便应属镂古血存,冤牍因书莫须有。天子本是包羞人,忍把忠良饲谗口","笑昏夫,亦有小聪明,看遗敕"。冯忠诗说:"忠魂空结坟前树,割地和成构已臣。"王祖嫡诗说:"相桧能为偃月谋,臣构甘下穿庐拜。"韩子祁诗说:"五国城枯南望眼,康王已是讳称兵。"崔士荣诗说:"孱主元无父,孤臣空有君。"明末金堡词说:"航海恨,君自取;奉表辱,君自与。"这些都深刻地谴责和讥刺了宋高宗。

何允泓诗则嘲讽宋高宗偷安半壁的荒淫生活:"天造临安胜雒中,西湖浑似化人宫。两高黛抹垂帘见,千里香吹合殿通。循国千珍天府并,刘家双玉越姬空。"末两句是指宋高宗亲幸循王张俊府,举办豪侈的宴会。他宠爱大、小刘娘子,而大刘娘子本是宗室之妻,她入宫的时间,正好是岳飞北伐血战的绍兴十年。

清代洪昇诗说:"共恨相公终误国,谁知天子乐偏安。"马思赞诗说:"高宗不爱父,大将枉思君。"朱轼词说:"小朝廷,真惯乾坤缺。"顾嗣立诗说:"臣构年年奉赆赂,二帝游魂啼日莫。"汪灏词说:"鸟尽弓藏,犹万古,悲酸未歇。何况是,金瓯破碎,为仇摧烈。但愿龟兹天半壁,怕教龙返燕山月。喜金牌,臣构两相同,班师切。"王峻诗说:"长城自坏天难问,半壁偏安主厚颜。"计发诗说:"高庙有心诛大将,两宫无骨瘗龙沙。"赵翼诗说:"千载人思赎百身,当时狱竟成三字。乃知风旨本朝廷,为梗和戎亟拔钉。"钱大昕诗说:"文臣动爱钱,武臣多惜死","小朝誓表和亲日,大将圜扉绝命年","君王自恋馀杭乐,不独文臣解爱钱"。茹纶常诗说:"儿皇帝前臣构后,传之史册洵可丑。十二金牌促班师,遂弃中原如敝帚。"吴翌凤诗说:"小朝廷,一臣构。二圣环,撇脑后。"李赓芸诗说:"称侄称臣笔不停,九哥安坐小朝廷。甘心半壁销兵气,唾手三台摘将星。"孙原湘诗说:"构兮构兮木不良,大厦以桧为栋梁,长城如檀翻见戕","宋室已收檀道济,朔方犹畏郭汾阳。朝廷自毁擎天柱,宰相方开偃月堂。千古奇冤成创格,不须鸟尽便弓藏"。晚清皮锡瑞诗说:"宋室黄袍后,由来忌战功。贻谋至臣构,怀愿类湘东。不洒攀龙泪,先藏射鸟弓。"清代杜堮痛斥宋高宗的言论甚烈:

武穆之时,设高宗能视师江上,示天下以两宫不返,无以生为,忠孝感激,士气百倍,加以河北响应,义旗所指,不战自靡,拨乱反正,一大机也。失此不图,藩篱遽撤,冤杀遂闻,复何能为哉!其杀武穆,则亡宋之本。其忘亲之罪,任相之非,定都之失,则亦杀武穆之本也。

亡宋者,高宗也。宋不复,则必亡。今也,自杀其可以复宋之臣,以绝中原之望,而快敌仇之心。凡所以亡宋者,汲汲为之,如恐不及,孝宗以下何责焉。

方孝标诗说:"向使二圣还,康王何所适。君心在偏安,小人何能逆。"李绂诗:"帝自逡巡畏两宫,故教桧卨主和同。"张邦俊诗说:"康王幸得国,长愁二圣归。议和深觉是,论战即言非。"张埙诗说:"父老争传三字酷,君王不喜两宫回","居然高庙神尧据,此事难欺三尺童"。林则徐诗说:"不为君王忌两宫,权臣敢挠将臣功。"

然而也有今人提出宋高宗"功过参半"论，甚至还不忍用一个"罪"字。又有人反对称宋高宗的朝廷为"小朝廷"。① 看来他们的见识还在古代咏岳飞的诗词作者之下了。

从另一方面看，后世出于人们对敬仰辉耀千古的岳飞的好心，也出现了愈来愈多、代代追加的传奇和遗物，并且以讹传讹，辨不胜辨，在许多中国人的心目中，反而弄假成真。古代咏岳飞诗词也出现了此类情况，故在此序言中也不得不作些考辨。

《宋稗类钞》卷二七在引《朝野遗记》后，另有一段记载低一格，说："高宗母显仁韦太后北归，至临平，因问：'何不见大小眼将军？'或对曰：'岳飞死狱矣。'遂怒帝，欲出家，乃服道装终身焉。"其注说："当是金人畏飞，相传其状貌，故后习闻之耳。不知后北辕时，飞尚未知名也。"《南宋杂事诗》卷六厉鹗诗"可惜岳将军不见，深宫只著道家衣"，以及《宋人轶事汇编》卷二，盖皆引自明代郎瑛《七修类稿》卷四七《宋后道服》。参照此条记事，郎瑛此说大致得自明代的韦氏家族后裔，但数百年后的传言其实并不可信。从传世刘松年的岳飞画像看，说不上是一眼大，一眼小。再说宋金记载也没有"大小眼将军"之说，清吴檠诗"宗爷已去岳爷来，覆辙汪黄是祸胎"，沈寿榕诗"宗爷而后岳爷呼"，他们也注意到史书记载，金人畏服而不呼其姓名，只称呼"爷爷"者，前有宗泽，后有岳飞。当时岳飞的死讯早已传到北方，如前所述，与韦氏一起南下的金使刘祹，就公开称赞"江南忠臣善用兵者，止有岳飞"，并奚落宋廷杀害岳飞。揆情度理，韦氏又怎么能不知岳飞已死，而问"何不见"。

关于岳飞遇害风波亭之说。宋代无大理寺狱有风波亭的记载。清丁传靖《宋人轶事汇编》卷一五引《坚瓠集》说："岳武穆班师过金山寺，禅师道月劝之勿赴阙，武穆不听。道月遗以诗曰：'风波亭下水滔滔，千万坚心把柁牢。只恐同行人意歹，将身推落在深涛。'武穆至临安，系大理狱，有亭扁曰风波，始悟诗意，悔不从其言。桧闻其事，遣卒何立捕道月。道月方集众说法，何立伺之，道月忽说偈曰：'吾年四十九，是非日日有。不为自家

---

① 朱瑞熙：《关于宋高宗的评价问题》，李裕民先生《南宋是中兴，还是卖国——南宋史新解》，载《南宋史及南宋都城临安研究》，人民出版社，2009年。

身，只为多开口。何立从南来，我往西方走。不是佛力大，几乎落人手。'言旋，端坐而化。"按：《坚瓠集》为清褚人获之笔记小说，其中多搜采前代之记载，部分或可从传世的著作中找到，而部分又找不到。但今传本未见此条。此处虽有风波亭的记载，却未说岳飞遇难是在风波亭。清钱彩《说岳全传》第六十一回方有"风波亭父子归神"的回目，虚构了岳飞、张宪和岳云被用麻绳勒死于风波亭，并将"道月"和尚改名"道悦"。按：岳飞被迫班师在绍兴十年，当时到临安朝见，并未削职遇害，而罢兵权、罢枢密副使与遇害是在绍兴十一年。揆情度理，岳飞朝见是正常的事，身在官场，罗织之网既已摆布，也决不可能因他"不赴阙"而得以不遇害之理。《坚瓠集》的故事是荒诞不经的，但从不少咏岳飞的诗中可知，岳飞死于风波亭，又居然弄假成真。

关于岳飞是否有次女"银瓶小姐"，宋末元初周密《癸辛杂识》续集下《银瓶娘子签》说："太学忠文庙，相传为岳武穆王，并祠所谓银瓶娘子者，其签文与天竺一同。"按：宋时达官贵人家的女儿称娘子，与平民相同，当时所谓"小姐"类似于今三陪女郎。① 此条记载并未说"所谓银瓶娘子"是岳飞次女，可知如清褚人获《坚瓠秘集》卷二《银瓶小姐》之所谓"银瓶小姐"，是后世加上的称呼，而非宋代的称呼。《癸辛杂识》后不及百年，到元末明初的杨维桢《铁崖古乐府·补》卷三《银瓶女》注说："宋岳鄂王之幼女也。王被收，女负银瓶投水死。今祠在浙宪司之右。"其实，若真有此女，当宋孝宗为岳飞昭雪之后，岳霖等肯定要为此姐妹向朝廷申请追赠，而岳珂所编《鄂国金佗稡编》也肯定要表彰其姑母的贞烈。《鄂国金佗稡编》既无只字提及，可知"银瓶小姐"出于传说而无疑。

清代有"武胜、定国军节度使，开府仪同三司，荆湖南、北，襄阳府路宣抚使，兼营田大使岳飞之印"，这当然是伪造的岳飞遗物，其破绽显而易见。岳飞升虚衔为开府仪同三司，是在绍兴九年，而当时襄阳府路早已改名京西南路，岳飞的实职差遣为荆湖北路、京西南路宣抚使，荆湖南路已非岳家军的辖区。从今存文物看，官印无人名，而私印往往仅为某人之印，而

---

① 参见《纤微编》第523页，河北大学出版社，2011年。

无官称。

  关于宋高宗绍兴六年的起复诏，后世的诗词中也屡加援引。我早已考辨说："另一份绍兴六年《起复诏》碑文，末尾虽有'皇帝书赐岳飞'，但字迹与真迹颇异，又无御押，在《鄂国金佗稡编、续编》中也得不到印证，无疑是赝品。"① 岳飞母姚氏死于当年三月二十六日②，而此份伪诏的时间竟为当年五月二十八日，时鄂州紧急文件传送到行在临安，约需十日。宋高宗在四月上旬即可得知，而伪起复诏竟延迟了一个半月多，也是不合情理的事，可佐证其伪。

  至于其他如岳飞书写"还我河山"、诸葛亮《出师表》之类伪作，可参见拙作《岳飞和南宋前期政治与军事研究》《丝毫编》等，在此不逐一复述了。清朝虽有乾嘉学派，讲究考证，但清人对此类后世作伪的墨迹和文物，也都信以为真。又如有祝允哲和岳飞的《满江红》词，朱瑞熙先生在《睽城集》（华东师范大学出版社，2001年版）的《〈须江郎峰祝氏族谱〉中的伪作》一文中已考证为伪作，在此也不须赘述。

---

① 《真伪不可不辨》，《岳飞和南宋前期政治与军事研究》第688页，河南大学出版社，2005年。
② 《鄂国金佗续编》卷二九赵鼎《乞起复》。

凡例

一、本书所选作品是从《宋元明清咏岳飞广辑》一书 2400 余篇作品中选出，以诗、词、散曲为主，兼及少量铭赞。

二、所选作品上自南宋，下迄清末，清末作者 1911 年以后的作品不选。

三、所选作品以思想性、艺术性兼善且理解难度较大者为主，兼顾朝代、名家、名篇和题材、体裁的多样化。

四、作者分为南宋、元、明、清四个朝代，跨朝代作者依据其主要生活和仕历的时间划分，兼顾一般习惯划法。

五、每一朝代的作者大致按其生年先后排列顺序，生年不详者，略依科第、仕历和交游定其先后。

六、原文在文献中为繁体字者，为今人阅读方便，皆改为相对应之简体字，通假字、异体字不改。原文无标点者，皆加标点。原文中的讹误脱衍仍其旧，不径改，只在注释中说明。

七、作品前附有作者简介，依据除史传外，旁及别集、总集、笔记和各种名人词典、作家小传，为求简明，不一一注出。

八、所选作品后附有作品出处，以便读者查核。出处多见者仅注一处。文字间有异同者，择善而从，或酌加说明，不作烦琐考证。

九、注释以征引典实、疏通文意为主，故以句子作为注释单位，注码标于句末；注释中只须解释某一词语即可明白句意者，注码也标于句末，而不标于词语之后。

十、词语、典故前已注过，后重复出现者，不再详注，只作简要释义或提示详见某人某作品某注。

目录

南　宋

邵　缉　满庭芳 /3
王廷珪　送周解元赴岳侯军二绝句（选一）/6
吕本中　闻岳侯破贺州贼次韩瑞卿韵 /7
赵　鼎　阙题 /9
毛国英　投岳侯 /10
黄　维　岳武穆王生祠记歌 /11
胡　铨　题岳忠武王庙 /11
陆　游　夜读范至能《揽辔录》言中原父老见使者多挥涕感其事作绝句 /13
　　　　书愤 /14
　　　　感事（四首选一）/15
杨万里　初入淮河四绝句（选一）/16
薛季宣　周将军庙观岳侯石像二首 /18
叶绍翁　岳王坟 /21
李　谌　六州歌头·吊武穆鄂王忠烈庙 /22
刘　过　六州歌头·吊武穆鄂王忠烈庙 /25
刘　儗　阙题 /27

释居简　读岳鄂王传并引 /28
苏　洞　武昌 /36
赵肃远　岳王坟 /37
钱　时　东松庵观岳武穆遗碑 /38
吕　午　和岳王庙壁上韵 /38
袁　甫　岳忠武祠 /39
王　遂　登杨府风云阁 /42
岳　珂　鄂忠武王出师疏帖赞 /43
　　　　经进百韵诗 /47
郑　起　谒岳王坟 /69
方　岳　题祁门岳王庙 /69
陈允平　鄂王墓 /72
胡仲参　读岳鄂王行实 /72
徐集孙　岳鄂王墓 /73
黄文雷　往年因读岳王传尝为之赋今过东林睹其遗像感而申颂之 /74
林　泳　岳庙 /77
释行海　岳飞 /77
方　回　送岳德裕如大都（节录）/78
何梦桂　吊岳文二公二首（选一）/79
滕　塛　拜岳将军墓 /81
董嗣杲　岳鄂王墓 /81
吴龙翰　读岳武穆王传 /83
林景熙　拜岳王墓 /84
艾性夫　岳武穆葬西湖故宅为学宫 /85
韩信同　岳王墓 /86
陈德武　水龙吟·西湖怀古 /87

元 代

白　珽　岳武穆精忠庙 /91
胡炳文　拜岳鄂王墓 /92
任士林　岳鄂王墓 /92
赵孟頫　岳鄂王墓 /94
尹廷高　西湖岳王坟 /95
蒲道元　读宋四将传并序 /95
宋　无　岳武穆王 /97
　　　　武穆坟 /98
龚　璛　咏岳王孙县尉复栖霞墓田事 /98
潘　音　读岳武穆传 /99
周德清　［中吕］满庭芳·看岳王传 /100
李孝光　岳王祠 /101
张　昱　岳鄂王坟上作 /102
　　　　题岳王祠 /103
柯九思　岳武穆王墓（四首选一） /104
郑元祐　岳武穆王墓 /105
　　　　重建岳王精忠庙谢李全初长司 /107
朱德润　过岳鄂王庙 /109
杨维桢　岳鄂王歌 /110
　　　　岳王行 /111
班惟志　岳王庙 /115
贡师泰　西湖竹枝词 /116
林泉生　岳王庙二首 /117
潘　纯　题岳武穆王墓 /119
倪　瓒　岳王墓再二首 /120

达兼善　阙题 /122

成廷珪　奉书岳忠武王诗集传后 /123

高　明　和赵承旨题岳王墓韵 /124

迺　贤　岳坟行 /125

陈　基　吊岳武穆文（骚）/127

姚文奂　又题岳王墓 /130

王　逢　岳鄂王墓木皆南向平江张师正知事命工图之为题一首 /131

鲁　渊　读岳鄂王传 /133

张　宪　姑苏钱塘怀古诗（六首录一）/134

　　　　悲建绍 /135

　　　　岳鄂王歌 /136

陶宗仪　岳鄂王 /139

徐孟岳　岳王墓 /141

明　代

陶　安　岳王墓 /145

凌云翰　岳鄂王墓 /146

张　羽　岳鄂王墓 /147

克　新　岳飞墓次刘治中韵 /148

钱子正　岳王墓 /149

吴　植　阙题 /149

高　启　岳王坟 /150

金　实　岳王墓 /151

陈　赞　阙题 /152

朱瞻基　岳飞 /155

于　谦　岳忠武王祠 /157

徐有贞　创建精忠庙碑迎送神辞 /158

刘　珏	朱仙镇岳王祠 /160
丘　濬	岳王坟 /161
	沁园春·题记岳王庙 /162
谢士元	岳飞恢复 /163
王　越	谒岳王祠 /164
何乔新	谒岳武穆王庙用赵子昂韵 /165
沈　周	谒岳坟 /166
	满江红·题宋高宗赐岳飞手敕 /169
吴　宽	题三忠庙 /170
江　源	谒岳王墓 /171
李东阳	金字牌 /172
	三字狱 /173
	吊岳武穆辞 /174
王　鏊	三忠祠 /176
林　俊	吊岳武穆 /177
汪　循	题岳武穆王庙 /178
彭　泽	过汤阴拜宋岳武穆王祠用韵 /179
邵　宝	朱仙镇 /180
谢承举	寄吊岳武穆 /181
钱　福	西湖怀古五章·岳武穆 /182
杭　淮	新修岳武穆祠 /183
王云凤	朱仙镇次邵国贤韵 /183
王九思	朱仙镇谒岳王庙 /184
文徵明	满江红·题宋思陵与岳武穆手敕墨本 /186
顾　潜	满江红·用岳武穆王韵吊岳 /187
李梦阳	朱仙镇庙 /188
	朱仙镇 /189

唐　锦　拜岳武穆祠二首 /190
杨　旦　拜岳王祠 /191
顾　璘　岳王坟 /192
夏　言　满江红 /193
孙一元　岳武穆王祠 /194
郑善夫　武穆吟三首 /195
刘天民　满江红・汤阴谒武穆王庙 /197
林大辂　吊岳武穆坟二首 /198
戴　鳖　过汤阴武穆祠 /200
黄省曾　谒鄂国武穆王庙宫 /201
周　诗　岳王坟 /204
谢　榛　朱仙镇吊岳武穆 /205
高叔嗣　岳武穆王庙 /206
李开先　悼岳武穆 /207
江　瓘　谒岳武穆王坟 /208
陆　埰　武穆祠 /209
尹　台　栖霞岭谒岳武穆王墓 /210
唐顺之　岳将军墓 /211
李春芳　阙题 /211
马继龙　谒岳武穆祠 /213
陈所闻　[南中吕]驻马听・拜岳墓 /214
张　琦　吊岳武穆王墓 /215
蔡汝楠　岳王墓 /215
沈友儒　岳武穆王迎飨送神词 /216
徐　渭　岳坟 /218
吴文华　谒岳武穆祠 /219
吴国伦　朱仙镇谒岳武穆庙 /220

田艺蘅	谒岳武穆墓还过于肃愍公祠有感 /221
汪道昆	西湖怀古五首（选一）/222
王世贞	岳坟 /222
	满江红·题高宗赐岳武穆诏后次文徵仲待诏 /223
张凤翼	谒岳鄂王祠 /225
李得阳	阙题 /226
帅 机	过武穆庙二首 /226
郑高行邓氏	读岳武穆王传 /228
张元凯	岳王庙 /228
屠 隆	岳武穆墓下作 /229
韩子祁	读鄂王传 /230
陈 第	谒岳武穆祠用蔡清之论为诗 /231
周履靖	吊岳武穆墓 /232
胡应麟	后西湖十咏（选一）/233
贾应龙	岳鄂王颂 /234
张翼先	武穆画像赞 /238
杨于庭	岳王祠 /239
徐即登	吊岳武穆庙 /240
王玉书	张苍水遗骨瘗武穆祠后 /241
陈守友	岳墓 /241
徐元普	谒岳武穆王墓祠 /242
陈邦瞻	岳忠武故里二首 /245
	朱仙镇再赋 /246
王 衡	西湖上拜岳武穆墓 /247
眭 石	满江红·拜岳忠武墓用原韵 /249
袁宏道	宿朱仙镇 /251
邹维琏	谒岳武穆王坟 /253

魏大中　临江仙·钱塘怀古 /255

袁中道　朱仙镇五绝 /256

王象春　谒岳武穆庙 /258

林云凤　泰山谒岳武穆庙 /259

施绍莘　锦衣香·钱塘怀古 /260

钱谦益　西湖杂感（二十首选一）/261

何允泓　读岳忠武传四首 /262

吕维祺　岳忠武庙 /266

吴伯与　拜岳武穆墓 /268

林栋隆　过大营铺读岳少保金沙寺诗 /268

汪　膺　岳忠武祠 /270

张肯堂　满江红·拜岳武穆祠次韵 /271

钱继登　满江红·拜岳王墓 /273

王　屋　满江红 /274

张　岱　岳王坟 /276

刘道开　岳庙 /277

陈名夏　汤阴拜武穆祠 /278

祁彪佳　过桃山岳庙 /278

徐士俊　满江红·拜鄂王祠追和王韵 /279

张　溥　吊岳武穆祠 /280

夏曰瑚　奉吊宋岳武穆王 /281

卓人月　满江红·拜岳鄂王祠追和原韵 /282

李文缵　满江红·和岳忠武韵 /284

宋之韩　岳武穆坟 /285

周　星　西湖竹枝词三首和杨廉夫韵（选一）/286

柳如是　岳武穆祠 /287

吴嘉纪　泰州岳武穆祠 /288

周　容　岳忠武王墓 /289
张煌言　八月辞故里拟绝命词（二首选一）/289
　　　　忆西湖 /290
杨　焯　岳坟玉环 /291
周拱辰　贺新郎·吊岳墓 /291

============ 清　代 ============

叶光耀　满江红·吊岳武穆祠并和原韵 /297
吴伟业　过朱仙镇谒武穆庙 /298
李　渔　谒岳武穆王墓 /298
曹　溶　拜鄂王坟下 /299
任克溥　谒武穆祠 /300
彭孙贻　满江红·和岳忠武王韵 /301
龚鼎孳　满江红·拜岳鄂王墓敬和原韵 /303
方孝标　岳少保墓 /305
施闰章　朱仙镇岳祠 /308
侯方域　岳庙 /309
吴　绮　满江红·岳坟次武穆原韵 /309
毛先舒　岳坟 /311
郭　棻　题岳武穆祠 /311
吴　炎　咏岳武穆 /312
陈维崧　沁园春·经朱仙镇 /313
魏学渠　六州歌头·拜岳武穆墓 /314
董元恺　满江红·过金沙寺为岳鄂王题壁处敬和原韵 /316
赵吉士　念奴娇·汤阴道中过岳少保故里 /317
何　采　貂裘换酒·岳武穆墓 /318
梁允植　满江红·拜岳鄂王墓敬和原韵 /320

计　敬　百字令·钱塘怀古 /321

朱彝尊　岳忠武王墓 /322

陆　莱　满庭芳·读岳武穆满江红词感赋 /325

彭　桂　苏武慢·朱仙镇谒鄂忠武王庙 /326

宋　俊　满江红·和徐瞻野题朱仙镇用武穆王原韵 /327

恽　格　岳武穆祠 /329

毛师柱　朱仙镇拜岳武穆王庙 /330

孔贞瑄　读史臆断十六首·和战 /330

赵　俞　岳忠武祠 /331

万斯同　鄞西竹枝词 /332

李光地　岳倦翁谢改国史 /333

洪　昇　岳武穆王墓 /334

潘　耒　朱仙镇岳庙 /335

沈受宏　苏堤口号 /336

查慎行　朱仙镇岳忠武祠 /337

张　潮　何满子·拜岳武穆坟 /339

余光耿　风流子·岳忠武墓 /340

曹　寅　南辕杂诗·桃山驿岳忠武祠 /341

汪　灏　沁园春·三忠庙 /343

何　焯　岳坟 /344

杜　诏　拜岳鄂王墓 /346

毛远公　西湖竹枝词 /347

王　锡　满江红·吊鄂王岳武穆墓 /348

魏荔彤　沁园春·岳武穆坟 /348

丁之翘　沁园春·用韵追和丘琼台责高宗杀武穆 /350

盛本枏　沁园春·鄂王墓 /351

沈德潜　恭和御制岳武穆墓诗元韵 /352

李　绂	谒岳武穆王祠三首 /353
朱　樟	满江红·午日吊岳武穆王墓 /355
戴　瀚	汤阴谒鄂王故宅二首 /357
钱陈群	岳武穆祠 /359
姚之骃	满江红·拜鄂王祠追和王韵 /360
陈惠荣	过汤阴谒岳忠武庙 /362
郑方坤	论词绝句 /363
王　峻	谒岳忠武庙 /364
桑调元	朱仙镇岳庙叠韵 /365
任端书	岳武穆坟 /367
齐召南	岳王墓 /368
江　昱	鄂王玉印歌 /368
钱　载	谒岳忠武王庙 /370
爱新觉罗·弘历	岳武穆祠 /371
陶元藻	过岳王墓下作 /373
袁　枚	岳武穆墓 /373
	谒岳王墓作十五绝句（选四）/374
刘　墉	岳忠武 /376
钱维城	恭和御制岳武穆祠元韵 /376
赵　翼	岳忠武墓 /377
	岳祠铜爵 /381
阮葵生	岳鄂王墓 /383
钱大昕	岳忠武王墓 /385
王文治	杭州十首（选一）/386
朱　珪	岳忠武王墓 /387
张　埙	岳鄂王墓二首（选一）/388
朱　彭	秦桧斋僧锅 /388

朱休度　杭州岳坟 /391

翁方纲　题绍兴六年墨敕后 /392

吴　骞　岳氏铜爵歌金云庄比部属赋 /395

李调元　读岳忠武传三十绝句（选六）/397

张五典　襄阳怀古 /399

段玉裁　壬戌六月拜墓观像敬题 /400

毛秀蕙　钱塘怀古 /401

谢启昆　读全宋诗仿元遗山论诗绝句二百首·岳飞 /402

茹纶常　题岳武穆传后 /403

汪志伊　题起复诏碑 /404

秦　瀛　题宋高宗手书赐岳忠武敕后 /405

吴锡麒　岳忠武王墓 /407

　　　　岳忠武王铜印歌 /409

李传燨　岳王墓诗次韵 /410

赵怀玉　满江红·岳鄂王墓次韵 /417

黄景仁　金缕曲·岳坟和韵 /418

刘大观　朱仙镇吊古二首 /419

吴　樗　朱仙镇怀岳武穆 /420

李赓芸　岳忠武王祠 /423

曾　燠　岳墩十四韵 /424

孙原湘　岳忠武 /427

　　　　精忠柏 /427

爱新觉罗·颙琰　题岳鄂王墓 /430

王　昙　鄂王坟 /431

阮　元　拜岳鄂王庙 /432

杜　堮　岳墓（八首选三）/433

舒　位　汤阴谒岳忠武王祠（四首选一）/435

　　　　　　铁人 /436
爱新觉罗·永璘　题岳武穆墓 /438
蒋攸铦　谒岳忠武穆祠二首 /439
吴嵩梁　岳武穆砚 /441
叶绍本　谒岳忠武王庙四首（选一）/442
查　揆　岳武穆王金牌歌 /443
　　　　绍兴六年赐岳忠武手敕代梁侍讲作 /449
黄士珣　精忠柏歌 /451
盛大士　谒岳忠武王墓 /453
陆继辂　岳忠武遗砚歌并序 /456
吴荣光　岳忠武玉印 /459
沈钦韩　岳鄂王墓 /460
　　　　岳忠武王官衔姓名铜印歌 /461
邓廷桢　钱塘怀古八首（选一）/467
张　澍　谒岳忠武祠 /467
陶　澍　朱仙镇岳庙用赵承旨韵 /468
宋翔凤　朱仙镇 /469
张维屏　杭州怀古 /470
周之琦　汉宫春·汤阴岳鄂王祠 /471
林则徐　汤阴谒岳忠武祠 /472
吴清鹏　武穆王书武侯出师二表 /473
黄　钊　岳字旗 /474
翁心存　拜岳忠武祠（四首选二）/475
徐　荣　朱仙镇是岳忠武奉诏班师处 /476
蒋湘南　朱仙镇吊岳忠武王 /477
托浑布　谒岳武穆王祠 /482
张际亮　汤阴谒岳武穆祠堂 /484

王柏心　朱仙镇谒岳祠 /485

吴　藻　满江红 /485

苏廷魁　汤阴拜岳武穆庙观王行书谢朓诗真迹 /486

朱　琦　汤阴岳庙 /487

宝　鋆　题精忠柏摹本应恭亲王教 /489

蒋敦复　书岳忠武王手书石刻后 /490

　　　　岳忠武 /494

沈祖懋　岳鄂王庙观宋高宗手敕墨迹 /495

罗惇衍　岳飞 /496

端木埰　齐天乐 /497

彭玉麐　书武穆奏草墨迹后 /500

许瑶光　钱塘杂感（八首选一）/501

吴仰贤　西水驿谒鄂王祠 /502

俞　樾　汤阴谒岳忠武庙 /503

沈寿榕　宋岳忠武王遗像 /504

蒋益澧　修建岳忠武祠墓碑铭 /506

李嘉乐　谒鄂王庙题壁 /508

曾纪泽　题李之纯所藏岳忠武名章印本 /509

宝　廷　题岳忠武砚十四韵 /510

王先谦　岳忠武庙 /512

樊增祥　汤阴谒岳庙 /513

孙诒让　苏武慢·题岳忠武玉印钤本后 /513

张宝森　与客谈徐武功事感赋 /516

王鹏运　满江红·朱仙镇谒岳鄂王祠敬赋 /518

杨深秀　汤阴夜过未能瞻礼岳祠用店壁书意 /519

皮锡瑞　岳忠武墓（四首选二）/520

陈夔龙　风波亭 /521

丘逢甲　题岳忠武王书前后出师表石刻 /522
徐自华　谒岳王坟 /523
高　旭　禾城西门外拜岳王祠 /524
柳亚子　西湖岳王冢 /527

后记 /528

南宋

關索

邵 缉

邵缉（生卒年不详），字公序，号荆溪，宋丹阳（今江苏丹阳市）人。神宗朝提举淮南常平事。一说徽宗宣和初随父宦寓宣州，宣和四年（1122）返乡。高宗绍兴中曾献书朝廷，力荐岳飞。事见《金佗续编》卷二八。有《荆溪集》八卷，已佚。

满庭芳①

日落旌旗，霜侵甲胄，塞角声唤寒更②。论兵慷慨，齿颊带风生③。坐拥貔貅十万，衔枚勇、云戟交横④。嘲笑羌戎授首，千里静欃枪⑤。　九州，人竞乐，提壶劝酒，布谷催耕⑥。尽芝夫尧子，歌舞威名⑦。好是轻裘缓带，驱营阵、绝漠横行⑧。功谁纪，风神宛转，麟阁画清明⑨。（《金佗续编》卷二八孙迪编《纪鄂王事》）

【注释】

①　据《金佗续编》卷二八孙迪编《纪鄂王事》：岳王在鄂州为宣抚使，纪律严明，路不拾遗，秋毫无犯，军民皆乐，虽古名将无以加。邵缉公序上《满庭芳》云云。《鄂王遗事》云："此词句句缘实，非寻常谀词也。"明陈霆《渚山堂词话》卷一略有异同：岳武穆驻师鄂州，纪律严明，路不拾遗，秋毫无犯，军民胥乐，古名将莫能加也。有邵公序者，薄游江湘，道其管内，因作《满庭芳》赠之云："落日旌旗，清霜剑戟，塞角声唤严更。论兵慷慨，齿颊带风生。坐拥貔貅十万，衔枚勇、云槊交横。笑谈顷，匈奴授首，千里静欃枪。　荆襄，人按堵，提壶劝酒，布谷催耕。尽芝夫尧子，歌舞威名。好是轻裘缓带，驱营阵、绝漠横行。功谁纪，风神宛转，麟阁画丹青。"《全宋词》据以收入。

②　日落旌旗：军旗在落日中与夕阳相映照。霜侵甲胄：严霜侵袭披甲戴盔的战士。甲胄，铠甲和头盔。《书·说命中》："唯口起羞，惟甲胄起戎。"孔传："甲，铠；胄，兜鍪也。"塞角声唤寒更：边塞的号角在寒夜中响起。塞角，边塞上所吹的号角。唐刘得仁《回中夜访独孤从事》诗："拥裘听塞

角，酌醴话湘云。"此三句形容岳家军在风霜严寒中昼夜征战。

③ 论兵慷慨：谈论用兵作战时慷慨激昂。岳飞曾与张所、宗泽、张浚等谈论用兵。详见《金佗续编》卷一七、卷一八《章尚书颖经进鄂王传》。齿颊带风生：形容谈论时兴致勃勃而又风趣。宋辛弃疾《念奴娇·赠夏成玉》词："遐想后日蛾眉，两山横黛，谈笑风生颊。"齿颊，牙齿与腮颊。引申为谈论，谈吐。

④ 坐拥貔貅十万：言岳飞麾下拥有众多勇猛的将士。坐拥，安坐而拥有。貔貅（pí xiū），也作豼貅，古籍中的两种猛兽。徐珂《清稗类钞·动物·貔貅》："貔貅，形似虎，或曰似熊，毛色灰白，辽东人谓之白熊。雄者曰貔，雌者曰貅。故古人多连举之。"后多连用比喻勇猛的将士。十万，是岳家军的大约人数。衔枚勇：勇敢地进军。衔枚，枚，形如筷子，两端有带，可系于颈上。行军时横衔枚于口中，以防喧哗或叫喊。云戟交横：如云般的兵器纵横交错。形容兵士和武器众多。戟，古代一种合戈、矛为一体的长柄兵器。代指武器。

⑤ 嚬笑羌戎授首：谓轻易地战胜金国侵略者。嚬（pín）笑，此义犹一嚬一笑。不高兴或喜悦的表情。《韩非子·内储说上》："吾闻明主之爱，一嚬一笑，嚬有为嚬，而笑有为笑。"嚬，皱眉。羌戎，泛指我国古代西北部的少数民族。此指女真金人。授首，谓投降或被杀。《战国策·秦策四》："秦楚合而为一，以临韩，韩必授首。"鲍彪注："言其服而请诛。"按词谱，此处当作"－－｜、＋－＋｜"二句七字。千里静欃枪：指平定国内寇盗和入侵的金寇。欃枪，彗星的别名。古人认为是凶星，主不吉。因喻邪恶势力。《文选·张衡〈东京赋〉》："欃枪旬始，群凶靡余。"李善注："欃枪，星名也。谓王莽在位如妖气之在天。"

⑥ 九州：古代分中国为九州。说法不一。《书·禹贡》作冀、兖、青、徐、扬、荆、豫、梁、雍；《尔雅·释地》有幽、营州而无青、梁州；《周礼·夏官·职方氏》有幽、并州而无徐、梁州。后以"九州"泛指天下，全中国。提壶劝酒：言老百姓手提壶浆欢迎和犒劳岳家军。提壶，亦作"提壶芦"或"提胡芦"。鸟名，即鹈鹕。双关手提壶浆。布谷催耕：指岳飞在荆襄地区实行营田和屯田制度。参见岳珂《经进百韵诗》注㊸。布谷，鸟

名，以鸣声似"布谷"，又鸣于播种时，故相传为劝耕之鸟。

⑦ "尽芝夫"二句：所有乡野百姓都讴歌蹈舞，颂扬岳家军的威名。芝夫，种植灵芝的药农。荛（ráo）子，樵夫。荛，柴草，作动词，谓割柴草。

⑧ 好是：犹好在，妙在。表示赞美。唐司空图《杨柳枝寿杯词》之十七："好是梨花相映处，更胜松雪日初晴。"轻裘缓带：轻暖的衣裘，宽缓的腰带。形容从容闲适。《晋书·羊祜传》："在军常轻裘缓带，身不被甲。"驱营阵：率领军队结营布阵。驱，驱使，引申为率领。绝漠横行：直度沙漠，纵横驰骋。《后汉书·西域传序》："浮河绝漠，穷破虏庭。"李贤注："沙土曰漠，直度曰绝也。"横行，犹言纵横驰骋。多指在征战中所向无敌。《吴子·治兵》："宁劳于人，慎无劳马，常令有余，备敌覆我。能明此者，横行天下。"

⑨ 功谁纪：谓岳飞的功绩由谁来记。风神宛转：形容神采奕奕，生动感人。风神，风采，神态。《晋书·裴楷传》："楷风神高迈，容仪俊爽。"宛转，本义为美丽而依依动人，引申为生动逼真而可爱。麟阁画清明：将岳飞神清气爽的神态画在功臣阁上。麟阁，"麒麟阁"的省称，汉代阁名，在未央宫中。汉宣帝时曾图霍光等十一功臣像于阁上，以表扬其功绩。封建时代多以画像于麒麟阁表示卓越功勋和至高的荣誉。南朝梁虞羲《咏霍将军北伐》诗："当令麟阁上，千载有雄名。"清明，原注："一云青明。"指神气清肃爽朗。《礼记·玉藻》："色容厉肃，视容清明。"

王廷珪

王廷珪（1079—1171），名一作庭珪，字民瞻，宋吉州安福（今江西安福县）人。政和八年（1118）进士。调茶陵县丞。弃官隐居卢溪，自号卢溪真逸。胡铨上书乞斩秦桧而被编管新州，廷珪为其赋诗送行，因获罪，流放辰州。孝宗即位，授国子监主簿，后转直敷文阁。有《卢溪文集》。《宋史》有传。

送周解元赴岳侯军二绝句①（选一）

将军欲办斩楼兰②，子欲从之路匪艰③。十万奇才并剑客④，会看谈笑定天山⑤。（《卢溪文集》卷二一）

【注释】

① 此为"二绝句"之第一首。另一首主要是对周解元的勉励，不选。周解元，其人无考。解元，科举时代乡试第一名，也为宋元以来对读书人的尊称。岳侯，是对岳飞的尊称。参见王曾瑜《岳飞和南宋前期政治与军事研究·岳飞的官衔等称谓》。

② "将军"句：岳将军将要成就杀敌复国的功业。将军，指岳飞。办，成就，成功。《左传·哀公三年》："无备而官办者，犹拾渖也。"杜预注："言不备而责成，不可得。"楼兰，古西域国名，汉元封三年内附。王居扜泥城，遗址在今新疆维吾尔自治区若羌县境，罗布泊西，处汉代通西域南道上。因居汉与匈奴之间，常持两端，或杀汉使，阻通道。元凤四年（前77），汉遣傅介子斩其王安归，另立尉屠耆为王，更名为鄯善。傅介子以功封侯。事见《汉书·西域传上》及《傅介子传》。后以"斩楼兰"借用为杀敌立功的事典。唐李白《塞下曲》："愿将腰下剑，直为斩楼兰。"

③ "子欲"句：是对汉张衡《四愁诗》"欲往从之梁父艰"句的化用。子，古代对人的尊称。此称周解元。从之，追随他。之，代岳飞。路匪艰，道路并不艰难。匪，同非。

④ "十万"句：谓岳飞的部下人才济济。奇才，亦作奇材，才能非常之人。剑客，精于剑术的人。古人习惯将奇才和剑客并用，以称颂人才出众。《汉书·李陵传》："臣所将屯边者，皆荆楚勇士奇材剑客也。"《十一家注孙子·行军篇》："汉有三河侠士剑客奇材。"宋刘克庄《沁园春·梦方孚若》词："车千乘，载燕南代北，剑客奇材。"

⑤ "会看"句：一定能看到你们从容轻松地平定边境之敌。会，必然，一定。谈笑，形容态度从容。晋左思《咏史八首》："吾慕鲁仲连，谈笑却秦军。"天山，山名。唐时称伊州（今新疆哈密市）、西州（今吐鲁番盆地

一带）以北一带山脉为天山。《新唐书·薛仁贵传》："仁贵发三矢，辄杀三人，于是虏气慑，皆降……军中歌曰：'将军三箭定天山，壮士长歌入汉关。'"后以"定天山"谓平定边境。

吕本中

吕本中（1084—1145），原名大中，字居仁，号紫微，世称东莱先生，宋寿州（今安徽寿县）人。徽宗朝仕至职方员外郎。高宗绍兴六年（1136），召赐进士出身。历官中书舍人、权直学士院。因忤秦桧罢官。江西诗派著名诗人。著《东莱诗集》《紫微诗话》《江西诗社宗派图》等。《宋史》有传。

闻岳侯破贺州贼次韩瑞卿韵①

旌旗摩日甲生光，俘馘黄巾第几□②。灭贼未须占斗蚁，破胡行且见神狼③。燕然刻石功昭汉，太华题诗事后唐④。从此儿童传姓氏，风流何止继韩康⑤。（《东莱诗集》卷十）

【注释】

① 岳侯：对岳飞的尊称。贺州贼：指当时盘踞贺州（今广西贺州市）的曹成军。绍兴二年（1132）闰六月，岳飞大破曹成军，有《贺州捷报申省状》《大破曹成申省状》《追赶曹成捷报申省状》等。曹成，汝南贼寇，与其弟曹亮于两淮间兴兵作乱，手下拥有杨再兴、何元庆等猛将。后被岳飞、韩世忠征剿，曹成、曹亮归降韩世忠，杨再兴、何元庆归降岳飞。次韩瑞卿韵：按照韩瑞卿诗的韵脚字和用韵次序来和诗。次韵，也称步韵或和韵。世传次韵始于唐白居易、元稹，称"元和体"。元稹《酬乐天余思不尽加为六韵之作》："次韵千言曾报答，直词三道共经纶。"原注："乐天曾寄予千字律诗数首，予皆次用本韵酬和，后来遂以成风耳。"韩瑞卿，其人不详。《东莱先生诗外集》卷一作"韩端卿"。

② 摩日：迫近太阳。摩，接触。甲生光：铠甲发出光辉。俘馘：《左传·僖公二十二年》："楚子使师缙示之俘馘。"杜预注："俘，所得囚；馘，

所截耳。"孔颖达疏："俘者，生执囚之；馘者，杀其人截取其左耳，欲以计功也。"此用为动词，俘获和斩杀。**黄巾**：东汉末年张角所领导的农民起义军，因头包黄巾而得名。《后汉书·皇甫嵩传》："角（张角）等知事已露，晨夜驰敕诸方，一时俱起，皆著黄巾为摽帜，时人谓之'黄巾'。"古借指作乱者，寇盗。**第几□**：原书缺一字。《东莱先生诗外集》卷一作"第几方"。

③ **未须占斗蚁**：不必占卜与曹成军作战的吉凶。意谓必胜无疑。占，通过察看甲骨的裂纹或蓍草排列的情况取兆推测吉凶。斗蚁，南朝宋刘义庆《世说新语·纰漏》："殷仲堪父病虚悸，闻床下蚁动，谓是牛斗。"本谓病虚耳鸣。此谓曹成军如善斗之蚂蚁。**破胡**：打垮金侵略军。胡，古代对我国西北地区民族之统称。此指金人。**行且**：将要。**神狼**：指金国君主。《魏书·高车传》："俗云匈奴单于生二女，姿容甚美，国人皆以为神。单于曰：'吾有此女，安可配人，将以与天。'乃于国北无人之地，筑高台，置二女其上，曰：'请天自迎之。'经三年，其母欲迎之，单于曰：'不可，未彻之间耳。'复一年，乃有一老狼昼夜守台嗥呼，因穿台下为空穴，经时不去。其小女曰：'吾父处我于此，欲以与天，而今狼来，或是神物，天使之然。'将下就之。其姊大惊曰：'此是畜生，无乃辱父母也！'妹不从，下为狼妻而产子，后遂滋繁成国，故其人好引声长歌，又似狼嗥。"

④ **燕然刻石**：东汉窦宪破北匈奴，登燕然山（即今蒙古杭爱山），刻石记功。见《后汉书·窦宪传》。后以"燕然刻石"指建立边功而刻碑铭功。**功昭汉**：功勋显著于汉代。**太华题诗**：太华，华山又名太华山。五代宋初道士陈抟曾隐居华山，多有题咏。**事后唐**：事著于唐代以后。此句大概喻指岳飞有功成身退之志。岳飞《寄浮图慧海》诗有"功业要刊燕石上，归休终作赤松游"的句子。

⑤ **韩康**：字伯休，一名恬休，汉京兆霸陵人。常采药名山卖于长安市，口不二价三十余年。时有女子从康买药，康守价不移。女子怒曰："公是韩伯休那，乃不二价乎？"康叹曰："我本欲避名，今小女子皆知有我，何用药为？"乃遁入霸陵山中。事见《后汉书·韩康传》。此以韩康喻岳飞，称其本不欲名，而声名自著。

赵 鼎

赵鼎（1085—1147），字元镇，自号得全居士，宋解州闻喜（今山西闻喜县）人。崇宁五年（1106）进士。绍兴年间几度为相，后罢相，出知泉州。寻谪居兴化军，移漳州、潮州安置。再移吉阳军。知秦桧必欲杀己，自书铭旌曰："身骑箕尾归天上，气作山河壮本朝。"不食而卒。孝宗朝谥忠简。《宋史》有传。

阙 题

一扫湖湘氛秽消，生民涂炭得逍遥①。更须早挂风樯起，共看钱塘八月潮②。（《金佗续编》卷二八孙逌编《纪鄂王事》）

【注释】

① 据《金佗续编》卷二八孙逌编《纪鄂王事》：朝廷命右仆射张浚都督荆襄，以岳飞为制置使。岳飞乃致杨钦（杨么部下）结以恩信，并用其所献之策，两月果破贼。湖襄赖以安靖。浚大喜，露布以闻。时赵鼎为首相，因寄诗张浚云云。湖湘：指洞庭湖和湘江一带地区。氛秽：邪恶肮脏之气。《晋书·姚兴载记上》："然后振王威以扫不庭，回天波以荡氛秽。"此喻寇盗。生民涂炭：形容人民处于极端困苦的境地。生民，犹言生灵。指人民，百姓。涂炭，陷入泥沼，坠入炭火。逍遥：优游自得，安闲自在。《庄子·逍遥游》："彷徨乎无为其侧，逍遥乎寝卧其下。"成玄英疏："逍遥，自得之称。"

② "更须"二句：是希望张、岳二人早日凯旋，回到南宋都城，还来得及同看八月壮观的钱塘江潮。钱塘江潮农历八月十八日前后最为壮观。宋苏轼《观浙江涛》诗："八月十八潮，壮观天下无。"风樯，乘风的帆船。樯，船上用的桅杆。

毛国英

毛国英，宋衢州江山（今浙江江山市）人。诗人毛滂次子。生平事迹不详。事见《娱书堂诗话》。

投岳侯[1]

铁锁沉沉截碧江,风旗猎猎驻危樯[2]。禹门纵使高千尺,放过蛟龙也不妨[3]。(《娱书堂诗话》卷上)

【注释】

[1] 据宋赵与虤(yán)《娱书堂诗话》:"毛国英,泽民(毛滂字)仲子也,以诗自鸣。尝经岳侯驻兵之地,江禁方严,国英投诗云云。侯曰:'诗人也。'委舟以渡之。"投,投谒,投递名帖求见。

[2] "铁锁"二句:盛赞岳家军江防严密。《金佗续编》卷一八《章尚书颖经进鄂王传之二》:"诏飞以舟师驻于江州,为淮浙声援。"铁锁,指封锁江行的铁索。《晋书·王濬传》:"吴人于江碛要害之处,并以铁锁横截之;又作铁锥长丈余,暗置江中,以逆距船。"沉沉,形容铁索沉重。截,拦截,阻断。碧江,水流澄碧的江。风旗,风中飘动的旗帜。猎猎,形容风吹动旗帜的声音。驻,此意为停泊。危樯,高的桅杆。代指帆船。

[3] "禹门"二句:前一句以龙门称岳飞之德望,后一句以鱼化为龙自喻。禹门,地名,即龙门。在山西河津市西北、陕西韩城市东北。相传为夏禹所凿,故名。旧说鲤鱼跃过龙门即可化而为龙。《辛氏三秦记》:"河津一名龙门,禹凿山开门,阔一里余,黄河自中流下,而岸不通车马。每莫春之际,有黄鲤鱼逆流而上,得过者便化为龙。"又《后汉书·党锢传·李膺》:"膺独持风裁,以声名自高。士有被其容接者,名为登龙门。"后喻得到有名望者的接待和援引而提高身价为"登龙门"。

黄 维

黄维,南宋平江府(今江苏苏州市)人。官祁门(今安徽祁门县)县尉,作《岳武穆王生祠记》,尾署:"绍兴九年九月十九日迪功郎徽州路祁门县尉黄维记。"

岳武穆王生祠记歌①

山峻巍巍兮,可平而泽也②;谷深渊渊兮,可高而陵也③;惟公功烈天长地久兮,盖不可得而泯也④。(《同治祁门县志》卷九)

【注释】

① 按碑记原题为"黄维岳武穆王生祠记",可知是后人所标。碑记中云:"公绍兴改元,授职讨贼,提兵经此,号令严整,士卒畏服,静肃无哗,行旅居民,初不知此有兵也。害除利建,欢声洋溢。民怀其惠,乃书公名氏官称,祠祀于东松兰若。吴门黄维适尉是邑,以不获瞻拜公之仪型为歉,乃作诗纪实,以昭揭其所祠之宇,命书吏绘事,克肖公像,以极夫邑人钦慕之意。"生祠,为活人修建的祠堂。

② 山峻巍巍兮,可平而泽也:巍巍高山可以变平甚至成为沼泽。峻,山高而陡。泽,水积聚的地方。

③ 谷深渊渊兮,可高而陵也:深深的山谷可以变高甚至成为丘陵。渊渊,深广,深邃。《庄子·知北游》:"渊渊乎其若海,巍巍乎其终则复始也。"

④ 功烈:功勋业绩。《左传·襄公十九年》:"铭其功烈,以示子孙。"盖不可得而泯也:却永远不会消失。盖,却,则。唐魏徵《谏太宗十思疏》:"善始者实繁,克终者盖寡。"泯,消灭,消失。

胡 铨

胡铨(1102—1180),字邦衡,号澹庵,宋庐陵(今江西吉安市)人,建炎二年(1128)进士。充枢密院编修官。反对秦桧主和,上封事请斩桧等获罪,初议编管昭州,后多次迁改,流落将近二十年。孝宗即位,官至工部侍郎。谥忠简。有《澹庵集》。《宋史》有传。

题岳忠武王庙①

匹马吴江谁著鞭,惟公攘臂独争先②。张皇貔虎三千士,支持乾坤十六

年③。堪悯临淄功未就,不知钟室事何缘④。石头城下听舆议,万姓颦眉亦可怜⑤。(《庐陵诗存》卷二)

【注释】

① 此诗不载《澹庵集》。按:诗题作"题岳忠武王庙",误。宋孝宗淳熙六年(1179),岳飞初谥"武穆",宁宗嘉泰四年(1204)追封岳飞为鄂王。岳飞改谥"忠武",是在宋理宗宝庆元年(1225)。胡铨生前岳飞尚未封王,也未改谥"忠武"。诗题当是《庐陵诗存》的编者清胡友梅辑录此诗时所加。《庐陵诗存》收胡铨诗最多,《全宋诗》亦据此收录。其他选本或阙题,或题"吊岳侯"。

② "匹马"二句:谓金人南侵,有谁能像岳飞一样争先渡江,痛击敌寇。匹马,一匹马。后常指只身一人。此以匹马渡江称颂岳飞之勇。吴江,吴淞江(在今上海市西部和江苏省南部)的别称。此指长江下游。著鞭,争先立功意。语出《世说新语·赏誉下》:"刘琨称祖车骑为朗诣",刘孝标注引晋虞预《晋书》:"刘琨与亲旧书曰:'吾枕戈待旦,志枭逆虏,常恐祖生(祖逖)先吾著鞭。'"亦见《晋书·刘琨传》。攘臂,捋起衣袖,伸出胳膊。形容异常激奋貌。《老子》:"上礼为之而莫之应,则攘臂而扔之。"

③ 张皇:张大,壮大。《书·康诰》:"张皇六师,无坏我高祖寡命。"孔传:"言当张大六师之众。"貔(pí)虎:貔和虎,皆猛兽,喻勇敢强猛的将士。语出《书·牧誓》:"如虎如貔,如熊如罴。"三千士:言将士之多。支持:支撑。一本作搘(zhī)柱,义同。十六年:从靖康元年(1126)金人攻陷汴京到绍兴十一年(1141)岳飞被害,凡十六年。

④ "堪悯"二句:意谓可惜岳飞未能尽复失地,还都汴京,却受到宋高宗和秦桧的忌恨而被诬杀。悯,怜惜。临淄,战国时齐国都城。燕将乐毅率五国之师征齐,连下齐地七十余城,唯莒州、即墨未下。即墨守将病死,城中百姓推王室族人田单为将。田单一方面与乐毅相约两军共处,一方面离间乐毅与燕王的关系。待燕惠王即位,乐毅被召回国,骑劫代之。骑劫于即墨屡中田单之计,燕军终败,七十余城复归齐。田单功成,迎襄王还都临淄。襄王封其为安平君,食万邑。事见《史记·田单列传》。钟室,悬钟之室。楚汉相争,韩信屡建奇功。刘邦称帝后,封韩信为淮阴侯。因遭吕后

忌，信被斩于长乐宫悬钟之室。事见《史记·淮阴侯列传》。后因以"钟室之祸"指功臣遭忌被杀。何缘，因为什么。

⑤ 石头城：古城名。又名石首城。故址在今南京市清凉山。本楚金陵城，汉建安十七年孙权重筑改名。唐以后，城废。后作为南京的别称。建炎四年（1130）五月中旬，岳飞曾克复先一年秋被金人攻陷的建康（今南京）城。舆议：舆论。万姓：万民。《书·立政》："式商受命，奄甸万姓。"颦眉：皱眉。可怜：犹可惜。

陆 游

陆游（1125—1210），字务观，自号放翁，宋越州山阴（今浙江绍兴市）人。早年考进士，遭秦桧忌恨，被除名。秦桧死后始被起用。一度为朝议大夫、礼部郎中兼实录院检讨官，数月即被劾罢官。后长期退居山阴。陆游是著名爱国诗人，毕生主张抗金，收复失地。著作繁富，有《渭南文集》《剑南诗稿》等。《宋史》有传。

夜读范至能《揽辔录》言中原父老见使者多挥涕感其事作绝句①

公卿有党排宗泽，帷幄无人用岳飞②。遗老不应知此恨，亦逢汉节解沾衣③。（《剑南诗稿》卷二五）

【注释】

① 范至能：范成大（1126—1193），字至能，号石湖居士。宋吴郡（今江苏苏州市）人。绍兴二十四年（1154）进士。初任著作郎，官至资政殿大学士。《揽辔录》：书名。范成大撰。乾道六年（1170）三月，范成大奉命出使金中都，要求金把宋历代皇陵归还南宋。交涉无效，八月还朝。《揽辔录》是范出使金国沿途所见的记录。书中记载他过相州（今河南安阳市）时，遗民常向宋使痛哭、跪拜，倾吐他们的爱国情怀。绍熙三年（1192）冬，陆游于山阴读此书后，百感交集，写了这首诗。诗中揭露了南宋统治集

团残酷迫害抗金将领的事实，反映了中原父老盼望获得解放的愿望。

② "公卿"二句：谓朝廷大臣结党营私，排斥、迫害抗金名臣宗泽和岳飞等，阻挠他们统兵抗敌。二句为互文。公卿，三公九卿的简称。泛指高官。此指宋高宗亲信黄潜善、汪伯彦，以及后来的秦桧等结党营私之辈。宗泽（1060—1128），字汝霖，宋婺州义乌（今浙江义乌市）人。南宋初抗金名臣，力主抗金，并首次力挫金军猛攻。康王赵构任河北兵马大元帅，宗泽任副帅。继受黄潜善、汪伯彦排斥，任开封知府兼东京留守。宗泽曾屡次上书高宗，请还汴京，以安定民心，振作士气，但被高宗、黄、汪等拒绝。宗泽终于忧愤而死，死时曾三呼"过河"。《宋史》有传。党，朋党，由私人利害关系结成的小集团。古汉语中多为贬义。《书·洪范》："无偏无党。"《论语·卫灵公》："君子矜而不争，群而不党。"《楚辞·离骚》："惟党人之偷乐兮，路幽昧以险隘。"帷幄，室内悬挂的帐幕、帷幔。借指天子近侧或朝廷。宋王安石《辞免使相判江宁府第二表》："帷幄七年，再陪国论。"

③ "遗老"二句：谓沦陷区老百姓虽然不知道宗泽、岳飞已死，但知道再无人收复中原，因而流泪。遗老，沦陷区的老人。此恨，指诗头两句所说的令人愤恨的事情。汉节，指范成大等南宋使者。节，原是使者所持信物符节，代指使者。解，理解，懂得。沾衣，形容流泪之多，沾湿衣衫。

书 愤

山河自古有乖分，京洛腥膻实未闻①。剧盗曾从宗父命，遗民犹望岳家军②。上天悔祸终平虏，公道何人肯散群③。白首自知疏报国，尚凭精意祝炉熏④。（《剑南诗稿》卷二七）

【注释】

① 乖分：分离，分裂。京洛：本洛阳别称，因东周、东汉均建都于此，故名。也泛指国都。唐张说《应制奉和》诗："总为朝廷巡幸去，顿教京洛少光辉。"此借指被金人占领的北宋都城汴京。腥膻：牛羊的腥臊气味。因金人习食牛羊，故这里指金人的蹂躏。未闻：意即闻所未闻。

② 剧盗：实力强大的盗贼。此实为因官逼民反和反对金人入侵者的武

装组织。宗父：指宗泽。金侵略者害怕宗泽，称宗泽为"宗爷爷"。宗泽招收、改编、联络敌后的起义武装，如王善、杨进、杨再兴、李贵、王大郎等部皆归顺宗泽，组成了声势浩大、战斗力极强的抗金部队。岳家军：南宋初年岳飞领导的抗金军队。岳飞申明纪律，加强训练，号"冻死不拆屋，饿死不掳掠"。金人有"撼山易，撼岳家军难"之语。岳家军成为当时抗击金军侵略的主力，所向披靡，令金兵闻风丧胆。

③ 悔祸：后悔造成祸害从而撤去之。《左传·隐公十一年》："若寡人得没于地，天以礼悔祸于许，无宁兹许公复奉其社稷。"杨伯峻注："谓天或者依礼撤回加于许之祸。"终平虏：终究会平定入侵的金寇。虏，古时对北方外族的蔑称。公道：公正的道理。肯散群：肯使抗金的群体离散。

④ "白首"二句：自己已年老发白，却报国无门，只能诚心地焚香祝愿国家早日安定。疏报国，疏于报效国家，即报效国家很少。实际上是慨叹报国无门。精意，专心一意，诚心诚意。《国语·周语上》："精意以享，禋也；慈保庶民，亲也。"炉熏，熏香，焚香。唐温庭筠《南歌子》词："懒拂鸳鸯枕，休缝翡翠裙，罗帐罢炉熏。"

感事（四首选一）

堂堂韩岳两骁将，驾驭可使复中原①。庙谋尚出王导下，顾用金陵为北门②！（《剑南诗稿》卷三四）

【注释】

① 堂堂：形容志气宏大。岳飞《题伏魔寺壁》诗："胆气堂堂贯斗牛，誓将直节报君仇。"韩岳两骁将：韩世忠和岳飞两员骁勇之将。韩世忠（1089—1151），字良臣，延安（今陕西延安市）人，一说绥德人。南宋抗金名将。在抗击西夏和金的战争及平定各地的叛乱中作出了重大的贡献。力主抗金，不肯依附丞相秦桧，为岳飞遭陷害而鸣不平。死后被拜为太师，追封通义郡王；孝宗时，又追封蕲王，谥忠武，配飨高宗庙廷。《宋史》有传。骁将，猛将，勇将。驾驭：同驾御。谓善于驱使、控制。《三国志·吴志·张昭传》："夫为人君者，谓能驾御英雄，驱使群贤。"唐杜甫《投赠哥

舒开府翰二十韵》:"君王自神武,驾驭必英雄。"

② 庙谋:朝廷或帝王对战事进行的谋划。尚出王导下:尚且不如王导。王导(276—339),字茂弘,晋琅玡临沂(今山东临沂市)人。东晋的实际创造者。历仕元帝、明帝和成帝三代,是老练的政治家。晋元帝曾把王导比做自己的"萧何",极为倚重。王导在建立并稳固东晋政权等方面作出很大贡献。但他只求偏安江南,并不思北伐收复失地。虽然当时有祖逖等名将积极主张,而且祖逖曾率部曲渡江北上,屡次击败石勒军,收复黄河以南大片土地,但祖逖后来并未得到王导和晋元帝的支持和信任,以致忧愤而终。见《晋书》本传。"顾用"句:反而将建康作为北边的关锁。意谓丢弃长江以北土地。顾,反而,却。金陵,宋时称建康,今南京市。北门,指北门锁钥。用以喻军事要地或守御重任。借代北方的边关或军事要塞。宋孔平仲《孔氏谈苑》卷五:"寇莱公守北门,虏使经由,问曰:'相公望重,何以不在中书?'答曰:'主上以朝廷无事,北门锁钥非准不可。'"

杨万里

杨万里(1127—1206),字廷秀,号诚斋,宋吉水(今江西吉水县)人。绍兴二十四年(1154)进士。历任太常博士、宝谟阁直学士等职。韩侂胄当政时,因政见不合,隐居十五年不出,最后忧愤成疾而终。有《诚斋集》。《宋史》入《儒林传》。

初入淮河四绝句(选一)

刘岳张韩宣国威①,赵张二相筑皇基②。长淮咫尺分南北,泪湿秋风欲怨谁③。(《诚斋集》卷二七)

【注释】

① 刘岳张韩:指刘光世、岳飞、张俊、韩世忠,所谓"南宋中兴四名将"。南宋刘松年绘有《中兴四将图》。刘光世(1089—1142),字平叔,宋保安军(今陕西志丹县)人。出身将门。徽宗时因功授承宣使,充任鄜延路马步军副总管。靖康初率部戍边,败夏兵于杏子堡。金兵大举南侵,与韩

世忠等共守江南，屡立战功，升司检校太保、殿前都指挥使，封荣国公。身为大将，却将略寻常，胆小怕死，常常不战自退。绍兴七年（1137），引疾罢去兵权，拜少师。后因病去世，赠封太师，谥武僖，追封鄜王。《宋史》有传。韩世忠，见陆游《感事》诗注①。张俊（1086—1154），字伯英，凤翔府成纪人。靖康至绍兴间，与金人战，屡立奇功。曾讨江淮，平苗刘，破李成，皆著劳绩。绍兴十一年（1141）拜枢密使。知朝廷欲罢兵，首请纳所统兵，力赞议和。秦桧皆罢诸将兵权付俊。累封广国公、益国公，进封清河郡王，拜太师。然岳飞冤狱，俊独助桧成其事，成为谋杀岳飞的帮凶之一，并以此博得宋高宗深宠，为世所鄙。谥忠烈。《宋史》有传。宣国威：宣扬国家的武威。

② 赵张二相：指赵鼎、张浚，二人在宋高宗建炎四年（1130）为尚书左右仆射并同平章事（是当时的宰相职位）。二人都是力主抗战的爱国名相。赵鼎，见赵鼎诗作者简介。张浚（1097—1164），字德远，宋汉州绵竹（今四川绵竹市）人，世称紫岩先生。徽宗政和八年（1118）进士，调山南府士曹参军。高宗建炎、绍兴间，官至尚书右仆射同中书门下平章事兼知枢密院事都督诸路军马。力主抗金。然措置多失当，故无功。秦桧主和后，被贬外近二十年。金完颜亮南侵，复起用。孝宗隆兴元年（1163），除枢密使，督师北伐。符离之战失利。旋再相，为主和派排去。谥忠献。《宋史》有传。筑皇基：构筑起南宋皇朝的基业。

③ 长淮：指淮河。咫尺：形容距离很近。咫，周尺八寸。这两句是说既然有这么多忠勇的将领，却仍然只能以淮河为界，使大家在秋风中落泪，这该怨谁呢？言外之意是宋高宗和秦桧等投降派难辞其咎。

薛季宣

薛季宣（1134—1173），字士龙，号艮斋，宋永嘉（今浙江温州市）人。以荫入仕，官大理寺正卿。以直言缺失，为当国者忌，出知湖州。孝宗乾道九年（1173）改知常州，未至，卒。有《浪语集》。《宋史》入《儒林传》。

周将军庙观岳侯石像二首①

万死何知狱吏尊,威名盖代古难存②。二桃岂以功高赐,一舸不容身退论③。几见饮江思道济,缪为图像削王敦④。沉碑千古蛟川恨,留与无穷客断魂⑤。

军声良苦听南风,说礼敦诗亦不容⑥。斗蚁达聪良是病,战蜗流血可同宗⑦。亲疏间人联镵话,真假言从蹑足封⑧。趣诏河阳长已矣,隆中悲切起人龙⑨。(《浪语集》卷七)

【注释】

① 周将军庙:晋周处庙,在江苏宜兴县(今江苏宜兴市)。建炎四年(1130)岳飞军曾屯驻宜兴,平定外侮内盗,"常之官吏士民弃其产业趋宜兴者万余家。邑人德之,各图其像,与老稚晨夕瞻仰,如奉定省。曰:'父母之生我也易,公之保我也难。'又相帅即周将军庙辟一堂祠之"(《鄂王行实编年》卷二)。时权知县事钱湛"恐作绘者不能人给写之,或失其真,又闻四方之人莫不愿识荆州,求而有所未得,于是摹刻于石,庸广其传"(《金佗续编》卷三十钱湛《宜兴县生祠叙》)。薛自注:"侯祠初毁,道士不忍坏侯像,沉荆溪中,因得不坏。"

② 万死:死一万次。谓出生入死,不顾生命危险。狱吏尊:汉文帝时,人告周勃反,下狱。周勃,高帝旧将,掌天下兵马,诛诸吕,立文帝,功最大,而一朝入狱,不胜狱吏之辱。勃乃贿狱吏求脱罪,吏教以公主为辞。公主者,文帝女,周勃媳也。后周勃得出,叹曰:"吾尝将百万军,然安知狱吏之贵乎?"事见《史记·绛侯周勃世家》。《三朝北盟会编》卷二○六:"飞初对吏,立身不正而撒其手旁。有卒执杖子,击杖子作声叱曰:'叉手正立!'飞竦然声喏而叉手矣。既而曰:'吾尝统十万兵,今日乃知狱吏之贵也。'"作者自注:"侯初下大理狱,吏执笔请辞,大书其纸尾而胁之曰:汝观今世,乌有大臣系狱而生者,趣具成案,吾为汝书。"盖代:犹盖世。高出当代之上。

③ "二桃"二句:是说岳飞因功高被阴谋杀害,他要求引退却不容许。

二桃，春秋时，公孙接、田开疆、古冶子三人臣事齐景公，均以勇力闻。齐相晏婴谋去之，请齐景公以二桃赐三人，论功而食，结果三人弃桃而自杀。事见《晏子春秋·谏下二》。后因以比喻施用阴谋杀人。三国蜀诸葛亮《梁甫吟》："一朝被谗言，二桃杀三士。"舸（gě），大船，也泛指船。身退，引退，隐居。春秋时范蠡助越王勾践败吴复国，功成身退，载西施泛舟三湖（太湖）。岳飞奉十二金牌班师后，力请解兵柄，宋高宗不予允准。此意不容他像范蠡那样有一舟退身。身退论，请求引退的理由申说。

④ "几见"二句：多少次看到金寇南侵，朝廷思念岳飞，大逆不道的秦桧受到不应有的礼遇终被削除。饮江，饮马长江，即在长江边给战马喝水。谓渡江南下进行征伐。道济，檀道济（？—436），南朝宋将领。东晋末，从刘裕攻后秦，屡立战功，官至征南大将军。文帝以其前朝重臣，诸子皆善战，忌而杀之。《南史·檀道济传》："道济见收，愤怒气盛，目光如炬，俄尔间引饮一斛。乃脱帻投地，曰：'乃坏汝万里长城！'魏人闻之，皆曰：'道济已死，吴子辈不足复惮。'自是频岁南伐，有饮马长江之志。"此以檀道济喻岳飞。削王敦，《晋书·温峤传》：峤为江州刺史，"在镇见王敦画像，曰：'敦大逆，宜加斫棺之戮，受崔杼之刑。古人阖棺而定谥，《春秋》大居正，崇王父之命，未有受戮于天子而图形于群下。'命削去之。"削（xiāo），削除，撤销。王敦（266—324），字处仲，琅邪临沂（今山东临沂北）人。东晋初权臣。专擅朝政，威胁晋室。晋元帝司马睿既畏惧又嫌恶。太宁二年（324）明帝下令讨伐。敦病卒，其军溃败。此以王敦喻权臣秦桧。

⑤ "沉碑"二句：岳飞的功绩被长久埋没，蛟川为之含恨，将无穷的哀伤留给凭吊的后人。沉碑，《晋书·杜预传》："预好为后世之名，常言'高岸为谷，深谷为陵'，刻石为二碑，纪其功绩，一沉万山之下，一立岘（xiàn）山之上，曰：'焉知此后不为陵谷乎！'"后用以称记功碑。蛟川，水名，荆川的别称。在今宜兴市南。晋周楚斩蛟于此，故名。断魂，形容哀伤至极。

⑥ "军声"二句：谓南宋军威不振，国势衰微，而以诗礼修身的岳飞竟不为最高统治者所容。军声，军乐。良苦，精良和粗劣。《管子·宙合》：

"可正而视，言察美恶，审别良苦。"南风，《左传·襄公十八年》："晋人闻有楚师，师旷曰：'不害，吾骤歌北风，又歌南风，南风不竞，多死声，楚必无功。'"杜预注："歌者吹律以咏八风，南风音微，故曰不竞也。师旷唯歌南北风者，听晋、楚之强弱。"后用以比喻力量衰弱，士气不振。说礼敦诗，大力讲《礼》，诚恳地学《诗》。表示要按照《诗经》温柔敦厚的精神和古礼的规定办事。《诗》《礼》均为儒家经典。敦，厚。

⑦"斗蚁"二句：谓朝廷内部互相争斗，岳飞不肯与之同流合污。斗蚁，见吕本中诗注③。达聪，语出《书·舜典》："明四目，达四聪。"孔传："广视听于四方，使天下无壅塞。"孔颖达疏："达四方之聪，使为己远听四方也。"此指耳目众多，消息灵通。良是病，的确是大缺点。《说文》："病，疾加也。"战蜗，古代寓言，有建立在蜗牛角上的国家，右角上的叫蛮氏，左角上的叫触氏，双方常为争地而战，伏尸数万。见《庄子·则阳》。后以喻在细小事情上的争夺。同宗，指同一家族或同姓。引申指同一派别。

⑧ 亲疏间入：谓不考虑与皇帝是亲还是疏而乘机私自献言。联镳话：指绍兴七年（1137），岳飞与其参谋官薛弼（即作者的伯父）同入觐，在路上岳飞曾向薛弼说及要建议立赵伯琮（即后来的孝宗）为太子的事。见《浪语集》卷三三《先大夫行状》，也见《中兴小纪》卷二一引张戒《默记》。联镳，犹联鞭。即并骑而行。蹑足封：《史记·淮阴侯列传》："韩信使者至，发书，汉王大怒，骂曰：'吾困于此，旦暮望若来佐我，乃欲自立为王！'张良、陈平蹑汉王足，因附耳语曰：'汉方不利，宁能禁信之王乎？不如因而立，善遇之，使自为守。不然，变生。'汉王亦悟，因复骂曰：'大丈夫定诸侯，即为真王耳，何以假为！'乃遣张良往立信为齐王。"此以"蹑足"之典喻指宋高宗对岳飞的表彰和加封只是为了笼络和利用他。

⑨ 趣诏河阳：以隋朝大将宇文述事喻岳飞平定内乱。趣（cù）诏，急速赴诏。河阳，地名。在今河南孟州西。宇文述，字伯通，鲜卑族，代郡武川人，隋朝名将。《隋书·宇文述传》载：隋大业九年（613）六月，"杨玄感作乱，帝（隋炀帝）召述班师，令驰驿赴河阳，发诸郡兵以讨玄感。……及述与来护儿列阵当其前，遣屈突通以奇兵击其后，大破之，遂斩

玄感，传首行在。"已矣：完了，逝去。唐杜甫《石壕吏》："存者且偷生，死者长已矣。"隆中：山名。在湖北省襄阳县（今襄阳市）西，临汉水。东汉末，诸葛亮隐居于此。《三国志·蜀志·诸葛亮传》裴松之注引晋习凿齿《汉晋春秋》："亮家于南阳之邓县，在襄阳城西二十里，号曰隆中。"此以诸葛亮喻岳飞。人龙：人中龙。比喻人中俊杰。《晋书·宋纤传》："太守与叹曰：'吾而今而后知先生人中之龙也。'"

叶绍翁

叶绍翁（生卒年不详），字嗣宗，号靖逸，祖籍建安（今福建建瓯市），本姓李，后嗣于龙泉（今浙江丽水市）叶氏。南宋中期江湖派诗人。仕历不详，后弃官居西湖。有诗集《靖逸小集》，别著《四朝闻见录》。

岳王坟

万古知心只老天①，英雄堪恨复堪怜。如公少缓须臾死，彼运安能八十年②！漠漠凝尘空偃月，堂堂遗像在凌烟③。早知埋骨西湖路，悔不鸱夷理钓船④！（《武林旧事》卷五）

【注释】

① 万古：犹永世，万代。知心：彼此契合，腹心相照。《文选·李陵〈答苏武书〉》："人之相知，贵相知心。"

② "如公"二句：意谓岳飞过早惨遭杀害，致使金虏得以反扑并长期肆虐。须臾，极短的时间。彼运，指金国的气数。安能，怎么能够。八十年，似指岳飞被杀（1142）到作者写此诗时约八十年。这就是英雄"堪恨"的地方。实际上，"堪恨"的正是杀害岳飞的奸贼。

③ "漠漠"二句：阴谋杀害岳飞的密室已积满灰尘，寂无声响；而岳飞的遗像却光辉荣耀地高悬在功臣阁上。此联通过忠奸对比，言岳飞"堪怜"（值得怜爱）。漠漠，形容寂静无声。《荀子·解蔽》："掩耳而听者，听漠漠而以为哅哅。"杨倞注："漠漠，无声也。"凝尘，积聚的尘土。偃月，偃月堂的省称。唐李林甫堂名。《新唐书·李林甫传》："林甫有堂如偃

月,号偓月堂。每欲排构大臣,即居之,思所以中伤者。若喜而出,即其家碎矣。"后因以喻称权臣嫉害忠良的地方。堂堂,光耀,明亮。凌烟,凌烟阁,原本是唐代皇宫内三清殿旁的一个楼阁。贞观十七年二月,唐太宗李世民为怀念当初一同打天下的众位功臣,命阎立本在凌烟阁内描绘了二十四位功臣的图像,褚遂良题之,皆真人大小,时常前往怀旧。后指为表彰功臣而绘有功臣图像的高阁。

④ "早知"二句:早知道会被诬杀埋在西湖边上,何如当初像范蠡那样泛舟五湖垂钓自乐呢!这是叶绍翁愤激的感慨。岳飞死后迁葬于西湖西北栖霞岭下。鸱夷,鸱夷子皮的省称。春秋越范蠡之号。范蠡事越王勾践二十余年,苦身戮力,卒以灭吴,尊为上将军。他深知勾践的为人,可与共患难,难与共安乐。遂泛舟五湖(即太湖),垂钓自乐,变姓名为鸱夷子皮。《汉书·货殖传》:"(蠡)乃乘扁舟,浮江湖,变姓名,适齐为鸱夷子皮,之陶为朱公。"

李 谌

李谌(chén)(1144—1220),名一作谠,字诚之,宋晋江(今福建晋江市)人。以祖恩补承务郎,历大理正卿、权户部侍郎,坐忤韩侂胄罢。起除宝谟、敷文阁待制。有文稿七十卷。

六州歌头·吊武穆鄂王忠烈庙①

高皇神武,善驾驶豪英②。制海内,驱群盗,命天膺,救苍生③。奈梦绕沙漠,隔温清,屈和好,召大将,归兵柄,列枢庭④。公指汴京。威已振河洛,不顾身烹⑤。失一时几会,嗟屠毒吾民,痛岳家军,孰扶倾⑥?久沉冤愤,七十载,还复遇,帝王真⑦。表遗烈,锡王号,日照临,激士心⑧。始识安刘计,宁祸己,是忠臣⑨。我乘传,访壁垒,想精明⑩。英气凛然若在,仍题扁,昭揭天恩⑪。笑原头荒草,一死不能春。交怨天人⑫。
(《龙州词》附)

【注释】

① 六州歌头:词牌名。武穆鄂王:岳飞谥号和封号并称。忠烈庙:指武

昌的岳飞庙。《宋史·岳飞传》："孝宗诏复飞官，以礼改葬，赐钱百万，求其后悉官之。建庙于鄂，号忠烈。淳熙六年，谥武穆。嘉泰四年，追封鄂王。"武穆，其义取《谥法》"折冲御侮曰武，布德执义曰穆"。此词附于刘过的《龙州词》，是对刘过词的和词。原题为"又，淮西帅李谌和仍为书庙额"。

② 高皇：指宋高宗赵构，字德基，徽宗第九子，钦宗弟。北宋灭亡后，逃至南京（今河南商丘市）即帝位。在位36年，被迫让位后病死，葬于永思陵（今浙江绍兴市东南35里处宝山），庙号高宗。因不思收复北方故土，宠信奸臣秦桧和下令处死岳飞父子而背负恶名，被认为是历史上有名的无道之君。神武：神明而威武。《书·大禹谟》："乃圣乃神，乃武乃文。"此为其缩称。乃谀辞。驾驭：驾驭役使。参见陆游《感事》诗注①"驾驭"。

③ "制海内"四句：是不得已的"颂圣"语，是虚扬。制，控制，制服。汉贾谊《过秦论》："履至尊而制六合"。海内，古人认为我国疆土四面环海，因此称国境以内为海内。群盗，指国内的各种变乱武装。命天膺，承受上天的授命。膺，承受。古以君权为神授，统治者自称受命于天，故曰天命。《左传·宣公三年》："周德虽衰，天命未改，鼎之轻重，未可问也。"

④ "奈梦绕"六句：是对宋高宗的谴责，是实抑。梦绕沙漠，谓远在沙漠的宋徽宗只是在梦中思念故乡。隔温清，隔绝侍奉父母之礼。温清（qìng），冬温夏清的省称。冬天温被使暖，夏天扇席使凉。侍奉父母之礼。召大将，绍兴十一年（1141）四月，高宗和秦桧以论功行赏的名义召回韩世忠、张俊、岳飞，收归他们的兵权，韩、张任枢密使，岳飞任枢密副使。兵柄，军权。列，收列，列入。枢庭，政权中枢，内庭。此指枢密院。

⑤ "公指汴京"三句：公，对岳飞的尊称。指，指向，取向。汴京，今河南开封，北宋国都。岳家军进军朱仙镇，距开封仅四十五里。振，同"震"，震动。河洛，黄河和洛水，这里指黄河与洛水一带的金军占领地区。烹，古代用鼎镬煮人的一种酷刑。《史记·越世家》："范蠡遂去，自齐遗大夫（文）种书曰：'飞鸟尽，良弓藏；狡兔死，走狗烹。越王为人长颈鸟喙，可与共患难，不可与共乐。子何不去？'""不顾身烹"含有岳飞不顾"狡兔死，走狗烹"之义。

⑥ "失一时"四句：可叹南宋失去一时的取胜"机会"，致使我们的人民变成金人的奴隶；哀痛岳家军被解散，谁来扶持这岌岌可危的时局？几会，同"机会"。屠毒，杀害，毒害。宋文天祥《葬无主墓碑》诗："大河流血丹，屠毒谁之罪？"孰，谁。扶倾，扶持倾危的建筑物，比喻挽救危局。《后汉书·隗嚣传》："将军操执款款，扶倾救危。"

⑦ "久沉"四句：岳飞长久沉积的怨愤，经过七十年，终于遇到了真正英明的皇帝。七十载，岳飞于绍兴十一年底（1142年初）被害，到嘉泰四年（1204）被追封鄂王，经历六十多年，此为约数。帝王，指宋宁宗赵扩。

⑧ "表遗烈"四句：表彰前朝的忠烈之士，赐予岳飞鄂王的封号。这些举动像白日照临大地，激励着人们的抗敌复国之心。遗烈，指前朝或历史上的坚贞不屈的刚烈之士。锡，通"赐"，上级赏给下级。

⑨ "始识"三句：这才使人们认识岳飞安定国家的谋略，他宁肯自己遭祸受害也在所不惜，真是忠贞之臣。安刘，汉高祖刘邦病危时对吕后说："周勃重厚少文，然安刘氏者必勃也。"见《史记·高祖本纪》。后因以"安刘"为维护王朝的典故。

⑩ 乘传：乘坐驿车。传（zhuàn），驿站的马车。壁垒：军营的围墙，作为进攻或退守的工事。也指营垒。这里指岳飞军旧时营垒。想精明：缅怀岳飞的纯洁无瑕和光明磊落。精明，明洁至诚。这里着重指德行。

⑪ "英气"三句：英气，英武豪迈的气概。凛然，严肃令人敬畏的样子。昭揭，显扬。天恩，指帝王的恩惠。

⑫ "笑原头"三句：可笑那些奸臣墓原上的荒草，一旦枯萎死去，再也不能回春复生，只好交互怨天尤人。这是暗喻那些权奸、佞臣死去会遗臭万年，永世不得翻身。原，指墓原。春，用作动词，回春。天人，一本作天神。

刘 过

刘过（1154—1206），字改之，自号龙州道人，襄阳人，后移居吉州太和（今江西泰和县）。少怀志节，读书论兵，好言古今治乱盛衰之变。曾多次上书朝廷,"屡陈恢复大计,谓中原可一战而取",未被采纳。布衣终身。有《龙州集》《龙州词》。

六州歌头·吊武穆鄂王忠烈庙

中兴诸将,谁是万人英①?身草莽,人虽死,气填膺,尚如生②。年少起河朔,弓两石,剑三尺,定襄汉,开虢洛,洗洞庭③。北望帝京④。狡兔依然在,良犬先烹⑤。过旧时营垒,荆鄂有遗民。忆故将军。泪如倾⑥。

说当年事,知恨苦,不奉诏,伪耶真⑦?臣有罪,陛下圣,可鉴临,一片心⑧。万古分茅土,终不到,旧奸臣⑨。人世夜,白日照,忽开明⑩。衮佩冕圭百拜,九泉下、荣感君恩⑪。看年年三月,满地野花春。卤簿迎神⑫。(《龙州词》)

【注释】

① "中兴诸将"二句:作者故意避直就曲,以问代赞。中兴诸将,指岳飞、韩世忠、刘光世、张俊等南宋中兴将领。中兴(xīng),中途振兴,由衰转盛。南宋用以粉饰偏安。万人英,众人中的英杰。宋范仲淹《赠张先生》诗:"风尘三十六,未作万人英。"

② "身草莽"四句:写缅怀之思。身草莽,出身低下。草莽,草野,民间。《孟子·万章下》:"孟子曰:'在国曰市井之臣,在野曰草莽之臣,皆谓庶人。'"气填膺,忠愤之气充满胸际。

③ "年少"六句:写英雄的一生经历。起河朔,岳飞在《五岳祠盟记》中说:"余发愤河朔,起自相台,总发从军,历二百余战……"河朔,黄河之北。岳飞的家乡汤阴在黄河之北。弓两石,《宋史·岳飞传》:"(飞)未冠,挽弓三百斤,弩八石。"石(古音shí,今读dàn),计重单位。宋赵彦卫《云麓漫钞》卷六:"十六两为斤,三十斤为钧,三钧为石。"剑三尺,古剑长凡三尺,故称宝剑为三尺剑。《史记·高祖本纪》:"吾以布衣提三尺剑取天下,此非天命乎?"后三句为了押韵,次序有所颠倒。实际上,"定襄汉"在绍兴四年,"洗洞庭"在绍兴五年,"开虢洛"在绍兴十年。

④ 北望帝京:岳飞乘胜进军朱仙镇,北距故都汴京(今开封)仅四十

五里，故说"北望帝京"。

⑤ "狡兔"二句：化用"飞鸟尽，良弓藏；狡兔死，走狗烹"，却是"加一倍"的写法。兔死狗烹尚且无情，而现在"狡兔依然在"，就"良犬先烹"，岂不更加可悲可恨！

⑥ "过旧时"四句：是写人民对岳飞的怀念。《金佗稡编》卷九载：岳霖"昔将漕湖北，武昌之军士百姓设香案，具酒牢，哭而迎。有一妪哭尤哀，曰：'相公今不复北来。'"《金佗稡编》卷二十："汪澈宣谕荆襄，周行旧垒……而列校造前捧牍，讼先臣之冤。澈遂喻之以当以奏知之意。此语一出，哭声如雷，咸愿各效死力，至有为岳公争气之语。澈慰谕久，而啜泣者犹未止也。"

⑦ 恨苦：犹恨极，恨透。不奉诏：不按皇帝的诏令行事。"绍兴十一年十二月二十九日刑部大理寺状"对岳飞的判决书首要罪状就是："岳飞坐拥重兵，于两军未解之间，十五次被受御笔，并遣中使兵，逗遛不进。"（李心传《建炎以来朝野杂记》乙集卷一二《岳少保诬证断案》）伪耶真：是假还是真的呢？这里用反诘句表明那完全是秦桧之流强加给岳飞的罪名。

⑧ "臣有罪"四句：臣有罪当杀，陛下永远圣明，只有上天鉴察我的一片丹心。前二句化用韩愈《拘幽操》"臣罪当诛兮，天王圣明"之意。鉴临，审察，监视。

⑨ "万古"三句：意谓岳飞终究被追封为王，而千秋万代，分封王侯，终究不会轮到昔日奸臣的分上。分茅土，即分茅裂土。古天子分封王、侯时，用代表方位的五色土筑坛，按封地所在方向取一色土，包以白茅而授之，作为受封者得以有国建社的表征。

⑩ "人世夜"三句：人世间的沉沉黑夜，终因有了白日高照（指孝宗为岳飞平反、宁宗追谥鄂王），一下子变得明朗起来。

⑪ "衮佩"三句：是想象冥世有知的岳飞在得知平反和追谥的喜讯之后的情状。衮，古代帝王及上公穿的绘有卷龙的礼服。《周礼·春官·司服》："享先王则衮冕。"郑玄注引郑司农曰："衮，卷龙衣也。"佩，玉佩，古人佩带的饰物。冕，古代天子、诸侯、卿、大夫等行朝仪、祭礼时所戴的礼帽。《说文》："冕，大夫以上冠也。"圭，古代帝王、诸侯朝聘、祭祀、

丧葬等举行隆重仪式时所用的玉制礼器。长条形，上尖下方，其名称、大小因爵位及用途不同而异。百拜，多次行礼，再三行礼。九泉，指地底最深处，即阴间。

⑫ "看年年"三句：请看每年三月，春光明媚之际，遍地花香之时，人们以隆重的仪仗在鄂王庙前祭奠英雄的神灵。卤簿，本为古代帝王出行时扈从的仪仗队，汉以后，后妃、太子和大臣出行时皆用。迎神，迎接神灵来降。

刘 儗

刘儗，一名仙伦，字叔儗，号招山，南宋庐陵（今江西吉安市）士人。岳珂《桯史》卷六说"庐陵在淳熙间，先后有二士，其一曰刘改之（刘过）"，另一则为刘儗。岳珂称其"才豪甚，其诗往往不肯入格律"。有《招山小集》。

阙 题

昔年槌鼓事边庭，公相身为国重轻①。四海几人思武穆，百年今日见仪刑②。笔头风月三千字，齿颊冰霜十万兵③。天亦知人有遗恨，定应分付与中兴④。（《桯史》卷六）

【注释】

① 槌鼓：擂鼓，击鼓。古代军中发起进攻的号令。事：治理，任事。《晏子春秋·问上十一》："劳力事民而不责焉。"王念孙《读书杂志·晏子春秋一》："事，治也。谓……劳力以治民而不加督责也。"边庭：亦作边廷，犹边地。公相：本称宰相，因宰相多封公，扩大为对官长的尊称。元关汉卿《金线池》第四折："下里正熬煎，谢公相肯矜怜。"此尊称岳飞。重轻：指对全局有重大影响的关键因素。《新唐书·裴度传》："其威誉德业比郭汾阳，而用不用常为天下重轻。"

② 百年：死的婉辞。晋陆机《吊魏武帝文》："今乃伤心百年之际，兴哀无情之地……"仪刑：同"仪型"，楷模，典范。《北齐书·陈元康传》："王教训世子，自有礼法，仪刑式瞻，岂宜至是。"

③ "笔头"二句：谓岳飞具有文才武略。风月，指诗文。宋欧阳修《赠王介甫》诗："翰林风月三千首，吏部文章二百年。"齿颊，本意为牙齿与腮颊，引申为谈论，谈吐。《鄂王行实编年》卷一记岳飞与张所论兵："所尝从容问之曰：'闻汝从宗留守，勇冠三军，汝自料能敌人几何？'先臣曰：'勇不足恃也。用兵在先定谋，谋者，胜负之机也。故为将之道，不患其无勇，而患其无谋。'"冰霜，形容军容整肃，纪律严明。

④ "定应"句：定会将这种遗恨托付给有志中兴的人。分付，托付，寄意。宋杨恢《祝英台近》："都将千里芳心，十年幽梦，分付与一声鹈鴂。"

释居简

释居简（1164—1246），字敬叟，号北磵，宋潼川（今四川三台县）人。俗姓龙（《补续高僧传》卷二四作王）。依邑之广福院圆澄得度，历住台之般若报恩。后居杭之飞来峰北磵十年，诏迁净慈，晚居天台。有《北磵文集》《北磵诗集》及《外集》《续集》《语录》等。

读岳鄂王传并引①

王与吾佛日祖同厄于身前而同荣于身后②。余观此传于归安簿赵应叔③，书于传后而归之④。

百钧不挽射羿弓，朔望酹酒马鬣封⑤。从来知子莫若父，许以徇国输精忠⑥。相州去谒大元帅，是时元帅方潜龙⑦。华风忽与庆云遇，千载一德明良同⑧。南熏门外众制寡，铁路步上雌决雄⑨。浮图连墙望尘靡，拐子如山随手空⑩。伪齐可给不可杀，兀朮可间毋用攻⑪。寇连诸道解如瓦，气吐千丈长于虹⑫。声先到处皆春风，桀骜怙很摧枯蓬⑬。中原跂踵戴旧德，萧墙稔祸基元凶⑭。当时剑握不倒置，直北马首无由东⑮。全尺寸地有余刃，半九十里隳奇功⑯。老黑既陷百尺穿，长城遂摧千丈墉⑰。群奸尾摇蜂虿毒，一蠹吻纳蟾蜍宫⑱。强胡妄冀脱虎口，残喘忽重甦犬戎⑲。难平者事有成算，可投之机无再逢⑳。乡来望诸报燕惠，无怨无怒方雍容㉑。其谁掩卷辄痛哭，主父偃与齐蒯通[22]。黄金台圮置勿论,问之胡不达四聪[23]。昔人已矣不可作,后来更复将焉从[24]。审如机括发必中,诚与日月昭而融[25]。将军碧电摇百步,跨灶英勇尤折冲[26]。乾坤不朽忠义骨,光腾抔土方瞳瞳[27]。春秋不书六月雪,是日集霰回泠风[28]。杞传百世子配食,天定胜人还至公[29]。乱臣贼子生好看,遗臭不老均蠛虫[30]。坐令三光五岳气,百岁左衽昏濛濛[31]。周南滞留奋椽笔,折奸全直传无穷[32]。浯溪大字倘可法,燕然苍藓知谁砻[33]。开禧之事如昨日,清淮洒血连天红[34]。动逾二纪不解甲,残房尚锐蕲黄锋[35]。噬脐太息复太息,遗恨黯黯齐峚峒[36]。至今奸血泽遗类,忠愤郁郁填人胸[37]。向使二子及见此,痛哭岂止喧旻穹[38]。古愁连环不可解,除是帝舜开重瞳[39]。(《北硐诗集》卷四)

【注释】

① 岳鄂王传:根据宋史专家王曾瑜先生统计,南宋官私书的《岳飞传》,约有九份。详见《岳飞和南宋前期政治与军事研究·从南宋官私书中的岳飞传到〈宋史·岳飞传〉》。根据诗题,作者所读或指章颖《经进鄂王传》,载《金佗续编》卷一七至卷二一。引:序言。

② 佛日祖:指佛祖释迦牟尼。同厄于身前:同样在生前遭受困厄。同荣于身后:同样在死后获得荣耀。

③ 归安簿:归安县(今属浙江湖州市)主簿。主簿,官名。各级主官属下掌管文书的佐吏。《文献通考》卷六三:"盖古者官府皆有主簿一官,上自三公及御史府,下至九寺五监以至郡县皆有之。"赵应叔:其人不详。

④ 书于传后而归之:在《岳鄂王传》后面写下这首诗而还给他。

⑤ "百钧"二句:言岳飞从周同学射而不忘师恩。《金佗续编》卷一七:"(飞)学射于周同……同死,朔望必鬻衣具酒肉,诣同冢莫而泣。引同所赠弓发三矢,乃酹。父知而义之,抚其背曰:'使汝异日得为时用,其徇国死义之臣乎?'"钧,古代计重单位。一钧为三十斤。射羿弓,羿射九日之弓。宋正受编《嘉泰普灯录》卷十:"不弯射羿弓,何以报深德。"朔望,朔日和望日。旧历每月初一日和十五日。酹酒,祭奠时以酒浇地。与鬣封,坟墓封土的一种形状,亦指坟墓。《礼记·檀弓上》:"昔者夫子言之曰:'吾见封之若堂者矣,见若坊者矣,见若覆夏屋者矣,见若斧者矣。'

从若爷者焉，马鬣封之谓也。"郑玄注："俗间名。"孔颖达疏："马鬣之上，其肉薄，封形似之。"

⑥ "从来"二句：言岳飞之父知岳飞定能徇国死义。许，期许，称许。徇国，为国家利益而献身。输，献纳，交出。

⑦ "相州"二句：指岳飞在相州谒见时任兵马大元帅的康王赵构，即后来的宋高宗。相州，今河南安阳市，宋时称相州。方，正当，正在。潜龙，语出《易·乾》："初九，潜龙勿用。"比喻圣人在下位，隐而未显。其时赵构尚未即皇帝位，故喻为"潜龙"。

⑧ "华风"二句：言宋高宗与岳飞君臣遇合，同心一德。华风，犹光风，天日清明时的和风。庆云，五色云。古人以为喜庆、吉祥之气。华风与庆云相遇，意谓风云际会。喻君臣遇合。唐秦韬玉《仙掌》诗："为余势负天工背，索取风云际会身。"一德，犹同心同德。《尚书》有篇名《咸有一德》。明良，谓贤明的君主和忠良的臣子。语本《书·益稷》："元首明哉，股肱良哉，庶事康哉！"

⑨ 南熏门：汴京南三门的中门。《南村辍耕录》卷一八《记宋宫殿》："皇城南外门曰南熏。"《鄂王行实编年》卷三："（建炎三年）春正月，贼首王善、曹成、张用、董彦政、孔彦舟率众五十万，薄南熏门外，鼓声震地。……时先臣所部才八百人，众皆惧不敌，先臣谓曰：'贼虽多，不整也，吾为诸君破之！'左挟弓矢，右运铁矛，领数骑横冲其军，贼军果乱。后骑皆死战，自午及申，贼众大败。"众制寡：众制于寡，意谓以少胜多。铁路步：一作铁炉步。地名。在今湖南省永州市城北。柳宗元《永州铁炉步志》："江之浒，凡舟可縻而上下者曰步（埠）。永州北郭有步曰铁炉步。"《鄂王行实编年》卷一载：建炎三年，"师次铁路步，与贼首张用战，败之"。雌决雄：犹决雌雄，决一胜负。

⑩ 浮图：指金军的铁浮图，是南宋人对金人"超级重装骑兵"的一种称呼。连墙：连接如墙。望尘靡：望见岳家军扬起的尘土就倒下去。靡，散乱，顺风倒下。拐子：指金军的拐子马。拐子马为左右翼骑兵。《金佗续编》卷二〇："初，兀朮有劲军皆重铠，贯以韦索凡三人为联，号拐子马。又有号'铁浮屠'，如墙而进，官军不能当。"如山：形容众多。随手空：随即消

失。随手,随即,立刻。《史记·淮阴侯列传》:"若欲捕我以自媚于汉,吾今日死,公亦随手亡矣。"

⑪ "伪齐"二句:指岳飞用计离间刘豫和兀朮一事。《金佗续编》卷一九载:岳飞部下获一兀朮谍者,吏请斩之。岳飞故意认作军中的张斌,责其以蜡书至齐,约诱致四太子而共杀之,竟往不复来。并说齐帝(刘豫)已许我今年冬以会合寇江为名,致四太子于清河。谍冀缓死,即诡服。乃作蜡书,言伪齐同谋诛兀朮事。"因谓谍者曰:'汝罪万死,吾今贷汝,复遣至齐,问举兵期,宜以死报。'谍径抵兀朮所,出书示之,兀朮大惊,驰白其主。于是清河之警不复闻。豫随废夺。"伪齐,指刘豫建立的伪政权,国号齐。绐(dài),欺骗。间(jiàn),离间;挑拨使人不和。兀朮(wù zhú),完颜兀朮(?—1149),汉名宗弼,太祖完颜阿骨打第四子。金朝开国功臣。有胆略,善射。一直是金国主攻派的代表,并领导了多次南侵,迫宋称臣,以功进太傅。金皇统七年(1147),为太师,令三省事,都元帅,独掌军政大权。

⑫ 寇连诸道:众多地方的寇盗互相连接。道,中国历史上的行政区域名。唐代分全国为十道,相当于后来的省。北宋沿袭唐制,分全国为十三道,不久即废,改道为路。解如瓦:如同瓦器破碎。比喻失败、崩溃。"气吐"句:吐气比天上的彩虹还长。形容气魄很大。

⑬ "声先"句:声威先到之处全如春风吹来般温暖。形容岳家军给人民带来福祉。"桀骜"句:凭仗凶狠的寇盗如同枯槁的蓬草被摧毁。桀骜,性情倔强不驯顺。此指桀骜之人。怙很,凭仗凶狠。很,古同"狠",凶恶。

⑭ 跂踵:踮起脚跟。形容盼望或仰慕之切。戴旧德:感戴昔日的恩德。萧墙稔祸:比喻内部发生祸乱。萧墙,古代宫室内作为屏障的矮墙。《论语·季氏》:"吾恐季孙之忧,不在颛臾,而在萧墙之内也。"借指内部。稔祸,犹酿祸。稔,酝酿。宋陆游《北岩》诗:"修怨以稔祸,哀哉谁始谋。"基元凶:根本在于罪魁首恶。元凶,罪魁。

⑮ "当时"二句:意谓当时如果不是与金人议和而将主动权交给对方,岳家军就不会从北伐战场上撤军回来。剑握倒置,倒拿着剑,把剑柄给别

人。比喻把大权交给别人，自己反受其害。直北，正北。《史记·封禅书》："汉文帝出长安门若见五人于道北，遂因其直北立五帝坛。"无由，没有门径，没有办法。马首东，谓东归，返回。语本《左传·襄公十四年》："栾黡曰：'晋国之命，未是有也。余马首欲东。'乃归。"杨伯峻注："秦兵在西，东则归矣。"

⑯ 全尺寸地：保全狭小之地。尺寸，形容数量少。有余刃：犹游刃有余。语出《庄子·养生主》："彼节者有间，而刀刃者无厚。以无厚入有间，恢恢乎其于游刃，必有余地矣。"后因以喻指处事裕如的能力。半九十里：语本《战国策·秦策五》："诗云：'行百里者半九十。'此言末路之难也。"此意谓接近成功。隳奇功：将异常的功绩毁坏。隳（huī），毁坏，崩毁。

⑰ "老罴"二句：喻指岳飞遭诬陷而被杀害。老罴，《北史·王罴传》载：王罴除华州刺史，"尝修州城未毕，梯在城外。神武遣韩轨、司马子如从河东宵济袭罴，罴不觉。比晓，轨众已乘梯入城。罴尚卧未起，闻合外汹汹声，便袒身露髻徒跣，持一白棒，大呼而出，谓曰：'老罴当道卧，貉子那得过！'敌见，惊退"。后以"老罴当道"喻猛将坐镇要冲。此以老罴喻岳飞。阱（jǐng），同"阱"。捕野兽用的陷坑，比喻害人的圈套。墉，城墙，墙。

⑱ 群奸：众奸臣。尾摇蜂虿毒：像蜂和虿摇动螯尾那样狠毒。蜂和虿（chài），都是有毒刺的螯虫。《国语·晋语九》："蜢蚁蜂虿，皆能害人，况君相乎！"比喻狠毒凶残的恶人。一蟆：喻指秦桧。蟆（má），古同"蟆"。吻纳蟾蜍宫：喻言论为朝廷所听信。吻，嘴，口。《墨子·尚同中》："使人之吻助己言谈。"纳，接受。蟾蜍宫，月宫。旧谓月宫有蟾蜍，故称。

⑲ "强胡"句：强盛的金军妄图摆脱危险的境地。妄冀，妄想。冀，希望。"残喘"句：苟延残喘的侵略者忽然重新得以复苏。犬戎，旧时对我国少数民族或外国侵略者的蔑称。

⑳ 难平者事：不平之事。语本三国蜀诸葛亮《后出师表》："夫难平者，事也。"此指诬陷杀害岳飞之事。成算：已定的计划。可投之机：可利用之时机。投机，切中时机。无再逢：不可再遇到。岳飞《止乞班师诏奏略》："契勘金虏重兵尽聚东京，屡经败衄，锐气沮丧，内外震骇。闻之谍者，虏

欲弃其辎重，疾走渡河。况今豪杰向风，士卒用命，天时人事，强弱已见，功及垂成，时不再来，机难轻失。臣日夜料之熟矣，惟陛下图之。"

㉑ **乡来**：往昔，过去。乡，通"向"。**望诸**：望诸君之省。战国时乐毅的封号。**报燕惠**：燕惠王做太子时，与乐毅有隙，即位后对乐毅用而不信，后以骑劫代之，乐毅逃亡走赵。齐人田单在即墨击败燕军，齐国悉复得其故城。燕惠王责备乐毅避亡到赵国，乐毅回致一封《报遗燕惠王书》，载于《史记·乐毅列传》。**雍容**：舒缓，从容不迫。《文选·班固〈两都赋〉序》："雍容揄扬，著于后嗣。"吕向注："雍，和；容，缓。"

㉒ **掩卷**：合上书卷。**辄**：总是，就。**主父偃**：汉武帝时大臣。临淄（今山东临淄）人。早年不得志，后得汉武帝重用。**齐蒯（kuǎi）通**：在齐地的蒯通。蒯通，本名蒯彻，汉初范阳人，因避汉武帝刘彻之讳而改为通。曾建议韩信与刘邦、项羽三分天下而不被采纳。司马迁在《史记·乐毅列传》曾言："始齐之蒯通及主父偃读乐毅之报燕王书，未尝不废书而泣也。"

㉓ **黄金台圮**：意谓燕昭王去世，惠王不再重用乐毅。黄金台，台名。故址在今河北省易县东南。相传战国燕昭王筑，置千金于台上，延请天下贤士，未几，召来了乐毅等贤豪之士，昭王亲为推毂，国势骤盛。圮（pǐ），埙坏。**置勿论**：姑且放在一边不去谈论。**胡不达四聪**：为什么不能远听四方。四聪，能远闻四方的听觉。《书·舜典》："明四目，达四聪。"参见薛季宣诗注⑦。

㉔ **已矣**：完了，逝去。宋王安石《伤杜醇》诗："悲哉四明山，此士今已矣！"**不可作**：不能再生。**后来**：后来之人，指岳飞。**将焉从**：将要跟随谁。

㉕ **"审如"句**：形容岳飞料事如神。审，仔细思考，反复分析、推究。机括，亦作机栝，弩上发矢的机件。《庄子·齐物论》："其发若机栝，其司是非之谓也。"成玄英疏："机，弩牙也。栝，箭栝也。"发必中，发射必然命中目标。**诚与日月昭而融**：忠诚比日月更长久明亮。昭而融，语出《诗·大雅·既醉》："昭明有融，高朗令终。"毛传："融，长。朗，明也。"

㉖ **碧电摇百步**：形容岳飞像猛虎一样，目光如电，显示其雄威于百步之外。唐韩愈《猛虎行》："正昼当谷眠，眼有百步威。"**跨灶**：本指良马奔

跑时后蹄印跃过前蹄印。比喻儿子胜过父亲。《诗律武库·跨灶撞楼》引三国魏王朗《杂箴》："家人有严君焉，井灶之谓也，是以父喻井灶。或曰：灶上有釜，故生子过父者，谓之跨灶。"**尤折冲**：尤其忠勇。冲，冲车。战车的一种。折冲，使敌人的战车后撤，即制敌取胜。《吕氏春秋·召类》："夫修之于庙堂之上，而折冲乎千里之外者，其司城子罕之谓乎？"折冲之臣，谓忠勇之臣。《汉书·王尊传》："诚国家爪牙之吏，折冲之臣。"句意谓岳云忠勇胜过其父。

㉗ **光腾抔土**：光焰从坟墓升腾。抔土，一捧土，指坟墓。《史记·张释之冯唐列传》："假令愚民取长陵一抔土，陛下何以加其法乎？"长陵，即是汉高祖的坟墓。**朣朣**：月初出，将明。

㉘ **"春秋"句**：岳飞的冤屈不为朝廷的史册所记载。六月雪，《后汉书·刘瑜传》引《淮南子》说："邹衍事燕惠王，尽忠。左右谮之，王系之，（衍）仰天而哭，五月为之下霜。"后演绎为六月飞雪。元关汉卿杂剧《窦娥冤》写在窦娥被斩之后，"血溅白练，六月飞雪，三年大旱"。后因以"六月雪"指极大的冤屈。**是日**：指岳飞被杀之日。**集霰回泠风**：天气由和煦的风突变为密集的冰雹。言形势突然变得严酷。集霰，密集的冰雹。霰（xiàn），冰珠，亦称"雹"。泠（líng）风，小风，和风。《庄子·齐物论》："泠风则小和，飘风则大和。"成玄英疏："泠，小风也。"

㉙ **杞传百世**：疑当为"祀传百世"。祭祀流传百代。**子配食**：儿子配享合祭。配食，祔祭，配享。**天定胜人**：意谓上天所命定胜过人事。语出《吕览》："天定则胜人，人定则胜天。"**至公**：最公正，极公正。《管子·形势解》："风雨至公而无私，所行无常乡。"

㉚ **生好看**：甚难堪。生，副词，甚，最。好看，反话，犹难堪。如俗言"瞧人家的好看"。**遗臭不老**：恶名永远流传。**均翾虫**：全如飞虫。翾（xuān），低空飞翔。《说文》："翾，小飞也。"

㉛ **"坐令"二句**：意谓空使中原地区沦于金人的统治。三光，指日、月、星。五岳，指东岳泰山、西岳华山、南岳衡山、北岳恒山和中岳嵩山。左衽，衣襟向左，指我国古代某些少数民族的服装。《书·毕命》："四夷左衽，罔不咸赖。"后因以"左衽"指少数民族或为少数民族所统治。昏濛

濛,形容金人统治的黑暗。

㉜ 周南:地名。指成周(今河南洛阳)以南。《史记·太史公自序》:"是岁天子始建汉家之封,而太史公留滞周南不得与从事。"此以太史公喻《岳鄂王传》的作者。奋椽笔:挥洒如椽大笔而书写。《晋书·王珣传》:"珣梦人以大笔如椽与之,既觉,语人云:'此当有大手笔事。'俄而帝崩,哀册谥议,皆珣所草。"后因以"椽笔"指大手笔,称誉他人文笔出众。折奸全直:挫辱奸佞之人,保全正直之士。

㉝ "浯溪"二句:意谓南宋未能像唐朝书写《大唐中兴颂》摩崖石刻,亦无人能如汉窦宪在燕然山刻石记功。浯溪,湖南祁阳县治浯溪镇,镇以溪名。元结作《大唐中兴颂》,赞颂平定安史之乱之功。后由唐代著名书法家颜真卿书刻于浯溪旁的摩崖之上。浯溪大字即指此。倘可法,如果可以学习。燕然苍藓,燕然石的苔藓。燕然,古山名。参见吕本中诗注④"燕然刻石"。砻(lóng),磨。此义为砻刻,即磨光雕刻。

㉞ 开禧之事:指开禧北伐之事。开禧是南宋皇帝宁宗的年号(1205—1207)。时韩侂胄渐掌大权,力主抗金。开禧二年,身任平章军国事的韩侂胄未做充分准备,便贸然发动北伐。宋军纷纷出击,然金军方面早有准备,故宋军诸路进攻皆以失败告终。金军乘胜分路南下。韩侂胄只好向金朝求和,但因金人提出要斩韩侂胄等人而未果。开禧三年,宋廷内主和派杀死韩侂胄,宋、金罢兵议和。嘉定元年,宋、金订立嘉定和议。清淮:指淮河水。

㉟ 动逾二纪:征战超过二纪。一纪为十二年,二纪为二十四年。不解甲:不解下铠甲。谓连年作战。"残虏"句:在蕲州和黄州的残余金寇气势还很盛。

㊱ 噬(shì)脐:像用嘴咬不着自己的肚脐那样。比喻后悔不及。《左传·成公六年》:"若不早图,后君噬脐。"太息:叹息。《离骚》:"长太息以掩涕兮。"黮黮:心神沮丧的样子。崆峒(kōng tóng):山名。一在今甘肃平凉市西,一在山西临汾市南,一在江西赣县南。泛指高峻的山。

㊲ 泽:恩泽惠及。遗类:谓留下其同类。《左传·哀公十一年》:"使医除疾,而曰'必遗类焉'者,未之有也。"郁郁:忧伤、沉闷貌。《楚辞·九章·哀郢》:"惨郁郁而不通兮,蹇侘傺而含戚。"王逸注:"中心忧满虑闭

塞也。"

㊳ 向使：先前假如。二子：指主父偃与蒯通。喧：声音大而嘈杂。旻穹：苍天。《隶释·汉繁阳令杨君碑》："旻穹不惠，年五十一。"

㊴ 古愁：谓怀古幽思。宋苏舜钦《舟至崔桥》诗："晚泊野桥下，暮色起古愁。"连环不可解：像一个套一个的圆环难以解开。帝舜：古帝大舜。开重瞳：睁开双眸子的眼。传说舜目重瞳。《史记·项羽本纪》："吾闻之周生曰'舜目盖重瞳子'。"

苏 泂

苏泂（1170—?），字召叟，宋山阴（今浙江绍兴市）人。少从其祖游宦入蜀，长而落拓走四方。曾再入建康幕府。从陆游学诗，唱和者皆一时名士。有《泠然斋集》及《诗余》。

武 昌

南楼丝管日纷纷，一带春江浸碧云①。遗老相逢问年几，白头闲话岳家军②。（《泠然斋集》卷七）

【注释】

① 南楼：古楼名。在武汉市武昌黄鹤山顶。一名白云楼，又名岑楼。晚唐时为纪念东晋大将庾亮而建。宋陆游《入蜀记》："二十七日，郡集于南楼，在仪门之南石城上，一曰黄鹤山。制度闳伟，登望尤胜。鄂州楼观为多，而此独得江山之要会，山谷所谓'江东湖北行画图，鄂州南楼天下无'是也。"丝管：弦乐器与管乐器。借指音乐。唐杜甫《赠花卿》诗："锦城丝管日纷纷，半入江风半入云。"纷纷：形容繁杂。一带春江：春天的长江像一条长带。浸碧云：碧天的云倒映于江水像浸泡其中。

② "遗老相逢"二句：写经历世变的老人对当今只知寻欢作乐而不思救国的风气的不满，从而更加怀念当年曾驻军此地英勇抗金的岳家军。问年几，问现在是什么年代。或问年龄多大。

赵肃远

赵肃远(生平不详),宋永嘉(今浙江温州市)人。与卢祖皋(约1174—1224)有唱和,当为南宋宁宗时人。《东瓯诗存》录其诗八首。

岳王坟

来吊英雄骨尚香,一抔黄土当封疆①。自从驻跸来吴会,谁更提兵入洛阳②。殡阁有灯秋树暗,隧碑无字雨苔荒③。寒鸦不识当时事,犹恋栖霞噪晓霜④。(《东瓯诗存》卷七)

【注释】

① 骨尚香:尸骨还留有香气。谓岳飞声名不朽。一抔黄土:指坟墓。见释居简诗注㉗。当封疆:当作分封的土地。古代君主认为某臣贤能、有才,便举行封疆大典,授臣以土地,为封疆。

② 驻跸:帝王出行,途中停留暂住。晋左思《吴都赋》:"弭节顿辔,齐镳驻跸。"跸(bì),指帝王出行的车驾。吴会:秦汉会稽郡治在吴县,郡县连称为吴会。东汉分会稽郡为吴和会稽二郡,并称吴会。后亦泛称此两郡故地为吴会。提兵:率领军队。唐武元衡《兵行褒斜谷作》诗:"注意奏凯赴都畿,速令提兵还石坂。"洛阳:借指中原沦陷区。

③ 殡阁:墓地的殿阁。隧碑无字雨苔荒:雨后长出的苔藓遮掩了墓碑上的文字。隧,指墓道。荒,掩盖。《诗·周南·樛木》:"南有樛木,葛藟荒之。"毛传:"荒,奄也。"

④ 栖霞:栖霞岭之省称。因岭上多桃花,灿若云霞,故称。又因岭上多鸦,亦称栖鸦岭。岳飞墓在栖霞岭南麓。噪晓霜:在霜天的清晨聒噪。

钱 时

钱时(1175—1244),字子是,号融堂,学者称融堂先生,宋淳安(今浙江淳安县)人。早年曾主象山书院,理宗嘉熙元年(1237),以布衣召见,赐进士出身,授秘阁校勘。与修国史。后辞归,创融堂书院。有《蜀阜存稿》等近十种。《宋史》附《杨简传》。

东松庵观岳武穆遗碑①

虎视关河指日平②，东松岭路小提兵③。奸臣误国英雄死，千古遗碑夕照明。（《蜀阜存稿》卷一）

【注释】

① 东松庵：即东松寺，在安徽祁门县。绍兴元年二月，岳飞自江阴军至江西鄱阳的途中，路过祁门县，游东松寺，写了《东松寺题记》。遗碑：前代遗留之碑，古碑。

② 虎视关河：谓岳飞威严地注视着入侵敌人的动向。虎视，威严地注视。关河，关山河川。指日：犹不日，谓为期不远。

③ 小提兵：率领少量军队。《三朝北盟会编》卷一四四："绍兴元年正月十一日己酉，岳飞起发江阴军，权听张俊节制，以讨李成。……岳飞以通泰州镇抚使，方近屯于江阴军。戊申（初十日）被命，己酉（十一日）进发，癸丑（十五日）到宜兴，取老小到徽州。飞留老小于徽州，率军马去洪州。"可知当时只是率少量军队护送家属。

吕　午

吕午（1179—1255），字伯可，宋歙县（今安徽歙县）人。嘉定四年（1211）进士。历官监察御史，迁起居郎兼史院官。丁母忧，闲居十二年。有《竹坡类稿》《左史谏草》等。《宋史》有传。

和岳王庙壁上韵①

当年唯说岳家军，纪律森严孰与邻②。师过村村皆按堵，功成处处可镌珉③。威名千古更无敌，词翰数行俱绝尘④。拟取中原报明主，亦劳余刃到黄巾⑤。（《宋诗纪事》卷六一）

【注释】

① 诗题意为：依照岳王庙墙壁上所题诗的韵作诗。和韵，同次韵。谓

依照别人诗词的原韵及其次序作诗填词。宋张表臣《珊瑚钩诗话》卷一："前人作诗,未始和韵。自唐白乐天为杭州刺史,元微之为浙东观察,往来置邮筒倡和,始依韵,而多至千言,少或百数十言,篇章甚富。"

② "纪律"句:谓纪律严明无可比并。森严,严明,严格。孰与邻,哪个人可与并列。邻,比并。

③ 按堵:安居,安定。《汉书·高帝纪上》:"吏民皆按堵如故。"镌珉:犹刻石。雕刻碑石,以颂扬功德。镌,雕刻。珉,美石。

④ 词翰:诗文与书法。绝尘:超脱尘俗。

⑤ 拟:打算。明主:圣明的君主。余刃:见释居简诗注⑯。黄巾:喻国内各种变乱武装。见吕本中诗注②。二句谓岳飞的志向是收复中原失地,而平定内乱只是游刃之余。

袁 甫

袁甫(1180?—1241),字广微,号蒙斋,宋庆元府鄞县(今浙江宁波市鄞州区)人。宁宗嘉定七年(1214)进士第一。官至兵部尚书兼吏部尚书。所至兴利除弊。在朝靡切权贵,抗论不阿。卒谥正肃。有《蒙斋集》。《宋史》有传。

岳忠武祠

当年老桧肆欺谩,忠武哀哉抱寸丹①。赖有皇天为吐气,岂无青史更诛奸②。字留陈迹何年泯,烟锁空山尽日闲③。世事关心眠不得,今朝下涕为潸潸④。

儿时曾住练江头,长老频频说岳侯⑤。手握天戈能决胜,心轻人爵只寻幽⑥。堪嗟爝火当时灭,谁信长川万古流⑦。机会莫言今到手,却愁无饭饱貔貅⑧。

背嵬军马战无俦,压尽当年众列侯⑨。先辈有闻多散轶,后生谁识发潜幽⑩。伤心咄咄权臣事,满眼滔滔债帅流⑪。椎剥到今浑似鬼,向人休说是貔貅⑫。(《蒙斋集》卷二十)

【注释】

① 老桧：指秦桧。秦桧（1090—1155），字会之，江宁（今南京市）人。政和五年（1115）进士。北宋末年任御史中丞，随同徽、钦二宗被掳到金国。建炎四年（1130）逃返南宋。两任宰相，前后执政十九年。极力主和，打击抗战派势力。绍兴十一年（1141），帮助高宗解除岳飞和韩世忠等人的军权，以"莫须有"的谋反罪名杀害岳飞父子。之后与金廷签订了卖国的"绍兴和议"。《宋史》入《奸臣传》。肆欺谩：肆意欺骗。肆，恣纵，放肆。欺谩，犹欺诳。哀哉：表示悲伤或痛惜的感叹词。亦指死去。寸丹：一片赤诚之心。

② 皇天：对天及天神的尊称。《书·大禹谟》："皇天眷命，奄有四海，为天下君。"为吐气：替岳飞发泄怨气。青史：古代在青竹片上记事，因此称记载史迹的书为"青史"。诛奸：惩治奸佞的人。诛，惩罚；讨伐。

③ 字留陈迹：指碑碣上留下旧时的字迹。泯：泯没，消失。烟锁空山：烟雾笼罩着空旷的栖霞岭。锁，笼罩。闲：安静，清静。

④ 下涕：流泪。涕，本义为眼泪。其作为"鼻涕"之义后起。《说文》："涕，泣也。"段注："'泣也'二字当作'目液也'三字。转写之误也。毛传皆云：'自目出曰涕。'"潸（shān）潸：泪流不止貌。

⑤ 练江：又名徽溪、西溪或练溪。在安徽省境内。以扬之水为其正源，经绩溪、歙县东南流，至浦口注入新安江。长老：老年人。《管子·五辅》："养长老，慈幼孤。"频频：屡次。

⑥ 天戈：帝王的军队。唐韩愈《潮州刺史谢上表》："天戈所麾，莫不宁顺。"人爵：爵禄。指人授予的爵位。《孟子·告子上》："孟子曰：有天爵者，有人爵者。仁义忠信，乐善不倦，此天爵也。公卿大夫，此人爵也。古之人，修其天爵，而人爵从之。今之人，修其天爵，以要人爵。既得人爵而弃其天爵，则惑之甚者也。"赵岐注："天爵以德，人爵以禄。"寻幽：寻访幽胜之景。岳飞的诗中多记寻芳探胜之游并常常流露出功成身退之意。如："秋风江上驻王师，暂向云山蹑翠微。"（《题翠岩寺》）"予虽江上老，心羡白云关。"（《翠光亭》）"斩除顽恶还车驾，不问登坛万户侯。"（《题新淦萧寺壁》）

⑦ 爝火：炬火，小火。《庄子·逍遥游》："日月出矣，而爝火不息，其于光也，不亦难乎？"此喻岳飞的抗金功业。长川：长的河流。三国曹植《洛神赋》："浮长川而忘反，思绵绵而增慕。"此喻岳飞的声名。

⑧ "机会"二句：批判当下的军政现状。不要说今天没有机会取胜，即使机会到手了，也因无法让战士吃饱肚子而丧失战斗力。貔貅，见邵缉词注④。

⑨ 背嵬军：南宋初的军队名称。《金佗稡编》卷二二《淮西辨》："背嵬之士，先臣之亲军也。""背嵬"一词是党项西夏语的音译，背嵬军是精兵，战斗力极强。无俦：无可与相比者。俦，同辈，伴侣。众列侯：指当时的抗金诸名将。列侯，爵位名。秦汉以二十等爵赏有功者，其最高级叫彻侯。后因避汉武帝刘彻讳，改为通侯。后又改列侯。金印紫绶，有封邑，得食租税。《汉书·高帝纪》颜师古注引张晏曰："列者，见序列也。"

⑩ "先辈"二句：对于岳飞的抗金事迹，前辈们虽有所闻，但大多已经散失无传，后辈人谁懂得去发掘那些沉潜幽隐的故事呢？散轶，散失。潜幽，指沉潜幽隐、不为人知的旧事。

⑪ 咄（duō）咄：口中发出的表示吃惊的声音。南朝宋刘义庆《世说新语·黜免》："殷中军（殷浩）被废在信安，终日恒书空作字，扬州吏民寻义逐之，窃视，唯作'咄咄怪事'四字而已。"权臣：多指掌权而专横的大臣。滔滔：洪水盛大流动貌。《论语·微子》："滔滔者天下皆是也，而谁以易之？"比喻某种不好的事物或风气到处盛行。债帅：唐大历以后，政治腐败，凡命一帅，必广输重赂。禁军将校欲为帅者，若家财不足，则向富户借贷；升官之后，再大肆搜刮民脂民膏偿还。因被称为债帅。《旧唐书·高瑀传》："及瑀之拜，以内外公议，搢绅相庆曰：'韦公作相，债帅鲜矣！'"后遂用以称借行重贿而取将帅之高位者。作者所处的时代，债帅之弊颇为盛行。朱熹曾对宋孝宗说："今将帅之选，率皆膏粱骏子、厮役凡流，徒以趋走应对为能，苟苴结托为事。物望素轻，既不为军士所服，而其所以得此差遣，所费已是不赀。以故到军之日，惟务哀敛刻剥，经营贾贩，百种搜罗，以偿债负。债负既足，则又别生希望，愈肆诛求。盖上所以奉权贵，而求升擢，下所以饰子女，而快己私。"见《朱文公文集》卷一一《庚子应诏封

事》。

⑫ "槌（chuí）剥"二句：由于那些债帅的残酷搜刮剥削，士兵们已瘦弱得像鬼一样，不要对人说我的士兵像貔狳那样勇猛善战。槌剥，残酷地搜刮剥削。宋尤袤《淮民谣》："勾呼且未已，椎剥到鸡豕。"

王 遂

王遂（1182—1248），初字颖叔，改字去非，号实斋，其先江州德安（今江西德安县）人。其祖始徙金坛（今江苏金坛市）。宁宗嘉泰二年（1202）进士。官至工部尚书，谥正肃。所著《实斋文稿》不传。《全宋诗》辑其诗一卷，存诗九十首。《宋史》有传。

登杨府风云阁①

杰阁入风云，分明是得君②。湖山尽行乐，愁杀岳将军③。（《全宋诗》卷二八七一）

【注释】

① 杨府风云阁：南宋大将杨沂（存）中府第楼阁名。《宋史·杨存中传》："又葺园亭于湖山之间，高宗为书'水月'二字。所居建阁以藏御书，孝宗题曰'风云庆会之阁'。"

② 杰阁：高阁。风云：形容阁之高，双关阁名。得君：指阁的主人杨沂中得到君主的信任重用。《孟子·公孙丑上》："管仲得君，如彼其专也。"杨沂中为宋高宗心腹，存中为绍兴间高宗赐名。"高宗假借诸将，眷存中尤深。尝曰：'朕于存中，抚绥之过于子弟。'……又曰：'杨存中之罢，朕不安寝者三夕。'""孝宗以为旧臣，尤礼异之。常呼郡王而不名。"事见《宋史·杨存中传》。

③ 湖山尽行乐：写登阁四望所见。湖山，湖水与山峦。多指游乐胜地。行乐，消遣娱乐，游戏取乐。愁杀岳将军：岳将军如果在世，看到这种到处都在游山玩水而不思救国的景象，一定会忧愁而死。愁杀，愁死。岳将军，指岳飞。

岳 珂

岳珂（1183—1243），字肃之，号亦斋、东几，晚号倦翁，宋汤阴（今河南汤阴县）人。岳飞之孙、岳霖之子。官至户部侍郎、淮东总领兼制置使。著述甚富，有《金佗稡编》《金佗续编》《桯史》《宝真斋法书赞》《愧郯录》等十余种。《宋史》有传。

鄂忠武王出师疏帖赞[①]

於惟绍兴，扶危支倾[②]。揠校莅戎，不识一丁[③]。先王奋呼，起自诸生[④]。经通谊明，笔妙墨精[⑤]。翠微之诗，五岳之盟。祁阳整旅，东松纪行[⑥]。迹遍九州，气凌三精[⑦]。粤时出师，首兹抗旌[⑧]。规模弗愆，忠愤莫撄[⑨]。上心载嘉，奎章式形[⑩]。谓朕何忧，惟尔责成[⑪]。以百万师，观我甲兵[⑫]。仅四十里，复我旧京[⑬]。日却阳侯，星陨中营[⑭]。苌血遂碧，狐史漫青[⑮]。天不诱衷，曷其底宁[⑯]。伤哉离骚，坐此修能，冰镂芷馨[⑰]。惟帝鉴忠，惟人与诚[⑱]。烈并褒鄂，志恢幽并[⑲]。有奕龙迹，遹昭骏声[⑳]。遗墨既刊，大猷是经[㉑]。对于庙祧，岂惟云仍[㉒]。（《宝真斋法书赞》卷二八）

【注释】

① **鄂忠武王**：此为谥号与封号合称。**出师疏帖**：出兵奏疏的手书墨迹。疏，古代臣子向皇帝分条陈述意见的文书。岳珂《宝真斋法书赞》："右先大父维师忠烈鄂国忠武王手奏《出师疏帖》真迹一卷，楷书四十三行，御札四行。""帝亲批纸尾曰：'览奏，事理甚明。有臣如此，顾复何忧。进止之机，朕不中制，惟敕诸将，广布宽恩，无或轻杀，拂朕至意。'"**赞**：文体名。多用于颂扬人物。

② **於（wū）**：表示感叹。《书·尧典》："佥曰：'於！鲧哉！'"**惟**：文言助词。常用于句首，无实义。**绍兴**：宋高宗第二个年号（1131—1162）。借指宋高宗时期的南宋王朝。**扶危支倾**：支撑扶持倾危的国家。

③ **揠校（yà jiào）**：指从军中拔擢的将帅。揠，拔。校，古代军营的一种建制。亦指军营。《汉书·卫青传》："常护军傅校获王。"注："校者，

营垒之称。" 莅戎:亲临战阵;从军。 不识一丁:不识一个字。形容人不识字或文化水平低。明焦竑《焦氏笔乘·不识一丁》:"苻坚宴群臣赋诗,姜平子诗内有丁字,直而不屈,坚怪问之,平子对曰:'屈下者,不正之物,未足以献也。'坚悦,擢上第。夫庄子云:丁字有尾。若直下不屈,乃古下字也。下作丁,上作亅。若坚与平子,正不识一丁者。"南宋时诸大将如张俊、刘光世、韩世忠等文化程度很低,见宋罗大经《鹤林玉露》乙编卷六《乌石题名》,费衮《梁溪漫志》卷八《韩蕲王词》。

④ 先王:称已去世的鄂王岳飞。 诸生:众有知识学问之士,儒生。指遵从儒家学说的读书人。岳飞本非儒生,此为岳珂对其祖的夸饰之辞。

⑤ 经通谊明:精通儒经并深明大义。谊,通"义"。班固《幽通赋》:"舍生取谊。" 笔妙墨精:文笔和书法皆精妙。笔,指赋诗著文。墨,指染翰作书。

⑥ 翠微之诗:绍兴四年末五年春岳飞入淮西牵制金兵,解庐州围,留安徽池州,传作《池州翠微亭》诗,不可信。 五岳之盟:建炎四年岳飞移屯宜兴县,约于此时作《五岳祠盟记》题于祠壁。盟,起誓。《释名》:"盟,明也,告其事于神明也。" 祁阳整旅:绍兴二年岳飞自连州去江州,途经湖南祁阳县大营驿,作《永州祁阳县大营驿题记》。 东松纪行:绍兴元年岳飞自江阴军至江西鄱阳,途经安徽祁门县游东松寺,作《东松寺题记》。

⑦ 迹遍九州:足迹踏遍全国各地。九州,见邵缉词注⑥。 气凌三精:豪壮之气迫近日、月、星。凌,迫近,逼近。三精,《后汉书·光武帝纪赞》:"炎正中微,大盗移国,九县飙回,三精雾塞。"李贤注:"三精,日、月、星也。"

⑧ 粤时出师:及时出兵。粤,助词。用于句首或句中,无实义。时,按时,及时。《论语·学而》:"学而时习之,不亦说乎?" 首兹抗旌:首先高举战旗。兹,此。抗旌,举旗。《汉书·终军传》:"票骑抗旌,昆邪右衽。"

⑨ 规模弗愆:谋划没有失误。规模,亦作规摹,规划,筹谋。愆,过失;失误。 忠愤莫撄(yīng):忠义愤激之气无人敢于触犯。忠愤,忠义愤激。撄,接触;触犯。

⑩ 上心载(zài)嘉:于是皇上内心嘉赞。载,于是,乃。嘉,夸奖;赞

许。**奎章式形**：敕书称其为楷模。奎章，指帝王的诗文书法等。此指宋高宗衰彰岳飞的亲笔文字。式形，亦作式刑或式型，效法，取法。语出《诗·周颂·我将》："仪式刑文王之典，日靖四方。"朱熹集传："仪、式、刑，皆法也……言我仪式刑文王之典，以靖天下。"

⑪ **谓朕何忧**：皇上说我还有什么忧虑。见注①。在先秦时代，"朕"是第一人称代词，意为我。不分尊卑贵贱，人人都可以自称"朕"。如屈原《离骚》："朕皇考曰伯庸。"据司马迁《史记·秦始皇本纪》记载：秦既灭六国，议君主称号，王绾、李斯等议："天子自称曰'朕'。"此后遂专为帝王自称。**惟尔责成**：只靠你来完成。即"一以委卿"之意。责成，指令专人或机构负责完成任务。

⑫ **观我甲兵**：显示我军的兵力。观兵，显示兵力。《左传·宣公十二年》："观兵以威诸侯。"《史记·周本纪》："（武王）东观兵，至于盟津。"甲兵，披甲的士兵。借指军队。

⑬ **仅四十里，复我旧京**：距故都汴京仅四十里，眼看就可克复。《鄂王行实编年》卷五："先臣独以其军进至朱仙镇，距京师才四十五里。"四十里，约言之。旧京，故都。

⑭ **日却阳侯**：太阳退回到波涛中。喻金寇被击退。《淮南子·览冥训》："鲁阳公与韩构难，战酣日暮，援戈而㧑之，日为之反三舍。"阳侯，传说是古代陵阳国的诸侯，被水淹死后成为波涛之神。借指波涛。《淮南子·览冥训》："武王伐纣，渡于孟津，阳侯之波逆流而击，疾风晦冥，人马不相见。于是武王左操黄钺，右秉白旄，瞋目而㧑之曰：'余任天下，谁敢害吾意者！'于是风济而波罢。"此意谓日不止返三舍，而是返回到初生之处。**星陨中营**：将星陨落于中军大营。喻岳飞之死。《三国志·蜀志·诸葛亮传》裴松之注："《魏阳秋》曰：'有星赤而芒角，自东北西南流，投于（诸葛）亮营，三投再还，往大还小，俄而亮卒。'"中营，主帅所在的军营。

⑮ **苌血遂碧**：苌弘的鲜血于是化作碧玉。此称颂岳飞忠义壮烈而死。《庄子·外物》："苌弘死于蜀，藏其血，三年而化为碧。"苌弘，字叔，又称苌叔。周景王、敬王的大臣刘文公所属大夫，常与周景王交往。刘氏与晋

范氏世为婚姻,在晋国的"六卿之乱"中由于苌弘帮助了范氏,赵简子派晋大夫叔向对周王施反间计而将其杀害。死后,三年血化为碧。事见《左传·哀公三年》。**狐史漫青**:徒然存在史册中。狐史,指信实之史书。《左传·宣公二年》:"乙丑,赵穿攻灵公于桃园。宣子(赵盾)未出山而复。大史书曰'赵盾弑其君',以示于朝。宣子曰:'不然。'对曰:'子为正卿,亡不越竟,反不讨贼,非子而谁?'……孔子曰:'董狐,古之良史也,书法不隐。'"古时用青竹简记事,所以后人称史籍为青史。漫,徒然,白白地。

⑯ **天不诱衷**:上天不予保佑。《左传·僖公二十八年》:"今天诱其衷。"杨伯峻注:"(《吴语》云)'天舍其衷',即'天诱其衷'。皆天心在我之意。"后以"诱衷"指天意保佑。**曷其底宁**:何时才能得以安宁。曷,何,何时。底宁,安宁,安定。

⑰ **伤哉离骚**:可悲啊遭遇忧患。《史记·屈原贾生列传》:"离骚者,犹离忧也……屈平之作《离骚》,盖自怨生也。"离,通"罹"。**坐此修能**:因这卓越的才能(而罹忧)。坐,介词,因,由于。唐杜牧《山行》诗:"停车坐爱枫林晚,霜叶红于二月花。"修能,卓越的才能。屈原《离骚》:"纷吾既有此内美兮,又重之以修能。"**冰镂芷馨**:像雕刻冰块一样徒劳无功,像生长在幽僻处的芷草一样其香气不为人所闻到。喻岳飞卓越的才能不得施展。冰镂,犹镂冰,雕刻冰块。常以喻徒劳无功。汉桓宽《盐铁论·殊路》:"故内无其质而外学其文,虽有贤师良友,若画脂镂冰,费日损功。"芷馨,《楚辞·离骚》:"扈江离与辟芷兮,纫秋兰以为佩。"王逸注:"江离、芷,皆香草名。辟,幽也,芷幽而香。"

⑱ **惟帝鉴忠**:其忠贞皇帝可以明察。鉴,明察,审查。**惟人与诚**:他的真诚得到人们赞许。与,赞许,赞同。《论语·先进》:"喟然叹曰:'吾与点也。'"此二句的"惟"皆为句首助词,无实义。

⑲ **烈并褒鄂**:功业可比于唐朝的尉迟敬德和段志玄。烈,功业。褒鄂,唐开国名将褒国公段志玄与鄂国公尉迟敬德的并称。二人都是辅佐唐太宗有功的武将,并图像于凌烟阁。**志恢幽并**:志在恢复幽州和并州。幽并,幽州和并州的并称。约当今河北、山西北部和内蒙古、辽宁一部分地方。幽州和

并州南宋时均为金人侵占。

⑳ **有奕龙迹**:煌煌的书法墨迹。有,助词。作形容词词头,无实义。《诗·周南·桃夭》:"桃之夭夭,有蕡其实。"奕,光明。龙迹,形容墨迹书体灵动如神龙飞舞。**遹(yù)昭骏声**:显扬盛大的声誉。遹,助词。用于句首,无实义。《诗·大雅·文王有声》:"文王有声,遹骏有声。"《疏》:"骏,大。……言有善事可以闻于外,是为有声矣。"昭,彰显;显扬。骏声,犹盛誉。

㉑ **遗墨既刊**:岳飞留下来的这些疏帖既经刊布于世。刊,刊刻,刻版印刷。**大猷是经**:伟大的规划于是实行。大猷,大的谋略。《诗·小雅·巧言》:"秩秩大猷,圣人莫之。"郑玄笺:"猷,道也;大道,治国之礼法。"此指对岳飞的冤狱辩白昭雪。是,起将宾语提到谓语之前的作用。如"唯利是图""唯马首是瞻"。经,经营,料理。

㉒ **对于庙祧,岂惟云仍**:对祖先的称扬,岂只是传到云孙、仍孙。意谓要传之千秋万代。对,显扬。《诗·大雅·皇矣》:"以对于天下。"庙祧,泛指祖庙。《周礼·春官·小宗伯》:"辨庙祧之昭穆。"此义为祖先。云仍,亦作云礽,远孙。《尔雅·释亲》:"昆孙之子为仍孙,仍孙之子为云孙。"郭璞注:"言轻远如浮云。"

经进百韵诗[①]

　　永祐当临御,重熙极泰亨[②]。物穷陧土复,地大蘖牙萌[③]。蕞尔瀛懦国,违吾海上盟[④]。烽烟昏九土,氛雾塞三精[⑤]。於赫中兴主,初专九伯征[⑥]。赤符观炳炳,嘉兆得庚庚[⑦]。四七膺休运,三千协一诚[⑧]。乾坤恢辟阖,日月洗明清[⑨]。天授睢坛策,风兴渭水英[⑩]。维时臣大父,韬迹圣廛氓[⑪]。宝匣鸣长剑,雄冠彲曼缨[⑫]。衣裹供羿射,灯火近韩檠[⑬]。圣世方求骏,明神岂舍骍[⑭]。始从鱼钥守,小析羽林兵[⑮]。尝敌无车乘,麾军不鼓钲[⑯]。熏门摧彦政,氾水从间勍[⑰]。驲召班龙节,犀军下雀桁[⑱]。王师俱蓄缩,游骑愈纵横[⑲]。马渡朝迎敌,钟山夜驻营[⑳]。狂澜身砥柱,大厦手支撑[㉑]。敌焰犹繁炽,吴都忽震惊[㉒]。东巡传警跸,右祖半公卿[㉓]。愤起宜兴旅,追收建业城[24]。大江谁饮马,五岳更刑牲[25]。一荡江西李,重歼固石彭[26]。利兵驱虎豹,杰观筑鲵鲸[27]。玉帐旋平广,铜符遂帅荆[28]。皇灵期濯濯,王事分傍傍[29]。沙漠惊风鹤,山林息聚螽[30]。神州宜亟复,六郡乃先争[31]。桀犬徒冯垒,苗民敢抗衡[32]。锐师掀狡窟,高堞覆坚棚[33]。鼎道兵方进,湖湘寇辄平[34]。几年凶祸结,八日骏功成[35]。叛将因资用,降人岂畏阬[36]。开疆下商虢,结约到磁洺[37]。谋帅难张俊,还兵虑郦琼[38]。但虞遗后患,初匪厌纷更[39]。沔鄂重归镇,齐刘尚据京[40]。且羞离楚馈,未用渡河罂[41]。细柳千屯灶,柔桑万瓦甍[42]。流民俱授亩,战士亦从耕[43]。夫浍萦如带,原田画若枰[44]。连云登美稼,渐玉饭香粳[45]。刍挽从今省,兵储亦顿赢[46]。吏贪无鼠硕,民佚异鲂赪[47]。姑定鸿沟约,交驰绝域帱[48]。邻欢新玉帛,宴衎乐簧笙[49]。未几边摇草,恶知野食苹[50]。礼容方济济,革乘忽耕耕[51]。睿断昭雄赳,天威震隐铉[52]。六师纷雾集,万灶盛雷轰[53]。戎驾爰方启,神锋莫敢撄[54]。童髦欣再见,父老喜前迎[55]。义气通诸夏,讴声沸八纮[56]。官兵飚隼鸷,废垒泣鼯猩[57]。跬步归京阙,朝衣诣寝楹[58]。晋军传鹤唳,楚幕听乌鸣[59]。机会乘今日,雌雄决此行[60]。幸成十载绩,归捧万年觥[61]。何事东来诏,遄追北指旌[62]。抚膺皆壮士,牵袂有啼婴[63]。纂岌登枢极,雍容俨珮珩[64]。身虽处廊庙,志则在幽并[65]。岂意中原略,深违时相情[66]。和亲徒效敬,投几不闻蓍[66]。正尔先鞭著,居然谤箧盈[68]。凶威摇吏牒,风旨动台抨[69]。枭虺饥吞噬,鹰獒乐使令[70]。众甓常忌冠,同浴不讥裎[71]。远虑为徼福,先驱谓缓程[72]。一言鸣仗马,千丈下乔莺[73]。盍考谢赦表,兼觊赐剑评[74]。许身无少愧,忧国甚于酲[75]。彼谮宜投虎,能言不离鹦[76]。鸟翾身蚤簏,兔健足先烹[77]。有客悲周道,何人恤鲁祊[78]。同时惟切齿,来者但惩羹[79]。长夜何时旦,沉阴几日晴[80]。是非从久定,祸否待终倾[81]。先帝资神武,深仇怆父兄[82]。每怀得颇牧,胡忍弃韩黥[83]。哲监何尝惑,孤忠果渐明[84]。岳阳还旧号,岭表返诸惸[85]。故垒营新祀,畿封辟赐茔[86]。用心传舜子,述事广文声[87]。甘雨兴余槁,青天豁久盲[88]。先臣死不朽,圣德浩难名[89]。陛下今汤禹,王臣昔散阋[90]。令图天广大,盛烈日铿鍧[91]。心术参尧运,规模绍汉宏[92]。遗形高阁绘,良股盛朝赓[93]。故将欣非远,微臣矧敢轻[94]。传讹稽史谬,败俗订言讠乇[95]。日系无虚笔,云章有满籯[96]。竹书皆历历，玉训尚铿铿⁹⁷。愿辍清朝暇，叩承乙夜呈⁹⁸。作诗哀寺孟，览奏念缇萦⁹⁹。恩锡茅封宠，光昭衮字荣⁽¹⁰⁰⁾。誓怀如暾日，忠报毕余生⁽¹⁰¹⁾。(《金佗稡编》卷二七)

【注释】

① **经进**：经过进呈皇帝御览之意。此诗进呈前有奏："臣一介屏庸，滥饕世禄，每念沉冤未雪，直笔久污，一意纂修，五年勤瘁。比干宸览，误简渊衷，万死尚宽，九殒莫报。今因追感先臣飞事，辄赋百韵诗一篇缮写，躬诣天庭投进，伏望圣慈，特赐睿察，昭白而施行之。干冒天威，臣下情无任皇惧震越屏营之至。承务郎新差监镇江府户部大军仓臣岳珂上。""经进"二字当是作者将此诗收入《金佗稡编》时，为了表示郑重而后加的。**百韵**：一百个韵脚字（如首句入韵不计）。

② **永祐当临御**：当宋徽宗在位执政时。永祐，宋徽宗的陵墓名。借称宋徽宗。临御，谓君临天下，治理国政。**重熙极泰亨**：累世政治清明，达到极度的亨通安泰。重熙，旧时用以称颂君主累世政治清明和乐。汉班固《东都赋》："至于永平（汉明帝年号）之际，重熙而累洽。"班固称颂的是汉光武帝和明帝，此重熙指的是北宋历代皇帝至宋徽宗。泰亨，同亨泰，亨通安泰。泰，六十四卦之一。《易·泰》："象曰：天地交，泰。"

③ **物穷隍土复**：谓物极必反。物穷，同物极。事物发展到极度。"穷"与"极"义同。因上句用了"极"字，此处改用"穷"字。隍，干的城壕。隍土，城墙。因城墙用隍之土筑成。隍土复，谓城墙倾倒。化用《易·泰》"上六：城复于隍"语义。城复于隍，谓物返原处。**地大蘖**(niè)**芽萌**：谓宋徽宗穷奢极侈，过度荒淫，因而滋生灾祸的苗头。地大，见《老子》二十五章："故道大，天大，地大，人亦大，域中有四大，而人居其一焉。"蘖牙，亦作"蘖芽""牙蘖"，祸端，灾祸的苗头。汉班固《东都赋》："坚冰作于履霜，寻木起于蘖栽。"李善注："言事皆从微至著，不可不慎之于初，所以'寻木起于牙蘖'。"萌，萌生，滋生。

④ **蕞**(zuì)**尔瀛懦国**：地处海滨的小小金国。蕞尔，形容小。《左传·昭公七年》："郑虽无腆，抑谚曰'蕞尔国'，而三世执其政柄。"瀛懦，疑当为瀛壖(ruán)，海滨之地。瀛懦国，指金国。宋金战争证明，金国并

不懦弱。再者，"懦"为仄声，下句"上"亦仄声，不对。"壖"为平声，方与下句"上"平仄相对。从词义说，"瀛壖"与"海上"对仗工整。故"懦"应为"壖"。海上盟：宋金两国陆上中间隔一辽国，不毗邻。宣和二年（1120），宋金双方使臣由渤海往来洽谈，商定共同灭辽，故称"海上之盟"。

⑤ "烽烟"二句：谓由于金人入侵，弄得天昏地暗。昏，使昏暗。九土，指中国。《后汉书·张衡传》："思九土之殊风兮，从蓐收而遂徂。"李贤注："九土，九州也。"氛雾，战争的烟尘。塞，填塞，充满。三精，指日、月、星。

⑥ 於（wū）赫：叹美之词。《诗·商颂·那》："於赫汤孙，穆穆厥声。"《后汉书·光武赞》："於赫有命，系隆我汉。"中兴主：使国家中兴的君主。此以宋高宗比汉光武中兴。宋高宗亦有自比汉光武意。《建炎以来系年要录》卷一四〇：绍兴十一年四月，"甲戌，上谓宰执曰：'中兴自有天命。光武以数千破寻邑百万，岂人力所能乎？朕在宫中，声色之奉未尝经心，只是静坐内省求所以合天意者。'"初专九伯征：指靖康元年（1126）赵构在相州开天下兵马大元帅府。九伯，上古九州的方伯。方伯，诸侯之长。《左传·僖公四年》："五侯九伯，汝实征之，以夹辅周室。"专征，受命自主征伐。

⑦ 赤符观炳炳：谓宋高宗受命为天子的符瑞显得明明白白。赤符，赤伏符的省称。新莽末年谶纬家所造符箓，谓刘秀上应天命，当继汉统为帝。后亦泛指帝王受命的符瑞。《后汉书·光武帝纪上》："光武先在长安时同舍生彊华自关中奉赤伏符，曰'刘秀发兵捕不道，四夷云集龙斗野，四七之际火为主'。群臣因奏曰：'受命之符，人应为大，万里合信，不议同情，周之白鱼，曷足比焉？今上无天子，海内淆乱，符瑞之应，昭然著闻，宜答天神，以塞群望。'"炳炳，光彩照耀貌，昭明貌。嘉兆得庚庚：得到纹理横布的吉祥兆象。嘉兆，同吉兆。好的兆象。兆，古代占卜，在龟板或兽骨上钻刻，再用火烧，看裂纹以定吉凶。预示吉凶的裂纹称"兆"。此"嘉兆"指的是建炎二年四月徽、钦二帝被掳，宋高宗在济州，"耿南仲率幕僚劝进……（汪）伯彦等引天命人心为请，且谓靖康纪元，为十二月立康之兆"

（以"靖"字拆开为十二月立，康即康王赵构）。事见《宋史·高宗本纪》。庚庚，纹理横布貌。《史记·孝文本纪》："卜之龟，卦兆得大横。占曰：'大横庚庚，余为天王，夏启以光。'"后因以指帝王登基之兆。

⑧ 四七膺休运：承受上天授予帝位的美善命令。四七，谓取得帝位。见注⑦。李贤注："四七，二十八也，自高祖至光武初起，合二百二十八年，即四七之际也。"膺，承受。休运，好的命运。运，运气，命运。三千协一诚：众臣僚以诚心相协助。《书·泰誓》："武王曰：'受（商纣）有臣亿万，惟亿万心；予有臣三千，惟一心。'"

⑨ "乾坤"二句：谓宋高宗即位后，国家又恢复了常态，显得政治清明。实为谀辞。阖阖，开合。引申指纵横变化。《周易·系辞上》："一阖一辟谓之变。"明清，同清明。

⑩ 天授睢坛策：谓宋高宗在南京登上皇位是上天授命。睢，地名。唐名宋州。《唐书·地理志》："天宝元年改宋州为睢阳郡。"故城在今商丘市南。北宋时为应天府，又称南京。靖康二年五月，赵构在南京即位，改元建炎。此处作者以古地名代今名。坛，古代举行祭祀、誓师等大典用土石筑成的高台。策，策书。古代君主对臣下封土、授爵、免官或发布其他敕令的文件。风兴渭水英：以汉光武帝兴起于渭水之滨，谀称宋高宗为中兴的明主。

⑪ "维时"二句：当时我的祖父隐藏踪迹为圣君的普通百姓。维时，斯时，当时。臣，岳珂自称。大父，祖父。韬迹，隐藏踪迹。圣廛氓，圣上的普通百姓。谓岳飞出身农民。圣，古之王天下者，亦为对于帝王的极称。廛氓，指平民，百姓。语出《孟子·滕文公上》："远方之人，闻君行仁政，愿受一廛而为氓。"廛（chán），一户人家所居的房地。

⑫ 宝匣鸣长剑：典出晋王嘉《拾遗记·颛顼》："（颛顼）有曳影之剑，腾空而舒，若四方有兵，此剑则飞起指其方，则剋伐；未用之时，常于匣里，如龙虎之吟。"此以匣中剑鸣喻岳飞虽处下层而志欲杀敌。雄冠飘曼缨：写岳飞的英武形象。宋高宗给岳飞的敕书中有："奋身许国，飘赵王之曼缨。"（《金佗稡编》卷二《丝纶传信录》）雄冠，高大的帽子。飘（piāo），同"飘"。曼缨，"曼胡缨"之省，结冠的粗带子。曼，通"缦"。语出《庄子·说剑》："然吾王所见剑士，皆蓬头突鬓垂冠，曼胡之

缨,短后之衣,瞋目而语难,王乃说之。"陆德明释文引司马彪曰:"曼胡之缨,谓粗缨无文理也。"

⑬ "衣裘"二句:言岳飞苦练武,勤学文。衣裘,夏衣冬裘。《周礼·天官·宫伯》:"以时颁其衣裘。"贾公彦疏:"夏时班衣,冬时班裘。"羿射,古代神话,谓天有十日,九日居大木之下枝,一日居上枝,尧使后羿射之,中九日。见《楚辞·招魂》《山海经·海外东经》。韩檠,唐韩愈有《短灯檠歌》,后遂以韩檠借指儒生寒夜点灯苦读。檠,灯架,烛台。

⑭ 圣世方求骏:圣明的时代正在招揽贤才。圣世,犹圣代。旧时谀称当代。骏,骏马。战国时,燕昭王即位后急于招揽人才,郭隗以马为喻,说古代君王悬赏千金买千里马,三年后得一死马,用五百金买下马骨,于是不到一年,得到三匹千里马,劝说燕昭王若能真心求贤,贤士将闻风而至。见《战国策·燕策一》。后以"求骏"为招纳贤士之典。明神岂舍骍:《论语·雍也》:"子谓仲弓曰:'犁牛之子骍且角,虽欲勿用,山川其舍诸?'"意思是说耕牛的儿子长着赤色的毛,整齐的角,虽然不想用它作牺牲来祭祀,山川之神难道会舍弃它吗?此言岳飞虽出身农民,朝廷也舍不得弃而不用。明神,犹神明。骍(xīng),赤色的牛。

⑮ 始从鱼钥守:起初隶属于东京留守宗泽。鱼钥守,指东京留守宗泽。参见陆游《感事》诗注②"北门"。鱼钥,鱼形的锁钥。南朝梁已有。唐丁用海《芝田录》:"门钥必以鱼者,取其不瞑目守夜之义。"小析羽林兵:指岳飞在宗泽部下任留守司统制,分率一部分人马。小析,少量分拨。羽林,禁卫军名。自汉代起,历朝均有。然宋不设,此借用其名。

⑯ 尝敌无车乘:谓岳飞大无畏地作战,并不凭借物质条件。尝敌,试探敌人实力的强弱。《鄂王行实编年》卷一:(建炎元年)"分铁骑三百,使先臣往李固渡尝敌军。"无车乘(shèng),不用战车。麾军不鼓钲:指挥大军不单凭武力。鼓钲,军中用以指挥进退的器物。此皆作动词,即击鼓鸣钲。鼓常见。钲,《说文》段注:"钲似铃而异铃者……钲则无舌。柄中者,柄半在上,半在下,稍稍宽其孔为之抵拒,执柄摇之使与体相击为声。"不鼓钲,不击鼓鸣钲。意谓多以智取胜,不单凭勇力。按"尝敌"应在"始从鱼钥守"之前。因尝敌事在从宗泽之前。后仍有不按时间顺序的诗句。

⑰ **熏门摧彦政**：在南熏门摧垮董彦政。参见释居简诗注⑨。**汜水从间勋**：从属间勋大战汜水关。汜水，汜水关。在今河南荥阳汜水镇，也名虎牢关。间勋，时任留守司太尉。《鄂王行实编年》卷一："（建炎二年）秋七月，从间勋保护陵寝，八月初三日，与金人大战于汜水关。"

⑱ **"驲召"二句**：言岳飞奉杜充之命渡江南撤，适逢金人犯建康。驲召，用驿马传达召见的命令。驲（rì），古代驿站专用的车。后亦指驿马。班，返回。龙节，龙形符节。《周礼·地官·掌节》："凡邦国之使节，山国用虎节，土国用人节，泽国用龙节。"郑玄注："泽多龙，以金为节，铸象焉。"泛指奉王命出使者所持之节。此指时代为东京留守兼开封府尹的杜充。《鄂王行实编年》卷一：（建炎三年）"杜充弃京师之建康，先臣说之曰：……充不听，遂从之建康。"犀军，强兵。此指金军。雀桁，朱雀桁的简称。东晋南朝时建康（今南京市）正南朱雀门外的古浮桥。南朝梁侯景之乱时，曾打算从朱雀桁攻入梁都建康。此暗用其事典。

⑲ **王师俱蓄缩**：朝廷的其他军队全都退缩。参见注㉑。王师，帝王的军队。《诗·周颂·酌》："於铄王师，遵养时晦。"蓄缩，畏缩，退缩。**游骑愈纵横**：金军的游击骑兵更加肆意横行。游骑，指金军流动突袭的骑兵。纵横，肆意横行，无所顾忌。《后汉书·耿弇传》："贵戚纵横于都内。"

⑳ **马渡**：马家渡。在今南京市西南九十五里。《鄂王行实编年》卷一："（建炎三年冬十一月）十八日，敌由马家渡渡江。（杜）充始遣先臣等十七人领兵二万从都统制陈淬与敌会。战方酣，大将王𤦺以数万众先遁，诸将皆溃去，独先臣力战。"钟山：山名。即紫金山。在今南京市东北。马家渡战败后，岳飞还军屯钟山，力战抚众。

㉑ **狂澜身砥柱**：谓岳飞坚定如中流砥柱。狂澜，汹涌的波浪。唐韩愈《进学解》："障百川而东之，回狂澜于既倒。"喻剧烈的社会变动或大的动乱。砥柱，山名。又称底柱山、三门山。在今河南省三门峡市，当黄河中流。以山在激流中矗立如柱，故名。今因整治河道，山已炸毁。比喻能负重任、支危局的人或力量。**大厦手支撑**：喻岳飞独立支撑危局。大厦，喻危局。宋王廷珪《送胡邦衡之新州贬所二首》之一："大厦原非一木支，欲将独力拄倾危。"

㉒ **敌焰犹繁炽**：敌人的凶焰仍然炽热旺盛。敌焰，敌人凶猛的势焰。繁炽，繁盛炽热。**吴都忽震惊**：建康城忽然惊恐震动。吴都，指建康，一名建业，今南京市。三国时曾为吴国都城。马家渡战败后，杜充降金，金人陷建康，高宗次明州。

㉓ **东巡传警跸**：建炎三年十一月宋高宗从扬州航海避敌，后又逃窜到杭州。东巡，皇帝到东方巡狩。警跸（bì），古代帝王出入时，于所经路途侍卫警戒，清道止行，谓之"警跸"。**右袒半公卿**：刘豫受金人册封，于建炎四年僭位于大名府，国号大齐，部分宋朝旧臣追随之。右袒，脱右袖，露出右臂、右肩。《汉书·高后纪》："勃入军门，行令军中曰：'为吕氏右袒，为刘氏左袒。'军皆左袒。"后以"右袒"表示倒向不义者一方。

㉔ **宜兴旅**：宜兴的驻军。建炎四年（1130）正月，岳飞移屯宜兴县（今江苏宜兴市）。五月，岳飞提兵收复建康。**建业城**：即建康城（今南京市）。

㉕ **大江谁饮马**：指金军南侵。见薛季宣诗注④。**五岳更刑牲**：指岳飞作《五岳祠盟记》，在记中立誓迎还二帝、收复故土。五岳，五岳祠。其址不详。刑牲，古时为了祭祀或盟约而杀牲畜。

㉖ **一荡江西李**：一战荡平江西的李成。荡，扫荡。建炎三年十月，"檄讨李成，破之于盘城。成又退保滁州。充命王瓔讨之，瓔提兵至梁路徘徊不进，其辎重在长芦，成遣轻骑五百袭夺之，不获，掠寺僧百姓百余人，劫取先臣裴凛犒军银绢。先臣方渡宣化镇，闻之，急进兵掩击，贼兵尽殪。得其枭将冯进，还所掠人于长芦。成奔江西。"见《鄂王行实编年》卷三。李成，字伯友，宋雄州（今河北雄县）人。弓手出身，以勇悍闻名。金兵占河北，他在淄川聚众，辗转南下，在江淮之间活动。两次接受南宋官职，不久又企图割据。绍兴三年（1133）进占襄阳等郡，次年被岳飞击溃。后投伪齐。**重歼固石彭**：重又歼灭固石洞的彭友。彭友，一作彭大、彭铁大。虔州（今江西赣州市）人。建炎四年（1130）与李满（号李动天、李洞天）、王彦廖、八姑、三姐妹等拥众十余万，占领江西、湖南等八县，号称"十大王"。绍兴三年（1133），宋廷遣岳飞至吉州（今江西吉安市）对其诱降，未从，遂战于雩都（今江西赣州市西北），被俘。李满退守固石洞（今

江西于都县东）也失败被俘。岳飞有《虔贼捷报申省状》载《金佗稡编》卷一九。

㉗ 利兵驱虎豹：指绍兴三年岳飞提兵平虔吉州诸盗。利兵，锋利的武器，借指勇锐的军队。杰观筑鲵鲸：用被杀寇盗的尸体筑成京观。言杀敌之多。杰观（guàn），京观。古代战争中，胜者为了炫耀武功，收集敌人尸首，封土而成的高冢。《左传·宣公十二年》："君盍筑武军，而收晋尸以为京观。"杜预注："积尸封土其上，谓之京观。"鲵鲸，同鲸鲵，比喻被杀戮者。《文选·李陵〈答苏武书〉》："妻子无辜，并为鲸鲵。"

㉘ 玉帐旋平广：指岳飞旋即平定广东、广西。玉帐，主帅所居的帐幕，取如玉之坚的意思，借指主帅。平广，岳飞《永州祁阳县大营驿题记》："被旨讨贼曹成，自桂岭平荡巢穴，二广、湖湘悉皆安妥。"铜符遂帅荆：于是分剖铜虎符被任命为荆襄地区的统帅。铜符，铜虎符。汉代发兵所用的铜制虎形兵符。后亦借指官印。《建炎以来系年要录》卷七九："绍兴四年八月二十五日丙寅，镇南军承宣使神武后军统制充江南西路舒蕲州兼荆南鄂岳黄复州汉阳军德安府制置使岳飞为清远军节度使湖北路荆襄潭州制置使。"岳飞有《辞建节札子》四道，载《金佗稡编》卷一三。

㉙ 皇灵期濯濯：皇帝的期望盛大光明。皇灵，指皇帝。《文选·谢灵运〈拟魏太子"邺中集"诗·王粲〉》："上宰奉皇灵，侯伯咸宗长。"刘良注："皇灵，谓献帝。"期，期望。濯濯，光明貌。《诗·商颂·殷武》："赫赫厥声，濯濯厥灵。"孔颖达疏："濯濯乎光明者，其见尊敬如神灵也。"王事分傍傍：为朝廷之事分应奔忙。王事，王命差遣的公事。《诗·小雅·北山》："四牡彭彭，王事傍傍。"分（fèn），职分应当。傍傍，事务繁剧，忙于奔走处理貌。

㉚ 沙漠惊风鹤：金人惊恐胆寒如闻风声鹤唳。沙漠，指来自沙漠地带的金军。风鹤，风声鹤唳的简缩。《晋书·谢玄传》："闻风声鹤唳，皆以为王师已至。"后以形容极端惊慌疑惧或自相惊扰。山林息聚蝱：指虔吉叛乱得到平息。山林，指盗匪出没的深山密林。息，平息。聚蝱，喻盗匪啸聚。蝱（méng），同"虻"，双翅蝇。成虫像蝇，生活在草丛，吮吸人兽的血液。

㉛ **神州宜亟复**：中原应该紧急收复。神州，古指中原地区。《世说新语·言语》："王丞相愀然变色曰：'当共戮力王室，克复神州，何至作楚囚相对！'"亟（jí），急切，迫切。**六郡乃先争**：六郡，指襄阳府，唐、邓、随、郢州，信阳军。绍兴四年二月，岳飞《乞复襄阳札子》："今日之计，正当进兵襄阳，先取六郡……而况襄阳六郡，地为险要，恢复中原，此为基本。"见《金佗稡编》卷十。

㉜ **桀犬徒冯垒**：那些巨寇的爪牙徒然凭借坚固的营垒顽抗。桀犬，比喻坏人的爪牙。语出汉邹阳《狱中上书自明》："则桀之狗可使吠尧，而跖之客可使刺由。"冯垒，凭借坚固的壁垒。冯，通"凭"。垒，古代军中作防守用的墙壁。**苗民**：本指古代三苗部族之主，借指寇盗的首领。《书·吕刑》："苗民弗用灵，制以刑，惟作五虐之刑曰法。"孔颖达疏："三苗之主，实国君也，顽凶若民，故谓之苗民。"**敢抗衡**：岂敢抗衡。抗衡，对抗。

㉝ **锐师掀狡窟**：精锐的部队掀掉狡诈之敌的所有巢穴。狡窟，"狡兔三窟"之省。**高堞覆坚棚**：敌人坚固的瞭望台从高高的城墙上倾倒下来。高堞，很高的城墙。堞，城上的矮墙，泛指城墙。覆，倾倒。坚棚，坚固的瞭望台。棚，棚阁。作战时，在城上用木架设的瞭望台。

㉞ **"鼎道"二句**：岳家军刚刚进兵鼎州和道州，湖湘一带的寇盗就被平覆。鼎道，指鼎州和道州一带地区。鼎州在今湖南省武陵县境。道州即今湖南道县。绍兴五年岳飞平洞庭湖杨么，五月进兵鼎州。湖湘寇，指洞庭湖湘江一带的曹成、李成、杨么等军。辄，就。

㉟ **几年凶祸结**：多年集结不易平定的祸乱。杨么之乱，从钟相建炎四年（1130）自称楚王起，至绍兴五年（1135）六月杨么被平，历时五年多。凶祸，灾祸。**八日骏功成**：骏功，大功。《鄂王行实编年》卷三"（绍兴五年）五月有旨召张浚还，浚得诏，谓先臣曰：'浚将还矣，节使经营湖寇已有定画否？'先臣袖出小图以示浚曰：'有定画矣。'……先臣曰：'何待来年，都督第能为飞少留，不八日可破贼，都督还朝在旬日后耳。'……自其与浚言至贼平，果八日。浚叹曰：'岳侯殆神算也。'"

㊱ **"叛将"二句**：指杨么部投降的将官被录用，一般兵众、丁壮者编入军中，老弱者迁返原籍，所以投降者不用害怕被坑杀。资用，资取任用。

资，取，取用。阬（kēng），"坑"的异体字，活埋。战国时，长平之战，秦将白起大破赵军，曾坑杀降卒四十万。见《史记·白起王翦列传》。

㊲ 开疆下商虢：开拓疆土直下商虢地区。写岳飞第二次北伐战绩。商虢，商州（治今陕西商县）和虢州（治今河南卢氏县）地区。绍兴六年八月，岳家军先后收复虢州和商州。结约到磁洺：谓岳飞连结河朔义军共同抗金。结约，结交，邀结。磁洺，磁州（今河北磁县）和洺州（今河北永年县），借指河朔地区。

㊳ 谋帅难张俊：岳飞认为张俊不适合当淮西帅。绍兴七年（1137）四月，诏令岳飞与张浚议事，浚问王德、吕祉、张俊、杨沂中等人谁可为淮西军主帅，岳飞一一谈了他的看法，"浚艴然曰：'浚固知非太尉不可。'先臣（岳飞）曰：'都督以正问，飞不敢不尽其愚，然岂以得兵为计耶？'即日上章乞解兵柄。"见《鄂王行实编年》卷四。谋帅，寻求元帅的人选。事本《左传·僖公二十七年》："作三军，谋元帅。赵衰曰：'郤縠可。'"难（nàn），此意为论难，争论。还兵虑郦琼：岳飞辞职后，宋高宗再三敦请，岳飞终于返回军中。奏请："愿进军淮甸，伺便击琼，期于破灭。"还兵，返回军中。虑，《说文》："虑，谋思也。"郦琼（1104—1153），字国宝，相州临漳（今属河北）人。金兵南下时，集众数百人从宗泽，任淮南东路兵马钤辖。南渡后，为刘光世部统制。绍兴七年，光世被黜，浚令心腹吕祉为淮西宣抚判官，琼杀吕祉，率四万人投伪齐刘豫。后投金。

㊴ 但虞遗后患：只是担心为以后留下祸患。虞，忧虑。初匪厌纷更：完全不是极愿更动淮西军将帅。此为讳言岳飞愿得淮西军的说法。初，全，本来就。匪，同"非"。厌，满足。纷更，变乱更易。

㊵ 沔鄂重归镇：岳飞重新回归鄂州镇守。沔鄂，沔州（治今陕西略阳县）和鄂州（治今湖北武汉武昌），古诗文中多并称。绍兴七年（1137）七月，岳飞还镇鄂州。齐刘尚据京：时伪齐刘豫尚且占据汴京为都城。

㊶ 且羞离楚馔：苏轼《范增论》："汉用陈平计，间疏楚君臣。"指汉刘邦用陈平的计谋离间项羽与范增的关系。《史记·项羽本纪》："项王使者来，为太牢具，举欲进之。见使者，佯惊愕曰：'吾以为亚父使者，乃反项王使者。'更持去，以恶食食项王使者。"绍兴七年，岳飞离间兀术与刘豫

的关系也类此。见释居简诗注⑪。且羞，为谦辞，意为比不上。馔（zhuàn），食物，饮食。**未用渡河罂**：未能渡过黄河北伐而被迫班师。罂（yīng），指木罂瓶（大肚小口的瓶）。《史记·淮阴侯列传》："（韩信）陈船欲渡临晋，而伏兵从夏阳以木罂瓶渡军。"此暗用其典指渡河。

㊷ "**细柳**"**二句**：写鄂州军民生活的新气象。细柳，军营。汉文帝时，周亚夫为将军，屯军细柳。帝自劳军，至细柳营，因无军令而不得入。见《史记·绛侯周勃世家》。后遂称军营纪律严明者为细柳营。屯灶，军营中的炊灶。柔桑，嫩桑叶，用为养蚕。《诗·七月》："爰求柔桑。"瓦甍，指民舍。甍（méng），屋脊。泛指房屋。此二句连同以下十句皆写岳飞施行营田（民垦）和屯田（军垦）政策及其成效。

㊸ "**流民**"**二句**：《金佗稡编》卷九《遗事》："及京西、湖北始平，即募民营田。凡流逋失业及归正百姓，给以耕牛、良种，辍大军之储万石，贷其口食，俾安集田里，一意耕耨。分委官吏，责成大功。又为屯田之法，使戎伍攻战之暇，俱尽力南亩，无一人游间者。……行之二三年，流民尽归，田野日辟，委积充溢，每岁馈运之数，顿省其半。"流民，流离失所的人。授亩，分给田地。亩，泛指农田，田地。从耕，从事耕作。

㊹ **夫浍萦如带**：田间的沟渠像飘带一般萦绕。夫浍（kuài），田间的排水沟。古代井田制，一夫受田百亩，故百亩为夫。《周礼·地官·小司徒》："九夫为井。"疏："司马法曰：'六尺为步，步百为亩，亩百为夫。'"夫中有排水沟，纵的名洫，横的名浍。**原田画若枰**：原野上的田地如棋盘一般整齐。《左传·僖公二十八年》："原田每每，舍其旧而新是谋。"枰，棋盘。

㊺ **连云登美稼**：连天的好庄稼喜获丰收。连云，连天的庄稼。云，喻成熟的稻麦。宋王安石《同陈和叔游齐安院》诗："缲成白雪桑重绿，割尽黄云稻正青。"登，丰登，丰收。美稼，好庄稼。借指好收成。**浙玉饭香秔**：炊饭用像淘洗过的玉一般的香粳。浙玉，指淘净的米。唐韩愈、孟郊《城南联句》："庖霜脍玄鲫，浙玉炊香粳。"饭，炊饭。香粳（jīng），一种有香味的粳米。

㊻ "**刍挽**"**二句**：言营田和屯田使国家和人民的负担减轻，军用充足。刍挽，"飞刍挽粟"之简，迅速运输粮草。语出《史记·平津侯主父列传》：

"又使天下蜚刍挽粟，起于黄、腄、琅邪负海之郡，转输北河。"此言人民不用向军队运送粮草。顿赢，顿时充足。赢，丰盈，充裕。

㊼ **吏贪无鼠硕**：没有像硕鼠一样贪婪的官吏。《诗·魏风·硕鼠》序："《硕鼠》，刺重敛也。国人刺其君重敛，蚕食于民，不修其政，贪而畏人，若大鼠也。"因以硕鼠喻横征暴敛的贪婪官吏。**民佚异鲂赪**：老百姓安逸而无劳苦。佚，通"逸"，安逸。鲂赪（fáng chēng），《诗·周南·汝坟》："鲂鱼赪尾，王室如毁。"毛传："赪，赤也。鱼劳则尾赤。"后因以形容人困苦劳累，负担过重。鲂，鱼名。鳊鱼的古称。

㊽ **姑定鸿沟约**：姑息宽容与金人定下划淮为界的和约。姑，姑息。无原则地宽容。鸿沟，古运河名，在今河南省。楚汉相争时曾划鸿沟为界。《史记·项羽本纪》："项王乃与汉约，中分天下，割鸿沟以西者为汉，鸿沟而东者为楚。"此鸿沟约，借指宋金划淮为界的和约。**交驰绝域伻**：到极远北方的使者交相奔走。交驰，交相奔走，往来不断。绝域，极远之地。《管子·七法》："不远道里，故能威绝域之民。"伻（bēng），使者。

㊾ **邻欢新玉帛**：玉帛会盟以示睦邻友好。邻欢，和睦的邻邦。玉帛，圭璋和束帛。古代诸侯会盟执玉帛，故又用以表示和好。《左传·哀公七年》："禹合诸侯于涂山，执玉帛者万国。"**宴衎乐簧笙**：朝廷演奏音乐宴饮作乐。宴衎（kàn），宴饮作乐。衎，乐。汉扬雄《长杨赋》："抑止丝竹宴衎之乐，憎闻郑卫幼眇之音。"簧笙，指笙。簧，笙中之簧片。泛指奏乐。

㊿ **未几边摇草**：不久金人背盟重又兴起侵略战争。未几，不久。边摇草，边境之草摇动，指战事兴起。**恶知野食苹**：哪里知道宋朝诚心事金。恶知，哪里知道。恶（wū），古同"乌"，疑问词，哪，何。野食苹，语出《诗·小雅·鹿鸣》："呦呦鹿鸣，食野之苹。"毛传："鹿得苹，呦呦然鸣而相呼，恳诚发乎中，以兴嘉乐宾客，当有恳诚相招呼以成礼也。"后以喻诚心待人，同其甘苦。

㉛ **"礼容"二句**：批判宋方过于相信金人会恪守和约。礼容，犹礼仪。类似分项列的礼节和仪程表，内容包括过程、表情、动作方式等。容，通"仪"。《史记·孔子世家》："孔子为儿嬉戏，常陈俎豆，设礼容。"济济，整齐美好貌。《诗·齐风·载驱》："四骊济济，垂辔沵沵。"革乘（shèng），

兵车。軯軯（pēng pēng），象声词。

㊾ 睿断昭雄赳：皇帝抗金的决断显得威武而英明。睿断，皇帝的决定。岳飞《乞复襄阳札》："臣今已厉兵饬士，惟俟报可，指期北向。伏乞睿断，速赐施行。"昭，昭示，显示。雄赳，威武而决断英明。《后汉书·光武帝纪赞》："明明庙谋，赳赳雄断。"天威震隐谹：朝廷的声威得到四方响应。天威，帝王的威严。《左传·僖公九年》："天威不违颜咫尺……敢不下拜。"隐谹（hóng），山谷中的回声。喻四方响应。

㊿ 六师纷雾集：朝廷的军队纷纷聚集如雾气聚合。六师，《书·康王之诰》："张皇六师，无坏我高祖寡命。"曾运乾正读："六师，天子六军。周制一万二千五百人为师。"此指朝廷的军队。纷，纷纷。雾集，喻军马聚集如雾气聚合。万灶盛雷轰：言绍兴十年北伐声势盛大如雷轰鸣。万灶，形容将士众多。灶，生火做饭的设备。军中炊饭，数人一灶。故以灶计军队的数量。《史记·孙庞列传》："使齐军入魏地为十万灶，明日为五万灶，又明日为三万灶。"盛雷轰，形容人声鼎沸如雷轰鸣。

㊾ 戎驾爰方启：于是岳家军开始出发。戎驾，战车。爰方启，《诗·大雅·公刘》："干戈戚扬，爰方启行。"爰，于是。方启，开始出发。神锋莫敢撄：岳家军所向无敌的锋芒无人敢触犯。撄，触犯。

㊾ "童髫"二句：言沦陷区人民见到宋军的喜悦。童髫，儿童。髫（tiáo），古代小孩头上扎起来的下垂头发。欣再见，《后汉书·光武帝纪上》："时三辅吏士东迎更始……及见司隶僚属，皆欢喜不自胜。老吏或垂涕曰：'不图今日复见汉官威仪！'"此暗用该典。父老，对老年人的尊称。

㊾ 义气通诸夏：正义的气概遍达中原。诸夏，周代分封的中原各个诸侯国。泛指中原地区。《论语·八佾》："夷狄之有君，不如诸夏之无也。"讴声沸八纮：八方极远之地的人民无不思宋。讴声，指讴吟思汉之声。《汉书·叙传》："今民讴吟思汉，向仰刘氏，非一日也。"此指人民思念宋朝。沸，形容讴声喧腾如汤沸。八纮（hóng），八方极远之地。《淮南子·墬形训》："九州之外，乃有八殥……八殥之外，而有八纮，亦方千里。"泛指天下。

㊾ 官兵飏隼鹜：将士像飞扬的鹰隼一般勇猛。《诗·大雅·大明》：

“维时尚父，时维鹰扬。”飏（yáng），同“扬”。隼鸷（sǔn zhì），凶猛的鸟，如鹰鹯之类。喻勇猛的将士。《吕氏春秋·恃君》：“雁门之北，鹰隼所鸷。”废垒泣鼯狸：金军废弃的营垒鼯狸也在哭泣。鼯狸，同“鼯鼪”（wú shēng）。此喻金兵。

(58) 跬步归京阙：谓岳飞回归京城。跬（kuǐ）步，半步。《荀子·劝学》：“不积跬步，无以致千里。”此喻小心谨慎。京阙，指皇宫。亦借指京城。朝衣诣寝楹：谓岳飞在皇帝的寝宫受到召见。朝（cháo）衣，穿上上朝时穿的礼服。诣，去，到。寝楹，指帝王的寝宫，卧室。按此二句当为想象胜利后的情景。

(59) 晋军传鹤唳：指金军自相惊扰如闻风声鹤唳。楚幕听乌鸣：《左传·庄公二十八年》：楚伐郑，“诸侯救郑，楚师夜遁。郑人将奔桐丘，谍告曰：‘楚幕有乌。’乃止”。楚幕，楚军宿营的帐幕。楚幕有乌，说明楚营已是空虚。此指兀术军逃归汴京。

(60) 机会乘今日：应当趁着现在的大好时机。乘，凭借，趁着。绍兴十年（1140），岳飞《乞止班师诏奏略》在分析了宋金双方的形势后强调指出：“天时人事，强弱已见。功及垂成，时不再来，机难轻失。”雌雄决此行：此次出兵定与金军决一胜负。雌雄，喻胜负、高下。

(61) 幸成十载绩：希望成就十年功业。绩，成就，功业。金牌诏班师，岳飞愤惋说：“十年之力，废于一旦。”归捧万年觥：归来捧酒祝天子万岁。万年，见《诗·大雅·江汉》：“天子万年。”《诗序》说：“江汉，尹吉甫美宣王也。能兴衰拨乱，命如公平淮夷。”岳珂以宣王中兴比宋高宗，有阿谀意。觥（gōng），古代酒器。

(62) 何事东来诏：为什么突然从临安发来班师的诏书。何事，为何，何故。东来诏，临安在朱仙镇之东南，故云。遄追北指旌：急速追还北伐的军队。遄（chuán），疾速。追，追还收缴。北指旌，指向北方的旌旗。借指北伐的岳家军。

(63) 抚膺皆壮士：战士们都捶胸愤惋。抚膺，捶拍胸口，表示惋惜、哀叹、悲愤等。牵袂有啼婴：啼哭的老百姓却不忍岳家军离去。牵袂，谓拉住衣袖不让离去。啼婴，指像婴儿般啼哭的百姓。

㉔ 业岌登枢极：指岳飞班师后任枢密院副使。业岌（yè jí），高耸貌。喻人意气高昂。宋欧阳修《别后奉寄圣俞》诗："谁云已老矣，意气何业岌。"枢极，斗枢与北极星。喻中枢权力。雍容俨珮珩：雍容，形容仪态温文大方。岳飞释兵柄后，脱去戎装，褒衣博带，秦桧更加嫉恨。《建炎以来系年要录》卷一四〇：绍兴十一年四月"壬辰，……（韩）世忠既拜，乃制一字巾，入都堂则裹之，出则以亲兵自卫，桧颇不喜。（岳）飞披襟作雍容状，桧尤忌之。"俨，恭敬，庄重。珮珩（pèi héng），指杂佩。各种不同的佩玉。珩，古代一组玉佩上端的佩件名。

㉕ 廊庙：指朝廷。《国语·越语下》："谋之廊庙，失之中原，其可乎？"幽并（bīng）：见岳珂《鄂忠武王出师疏帖赞》注⑲。

㉖ "岂意"二句：哪里料到收复中原的宏图大略，深深违背了当时宰相秦桧的心意。

㉗ 和亲徒效敬：徒然效法娄敬与匈奴和亲的做法。娄敬，汉初齐国卢（今山东省济南市长清区）人。汉高祖刘邦的重要谋士之一。"平城之围"后，娄敬为刘邦分析了当前形势，认为"天下初定，士卒罢于兵，固不可以武胜也"，只有把嫡长公主嫁给匈奴单于，实行"和亲"方是上策。后"和亲"之策成为汉王朝对匈奴长期实行的一项基本政策。见《汉书·娄敬传》。此"和亲"意为议和。投几不闻罃：斥责秦桧和知罃一样从敌国归来，却不能像知罃那样忠于故国。投几，亦作"投机"，两相契合。此指秦桧投合金统治者的心机。罃，指春秋时晋国大夫知罃。邲之战中知罃为楚军俘虏，被囚九年，后被交换回国。归晋前答楚共王，不卑不亢，维护了国家和个人的尊严，使共王感叹"晋未可与争"。事见《左传·成公三年》。

㉘ "正尔"二句：谓岳飞正要争先杀敌，却遭到毁谤。正尔，正在，正要。先鞭著，争先杀敌立功。见胡铨诗注②。谤箧，存放谤书的箱箧。语出《战国策·秦策二》："魏文侯令乐羊将，攻中山，三年而拔之。乐羊反而语功，文侯示之谤书一箧。"

㉙ 凶威摇吏牍：奸臣凶恶的威势使岳飞遭受冤狱。摇，摇动，动用。吏牍，狱吏文书。汉时用竹。参见薛季宣诗注②"狱吏尊"。后用其事为遭受冤狱的典实。风旨动台押：谓秦桧唆使御使台弹劾岳飞。风旨，通过放话

向别人暗示自己的意图。风，口风。旨，意旨，意图。台劾，御史台的弹劾。指秦桧唆使台谏官万俟卨、何铸、罗汝楫弹劾岳飞。台，指御史台，官署名，专司弹劾之职。抨，弹劾，检举罪状。

⑦⓪ 枭虺(xiāo huǐ)：喻奸恶小人。此指王铎、万俟卨、张俊、秦桧等一丘之貉。枭，猫头鹰。虺，古书上说的一种毒蛇。饥吞嗜：像饥饿的凶禽猛兽吞食食物一般（杀害岳飞）。鹰獒：义同"鹰犬"。比喻受驱使而奔走效劳的人。獒(áo)，一种高大、凶猛、垂耳、短毛的家犬。使令：差遣，使唤。《孟子·梁惠王上》："便嬖不足使令于前与？"

⑦① "众鬌"二句：众人都梳鬌髻常会妒忌戴帽子的人，同在洗澡不会讥笑对方光着身子。意谓奸党们沆瀣一气，谁也不笑话谁。鬌(zhuā)：梳在头顶两旁的发髻。裎(chéng)，裸体。

⑦② "远虑"二句：写对岳飞诬蔑而横加罪名。岳珂在《吁天辨诬叙》最后结语："以不附和议为怀奸，以深入奋讨为轻敌，以恢复远略为不量彼己，以不事家产为萌异志，以不结权贵为妄自骄傲。"远虑，计虑深远。徼(jiǎo)福，祈福，求福。先驱谓缓程，绍兴十一年（1141）二月岳飞主动援淮西，却被诬为"坐观胜负，逗留不进"。《鄂王行实编年》卷五："是岁淮西之役，先臣闻命即行，途中得俊咨目，甚言前途粮乏，不可行师。先臣不复问，鼓行而进。故赐札曰：'卿闻命即往庐州，遵陆勤劳，转饷艰阻，卿不复顾问，必遄其行，非一意许国，谁肯如此。'俊闻之，疑先臣漏其书之言于上，归则倡言于朝，谓先臣逗遛不进，以乏饷为辞。"先驱，前锋军。缓程，放慢进程。

⑦③ "一言"二句：谓奸党们平时不敢言事，却诬告岳飞使之陷于牢狱。一言，一句话。《论语·子路》："鲁定公问：'一言而丧邦有诸？'"仗马，皇帝仪仗队所用的马。喻坐享俸禄而不敢言事之官。此指万俟卨等言官。乔莺，迁于乔木之莺。喻岳飞职位连续高升。语本《诗·小雅·伐木》："伐木丁丁，鸟鸣嘤嘤。出自幽谷，迁于乔木。"下乔莺，使乔木之莺下落。喻岳飞由枢密副使变为牢囚。

⑦④ 盍考谢赦表：何不稽考一下《谢请和赦表》。《建炎以来系年要录》卷一二五："绍兴九年正月初五日丙戌，以金人来和，大赦天下。……湖北

京西宣抚使岳飞表（即《谢请和赦表》）云……秦桧读之大怒。"在此表中，岳飞表达了强烈的反对意见和"欲复仇而报国"的决心。盍，何不。兼觌赐劄评：同时再读一读高宗皇帝所赐御札中的高度评价。

⑦⑤ 许身无少愧：岳飞以身许国没有些许愧疚。忧国甚于酲：为国忧虑愁闷压抑的心情甚于病酒。酲（chéng），酒醉后神志不清的状态。

⑦⑥ 彼谮宜投虎：那些诬陷人的人应该投饲豺虎。谮（zèn），诬陷，中伤。投虎，谓将坏人投饲豺虎，表示深恶痛绝。《诗·小雅·巷伯》："取彼谮人，投畀豺虎。"能言不离鹦：谓诬陷岳飞的人如同禽兽。《礼记·曲礼》："鹦鹉能言，不离飞鸟；猩猩能言，不离禽兽。"

⑦⑦ "鸟翾"二句：反用"飞鸟尽，良弓藏；狡兔死，走狗烹"意，喻岳飞过早被杀。鸟翾，意谓鸟未尽，尚在飞。翾（xuān），鸟快速地飞。唐柳宗元《乐府杂曲·鼓吹铙歌》："有鸟鸷立，羽翼张。钩喙决前，钜趯傍；怒飞饥啸，翾不可当。"身蚤箙，将弓箭早早装进袋子。蚤，通"早"。箙（fú），用竹、木或兽皮做成的盛箭的器具。此用作动词。兔健，兔子强壮而善跑。足，按应为"狗"。岳珂于此讳言"狗"字，以"足"代之。晋傅玄《走狗赋》："顾芷隰以嬉游兮，步兰皋而骋足……属精莱以待踪，逐东郭之狡兔……乐极情遗，逸足未殚。"

⑦⑧ 有客悲周道：有人作诗词怀念北宋。有客，即有人。《诗·周颂·有客》："有客有客，亦白其马。"周道，西周之治道。《诗·王风·黍离》序："黍离，闵宗周也。周大夫行役，至于宗周。过故宗庙宫室，尽为禾黍，闵宗周之颠覆，彷徨不忍去，而作是诗也。"此意是说当时有人怀念北宋时期的社会状况，伤金人入侵。何人恤鲁祊：有谁顾念被金人割去的国土。恤，顾念，顾及。鲁祊，祊（bēng），古邑名。春秋郑国祭祀泰山时的汤沐邑。在今山东费县东南。《史记·郑世家》："二十九年，庄公怒周弗礼，与鲁易祊、许田。"《索隐》曰："祊者，郑所受助祭太山之汤沐邑。郑以天子不能巡守，故以祊易许田，各从其近。"此借指被金人割去之地。

⑦⑨ 同时惟切齿：同时代的人唯有切齿痛恨。切齿，咬牙，齿相磨切。形容极端痛恨。来者但惩羹：后代的人应该吸取教训。来者，将来的人，后辈。《论语·子罕》："后生可畏，焉知来者之不如今也？"惩羹，语出《楚

辞·九章·惜诵》:"惩于羹者而吹齑兮,何不变此志也?"羹,滚汤。齑,细切的肉菜,冷食品。人被滚汤烫过,以后吃冷菜也要吹一下。此喻惩前忿后,不再杀功臣。

⑧ "长夜"二句:谓岳飞的沉冤亟盼昭雪。旦,天亮,日出。沉阴,谓积云久阴。喻沉冤难雪。

⑧ 是非从久定:岳飞的冤案到岳珂时得以彻底平反,时已近八十年。故云"从久定"。祸否待终倾:祸难等待最终解除。祸否,祸难。否(pǐ),周易卦名。《易·否》:"上九,倾否,先否后喜。"倾,倾覆,颠倒。否卦是阳上阴下,泰卦是阴上阳下。否卦卦象颠倒过来便是泰卦。否卦在先,泰卦在后,故云"倾否,先否后喜"。此谓岳飞冤枉在先,后来得到彻底平反,获得社会赞扬。

⑧ 先帝:指宋高宗。资神武:天资神明而威武。资,天赋,天资。神武,见李谌词注②。深仇怆父兄:为父兄被掳的深仇大恨而悲伤。怆,悲伤。父兄,指高宗之父徽宗和兄长钦宗。二句为谀辞。

⑧ "每怀"二句:谓宋高宗常想得到良将,怎能忍心抛弃岳飞。实为谀辞。颇牧,战国时赵国名将廉颇与李牧的并称。韩黥,汉高祖刘邦的大将韩信和黥布的并称,二人皆以谋反罪被杀。颇、牧、韩、黥皆喻岳飞。

⑧ "哲监"二句:谓宋孝宗英明,使岳飞冤案的真相渐渐明朗。哲监,贤明的监国,指宋孝宗。哲,贤明的人,有智慧的人。监,监国,监管国事。太子代君主管理国事称"监国"。《国语·晋语一》:"君行,太子居,以监国也。"孝宗原为高宗太子。孤忠,忠贞自持,不求人体察的节操。

⑧ 岳阳还旧号:绍兴二十五年(1155),因秦桧恶岳州名同岳飞姓,改岳州为纯州,改岳阳军为华阳军。绍兴三十一年,宋高宗下诏恢复旧称。岭表返诸惸:岳飞死后,岳飞、张宪的家属被"分送广南、福建路州军拘管"。绍兴三十一年诏令"放令逐便","于是飞妻李氏与其子霖等皆得生还焉"。(《建炎以来系年要录》卷一六三)岭表,岭外。五岭之南,主要指广东包括今海南地区。返,使归还。惸(qióng),无兄弟的人。引申为孤独无依的人。

⑧ 故垒营新祀:在岳飞曾驻军的鄂州修建庙宇开始祭祀。故垒,旧时

的营垒。宋佚名《朝野遗记》:"孝宗诏复飞官,以礼改葬……建庙于鄂,号忠烈。"畿封:谓在王畿的四周聚土为界。《周礼·地官·封人》:"封人掌诏王之社壝,为畿封而树之。"贾公彦疏:"谓王之国外四面五百里各置畿限,畿上皆为沟堑,其土在外而为封。"借指京畿。辟赐茔:辟地赐葬。指在杭州赐岳飞茔地。茔,坟墓。

㊼ "用心"二句:指岳霖临死前交代儿子岳珂继续搜集岳飞的诗文,岳珂继承父志以成《家集》。《金佗稡编》卷十《家集·序》:"先父臣霖盖尝搜访旧闻,参稽同异……掇拾未备,尝以命臣,俾终其志。臣谨汇次,凡三万六千一百七十四言,厘为十卷,阙其卷尾以俟附益。"用心,费心,留意。舜子,舜的儿子。《史记·五帝本纪》:"舜子商均亦不肖,舜乃豫荐禹于天。"后因称不肖子。此岳珂谦称。述事,继续前人的事业。宋李纲《上道君太上皇帝封事》:"慕神考勤劳之德,必思所以继志述事。"广文声,《诗·大雅·文王有声》序说:"文王有声,继伐也。武王能广文王之声,卒其伐功也。"此指岳珂继承父亲的事业,光大祖父之声。

㊽ "甘雨"二句:指宋孝宗为岳飞平反,"赐钱百万,求其后,悉官之"。甘雨,即霖雨,适时好雨。《书·说命上》:"若岁大旱,用汝(指傅说)作霖雨。"兴,使旺盛。余槁,遗留下来的枯干的草木。喻活着的岳飞子孙。豁(huò)久盲,使长期的盲眼一下豁亮。喻如重见天日。

㊾ 先臣:岳珂对皇帝称已故的岳飞。圣德:犹言至高无上的道德。此用以称帝德。指孝宗、光宗、宁宗。难名:难以称述。

㊿ "陛下"二句:称颂宋宁宗是当今的禹汤,朝臣是昔日的散宜生和闳夭。陛下,对帝王的尊称。汉蔡邕《独断》:"陛下者,陛,阶也,所由升堂也。天子必有近臣执兵陈于阶侧,以戒不虞。谓之陛下者,群臣与天子言,不敢指斥天子,故呼在陛下者而告之,因卑达尊之意也。"此尊称宋宁宗。汤禹,按应为禹汤。即夏禹、商汤。古之圣王。因平仄要求变作汤禹。王臣,志匡王室之臣。《易·蹇》:"六二,王臣蹇蹇。匪躬之故。"王弼注:"执心不回,志匡王室者也。"散闳,散宜生和闳夭的并称。均为西周开国功臣,"文王四友"之二,与姜尚、太颠等同救西伯姬昌。后辅佐武王灭纣。此喻宁宗时朝臣。

㉛ **令图天广大**：良好的谋略如天之广大无边。令图，善谋。《左传·昭公元年》："臣闻君子能知其过，必有令图。令图，天所赞也。" **盛烈日铿鍧**：盛大的功业日渐轰轰烈烈。盛烈，盛大的功业。铿鍧（kēng hōng），象声词。本形容钟、鼓等发出的大声。此形容事业轰轰烈烈。

㉜ **心术参尧运**：仁德的心地再加上尧的运数。心术，指心地的仁德性质。《管子·七法》："实也，诚也，厚也，施也，度也，恕也，谓之心术。"参（cān），加上。尧运，尧的运数。史籍说尧在位九十八年（见《史记·五帝本纪第一》注），是中国历史上在位年代最长的帝王。活了一百一十六岁（或一百一十七岁），也是寿命最长的帝王。岳珂用来吹捧皇帝。**规模绍汉宏**：延续汉朝广大的疆域。实为谀辞。规模，范围。绍，连续，继承。

㉝ **"遗形"二句**：指恢复岳飞的原官并赐美谥。遗形，遗容。高阁，指凌烟阁。唐太宗和代宗都有绘功臣像于凌烟阁之举。此借用崇爱功臣。良股，贤良的辅弼之臣。股，"股肱"之省。股肱，大腿和胳膊。喻左右辅弼重臣。赓（gēng），继续。《书·益稷》："乃赓载（相续而成）歌曰：元首明哉，股肱良哉，庶事康哉。"

㉞ **故将**：旧时的将领。指岳飞。**欣非远**：幸喜死去未久。**微臣**：小臣。此岳珂对皇帝自称。**矧敢轻**：何况敢于轻忽。矧（shěn），另外，况且，何况。

㉟ **传讹稽史谬**：稽考史料中以讹传讹的谬误。指史料中秦党对岳飞的诬蔑。稽，考核，核查。**败俗订言讠为**：订正败坏风气的谄佞之言。言讠为，即讠为言，谄佞之言。汉扬雄《法言·问明》："讠为言败俗，讠为好败则，姑息败德。"

㊱ **日系无虚笔**：谓将岳飞的事迹按年月日纪事，没有不实的记载。日系，将某事归属于某一天，即按年月日纪事。晋杜预《春秋经传集解·序》："纪事者以事系日，以日系月，以月系时，以时系年，所以纪远近、别同异也。"系（jì），归属，联缀，依附。虚笔，不实之记载。**云章有满籯**：云章，指文采斐然的文章。语出《诗·大雅·棫朴》："倬彼云汉，为章于天。"此指岳飞的诗文。满籯，犹满箱。籯（yíng），竹笼。南

朝宋徐勉《诫子书》:"遗子黄金满籝,不如一经。"

⑰ **竹书**:古代无纸,在竹简上记事书写。后人称编纂成册的书为竹书。**历历**:一个个清晰分明。**玉训**:尊长的教导。此指珂父岳霖的遗言。**尚铿铿**:言犹铿铿在耳。铿铿,形容语言响亮有力。

⑱ **愿辍清朝暇**:希望皇上停止清晨的闲暇,阅读此诗。辍,停止。清朝(zhāo),清晨。**叨承乙夜呈**:使我愧受皇上深夜接受呈诗的恩典。叨承,忝受,承受。乙夜,二更时候,约为夜间十时。《后汉书·百官志三》"左右丞"刘昭注引蔡质《汉仪》:"凡中宫漏夜尽,鼓鸣则起,钟鸣则息,卫士甲乙徼相传。甲夜毕,传乙夜,相传尽五更。"泛指夜间。呈,进呈。

⑲ **作诗哀寺孟**:岳珂谓自己作诗像寺人孟子一般哀伤。寺孟,寺人孟子。《诗·小雅·巷伯》的作者。诗的最后说:"寺人孟子,作为此诗。凡百君子,敬而听之。"朱熹《诗集传》曰:"寺人,内小臣,盖以谗被宫而为此官也。孟子,其字也。"**览奏念缇萦**:皇上阅览我的奏诗会哀怜我孝亲的心情。缇萦(tí yíng),汉代孝女。汉文帝时,太仓令淳于意有罪当刑,系长安狱。其少女缇萦随父至长安,上书请入身为官婢,以赎父罪。帝怜之,为除肉刑,意乃得免。见《史记·孝文本纪》、汉刘向《列女传·齐太仓女》。后代用为称颂孝亲的典故。

⑳ **恩锡茅封宠**:皇帝赏赐岳飞享受王爵的荣耀。恩锡,同"恩赐"。茅封,古代天子分封王侯时,赐以白茅包裹的社坛方土。非王侯不得用茅封。宠,荣耀。《易·师》:"承天宠也。"郑注:"光耀也。"**光昭衮字荣**:谓岳飞受到朝廷文字褒扬的光荣。晋范宁《谷梁传序》:"一字之褒,宠逾华衮之赠;一言之贬,辱过市井之挞。"昭,显扬,显示。

㉑ **誓怀**:犹誓心,誓志。**如皦日**:像明亮的太阳。多用于誓辞。《诗·王风·大车》:"谓予不信,有如皦日。"**忠报**:尽忠效命。**毕余生**:竭尽余下的生命。此为岳珂向皇帝表白自己尽忠效命的誓心。

郑 起

郑起(1199—1262),初名霞,字叔起,号菊山,宋连江(今福建连江县)人。潜心于性理之学,曾主诸暨县学、萧山县学。后相继充尹和静书院堂长，泰州胡安定书院山长，平江三高堂长。晚年专心著述。《宋史》入《文苑传》。有《清隽集》一卷。

谒岳王坟

　　我来拜谒岳王坟，松柏苍苍上宿云①。臣子报君终一死，权奸卖国欲中分②。鹰扬当日谁能及，雁叫中原不可闻③。石马石人山寂寂，英雄于此亿将军④。（《三山郑菊山先生清隽集》）

【注释】

　　① 苍苍：茂盛，众多。《诗·秦风·蒹葭》："蒹葭苍苍，白露为霜。"毛传："苍苍，盛也。"上宿云：上面停留着云彩。宿，停宿，停留。

　　② 权奸：弄权作恶的奸臣。中分：从中间分开。此谓将中国一分为二。绍兴十一年（1141）十一月，宋金和议成，立盟书，约以淮河中流划界，割唐、邓二州畀之，岁奉银二十五万两、绢二十五万匹，休兵息民，各守疆土。

　　③ 鹰扬：见岳珂《经进百韵诗》注㊼。及：赶得上。雁叫中原：喻侵略者蹂躏下的中原人民如鸣叫凄厉的大雁。

　　④ "英雄"句：意谓此时此地更加思念英雄岳将军。

方　岳

　　方岳（1199—1262），字巨山，号秋崖，宋歙州祁门（今安徽祁门县）人。绍定五年（1232）进士。调南康军及滁州教授。后屡有升迁，以忤史嵩之、贾似道、丁大全，三起三落。宝祐间，起知袁州，除吏部尚书左郎官。复以忤丞相丁大全罢归。《宋史翼》有传。有《秋崖集》。

题祁门岳王庙

　　神京鳞介腥衣裳，三精雾塞天地光①。鼬啼鼯啸纷披猖，中分宇宙尊犬羊②。谁其与者沦纲常，受计于房扼我吭③。王心凛凛天苍苍，以次束缚归朝堂④。自南自北诺已偿,焉用与虏为胥戕⑤。为雠报雠胡不戮,至今淮堧为河湟⑥。每观王传心摧伤,怒发为立胆为张⑦。皇畀予邑于祁间⑧,闻王有像西山岗。欲往从之洁予觞,简书之言不我遑⑨。今且去此何敢忘,牲肥酒香时日良⑩,金戈铁马山茫茫⑪。(《秋崖先生小稿》卷三四)

【注释】

① "神京"二句:京城中的权奸横行,到处乌烟瘴气,简直暗无天日。神京,帝京,国都。鳞介,本指有鳞和介甲的水生动物,常用来比喻卑贱小人。腥,使动词,使沾满腥气。三精,谓日、月、星。雾塞,为雾霾所遮蔽。塞,充满,遮蔽。

② "鼬啼"二句:奸臣小人乱纷纷地十分猖獗,他们分裂国土,尊崇金国统治者。鼬(yòu),黄鼬,即黄鼠狼。鼯(wú),鼯鼠。皆比喻小人。披猖,猖獗,猖狂。中分,从中分开。宇宙,犹天下,国家。南朝梁沈约《沈道士馆》诗:"秦皇御宇宙,汉帝恢武功。"犬羊,狗和羊。旧时对外敌的蔑称。此称金人。陆游《涉白马渡慨然有怀》诗:"太行之下吹胡尘,燕南燕北空无人。袁曹百战相持处,犬羊堂堂自来去。"

③ 谁其与者:是谁赞许。与(yǔ),赞许,赞助。问而无答,实际上是指以秦桧为首的投降卖国者。沦纲常:使纲常沦没。纲常,谓三纲(君为臣纲,父为子纲,夫为妻纲)五常(君臣、父子、夫妻、兄弟、朋友)。受计于虏:指秦桧接受金统治者灭宋的授计,回到南宋作为他们的代理人。扼我吭:扼住我们的喉咙,喻欲置于死地。吭,喉咙。

④ "王心"二句:岳王忠心,苍天可鉴,抗金大将被相继召回并约束在朝廷内。凛凛,威严而使人敬畏的样子。苍苍,深青色。《庄子·逍遥游》:"天之苍苍,其正色邪?"束缚,约束,限制。朝堂,朝廷。

⑤ 自南自北:《宋史·秦桧传》:"桧首言'如欲天下无事,南自南,北自北'。"即"欲以河北人还金国,中原人还刘豫"。这是金侵略者灭宋的阴谋。诺已偿:对金主的诺言已经如愿以偿。偿,满足,如愿。"焉用"句:哪用与金寇相互残伤。胥戕(qiāng),相互残伤。语出《尚书·梓材》:"王启监,厥乱为民。曰:'无胥戕,无胥虐……'"孔传:"当教民无得相残伤,相虐杀。"

⑥ "为雠报雠"二句:替仇敌报仇为什么这样恶毒?直到今天一直把淮河当作护城河。为雠报雠,《南史·邓元起传》:(萧藻杀邓元起,)"故吏广汉罗研诣阙讼之,帝曰:'果如我所量也。'使让藻曰:'元起为汝报雠,汝为雠报雠,忠孝之道如何?'"淮堑,指淮河。堑(qiàn),作防御用的壕沟。不臧(zāng),不善,不良。《诗·邶风·雄雉》:"不忮不求,何用不臧。"河隍,亦作"河陧",意为护城河。《说文》:"隍,城池也,有水曰池,无水曰隍。"

⑦ 摧伤:谓伤痛之极。晋潘岳《寡妇赋》:"思绵绵以瞀乱兮,心摧伤以怆恻。"胆为张:胆为之扩大。张,扩大。

⑧ "皇畀"句:上天让我出生在祁门县。作者是祁门人。皇,指上天,上帝。屈原《离骚》:"皇剡剡其扬灵兮,告余以吉故。"王逸注:"皇,皇天也。"畀(bì),给予。予邑,我的家乡。邑,乡邑。祁阊,祁门县城。

⑨ 欲往从之:想要前去祭奠。汉张衡《四愁诗》:"我所思兮在泰山,欲往从之梁父艰,侧身东望涕沾翰。"从,原意是随,追随。洁予觞:清洁我的酒具。觞,酒具。此指祭祀所用。"简书"句:意谓我来不及撰写祭文。简书,泛指文书,此指祭文。不我遑,即不遑我,没有时间等待我,来不及的意思。

⑩ 去此:离开这里。牲:供祭祀、盟誓等用的家畜。《左传·桓公六年》:"不以畜牲。"孔颖达疏:"牲、畜一物,养之则为畜,共享则为牲。"时日良:正是良辰吉日。

⑪ "金戈"句:广阔无边的群山像岳飞所率领的威武雄壮的军队。金戈铁马,戈闪耀着金光,马配备了铁甲。形容威武雄壮的军旅兵马。宋辛弃疾《永遇乐·京口北固亭怀古》词:"想当年金戈铁马,气吞万里如虎。"

陈允平

陈允平(1205?—1280?),字君衡,一字衡仲,号西麓,宋末四明(今浙江宁波市)人。淳祐三年(1243),为余姚令,旋罢去。德祐时,授沿海制置司参议官。入元以人才征至北都,不受官,放还。有《西麓诗稿》一卷。

鄂王墓

鄂王墓在栖霞岭①，一片忠魂万古存。镜里赤心悬日月，剑边英气塞乾坤②。苍苔雨暗龙蛇壁，老树烟凝虎豹幡③。独倚东风挥泪客④，不堪回首望中原。（《西麓诗稿》）

【注释】

① 栖霞岭：见赵肃远诗注④。

② "镜里"句：意谓岳飞赤心可鉴，如日月高悬。传说秦始皇有一方镜，能照见人心的善恶。后人称为"秦镜"。《西京杂记》卷三："高祖初入咸阳宫，周行库府……有方镜，广四尺，高五尺九寸。表里有明，人直来照之，影则倒见；以手扪心而来，则见肠胃五脏，历然无硋；人有疾病在内，掩心而照之，则知病之所在。又女子有邪心，则胆张心动。秦始皇常以照宫人，胆张心动者则杀之。""剑边"句：岳飞被杀，英武豪侠之气充满天地之间。

③ "苍苔"二句：古老的庙宇由于下雨长满青苔而显得暗淡，绘有虎豹图案的旗帜凝聚着笼罩老树的烟雾。龙蛇壁，常用以形容庙宇。唐李白《琼台》诗："明朝拂袖出紫微，壁上龙蛇空自走。"唐杜甫《禹庙》诗："荒庭垂橘柚，古屋画龙蛇。"幡，长条形的旗帜。

④ 独倚东风：独自在春风的吹拂中（人像凭靠着春风）。东风，春风。

胡仲参

胡仲参（生卒年不详），字希道，宋末清源（今福建莆田市）人。早岁在临安太学就学，应礼部试不第，以诗游士大夫间。有《竹庄小稿》一卷存《两宋名贤小集》。

读岳鄂王行实①

飞鹄来何意，英雄此日生②。山河张胆气，宇宙载风声③。一片堂中

纸④,千年身后名。至今坟上木,犹作不平鸣。(《竹庄小稿》)

【注释】

① 岳鄂王行实:即《鄂王行实编年》。书名,岳飞之孙岳珂撰。按编年方式记录其祖的一生事迹。其原稿是岳珂之父岳霖委托国子博士顾杞所撰,编写时还"考于闻见,访于遗卒",虽或有夸饰,但一定程度上恢复了被宋高宗、秦桧掩盖的史实。行实,指生平事迹。

② "飞鹄"二句:岳飞诞生之日,鸿鹄飞来意味着什么?《鄂王行实编年》卷一:"及生先臣之夕,有大禽若鹄自东南来,飞鸣于寝室之上,先臣和异之,因名焉。"鹄,鸟名,指鸿鹄,又名黄鹄,俗称天鹅。

③ 山河张胆气:胆量和勇气因心怀祖国山河而张大。胆气,胆量和勇气。宇宙载风声:声誉充满天地之间。宇宙,天地。《庄子·让王》:"余立于宇宙之中……逍遥于天地之间。"载,充满。《诗·大雅·生民》:"厥声载路。"风声,声望,声誉。《汉书·王贡两龚鲍传序》:"自园公、绮里季、夏黄公、甪里先生、郑子真、严君平皆未尝仕,然其风声足以激贪厉俗,近古之逸民也。"

④ 堂中纸:指秦桧手书指示杀害岳飞的小纸条。《鄂王行实编年》卷五:"会岁暮,竟不成。桧一日自都堂出,径入小合,危坐终日。已而食柑,以爪画其皮几尽,良久,手书小纸,令老吏付狱中,遂报先臣死矣。"堂,指中堂。唐于中书省设政事堂,以宰相领其事,后因称宰相为中堂。

徐集孙

徐集孙(生卒年不详),字义夫,宋末建安(今福建建瓯市)人。宋理宗时(1225—1264)曾在临安做过小官。好为诗,每作一诗,甫脱稿,人即争购相为传诵。有《竹所吟稿》一卷存《两宋名贤小集》。

岳鄂王墓

百战收功指顾间①,岳家军令重如山。班师似出高宗意,逢恶徒成秦相奸②。往事不成空浩叹,黄鹂无绪自间关③。金戈铁马纵横地,古庙犹存落

照间。(《竹所吟稿》)

【注释】

① "百战"句：经过长期的作战，眼看就要取得最后的胜利。言外之意是说由于朝廷促令班师以致功亏一篑。百战，多次作战。收功，取得成功。《孔子家语·屈节》："子欲收功于鲁，实难。"指顾，比喻时间极其短促。指，用手指。顾，回头看。汉班固《东都赋》："指顾倏忽，获车已实。"

② "逢恶"句：秦桧迎合高宗之恶徒然成就了奸邪的名声。意谓责令岳飞班师的罪恶主要在高宗而不在秦桧。逢恶，逢迎邪恶的人或势力。《孟子·告子下》："长君之恶其罪小，逢君之恶其罪大。"奸，狡诈，邪恶。

③ 不成：无所成就，不成功。《史记·项羽本纪》："项籍少时，学书不成，去，学剑，又不成。"浩叹：长叹，大声叹息。宋陆游《不寐》诗："欲明闻溉稻，浩叹悯黎元。"无绪：没有情绪。宋柳永《雨霖铃》词："都门帐饮无绪，留恋处、兰舟催发。"间关(jiān guān)：象声词。形容婉转的鸟鸣声。唐白居易《琵琶行》："间关莺语花底滑，幽咽泉流冰下难。"

黄文雷

黄文雷（生卒年不详），字希声，号看云，宋末南城（今江西南城县）人。宋理宗淳祐十年（1250）进士。曾任临安酒官。舟归次严陵滩，溺死。有《看云小集》一卷存《两宋名贤小集》。

往年因读岳王传尝为之赋
今过东林睹其遗像感而申颂之①

将军英爽冠人豪，眼底山河累宝刀②。青女护香天亦悮，黑龙饮渭数何逃③。当时僧说松楸犯，今日人推阀阅高④。珍重王孙方鼎贵，莫将歌舞替征袍⑤。

欲坏长城岂自由，江人重唱白符鸠⑥。熏天富贵还须尽，从古忠良类若仇⑦。狱吏但能书牒背，相公终欲割鸿沟⑧。书生志念闲无用，长想朱云地

下游⑨。(《南宋群贤六十家小集·看云小集》)

【注释】

① 东林:指庐山东林寺。申颂之:再一次歌颂他。申,重复。《书·尧典》:"申命羲叔宅南交。"孔传:"申,重也。"

② 英爽:英武而豪爽的气概。人豪:人杰,豪杰。眼底山河:谓目睹山河破碎。眼底,眼中,眼前。累宝刀:使战刀受累。极言征战之苦。累,形容词用作使动词。

③ "青女"二句:意谓上天也不佑护骄奢淫逸的南宋朝廷,所以难逃金人入侵、国家破亡的运数。青女,传说中掌管霜雪的女神。《淮南子·天文训》:"至秋三月……青女乃出,以降霜雪。"护香,爱惜香艳。天亦悞,谓青女必须执行上天的命令。悞(wù),同"误"。黑龙饮渭,喻来自北方的战乱。《太平广记·神仙三十五》引《仙传拾遗》:唐玄宗曾将成真人馆于蓬莱院,成真人走后,宫人发现壁上题曰:"蜀路南行,燕师北至。本拟白日升天,且看黑龙饮渭。""其后禄山起燕,圣驾幸蜀,皆如其谶。"数,运数,国家命运。

④ "当时"二句:当时有僧人曾说岳母的坟墓不吉利,今天人们推崇岳飞的功绩最高。宋王明清《挥麈三录》卷一:(张)尧叟云:"仆去岁在羌庐,正睹岳侯葬母,仪卫甚盛,睹者填塞,山间如市。解后(邂逅)一僧,为仆言:'岳葬地虽佳,似与王枢密之先茔坐向既同,龙虎无异。掩圹之后,子孙须有非命者。然经数十年,再当昌盛。子其识之。'今乃果然,未知它日如何耳。"松楸,松树和楸树。多植于墓前。代指坟墓。犯,犯顺,违背常理,违反正道。《左传·襄公二十五年》:"犯顺不祥。"阀阅,功绩和经历。汉王充《论衡·程材》:"儒生无阀阅。"

⑤ "珍重"二句:谓南宋的皇帝只知道珍重自己的显贵,都沉迷于寻欢作乐而没有人主动征战恢复故国。王孙,王的子孙。此指宋朝后代皇帝。鼎贵,正当显贵。《汉书·贾捐之传》:"捐之短石显。兴曰:'显鼎贵,上信用之。'"莫,不要。

⑥ 欲坏长城:见薛季宣诗注④。岂自由:岳飞哪里是可任意而为的?自由,由自己做主,不受限制和拘束。江人:江边的人。唐许棠《渭上送人南

归》诗:"江人如见问,为话复贫游。"此指江州人。白符鸠:舞曲名。《南齐书》卷一一《志第三·乐》:"《舞叙》云:'《白符》或云《白符鸠舞》,出江南,吴人所造。其辞意言恚孙皓虐政,慕政化也。'"《南史·檀道济传》:"十三年春,将遣(道济)还镇,下渚未发,有似鹢鸟集船悲鸣。会上疾动,康姣诏召入祖道,收付廷尉,及其子……等八人并诛。时人歌曰:'可怜白符鸠,枉杀檀江州。'"唐刘禹锡《经檀道济故垒》诗:"万里长城坏,荒营野草秋。秣陵多士女,犹唱白符鸠。"檀江州,檀道济曾任江州刺吏。

⑦ 熏天富贵:形容富贵而气势极盛。还须尽:最终还当完了。忠良类若仇:把忠良贤才看作好像仇敌。

⑧ "狱吏"二句:意谓岳飞在狱中遭受冤诬,秦桧最终想要将长江以北的地区割让给金国。胯背,指冤案。参见薛季宣诗注②。割鸿沟,参见岳珂《经进百韵诗》注㊽。

⑨ 书生志念:指岳飞的理想和抱负。"长想"句:常想象岳飞死后与汉代的朱云在阴间交往。意谓岳飞是朱云一类的直臣。朱云,字游,以直臣闻名于世。汉成帝时,朱云上书请斩张禹:"臣愿赐尚方斩马剑,断佞臣一人,以厉其余。"张禹时为丞相,且是汉成帝刘骜的老师,正受宠幸。成帝大怒:"小臣居下讪上,廷辱师傅,罪死不赦。"命御史将朱云绑下,朱云紧抱殿前栏杆,据理力争,以至栏杆为之折断。左将军辛庆忌为朱云求情,朱云幸免一死。皇帝下令不换断槛:"勿易,因而辑之,以旌直臣。"见《汉书·朱云传》。

林 泳

林泳(生卒年不详),字太渊,自号艮斋,又号弓寮,理学家林希逸长子,宋末福清(今福建福清市)人,一说温州平阳(今浙江平阳县)人。宋理宗宝祐元年(1253)进士。知泉州安溪县,以亲老恩注通判兴化军等职,授国子监博士,朝奉郎。通诗词,擅书画,尤工墨行。

岳 庙

天意只如此①，将军足可伤。忠无身报主，冤有骨封王②。苔雨祠墙暗，花风庙路香③。沉思百年事，挥泪洒斜阳④。（《武林旧事》卷五）

【注释】

① 天意只如此：谓岳飞被杀是天意不护佑南宋。

② "忠无"二句：生前对主上忠心，却不能以身相报（指成就恢复大业）；死后冤狱昭雪，得以封王。

③ "苔雨"二句：祠庙的墙壁因为多雨生苔而显得暗淡，祠庙的道路因风吹落花而飘满香气。

④ 沉思百年事：深沉思索百年前的事。挥泪洒斜阳：在夕阳中挥洒泪水。

释行海

释行海（1224—?），号雪岑，宋末剡（今浙江嵊州市）人。早年出家，十五岁游方，宋度宗咸淳三年（1267）住嘉兴先福寺。有诗三千余首，林希逸选取其中近体二百余首为《雪岑和尚续集》二卷。

岳 飞

战守京河不下鞍①，臣图恢复不图官。十年南渡客头白②，万里北征贼胆寒。叛桧班师金诏急，留飞赤子泪号干③。可怜身死莫须有，从此王基未得宽④。（《雪岑和尚续集》卷上）

【注释】

① 战守：攻和守。汉王符《潜夫论·救边》："是故战守之策，不可不早定也。"京河：宋京畿路和河北路、河东路的略称。指黄河南北金占区。岳飞曾转战其间抗金。不下鞍：不下马鞍。意谓不停歇地征战。

② "十年"句：谓岳飞多年征战头生白发。岳飞接奉班师金牌时曾说：

"十年之力，废于一旦。"又《满江红》词："莫等闲、白了少年头，空悲切。"岳飞出身河朔而寄居南方，故称为客。

③ 叛桧：叛逆的秦桧。金诏：皇帝的诏书。因其色黄，故称。留飞赤子：挽留岳飞的老百姓。赤子，本义为婴儿。《书·康诰》："若保赤子，惟民其康乂。"孔颖达疏："子生赤色，故言赤子。"常喻百姓、人民。

④ 莫须有：岂不须有。《鄂王行实编年》卷五："唯枢密使韩世忠不平。狱成，诣桧诘其实。桧曰：'飞子云与张宪书不明，其事体莫须有。'世忠曰：'相公言莫须有，何以服天下？'"因谓凭空诬陷。王基未得宽：南宋王朝的基业未能扩大。王基，帝王的基业。

方　回

方回（1226—1307），字万里，一字渊甫，号虚谷，别号紫阳山人，宋末歙县（今安徽歙县）人。景定间（1260—1264）登第，知严州。元兵至，迎降，授建德路总管。不久罢官，往来杭歙间。所著有《虚谷集》，已佚。今存《桐江集》《桐江续集》。

送岳德裕如大都①（节录）

岳忠武王炎兴中，才跨光世俊世忠②。人见百战百胜功，孰知洙泗储心胸③。奸桧忮忍摧英雄④，秦贼之臭传无穷。忠武馨香向不同，鬼神呵护垂箕弓⑤。子子孙孙有宜风，允文允武足临容⑥。（《桐江续集》卷二八）

【注释】

① 岳德裕：岳飞的后裔。生平事迹不详。如：去，到。大都：或称元大都，突厥语称为"汗八里"（意即"汗城"）。为元朝国都。其城址位于今北京市市区。全诗共六十二句。节录部分为开头十句。

② 炎兴：建炎、绍兴的并称之省。宋高宗的两个年号。"才跨"句：才能超越刘光世、张俊、韩世忠而雄冠一时。跨，超越。

③ 孰知：谁知道。洙泗：洙水和泗水。古时二水自今山东省泗水县北合流而下，至曲阜北，又分为二水，洙水在北，泗水在南。春秋时属鲁国地。

孔子在洙泗之间聚徒讲学。《礼记·檀弓上》:"吾与女事夫子于洙泗之间。"后因以"洙泗"代称孔子及儒家。句意谓岳飞深受儒家学说熏陶感染。

④ 忮(zhì)忍:嫉妒残忍。摧:摧残。

⑤ 馨香:散播很远的香气。比喻可流传后代的好名声。向不同:自来不同凡响。向,从来,向来。垂箕弓:比喻事业父子世代相传。垂,留传。箕弓,语本《礼记·学记》:"良弓之子,必学为箕。"孔颖达疏:"善为弓之家,使干角挠屈调和成其弓,故其子弟亦睹其父兄世业,仍学取柳和软挠之成箕也。"

⑥ 宜风:左宜右有的家风。《诗·小雅·裳裳者华》:"左之左之,君子宜之;右之右之,君子有之。"后因以"左宜右有"形容才德兼备,则无所不宜,无所不有。亦作"左宜右宜"。允文允武:谓文事与武功兼备。《诗·鲁颂·泮水》:"允文允武,昭假烈祖。"足临容:谓面对祖宗神像而无愧。临,到,面对。容,仪容,威仪。

何梦桂

何梦桂(1229—1303),字岩叟,号潜斋,学者称潜斋先生,宋末淳安(今浙江淳安县)人。咸淳元年(1265)乡试第一,举进士,廷试第三名。历官太常博士、监察御史。元初,以荐授江西儒学提举,不赴。筑室富昌小酉源,著书自娱,终老家中。有《潜斋集》。

吊岳文二公二首①(选一)

拟吊英雄酒一觞,二公忤胆一冰霜②。金人未殄将军死,宋事无成国士亡③。湖上黄埃寒柏惨,沙场青血夜磷光④。生刍一束新亭泪,千古兴亡说未央⑤。(《潜斋集》卷二)

【注释】

① 岳文二公:指岳飞和文天祥两位抗金、抗元英雄。文天祥(1236—1283),字履善,一字宋瑞,自号文山。南宋末吉州庐陵(今江西吉安市)人。宋理宗宝祐四年(1256)进士第一。历任湖南提刑,知赣州。德祐元

年（1275）正月，闻元军东下，在赣州组织义军，开赴临安。次年被任为右丞相兼枢密使。景炎二年（1277），进兵江西，收复州县多处。后兵败被俘，途中逃脱，乃退广东继续抗元。同年十二月在五坡岭（今广东海丰县）复被俘。次年，被押送元大都（今北京），囚禁四年，经历种种严酷考验，始终不屈，从容就义。

② 什胆：忠心十倍于人。《孟子·滕文公上》："或相倍蓰，或相什百。"一倍曰倍，五倍曰蓰，十倍曰什。胆，谓肝胆，喻忠心。一冰霜：操守同样坚贞清白。一，同样。冰霜，喻操守。

③ 金人未殄：金侵略者还没有被完全消灭。殄（tiǎn），尽，消灭。宋事：指南宋抗金复国的事业。国士：一国中才能最优秀的人物。《左传·成公十六年》："皆曰：国士在，且厚，不可当也。"《史记·淮阴侯列传》："诸将易得耳。至如信者，国士无双。"

④ 黄埃：黄色的尘埃。寒柏惨：冷清凋残的柏树显得凄惨。沙场：指战场。青血：犹碧血。夜磷光：夜晚的磷火闪亮。

⑤ 生刍：鲜草。《诗·小雅·白驹》："生刍一束，其人如玉。"《后汉书·徐穉传》："郭林宗有母忧，穉往吊之，置生刍一束于庐前而去。"后因以称吊祭的礼物。新亭泪：新亭，古地名。故址在今南京市的南面。南朝宋刘义庆《世说新语·言语》："过江诸人，每至美日，辄相邀新亭，藉卉饮宴。周侯（颛）中坐而叹曰：'风景不殊，正自有山河之异！'皆相视流泪。唯王丞相（导）愀然变色曰：'当共勠力王室，克复神州，何至作楚囚相对！'"后多用"新亭泪"指怀念故国或忧国伤时的悲愤心情。未央：未尽，无已。《楚辞·离骚》："及年岁之未晏兮，时亦犹其未央。"王逸注："央，尽也。"

滕 塛

滕塛（lì）（生卒年不详），原名回，字仲寒，一字仲复，号星崖，宋末婺源（今江西婺源县）人。与方回有交。精于理学，善属文，精草书。入元不仕，教授乡里以终。有《星崖集》，已佚。《新安文献志》、明弘治《徽州府志》有传。

拜岳将军墓

大坟老树列其中,小冢旁堆树亦同①。不世孝忠惟父子,极天愤痛在英雄②。上方有剑谁能请,中国输金使不通③。相对含悲石翁仲,老衰无泪落秋风④。(弘治《徽州府志》卷九)

【注释】

① 大坟:指岳飞墓。列:排列。小冢:指岳飞长子岳云的坟墓,在岳飞墓左前侧。旁堆:堆在旁边。

② 不世:非一世所能有,罕有。多谓非凡。极天:至天,达于天。语本《诗·大雅·崧高》:"崧高维岳,骏极于天。"《孔丛子·问答》:"今世人言高者,必以极天为称,言下者以深渊为名。"愤痛:愤怒悲痛。

③ "上方"句:谓谁能像朱云那样请求尚方剑斩杀佞臣。上方,同"尚方"。尚方署有特制的皇帝御用宝剑。朱云"请剑"事见黄文雷诗注⑨。后用为忠直敢谏,请诛奸佞之典。输金:指向金国贡纳钱物。使不通:指金国不许宋使入境。意谓想求输金纳贡而不可得。

④ 石翁仲:古代帝王或大臣陵墓前石雕的人像。原本是匈奴的祭天神像,大约在秦汉时代就被汉人引入中国,当作宫殿的装饰物。初为铜制,但后来却专指陵墓前面及神道两侧的文武官员石像,也包括动物及瑞兽造型的石像。老衰:年老体衰,衰老。此为作者自称。

董嗣杲

董嗣杲(生卒年不详),字明德,号静传,宋末元初杭州(今浙江杭州市)人。景定(1260—1264)中榷茶九江富池。咸淳(1265—1274)末知武康县。宋亡,入山为道士,改名思学,字无益。著作除《西湖百咏》外,已佚。清四库馆臣据《永乐大典》辑为《庐山集》五卷,《英溪集》一卷。

岳鄂王墓

在栖霞岭口。葬名将太师忠武鄂王岳飞于此。

将军魂梦绕旌旃，偃月谋成尚忍言①。一旦风波谁左袒，八陵荆棘自中原②。更无雁带边头信③，惟有天知地下冤。郁郁栖霞霞外树，墓门不掩雀巢喧④。(《西湖百咏》卷上)

【注释】

① "将军"句：岳将军在睡梦中都牵系着抗金的战事。魂梦，谓魂魄在梦里达成现实中无法完成的心愿。旌旃，泛指旗帜。旌，古代用羽毛装饰的旗子。旃(zhān)，古代一种赤色曲柄的旗。偃月：偃月堂的省称。见叶绍翁诗注③。尚忍言：不忍言。谓阴谋之毒令人不忍心言说。

② 一旦：一天之间。表示在非常短的时间内。风波：语涉双关。既比喻生活或命运中所遭遇的不幸或变迁，又指传说岳飞被杀害于风波亭（按此为传说，宋时无记载）。谁左袒：谁来维护赵宋王朝。左袒(tǎn)，见岳珂《经进百韵诗》注㉓。八陵：即北宋宣帝（赵匡胤的父亲）赵宏殷永安陵、太祖赵匡胤永昌陵、太宗赵光义永熙陵、真宗赵恒永定陵、仁宗赵祯永昭陵、英宗赵曙永厚陵、神宗赵顼永裕陵、哲宗赵煦永泰陵，均在今河南巩义市。当时陷于金统治区。荆棘：谓长满荆棘。自中原：孤零零地被遗弃在中原敌占区。

③ 雁带边头信：用苏武雁足系书事。汉苏武出使西域匈奴，被匈奴扣下。汉昭帝与匈奴和亲，要求放回苏武等，匈奴假称苏武已死。汉使又到匈奴，常惠买通守卫趁夜与汉使见面。汉使与单于见面说天子在上林打猎，得到苏武在大雁腿上留下的书信，单于不得不承认苏武等还活着。见《汉书·苏武传》。此谓徽、钦二帝被掳于北方没有音信。

④ "郁郁"二句：写岳飞墓的荒凉凄寂。郁郁，树木茂盛浓密的样子。栖霞，栖霞岭的省称。霞外树，高入云霞的树。墓门，墓道的门。掩，关，合。雀巢喧，鸟雀归巢时的喧闹。喧，声音杂乱。

吴龙翰

吴龙翰（1233—1293），字式贤，号古梅，宋末歙（今安徽歙县）人。宋理宗景定五年（1264）领乡荐，后以荐授编校国史院实录院文字。宋亡后，乡校请充教授，寻弃去。家有老梅，因以古梅为号。有《古梅遗稿》。

读岳武穆王传

鬼蜮为妖天地昏,将军那可一朝存①。泰山颓喻哲人死②,东海旱为孝妇冤③。当日主和甘下策,到今无计复中原④。清风凛凛一编史,拭尽英雄几泪痕⑤。(《古梅遗稿》卷二)

【注释】

① 鬼蜮(yù):常比喻阴险的人。《诗·小雅·何人斯》:"为鬼为蜮,则不可得。"朱熹集传:"蜮,短狐也,江淮水中皆有之,能含沙以射水中人影,其人辄病,而不见其形也。"后以"为鬼为蜮"比喻使用阴谋诡计,暗中害人。为妖:作祟。一朝:犹一旦。谓很短的时间。

② "泰山"句:谓岳飞去世如泰山倾颓。《礼记·檀弓上》:"孔子蚤作,负手曳杖,消摇于门,歌曰:'泰山其颓乎!梁木其坏乎!哲人其萎乎!'"孔子把自己的死比作泰山崩塌。后以喻众所仰望的人去世。哲人,贤明而有智慧的人。此指岳飞。

③ "东海"句:谓岳飞的冤狱比东海孝妇还冤枉。东海,汉东海郡,治今山东省郯城县。据《列女传》记载:汉时,东海孝妇养姑甚谨。姑虑"久累年少",遂自缢死。其女以"妇杀我母"告官,官收系之,拷掠毒治。孝妇不堪苦楚,自诬服之。时于公(定国)为狱吏,以为"此妇养姑十余年,以孝闻彻,必不杀也"。太守不听。自后郡中枯旱,三年不雨。后太守至,于公告以故,太守亲祭孝妇冢,表其墓。天立雨,岁大熟。《汉书·于定国传》略同。

④ "当日"二句:是对宋高宗和秦桧等投降派的谴责。主和,主张议和,主持议和。甘下策,甘心采取下策。下策,不高明的计策或办法。

⑤ "清风"二句:一篇正气凛然的岳飞传,让人读后多次流泪。清风,喻高洁的品格。编,古人写书在竹简上,然后用绳子联缀成册。编是用来联缀竹简的绳子。故书籍、史册称为编简。这里编作量词。一编史,谓一册史书或一篇史传。拭,揩擦。几泪痕,多少泪痕。

林景熙

林景熙（1242—1310），字德阳，一作德旸，号霁山，宋末平阳（今浙江平阳县）人。咸淳七年（1271）进士。历任泉州教授、礼部架阁，进阶从政郎。宋亡后不仕，教授生徒，从事著作，因而名重一时，学者称霁山先生。有《霁山文集》。

拜岳王墓

寥落一抔在①，英雄万古冤。孤忠悬白日，遗恨寄中原②。树老残霞澹，尘深断碣昏③。东南天半壁，往事泣寒猿④。（《霁山文集》卷二）

【注释】

① 寥落：冷落，冷清。一抔（pōu）：即一捧之土。后作为坟墓的代称。此指岳飞坟墓。

② 孤忠悬白日：忠贞自持的节操如白日高悬。孤忠，忠贞自持，不求人体察的节操。遗恨寄中原：未完成的心愿寄意于收复中原。寄，寄意，将心思放在上面。

③ 树老残霞澹：古老的树木在晚霞映照下显得暗淡。尘深断碣昏：尘土深覆，断残的碑碣字迹模糊。昏，漫漶，模糊。

④ 东南天半壁：南宋的半壁江山偏安于东南地区。泣寒猿：形容极度悲伤地哭泣。《世说新语·黜免》："桓公入蜀，至三峡中，部伍中有得猿子者。其母缘岸哀号，行百余里不去，遂跳上船，至便即绝。破其腹中，肠皆寸寸断。公闻之怒，命黜其人。"寒猿，猿居冈丘，地势高寒，故曰"寒猿"。

艾性夫

艾性夫（生卒年不详），字天谓，宋末元初东乡（今江西东乡县）人。咸淳（1265—1274）贡生。阖门教授，执经者盈门。宋亡，浪游各地，斥仕元者为"兽心犹办死报主，人面却甘生事仇"。著作已佚。清四库馆臣据

《永乐大典》辑为《剩语》二卷。

岳武穆葬西湖故宅为学宫[①]

老秦举□媚□金,枉死如公恨最深[②]。地下红旗应北指[③],西湖埋骨不埋心。

故园今日馆英游[④],大耻俱忘总可羞。料得精魂长扼腕,无人讲学到春秋[⑤]。(《全宋诗》卷三七〇一)

【注释】

① 故宅:原先的住宅。学宫:学校。此指南宋的最高学府太学,是以岳飞在杭州的住宅扩建而成,故址约在今浙江医科大学附近。

② 第一句原缺二字。老秦:指秦桧。枉死:含冤而死。公:尊称岳飞。

③ 红旗:古代用作军旗的红色旗。唐王昌龄《从军行》之五:"大漠风尘日色昏,红旗半卷辕门。"北指:谓指向金人占领的北方。

④ 故园:往日的家园。馆英:学子。意谓学馆之精英。学宫也称学馆。游:游学,读书。

⑤ 料得:料想到,估计到。精魂:精神魂魄。汉王充《论衡·书虚》:"生任筋力,死用精魂……筋力消绝,精魂飞散。"此指岳飞死后的灵魂。扼腕:用一只手握住另一只手腕。表示惋惜、愤慨等情绪。《战国策·燕策三》:"樊於期偏袒扼腕而进曰:'此臣之日夜切齿腐心,乃今得闻教!'"春秋:《春秋》,编年体史书名。相传孔子据鲁史修订而成。所记起于鲁隐公元年,止于鲁哀公十四年,凡二百四十二年。叙事极简,字寓褒贬。为其传者,以《左氏》《公羊》《穀梁》最著。此指《春秋》大义。齐襄复九世之仇,《春秋》大之。事见《公羊传·庄公四年》。句意谓痛惜当时学官却无人讲此大义。

韩信同

韩信同(1252—1332),名一作性同,字伯循,号古遗,又号中村,学者称古遗先生,宋末宁德(今福建宁德市)人。元仁宗延祐四年(1317)

应江浙乡试,不中。归,杜门不求。《两宋名贤小集》收其《古遗小集》一卷。

岳王墓

妖星堕地芒角赤,龙剑悲吼风萧瑟①。中原王气挽不回,将军一死鸿毛掷②。秦家小儿真戏剧,播弄造化摇枢极③。指仇为亲忠且逆,只手上遮天眼碧④。九重茫茫隔天日,无由下烛臣愚直⑤。臣愚万死不足惜,国耻未湔犹愤激⑥。古坟埋冤血空沥,风雨年年土花蚀⑦。我恐精忠埋不得,白日英魂土中泣。请将衰骨断苔痕,献作吾皇补天石⑧。(《宋诗纪事》卷八十)

【注释】

① 妖星:古代指预兆灾祸的星,如彗星等。《左传·昭公十年》:"居其维首,而有妖星焉。"《晋书·惠帝纪》:"尉氏雨血,妖星见于南方。"芒角:指星辰的光芒。唐刘禹锡《捣衣曲》:"天狼正芒角,虎落定相攻。"龙剑悲吼:暗喻岳飞不得重用反而被杀。参见岳珂《经进百韵诗》注⑫。

② 王气:旧指象征帝王运数的祥瑞之气。鸿毛掷:像鸿毛一样被抛弃。鸿毛,鸿雁的毛,比喻极轻,微不足道。汉司马迁《报任安书》:"人固有一死,或重于泰山,或轻于鸿毛。"

③ "秦家"二句:秦桧这个小子弄权肆虐玩弄国家如同儿戏。戏剧,儿戏,游戏。唐杜牧《西江怀古》诗:"魏帝缝囊真戏剧,苻坚投棰更荒唐。"播弄,玩弄,摆布。造化,自然界的创造者。唐杜甫《望岳》诗:"造化钟神秀,阴阳割昏晓。"枢极,斗枢与北极星。以喻中枢权力。

④ "指仇"二句:秦桧将仇人当成亲人,而把忠良视作叛逆;只手遮天,致使苍天有眼难开。天眼,指苍天之眼。自古以来,正直善良的人们总希望苍天有眼,能够明辨善恶。一旦报应不爽,则以为天眼大开。宋陈亮《与韩子师侍郎书》:"百姓闻贤使君之来,举手加额,以为天眼开矣。"天眼碧,天谓碧天,则想象天眼自然碧色(此谓蓝色)。

⑤ 九重:《淮南子·天文训》:"天有九重。"古人认为天有九层,因以九重指天。无由:没有门径,没有办法。《仪礼·士相见礼》:"某也愿见,

无由达。"郑玄注："无由达,言久无因缘以自达也。" 烛 :彻底照见,洞悉。
臣愚 :此拟岳飞口吻,自谓下臣我愚鲁憨直。直:正直。

⑥ 湔(jiān):洗濯,除去耻辱。愤激:愤怒激动。

⑦ 沥:滴沥,液体一滴一滴地落下。土花:苔藓。蚀:侵蚀。

⑧ 衰骨:腐朽的遗骨。此拟岳飞自谓己骨。苔痕:苔藓生长之迹。唐刘禹锡《陋室铭》:"苔痕上阶绿,草色入帘青。" 补天石:《淮南子·览冥训》:"往古之时,四极废,九州裂;天不兼覆,地不周载。火监焱而不灭,水浩洋而不息;猛兽食颛民,鸷鸟攫老弱。于是女娲炼五色石以补苍天,断鳌足以立四极,杀黑龙以济冀州,积芦灰以止洪水。"后常用补天石喻挽回世运。此意谓岳飞的朽骨仍思收复失地,报效故国。

陈德武

陈德武,宋末三山(今福建福州市)人。从其《望海潮》词云"之官路远,篙师又促归航",又同调云"三分春色,十分官事",知其曾经出仕。余不详。有《白雪遗音》一卷。

水龙吟·西湖怀古

东南第一名州,西湖自古多佳丽①。临堤台榭,画船楼阁,游人歌吹②。十里荷花,三秋桂子,四山晴翠③。使百年南渡,一时豪杰,都忘却,平生志。　可惜天旋时异,藉何人,雪当年耻④?登临形胜,感伤今古,发挥英气⑤。力士推山,天吴移水⑥,作农桑地。借钱塘潮汐,为君洗尽,岳将军泪⑦!(《全宋词》卷五一八)

【注释】

① "东南"二句:脱胎于宋仁宗《赐梅挚知杭州》诗句"地有湖山美,东南第一州"。佳丽,俊美,秀丽。三国魏曹植《赠丁仪王粲》诗:"壮哉帝王居,佳丽殊百城。"

② 台榭:台和榭(建筑在台上的房屋)。亦泛指楼台等建筑物。歌吹:歌唱吹奏。《汉书·霍光传》:"引内昌邑乐人,击鼓歌吹作俳倡。"

③ 十里荷花，三秋桂子：是北宋柳永《望海潮》词中描写杭州的句子。四山：四面的山峰。晴翠：草木在阳光照耀下映射出的一片碧绿色。

④ 天旋时异：谓时世巨变。天旋，比喻世局大变。唐白居易《长恨歌》："天旋地转回龙驭，到此踌躇不能去。"藉：凭靠。

⑤ 形胜：指山川壮美之地。发挥：犹抒发。英气：英武豪迈的气概。

⑥ 力士：神名。《蜀王本纪》："天为蜀生五丁力士，能徙山。"天吴：神名。《山海经·海外东经》："朝阳之谷，神曰天吴，是为水伯。"

⑦ 潮汐：在月球和太阳引力的作用下，海洋水面周期性的涨落现象。在白昼的称潮，夜间的称汐，总称"潮汐"。岳将军泪：为岳飞悲伤的眼泪。

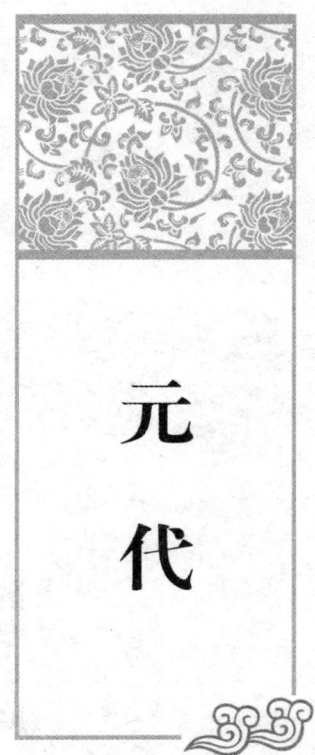

元代

白 珽

白珽（1248—1328），字廷玉，号湛渊、栖霞山人，宋末元初钱塘（今浙江杭州市）人。宋理宗景定元年（1260）入太学。以诗著，与同邑仇远合称仇白。宋亡，以教授生徒为业。后荐为太平路学正，终官兰溪州判。有《湛渊集》一卷。

岳武穆精忠庙

国势已如此，孤忠天地知①。生死同父子，奸宄系安危②。偃月无封桧，栖霞有谥碑③。中原遗老在，岁岁梦王师④。（《湛渊集》）

【注释】

① 国势：国家的局势。孤忠：见林景熙诗注②。

② 生死同父子：谓岳飞父子生死如一。奸宄系安危：奸邪之徒关涉着国家的安危。奸宄（guǐ），奸邪的人。《史记·吴王濞列传》："进任奸宄，诖乱天下，欲危社稷。"此指秦桧等奸党。系，涉及，关乎。晋陆机《五等论》："教之兴废，系乎其人。"

③ 偃月：偃月堂的省称。见叶绍翁诗注③。无封桧：没有留下被封赏的桧树。封，封赏，封赐。谓秦桧与李林甫同是害人的奸贼，但死后没有留下任何皇帝赏赐的遗物。栖霞：栖霞岭的省称。谥碑：刻有赠谥制诰的碑石。

④ "中原"二句：取意于宋陆游《秋夜将晓出篱门迎凉有感》诗："遗民泪尽胡尘里，南望王师又一年。"遗老，沦陷区的老人。王师，朝廷的军队。

胡炳文

胡炳文（1250—1333），字仲虎，元婺源（今江西婺源县）人。幼好学，凡诸子百家、阴阳医卜、星历术数无不深究。元延祐中，荐为信州道一书院山长。调兰溪学正，不赴。世称云峰先生。有《云峰集》《书集解》《春秋集解》等。

拜岳鄂王墓

有公无此日，再拜泪交颐①。大义君臣重，孤忠天地知②。鸩毛何太毒，龙渡只如斯③。坟畔休留桧，行人欲斧之④。（《云峰集》卷八）

【注释】

① 有公无此日：意谓如果有岳飞在，南宋不会灭亡。再拜：古代一种隆重的礼节，拜两次，表达敬意。泪交颐：泪流满面。颐，面颊，腮。

② 大义君臣重：岳飞将君臣大义看得最为重大。大义，正道，大道理。《易·家人》："男女正，天地之大义也。"孤忠：见林景熙诗注②。

③ "鸩毛"二句：奸臣阴谋害人何等毒辣，南宋朝廷只是这样偏安一隅。鸩毛，鸩是传说中的一种毒鸟。把它的羽毛放在酒里，可以毒杀人。此喻奸臣杀人的阴谋。龙渡，借司马氏五王南渡建立东晋王朝事，喻宋高宗南渡建立政权。《晋书·元帝纪》："太安之际，童谣云：'五马浮渡江，一马化为龙。'……是岁，王室沦覆，帝（指晋元帝司马睿，原为琅邪王）与西阳、汝南、南顿、彭城五王获济，而帝竟登大位焉。"

④ "坟畔"二句：岳飞的坟墓旁边不要留下桧树，行路的人见到就会用斧头来砍它。表达对秦桧的极度愤恨。因秦桧的"桧"（huì）与桧树的"桧"（guì）字同。桧，常绿乔木，亦称"刺柏"。斧，名词用作动词。

任士林

任士林（1253—1309），字叔实，号松乡，元初奉化（一说四明，今均属浙江省）人。尝讲道会稽，授徒钱塘，元至大初以郝大挺荐授安定书院山长。有《松乡文筑》《中庸论语指要》。

岳鄂王墓

忠魂比明月，可死不可灭①。空堂坐貂蝉，荒冢埋碧血②。当时剑花寒，肝胆照北阙③。君臣计已定，一死何足雪④。湖山翁仲青，坐见气消歇⑤。欲

语老胥心，飞涛过吴越⑥。(《松乡集》卷九)

【注释】

① "忠魂"二句：谓岳飞虽死，而其忠魂未灭，像天上的明月虽有晦朔，终会朗耀。又，北齐斛律光，字明月。见杨维桢《岳王行》注⑬。

② "空堂"二句：是说奸臣秦桧坐在空寂的厅堂里设计害人，岳飞的碧血被长埋在荒冢之中。空堂，空旷寂寞的厅堂。貂蝉，貂尾和附蝉，古代为侍中、常侍等贵近之臣的冠饰。《后汉书·舆服制下》："侍中、中常侍加黄金珰，附蝉为文，貂尾为饰，谓之'赵惠文冠'。"因以貂蝉代指侍中、常侍之官，亦泛指显贵的大臣。此处指权臣秦桧之流。

③ 剑花：亦作剑华。剑的光芒。北阙：古代宫殿北面的门楼，是臣子等候朝见或上书奏事之处。也用为宫禁或朝廷的别称。唐孟浩然《岁暮归南山》诗："北阙休上书，南山归敝庐。"句意谓朝廷亮出杀人的宝剑，岳飞还是赤胆忠心地为朝廷效劳。

④ "君臣"二句：宋高宗和秦桧的计谋已经安排好，岳飞一死冤诬哪里足以洗雪。何足，哪里足以，即不足以。

⑤ 湖山：指西湖之畔的栖霞岭。翁仲青：石雕的翁仲呈青石色。坐见：犹言眼看着，徒然看着。隋卢思道《听鸣蝉篇》诗："一夕复一朝，坐见凉秋月。"气消歇：指宋朝的气数已尽。消歇，亦作销歇。消失，止歇。

⑥ "欲语"二句：想对伍子胥诉说一下悲愤的心情，奔腾的怒涛已经穿过吴江越水。老胥，指古老的伍子胥。伍员字子胥，原为春秋时楚国人。父兄被楚平王杀害后，逃往吴国，助吴王阖闾攻楚灭越。吴王夫差继位，任为相。越国重赂太宰伯嚭。夫差听信伯嚭谗言，赐属镂剑令子胥自杀。传说伍子胥为吴王所杀，尸投浙江，成为涛神。后人因称浙江潮为伍子胥的怒魄所化。宋鲁应龙《闲窗括异志》："伍子胥逃楚仕吴，吴王赐以属镂之剑，自杀，浮其尸于江，遂为涛神，谓之胥涛。"

赵孟頫

赵孟頫（fǔ）（1254—1322），中年曾作孟俯，字子昂，号松雪，又号水精宫道人，元初吴兴（今浙江省湖州市吴兴区）人。宋太祖子秦王德芳后裔。宋末以父荫补官。入元后，经举荐仕至翰林学士承旨，封魏国公，卒谥文敏。博学多才，工古文诗词，为元初诗坛大家。又通音律，精鉴赏，书画方面造诣尤深。有《松雪斋集》传世。《元史》有传。

岳鄂王墓

鄂王墓上草离离，秋日荒凉石兽危①。南渡君臣轻社稷，中原父老望旌旗②。英雄已死嗟何及，天下中分遂不支③。莫向西湖歌此曲，水光山色不胜悲④！（《松雪斋集》卷四）

【注释】

① 离离：草木繁盛貌。唐白居易《赋得古原草送别》："离离原上草，一岁一枯荣。"石兽：墓前的石马、石狮等。危：高耸貌。

② 社稷：社指土地之神，稷指五谷之神。古时的君主为了祈求国事太平，五谷丰登，每年都要到郊外祭祀土地和五谷神。社稷也就成了国家的象征，后来人们就用"社稷"来代表国家。望旌旗：指盼望以"岳"字为旗号的大军早日来到。旌旗，旗帜的总称。借指军队。《周礼·春官·司常》："凡军事，建旌旗。"

③ 嗟何及：哭泣还有什么用。语本《诗·王风·中谷》："啜其泣矣，何嗟及矣。"嗟，叹息。也作哭泣解。及，赶得上。何及，哪能赶得上。意谓没有用。《南史·梁宗室上》载：侯景发动叛乱时，梁武帝之侄临贺王萧正德被梁武帝任命防守建康；但萧正德却与侯景勾结，派船支援侯景的军队攻至台城，包围梁武帝。侯景于548年拥立萧正德为帝，改元正平。但在次年台城被攻陷之后，侯景"乃复太清（梁武帝年号）之号，降正德为侍中、大司马。正德入问讯，拜且泣。武帝曰：'啜其泣矣，何嗟及矣。'"遂不支：于是不能支撑下去。

④ "莫向"二句：别向西湖唱这支曲子吧，看那美丽的湖光山色哪能够承受得了这么多悲伤！胜（shēng），能承受，禁得住。

尹廷高

尹廷高（1254—？），字仲明，号六峰，元遂昌（今浙江温州市）人。

大德（1297—1307）间，任处州路儒学教授。又尝掌教永嘉（今浙江温州市），秩满至京，谢病归。有《玉井樵唱》。

西湖岳王坟

高鸟何尝尽，良弓已弗存①。西风卷归旆，朔雪暗中原②。桧色犹含愧，湖波不洗冤③。当年莫须有，翁仲寂无言④。（《玉井樵唱》卷中）

【注释】

① "高鸟"二句：化用"飞鸟尽，良弓藏"语，喻敌寇尚未剪除，竟然已将抗敌英雄杀害。参见李谌词注⑤。

② 西风：秋风。岳飞班师在绍兴十年农历七月底，已属秋天。归旆：指岳飞被迫班师的旗帜。旆（pèi），古代旗末端状如燕尾的垂旒。泛指旌旗。朔雪：北地的雪。喻金人统治。暗中原：使中原黑暗。

③ "桧色"二句：墓园的桧树因与秦桧名字相同而色含羞愧，西子湖水波清澈也难以洗清岳飞的冤诬。

④ "当年"二句：借翁仲的沉寂无言表达诗人对岳飞被冤杀难以诉说的悲愤。

蒲道源

蒲道源（1260？—1336），字得之，号顺斋，世居眉州之青神（今四川青神县），徙居兴元（今陕西汉中市）。初为郡学正，罢归。元皇庆中征为国史院编修官，进国子博士。越岁复引疾去。后十年，召为陕西儒学提举，不就。有《闲居丛稿》。

读宋四将传 并序

余读宋四将传，刘锜、李显忠死皆得正命①；魏胜战殁②，亦可无憾。独岳飞功业于诸将中尤卓然者③，竟毙于秦桧、张俊之手④。重作二诗以哀之。

权臣通敌偷家贼，奸将持兵养病医⑤。报国丹心惟自许，身终不免更堪悲⑥。

提兵殄寇功垂就⑦，下诏班师事已非。天遣封疆限南北，区区空叹失时机⑧。（《闲居丛稿》卷七）

【注释】

① 刘锜（1098—1162）：字信叔，宋德顺军（今甘肃静宁）人。徽宗大观间补三班借职。高宗建炎初知岷州，改知渭州。绍兴十年（1140），充东京副留守，以顺昌战功拜节度使。为秦桧所恶，出知荆南府。历知潭州、荆州。三十一年，除镇江都统制、京东河东招讨使。病重召还，次年卒。《宋史》有传。李显忠（1109—1177）：初名世辅，后赐名显忠。宋绥德军青涧（今属陕西）人。17岁投军抗金。建炎四年（1130），被迫降金，绍兴八年（1138），设计俘金元帅右监军完颜杲（撒离喝），归宋途中，因追兵所迫将其放还。后全家200余口为金军所害，被迫投奔西夏。次年还宋，高宗赐名显忠，授枢密院都统制。升建康府御前诸军都统制。采石之战后，以功授太尉。孝宗即位后，任主管殿前司公事。符离之战，在金军反击下，兵溃符离，以咎贬官。谥忠襄。《宋史》有传。正命：儒家以顺应于天道、得其天年而死为得"正命"。《孟子·尽心上》："尽其道而死者，正命也；桎梏死者，非正命也。"泛指寿终而死。与"非命"相对。

② 魏胜（1120—1164）：字彦威，宿迁（今江苏宿迁市）人。胆略过人，骁勇善战。绍兴三十一年（1161）七月，聚众300人起义抗金，攻克涟水（今江苏涟水县），智取海州（今江苏连云港西南），乘势收复附近诸县，自以知州兼都统制的名义，招募义勇，整训队伍，声势大震。八月，金军围困沂州（今山东临沂）苍山义军，魏胜率军往救，遇伏，激战中面部中箭，仍坚持督战打退金军。因功授知海州兼山东路忠义军都统制。后又在海州屡败金军，威名日盛。隆兴二年（1164），改知楚州（今江苏淮安）。金军偷袭清河口，魏胜孤军无援，苦战竟日，中箭身亡。《宋史》有传。战殁：战死。

③ 尤卓然者：是尤其突出的。卓然，卓越，突出。

④ 毙于：死于，被杀死。毙，死。句意谓如岳飞战死，可以无憾；而

被冤杀,则遗憾无穷。

⑤ 权臣:指秦桧。偷家贼:家庭内部的盗贼。喻内奸。奸将:指张俊。持兵:掌握军权。养病医:养病贻患的医家。喻不思杀敌。

⑥ 自许:自我期许。身终不免:意为自身终竟不能免于被杀。

⑦ 提兵:率领军队。殄寇:歼灭敌寇。功垂就:大功即将告成。

⑧ 天遣:上天安排。封疆:疆域,疆土。《周礼·地官·大司徒》:"诸公之地,封疆方五百里。"限:《说文》:"限,阻也。"区区:谓奔走尽力。区,通"驱"。《汉书·窦田灌韩传论》:"藉福区区其间,恶能救斯败哉!"失时机:参见岳珂《经进百韵诗》注⑥。

宋 无

宋无(1260—1340),原名尤,字晞颜,宋亡后易名,改字子虚,元初苏州(今江苏苏州市)人。少从欧阳守道学,致力于诗。入元,以诗跋涉南北。晚年隐居翠寒山,自删定其诗集为《翠寒集》,又有《啽呓集》《鲸背吟集》各一卷。

岳武穆王

克复神州指掌间①,永昌陵侧诏师还②。丹心一片栖霞月,犹照中原万里山③。(《啽呓集》)

【注释】

① 克复:用武力收复失地。神州:此指中原地区。指掌:以指指掌。《论语·八佾》:"或问禘之说。子曰:'不知也。知其说者之于天下也,其如示诸斯乎?'指其掌。"朱熹集注:"指其掌,弟子记夫子言此而自指其掌,言其明且易也。"比喻事情容易办。

② 永昌陵:宋朝开国皇帝赵匡胤的陵墓。在今河南巩义西南。绍兴十年(1140)七月,岳飞的部队大破金兀术于郾城,复败金人于颍昌、临颍,追兀术于朱仙镇,大破之。正欲挥师北上"直抵黄龙",却接到诏命班师。

③ "丹心"二句:谓岳飞虽死,其丹心仍如栖霞岭上的一片明月,照

耀着中原地区的万里山河。

武穆坟

若论将军勇，神京反掌图①。中原数千里，可惜葬西湖②。(《翠寒集》)

【注释】

① 神京反掌图:谋划恢复北宋都城汴京如反掌之易。神京，帝都，首都。图，图谋，谋取。

② "中原"二句:可惜岳飞不能战死于广袤的中原地区，却被诬杀于东南一隅的杭州。西湖，代指杭州。

龚 璛

龚璛(sù)(1266—1331)，名一作肃，字子敬，号谷阳生，元高邮(今江苏高邮市)人，后徙居平江(今苏州市)。少为徐琰辟幕下，后充和靖、学道两书院山长。以浙江儒学副提举致仕。工诗文，擅书法。有《存悔斋稿》一卷，补遗一卷。

咏岳王孙县尉复栖霞墓田事①

岳鄂诸孙复墓田，清明寒食起新烟②。道旁为我除苍桧，山下如今哭杜鹃③。高庙神灵应悔此，中原父老尚凄然④。西湖靡靡行人去，却望栖霞转可怜⑤。(《存悔斋稿》)

【注释】

①《南村辍耕录》卷三:"岳武穆王飞墓，在杭栖霞岭下，王之子云祔焉。自国初以来，坟渐倾圮。江州岳氏讳士迪者，于王为六世孙，与宜兴州岳氏通谱，合力以起废，庙与寺复完美。"清赵翼《陔余丛考》卷四一:"此县尉盖即讳士迪者也。"县尉，官名。秦汉县令、县长下置尉，掌一县治安。历代因之(明、清废尉置典史代之)。复栖霞墓田:岳飞墓地曾废，又得恢复。

② 岳鄂:岳鄂王的省称。诸孙:孙子们,孙辈。清明寒食:两个节日名。寒食节在清明前一日或二日。相传春秋时晋文公负其功臣介之推,介愤而隐于绵山。文公悔悟,烧山逼令出仕,之推抱树焚死。人民同情介之推的遭遇,相约于其忌日禁火冷食,以为悼念。以后相沿成俗,谓之寒食节。按《周礼·秋官·司烜氏》"中春以木铎修火禁于国中",则禁火为周的旧制。汉刘向《别录》有"寒食蹴蹴"的记述,与介之推死事无关;晋陆翙《邺中记》《后汉书·周举传》等始附会为介之推事。新烟:新的香火。

③ 苍桧:青色的桧树。暗指秦桧。哭杜鹃:《禽经·杜鹃》晋张华注引汉李膺《蜀志》曰:望帝称王于蜀,得荆州人鳖灵,便立以为相。"后数岁,望帝以其功高,禅位于鳖灵,号曰开明氏。望帝修道,处西山而隐,化为杜鹃鸟,或云化为杜宇鸟,亦曰子规鸟,至春则啼,闻者凄恻。"常喻哀怨、思归之情。

④ 高庙:指宋高宗。高宗为庙号。此:代指杀害岳飞这件事。凄然:凄凉悲伤貌。

⑤ 靡靡:迟缓貌。《诗·王风·黍离》:"行迈靡靡,心中摇摇。"毛传:"靡靡,犹迟迟也。"却望:回顾,回头望。栖霞:栖霞岭的省称。

潘 音

潘音(1270—1355),字声甫,元新昌(一作天台,今均属浙江省)人。年十岁,宋亡。以事元为耻。终生不仕,隐居二十年,躬亲耕耘,自食其力。筑室南州山中,自名其轩曰待清,学者因称待清先生。善诗文。有《待清轩遗稿》一卷。

读岳武穆传

万里浮云入望阴,千山落日正沉沉①。当朝自馁中兴志,出塞徒劳上将心②。臣子终天仇未报,奸邪设险计殊深③。惟余一箧精忠传,挥泪频看不自禁④。(《待清轩遗稿》)

【注释】

① "万里"二句:以写景烘托岳飞所处时代的政治背景:浮云万里,

阴霾满天，千山落日，时近黄昏。入望，进入视野。沉沉，形容寂静无声。

② 当朝：指在朝当权者。馁：泄气，丧气。《孟子·公孙丑》："其为气也配义与道。无是，馁也。" 出塞：到边防前线去抗击敌寇。塞，边界上险要地方。上将：主将，统帅。此指岳飞。

③ 终天：久远。谓如天之久远无穷。奸邪：指奸诈邪恶的人。设险：设置恶毒的阴谋。险，存心狠毒。殊深：特别苛刻。

④ 箧：箱子一类的东西。此作量词。挥泪：挥洒泪水。频看：多次阅读。不自禁（jīn）：自己忍不住。

周德清

周德清（1277—1365），字日湛，号挺斋。元高安（今江西高安市）人。北宋词人周邦彦之后。元代卓越的音韵学家兼戏曲作家，著有韵书《中原音韵》。从《高安县志》以及贾仲民的《录鬼簿续编》不载其别的事迹来看，大概是布衣之士。

[中吕] 满庭芳·看岳王传①

披文握武，建中兴庙宇，载青史图书②。功成却被权臣妒，正落奸谋③。闪杀人望旌节中原士夫④，误杀人弃丘陵南渡銮舆⑤。钱塘路⑥，愁风怨雨，长是洒西湖。（《全元曲·散曲》）

【注释】

① 中吕：宫调名。南、北曲皆有此宫调。满庭芳：中吕宫常用曲调。岳王传：即岳飞传。岳飞于宋宁宗时追封为鄂王，故称岳王。

② 披（pī）文握武：即读经史，握兵权。指岳飞兼有文武之才。披文，读书。披，打开，披阅。建中兴庙宇：建立国家中兴的事业。庙宇，指宗庙社稷。载青史图书：指岳飞抗金事迹被载入史册。古代以青竹简记事，后因称史册为青史。

③ 权臣：多指掌权而专横的大臣。此指秦桧及其党羽。正落奸谋：正落入奸臣贼子的阴谋。

④ "闪杀人"句:意谓岳飞被杀,抛撇得日夜盼望恢复的中原人民好苦。闪杀人,犹云抛撇得人好苦。闪,抛撇之义。《西厢》四之三:"则被他闪杀人也么哥!"杀,同"煞"。张相《诗词曲语辞汇释》:"煞,甚辞。字亦作瞰,作杀。"始见《古诗十九首》:"白杨多悲风,萧萧愁杀人。"元曲中出现频率极高,如下文"误杀人"。旌节,朝廷使臣所持的符节。士夫,青年男子。《易·大过》:"九五,枯杨生华,老妇得其士夫,无咎无誉。"通称男子。此泛指人民。

⑤ "误杀人"句:意谓宋高宗南逃,大片国土包括祖上的陵墓沦于金人之手。丘陵,坟墓。此指北宋皇帝的陵墓。銮舆,天子的车驾。代指天子,此指宋高宗赵构。

⑥ 钱塘:杭州县名。据《史记·秦始皇本纪》载:始皇三十七年,东巡会稽,"过丹阳,至钱唐,临浙江"。是初名"钱唐",至唐代因避国号讳,改为"钱塘"。指杭州。

李孝光

李孝光(1285—1350),字季和,元温州乐清(今浙江乐清市)人。早年隐居雁荡五峰山下白云舍,因学问渊博,诗文卓越,名誉日广。至正四年(1344),应召为秘书监著作郎,后擢秘书监丞。十年辞职南归,中途病逝。《元史》入《儒学传》。有《五峰集》。

岳王祠

人臣功高逢忌嫉,令终美殒古来稀①。山东义士向天哭,海外将军被诏归②。奏入国家无吉语,狱成廊庙定危机③。呜呼信史为君讳,自坏长城可叹唏④。(《五峰集》卷十)

【注释】

① 人臣:臣下,臣子。《左传·僖公十五年》:"陷君于败,败而不死,又使失刑,非人臣也。"此指岳飞。逢忌嫉:遭受猜忌。逢,遭逢,遭受。忌嫉,妒忌,猜忌。令终美殒:谓尽天年而寿终。令与美义同,终与殒义同。

② 山东义士:指太行山之东的抗金忠义之士。海外将军:在边远之地作战的将军。海外,四海之外,泛指边远之地。非如今天特指国外。《诗·商颂·长发》:"相土烈烈,海外有截。"郑玄笺:"四海之外率服。"

③ 奏入国家:指奸臣向皇帝诬告岳飞。国家,犹言"官家"。指皇帝。《晋书·陶侃传》:"国家年小,不出胸怀。"吉语:好消息,吉祥的言辞。狱成廊庙:谓岳飞的冤狱成于朝廷。廊庙,指朝廷。见岳珂《经进百韵诗》注⑥。危机:潜伏的祸害或危险。

④ 信史:纪事真实翔实、无所讳饰的史籍。《公羊传·昭公二十一年》:"《春秋》之信史也……"为君讳:为皇帝讳饰。此"君"指宋高宗。叹唏:叹息唏嘘。

张　昱

张昱(1289?—1371?),字光弼,自号一笑居士,元庐陵(今江西吉安市)人。元末,左丞杨旺扎勒(亦作杨完)镇江浙,用为参谋军府事。迁左右司员外郎,行枢密院判官。旺扎勒死,弃官不出。明太祖征至京师,闵其老,曰:"可闲矣!"厚赐遣归。因更号可闲老人,徜徉于西湖山水以终。有《可闲老人集》。

岳鄂王坟上作

朔雪炎风共此年,中原父老亦堪怜①。竖儒屡遭祈求使,大将空持杀罚权②。忠谊有碑书大节,奸邪无面见重泉③。至今宰木犹南拱,遗憾西陵是墓田④。(《可闲老人集》卷三)

【注释】

① 朔雪炎风:喻指金人的南侵和南宋朝廷的求和。此年:指绍兴十年(1140)。堪怜:可怜,值得怜悯。

② 竖儒:对儒生的鄙称。《史记·郦生陆贾列传》:"沛公骂曰:'竖儒!……何谓助秦攻诸侯乎?'"司马贞索隐:"竖者,僮仆之称,沛公轻之,以比奴竖,故曰'竖儒'也。"此蔑称秦桧等投降派。祈求使:南宋向

金国派遣的使者有名"祈请使"者。杀罚权:杀戮诛罚之权。指征伐金寇之权。

③ 忠谊:犹忠义。大节:临难不苟的节操。唐吴兢《贞观政要·忠义》:"姚思廉不惧兵刃,以明大节。"无面:没有脸面,感到羞愧。重泉:犹九泉。旧指死者所归。宋苏轼《祭单君贶文》:"云何不吊,衔痛重泉。"句意谓秦桧死后无脸见岳飞。

④ 宰木:坟墓上的树木。语出《公羊传·僖公三十三年》:"秦伯怒曰:'若尔之年者,宰上之木拱矣。'"何休注:"宰,冢也。"南拱:向南拱卫。传说岳飞墓前树枝都向南伸展,以示岳飞死后犹对南宋忠心耿耿。见田汝成《西湖游览志》卷九。西陵:桥名。在杭州孤山西北尽头处,是由孤山入北山的必经之路。宋周密《武林旧事·湖山胜概》:"西陵桥,又名西冰桥,又名西泠。"清褚人穫《坚瓠四集》卷三:"岳王墓在西陵桥之右,墓上松柏枝皆南向。"

题岳王祠

落日西湖土一墟,黄泉赤血恨难除①。开边众许侪韩信,举国浑怜丧子胥②。廊庙锦文忘版籍,京师黔首望銮舆③。即今五夜梅花角④,吹作南来问信书。(《可闲老人集》卷三)

【注释】

① 土一墟:一座土坟。墟,坟墓。《字汇》:"墟,墟墓。"黄泉:指人死后埋葬的地穴,阴间。《左传·隐公元年》:"不及黄泉,无相见也。"赤血:鲜血,热血。喻为正义而献身的热情。

② 开边:开拓疆土。众许:大家赞许。侪韩信:与韩信相等。《说文》:"侪,等辈也。"韩信(约前231—前196),淮阴(今江苏淮安)人,西汉开国功臣,为汉朝的天下立下赫赫功劳,曾先后为齐王、楚王,后被贬为淮阴侯,但后来却遭到刘邦的疑忌,最后被安上谋反的罪名而遭处死。浑怜丧子胥:全都悲悯丧失伍子胥。暗喻岳飞被杀。浑,全,皆。

③ "廊庙"句:谓宋高宗命令岳飞班师完全忘记了国土沦丧。廊庙,

指朝廷。见岳珂《经进百韵诗》注㊳。锦文，织锦。指班师的诏书。因诏书多用织锦。版籍，版图、户籍。借指疆域。"京师"句：北宋都城开封的人民盼望宋高宗早日击退金军回到故都。京师，国都。《诗·大雅·公刘》："京师之野，于时处处。"马瑞辰通释："吴斗南曰：'京者，地名；师者，都邑之称，如洛邑亦称洛师之类。'其说是也。"后世因以京师泛称国都。黔首，古代称平民，老百姓。《礼记·祭义》："明命鬼神，以为黔首则。"孔颖达疏："黔首，谓万民也。黔，谓黑也。凡人以黑巾覆头，故谓之黔首。"銮舆，天子车驾。代指皇帝。

④ 即今：今天，现在。五夜：即五更。《文选·陆倕〈新刻漏铭〉》："六日不辨，五夜不分。"梅花角：古代军乐。《五杂俎》卷一二物部四："有梅花角，声甚凄清，然军中之乐，世不恒用。""吹作"句：谓梅花角声从北方前线传来，好像徽、钦二帝打听故国消息的书信。

柯九思

柯九思（1290—1343），字敬仲，号丹丘生，别号五云阁吏，元台州（今浙江台州市）人。工诗文、好墨翰、识金石，素有诗、书、画三绝之称。晚年流寓松江（今上海市松江区）。有《丹丘生集》。

岳武穆王墓（四首选一）

结发行间见此公，两河忠义俟元戎①。勋成伊吕终方驾，算胜孙吴亦下风②。拂剑未酬千古辱，赐环空怀十年功③。奸邪卖国空流涕，独立西风看去鸿④。（《丹丘生集》卷四）

【注释】

① 结发：束发。古代男子自成童开始束发，因以指初成年。行间（háng jiān）：行伍之间，指军中。此公：指岳飞。两河：宋称河北路、河东路地区为两河。《宋史·李纲传》："莫若于河北置招抚司，河东置经制司，择有材略者为之使，宣谕天子恩德，所以不忍弃两河于敌国之意。"泛指中原地区。忠义：指忠义民兵。俟（sì）：等待。元戎：主将，统帅。此指岳

飞。《鄂王行实编年》卷五："自磁、相、开、德、泽、潞、晋、绛、汾、隰豪杰，期日兴兵，众所揭旗皆以岳为号，闻风响应。及是朱仙镇之捷，先臣欲乘胜深入，两河忠义百万闻先臣不日渡河，奔命如恐不及。各赍兵仗粮食团结以徯先臣，父老百姓争挽车牵牛载糗粮以馈义军，顶盆焚香迎拜而候之者充满道路。"

② "勋成"二句：谓岳飞的功绩可与伊尹、吕尚相比，其谋略胜过孙武和吴起。伊尹辅商汤，吕尚佐周武王，皆有大功，后并称伊吕。唐杜甫《咏怀古迹》其五："伯仲之间见伊吕，指挥若定失萧曹。"方驾，两车并行。引申为比肩，媲美。算，计划，谋划。孙吴，春秋时孙武和战国时吴起的并称。皆古代兵家。孙武著《兵法》十三篇，吴起著《吴子》四十八篇。下风，风所吹向的那一方。喻处于下位，卑位。

③ 拂剑：拂拭宝剑。表示愤恨。酬：偿愿。千古辱：长久的耻辱。赐环：谐音赐还。旧时放逐之臣，遇赦召还谓"赐环"。语本《荀子·大略》："绝人以玦，反绝以环。"此指诏令还师。十年功：参见岳珂《经进百韵诗》注(61)。

④ 西风：秋风。去鸿：飞去的大雁。

郑元祐

郑元祐（1292—1364），字明德，幼年伤右臂，左手习字，故号尚左生，元遂昌（今浙江遂昌县）人。至正五年（1345）进士。官至江浙儒学提举。有《侨吴集》《遂昌山人杂录》《山居文集》等。

岳武穆王墓

栖霞岭南湖水阴，墓木两株高百寻①。鬼神扐护霜雪干②，日夜怒号风雨音。山僧纸钱每自挂，陇酋金槌那得侵③。精忠既已塞天地，英爽尚尔盘山林④。恨虽无血可化碧，世故有人能范金⑤。恭惟父子一抔土，尚想君臣千载心⑥。万松岭前行殿废，五国城头寒漏沉⑦。空令遗黎痛至骨⑧，荒坟一上一哀吟。(《侨吴集》卷二)

【注释】

① 湖水阴：西湖之水寒冷。《左传·襄公二十八年》："阴不堪阳。"杨伯峻注："古人谓寒冷为阴，温暖为阳。"百寻：极言其高。寻，中国古长度单位之一。八尺为寻。

② 扬护：卫护。扬（huī），同"挥"。此意为挥斥，挥手呵斥而不令侵犯。霜雪干：经历霜雪摧残的树干。

③ 山僧：住在山寺的僧人。纸钱：指冥钱。将纸钱挂在树枝上而不焚烧，是因古礼寒食禁烟，不举火而流传下来的风俗。唐白居易《寒食野望》诗："风吹旷野纸钱飞，古墓累累春草绿。"纸钱不焚化而挂，故风吹即飞也。《宋史·寇準传》："（準）在雷州逾年。既卒，衡州之命乃至，遂归葬西京。道出荆南公安，县人皆设祭哭于路，折竹植地，挂纸钱，逾月视之，枯竹尽生笋。众因为立庙，岁时享之。"陇酋：盗墓贼的首领。陇，通"垄"，坟墓。金椎：铁椎，盗墓工具。此谓慑于岳飞的忠义精神，盗墓贼不敢侵犯岳飞的坟墓。

④ "精忠"二句：精纯忠贞的精神已经充满天地之间，英武豪爽的气概仍然盘绕在山林之中。英爽，英武而豪爽的气概。尚尔，尚且。

⑤ "恨虽"二句：作者自惭不能像岳飞那样为忠义而死，但世间还是有人以岳飞为楷模的。血可化碧，见岳珂《鄂忠武王出师疏帖赞》注⑮。故，仍，还是。《古诗为焦仲卿妻作》："三日断五匹，大人故嫌迟。"范金，《礼记·礼运》："后圣有作，然后修火之利，范金合土，以为台榭宫室牖户。"孔颖达疏："范金者，谓为形范以铸金器。"引申为效法楷模。

⑥ "恭惟"二句：岳飞父子被埋于坟墓令人敬仰，千载之下仍可想象其心存君臣之义。恭惟，亦作"恭维"，对上的谦辞。一般用于行文之始。此表称颂。

⑦ 万松岭：在杭州市，以岭上多松得名。宋故宫所在地。行殿：犹行宫。帝王外出所住的离宫。对于故都汴京而言，杭州的宫殿只算是行宫。五国城：古城名。位于今黑龙江省依兰县城西北部。辽代居住在松花江、黑龙江、乌苏里江下游的"生女真人"建立了越里吉、奥里米、剖阿里、盆奴里、越里笃五大部落，史称五国部。依兰是五国部第一城之越里吉城，为

五国部会盟之城，因称为五国头城。1127年金灭北宋后，将徽宗、钦宗二帝先后押解北归，囚禁于五国城内。寒漏：寒天的漏壶，借指寒夜。沉：沉寂。句意谓徽、钦二帝沉没于五国城的寒夜中。

⑧ 遗黎：犹遗民，亡国之民。痛至骨：哀痛深入骨髓。哀吟：哀叹。

重建岳王精忠庙谢李全初长司①

忆昔绍兴南渡时，从王百万虎与貔②。鄂王奋身起偏裨③，能以百战扶国危。师行动以纪律持，屯行野次人罕知④。堂堂大将精忠旗，敌人不敢正眼窥。连城之璧无瑕疵，如何青蝇玷污之⑤？后来礼葬西湖湄，血已化碧无完尸⑥。于今宋亡宗社隳，独遗墓木蟠孙枝⑦。夜啼鸺鹠啸狐狸⑧，过而问者知谓谁？庐陵李君每涕洟，乃坐幕府深自惟⑨。不独罄发囊中资，又属州人使共治⑩。徘徊经营出成规，庙遂落成焕桷枅⑪。烝尝复享崇令仪，父老瞻拜咸嗟咨⑫。赞君为政能及兹，只今解任舟将移⑬。何以表君去后思？爰勒坚珉著贞词⑭。昭示亿年匪夸毗，过者下读丽牲碑⑮。（《侨吴集》卷二）

【注释】

①《南村辍耕录》卷三："然庙与寺无寸橡片瓦。会李君全初为杭总管府经历，慨然以兴废为己任。而郑君明德为作疏。疏成，郡人王华父一力兴建，于是寺与庙又复完美。"《岳庙志略》："元至元六年杭州李全初重兴复之。"长司，称上司长官。

② 从王：跟随岳王。虎与貔（pí）：喻勇猛的战士。参见胡铨诗注③。

③ 偏裨（pí）：偏将，裨将。将佐的通称。岳飞从军后，初任小队长，嗣因功补承信郎。见《鄂王行实编年》卷一。

④ 屯行：集中行进。《史记·李将军列传》："而大军行水草少，其势不屯行。"野次：止宿于野外。南朝梁沈约《齐故安陆昭王碑文》："富商野次，宿秉停菑。"

⑤ 连城之璧：价值连城的美玉。《史记·廉颇蔺相如列传》："赵惠文王时，得楚和氏璧。秦昭王闻之，使人遗赵王书，愿以十五城请易璧。"后因以比喻极珍贵的东西。此喻岳飞。瑕疵：玉的斑痕。比喻人的过失或事物

的缺点。青蝇:苍蝇。蝇色黑,故称。《诗·小雅·青蝇》:"营营青蝇,止于樊。岂弟君子,无信谗言。营营青蝇,止于棘。谗人罔极,交乱四国。"喻指谗佞。刘向《九叹·怨思》:"若青蝇之伪质兮,晋骊姬之反情。"王逸注:"青蝇变白使黑,变黑使白,以喻谗佞。"玷(diàn)污:污辱,使不光彩。

⑥ 礼葬:依礼制埋葬。西湖湄:西湖之畔。湄(méi),河岸,水与草交接的地方。化碧:参见岳珂《鄂忠武王出师疏帖赞》注⑮"苌血"。

⑦ 宗社:宗庙和社稷的合称。借指国家。隳(huī):毁坏,毁。蟠孙枝:从树干上长出的新枝屈曲蟠结。

⑧ "夜啼"句:夜间可听到鸺鹠与狐狸啸叫。鸺鹠(xiū liú),鸱鸮的一种。古书中常常视为不祥之鸟。《梁书·侯景传》:"所居殿常有鸺鹠鸟鸣,景恶之,每使人穷山野讨捕焉。"啸,动物拉长声叫。

⑨ 庐陵:宋郡名。元代称吉安路。今江西吉安市。李全初为吉安人。涕洟(tì):涕泪俱下,哭泣。《易·萃》:"赍(jī)咨涕洟,无咎。"高亨注:"赍资涕洟,吊他人之丧之象也。"幕府:本指将帅在外的营帐。后亦泛指军政大吏的府署。深自惟:自己深深地思考。

⑩ "不独"二句:李全初不仅自己将袋中的钱全部掏光,还托付州中的人共同营治。罄,尽。属(zhǔ),古同"嘱",嘱咐,托付。

⑪ 徘徊:来回走动。此指往返奔波。成规:前人已成的规模。桷枅(jué jī):借指殿宇。桷,方形的椽子。枅,柱上横木。

⑫ 烝尝:本指秋冬二祭。后亦泛称祭祀。《诗·小雅·楚茨》:"絜尔牛羊,以往烝尝。"郑玄笺:"冬祭曰烝,秋祭曰尝。"令仪:盛美的典礼。嗟咨:犹咨嗟,赞叹。《楚辞·天问》:"何亲揆发,定周之命以咨嗟?"王逸注:"咨嗟,叹而美之也。"

⑬ "只今"句:如今卸任将要乘船离去。解任,解除职务,卸任。

⑭ 去后思:谓地方士民对离职官吏的怀念。典出《后汉书·何武传》:"其所居亦无赫赫名,去后常见思。"爰:于是。勒:雕刻。坚珉:指石碑。珉(mín),像玉的石头。贞词:指纯正而有价值的文章。

⑮ 夸毗(pí):以谄谀、卑屈取媚于人。《诗·大雅·板》:"天之方

愔，无为夸毗。"朱熹集传："夸，大；毗，附也。小人之于人，不以大言夸之，则以谀言毗之也。" 丽牲：古代祭祀时将所用的牲口系在石碑上。语出《礼记·祭义》："祭之日，君牵牲，穆答君，卿大夫序从。既入庙门，丽于碑。"《仪礼·聘礼》"上当碑南陈"汉郑玄注："宫必有碑，所以识日景，引阴阳也。凡碑引物者，宗庙则丽牲焉，取毛血，其材宫庙以石，窆用木。"南朝梁刘勰《文心雕龙·诔碑》："又宗庙有碑，树之两楹，事止丽牲，未勒勋绩。"可知碑原为无字之石。后以丽牲碑指碑石或碑文。

朱德润

朱德润（1294—1365），字泽民，号睢阳山人，元睢阳（今河南商丘市）人，后居苏州。曾任国史院编修、镇东行中书省儒学提举、江浙行中书省照磨。工书法，擅山水。善诗，多写景状物，亦有触及时弊之作。有《存复斋文集》。

过岳鄂王庙

汴宋南迁社稷忧[1]，忠魂应念国包羞[2]。钱塘千载英雄恨，古木残阳掩暮秋[3]。（《存复斋文集》卷九）

【注释】

[1] 汴宋：北宋。北宋都城为汴京，故称。社稷：代指国家。见赵孟頫诗注②。

[2] 应念：应当惦记。包羞：忍受羞辱。《易·否》："六三，包羞。《象》曰：'包羞，位不当也。'"孔颖达疏："位不当所包承之事，惟羞辱已。"

[3] "古木"句：晚秋天气，落日为古老的树木所遮蔽。掩，遮蔽。写岳坟的凄凉景象。

杨维桢

杨维桢（1296—1370），字廉夫，号铁崖，别号颇多，元会稽（今浙江绍兴市）人。泰定四年（1327）进士。官建德路总管推官。元末避寓富春江一带。张士诚屡召不赴。明洪武二年（1369），召至京师，议订各种仪礼法典。事成后，即请归。有《东维子文集》《铁崖先生古乐府》等。

岳鄂王歌①

予读飞传，冤其父子死②，而阴报之事史不书，乃见于稗官之书③。张巡之死，誓为厉鬼以杀贼④。乌知飞死不为厉以杀桧乎⑤？吾不敢以鬼死其英爽，而些之以厉之⑥，辞曰：

生兮人之英，死兮厉之灵⑦。国有驵兮摧我国长城⑧。善寡与兮恶好朋，大雾蔽天兮天日不我明⑨。嗟尔厉兮谒上帝以上征，万八千丈兮华之顶⑩。帝命我兮司阴刑，剡尔驵兮赫以就冥，嗟尔厉兮人之英⑪。（《铁崖咏史注》卷八）

【注释】

① 原注："《宋史·岳飞传》：嘉泰四年，追封鄂王。"

② 冤其父子死：认为岳飞父子死得冤枉。冤，意动词，认为冤。

③ 阴报：迷信谓在阴间得到报应。史不书：史籍没有记载。稗官：小官。小说家出于稗官，后因称野史小说为稗官。《汉书·艺文志》："小说家者流，盖出于稗官。街谈巷语，道听途说者之所造也。"颜师古注："稗官，小官。如淳曰：'细米为稗，街谈巷说，其细碎之言也。王者欲知闾巷风俗，故立稗官使称说之。'"

④ 张巡（709—757）：南阳邓州（今河南南阳）人。唐室一代忠臣。开元二十四年（736）登进士第。天宝年间由太子通事舍人出任清河令，转真源令。安史之乱爆发，即率兵讨贼，始守雍丘，后与许远合力守睢阳，战功卓著，迁御史中丞，世称张中丞。至德二载（757），安禄山部将尹子琦十万大军围困睢阳，在城内粮尽、援兵不至的情况下，张巡率全城军民坚守达数月。城陷被执，不屈就义。《旧唐书·张巡传》："城将陷，（巡）西向再拜，曰：'臣智勇俱竭，不能式遏强寇，保守孤城。臣虽为鬼，誓与贼为厉，以答明恩。'"厉鬼：凶猛厉害的鬼。

⑤ "乌知"句：怎么知道岳飞死后不会化作厉鬼诛杀秦桧呢？乌，文

言疑问词,哪,何。原注:"飞死为神,居天台第一峰。禽桧受诸苦楚。"

⑥ "吾不敢"句:我不敢因为化作鬼让他英武豪爽的气概死去。死,使动词,使死。而些之以厉之:故而赋诗歌颂他,使其更为厉害。些,辞赋的代称。《楚辞·招魂》是沿用楚国民间流行的招魂词的形式而写成,句尾皆有"些"字。后因以"楚些"或简称为"些"指招魂歌,亦泛指楚地的乐调或《楚辞》。唐戴叔伦《过贾谊旧居》诗:"谩有长书忧汉室,空将哀些吊沅湘。"此用作动词,作辞赋。厉,厉害,凶猛。此用作使动词。

⑦ "生兮"二句:生前是人中的精英,死后是厉鬼中的精灵。兮,文言助词,语气词,相当于现代的"啊"或"呀"。古代诗辞赋中多用。

⑧ "国有"句:国家出现了驵侩而摧毁了我国家的长城。驵(zǎng),驵侩。说合牲畜交易的人。后泛指从交易中取利的市侩。原注:"《吕氏春秋》:段干木,晋之驵侩也。"此喻秦桧是卖国取利的市侩。

⑨ "善寡"二句:不结交善类而好与恶人为友,大雾遮天使得日月不能照耀我。善,善类,好人。寡与,很少交往。好(hào),喜欢。不我明,否定句中宾语前置,即不明我。意谓使我蒙受冤诬。明,动词,照耀。

⑩ "嗟尔"二句:啊,你厉鬼要拜谒上帝就要向上飞升,直升到一万八千丈的华山之顶。嗟,表赞叹。《楚辞·九章·橘颂》:"嗟尔幼志,有以异兮。"上征,上升。《楚辞·离骚》:"驷玉虬以乘鹥兮,溘埃风余上征。"

⑪ "帝命我"三句:上帝命令我掌管阴间的刑罚,我要将你这驵侩肢解后从阳世削除到阴间。啊,你厉鬼却是人类的英雄! 剡(yǎn),削,刮。《易·系辞下》:"剡木为舟,剡木为楫。"赫,动词,分裂,肢解。《后汉书·礼仪志中》:"凡使十二神追恶凶,赫女躯,拉女干,节解女肉,抽女肺肠。"冥,幽暗,昏暗。指阴间。

岳王行①

飞来屋上鹄,漂来瓮中雏②。大野收岐嶷,梦泽乳於菟③。蹶张八石弩,地盘丈八殳④。拔身列校中,即上青皇书⑤。燕云誓扫犬羊穴,河洛未复冠裳区⑥。平生知己张都督,未信八日开西枢⑦。拐子连珠断如草,背嵬先锋雄若貙⑧。两河豪杰收赤帜，千里父老驮青刍⑨。忔查内附兀尤痛，黄龙直造无须臾⑩。皇天后土不鉴我忠赤，白虹贯日赐属镂⑪。锦山锦水边一隅，神州何时归版图⑫。周兵入邺明月坠，胡马南牧长城殂⑬。燕南书生已料敌，东窗老魅何足诛⑭。呜呼！吴牙执信及六主，茅旌孤儿过故都⑮。（《铁崖咏史注》卷八）

【注释】

① 行：古代乐府诗的一体。后从乐府发展为古诗的一体。音节、格律一般比较自由；采用五言、七言、杂言，形式也多变化。宋姜夔《白石诗话》："体如行书曰行，放情曰歌，兼之曰歌行。"

② "飞来"二句：《鄂王行实编年》卷一："及生先臣之夕，有大禽若鹄自东南来，飞鸣于寝室之上。先臣和异之，因名焉。未弥月黄河决内黄西，水暴至，姚氏仓皇襁抱坐巨瓮中，冲涛而下，乘流灭没，俄及岸得免。"雏，指婴儿。

③ 大野：古泽名。又名巨野、钜野。在今山东省巨野县、嘉祥县一带。收：收容，接收。岐嶷：《诗·大雅·生民》："诞实匍匐，克岐克嶷。"毛传："岐，知意也；嶷，识也。"本颂后稷，后多以"岐嶷"形容幼年聪慧。此指岳飞。梦泽：即云梦泽。江汉平原上的古湖泊群的总称。南以长江为界。今洞庭湖为其部分遗存。大野、梦泽皆借指岳飞生长于多水之区。乳：本义为喂奶。引申为哺育，养育。於（wū）菟：虎的别称。《左传·宣公四年》："楚人谓乳谷，谓虎於菟。"此喻岳飞。

④ 蹶张八石弩：脚能踏开八石的强弩。《鄂王行实编年》卷一："生而有神力，未冠，能引弓三百斤，腰弩八石。"蹶张，以脚踏强弩，使之张开。八石，宋一石合92宋斤，八石约为740宋斤。弩，一种用机械力量射箭的弓。地盘丈八殳：手持丈八长枪在地上盘旋进退。殳（shū），古代的一种武器，用竹木做成，有棱无刃。此泛指长柄的兵器。

⑤ "拔身"二句：拔身，出身。列校，东汉时守卫京师的屯卫兵分作五营，称北军五校，每校首领称校尉，统称列校。后泛称低级军官。青皇，我国古代神话中的五天帝之一，是位于东方的司春之神，又称苍帝、青帝。此指宋高宗。《鄂王行实编年》卷一："大元帅即皇帝位，改元建炎，先臣

上书数千言……书奏,大忤用事之臣,以为小臣越职,非所宜言。夺官,归田里。"

⑥ 燕云:指燕云十六州。五代石敬瑭以燕云十六州赂契丹,借契丹力以建立后晋王朝。十六州为幽、蓟、瀛、莫、涿、檀、顺、新、妫、儒、武、云、应、寰、朔、蔚,约当今河北、山西两省北部地区。南宋时为金人占领区。犬羊穴:喻指金人的老巢。河洛:黄河和洛水地区。冠裳区:文明礼仪之邦。此指被金人占领的中原地区。冠裳,指文明、礼仪制度。

⑦ 张都督:指张浚。《鄂王行实编年》卷三:"参政席益与浚备语先臣所为,谓浚曰:'岳侯得无有他意,故玩此寇。益欲预以奏闻,如何?'浚笑曰:'岳侯,忠孝人也。足下何独不知用兵有深机,胡可易测。'"可算"知己"。未信八日开西枢:(张浚)不相信八天之后能回到京城自己的任所枢密院。见岳珂《经进百韵诗》注㉟。西枢,宋熙宁间建东西两府于京师,枢密使掌握兵柄,居西府,故称"西枢"。张浚时任右相兼枢密使。

⑧ 拐子:拐子马之省。见释居简诗注⑩。连珠:成串的珠子。喻拐子马相互贯连。背嵬:背嵬军之省。见袁甫诗注⑨。貙(chū):古书上说的一种似狸而大的猛兽。

⑨ "两河"二句:意谓两河地区的义军各自收起自家的旗帜归附岳飞,广大敌占区的老百姓为岳家军运送粮草。青刍,新鲜的草料。参见柯九思诗注①。

⑩ 忔查:即合扎,女真语亲兵之义。见《金史·兵志》。《鄂王行实编年》卷五:"以至敌将之腹心禁卫,如龙虎大王下噶克察千户万勇之属,及张仔、杨进等亦密受先臣旗榜,率其众自北方来降。"兀朮痛:《鄂王行实编年》卷五:绍兴十年,郾城之战,岳飞大破金军拐子马,"兀朮大恸曰:'自海上起兵,皆以此胜,今已矣!'"黄龙"句:很快就可直达黄龙府。造,到。无须臾,不用顷刻时间。

⑪ 皇天后土:谓天神地祇。《鄂王行实编年》卷五:桧遣使捕飞父子证张宪事,"明日,使者至,飞笑曰:'皇天后土,可表飞心耳。'"白虹贯日:白色长虹穿日而过。一种罕见的日晕天象。古人认为人间有非常之事发生,就会出现这种天象变化。《战国策·魏策四》:"聂政之刺韩傀

也，白虹贯日。"《史记·鲁仲连邹阳列传》："昔者荆轲慕燕丹之义，白虹贯日，太子畏之。"裴骃集解："应劭曰：精诚感天，白虹为之贯日也。"**赐属镂**：借吴王赐伍子胥属镂剑令其自杀事喻岳飞被杀。属镂，剑名。亦称"属卢"或"属娄"。《左传·哀公十一年》："子胥使于齐……反役，王闻之，使赐之属镂以死。"亦见《史记·越王勾践世家》。

⑫ **锦山锦水**：锦绣般的山水。指风景秀丽的杭州。**边一隅**：僻处边远的一角。**神州**：古指中原地区。见宋无诗注①。**版图**：户籍和地域图册。《周礼·天官·小宰》："听闾里以版图。"借指疆域。

⑬ **"周兵"句**：斛律光（515—572），字明月，北齐名将。骁勇善战，在与北周近二十年的争战中，屡屡指挥获胜。北周名将韦孝宽知道北齐皇帝高纬昏庸，又听说斛律光与祖珽等权臣有隙，便制造了斛律光篡位的谣言，编成儿歌，在邺城歌唱，歌曰："百升飞上天，明月照长安。"祖珽等乘机向高纬进谗言，又指使人诬告斛律光谋反。武平三年（572）六月，高纬将斛律光诱至宫中杀害，并灭族抄家。周武帝于公元577年发兵长驱攻入邺城，灭了北齐。他下诏追封斛律光为上柱国、崇国公，并指着诏令对众人说："此人若在，朕岂能至邺。"见《北齐书·斛律光传》。此喻岳飞遭诬陷被杀。**胡马南牧**：指金人南侵。汉贾谊《过秦论》："胡人不敢南下而牧马。"**长城殂**：喻岳飞被杀国家失去御敌之恃。殂（cú），死亡。

⑭ **燕南书生**：《鄂王行实编年》卷五："方兀朮夜弃京师，将遂渡河，有太学生叩马谏曰：'太子毋走，京城可守也，岳少保兵且退矣。'兀朮曰：'岳少保以五百骑破吾精兵十万，京师中外日夜望其来，何谓可守？'生曰：'不然，自古未有权臣在内而大将能立功于外者。以愚观之，岳少保祸且不免，况欲成功乎！'生盖阴知桧与兀朮事，故以为言。兀朮亦悟其说，乃卒留居。"**东窗老魅**：对秦桧的蔑称。魅，传说中的鬼怪。秦桧与妻王氏曾在东窗之下设计杀害岳飞。明彭大翼《山堂肆考》角集卷四二《误国之报》引《夷坚志》："方士如言以往，果见秦桧与万俟卨俱荷铁枷，囚铁笼内，备受诸苦。桧属方士曰：'烦传语夫人，东窗事犯矣。'"

⑮ **吴牙执信**：不详所指。**六主**：原注："《通鉴》：建炎而后六主，百五十年。"**茅旌孤儿过故都**：指元军攻破临安，南宋恭帝赵㬎被掳，经故都汴

京至北京。赵显为度宗次子,时仅六岁。茅旌,旄旌。杆端饰有旄牛尾的旗帜。茅,通"旄"。《公羊传·宣公十二年》:"(楚)庄王伐郑……郑伯肉袒,左执茅旌,右执鸾刀,以逆庄王。"此指迎降的旗帜。原注:"咸淳十年,帝㬎即位,年四岁。""德祐二年,谢太后与帝随元兵北行。"

班惟志

班惟志(生卒年不详),字彦功,一作彦恭,号恕斋,元大梁(今河南开封市)人。至正初,历官至江浙儒学提举司提举。秩满,授集贤待制。致仕南归,卒于杭州。博学多能,兼擅书法,其诗词亦负盛名。

岳王庙

威名震主自难全,高第纶巾未许闲①。空使旄头奸胆破,不容马革裹尸还②。新亭人泣山河异,古冢鹃啼草树殷③。当日韩张徒共事,更无一语动天颜④。(《万历杭州府志》卷四六)

【注释】

① 震主:使皇帝震惊。高第:指官吏的考绩优等。纶(guān)巾:古时头巾名。幅巾的一种,以丝带编成,一般为青色。相传为三国时诸葛亮所创,又称"诸葛巾"。后被视作儒将装束。未许闲:不许自己休闲。

② 旄头:古代皇帝仪仗中一种担任先驱的骑兵。此指皇帝的近臣。奸胆:犹奸心,坏心思,作恶之心。马革裹尸:用马皮把尸体裹起来。指英勇牺牲在战场。《后汉书·马援传》:"男儿要当死于边野,以马革裹尸还葬耳,何能卧床上在儿女子手中邪?"

③ 新亭人泣:亦作"新亭对泣",表示痛心国难而无可奈何的心情。见何梦桂诗注⑤。鹃啼:传说杜鹃昼夜悲鸣,啼至血出乃止,常用以形容哀痛之极。见龚璛诗注③。草树殷(yān):谓杜鹃啼血将草木染成深红色。

④ 韩张:指韩世忠和张浚。韩世忠,见陆游《感事》诗注①。张浚,见杨万里诗注②。

贡师泰

贡师泰（1298—1362），字泰甫，号玩斋，元宣城（今安徽宣城市）人。泰定四年（1327）进士。历官至户部尚书。善政事，以文学知名。曾参与修后妃、功臣列传。《元史》有传。有《诗经补注》《玩斋集》《东轩集》等。

西湖竹枝词[1]

葛岭东家是相门[2]，当年甲第入青云[3]。楼船撑入里湖去，可曾望见岳王坟[4]？（《元诗纪事》卷二十）

【注释】

[1] 竹枝词：乐府《近代曲》之一。本为巴渝（今四川东部）一带民歌，唐诗人刘禹锡据以改作新词，歌咏三峡风光和男女恋情，盛行于世。后人所作也多咏当地风土或儿女柔情。其形式为七言绝句，语言通俗，音调轻快。

[2] 葛岭：位于杭州西湖之北宝石山西面。相传东晋时著名道士葛洪曾于此结庐修道炼丹，故名。相门：指南宋权臣贾似道府第，在葛岭东。贾似道（1213—1275），字师宪，号悦生、秋壑，天台人。南宋宋理宗时权臣，中国历史上有名的奸臣之一。德祐元年（1275）遭罢官、贬逐，为监送官郑虎臣擅杀于漳州。《宋史》入《奸臣传》。

[3] 甲第：旧时豪门贵族的宅第。《史记·孝武本纪》："赐列侯甲第，僮千人。"裴骃集解引《汉书音义》："有甲乙第次，故曰第。"《文选·张衡〈西京赋〉》："北阙甲第，当道直启。"薛综注："第，馆也；甲，言第一也。"

[4] "楼船"二句：暗含讽刺，岳王坟就在贾宅之西，忠奸对比分明。楼船，指有楼饰的游船。宋吴自牧《梦粱录》："更有贾秋壑府车船，船棚上无人撑驾，但用车轮脚踏而行，其速如飞。"里湖，杭州西湖以湖中孤山、白堤、苏堤将湖面分隔为外西湖、里西湖、西里湖、小南湖及岳湖五个

部分。习惯上称里西湖为里湖。里湖北岸即葛岭。

林泉生

　　林泉生（1299—1361），字清源，号谦牧斋，晚号觉轩，元福州（今福建福州市）人。天历（1328—1329）进士。官至翰林直学士，知制诰，同修国史。谥文敏。以文学为闽中名士，尤精于《春秋》，有《春秋论断》及《觉是集》。

岳王庙二首

　　岳王坟上褒忠寺，地老天荒恨尚存①。介胄何堪投狱吏，衣冠无复望中原②。青山能掩苌弘血，落日空悲蜀帝魂③。辽鹤不归人事别，吴宫青草又黄昏④。

　　谁收将骨葬西湖，已卜他年必沼吴⑤。孤冢有人来下马，六陵无树可栖乌⑥。庙堂短计惭嫠妇⑦，宇宙惟公是丈夫。往事重观如败局，一龛灯火属浮图⑧。（《南村辍耕录》卷三）

【注释】

　　① 褒忠寺：即褒忠衍福禅寺。宋嘉定十四年（1221），西湖北山的智果观音院改为"褒忠衍福禅寺"，用以表彰岳飞的功业。明英宗天顺年间（1457—1464），才改"褒忠衍福禅寺"为岳王庙，并赐额"忠烈"。地老天荒：形容经历的时间长久。

　　② 介胄：铠甲和头盔。借指披甲戴盔的武士。《汉书·周亚夫传》："介胄之士不拜，请以军礼见。"投狱吏：抛掷给狱吏。参见薛季宣诗注②"狱吏尊"。衣冠：衣和冠。古代士以上戴冠，因以指士以上的服装。代称缙绅、士大夫。《史记·孔子世家》："故所居堂弟子内，后世因庙藏孔子衣冠琴车书，至于汉二百余年不绝。"因亦特指死者的服装或死者。

　　③ 苌弘血：见岳珂《鄂忠武王出师疏帖赞》注⑮。蜀帝魂：相传古代蜀帝杜宇让位鳖灵自逃，后欲复位不得而死，魂化为鹃，悲啼不止，乃至血出。

④ "辽鹤"二句：意谓人世沧桑，岳飞的忠魂归来也已认不得了。传说辽东人丁令威，学道后化鹤归辽，徘徊空中而言曰："有鸟有鸟丁令威，去家千年今始归。城郭如故人民非，何不学仙冢累累。"事见晋陶潜《搜神后记》卷一。后以"辽鹤"喻久别重归而叹世事变迁。人事别，人世间的事发生变化。别，不同，另一番情形。吴宫，指三国吴主的宫殿。唐李白《登金陵凤凰台》诗："吴宫花草埋幽径，晋代衣冠成古丘。"此句取李白诗意，以吴宫暗喻南宋废宫。

⑤ 将骨：大将岳飞的尸骨。沼（zhǎo）吴：犹言灭吴。语本《左传·哀公元年》："越十年生聚，而十年教训，二十年之外，吴其为沼乎！"杜预注："谓吴宫室废坏，当为污池。"此意谓岳飞被杀，预示南宋必为人所灭。

⑥ 孤冢：指岳飞墓。下马：谓下马拜谒。六陵：指南宋六陵。位于绍兴市皋埠镇攒宫山，有宋高宗赵构永思陵、孝宗赵昚（shèn）永阜陵、光宗赵惇（dūn）永崇陵、宁宗赵扩永茂陵、理宗赵昀永穆陵、度宗赵禥（qí）永绍陵等南宋六帝陵寝，故称宋六陵。无树可栖乌：谓六陵被掘，乌鸦无树可栖。元至元二十二年（1285），江南释教总统杨琏真伽，率人盗掘宋六陵，破椁裂棺，弃尸扬骨，窃取随葬珍宝无数。

⑦ 庙堂：太庙的明堂。是古代帝王祭祀、议事的地方。借指朝廷。《岳阳楼记》："居庙堂之高，则忧其民。"嫠（lí）妇：寡妇。《左传·昭公廿四年》："嫠不恤其纬，而忧宋国之陨，为将及焉。"意为寡妇不怕纬纱少织不成布，只怕亡国，祸及于己。后用来比喻忧国而忘家。惭嫠妇意即不及嫠妇。

⑧ 龛（kān）：供奉佛像、神位等的小阁子。浮图：梵语。意译为"觉者""知者""觉"。《广弘明集》解释说："浮图，或言佛陀，声明转也，译云净觉。灭秽成觉，为圣悟也。或梵语杂名曰：浮图，素睹波，塔，制怛里。世多通用后义。"泛指佛教徒。亦概称佛教塔、佛教建筑。

潘　纯

潘纯（生卒年不详），字子素，元庐州合肥（今安徽合肥市）人。少有才华，擅长诗赋。壮年游学京师，文学之士争相延请。因撰写《卦辞》讥讽朝政而得罪权贵,被迫挈家流寓江南,与杭州士子以诗歌唱和。至正中叶,被御史大夫纳璘辟为掾史,行至萧山为纳璘子安缢诸途。葬于杭州岳飞墓侧。

题岳武穆王墓

海门寒日澹无晖,偃月堂深昼漏稀①。万灶貔貅江上老,两宫环佩梦中归②。内园羯鼓催花发,小殿珠帘看雪飞③。不道帐前胡旋舞,有人行酒着青衣④。

湖水春来自绿波,空林人迹少经过。夜寒石马嘶风雨,日落山精泣薜萝⑤。江左长城真自坏,邺中明月竟谁歌⑥。唯余满地苌弘血,草色年深碧更多⑦。(《元诗别裁集》卷六)

【注释】

① 海门:长江入海处。此指杭州,因杭州地近海门。寒日:喻高宗皇帝昏昧而残酷无情。偃月堂:见叶绍翁诗注③。昼漏稀:谓白天时间很短,意即黑夜漫长。昼漏,谓白天的时间。漏,漏壶,古代计时的器具。

② 万灶貔貅:极言军队之多。灶,本是生火做饭的设备,军中士兵一般以若干人共一灶而炊饭,所以特作为军队数目的量词。貔貅,见邵缉词注④。江上老:长久屯兵江边而不出兵北伐而致士卒衰疲。老,衰疲。两宫:指徽、钦二帝。环佩梦中归:暗用唐杜甫《咏怀古迹》"环佩空归月夜魂"诗意。环佩,古人佩在身上的环形玉饰。

③ 内园:宫内的园囿。羯鼓:是一种出自于外夷的乐器,据说来源于羯族。羯鼓两面蒙皮,腰部细,用公羊皮做鼓皮,因此叫羯鼓。唐南卓《羯鼓录》载:唐玄宗喜好羯鼓,曾经在内庭击鼓,并且自己做了一曲《春光好》。当时正赶上庭中杏花开放,唐玄宗笑着说:"此一事,不唤我作天公可乎?"小殿:别殿。古时皇帝休息宴饮的宫殿。珠帘:用珍珠串起的门帘。看雪飞:指贺瑞雪事。《宋史·秦桧传》:"十三年,贺瑞雪,贺雪自桧始。"实际上是秦桧等阿谀高宗,粉饰太平,"为苟安余杭之计"。

④ 不道:犹言岂不知,何不思。宋邓林《桂树》诗:"客衫犹恨吴绵

薄，不道边人尽铁衣！"胡旋舞：是著名的西北少数民族舞蹈。其节拍鲜明奔腾欢快，多旋转蹬踏，故名。白居易有长诗《胡旋舞》详述其状。行酒：依次斟酒。着（zhuó）穿着。青衣：青色或黑色的衣服。汉以后，多为地位低下者所穿。青衣行酒，指晋怀帝、晋愍帝被俘受辱事。此指宋徽宗、钦宗穿着青衣为金国首领依次斟酒。详见后查慎行诗注②。

⑤ 山精：传说中的山间怪兽。《淮南子·泛论训》"山出枭阳"，高诱注："枭阳，山精也。人形，长大，面黑色，身有毛，足反踵，见人而笑。"南朝宋刘敬叔《异苑》卷三："山精如人，一足，长三四尺，食山蟹，夜出昼藏。"薜萝：薜荔和女萝，皆野生植物，常攀缘于山野林木或屋壁之上。《楚辞·九歌·山鬼》："若有人兮山之阿，被薜荔兮带女萝。"王逸注："女萝，兔丝也。言山鬼仿佛若人，见于山之阿，被薜荔之衣，以兔丝为带也。"

⑥ 江左：古时在地理上以东为左，江左也即"江东"，指长江下游南岸地区。长城真自坏：见薛季宣诗注④。邺中明月：以斛律光因谣言被杀喻岳飞为谗言所害。参见杨维桢《岳王行》注⑬。邺中，即邺城。古地名。在今河北临漳县西南。曾为北齐首都。

⑦ "唯余"二句：是说岳飞虽死，他的碧血长存，年深日久，染得满地草色更加碧绿。苌弘血，喻志士捐躯。见岳珂《鄂忠武王出师疏帖赞》注⑮。年深，时间久。

倪 瓒

倪瓒（1301—1374），字符镇，号云林子、幻霞子、荆蛮民、风月主人等，元无锡（今江苏无锡市）人。家豪富。元末卖田散财，浪迹太湖、泖湖一带，自称懒瓒。性情高洁，擅画水墨山水，兼工书法，诗文意格高远。有《倪云林先生诗集》《清閟阁全集》。

岳王墓再二首

奸任忠诛转谬悠，鄂王固岂为身谋①。中兴可望骞成业②，南渡何心报敌雠。废垒山河犹带愤,悲风兰蕙总惊秋③。莫言当日民遮哭④,更使他年过客愁。

丹枫落日隐荒祠,萧瑟清秋志士悲。复国岂期谗卖国,出师何遽诏班师⑤。少康一旅应无计,李牧多功徒尔为⑥。汨汨江流写余恨,可怜宋祚亦终移⑦。(《清閟阁全集》卷六)

【注释】

① 奸任忠诛:宠信奸臣,诛害忠良。任,相信,信赖。转:翻转,反而。谬悠:荒谬。固岂为身谋:原本哪是为自身考虑。固,本来。

② "中兴"句:宋朝中兴有望却将基业毁弃。成业,犹基业。

③ 废垒:废弃的营垒。悲风:使人倍觉凄凉的风声,凄厉的寒风。《古诗十九首·去者日以疏》:"白杨多悲风,萧萧愁杀人。"兰蕙:兰和蕙。皆香草。《楚辞·离骚》:"余既滋兰之九畹兮,又树蕙之百亩。"多连用以喻贤者。此暗喻岳飞。惊秋:秋令蓦地来到,喻迅速凋零衰败。宋蔡襄《方山渡口占》:"江上行人空自愁,壮年双鬓已惊秋。"

④ 遮哭:遮道而哭。谓对所拥戴的官员进行挽留。

⑤ 岂期谗卖国:哪里料到会被谗言佞臣卖国。遽:急忙,匆忙。

⑥ 少康:夏朝第六任国王,相子。在位21年。据说寒浞派人杀了相后,相的妃子后缗逃到娘家有仍氏,生下少康。夏的遗臣靡后来率兵杀掉寒浞,立少康为国君。少康在位时夏朝比较强盛,史称"少康中兴"。《左传·哀公元年》:少康"逃奔有虞,为之庖正,以除其害。虞思于是妻之以二姚,而邑诸纶。有田一成,有众一旅,能布其德,而兆其谋,以收夏众,抚其官职"。此喻宋高宗。应无计:自应无法中兴。李牧(?—前229):战国时期赵国柏仁人(在今河北隆尧县)人,杰出的军事家、统帅。功显赫,生平未尝一败仗。与白起、王翦、廉颇并称"战国四大名将"。官至国相,受封武安君。后秦攻赵,不胜。秦用重金收买赵王近臣郭开,散布流言,说李牧勾结秦军,准备背叛赵国。李牧遂被杀。三个月后,赵为秦灭。见《史记·廉颇蔺相如列传》。徒尔为:徒然有那样的作为。

⑦ 汨汨(gǔ gǔ):象声词,水流声。又,水急流貌。宋祚亦终移:宋朝的国运也终于改变。谓宋朝终于灭亡。

达兼善

达兼善(1304—1352),伯牙吾台氏,蒙古族。原名达普化,元文宗赐名泰不华。兼善,字也。父为台州录事,家居台州。元英宗至治(1321—1323)进士。官至礼部尚书,出为台州路达鲁花赤。

阙 题

将军有意拔天旌,直取黄龙复汉京①。谁谓君王轻屈膝,久知戎虏定渝盟②。属车不返三关路,堠火长连五国城③。独使英雄含恨血,中原何以望澄清④。(《万历杭州府志》卷四六)

【注释】

① "将军"二句:化用唐杜甫《诸将》诗:"韩公本意筑三城,拟绝天骄拔汉旌。"汉代匈奴主自称天之骄子。拔汉旌,拔去汉人的旗帜,即匈奴南侵。拔天旌,是反用"拔汉旌",而要拔掉天之骄子的旌旗。意谓彻底打败金侵略者。复汉京,恢复北宋故都开封。汉京,本指汉朝都城长安或洛阳,借指北宋京城。

② 久知戎虏定渝盟:岳飞《谢请和赦表》:"盖夷虏不靖,犬羊无信,莫守金石之约,难充溪壑之求。图暂安而解倒垂,犹之可也。顾长虑而尊家国,岂其然乎!"戎虏,古时对西方或北方少数民族的蔑称。此指女真金主。渝盟,谓背叛盟约。渝,改变,违背。

③ "属车"句:意谓徽、钦二帝不能从边关回国。属(zhǔ)车,帝王出行时的侍从车。《汉书·贾捐之传》:"鸾旗在前,属车在后。"颜师古注:"属车,相连属而陈于后也。属,音之欲反。"代指帝王。三关,古代三个重要关隘的合称,说法不一,借指边关。堠火:烽火。唐项斯《边游》诗:"天寒明堠火,日晚裂旗风。"堠(hòu),古代瞭望敌情的土堡。五国城:见郑元祐《岳武穆王墓》注⑦。

④ 含恨血:含冤而死。恨血,谓屈死者的血。语本《庄子·外物》:"苌弘死于蜀,藏其血,三年而化为碧。"澄清:谓肃清混乱局面。《后汉书·党锢

传·范滂》:"滂登车揽辔,慨然有澄清天下之志。"

成廷珪

成廷珪(生卒年不详),字原常,一字元章,又字礼执,元扬州(今江苏扬州市)人。约元惠宗至元前后在世。好学不求仕进,惟以吟咏自娱。与张蕴为忘年交,又与杨维桢、倪瓒等互相酬答,其于七言古诗,最为工深遒丽。有《居竹轩集》。

奉书岳忠武王诗集传后[①]

班师归来泪如雨,洒向北邙陵上土[②]。金杯不共半杯来,旌旗已入黄龙府[③]。奸秦柄国奈若何,世上英雄本无主[④]。谁人肯道莫须无,嗟尔张公作何语[⑤]。一朝行殿受封功,锡宴湖山看歌舞[⑥]。两宫万里尚龙沙,泉下臣飞心独苦[⑦]。臣家有子罪万死,臣心有血一斗许[⑧]。君王还肯北征时,留衅中军帐前鼓[⑨]。大河落日又风尘,抚卷令人哭忠武[⑩]。(《居竹轩诗集》卷一)

【注释】

①　奉书:敬书。奉,双手捧着,以示尊敬。岳忠武王诗集传:当为书名。未见文献著录。

②　北邙陵上土:借指北宋皇陵。在河南巩县(今巩义市)。北邙,山名,即邙山。因在洛阳之北,故名。东汉、魏、晋的王侯公卿多葬于此。借指墓地或坟墓。

③　"金杯"句:谓与部下共用金杯满饮而不来半杯。旌旗:指代岳家军。黄龙府:位于农安古城。《辽史》载:"龙州黄龙府本渤海扶余府,太祖平渤海还至此崩,有黄龙见,更名。"公元1127年,金兵掳徽、钦二帝后北上,曾将他们一度囚禁于此。朱仙镇大捷后,岳飞曾与部下相约:"直抵黄龙府,与诸君共饮耳。"此二句设想若无金牌召还,必当如此。

④　奸秦柄国:指奸臣秦桧执掌国政。柄,国家权柄。此用作动词。奈若何:犹奈何,怎么办。无可奈何的意思。英雄本无主:谓英雄岳飞本没有可依靠的君主。

⑤ 莫须无:"莫须有"的反义。"莫须有",见释行海诗注④。张公:当指张俊。

⑥ "一朝"二句:指岳飞回到朝中,高宗和秦桧赐宴并封其为枢密副使,罢其兵权。行殿,犹行宫。锡,同"赐",赏赐。《金佗续编》卷二八《鄂武穆王岳公真赞》:"故为当时计,不去公,则和议不成。一日召三大帅,首相置酒迓之。韩张已至,而公以道远差后。饬堂厨必待公至而后饮,至则并除枢密使副。"

⑦ "两宫"句:徽、钦二帝还在万里之遥的塞外沙漠之地。龙沙,指沙漠白龙堆。在新疆天山南路。泛指塞外漠北边塞之地。泉下,地下,阴间。

⑧ 臣家有子:指岳云。一斗许:一斗左右。许,表示约略估计的数量。

⑨ 衅:《说文》:"衅,血祭也。"古代战争时,杀人或杀牲以血涂鼓行祭谓之"衅鼓"。《左传·僖公三十三年》:"孟明稽首曰:'君之惠,不以累臣衅鼓,使归就戮于秦。'"杜预注:"杀人以血涂鼓,谓之衅鼓。"中军帐:元帅的营帐。古代行军作战分左、中、右或上、中、下三军,由主将所在的中军发号施令。句意谓高宗如果肯兴兵北伐,岳飞愿以自己的血涂鼓行祭。

⑩ 抚卷:以手轻击书卷。表示愤慨。

高 明

高明(1305—1359?),字则诚,号菜根道人,元瑞安(今浙江瑞安市)人。至正五年(1345)进士。历任处州录事、江浙行省丞相掾、福建行省都事等职。数忤权贵,晚年退居明州(今浙江宁波市)栎社之沈氏楼,以词曲自娱。其杂剧《琵琶记》最为著名。有《柔克斋集》,已佚。

和赵承旨题岳王墓韵①

莫向中州叹黍离,英雄生死系安危②。内庭忽下班师诏,绝漠全收大将旗③。父子一门甘伏节,山河千里竟分支④。孤臣尚有埋身地,二帝游魂更

可悲⑤。(《南村辍耕录》卷三)

【注释】

① 赵承旨：赵孟頫。赵孟頫曾官翰林学士承旨。其《岳王墓》诗见前。
② 中州：指中原地区。明程登吉《幼学琼林·地舆》："河南居华夏之中，故曰中州。"黍离：《诗·王风》中的一首诗歌。毛诗序称："《黍离》，闵宗周也。周大夫行役至于宗周，过宗庙公室，尽为黍离。闵宗周之颠覆，彷徨不忍去而作是诗也。"后用以指亡国之痛。"英雄"句：谓岳飞的生死关乎着国家的安危。系，关涉。
③ 内庭：指宫禁以内。绝漠：极远的沙漠地区。岳飞等将并不在绝漠，此为夸张说法。全收大将旗：将北伐的军队全部召回。收，召回，如收兵。
④ 父子：指岳飞、岳云父子。伏节：犹言殉节。指为维护某种事物或追求理想而死。分支：分裂肢解。支为"肢"的古字。《易·坤》："君子黄中通理，正位居体，美在其中而畅于四支（肢）。"
⑤ "孤臣"二句：通过对比，表达对宋高宗甘忘父兄之仇的谴责。孤臣，孤立无助或不受重用的远臣，指岳飞。南朝梁江淹《恨赋》："或有孤臣危涕，孽子坠心，迁客海上，流戍陇阴。"游魂，游荡无定的鬼魂。

迺贤

迺贤（1309—1368），字易之，别号河朔外史。葛逻禄氏。世居金山之西，后寓居南阳（今河南南阳市），遂称南阳人。至正二十二年（1362），被荐为翰林院国史编修官。寻任鄞东湖书院山长。出参桑哥失里军事，卒于军。平生工于诗文，有《金台集》《海云清啸集》《河朔访古记》等。

岳坟行

守坟观禅师至京请加封谥，征赋。此宋将孟珙灭金捷回金陵，命军士屎溺秦桧墓上①。

岳王烈烈真丈夫，材兼文武唐汉无②。平生许国胆如斗，誓清九庙迎銮舆③。十万精兵多意气，赴难勤王尽忠义。将军阃外图中兴④，丞相江南请和议。东京百战方解围,班师诏出事还非。父老吞声仰天哭,儿郎含愤渡河归⑤。感激英雄竟诛害,万里长城真自坏⑥。但将淮水作边关,淮河之北为他界⑦。百年古庙近荒坟,夜深石马战秋云。箫鼓时来谒祠下,遗民犹泣旧将军⑧。君不见灭金孟珙夸骁勇,凯还兵薄秦家陇⑨。六军溷秽积如山,千古行人呼粪冢⑩。(《金台集》卷二)

【注释】

①请加封谥:请求为岳飞加封加谥。征赋:征集赋诗。孟珙(1195—1246):字璞玉,号无庵居士。绛州(今山西新绛县)人。南宋灭金抗蒙名将。其曾祖孟安曾服役于岳飞军中,有战功。珙自宋宁宗嘉定十年(1217),随父孟宗政出入行阵,屡败金军。父死,统其所属忠顺军,累官京西兵马钤辖。理宗绍定六年,与蒙古军合围金哀宗于蔡州,次年灭金。后屡败蒙古军,拜宁武军节度使、四川宣抚使兼知夔州,进封汉东郡侯,任京湖安抚制置使。坐镇荆襄,以恢复中原为己任。卒于江陵治所。谥忠襄。《宋史》有传。屎溺:亦作"屎尿",此作动词,大便和小便。秦桧墓:在南京离牛首山不远的长江边。明姜南《风月堂杂识》:"秦桧墓在建康。墓上丰碑屹立,不镌一字。盖当时士大夫鄙其为人,兼畏物议,故不敢作神道碑。及孟珙灭金回,屯军于桧墓所,令军士粪溺墓上,人谓之'秽冢'。"

② 烈烈:功业、德行显赫貌。《晋书·祖逖传赞》:"祖生烈烈,夙怀奇节。扣楫中流,誓清凶孽。"材兼文武:谓岳飞是文武兼才。材,通"才"。

③ 平生:终身,一生。许国:谓将一身奉献给国家。胆如斗:《三国志·蜀志·姜维传》裴松之注引《世语》:"维死时见剖,胆如斗大。"后因称胆量极大为"胆大如斗"。九庙:指帝王的宗庙。古时帝王立庙祭祀祖先,有太祖庙及三昭庙、三穆庙,共七庙。王莽增为祖庙五、亲庙四,共九庙。后历朝皆沿此制。鸾舆:天子的车驾。亦借指天子。

④ 阃外:指委任将帅在外统兵。阃(kǔn),门槛,门限。特指城郭的门槛。《史记·冯唐列传》:"(冯)唐对曰:'臣闻上古王者之遣将也,跪而推毂,曰:阃以内者,寡人制之;阃以外者,将军制之。'"裴骃《史记集解》:"韦昭曰:'此郭门之阃也。'"

⑤ 吞声:不敢出声,特指哭泣不敢出声。唐杜甫《哀江头》诗:"少陵野老吞声哭,春日潜行曲江曲。"儿郎:对士兵的称呼。

⑥ 感激:犹感愤。长城真自坏:参见薛季宣诗注④。

⑦ "但将"二句:绍兴十一年(1141),宋金和议成,以淮河中流为界。淮河以北属金,淮河以南宋治。所以淮河就成了"边关",淮北就成了他人的地界。

⑧ 箫鼓:箫与鼓,泛指乐奏。此指祭祀时击鼓奏乐。时来:不时来,经常来。旧将军:从前的将军。指岳飞。

⑨ 骁勇:犹勇猛。凯还:犹凯旋。薄:迫近。秦家陇:秦桧的坟墓。陇,通"垄",坟墓。

⑩ 六军:天子所统领的军队。《周礼·夏官·序官》:"凡制军,万有二千五百人为军。王六军,大国三军,次国二军,小国一军。"后因以为国家军队的统称。溷秽:肮脏污浊。此指屎尿。溷(hùn),肮脏,混浊。粪冢:即"秽冢"。

陈 基

陈基(1314—1370),字敬初,元末临海(今浙江临海市)人。至正中,因荐为经筵检讨。尝为人草谏章,几获罪,引避归。后参张士诚太尉府军事。官至学士院学士。吴平,明太祖召入与修元史;赐金而还。著有《夷白斋稿》及外集。

吊岳武穆文(骚)①

亘天地而长存兮,惟孝与忠②。参日月以齐明兮,惟德与功③。昔有宋之多贤兮,礼彬彬其在鲁④。彼绛灌或弗喻乎文兮,随与陆岂良于用武⑤。何夫子之英杰兮,文与武其并施。笃忠孝以为舆兮,载功德以驱驰⑥。当建炎之播越兮,遵典午之遗辙⑦。岂将相之无其人兮,夫子独临危而激烈。友苌弘于千载兮,偕吴胥而上下⑧。猗嫖姚岂独方略兮,矧孙吴又长于用寡⑨。使君王而不忘尝胆兮,则功业岂卑于范蠡⑩。使左右而不信夫谗贼兮,则斯雠岂容须臾而缓死⑪。彼便佞固不足诛兮,此廷臣岂皆不淑⑫。怀长城曾不少救兮,弃神京逝将谁复⑬。呜呼!自古皆有死兮,余独于夫子而永伤⑭。谷可变而为陵兮,海可变而为桑。炳父子之昭昭兮,盖弥久而有耿光⑮。吊孤冢于西湖兮,拜新庙于北山。踢陈辞而敬酬兮,凛生气之桓桓⑯。(《夷白斋稿》卷一一)

【注释】

① "骚"为原诗题注。骚即骚体诗,古典文学体裁的一种。起于战国时楚国,以屈原《离骚》为代表,并因此得名。此类作品,富于忏情成分和浪漫气息;篇幅较长,形式也较自由;多用"兮"字以助语势。

② 亘天地:横贯天地之间。亘,横贯,在空间横过或伸过去。

③ 参日月:加入日月之内。参(cān),加入。

④ 有宋:宋朝。有为词头,无义。礼彬彬其在鲁:就像当年孔子在鲁国那样文雅而有礼貌。彬彬,原指文武兼备,如文质彬彬。后形容文雅。

⑤ 绛灌:汉绛侯周勃与颍阴侯灌婴的并称。均佐汉高祖定天下,建功封侯。二人起自布衣,鄙朴无文,曾逸嫉陈平、贾谊等。隋与陆:汉初隋何、陆贾的并称。二人皆有口才,善辩论。《晋书·刘元海载记》:"范隆曰:'吾每观书传,常鄙隋陆无武,绛灌无文'。"为二句所本。

⑥ "笃忠孝"二句:以切实地实行忠和孝为车,载着功业与德行为国家奔走效力。笃,深厚,切实。驱驰,喻奔走效力。

⑦ 建炎:宋高宗第一个年号(1127—1130)。播越:逃亡,流离失所。《左传·昭公二十六年》:"兹不谷震荡播越,窜在荆蛮。"此指宋高宗南渡。遵典午之遗辙:重蹈晋朝南迁的覆辙。遵,循着。典午,"司马"的隐语。《三国志·蜀志·谯周传》:"周语次,因书版示立曰:'典午忽兮,月酉没兮。'典午者,谓司马也;月酉者,谓八月也。至八月而文王(司马昭)果崩。"晋帝姓司马氏,后因以"典午"指晋朝。遗辙,留下的车辙。

⑧ 苌弘:见岳珂《鄂忠武王出师疏帖赞》注⑮。吴胥:吴国大臣伍子胥。而上下:谓忠魂在天地间升降。《楚辞·离骚》:"斑陆离其上下。"

⑨ "猗嫖姚"二句:谓岳飞有谋有勇,又善于以少击众。猗(yī),叹词,用在句首,表示赞美。《诗·齐风·猗嗟》:"猗嗟昌兮,顾而长兮。"

嫖姚,指汉霍去病。霍去病(前140—前117),河东郡平阳县(今山西临汾西南)人。西汉武帝时期的杰出军事家,多次率军击退匈奴。曾受封嫖姚校尉,世称霍嫖姚。岂独方略,哪里只是擅于谋略,言外之意是有勇有谋。矧(shěn),况且,何况。孙吴,春秋时孙武和战国时吴起的并称。长于用寡,善于以少击众。

⑩ 尝胆:指春秋时越王勾践卧薪尝胆的故事。春秋时,越王勾践战败,为吴所执,既放还,欲报吴仇,苦身焦思,置胆于坐,饮食尝之,欲以不忘会稽败辱之耻。见《史记·越王勾践世家》。卧薪事不知所出。后用为刻苦自励,发愤图强,不敢安逸之典。卑于范蠡:低于范蠡。范蠡,参见叶绍翁诗注④。

⑪ 逸贼:指好诽谤中伤残害良善的人。《管子·四称》:"良臣不使,逸贼是舍。"此指秦桧。斯雠:这个仇敌。指金军统帅兀术。岂容须臾而缓死:意谓不容他少缓片刻而死。须臾,片刻,极短的时间。

⑫ 便佞(pián nìng):巧言善辩、阿谀逢迎的人。《论语·季氏》:"友便辟,友善柔,友便佞,损矣。"何晏集解引郑玄注:"便,辩也。谓佞而辨。"廷臣:朝臣。不淑:不善,不良。《诗·鄘风·君子偕老》:"子之不淑,云如之何!"淑,美,善。

⑬ "怀长城"二句:想念岳飞遭难,竟无人少施援救,丢弃的京城谁将前去收复。怀,思念,想念。曾(zēng),竟,简直。神京,指帝都京城。南朝宋谢王《世祖孝武皇帝歌》:"刷定四海,肇构神京。"此指北宋都城汴京。逝,往,前去。《诗·魏风·硕鼠》:"逝将去汝,适彼乐土。"郑玄笺:"逝,往也。往矣将去女,与之诀别之辞。"

⑭ 夫子:尊称岳飞。永伤:长久忧思,长久哀伤。《诗·周南·卷耳》:"我姑酌彼兕觥,维以不永伤。"

⑮ "炳父子"二句:光明正大的岳飞父子,历时愈久,愈显示其光辉明亮。炳、昭昭,皆光明、显著义。盖,发语词。弥久,长久,愈久。耿光,光明,光辉。《书·立政》:"以觐文王之耿光,以扬武王之大烈。"

⑯ "跽陈辞"二句:长跪而陈述祭词,并且恭敬地酹酒,似乎看到岳飞威武的相貌显示出凛然气概。跽(jì),挺直上身两膝着地。陈辞,发表

言论，诉说。《离骚》："跪敷衽以陈词兮。"酹，醊祭。泛指祭奠。桓桓，勇武、威武貌。《诗·鲁颂·泮水》："桓桓于征。"《书·牧誓》："勖哉夫子！尚桓桓。"孔传："桓桓，武貌。"

姚文奂

姚文奂（生卒年不详），字子章，自号娄东生，元昆山（今江苏昆山市）人。约元惠宗至正十年（1350）前后在世。聪明好学，过目成诵，博涉经史。辟浙东宣慰司令史，虽公事繁杂，亦不废吟咏。家有野航亭，人称姚野航。有《野航亭稿》。

又题岳王墓

阃外归来狱未成，秦人先自坏长城①。九原父子犹全节②，万世忠邪不共生。古庙有田供岁祀，思陵无树散秋声③。英魂长在青云上，高并西湖月色明。（《元诗选·二集·庚集》）

【注释】

① "阃外"二句：岳飞从前线班师后，起初冤案尚未制造成功，是秦桧指使人罗织罪名将其杀害。阃外，见迺贤诗注④。秦人，贬称秦桧。《春秋》字寓褒贬。凡称某人，皆为贬义。《春秋》僖公三十三年："秦人入滑。"秦灭滑国，故有谴责意。又《春秋》文公七年："晋人及秦人战于令狐。"《注》："赵盾废嫡而外求君，故贬称人。"

② 九原：春秋时晋国卿大夫的墓地。《礼记·檀弓下》："赵文子与叔誉观乎九原。文子曰：'死者如可作也，吾谁与归？'"因指九泉，黄泉。全节：保全气节。

③ 岁祀：每年在一定的时间祭祀。《国语·楚语下》："是以古者先王日祭、月享、时类、岁祀。"思陵：宋高宗死后葬于会稽之永思陵。无树散秋声：谓永思陵被掘，已无树木发散秋天的声响。秋声，指秋天里自然界的声音，如风声、落叶声、虫鸟声等。

王 逢

王逢（1319—1388），字原吉，号最闲园丁、最贤园丁，又称梧溪子、席帽山人，元末江阴（今江苏江阴市）人。明洪武年间，以文学征召，谢辞。有《梧溪集》。

岳鄂王墓木皆南向平江张师正知事命工图之为题一首[①]

昔侨嘉会门[②]，尝谒鄂王墓。二朴俨乔梓，十八松夹护[③]。一壁青天豁，半岭灵籁度[④]。席然卷旄头，櫜若列武库[⑤]。势回退飞鹢，神恍独屏树[⑥]。适来卉衣巫，载陟苔花阼[⑦]。遗像虽土木，快睹犹披雾[⑧]。还乡惊草昧，临中乏材具[⑨]。思得背嵬军，少展常山步[⑩]。忧长家从隐，发短岁复暮[⑪]。溪园黄落深，多尔特我顾[⑫]。粲粲岳林图，依依栖霞路[⑬]。物性本莫齐，英气实攸聚[⑭]。月中剑精起，想象罴虎踞[⑮]。以袖敬拂拭，老泪忽雨澍[⑯]。成固谢妙工，坏或恐内树[⑰]。龙云与鱼水，艰哉君臣遇[⑱]。益使澹荡人，终身乐韦布[⑲]。（《梧溪集》卷四）

【注释】

① 平江：路名。北宋政和三年升苏州为平江府，元改为路。治今苏州市。张师正：人名，生平不详。知事：官名，地方行政长官的名称。宋时分命京官出守列郡，称为权知某府或某州或某县事，知事之名由此而起。命工图之：令画工将它画下来。

② 侨：寄居在外地。嘉会门：南宋临安城的南门，后称凤山门。

③ 二朴俨乔梓：两棵高大的朴树犹如岳飞父子。朴（pò）、乔、梓，皆木名。《尚书大传》卷四："伯禽与康叔见周公，三见而三笞之。康叔有骇色，谓伯禽曰：'有商子者，贤人也。与子见之。'乃见商子而问焉。商子曰：'南山之阳有木焉，名乔。'二三子往观之，见乔实高高然而上，反以告商子。商子曰：'乔者，父道也。南山之阴有木焉，名梓。'二三子复往观焉，见梓实晋晋然而俯，反以告商子。商子曰：'梓者，子道也。'二三子明日见周公，入门而趋，登堂而跪。周公迎拂其首，劳而食之，曰：

'尔安见君子乎？'"后因以"乔梓"比喻父子。**十八松夹护**：松树从两旁护卫。《艺文类聚》卷八八引晋张勃《吴录》："丁固梦松树生其腹上。人谓曰：'松字，十八公也。后十八年，其为公乎！'"因称松为十八公。

④ **一壁青天豁**：壁立的高山缺口处才露出一点青天。极言山之高。**灵籁**：优美动听的乐音，指迎神的乐曲。

⑤ **"席然"二句**：谓岳家军曾卷席般地扫荡金军，却被迫撤兵像槊矛摆放在武器库中。席然，形容气势迅猛的样子。旄头，即昴星，二十八宿之一。古代以天象附会人事，认为昴星象征胡人。《汉书·天文志》："昴曰旄头，胡星也，为白衣会。"槊，长矛，古代的一种兵器。

⑥ **势回退飞鹢**：喻岳家军班师后局势恶化。《春秋·僖公十六年》："六鹢退飞过宋都。"后用以比喻后退。**神恍独屏树**：岳飞的神情仿佛像冯异一样独自遮蔽于大树下。《后汉书·冯异传》："诸将军并坐论功，异常独屏树下，军中号曰'大树将军'。"恍，仿佛。屏，遮挡，屏蔽。

⑦ **卉衣**：草服。即用草编的或草黄色的衣服。这里是说巫觋所穿的衣服奇异。**载陟苔阼**：登上长着苔藓的台阶。载，词缀，嵌在动词前边。如"载欣载奔"。陟，登高。阼（zuò），大堂前东西的台阶。

⑧ **遗像虽土木**：虽然是坟墓树木的画像。土木，指坟墓和棺材。南朝宋颜延之《庭诰》："柔丽之身亚委土木，刚清之才遽为丘壤。"**快睹犹披雾**：好像看到神情清朗的岳飞那样快乐。快睹，快乐地看到，以看到为乐。披雾，犹披云雾。拨开云雾，得见青天。比喻人的神情清朗。南朝宋刘义庆《世说新语·赏誉》："卫伯玉为尚书令，见乐广与中朝名士谈议，奇之……命子弟造之，曰：'此人，人之水镜也，见之若披云雾，睹青天。'"

⑨ **"还乡"二句**：作者言自己回到家乡后惊叹世事混乱黑暗，而自愧没有平乱的才能。草昧，《易·屯》："天造草昧。"《疏》："草谓草创，昧谓冥昧……言物之初造，其形未著，其体未彰，故在幽冥暗昧也。"亦谓时世混乱。此即指后者。临冲，古代的两种战车。《诗·大雅·皇矣》："与尔临冲，以伐崇墉。"孔颖达疏："临者，在上临下之名；冲者，从傍冲突之称，故知二车不同。"材具，才能。临冲乏材具，意即缺乏临冲之材具。

⑩ 背嵬军:见袁甫《岳忠武祠》诗注⑨。少展常山步:多少能展现效仿颜杲卿的行为。步,效仿。常山,唐颜杲卿为常山太守,为安禄山所擒,骂贼而死,世称颜常山。

⑪ "忧长"二句:隐居在家忧愁很多,年岁已高头发短疏。

⑫ "溪园"二句:园林黄叶落下很厚,只有我常常去看看。此写心境的悲凉。溪园,有溪流的园林。多尔,多次。尔为形容词词尾。特,只。

⑬ 粲粲:鲜明貌。《诗·小雅·大东》:"西人之子,粲粲衣服。"岳林图:岳坟的画图。古代墓葬制度比较严格。老百姓称坟,诸侯称冢,皇帝称陵,只有圣人才能称林。如孔林、关林。依依:形容思慕怀念的心情。《后汉书·章帝纪》:"岂亡克慎肃雍之臣,辟公之相,皆助朕之依依。"李贤注:"依依,思慕之意。"

⑭ 物性:事物的本性。本莫齐:本来不尽相同。英气:英武豪迈的气概。攸聚:所聚。意谓墓树是岳飞英气所聚集。

⑮ 剑精:宝剑的光芒。罴虎踞:黑和虎蹲踞。罴,通"黑"。

⑯ 雨澍:如暴雨浇灌。澍(zhù),古同"注"。

⑰ 妙工:技艺精良的工匠。内树:指内部树党,即产生内奸。

⑱ "云龙"二句:谓君臣际遇如龙得云、鱼得水,实在太难了。

⑲ 澹荡:犹放达。唐李白《古风》之十:"吾亦澹荡人,拂衣可同调。"乐韦布:即乐于为平民。韦布,古指未仕者或平民的寒素服装。

鲁 渊

鲁渊(1319—1377),字道源,号本斋,元末淳安(今浙江淳安县)人。至正十一年(1351)进士。授官松江府华亭(今上海市松江区)县丞。官至浙江儒学提举。后因病辞官。明初,朱元璋多次召用,坚辞不出。有《春秋节传》《策府枢要》。

读岳鄂王传

击楫长江举义旗,誓清河朔振皇威①。班师竟堕奸臣计,举国愁看上将

归②。空见湖山埋白骨，忍闻沙漠老青衣③。金陵粪冢徒遗臭，始信人心有是非④。(《元诗选补遗·鲁提举渊》)

【注释】

① 击楫：指晋祖逖统兵北伐，渡江中流，拍击船桨，立誓收复中原的故事。参见陶宗仪诗注⑨。后用为颂扬收复失地统一国家的壮志之典。宋张孝祥《水调歌头·和庞佑父》词："我欲乘风去，击楫誓中流。" 义旗：为正义而战的军队的旗帜。借指义师。《晋书·温峤传》："公若违众独反，人心必沮，沮众败事，义旗将回指于公矣。" 誓清河朔：立誓消除北方的敌寇。誓清，仍用祖逖中流击楫典。参见陶宗仪诗注⑨。河朔，黄河之北。此泛指北方。

② 竟堕奸臣计：居然落入奸臣的圈套。上将：主将，统帅。《孙子·地形》："料敌制胜，计险阨远近，上将之道也。"

③ "忍闻"句：不忍听到徽、钦二帝身受凌辱而老死于北方金国。青衣，指徽、钦二帝身穿下人衣服为金人行酒。参见后查慎行诗注②。

④ 金陵粪冢：指秦桧的坟墓。参见洒贤诗注①"秽冢"。

张 宪

张宪（1320？—1373？），字思廉，号玉笥生，元末山阴（今浙江绍兴市）人。流寓吴门。曾事张士诚为枢密院都事。张败，宪变姓名走杭州，寄食于报国寺。曾师事杨维桢，擅长乐府体和歌行体。有《玉笥集》。

姑苏钱塘怀古诗①（六首录一）

南渡中兴日，君臣此建都②。共愤太宰谗，子胥终见屠③。武穆何由死，欲听延秋乌④。(《列朝诗集》甲集前编第十)

【注释】

① 姑苏：苏州吴县的别称。因其地有姑苏山而得名。春秋时为吴国首都。钱塘：南宋都城临安（今杭州）又名。

② 此：于此。指钱塘。

③ "共愤"二句：以伯嚭诬杀伍子胥喻秦桧诬杀岳飞。太宰，官名。指春秋时吴国太宰伯嚭。子胥，见任士林诗注⑥。见屠，被杀。

④ "武穆"二句：意谓岳飞被杀，导致南宋灭亡。何由死，因何而死。延秋乌，指延秋门的白头乌鸦。象征国家破亡。延秋，延秋门的省称。唐代长安禁苑西门。天宝十四载冬，安禄山起兵叛乱。次年六月，唐玄宗即由延秋门出长安，赴蜀避难。唐杜甫《哀王孙》诗："长安城头头白乌，夜飞延秋门上呼。"

悲建绍①

张都督，杀曲端，关中断右腕，中兴天子无相干②。秦丞相，陷岳飞，江左长城堕③，中兴天子知不知。铁象马，精忠旗，罗索望风走，兀尤揾泪归，旗折马毙事可悲④！君不见，窜李纲，死宗泽，可怜建绍同辙迹，中兴中兴良可惜⑤。（《玉笥集》卷二）

【注释】

① 悲建绍：悲悼建炎、绍兴年间的事。建炎、绍兴是宋高宗赵构的前后两个年号。

② 张都督：指张浚。《宋史》本传中说："至儿童妇女，亦知有张都督也。"曲端（1091—1131）：字正甫，一字师尹，镇戎军（今宁夏固原）人。建炎初，渭州经略使席贡用为统制，屯泾州。多次击败金兵。以功升至川陕京西诸路安抚使。张浚拜为威武大将军，宣抚处置使司都统制，知渭州，统率西军。后因不同意张浚对金作战的主张，和张浚互以人头为赌注。张浚一气之下，将他贬为团练副使。富平之战，宋军溃败。张浚诬以谋反。绍兴元年因酷刑死于恭州狱中。年仅41岁。《宋史》有传。关中：地区名。其范围说法不一。古人习惯上将函谷关以西地区称为关中，取意四关之中。西有大散关，东有函谷关，南有武关，北有萧关。四方的关隘，再加上陕北高原和秦岭两道天然屏障，使关中成为自古以来的兵家必争之地。无相干：不相干。即不相关联，没有关系。意谓张浚杀掉曲端，宋高宗已中兴无望。

③ 秦丞相：指秦桧。见袁甫诗注①。陷：陷害。江左：江东，指南宋。

长城堕：喻指岳飞被杀。

④ "铁象马"五句：是说金人最害怕的就是曲端和岳飞，而可悲的是二人却无辜被杀。铁象马，马名。曲端有一匹心爱的战马名叫"铁象"，"日驰四百里"。曲端被杀时，仰天长叹："我死不足惜，铁象可惜！"精忠旗，绍兴三年（1133），宋高宗曾"手书'精忠岳飞'字制旗以赐"岳飞。罗索，通译作娄室。完颜娄室（1078—1130），字斡里衍，女真族完颜部人。金朝开国功臣，女真族著名将领。在金灭辽和侵宋的历次战争中，屡建奇功，多次受到最高统治者的奖赏。病死于军旅中。被追封为莘王，后改谥金源郡王，配享金太宗庙廷，谥壮义。《金史》有传。望风走，望风而逃。兀朮，见释居简诗注⑪。揾泪归，掩泪而回。揾（wèn），擦，拭。旗折马毙，精忠旗折断、铁象马仆倒。指岳飞和曲端被杀。毙，仆倒，死。

⑤ 窜：放逐，贬逐。李纲（1083—1140）：字伯纪，号梁溪先生，祖籍福建邵武。徽宗政和二年（1112）进士。历官太常少卿。钦宗时，授兵部侍郎、尚书右丞。靖康元年（1126）金兵侵汴京时，任京城四壁守御使，团结军民，击退金兵。但不久即被投降派所排斥。高宗即位初，一度起用为相，曾力图革新内政，仅七十五天即遭罢免。绍兴二年（1132），复起用为湖南宣抚使兼知潭州，寻复罢。多次上疏，陈抗金大计，均未被采纳。后抑郁而死。《宋史》有传。宗泽：见陆游《夜读范至能〈揽辔录〉言中原父老见使者多挥涕感其事作绝句》诗注②。同辙迹：意谓重蹈覆辙。

岳鄂王歌

君不见，南熏门，铁炉步①，神矛丈八舞长蛇，双练银光如雨注②。又不见，铁浮图，拐子马③，斫铔钢刀飞白霜，贯阵背鬼纷解瓦④。义旗所指人不惊，王师到处壶浆迎⑤。两河忠义望风附，襄邓荆湖唾手宁⑥。朱仙镇上马如虎，百战经营心独苦。赐环竟坏回天功，卷旆归来卧枢府⑦。钱塘宫殿春风轻，娇儿安晏醉未醒。徒令功臣三十六，舞女歌儿乐太平⑧。虎头将军面如铁⑨，义胆忠肝向谁说？只将和议两封书，往拭先皇目中血。将军将军通军术，君命不受未为失。大夫出疆事从权，铁马长驱功可必⑩。功成解甲面赤埠⑪,拜表谢罪死不迟。惜哉忠义重山岳,智不及此良可悲⑫。乌乎!肆谗言,加毒手,申王心,循王口,蕲王湖上乘驴走⑬。五国城头帝鬼啼,金人相酌平安酒⑭。(《玉笥集》卷二)

【注释】

① 南熏门,铁炉步:见释居简诗注⑨。

② "神矛"二句:出神入化的丈八长矛像长蛇飞舞,白绢般的银光闪耀像大雨倾注。双练,双丝织成的白绢。

③ 铁浮图,拐子马:见释居简诗注⑩。

④ "斫铚"二句:割禾穗的钢刀像飞霜一般,直贯敌阵的背嵬军使敌军纷纷瓦解。铚,一种小镰刀,古时用以割禾,亦指割下的禾穗。《书·禹贡》:"百里赋纳铚,二百里纳铚。"斫铚,一本作斫胫,意谓砍斫马腿。据《鄂王行实编年》卷五,郾城之战,金兀术以万五千骑拐子马来,"飞乃命步人以麻札刀入阵,勿仰视,第斫马足"。贯阵,直冲敌阵。从阵前冲入,透阵后而出,当时术语称之为"贯阵"。背嵬,背嵬军,见袁甫诗注⑨。解瓦,犹瓦解。

⑤ 义旗:正义之师的旗帜。唐骆宾王《代李敬业讨武曌檄》:"爰举义旗,以清妖孽。"壶浆迎:形容军队受到群众热烈拥护和欢迎的情况。语出《孟子·梁惠王上》:"箪食壶浆,以迎王师。"

⑥ 两河忠义:河北路和河东路的忠义民兵。两河,见柯九思诗注①。望风附:仰望岳家军而归附。望风,远望,仰望。《文选·李陵〈答苏武书〉》:"远托异国,昔人所悲,望风怀想,能不依依。"李周翰注:"望风,谓远望也。"襄邓:襄阳(今湖北襄阳市)和邓州(今河南邓州市)。荆湖:荆江和洞庭湖,宋初设荆湖南、北路,雍熙中合为荆湖路。辖境为今湖南省全部和湖北省南部以及广西部分地区。唾手宁:毫不费力地使其安定。岳飞于绍兴四年收复襄、郢、随、邓等六州郡。

⑦ 赐环:指诏令班师。环,谐音还。回天功:扭转难以挽回的局势的功业。卷旆:卷起旌旗,指撤军。枢府:指枢密院。岳飞班师回朝后任枢密副使。

⑧ 娇儿:指娇贵的宋高宗。安晏:安逸。功臣三十六:言功臣之多。东

汉永平三年，汉明帝刘庄在南宫云台阁命人画光武帝在建立东汉过程中最具战功的二十八将之像，称为云台二十八将。后人又有三十二将和三十六将之说。宋范仲淹《严陵》诗："世祖功臣三十六，云台争似钓台高？"宋陈普《光武祭遵》诗："世祖功臣三十六，谁为韦裤布衣人。"元王恽《满江红》词："世祖功臣三十六，第动合在云台上。"世祖，汉光武帝的庙号。

⑨ 虎头将军：指汉代班超。班超（32—102），字仲升，扶风平陵（今陕西咸阳东北）人，东汉著名的军事家和外交家。《后汉书·班超传》："（超）其后行诣相者，（相者）曰：'祭酒，布衣诸生耳，而当封侯万里之外。'超问其状。相者指曰：'生燕颔虎颈，飞而食肉，此万里侯相也。'故人称班虎头。"此借指岳飞。面如铁：喻刚直无私。

⑩ 大夫：古职官名。周代在国君之下有卿、大夫、士三等；各等中又分上、中、下三级。后因以大夫为任官职者之称。出疆：犹出境。古代指离开某一封国疆土，前往他国。《礼记·曲礼下》："大夫私行，出疆必请，反必有献。"从权：采用权宜变通的办法。《逸周书·酆保》："不深乃权不重，从权乃慰，不从乃溃。"句意谓古来惯例都是职官在外可以权宜从事。功可必：大功必定告成。

⑪ 面赤墀：面谒朝廷。赤墀，皇宫中的台阶，因以赤色丹漆涂饰，故称。借指朝廷。

⑫ "惜哉"二句：可惜岳飞以忠义为重，他的智虑没有达到这样的境地，实在可悲。良，副词，确实，实在。

⑬ 肆谗言，加毒手：大肆谗陷并施以毒手。申王：秦桧死于绍兴二十五年（1155），追封申王。循王：张俊绍兴二十四年（1154）死，追封循王。蕲王：韩世忠死后，孝宗朝追封蕲王。世忠被收兵权后，乞解枢密使职，罢为醴泉观使，"自此杜门谢客，绝口不言兵。时跨驴携酒，从一二奚童，纵游西湖以自乐"。见《宋史·韩世忠传》。

⑭ "五国城头"二句：说岳飞被杀产生的影响。五国城徽、钦二帝的鬼魂因为归国无望，只有伤心地啼哭；而金人却高兴地喝酒，庆贺今后再没有敌手了。《金佗续编》卷二一："洪皓时在敌中，驰蜡书还奏，以为敌所大畏服不敢以名呼者，唯飞，至号之为父。诸将闻其死，皆酌酒相贺。"

陶宗仪

陶宗仪（1329？—1412），字九成，号南村，元末黄岩（今属浙江台州市黄岩区）人。一生以授徒自给。自幼刻苦攻读，广览群书，于学问无所不窥。精通诗文，深究古学，善书画。勤于记述，著作甚丰。以笔记《南村辍耕录》和小说集成《说郛》最著名。

岳鄂王

精忠祠宇西湖上，再拜荒坟感昔游。断碣草深蒙赑屃，空山日落叫鉤辀[1]。运移宋祚难恢复，帝幸燕云困虏囚[2]。逆桧阴图倾大业，昭陵无意问神州[3]。偷安甫遂邦丧志，痛饮甘忘父母雠[4]。信使北和怜屈膝，策文南驻忍含羞[5]。两宫五国瞻征帜，丹诏班师下节楼[6]。万里长城真自坏，中兴武绩遂云休[7]。乌乎竟死奸邪手，颠沛谁为社稷忧？黯黯冤魂有狌狂，纷纷雨泪泣貔貅[8]。唯余满地苌弘血，不见中流祖逖舟[9]。氛祲已尘金匮匣，冕旒终换铁兜鍪[10]。姓名竹帛书千载，父子英雄土一丘[11]。老树尚知朝禹穴，遗黎总解说王猷[12]。复田起废怜僧寺，移檄褒嘉赖省侯[13]。圣世即今崇祀典，仡看宠渥到松楸[14]。（《南村辍耕录》卷三）

【注释】

① 断碣：残断的碑石。碣，圆顶的碑。赑屃（bì xì）：亦作赑屓。蠵（xī）龟的别名。传说中龙的九子之一。旧时石碑下的石座相沿雕作赑屃状，即取其力大能负重之义。明杨慎《升庵全集》卷八一《龙生九子》："俗传龙生九子……一曰赑屃，形似龟，好负重，今石碑下龟跌是也。"鉤辀（gōu zhōu）：鸟鸣声。

② 运移宋祚（zuò）：宋朝的福运转移。祚，福，福运。帝幸燕云：指宋徽、钦二帝被掳北方。幸，指封建帝王到达某地。燕云，见杨维桢《岳王行》注⑥。虏囚：犹囚虏，俘虏。

③ 昭陵：唐太宗李世民的陵墓。其文德皇后先葬于此。《新唐书·魏徵传》："文德皇后既葬，帝（唐太宗）念后不已，即苑中作层观，以望昭

陵，引（魏）徵同升，徵孰视曰：'臣眊昏，不能见。'帝指示之，徵曰：'此昭陵邪？'帝曰：'然。'徵曰：'臣以为陛下望献陵（唐高祖坟），若昭陵，臣固见之。'帝泣，为毁观。"此以唐太宗不望献陵喻宋高宗不思收复祖陵所在的中原，迎还父兄。神州：指中原。

④ 偷安：苟安，只求目前安逸。甫：刚刚，才。遂：如愿，如意。邦丧：犹丧邦，亡国。《论语·子路》："一言而丧邦，有诸？"父母雠：指宋高宗父母被掳之仇。雠，同"仇"。

⑤ 信使北和：派使者到北方求和。屈膝：下跪。引申为投降、屈服。策文南驻：指绍兴八年（1138）十二月，金国的"诏谕江南使"张通古带来的"诏书"，由秦桧代替赵构跪拜接受并按金的要求收藏在朝廷中。策文，策命文书，即以策书封官授爵的文书。忍含羞：忍受耻辱。忍、含义同。

⑥ 五国：五国城的省称。瞻征帜：盼望看到宋朝征伐的旗帜。丹诏：帝王的诏书。以朱笔书写，故称。节楼：唐宋节度使植纛之楼。元刘埙《隐居通议·地理》："宋制：节度使官仪甚盛，其家建巍楼，植纛其中，有黄幡豹尾之属，名之曰节楼。"下节楼，意谓下发到岳飞军中。

⑦ 武绩：犹武功。遂云休：于是止歇。

⑧ "黯黯"句：岳飞的冤魂在监狱中沮丧忧愁。黯黯，沮丧忧愁貌。狴犴（bì'àn）：又名宪章，传说中的兽名。形似虎，是龙生九子之老七。它平生好讼，又有威力，狱门上部虎头形的装饰便是其像。借指监狱。"纷纷"句：宋孝宗时，方澈视鄂军，说到岳飞冤案，将士哭声如雷，愿各效死力，为岳飞争气。貔貅，见邵缉词注④。

⑨ 苌弘血：见岳珂《鄂忠武王出师疏帖赞》注⑮。中流祖逖舟：《晋书·祖逖传》：祖逖"仍将本流徙部曲百余家渡江，中流击楫而誓曰：'祖逖不能清中原而复济者，有如大江！'"后来"中流击楫""祖逖舟"就成了立誓复兴祖国的典实。

⑩ "氛埲"二句：战马的金络头因不再出征而沾满了灰尘，当年的铁兜鍪终被换成了王者的冕旒（指岳飞死后封王）。氛埲，犹言灰尘烟雾。埲（fēi），尘埃。尘，使生尘。金匼匝（kē zā），金制的马络头。唐杜甫《送蔡希鲁都尉还陇右因寄高三十五书记》诗之二："马头金匼匝，驼背锦模

糊。"仇兆鳌注："《韵会》：'匨匝，周绕貌。'此言金络马头，其状密匝也。"冕旒，古代大夫以上的礼冠。顶有延，前有旒，故曰"冕旒"。天子之冕十二旒，诸侯九，上大夫七，下大夫五。见《周礼·夏官·弁师》。兜鍪（dōu móu），古代作战时戴的盔。战时为头盔，平时又是煮饭的炊具。

⑪ 竹帛：竹简和白绢。古代初无纸，用竹和帛书写文字。引申指史乘。《墨子·兼爱下》："以其所书于竹帛，镂于金石……"

⑫ 朝禹穴：朝向南宋帝陵的方向。禹穴，相传为夏禹的葬地。在今浙江省绍兴之会稽山，邻近南宋六陵。遗黎：遗民。王猷（yóu）：亦作王犹。犹王道。《诗·大雅·常武》："王犹允塞，徐方既来。"朱熹集传："犹，道。言王道甚大，而远方怀之，非独兵威也。"

⑬ 复田：恢复墓田。起废：重新振兴废弛的事物。《史记·太史公自序》："幽、厉之后，王道缺，礼乐衰，孔子修旧起废。"怜僧寺：受到寺中僧人的爱惜。怜，使动词，使同情，使怜惜。移檄：古代官方文书"移"和"檄"的并称。此指颁布檄文。褒嘉：褒扬嘉奖。赖省侯：全靠当地的地方官。省侯，指地方官。

⑭ 圣世：圣明的时代。即今：今天，现在。崇祀典：崇尚祭祀。崇，崇尚，推重。祀典，祭祀的仪礼。伫看：长时间站着看。宠渥：皇帝的宠爱与恩泽。松楸：代指坟墓。

徐孟岳

徐孟岳，其人不详。《元诗纪事》列入"无时代"诗人。元末明初徐贲（1335—1393）有《宿王判簿宅送徐孟岳》诗，知其为同时代人。

岳王墓

童大王回事已非，岳将军死势尤危①。直教万岁山头雀，去绕黄龙塞上旗②。饮马徒闻腥巩洛，洗兵无复望条支③。湖边一把摧残骨，盖世功成百世悲。（《元诗纪事》卷三二）

【注释】

① 童大王回：指宋宣和七年（1125）金兵南下，童贯从太原逃回开

封。童贯（1054—1126），北宋宦官。字道夫（一作道辅），开封人。性巧媚。初任供奉官，为徽宗搜括书画奇巧。助蔡京为相。京荐其为西北监军，领枢密院事，掌兵权二十年，权倾内外。外号"童大王"。时称蔡京为"公相"，称童为"媪相"，为"六贼"之一。宣和四年，攻辽失败，乞金兵代取燕京，以百万贯赎燕京等空城而回，侈言恢复之功。七年，金兵南下，他由太原逃至开封。随徽宗南逃。钦宗即位，被处死。《宋史》入《奸臣传》。事已非:军事已不同于前。势尤危:局势尤其艰危。

② "直教"二句:暗指徽、钦二帝被掳到金国北方。万岁山，宋徽宗政和七年（1117）征发无数人工，大兴土役，在东京（开封）堆造一座大山，取名艮岳，也叫万岁山。为了装饰这座山，向南方搜刮奇花异石，搬运前往。山头雀，唐昭宗被朱全忠劫往洛阳，行至华州，密召随行的皇族宗亲道："鄙语云：'纥干山头冻杀雀，何不飞去生处乐。朕今漂泊不知竟落何所！'因泣下沾襟。左右莫能仰视。"见《资治通鉴·唐昭宗天祐元年》。后因以"纥干山头雀"喻处于穷途末路境地的帝王。此化用为"万岁山头雀"，特喻宋徽宗。

③ 饮马:指敌军入侵。参见薛季宣诗注④。巩洛:二古地名的并称，地在今河南洛阳一带。代指中原地区。洗兵:传说周武王出师遇雨，认为是老天洗刷兵器，后擒纣灭商，战争停息。事见汉刘向《说苑·权谋》。后遂以"洗兵"表示胜利结束战争。这里借指班师。条支:亦作"条枝"。唐代西域地名。在今吉尔吉斯斯坦共和国和哈萨克斯坦共和国一带。唐设条枝都督府。唐李白《战城南》诗："洗兵条支海上波，放马天山雪中草。"

明代

陶 安

陶安（1315—1368?），字主敬，元末明初当涂（今安徽当涂县）人。元至正初举乡试，授明道书院山长。避乱家居。明太祖渡江，留参幕府，授左司员外郎。洪武初命知制诰，兼修国史。历江西行省参知政事。追谥文宪。有《陶学士集》。《明史》有传。

岳王墓

十二金牌发帝宫，仅凭谗舌害元功①。君臣乐土偷安遂，父子边庭属望空②。莫掩青山千载恨，常悬白日寸心忠③。英灵只在栖霞岭，冢树无枝偃北风④。（《陶学士集》卷五）

【注释】

① 帝宫：京都。《文选·潘岳〈悼亡诗〉之三》："谁谓帝宫远，路极悲有余。"刘良注："帝宫，帝城。"谗舌：中伤他人的口舌。元功：功臣。《汉书·景武昭宣元成功臣表序》："续元功次云。"颜师古注："元功，谓佐兴其帝业者也。"

② 乐土：安乐的地方。《诗·魏风·硕鼠》："逝将去女，适彼乐土。"偷安遂：满足了苟且偷安的愿望。遂，如愿。父子边庭：指身在金国的宋徽宗、钦宗父子。边庭，边地。属（zhǔ）望：期望，盼望。此指盼望归国。

③ 青山千载恨：谓恨如青山千年长存。白日寸心忠：谓忠心明亮如太阳。旧时认为心的大小在方寸之间，故名寸心。晋陆机《文赋》："函绵邈于尺素，吐滂沛乎寸心。"

④ "冢树"句：谓岳飞坟墓上的树木没有被北风吹倒的树枝。偃北风，倒于北风。偃，仰面倒下，放倒。

凌云翰

凌云翰（1323—?），字彦冲，又字彦翀，明初仁和（一说钱塘，今均属杭州市）人。元至正九年（1349）举人。任平江路学正。明洪武十四年

（1381）以荐授成都府学教授。坐贡举乏人，谪南荒以卒。博通经史，工诗词。有《柘轩集》。

岳鄂王墓

前相汪黄后相秦，力图恢复竟何人①。朱仙路近旌旗晚，古汴城高草木春②。江月照空埋剑狱，边沙遮断属车尘③。栖霞岭下将军冢，夜夜悲风起石麟④。（《柘轩集》卷二）

【注释】

① "前相"二句：前任宰相汪伯彦、黄潜善和后任宰相秦桧都不图谋恢复帝业。汪伯彦（1069—1141），字廷俊，祁门县（今安徽祁门县）人。徽宗崇宁二年（1103）进士。靖康改元，知相州。康王奉旨设天下兵马大元帅府，为副元帅。金兵逼近汴梁，力阻副元帅宗泽抗金，唯怂恿康王逃遁避敌。高宗即位，升知枢密院事、右仆射等职，同黄潜善把持相位，不谋战守之策，一味主张南逃。建炎三年（1129），扬州失陷，被免职，贬居永州。《宋史》入《奸臣传》。黄潜善（1078—1130），字茂和，邵武（今福建邵武市）人。宣和六年（1124）进士。徽宗时任左司郎，靖康二年（1127）为副元帅。宋室南渡后，任右仆射兼中书侍郎，主和议，与虏人划河为界，遭李纲等人驳斥。建炎元年（1127）与汪伯彦贬逐李纲。官至左丞相。建炎三年，卒于英州。《宋史》入《奸臣传》。

② 朱仙路近：朱仙镇距北宋京城汴京很近，岳飞却被迫班师。草木春：草木茂盛，形容荒芜。唐杜甫《春望》诗："国破山河在，城春草木深。"

③ 埋剑狱：指监狱。《晋书·张华传》载，张华时见有紫气映射于斗牛二宿之间，邀雷焕共议，以为系宝剑之光上冲所致，当在豫章丰城，因命雷为丰城令访察。焕到县，掘狱屋基，入地四丈余，果得龙泉、太阿二剑。此指岳飞被杀于大理寺狱。属（zhǔ）车：见达兼善诗注③。

④ 悲风起石麟：令人倍觉凄凉的风声从墓前石麒麟处兴起。

张　羽

张羽（1323—1385），字来仪，更字附凤，号静居，明初浔阳（今江西九江市）人。元末曾为吴兴安定书院山长，洪武四年（1371）再至京师，为太常丞。后流放岭南，未半道召还，投龙江而死。与高启、杨基、徐贲合称"吴中四杰"。有《东田遗稿》《静居集》。

岳鄂王墓

中原千里志，西湖四尺坟。长城忍自坏，神器凭谁分①。流血应为碧，涅背谩成文②。覆巢无全卵，谗锋射元勋③。英魄孰相友，涛江有伍君④。（《列朝诗集》甲集第八）

【注释】

① 神器凭谁分：靠谁来分担保护国家的重任。神器，代表国家政权的实物，如玉玺、宝鼎之类。借指国家或帝位。分，分担，分任。宋苏轼《赐臣寮茶银兼传宣抚问口宣制》："卿等凤分边寄，深识虏情。"

② 流血应为碧：岳飞为忠义而死的血应化为碧玉。涅背谩成文：徒然背刺"尽忠报国"却不能为报国而死。涅背，在背上刺字并涂墨。谩，通"漫"，徒然。

③ 覆巢无全卵：鸟窝翻落下来不会有完好的鸟蛋。《世说新语·言语》："孔融被收，中外惶怖。时融儿大者九岁，小者八岁，二儿故琢钉戏，了无遽容。融谓使者曰：'冀罪止于身，二儿可得全不？'儿徐进曰：'大人，岂见覆巢之下，复有完卵乎？'寻亦收至。"此喻岳飞被杀，祸及全家。谗锋：谓谗言如利刃。元勋：有极大功绩的人。

④ "英魄"二句：谓岳飞的英魂与钱塘江的涛神伍子胥为友。伍君，指伍子胥。见任士林诗注⑥。

克新

释克新（生卒年不详），俗姓余氏，字仲铭，号江左外史，明初鄱阳（今江西鄱阳县）人。元末住嘉兴水西寺，明洪武初召至南京，奉诏往西域诏谕土蕃。有《雪庐》《南询》诸稿。

岳飞墓次刘治中韵①

西湖水色映阳阿,偃月堂连玛瑙坡②。方拥貔貅驱塞外,岂期鹰隼被虞罗③。两宫天远嗟何及,中土沟分恨转多④。异代英雄同感慨,酒酣弹剑一悲歌⑤。(《古今禅藻集》卷一六)

【注释】

① 刘治忠:其人不详。待考。

② 阳阿:古代神话传说中的山名,朝阳初升时所经之处。又,山南为阳,阳阿即山阿之阳。此指岳坟所在的栖霞岭南面。偃月堂:见叶绍翁诗注③。此喻秦桧的一德格天之阁。玛瑙坡:《西湖梦寻·玛瑙寺》:"玛瑙坡,在保俶塔西,碎石文莹,质若玛瑙,土人采之,以为图象。"

③ "方拥"二句:谓正当岳飞指挥大军长驱边塞之时,不料却遭到阴谋陷害。拥,掌握,聚集。貔貅,喻勇猛的将士。塞外,边塞之外。泛指我国北边地区。岂期,哪里料到。鹰隼,两种猛禽,此喻岳飞。被虞罗,喻岳飞遭受诬陷被逮入狱。被,蒙受,遭受。虞罗,原指掌山泽之虞人所张设的网罗。此喻秦桧和宋高宗所设置的阴谋。

④ 两宫天远:谓宋徽宗和宋钦宗远在天涯。嗟何及:见赵孟頫诗注③。中土沟分:谓中原地区与南宋朝廷为疆界隔开。中土,指中原地区。汉陆贾《新语·怀虑》:"鲁庄公据中土之地,承圣人之后。"沟分,意谓如被鸿沟隔开。

⑤ 酒酣:谓酒喝得尽兴,畅快。弹剑:犹弹铗,弹击剑把。往往抒发愤懑之情。战国孟尝君门客冯谖曾弹铗悲歌。见《战国策·齐策四》。

钱子正

钱子正(生卒年不详),原名蒙,一名师贞,字子正,以字行,号绿苔,一号公叔,明初无锡(今江苏无锡市)人。生于元末,明洪武三年(1370)举人,曾任韩城知县。著有《绿苔轩集》。与弟子义、侄仲益并有诗名,称为"三钱",合刻诗集《三华集》。

岳王墓

感慨忠良萃一门,声名千古动乾坤①。大奸力肆欺公议,巨寇身沾再造恩②。麟冢已嗟衔怨骨,龙沙犹有未招魂③。至今寂寂西湖路,时见愁云蔽日昏。(《三华集》卷二)

【注释】

① 萃一门:集中于一家。萃,荟萃,聚集。多用于人才或精美之物。动乾坤:震动天下。乾坤,称天地。《易·说卦》:"乾为天……坤为地。"

② "大奸"句:指秦桧等大奸大恶的人不遗余力地欺骗公众舆论。大奸,极端奸恶之人。《管子·明法》:"外内朋党,虽有大奸,其蔽主多矣。"力肆,使出全部力量。公议,公众的舆论。巨寇:指虔吉州诸盗。《宋史·岳飞传》:"初,以隆祐震惊之故,密旨令飞屠虔城。飞请诛首恶而赦胁从,不许;请至三四,帝乃曲赦。人感其德,绘像祠之。"再造恩:谓恩德之大犹如使己再生。

③ "麟冢"二句:既已哀叹岳飞坟墓中埋有含冤的尸骨,更应哀叹北方沙漠中还有未能被招还的徽、钦二帝的灵魂。麟冢,"麒麟冢"的省称。指名臣贵人的坟墓。宋梅尧臣《夕发阳翟》诗:"麒麟冢相望,霹雳碑下立。"龙沙,见成廷珪诗注⑦。

吴 植

吴植(生卒年不详),字子立,号白玉壶,明初严州(今属浙江杭州市)人。以处士征授滕州知州。善草书。

阙 题

故国江山几度秋,英雄遗恨只荒丘①。两宫寂寞金根远,一诏仓皇赤帜收②。有子同归良将传,何人为斩佞人头③。至今遗庙西湖上,石马无声水自流。(《乾隆杭州府志》卷八)

【注释】

① 几度秋：经历多少年代。秋，借代年。只荒丘：只落得一座古墓。荒，年代久远。丘，坟墓。

② 两宫：指徽、钦二帝。金根：金根车，以黄金为饰的根车（用自然圆曲的树木做车轮装配成的车子），帝王所乘。汉蔡邕《独断》卷下："上所乘曰金根车，驾六马，有五色安车、五色立车各一，皆驾四马，是为五时副车。"一诏：指命令岳家军班师的诏书。仓皇：匆忙急迫。赤帜收：指岳家军被迫班师。

③ "有子"句：谓岳云与父亲岳飞同列于《宋史·岳飞传》。斩佞人头：汉朱云事。见黄文雷诗注⑨。此佞人指秦桧等奸臣。

高 启

高启（1336—1374），字季迪，明初长州（今江苏苏州市）人。元末曾隐居吴淞江畔的青丘，因自号青丘子。明初受诏入朝修《元史》，授翰林院编修。后坐上梁文一案被腰斩于南京。与杨基、张羽、徐贲合称"吴中四杰"。有《大全集》、《凫藻集》附《扣舷集》词。《明史》入《文苑传》。

岳王坟

大树无枝向北风，千年遗恨泣英雄①。班师诏已成三殿，射房书犹说两宫②。每忆上方谁请剑，空嗟高庙自藏弓③。栖霞岭上今回首，不见诸陵白露中④。（《大全集》卷一五）

【注释】

① 大树：指岳坟的树木。泣英雄：令英雄哭泣。

② 三殿：借指内庭。宋程大昌《演繁露·三宫三殿》："国朝有太皇太后时，并皇太后、皇后称三殿，其后，乘舆行幸，奉太后，偕皇后以出，亦曰三殿。""成三殿"一本作"来三殿"。谓班师诏书为宋高宗写成。射房书：送往金营的书信。古代军阵之间用箭传送书信，称射书。两宫：指徽、钦二帝。

③ 上方:同"尚方"。汉代官署名,主管制造、储藏、供应帝王及皇宫中所用刀剑、衣食及日用玩好器物。此指上方斩马剑,汉朱云请求持之以斩佞臣头。见黄文雷诗注⑨。高庙:指宋高宗。藏弓:见李湛词注⑤。

④ 诸陵:指南宋六陵。见林泉生诗注⑥。南宋诸陵元初被盗掘,故云"不见"。白露:秋天的露水。清沈德潜《明诗别裁集》评此诗云:"通体责备高宗,居然史笔。"

金 实

金实(1371—1439),字用诚,明衢州开化(今浙江开化县)人。布衣出身,学识渊博。历永乐、洪熙、正统三朝,累任翰林典籍、左春坊司直、卫府左长史、礼部会试同考官等职。主撰《明太祖实录》,与修《永乐大典》。有《觉非斋文集》。《明史》有传。

岳王墓

高峰相对拥旌麾①,犹似将军破虏时。父老空传前日事,行人谁读中兴碑②。枯杨有恨春仍发,废塔无灯鹤自悲③。落日西湖回首处,五陵衰草正离离④。(《觉非斋文集》卷九)

【注释】

① 高峰相对:指杭州的南高峰和北高峰相对峙立。拥旌麾:簇拥着岳飞的帅旗。旌麾,帅旗。《三国志·魏志·夏侯渊传》:"大破遂军,得其旌麾。"

② 中兴碑:全称大唐中兴颂碑。见释居简诗注㉝。句意谓南宋无中兴碑可读。

③ 枯杨:凋枯的杨树或老杨树。汉司马相如《长门赋》:"白鹤噭以哀号兮,孤雌跱于枯杨。"废塔无灯:谓南宋诸帝下场可悲。张岱《西湖梦寻》卷五《宋大内》:"元兴,杨琏真伽坏大内以建五寺……白塔计高二百丈,内藏佛经数十万卷,佛像数千,整饰华靡。取宋南渡诸宗骨殖,杂以牛马之骼,压于塔下,名以镇南。未几,为雷所击,张士诚寻毁之。"鹤自悲:用

丁令威化鹤事,见林泉生诗注④。

④ 五陵:汉代五个皇帝的陵墓,即长陵、安陵、阳陵、茂陵、平陵,在长安附近。此借指南宋诸陵。衰草正离离:形容荒芜衰败。离离,盛多貌。

陈 贽

陈贽(1393—1466),字惟成,号蒙轩,明余姚(今浙江余姚市)人。以荐官儒学训导,入为翰林待诏,升广东参议,迁太常少卿。纂修《宣宗实录》,称有史才。书法得晋人笔意。著作多种,以《蒙轩集》《和董嗣杲西湖百咏》最著。

阙 题

春秋一部贯胸中,神力千斤八石弓①。弱宋仓皇抛社稷,老天特地产英雄。杨么殄灭同蝼蚁,兀术看来等蠛蠓②。二帝终期回紫盖,一心直欲破黄龙③。笑谈可使中原复,扫荡须教朔漠空④。十二金牌宣太早,两河赤子望徒浓⑤。谁知误国遮天手,竟坏虞渊取日功⑥。当宁可怜甘退缩,赐旗何必绣精忠⑦。痛心仇耻宜舒雪,窃国奸邪苦蔽蒙⑧。屈膝无惭拜胡虏,生才端的负天公⑨。传书白雁音尘绝,行酒青衣泪血红⑩。万里山河归左衽,两轮日月照丹衷⑪。渠凶一夕谮诬害,信史千年见始终⑫。诸葛大名虽可并,汾阳伟烈竟难同⑬。休言宋将非唐将,自是高宗愧肃宗⑭。皎矣此心悬白日,冤哉愤气贯晴虹。旧祠虽在荒山下,往事已随流水东。亘古人心知不死,如今庙貌再兴崇⑮。巍巍画栋松杉映,岌岌穹碑藓苔封⑯。僧衲焚修香霭霭,邦侯祭奠鼓鼟鼟⑰。忠臣像在咸来拜,奸相家歼杳无踪⑱。北岭哀猿啼落月,南枝宰木起悲风⑲。天荒地老名难泯,物换星移恨不穷⑳。回首西湖湖上路,欲将兴废问渔翁。(汤阴《岳飞庙志》)

【注释】

① "春秋"二句:谓岳飞是文武兼才。《鄂王行实编年》卷一:"资敏悟强记,书传无所不读,尤好左氏春秋及孙吴兵法,或达旦不寐。""生而有神力,未冠,能引弓三百斤,腰弩八石。"贯,贯通,熟习。

② "杨么"二句：谓岳飞平定内乱和抵御外寇气势强盛，杨么和兀术之辈全不在话下。杨么（？—1135），原名太，宋龙阳（今湖南汉寿县）人。建炎四年（1130）从钟相起义，在诸首领中年最少，被称为么。钟相死后，被诸寨推为领袖，称"大圣天王"，立钟相幼子义为太子，多次击败宋军程昌寓、折彦质、王瓒等部的进攻。绍兴五年六月为岳飞消灭。殄（tiǎn）灭，消灭，灭绝。蝼蚁，蝼蛄和蚂蚁，用以代表微小的生物。喻微不足道。兀术，见释居简诗注⑪。蠛蠓（miè měng），俗称"墨蚊""人咬"。

③ 终期回紫盖：期望最终能回归故国。紫盖，紫色车盖。帝王仪仗之一。借指帝王车驾。黄龙：黄龙府的省称。见成廷珪诗注③。

④ 笑谈：形容非常从容。岳飞《满江红》词："笑谈渴饮匈奴血。"朔漠空：化用"漠南空"。《后汉书·乌桓传》："二十二年，匈奴国乱，乌桓乘弱击之，匈奴转北徙数千里，漠南地空。"朔漠，指北方的沙漠。

⑤ 十二金牌：《宋史·岳飞传》说岳飞"一日奉十二金字牌"。宣：传达，多用于传达帝王的诏命。两河：见柯九思诗注①。赤子：本义为婴儿。常喻百姓，人民。望徒浓：期望徒然强烈。

⑥ 虞渊取日：到虞渊迎回落日。喻恢复帝业。唐吕温《狄梁公立卢陵王赞》："乃建国本，代天张机，取日虞渊，洗光咸池。"虞渊，神话传说中日落的地方。《淮南子·天文训》："日至于虞渊，是谓黄昏；至于蒙谷，是谓定昏。日入于虞渊之氾，曙于蒙谷之浦。"

⑦ 当宁：宁（zhù），古代宫室门内屏外之地。君主在此接受诸侯的朝见。《礼记·曲礼下》："天子当宁而立，诸公东面，诸侯西面，曰朝。"孔颖达疏："天子当宁而立者，此为春夏受朝时也。宁者，《尔雅》云：'门屏之间谓之宁。'郭注云：'人君视朝所宁立处。'"后以"当宁"指皇帝临朝听政或指皇帝。此"宁"字非"寧"的简化字。赐旗：《宋史·岳飞传》：绍兴三年，"秋，（飞）入见，帝手书'精忠岳飞'字，制旗以赐之"。

⑧ 痛心仇耻：令人痛心的仇恨和耻辱。舒雪：伸张洗雪。《说文》："舒，伸也。"窃国：最早出自《庄子·胠箧篇》："彼窃钩者诛，窃国者为诸侯，诸侯之门，而仁义存焉。"此指篡夺国家政权。苦蔽蒙：竭力蒙蔽。

⑨ 无惭：不知羞愧。生才：天生之才。唐李白《将进酒》诗："天生我材必有用，千金散尽还复来。"端的：果真，确实。

⑩ "传书"二句：谓徽、钦二帝与故国不通音信，备受凌辱泪血殷红。传书白雁，汉苏武事。见董嗣杲诗注③。唐李白《苏武》诗："苏武在匈奴，十年持汉节。白雁上林飞，空传一书札。"音尘，音信，消息。汉蔡琰《胡笳十八拍》之十："故乡隔兮音尘绝，哭无声兮气将咽。"行酒青衣，指晋怀、愍帝被俘受辱事。见查慎行诗注②。青衣，青色或黑色的衣服。汉以后，多为地位低下者所穿。行酒，依次酌酒。

⑪ 归左衽：意谓归金人统治。左衽，见释居简诗注㉛。丹衷：赤诚之心。

⑫ 渠凶：元凶，大恶人。谮（zèn）：诬陷，中伤。《诗·小雅·巷伯》："彼谮人者，谁适与谋？"信史：见李孝光诗注④。始终：事情的本末原委。引申为事情原本的真实情况。

⑬ 诸葛：诸葛亮（181—234），字孔明，号卧龙，琅邪阳都（今山东沂南县）人。蜀汉丞相。曾辅佐刘备建立蜀汉。备死，又辅佐后主刘禅，被封为武乡侯。多次领兵北伐曹魏，希图统一中国。因积劳成疾，病死于五丈原。谥曰忠武侯。汾阳：郭子仪（697—781），唐华州郑县人。祖籍山西汾阳。安史之乱时任朔方节度使，在河北打败史思明。后连回纥收复洛阳、长安两京，功居平乱之首，晋为中书令，封汾阳郡王。郭子仪戎马一生，屡建奇功，以84岁的高龄才告别沙场。伟烈：伟大的功绩和成就。

⑭ 肃宗：唐肃宗李亨（711—762），唐玄宗第三子。马嵬驿兵变后，被玄宗任为天下兵马大元帅，领朔方、河东、平卢节度使，负责平叛。玄宗西逃，他北上至灵武。继位后，便图谋收复两京（西京长安、东京洛阳）。至德二载（757）正月，安史叛军内讧，肃宗任用名将郭子仪、李光弼，借用回纥兵，乘机反攻，先后收复西京长安、东京洛阳。宋高宗不能像唐肃宗那样收复失地，自然应该惭愧。

⑮ 亘古：自古以来，从来。人心知不死：谓世人心中公道常在。庙貌：《诗·周颂·清庙》郑玄笺："庙之言貌也，死者精神不可得见，但以生时之居，立宫室象貌为之耳。"因称庙宇及神像为庙貌。兴崇：兴隆崇盛。

⑯ 岌岌:高耸的样子。穷碑:相传范仲淹镇鄱阳时,有一书生来献诗,自称是世上最贫寒的人。当时风行欧阳询的字,他的《荐福碑》很值钱。范想给书生拓一千本,纸墨都已备好。不料前一天夜里,碑被雷击碎。事见宋惠洪《冷斋夜话》卷二。后因以穷碑称石碑。藓苔封:被藓和苔所掩蔽。藓苔,藓和苔同属隐花植物中的一个大类,有很多种,大多生长在潮湿的地方。一般不细加分别,统称苔藓或藓苔。

⑰ 僧衲:指穿衲衣的僧人。衲,僧徒的衣服,常用许多碎布补缀而成。焚修:焚香修行。泛指净修。霭霭:云烟密集貌。邦侯:指地方长官。彭彭(péng péng):象声词。

⑱ 咸来拜:都来拜谒。家歼:全家灭尽。《尔雅》:"歼,尽也。"

⑲ 北岭:指栖霞岭。因在西湖之北,故称。岳坟在栖霞岭南麓。宰木:墓木。见张昱《岳鄂王坟上作》诗注④。悲风:凄厉的寒风。

⑳ 天荒地老:天荒秽,地衰老。指经历的时间极久。亦作地老天荒。名难泯:声誉难以消失。物换星移:物换,景物变幻;星移,星辰移位。比喻时间的变化。

朱瞻基

朱瞻基(1398—1435),即明宣德皇帝。仁宗朱高炽长子,永乐九年(1411)立为皇太孙,数度随成祖征讨。洪熙元年(1425)即位,次年改号宣德。在位十一年(1425—1435)。

岳 飞

南宋推四将,岳飞为第一①。仁信智勇严,五者一不失②。精忠誓报国,书背皦白日③。南征既平荡,北伐尤奋疾④。所向无不捷,丑虏皆胆栗⑤。中原指日定,万姓庶宁谧⑥。主昏容奸相,卖国恣逸嫉⑦。惊飙吹狂狾,冤载天下恤⑧。天道竟茫昧,奸贼脱斧锧⑨。百世严诛赏,幸存史臣笔⑩。(《大明宣宗皇帝御制集》卷一八)

【注释】

① "南宋"二句:在南宋"中兴四大名将"中,岳飞较韩世忠、张俊、

刘光世年龄最小，资历最浅，但在宋金战争中，只有岳飞主动进击，四次北伐，收复失地，功绩最著。

② 仁信智勇严：仁爱、诚信、智慧、勇武、严明。《金佗续编》卷二一："张俊尝问用兵之术，飞曰：'仁信智勇严，五者不可阙一。'"

③ 书背皦白日：谓岳飞书于背上的誓言如白日一般光明。书背，书于背上。指岳飞背刺"尽忠报国"。皦白日，多用于誓辞。参见岳珂《经进百韵诗》注⑩"皦日"。

④ 南征：指平定国内变乱。平荡：扫荡平定。北伐：指征伐入侵金寇。奋疾：谓动作快速。《礼记·乐记》："奋疾而不拔，极幽而不隐。"郑玄注："奋疾谓舞者。"孔颖达疏："谓舞者奋迅疾速，而不至大疾也。"

⑤ 丑虏：对敌人的蔑称。《诗·大雅·常武》："铺敦淮濆，仍执丑虏。"郑玄笺："丑，众也……就执其众之降服者也。"胆栗：胆战心惊。栗，发抖，因害怕或寒冷肢体颤动。

⑥ 万姓庶宁谧：老百姓幸而获得安定平静的生活。庶，幸而，幸得。宁谧，安定平静。

⑦ 卖国恣谗嫉：奸相为了卖国，对岳飞嫉妒并肆意谗害。恣，放纵，肆意。谗嫉，谗害嫉妒。

⑧ 惊飙吹犴狴：暴风突然兴起于监狱。喻岳飞被捕入狱。惊飙，突发的暴风，狂风。三国魏曹植《吁嗟篇》："卒遇回风起，吹我入云间……惊飙接我出，故归彼中田。"犴狴，同狴犴，指监狱。见陶宗仪诗注⑧。冤载天下恤：冤枉充满人间而受到怜悯。载，充满。《诗·大雅·生民》："实覃实訏，厥声载路。"恤（xù），怜悯。

⑨ 天道竟茫昧：上天竟然昏昧糊涂。天道，犹天理，天意。茫昧，模糊不清，不可揣测。《汉武故事》："神道茫昧，不宜为法。"奸贼脱斧锧：使奸贼逃脱刑罚。斧锧（zhì），亦作"斧质"。斧子与铁锧，古代刑具。行刑时置人于锧上，以斧砍之。《晏子春秋·问下十一》："寡君之事毕矣，婴无斧锧之罪，请辞而行。"

⑩ 严诛赏：该罚的严厉惩罚，该赏的丰厚奖赏。比喻赏罚分明。史臣笔：史官的秉笔直书。

于 谦

于谦（1398—1457），字廷益，明钱塘（今浙江杭州市）人。永乐十九年（1421）进士。官至兵部尚书。瓦剌军入侵，英宗北狩，谦力陈利弊反对南迁，调集重兵身先士卒，击退瓦剌军。英宗复辟，被徐珵、石亨等诬陷，以"谋逆罪"被杀。成化初复官赐祭，弘治初谥肃愍。万历中改谥忠肃。有《于忠肃集》。《明史》有传。

岳忠武王祠

匹马南来渡浙河，汴城宫阙远嵯峨①。中兴诸将谁降虏，负国奸臣主议和②。黄叶古祠寒雨积，青山荒冢白云多。如何一别朱仙镇，不见将军奏凯歌③。（《万历杭州府志》卷四六）

【注释】

① 匹马：谓只身一人。见胡铨诗注②。浙河：即钱塘江。因江流曲折，又称浙江。宋刘克庄《忆秦娥》词："浙河西面边声悄，淮河北去炊烟少。"汴城：北宋都城汴京。嵯峨（cuó'é）：本形容山势高峻，此指宫阙巍峨。

② 中兴诸将：指南宋诸位抗金将领。多称中兴四将，即刘光世、张俊、韩世忠、岳飞。一说以刘锜取代刘光世，一说以吴玠取代张俊。降虏：降服虏寇。负国：对不起国家，背叛国家。

③ "如何"二句：是说自从朱仙镇班师之后，再也听不到宋将胜利的凯歌了。

徐有贞

徐有贞（1407—1472），初名珵，字符玉，号天全，明吴县（今江苏苏州市）人。明宣德八年（1433）进士。英宗被掳，倡议南迁。景泰帝即位，更名有贞。以行监察御史来彰德府，因请建岳飞庙。后与石亨等主谋夺门之变，助英宗复辟，以副都御史入内阁，寻加兵部尚书衔，封武功伯，华盖殿大学士。诬杀于谦等人，中外侧目。诗歌和书法名重当时。有《武功集》。

《明史》有传。

创建精忠庙碑迎送神辞①

王归来兮毋疑犹，宁不怀兮旧丘②？仗剑兮南游③，刷国耻兮复君仇。王之烈兮盖九州，羌彼奸兮忠是訧④。神胡为兮滞留，驾风鹏兮骖云虬，婘乡邑兮少休⑤。罼有醴兮俎有羞，式乐享兮春与秋⑥。王将去兮之何方，胡不眷兮故乡⑦。爰弭节兮回旃，肆容与兮翱翔⑧。肃羽骑兮成行，弯强弧兮射天狼⑨。福我民兮祐我皇，干戈载戢兮无水旱伤，躅我祀兮烝与尝⑩。江之南兮河之北，往复还兮乐未央⑪。（《乾隆汤阴县志》卷三）

【注释】

① 《崇祯汤阴县志》卷五《祠宇》："宋岳武穆王庙在县治西南。旧庙在县南关外。景泰元年，编修徐有贞题请改建城内。赐额'精忠'。"庙建成后，徐有贞写了《创建精忠庙碑》，"又为迎送神之辞，使歌以侑享"。迎送神辞：祭祀时演唱的迎神和送神曲歌词。参见后沈友儒诗注①"迎飨送神"。

② 毋疑犹：请不要迟疑。疑犹，同夷由、夷犹，迟疑不前。《楚辞·九歌·湘君》："君不行兮夷犹。"王逸注："夷犹，犹豫也。"宁不：难道不。旧丘：故乡，故居。

③ 仗剑：持剑。南游：谓渡江到南方。

④ 王之烈：岳王的功业。烈，功业。羌彼奸兮忠是訧：那些奸臣们故意找错治罪忠臣。羌，句首发语词，无义。《楚辞·离骚》："羌内恕己以量人兮，各兴心而嫉妒。"忠是訧，即訧忠。"是"起将宾语前置的作用。訧，同"尤"，过失，错误。此作动词，找错，治罪。

⑤ "驾风鹏"句：驾驭御风的鹏鸟和驾驭腾云的虬龙。驾与骖互文。骖，古代指驾在辕马两旁的马。此作动词，以云虬为骖。虬（qiú），古代传说中有角的小龙。《楚辞·离骚》："驷玉虬以乘鹥兮，溘埃风余上征。"婘乡邑兮少休：怀念家乡而少事休息。婘（juàn），古同"眷"，眷顾，怀念。乡邑，家乡，故里。

⑥ "斚有醴"句：斚中有甜酒，俎中有美食。斚（jiǎ），古代青铜制的酒器，圆口，三足。醴，甜酒。俎（zǔ），古代祭祀时放祭品的器物。羞，同"馐"，美味的食品。"式乐亨"句：欢乐地享受四时的祭祀。式，句首语气词，无实义。《诗·小雅·斯干》："兄及弟矣，式相好矣！"春秋，泛指四时。《诗·鲁颂·閟宫》："春秋匪解，享祀不忒。"郑玄笺："春秋犹言四时也。"以上为迎神辞，以下为送神辞。

⑦ "王将去"句：岳王将要离开到哪里去。去，离开。之，动词，云，到。"胡不眷"句：为什么不眷恋故乡。

⑧ "爰弭节"句：于是停住旌节转回去。爰，于是。弭，停止。旌，古代用羽毛装饰的旗子。节，符节，古代使者或命将所持以作凭证。唐制，节度使赐双旌双节。旌以专赏，节以专杀。行则建节，树六纛。宋岳珂《愧郯录·旌节》："旌节之制，命大将帅及遣使于四方，则请而假之。旌以专赏，节以专杀……唐天宝中置。节度使受命日赐之，得以专制军事。行即建节，府树六纛。""肆容与"句：纵情地遨游。肆、容与，皆放纵义。《庄子·人间世》："因案人之所感，以求容与其心。"成玄英疏："容与，犹放纵也。"翱翔，犹遨游。《诗·齐风·载驱》："鲁道有荡，齐子翱翔。"

⑨ "肃羽骑"句：谓岳王所率神兵队列严整。肃，严整。羽骑，羽林军的骑兵。《文选·扬雄〈羽猎赋〉》："羽骑营营，昈分殊事。"张铣注："羽骑，羽林之骑。"强弧：强弓。弧，古代指木弓。天狼：星名。古以为主侵略。《楚辞·九歌·东君》："青云衣兮白霓裳，举长矢兮射天狼。"王逸注："天狼，星名，以喻贪残。"后以"天狼"比喻残暴的侵略者。

⑩ 干戈载戢：谓平定战乱，于是将兵器收藏起来。干与戈，两种兵器名。载，乃，于是。戢，收藏。《诗·周颂·时迈》："载戢干戈，载櫜弓矢。""蠲我祀"句：谓选择吉日，诚敬地祭祀。蠲，意犹蠲吉。谓斋戒沐浴，选择吉日。表示诚敬。语出《诗·小雅·天保》："吉蠲为饎，是用孝享。"毛传："吉，善。蠲，絜也。"郑玄笺："谓将祭祀也。"朱熹集传："吉，言诹日择士之善；蠲，言斋戒涤濯之洁。"烝与尝，本指秋冬二祭。后亦泛称祭祀。

⑪ "江之南"二句：谓岳王的神灵可在江南杭州与河北汤阴之间往来，

享受祭祀，欢乐无穷。未央，无尽。

刘 珏

刘珏（1410—1472），字廷美，号完庵，明长州（今江苏苏州市）人。正统三年（1438）举人。曾官山西按察使、监察御史、巡按御史等。明代诗人、书画家。

朱仙镇岳王祠

郾北师还事已休，凭谁重报靖康仇①。洛中救国非周土，江左新亭半楚囚②。和议自遗千载辱，蜡书空送两宫愁③。伤心多少英雄泪，付与漳河日夜流④。（《明诗综》卷二四）

【注释】

① 郾北师还：指岳飞从朱仙镇撤军。郾，郾城，今河南省漯河市郾城区。岳家军曾在郾城大败金军，接着又取得颍昌府（今河南省许昌市）大捷，然后进军朱仙镇。朱仙镇在郾城东北。靖康仇：指靖康年间金军攻陷北宋都城开封，掳去徽、钦二帝的仇恨。靖康，宋钦宗年号（1126—1127）。

② 洛中：指洛阳。岳家军于绍兴十年（1140）七月克复洛阳，班师后，旋即复陷。洛阳曾为东周的京城。非周土：非复周朝的国土。指洛阳再次沦陷。新亭：见何梦桂诗注⑤。楚囚：《左传·成公九年》："晋侯观于军府，见钟仪。问之曰：'南冠而絷者，谁也？'有司对曰：'郑人所献楚囚也。'"后用以指被囚禁或处境窘迫的人。庾信《哀江南赋序》："钟仪君子，入就南冠之囚。"

③ "蜡书"句：谓高宗辜负了徽、钦二帝的期望，使其怨愁。蜡书，蜡丸书。指宋钦宗给康王赵构的密信。《建炎以来系年要录》卷一：靖康元年十一月己酉，"遣阁门祇侯秦仔等八人持亲笔蜡书，缒城诣相州，拜（康）王河北兵马大元帅"。

④ 漳河：卫河支流。位于河北省、河南省之间。源出晋东南山地，有清漳河与浊漳河两源。两源在河北省西南边境的合漳村汇合后称漳河。向东

流至馆陶入卫河。二句谓漳河水是英雄伤心的泪水汇成。

丘 濬

丘濬（1418？—1495），字仲深，号琼山，别署赤玉峰道人，明琼山（今海南海口市琼山区）人，明景泰五年（1454）进士。历官至户部尚书、武英殿大学士。卒谥文庄。著述颇多，以《大学衍义补》为代表，另有《丘文庄集》行世。《明史》有传。

岳王坟

我闻岳王之坟西湖上，至今树枝尚南向。草木犹知表荩臣，君王乃尔崇奸相①。青衣行酒谁家亲②，十年血战为谁人。忠勋翻见遭杀戮，胡人未必能亡秦③。呜呼，臣飞死，臣俊喜，臣浚无言世忠靡④。桧书夜报四太子，臣构再拜从此始⑤。（《重编琼台稿》卷二）

【注释】

① 表荩臣：显扬忠臣。荩臣，本谓王所进用之臣，后引申指忠诚之臣。《诗·大雅·文王》："王之荩臣，无念尔祖。"毛传："荩，进也。"朱熹集传："荩，进也，言其忠爱之笃，进进无已也。"乃尔：竟然如此。崇：尊崇，推崇。

② 青衣行酒：详见查慎行诗注②"怀愍"。谁家亲：谓宋高宗忘记徽、钦二帝是谁的亲人。

③ 忠勋：尽忠的功臣。翻见：反而被。"胡人"句：《史记·秦始皇本纪》：三十二年，"始皇巡北边，从上郡入。燕人卢生使入海还，以鬼神事，因奏录图书，曰：'亡秦者胡也。'始皇乃遣将军蒙恬发兵三十万人北击胡"。后来事实证明，亡秦的是秦二世胡亥，而不是胡人。古称北方和西方少数民族为胡。这里反用"亡秦者胡也"这句话，谓金人未必能灭亡宋朝，倒是赵构和秦桧自己灭亡了宋朝。

④ "臣飞死"三句：岳飞被杀，张俊高兴，张浚不作声，韩世忠萎靡不振。靡，萎靡，精神不振。韩世忠罢兵权后，不言政事。常戴一字巾，骑

驴携酒，优游湖上。

⑤ 桧书：指秦桧写给完颜兀术的书信。四太子：指金完颜兀术（宗弼）。臣构：指宋高宗赵构。宋高宗与金国书，每自称"臣构"。

沁园春·题记岳王庙

为国锄忠，为敌报仇，可恨堪哀①。顾当时乾坤，是谁境界？君亲何处？几许人才②？万死间关，十年血战，端的孜孜为甚来③？何须苦把长城自坏，柱石潜摧④！　虽然天道恢恢，奈人众将天钧转回⑤。叹黄龙府里，未行贺酒；朱仙镇上，先奉追牌⑥。共戴仇天，甘投死地，天理人心安在哉⑦！英雄恨，向万年千载，永不沉埋。（《重编琼台稿》卷六）

【注释】

① "为国"三句：是说宋高宗和秦桧杀害岳飞是为国家除去忠良，替敌人报了仇，实在可恨可悲。锄，根除，铲除。

② "顾当时"四句：顾，回头看。顾字领起以下四句。乾坤，天下，国家。境界，疆界。君亲，君王与父母，亦特指君主。此指徽、钦二帝。几许，犹几多，多少。

③ 万死间关：谓岳飞出生入死，转战南北。间关，辗转，曲折。《汉书·王莽传下》："间关至渐台。"颜师古注："间关犹言崎岖辗转也。"端的：究竟，到底。孜（zī）孜：勤勉，不懈怠。

④ 何须：犹何用，何必。长城自坏：见薛季宣诗注④。柱石：顶梁的柱子和垫柱的础石。比喻担当重任的人。《汉书·霍光传》："将军为国柱石。"潜摧：暗中摧毁，偷偷地毁坏。

⑤ "虽然"二句：虽然天道公平，可人们如何才能将天理找回来？天道恢恢，语本《老子》："天网恢恢，疏而不漏。"恢恢，宽广的样子。奈，奈何，如何。人众，犹众人，许多人。《史记·平津侯主父列传》："是岂人众不足，兵革不备哉？"天钧，天理。语出《庄子·齐物论》："是以圣人和之以是非而休乎天钧，是之谓两行。"成玄英疏："天均者，自然均平之理也。"

⑥ "叹黄龙府里"四句:可叹"痛饮黄龙"的誓言还没有实现,却在朱仙镇先接到诏命班师的金字牌。追牌,召回的金字牌。《资治通鉴·唐代宗广德元年》:"近闻诏追数人,尽皆不至。"胡三省注:"追,犹召也。"

⑦ 共戴仇天:与仇敌共同顶戴着一个天。《礼记·曲礼上》:"父之仇弗与共戴天。"此批判宋高宗不报父仇。甘投死地:自愿走向灭亡。安在:犹何在,在哪里。

谢士元

　　谢士元(1425—1494),字仲仁,一字约庵,明长乐(今福建长乐市)人。景泰五年(1454)进士。授户部主事,督通州仓。弘治元年(1488),升右副都御史,巡抚四川。后因受诬下狱,事白后辞官回乡。

岳飞恢复

　　凤性秉忠孝,岂惟将才优①。兵威振雷霆,行见复神州②。垂成误和议,端居怀隐忧③。冤含莫须有,感之泪横流④。(《石仓历代诗选》卷三九〇)

【注释】

① 凤性秉忠孝:天性秉持忠孝之心。凤性,天性。秉,执持。岂惟将才优:哪里只是将帅之才优异。

② 兵威振雷霆:军队的声威如雷霆震动。行见复神州:行将看到克复中原。神州,指中原。

③ 垂成误和议:大功即将告成却被和议所误。端居怀隐忧:平素心中常怀有深深的忧虑。端居,谓平常居处。隐忧,深藏内心的忧虑,指国家残破、二帝被掳的忧虑。

④ 冤含:犹含冤。感之:感慨于此,为其感动。

王　越

　　王越(1426—1498),字世昌,明浚县(今河南浚县)人。景泰二年(1451)进士。明朝中期将领。累有战功。成化十三年(1477)进兵部尚书。后因事被劾，卒于甘州。谥襄敏。有《王襄敏集》。《明史》有传。

谒岳王祠

自分林泉人，此腰久不折①。今谒岳王祠，下拜非谄悦②。一拜孝义之堂堂，二拜精忠之烈烈，三拜文武之全格③，四拜古今之豪杰。谓金虏之仇必可复，中原之耻必可雪。朱仙镇已逼东京，十二金牌和议决。乏粮不进莫须有，国体已无公道绝④。吁哉！五国海天遥⑤，二帝游魂向谁说？我有一管笔，利似龙泉铁⑥。可以刳桧之心⑦，截桧之舌。斫桧之头，刺桧之血。万俟卨附势欺君固当粉其骨⑧，张俊之妒贤忌能亦安能逃其责？我诗虽非温厚辞，不平之气聊以泻。风清月白酒酣时，击碎唾壶歌一阕⑨。食君之禄而不流涕者，是无为臣之节。后来文山似武穆⑩，临敌制胜之机，识时务者自能品其优劣。桧之大奸直流至贾似道⑪，万里厓山宋家灭⑫。（汤阴岳庙诗碑）

【注释】

① 自分：自料，自以为。林泉：山林与泉石，指隐居地。折：指弯腰。

② 谄悦：谄媚取悦。

③ 全格：完全的规格。格，法式，标准。

④ 乏粮不进：张俊曾诬陷岳飞以军中缺少粮食为借口而不进军增援淮西。见岳珂《经进百韵诗》注㊷。国体：国家或朝廷的体统、体面。

⑤ 五国：五国城的省称。海天遥：像大海和高天那样遥远。

⑥ 龙泉铁：龙泉剑。相传春秋时欧冶子铸，今浙江龙泉市为其铸地。南宋何澹《龙泉县志》载："近境有剑池湖，世传欧冶子于此铸剑，其中一号龙渊。"龙泉原名龙渊，唐时避高祖李渊讳，改名龙泉。龙泉亦成为宝剑之代名。

⑦ 刳（kū）：从中间破开再挖空。《易·系辞下》："刳木为舟。"

⑧ 万俟卨（mò qí xiè）（1083—1157）：字符忠（一作元中），开封阳武（今河南原阳）人。北宋时任枢密院编修等职。南宋初为湖北提点刑狱，后附属权相秦桧，官监察御史、右正言。绍兴十一年（1141）秉承秦桧意

旨，陷岳飞于死狱。后迁参知政事，充使赴金。因与秦桧交恶，被罢黜。桧死召还再相。在位时因主和投降，被人民唾弃。《宋史》入《奸臣传》。

⑨ 击碎唾壶：形容愤激之情。《北堂书钞》卷一二五晋裴启《语林》："王大将军（敦）每酒后，辄咏魏武帝乐府歌曰：'老骥伏枥，志在千里；烈士暮年，壮心不已。'以铁如意击唾壶为节，壶尽缺。"也见《世说新语·豪爽》《晋书·王敦传》。原形容对文学作品的极度赞赏，后亦用以形容抒发壮怀或不平之情。

⑩ 文山：文天祥，号文山。见何梦桂诗注①。

⑪ 贾似道：见贡师泰诗注②。

⑫ 厓山：亦名崖山、厓门山，在今广东新会市南。景炎三年（1278），宋端宗死后，由7岁的弟弟卫王赵昺登基，左丞相陆秀夫和太傅张世杰护卫着赵昺逃到厓山，在当地成立据点，准备继续抗元。祥兴二年（1279），元将张弘范大举进攻赵昺朝廷。经过激烈的崖山海战，宋军惨败，陆秀夫背着八岁幼帝赵昺跳海而死，南宋灭亡。

何乔新

何乔新（1427—1502），字廷秀，一字天苗，明广昌（今江西广昌县）人。景泰五年（1454）进士。官至刑部右侍郎，谥文肃。学识渊博，著述宏富，有《椒丘文集》。《明史》有传。

谒岳武穆王庙用赵子昂韵

两都兵后黍离离，谁念天潢国势危①。铁骑正谋探虎穴，金牌连召仆牙旗②。黄龙痛饮空遗恨，赤县分崩竟莫支③。欲吊忠魂何处是，淡烟衰草总含悲。（《椒丘文集》卷二四）

【注释】

① 两都：五代梁以开封府与河南府为东、西两都。借指中原地区。黍离离：谓已成废墟。参见高明诗注②"黍离"。《诗·王风·黍离》各章均以"彼黍离离"开头。天潢：皇族，帝王后裔。

② 探虎穴:喻直取金人老巢。《后汉书·班超传》:"超曰:'不入虎穴,不得虎子。'"探,《说文》:"探,远取也。"仆牙旗:使军中主帅之旗仆倒。牙旗,旗杆上饰有象牙的大旗。多为主将主帅所建。《文选·张衡〈东京赋〉》:"戈矛若林,牙旗缤纷。"薛综注:"兵书曰,牙旗者,将军之旌。谓古者天子出,建大牙旗,竿上以象牙饰之,故云牙旗。"

③ 赤县:赤县神州的省称。代称中国。《史记·孟子荀卿列传》:"中国名曰赤县神州。"分崩:分裂,离散。竟莫支:终于不能支撑下去。

沈 周

沈周(1427—1509),字启南,号石田、白石翁、玉田生、有竹居主人等,明长州(今江苏苏州市)人。不应科举,专事诗文、书画,是明代中期文人画"吴派"的开创者,与文徵明、唐寅、仇英并称"明四家"。有《石田集》《客座新闻》等。

谒岳坟

北来徒步扶阳九,一力真成补天手①。乘舆奔播虏南侵,天下于公正翘首②。长矛丈八弩八石,中原等在囊中取③。半生惯以寡敌众,倾齐蹙金如拉朽④。朱仙一捷功最大,喜向园陵汛胡垢⑤。胡儿瑟缩不敢名⑥,望着旌旗皆北走。今周后汉甫在眼,天实为之岂云偶⑦。此特知国不知身,长驱誓饮黄龙酒。勇敢每在张公先,善谋还轶韩公右⑧。堂堂事业是男儿,纷纷余子皆刍狗⑨。古来功高众必忌,伍相既前公乃后⑩。便应属镂古血存,冤牍因书莫须有⑪。天子本是包羞人,忍把忠良饲谗口⑫。舟中之敌不足诛,楶中之毁方为咎⑬。复仇之计已涂地,议和之言甘可诱⑭。青天白日狐媚人,那识麒麟生鲁薮⑮。呜呼人胜天未定,不负不生生所负⑯。是非颠倒醉梦间,衮衣却被须眉妇⑰。只今四尺者高坟,春秋来祭拜太守⑱。谁云不生生在后,一朝之速千年久⑲。(《石田稿》)

【注释】

① 扶阳九:扶持天降大难的南宋。阳九,厄运。道家称天厄为阳九,

地亏为百六。扶,扶持,护持。一力:独力,或尽力。宋周密《齐东野语·谢惠国坐亡》:"使臣至是一力回护,幸而免焉。"补天手:女娲炼石补天事,见韩信同诗注⑧。后指能挽回世运的能人。宋陈师道《奉陪内翰二友醴泉避暑》诗:"请公慎用补天手,入佐后皇和五石。"

② 乘(shèng)舆:古代特指天子和诸侯所乘坐的车子,也泛指皇帝用的器物。汉蔡邕《独断》上:"车马、衣服、器械、百物曰乘舆。"后用作皇帝的代称。奔播:流亡转徙。翘首:抬头而望。多比喻盼望或思念之殷切。

③ "中原"句:收复中原如同探囊取物。言极容易。

④ "倾齐"句:倾覆伪齐,追逼金寇,如同摧枯拉朽。倾,倾覆。蹙,逼迫,追逼。

⑤ 园陵:指北宋帝陵。在今河南巩义市。南宋时为金占区。汛胡垢:洒扫金人留下的污垢。汛,洒。

⑥ 瑟缩:蜷缩,形容害怕。不敢名:不敢说出自己的名字。

⑦ "今周"句:化用唐杜甫《洗兵马》诗句"后汉今周喜再昌"。仇兆鳌《杜诗详注》卷六:"后汉今周,以汉光、周宣比肃宗也。"杜诗用历史上中兴之主汉光武帝和周宣王中兴比拟唐肃宗中兴,此言宋高宗中兴的气象刚刚出现在眼前。甫,刚刚。"天实"句:实在是上天要这样,怎能说是偶然。《诗·邶风·北门》:"天实为之,谓之何哉!"

⑧ 每在张公先:总是在张俊之前。每,经常,总是。还轶韩公右:又超越韩世忠而在其上。轶,超过。右,古人以右为上。

⑨ 纷纷余子:指众多的其他将帅。刍狗:古代祭祀时用草扎成的狗。《老子》:"天地不仁,以万物为刍狗;圣人不仁,以百姓为刍狗。"魏源本义:"结刍为狗,用之祭祀,既毕事则弃而践之。"后用以喻微贱无用的事物或言论。

⑩ 伍相:指春秋时吴国相国伍子胥。

⑪ 属镂:剑名。见杨维桢《岳王行》注⑪。冤牍:冤案的判决书。《说文》:"牍,书版也。长一尺,既书曰牍,未书曰椠。"

⑫ 包羞人:忍受羞辱的人。包羞,见朱德润诗注②。饲逸口:饲喂逸人

之口。逸口，说坏话的嘴，指谗人。《诗·小雅·十月之交》："无罪无辜，谗口嚣嚣。"

⑬ "舟中"二句：意谓秦桧等奸臣不足以诛杀，宋高宗才是罪魁祸首。舟中之敌，同船中的敌人，众叛亲离的人。化用《史记·孙子吴起列传》："武侯浮西河而下，中流，顾而谓吴起曰：'美哉乎山河之固，此魏国之宝也！'起对曰：'在德不在险……若君不修德，舟中之人尽为敌国也。'"椟中之毁，喻岳飞在朝廷被杀宋高宗难辞其咎。《论语·季氏》："虎兕出于柙，龟玉毁于椟中，是谁之过欤？"朱熹集注："言在柙而逸，在椟而毁，典守者不得辞其过。"后以"玉毁椟中"表示因主管人失职而造成严重损失。咎，过失，罪过。

⑭ 涂地：谓彻底败坏而不可收拾。甘可诱：甜言蜜语足以诱人上当。

⑮ 狐媚人：谄媚的人。俗传狐善魅人，故称以媚态惑人为狐媚。唐骆宾王《为徐敬业讨武曌檄》："掩袖工谗，狐媚偏能惑主。"引申为用奉承拍马的手段迷惑人。麒麟生鲁薮：麒麟出现在鲁国的沼泽地。《春秋·哀公十四年》："春，西狩获麟。"杜预注："麟者仁兽，圣王之嘉瑞也。时无明王出而遇获，仲尼伤周道之不兴，感嘉瑞之无应，故因《鲁春秋》而修中兴之教。绝笔于'获麟'之一句，所感而作，固所以为终也。"此谓时无明主，南宋将亡。鲁薮，鲁国的沼泽。《齐民要术》："钜野，鲁薮也。"薮，浅水易涸的沼泽。

⑯ 人胜天未定：宋苏轼《三槐铭并序》："吾闻之申包胥曰：'人定胜天，天定亦能胜人。'"此句谓"人胜天"只是暂时现象，而"天定胜人"才是最终的结果。不负不生生所负：无负于天的人不让其存活，却让有负于天的人存活。此句应上句"人胜天未定"而言。负，辜负，对不起。

⑰ "衮衣"句：那些如妇人一般的男子却身居高位。指秦桧之流。此是对"是非颠倒醉梦间"的谴责。衮衣，古代帝王及上公穿的绘有卷龙的礼服。借指帝王或上公。被，同"披"。须眉妇，指身为男子却如妇人一般懦弱或险恶。

⑱ 拜太守：意谓太守拜。太守，官名。秦置郡守，汉景帝时改名太守，为一郡最高的行政长官。宋以后改郡为府或州，太守已非正式官名，只用作

知府、知州的别称。明清时专指知府。

⑲ "谁云"二句:谁说岳飞死去,他仍然活在后世,一旦招致祸患却千年永生。速,招致。

满江红·题宋高宗赐岳飞手敕

汴鼎南迁,漫流寓、钱塘如客①。堪涕泣、伤痍凋瘵,付谁医国②。好个忠飞天下将,奈他逆桧舟中贼③。把英雄、顿挫莫成功,成冤殛④。飞不死,宋之得;飞不死,金之失⑤。痛飞之一死,桧之全策⑥。万里长城麐足折,两宫归路乌头白⑦。笑昏夫、亦有小聪明,看遗敕⑧。(《全明词补编》上册)

【注释】

① 汴鼎南迁:指北宋灭亡,南宋政权建立。鼎,古代视为立国的重器,是政权的象征。故称迁都为迁鼎。北宋都汴京,因以"汴鼎"指北宋朝廷。"漫流寓"二句:像作客一样随便流落到杭州。流寓,流落他乡居住。

② 伤痍凋瘵:民生疾苦,国力凋敝。伤痍(yí),创伤。多喻指疾苦。凋瘵(diāo zhài),衰败,困乏。付谁医国:把救国的重任交给谁。医国,谓为国除患祛弊。《国语·晋语八》:"上医医国,其次疾人,固医官也。"

③ 忠飞:忠心耿耿的岳飞。逆桧:大逆不道的秦桧。舟中贼:见前诗注⑬。此化用该典,谓秦桧是人民之敌,朝廷之贼。

④ 顿挫:摧折,使受挫折。冤殛:冤死鬼。殛(jí),杀死。

⑤ "飞不死"四句:谓如果岳飞不死,对宋有利而对金不利。

⑥ 桧之全策:是秦桧周密的计策。

⑦ 麐足折:喻岳飞被杀。《孔子家语·辨物》:"叔孙氏之车士曰子鉏商,采薪于大野,获麟焉,折其前左足,载以归,叔孙以为不祥,弃之于郭外。使人告孔子曰:'有麕而角者,何也?'孔子往观之,曰:'麟也。胡为来哉?胡为来哉?'反袂拭面,涕泣沾襟。叔孙闻之,然后取之。子贡问曰:'夫子何泣尔?'孔子曰:'麟之至,为明王也,出非其时而害,吾是以伤焉。'"麐(lín),同"麟"。乌头白:乌鸦的头变白。比喻不可能实现的

事。《史记·刺客列传》:"乌头白,马生角,乃许耳。"

⑧ 昏夫:指昏庸的宋高宗。看遗敕:从其遗留下来的手敕即可看出。意谓宋高宗表面上表扬岳飞,暗地里却残酷杀害岳飞,是在耍手段。敕,帝王的诏书。

吴 宽

吴宽(1435—1504),字原博,号匏庵、玉亭主,世称匏庵先生,明南直隶长州(今江苏苏州市)人。成化八年(1472)会试、廷试获第一。后入翰林,授修撰。终官礼部尚书。卒谥文定,赠太子太保。工诗文,善书。有《家藏集》。《明史》有传。

题三忠庙

庙在城东,祀诸葛武侯、岳武穆王、文信公,都人周珍买地以建者①。

都城东面起车尘,庙貌巍然见鼎新②。汉业强从三国号,宋家难赎两贤身③。朝班可劝为忠事,野史能歆好义人④。上下千年同室坐,有周端合配三仁⑤。(《家藏集》卷二五)

【注释】

① 城东:指北京城东面。诸葛武侯:诸葛亮生封武乡侯,卒谥忠武侯,世称诸葛武侯。岳武穆王:岳飞追封为鄂王,谥武穆,世称岳武穆王。文信公:文天祥尝封信国公,世称文信国或文信公。都人周珍:京城人周珍。其人不详。

② 起车尘:车行扬起尘埃。形容前去瞻拜的人很多。"庙貌"句:看见新修葺的庙宇高大雄伟。鼎新,更新。

③ "汉业"句:谓诸葛亮兴复汉室面临三国鼎立的艰难局面。强从三国号,勉强号为三国之意。"宋家"句:谓南宋的岳飞和文天祥两位贤人为忠义而死,百身难赎。赎,以身死换取死者复生。《诗·秦风·黄鸟》:"彼苍者天,歼我良人!如可赎兮,人百其身!"

④ "朝班"句:朝廷可以勉励大臣做忠诚的事。朝班,古代群臣朝见

帝王时按官品分班排列的位次。后泛称朝廷百官之列。劝，勉励，奖欢。为，动词，做。野史：旧指私人编撰的史书。歆：古指祭祀时鬼神享受祭品的香气。此作使动词，使鬼神接受祭献。好义人：喜好正义的人，指"三忠"。

⑤ "有周"句：谓此"三忠"确实应该配祀周朝所称的三位仁人。有周，周朝。"有"为词头，无义。端，端的，确实。合，应该。配，配祀，配享。三仁，指殷末之微子、箕子、比干。《论语·微子》："微子去之，箕子为之奴，比干谏而死。孔子曰：'殷有三仁焉。'"

江　源

江源（生卒年不详），字一原，明番禺（今广州市番禺区）人。成化元年（1465）乡试解元，五年后再中进士。历任知县、户部主事、郎中、侍讲学士。有《桂轩稿》。

谒岳王墓

忠义惟徇国，英雄不爱生①。一心雪国耻，百战走金兵②。兀朮呼天哭，云燕唾手平③。青衣仇未复，黄阁议垂成④。江左乾坤窄，君王社稷轻。秦奸不足责，张相乃无情⑤。竟葬西湖骨，谁悬北望睛⑥。不须论始末，付与史官评。（《桂轩稿》卷三）

【注释】

① 徇国：为国家利益牺牲生命。不爱生：为了正义的事业不惜牺牲自己的生命。爱，珍惜，吝惜。

② 走金兵：使金兵逃跑。走，逃跑，此用作使动词。

③ 云燕唾手平：谓燕云十六州之地很容易就可收复。见郑善夫诗注⑨。云燕，犹燕云。见杨维桢《岳王行》注⑥。

④ 青衣：详见查慎行诗注②。黄阁议垂成：谓秦桧与金国的和议即将成功。黄阁，汉代丞相、太尉和汉以后的三公官署避用朱门，厅门涂黄色，以区别于天子。后因以黄阁指宰相官署。

⑤ 张相：指张浚。其事参见岳珂《经进百韵诗》注㊳。

⑥ 谁悬北望睛：化用伍子胥悬目东门事。春秋时，吴国大夫伍员（伍子胥，名员）劝吴王夫差拒绝越国求和，夫差听信谗言，不从忠告，反赐之剑命自杀。伍员临死，曰："抉吾眼置之吴东门，以观越之灭吴也。"见《史记·吴太伯世家》。后以"悬门抉目"为烈士殉国的典故。此因金国在北，故称北望睛。

李东阳

李东阳（1447—1516），字宾之，号西涯，明长沙府茶陵州（今湖南茶陵县）人。天顺八年（1464）进士。后历任翰林院编修、侍讲学士、礼部右侍郎，户部、礼部、吏部尚书，文渊阁、谨身殿、华盖殿大学士。明代中后期茶陵诗派的核心人物。有《怀麓堂集》。《明史》有传。

金字牌①

金字牌，从天来。将军痛哭班师回，士气郁怒声如雷②。声如雷，震三陲③，幽蓟已覆无江淮④。仇房和⑤，壮士死，天下事，安有此⑥，国之亡，嗟晚矣。（《怀麓堂集》卷二）

【注释】

① 金字牌：宋代驿传中以最快速度发送文件的"急脚递"所悬的木牌。因其为朱漆黄金字，故名。宋沈括《梦溪笔谈·官政一》："驿传旧有三等……熙宁中，又有'金字牌急脚递'，如古之羽檄也。以木牌朱漆黄金字，光明眩目，过如飞电，望之者无不避路，日行五百余里。有军前机速处分，则自御前发下，三省、枢密院莫得与也。"《宋史·舆服志六》："又有檄牌，其制有金字牌、青字牌、红字牌。金字牌者，日行四百里，邮置之最速递也。"

② 士气：军队的斗志。郁怒：愤怒郁结于心，郁愤。

③ 三陲：三面边境。泛指边境。陲，边疆，国境，靠边界的地方。

④ "幽蓟"句：是说幽蓟地区已经覆亡，江淮地区也未能保全。幽蓟，幽州和蓟州的并称。燕云十六州在历史上又被称为"幽蓟十六州"。见杨维

桢《岳王行》注⑥。覆,颠覆,灭亡。江淮,长江和淮河,也指长江和淮河之间的地区。

⑤ 仇虏和:与仇敌讲和。虏,中国古代对北方外族的贬称。

⑥ 安有此:哪能有这样的事。意谓这样的事根本不该发生。安,疑问代词。

三字狱

朋党谪①,天下惜。惜不惜,贬李迪②。三字狱,天下服③。服不服,杀武穆。奸臣败国不畏天,区区物论真无权④。崖州一死差快意,遗恨施郎马前刺⑤。(《怀麓堂集》卷二)

【注释】

① 朋党谪:指北宋丁谓诬陷寇準等人为"朋党"而将其贬谪。朋党,本指同类的人以恶相济而结成的集团。后指因政见不同而形成的相互倾轧的宗派。苏轼有《朋党论》。谪,封建时代特指官吏降职并外放。

② 李迪(971—1047):字复古,北宋濮州(今山东鄄城)人。宋真宗景德二年(1005)状元。授将作监丞。后知亳州。进右谏议大夫,集贤院学士,知永兴军。寇準被奸臣丁谓诬陷罢相,真宗任命李迪为吏部侍郎兼太子少傅,同中书门下平章事。丁谓专权,排除异己,李迪被罢相,知郓州,几被迫害致死。《宋史·李迪传》:"仁宗即位,太后预政,贬(寇)準雷州,以(李)迪朋党傅会,贬衡州团练副使。(丁)谓使人迫之;或讽谓曰:'迪若贬死,公如士论何?'谓曰:'异日诸生记事,不过曰"天下惜之"而已。'"

③ 三字狱,天下服:意谓欲以"莫须有"的罪名使天下人顺服。韩世忠曾对秦桧说:"相公言'莫须有',何以服天下?"见释行海诗注④。

④ "区区"句:谓人民的舆论最为公道,偏不屈服于邪恶势力。区区,是从奸臣的眼中看人民的舆论微不足道。物论,众议,舆论。无权,坚持公道而不知权变。《孟子·尽心上》:"执中无权,犹执一也。"

⑤ 崖州:古地名。州治在今海南三亚市崖城镇。宋末帝死于崖山海中。

参见王越诗注⑫。**差快意**:略可使奸臣败国的心意畅快。差(chā),略微,勉强。意谓岳飞未能死于崖山之战,故难快意。**施郎**:指施全。《老学庵笔记》卷二:"秦桧之当国,有殿前司军人施全者,伺其入朝,持斩马刀邀于望仙桥下,斫之,断轿子一柱而不能伤,诛死。"句意谓可惜的是当时施全未能刺死秦桧。

吊岳武穆辞

苦雾四塞,悲风横来①。羲景缩地,下沉蒿莱②。坤舆外折,鼎足中颓③。大霆无声,枯蘖槁荄④。铁骑腾突,狼烽崔嵬⑤。龙困沙漠,鳞伤角摧⑥。齐仇九誓,楚户三怀⑦。奸相卖国,忠臣受猜⑧。积毁销骨,遗祸成胎⑨。命迫十使,功垂两淮⑩。盟城不耻,借寇终谐⑪。重器同剧,群儿共哈⑫。发竖檀冠,潮浮伍骸⑬。气夺群丑,殃流宋孩⑭。英雄已死,大运成乖⑮。魂作唐厉,形空汉台⑯。天不祚国,人胡为哉⑰!壮士击剑,气深殷雷⑱。日落风起,山号海哀⑲。树若可转,江为之回⑳。乾坤老矣,叹息雄才㉑。(《万历杭州府志》卷四六)

【注释】

① **苦雾四塞**:使人愁苦的浓雾充满四方。**悲风横来**:凄厉的寒风横暴而至。横(hèng),恣肆,横暴。

② **"羲景"二句**:太阳下沉,天昏地暗。羲景,日影,指太阳。缩地,指缩入地下。蒿莱,野草,杂草。

③ **"坤舆"二句**:国外丧失领土,国内政治败坏。坤舆,《易·说卦》:"坤为地……为大舆。"孔颖达疏:"为大舆,取其能载万物也。"后因以"坤舆"为地的代称。折,折损。鼎足,《易·系辞下》:"《易》曰:'鼎折足,覆公𫗧,其形渥,凶。'言不胜其任也。"𫗧(sù),鼎中的食物。后以"折足覆𫗧"喻力不能胜任,必致败事。颓,倾覆。

④ **"大霆"二句**:雷霆销声,根芽枯萎。喻抗金乏人。霆,劈雷,霹雳。蘖,通"蘗(niè)"。树木砍去后从残存茎根上长出的新芽。泛指植物近根处长出的分枝。荄(gāi),草根。枯、槁,均作动词。

⑤ "铁骑"二句:谓金人南侵,战乱发生。腾突,犹唐突,横冲直撞,乱闯。狼烽,古时边防燃狼粪为报警的烽火。崔嵬,高耸貌。

⑥ "龙困"二句:是说北宋徽、钦二帝被掳受困于北国。摧,折断。

⑦ "齐仇"二句:齐襄公誓报九世之仇,楚虽三户犹思亡秦兴楚。九誓,西周时,纪侯在周天子前毁谤齐哀公,哀公被杀。后齐襄公灭纪,为九世祖哀公报了仇。事见《公羊传·庄公四年》。楚户三怀,《史记·项羽本纪》:"自怀王入秦不反,楚人怜之至今,故楚南公曰:'楚虽三户,亡秦必楚。'"后因以为典,指决心复仇报国者。

⑧ 受猜:遭受猜忌。

⑨ 积毁销骨:谓众口不断毁谤,会置人于死地。《史记·张仪列传》:"臣闻之,积羽沉舟,群轻折轴,众口铄金,积毁销骨。"遗祸成胎:留下祸患的根源。

⑩ "命迫"二句:岳飞迫于十二道金牌之命而班师,使两淮地区的抗金战事功败垂成。十使,指十二道金牌。十,举成数言之。使,指传达诏命的使者。两淮,淮水东西地区。宋熙宁后淮南路为东、西二路,简称淮东、淮西,后合称其地为"两淮"。垂,将近。

⑪ "盟城"二句:南宋朝廷甘心与金人订立城下之盟而不以为耻,输金纳币终于实现了偷安江南的目的。盟城,被迫订立城下之盟。借寇,偕兵于寇。即以武器供给敌人。比喻帮助自己的敌人增强力量。语出《荀子·大略》:"非其人而教之,赍盗粮,借贼兵也。"赍(jī),把东西送给别人。谐,把事情办妥。此谓南宋向金输岁币等屈辱的行为。

⑫ "重器"二句:是说南宋君臣同把国家当作儿戏。重器,指国家的宝器。比喻天下,政权。《史记·伯夷列传》:"示天下重器,王者大统,传天下若斯之难也。"司马贞索隐:"言天下者是王者之重器。"剧,戏耍。李白《长干行》:"妾发初覆额,折花门前剧。"咍(hāi),笑。

⑬ "发竖"二句:言岳飞对朝廷投降派的做法非常愤怒,因而终于被杀害。发竖,怒发立起。檀冠,檀道济的帽子。参见薛季宣诗注④。伍骸,伍子胥的尸骨。参见任士林诗注⑥。

⑭ "气夺"二句:岳飞的英烈正气被投降派所除去,亡国之灾终于延

及年幼的末代皇帝。夺，剥夺。群丑，指斥以宋高宗为首的投降派。殃流，灾祸延及，谓种下的祸根终于流传到。宋孩，指南宋末代皇帝赵㬎和赵昺。赵㬎降元时仅五岁，赵昺投海时仅八岁。

⑮ 大运成乖：南宋的国运最终背离。乖，不顺，不和谐。引申为背离，远去。

⑯ 唐厉：指唐朝张巡。见杨维桢《岳鄂王歌》注④。形空汉台：意谓岳飞的功绩可使其他功臣名将的画像不敢悬挂于云台。汉台，指云台。汉明帝刘庄图画辅佐光武帝开国的功臣二十八人于云台。后用以泛指纪念功臣名将之所。形，指功臣名将的画像。

⑰ "天不祚国"二句：上天不佑护宋朝，人有什么办法呢！祚，福，赐福。胡，何。

⑱ 气深殷雷：气概和声势盛大如雷。《诗·国风·召南》："殷其雷，在南山之阳。"殷（yǐn），盛，大。

⑲ 山号海哀：高山大海也悲哀痛哭。号，号啕大哭。

⑳ "树若可转"二句：树如果可以转动，江水也可为之而倒流。是痛惜岳飞不可能死而复生。

㉑ "乾坤"二句：可叹岳飞已经去世很长时间了。老，经历的时间长久。雄才，出众的才能。

王 鏊

王鏊（1450—1524），字济之，别号守溪，学者称震泽先生，明吴县（今江苏苏州市）人。成化十一年（1475）进士。正德元年（1506）入内阁，任吏部侍郎兼翰林学士，进户部尚书，文渊阁大学士，加少傅，谥文恪。著有《震泽编》《震泽集》《震泽长语》《震泽纪闻》《姑苏志》等。《明史》有传。

三忠祠[①]

力挽中原志可吞，悲哉星霣渭滨屯[②]。郾城诏下黄龙远，燕狱诗成白日

昏③。义气悬知千古合，纲常都仗数公存④。如今混一归真主⑤，尚慰孤臣地下魂。(《震泽集》卷四)

【注释】

① 原标题下有小字：诸葛武侯、岳武穆、文丞相。

② 志可吞：谓志气可吞灭强敌。"悲哉"句：指诸葛亮死于五丈原。星殒，将星陨落。见岳珂《鄂忠武王出师疏帖赞》注⑭。殒（yǔn），古通"陨"，降，落下。渭滨屯，渭水之滨的军营。诸葛亮死于五丈原，其地位于宝鸡岐山县境内，北临渭河。

③ "郾城"句：谓岳飞在郾城大捷后接到班师诏，无法实现痛饮黄龙府的愿望。"燕狱"句：谓文天祥在大都（古燕地）监狱中写成《正气歌》长诗时暗无天日。燕狱，燕地的监狱。暗用典。《初学记》卷二引《淮南子》："邹衍事燕惠王，尽忠。左右谮之，王系之。仰天而哭，夏五月，天为之下霜。"后以"燕狱"为蒙冤之典。

④ 悬知：料想。纲常：指三纲五常。

⑤ 混一：齐同，统一。真主：封建社会所谓的真命天子。也泛指贤明的皇帝。

林　俊

林俊（1452—1527），字待用，号见素，明莆田（今福建莆田市）人。成化十四年（1478）进士。曾疏请斩妖僧，并罪中贵，直声震都下，历官四朝，终刑部尚书，加太子太保。谥贞素。《明史》有传。

吊岳武穆

十二牌来马便东，郾城狼狈泣相从①。中原赤手经营外，底事书生备料中②。大将几看刑白马，诸君无分饮黄龙③。播迁竟沮奸臣计，吹落厓山此夜风④。(《诗谭》卷六)

【注释】

① 十二牌：指促令岳飞班师的十二道金字牌。马便东：指从战场上撤

军。见释居简诗注⑮。"马首东"、"郾城"句：谓郾城战胜后战士们却狼狈不堪地哭着跟随岳飞撤军。绍兴十年（1140），金军四路南下，岳飞率轻骑驻郾城，岳家军大破金军的拐子马、铁浮图而获胜。狼狈，形容军队艰难窘迫，疲惫不整。

② 赤手：空手，徒手。经营：筹划治理。底事：何事。义即为何，何故。书生：指"叩马书生"。见杨维桢《岳王行》注⑭。蚤料中：及早的意料之中。蚤，通"早"。

③ 刑白马：杀白马。古代用白马为盟誓或祭祀的牺牲。《史记·吕太后本纪》："高帝刑白马盟曰：'非刘氏而王，天下共击之！'"此谓和议结盟。无分（fèn）：没有机缘。

④ "播迁"二句：谓南宋末帝迁徙流离是奸臣计策败坏的结果，今夜的风正是当年吹落崖山战船的风。意谓正是奸臣杀害岳飞造成南宋灭亡的后果。播迁，迁徙，流离。沮，破坏，败坏。崖山，见王越诗注⑫。

汪 循

汪循（1452—1519），字进之，号仁峰，明休宁（今安徽休宁县）人。弘治九年（1496）进士。官至顺天府通判。后为刘瑾所忌，罢官。有《仁峰文集》及《外集》。

题岳武穆王庙

豺豕南驱正可哀，长城万里遽先摧①。可怜白璧蒙尘化，莫怪黄金买桧回②。千载孤忠悬日在，五更遗恨挟潮来③。何年消得英雄泪，湖水生尘石屺颓④。（《汪仁峰文集》卷二六）

【注释】

① 豺豕南驱：喻金人南侵。豺豕，豺和野猪，两者均为凶残的兽类，因喻凶狠残暴的恶人。遽先摧：突然先被摧毁。喻岳飞被杀。遽（jù），急，仓促。

② 白璧蒙尘化：是将"白璧蒙尘"和"尘化"两个词语合在一起，喻

岳飞蒙冤而死。白璧蒙尘，洁白的玉璧被尘土覆盖，喻遭受谗言诬陷。尘化，化为尘土，指消失、死亡。黄金买梓回：指南宋朝廷向金国进贡大量金钱财物才换得徽、钦二帝的棺木回国。梓（chèn），棺材。

③ 悬日在：如白日高悬在天空。挟潮来：暗指岳飞的魂魄挟潮水而来，像伍子胥的魂魄化为钱塘江怒潮一样。参见任士林《岳鄂王墓》诗注⑥。

④ 湖水生尘石屿颓：皆指永无可能或遥遥无期。石屿，岩石构成的岛屿。颓，倒塌。

彭　泽

彭泽（1459—1529），原名墉，后改名泽，字济物，早年号敬修子，晚年号幸庵，明兰州（今甘肃省兰州市）人。弘治三年（1490）进士。官至太子少保、兵部尚书。谥襄毅。有《读易纷纷稿》《幸庵文稿》等。

过汤阴拜宋岳武穆王祠用韵

封章不请佞臣头，甘与龙逄地下游①。高庙忍忘伍子恨，张枢亦效李猫柔②。故园香火垂千祀，中国舆图又百秋③。曾访东松题壁语，分明字字为时羞④。（汤阴岳庙诗碑）

【注释】

① "封章"二句：暗用汉朱云事，谓朝廷无人上奏章请斩秦桧等奸佞，岳飞忠心直谏甘心像龙逄一样被杀。封章，言机密事之奏章皆用皂囊重封以进，故名封章。亦称封事。请，谓请剑，汉朱云事。见黄文雷诗注⑨。佞臣，奸臣。此指秦桧。龙逄（páng）：亦作"龙逢"。即关龙逄。夏之贤人，因谏而被桀所杀，后用为忠臣之代称。《汉书·朱云传》："御史将云下，云攀殿槛，槛折。云呼曰：'臣得下从龙逄、比干游于地下，足矣！未知圣朝何如耳！'"游，交游，来往。

② 高庙：指宋高宗。伍子恨：伍子胥父、兄为楚平王所杀之恨。事见《史记·伍子胥列传》。借指宋高宗父、兄为金人掳去之恨。张枢：指张浚。张俊曾官枢密使，故称。李猫柔：据《旧唐书·李义府传》载，李义府"貌

状温恭，与人语必嬉怡微笑"，但颇阴险，对"微忤意者，辄加倾陷，故时人言义府笑中有刀。又以其柔而害物，亦谓之'李猫'"。柔，柔媚奉迎。

③ 祀：商代称年。《书·洪范》："惟十有三祀。" 舆图：疆土，土地。又百秋：指明朝建国（1368）恢复汉族统治到作者写作此诗的大约时间。

④ 东松：东松寺，在安徽祁门县。岳飞有《东松寺题记》，写于绍兴元年二月。题壁语：题写在墙壁上的言辞。为时羞：为当时不能洗雪国耻而感到羞愧。

邵 宝

邵宝（1460—1527），字国贤，号泉斋，别号二泉，明无锡（今江苏无锡市）人。成化二十年（1484）进士。官至南礼部尚书。卒谥文庄。有《容春堂前集》等。《明史》入《儒林传》。

朱仙镇

绣旗扬扬出朱仙，中原王气熄更然①。故军万骑鸣归鞭，故宫遗庙在眼前。奈何忽有金牌宣②。金牌宣，事甚迫。将之南，将之北。南为吾君北社稷③。敢言君重社稷轻，彼奸在侧方经营④。社稷无功君有罪，到头两事恶乎成⑤。岳将军，决南行。南行即就死，死不愧臣子⑥。（《容春堂前集》卷三）

【注释】

① 绣旗：指岳家军战旗。《宋史·岳飞传》："飞以红罗为帜，上刺'岳'字。" 扬扬：飘扬貌。朱仙：朱仙镇的省称。王气：帝王之气。唐刘禹锡《西塞山怀古》诗："王浚楼船下益州，金陵王气黯然收。" 熄更然：熄灭又重新燃起。喻国运由衰转盛。然，同"燃"。

② 鸣归鞭：挥响回军的马鞭。意谓准备撤军。故宫遗庙：指北宋遗留的宫殿和宗庙。宣：传达皇帝的诏命。

③ 将之南，将之北：岳飞接奉金牌后是班师到南方去呢，还是继续北伐。之，去，到。"南为"句：南撤为的是君王命令，北伐为的是国家利益。

④ 敢言:岂敢说,哪能说。君重社稷轻:《孟子·尽心下》:"民为贵,社稷次之,君为轻。"按文意此句当作"敢言君轻社稷重"。经营:此义为密谋策划(陷岳飞于罪)。

⑤ "社稷"二句:意谓如果岳飞以社稷为重,继续北伐,正好落入奸臣的圈套,那样就会于国家无功,于君王有罪。最终忠君与爱国两无成就。到头,最终。恶乎成,何所成功,如何成就。恶乎,疑问代词,犹言何所。《论语·里仁》:"君子去仁,恶乎成名?"

⑥ 即:即使。就死:赴死,走向死亡。

谢承举

谢承举(1461—1524),初名璿,字文卿;既更名,改字子象。号野全子。行九,美髯,人称髯九翁。明上元(今江苏南京市)人。累十举不第,退耕国门之南。为诸生,负才。善画山水,诸体潇洒绝俗。有《谢子象诗集》。

寄吊岳武穆

两过钱塘两谒公,栖霞岭下是幽宫①。人空有誓完西夏②,树亦无枝受北风。社稷命危孤立处③,君臣身死一和中。我皇迅扫奸权日④,似为忠良补旧功。(《石仓历代诗选》卷四九五)

【注释】

① 幽宫:谓坟墓。岳飞坟墓在杭州栖霞岭下。

② 人空有誓:岳飞徒有誓言。完西夏:意谓保全宋朝。西夏,相传为我国古代西方的小国名(非宋代少数民族党项族拓跋氏建立之西夏)。《逸周书·史记》:"昔者西夏性仁非兵,城郭不修,武士无位,惠而好赏;财屈而无以赏,唐氏(帝尧)伐之,城郭不守,武士不用,西夏以亡。"

③ 社稷命危:国家命运危殆。

④ 我皇:作者称自己当时的皇帝明武宗朱厚照。迅扫:迅速扫平。奸权:奸恶的权臣。指正德五年(1510)被明武宗处死的宦官刘瑾。

钱 福

钱福（1461—1504），字与谦，自号鹤滩，明华亭（今上海松江区）人。弘治三年（1490）进士第一。官至翰林修撰。有《鹤滩集》。

西湖怀古五章·岳武穆

当年许国已忘身，敢乞枯骸尚几春①。归死九重心亦幸，生怜二庙恨谁伸②。桧应仇主非仇我，人不怨胡空怨秦③。再拜南枝斜日里，刚肠舞剑肯沾巾④。（《钱太史鹤滩稿》卷二）

【注释】

① 许国：谓将一身奉献给国家。"敢乞"句：怎敢以剩余的年岁请求退职。乞枯骸，同"乞骸骨"。古代官吏自请退职，意谓使骸骨得归葬故乡。《晏子春秋·外篇上二十》："臣愚不能复治东阿，愿乞骸骨，避贤者之路。"

② "归死"句：甘心被朝廷杀死而无怨言。归死，接受死刑，请死。《左传·襄公三年》："请归死于司寇。"杜预注："致尸于司寇，使戮之。"九重，指宫禁，朝廷。唐卢纶《秋夜即事》诗："九重深锁禁城秋，月过南宫渐映楼。"心亦幸，内心也感到庆幸。二庙：指徽、钦二帝。因皇帝死后，要在太庙立室奉祀，并建庙号，故称。

③ "桧应"二句：秦桧应该是与皇帝为仇而不是与我（岳飞）为仇，人们并不怨恨金人而徒然怨恨秦桧（意谓怨恨秦桧甚于金人）。空怨秦，意谓怨恨秦桧亦于事无补。

④ 刚肠：指刚直的气质。《文选·嵇康〈与山巨源绝交书〉》："刚肠嫉恶，轻肆直言，遇事便发。"张铣注："刚肠，谓强志也。"肯沾巾：意谓不肯流泪沾湿手巾。

杭 淮

杭淮（1462—1538），字东卿，明江南宜兴（今江苏宜兴市）人。弘治十二年（1499）进士。由主事累官中丞。廉明平恕，以志节著。与兄济并有诗名。有《双溪集》。

新修岳武穆祠

怅望秋风荐野苹,忠精祠宇肃瞻新①。寒烟白石荒山暮,枯木南枝万古春。志决幽燕终报汉,眼中颇牧已无秦②。金符十二如儿戏,岂料安危系若人③。(《双溪集》卷八)

【注释】

① 怅望:惆怅地看望或想望。南朝齐谢朓《新亭渚别范零陵》诗:"停骖我怅望,辍棹子夷犹。"荐野苹:祭献野苹。野苹,水草名。古人常采作祭祀之用。肃瞻:恭敬地瞻仰。

② 志决幽燕:决心收复幽燕地区。终报汉:最终报效宋朝。汉,代宋。"眼中"句:谓岳飞并不把强金放在眼里。颇牧,战国时赵国名将廉颇与李牧的并称,皆多次战胜秦国。此以颇牧喻岳飞,以秦代金。

③ 金符:指金字牌。安危系若人:谓岳飞关涉着国家的安危。若人,此人,这个人。指岳飞。

王云凤

王云凤(1465—1518),字应韶,号虎谷,明和顺(今山西和顺县)人。成化十九年(1483)中举,次年中进士。初任礼部主客司主事,累迁礼部祠祭司员外郎、国子监祭酒、都察院右佥都御史。著有《小学章句》《博趣斋稿》《读四书札记》等书。

朱仙镇次邵国贤韵①

塞草飘零一剑秋,欲从海底起神州②。南来诏下军前急,北向师忘阃外谋③。少保高名原未死,相公羞骨不堪雠④。荒祠凛凛苍松下,孤愤令人发竖头⑤。(《博趣斋稿》卷九)

【注释】

① 邵国贤:邵宝,字国贤。见前邵宝诗作者简介。

② "塞草"句：谓岳飞奋力抗金而被杀实在可悲。塞草，边塞的草。飘零，飘落。一剑，犹一剑之任。指独力担任艰巨的任务。《战国策·齐策六》："齐桓公有天下，朝诸侯，曹子以一剑之任，劫桓公于坛位之上。"秋，取其萧瑟悲凉义。"欲从"句：要将沉沦于海底的国家拯救起来。

③ "南来"句：从南方杭州而来的班师诏紧急下达到军中。"北向"句：撤回北伐的军队竟将主帅岳飞破敌的谋划抛弃。阃外，见迺贤诗注④。

④ 少保：岳飞的官衔。相公：宰相的称谓。此指秦桧。不堪雠：不可匹敌。雠，同等，匹敌。谓秦桧可耻的朽骨不可与岳飞的高名匹敌。

⑤ 孤愤：谓因孤高嫉俗而产生的愤慨之情。韩非曾著《孤愤》篇。发竖头：怒发直竖于头上。形容极度愤慨。

王九思

王九思（1468—1551），字敬夫，号渼陂，别号碧山野叟，明西安府鄠县（今陕西户县）人。弘治九年（1496）进士。官至吏部郎中。复古主义文学"前七子"之一，著名诗词、散曲、杂剧文学家。诗文有《渼陂集》。《明史》入《文苑传》。

朱仙镇谒岳王庙

古庙依名镇，百年感废兴。金牌甘尔伪，玉殿竟谁登①。世难多遗策，材高尽忌能②。相权操白刃，逸口叹青蝇③。遂有华夷乱，难扶社稷崩④。攀留怜父老，报祀换云仍⑤。松籁仙璈动，楼霞日驭升⑥。丹青相炳耀，神爽欲飞腾⑦。汴水流东浙，夷山接宋陵⑧。雄图犹在目，旧恨已填膺⑨。贱客遭□弃，归途拂剑棱⑩。疏愚惭对越，系恋失炎蒸⑪。吊古英雄尽，忧时涕泪凝⑫。终南从此去，萧散老渔罾⑬。（《渼陂集》卷四）

【注释】

① 金牌甘尔伪：谓金字牌是秦桧矫诏。甘，甘心。尔，代词，这样，那样。玉殿竟谁登：意谓竟然将岳飞杀害。玉殿，指传说中天界神仙的宫殿。

南朝宋谢庄《送神歌》："神之车，归清都。琁庭寂，玉殿虚。"谁，诗文中往往明知故问，此谓岳飞。登，登玉殿即登仙。人死亡的婉辞。

② 遗策：失策，失算。《庄子·外物》："知能七十二钻而无遗策。"材高尽忌能：谓岳飞因才能高超而遭到众人忌恨。尽，全，都。

③ 相权操白刃：相权，宰相秦桧之权。操白刃，谓操刀杀人。谗口叹青蝇：喻秦桧等奸臣谗陷岳飞。谗口，说坏话的嘴，谗人。青蝇，喻指谗佞。见郑元祐《重建岳王精忠庙谢李全初长司》诗注⑤。

④ 华夷乱：外族的服色和华夏的服色相错杂。指外族入侵。《左传·定公十年》："裔不谋夏，夷不乱华。"社稷崩：指国家倾覆。崩，倒塌。

⑤ 攀留怜父老：可怜中原人民攀辕恳留，意谓岳飞不得不班师。攀留，攀辕恳留。表示对去职官吏的眷恋。报祀换云仍：子孙后代永远报以祭祀。云仍，见岳珂《鄂忠武王出师疏帖赞》注㉒。

⑥ 松籁仙璈动：风吹松树发出的自然声韵犹如仙乐演奏。仙璈，仙乐。比喻美妙的音乐。璈（áo），古代乐器。《汉武帝内传》："上元夫人自弹云林之璈，鸣弦骇调，清音灵朗……"楼霞日驭升：太阳初升，楼头彩霞灿烂。日驭，太阳的车驾。传说羲和掌握着时间的节奏，每天由东向西，为太阳驱车前进。《尚书·尧典》说："乃命羲和，钦若昊天，历象日月星辰，敬授人时。"

⑦ 丹青相炳耀：绘饰的岳飞像色彩光耀。炳耀，显示光芒，照耀。神爽欲飞腾：神采飞扬，简直要腾跃而起。神爽，犹精爽，精神。此谓岳飞神像活灵活现。

⑧ 汴水流东浙：汴河之水流到杭州。喻北宋南迁。东浙，浙东路。借指杭州。夷山接宋陵：夷山与南宋帝陵相接。《山海经·南山经·南次二经》载："（会稽山）又东五百里，曰夷山。无草木，多沙石。湨水出焉，而南注于列涂。"接，连接，接近。

⑨ "雄图"二句：宏伟的计划仍在眼前，真让人遗恨充盈胸际。雄图，远大的抱负，宏伟的谋略。填膺，充满胸际。

⑩ 贱客：作者自称。拂剑棱：拂拭剑的锋棱。表示愤恨。

⑪ 疏愚惭对越：作者自谦粗疏愚昧难以表达对岳飞的颂扬。疏愚，粗

疏笨拙，懒散愚昧。对越，犹对扬，答谢颂扬。《诗·周颂·清庙》："济济多士，秉文之德；对越在天，骏奔走在庙。"王引之《经义述闻·毛诗下》："'对越'犹对扬，言对扬文武在天之神也……扬、越一声之转。"
系恋失炎蒸：心中牵系着往事留恋难舍，忘记了天气暑热。系恋，系怀留恋。失，丢失，忘记。炎蒸，亦作"炎烝"，暑热熏蒸。

⑫ 忧时涕泪凝：忧伤时事眼泪凝固不流。形容极度哀伤。忧时，忧念时事。

⑬ 终南从此去：从此隐居不出。终南，终南山的省称。古人多有隐居终南山者。萧散老渔罾：闲散舒适地老死于捕鱼之事。萧散，犹潇洒。举止、神情、风格等自然不拘束。渔罾，渔网的一种。俗称扳罾、拦河罾。二句为作者的愤激之辞。

文徵明

文徵明（1470—1559），初名璧，字徵明，后更字徵仲，号停云，别号衡山居士，人称文衡山，明长州（今江苏苏州市）人。以岁贡生诣吏部试，授翰林院待诏，故称文待诏。明代"吴门画派"创始人之一。其诗、文、书、画无一不精。人称是"四绝"的全才。有《甫田集》。《明史》入《文苑传》。

满江红·题宋思陵与岳武穆手敕墨本①

拂拭残碑，敕飞字、依稀堪读②。慨当初、倚飞何重，后来何酷③。果是功成身合死，可怜事去言难赎④。最无辜、堪恨更堪怜，风波狱⑤。
岂不念，中原蹙；岂不惜，徽钦辱⑥。但徽钦既返，此身何属⑦。千古休夸南渡错，当时自怕中原复。笑区区、一桧亦何能，逢其欲⑧。（岳墓词碑）

【注释】

① 诗题的意思是：题咏宋高宗给岳飞亲手写的诏书的碑帖。题，题咏，写诗。思陵，宋高宗赵构的陵寝，代称高宗。手敕（chì），帝王亲手写的诏书。墨本，碑帖的拓本。此指拓刻在碑石上的高宗手敕。

② 拂拭:掸拂,揩擦。残碑:残损的碑碣,此指南宋高宗赵构赐岳飞手诏的碑刻。敕飞字:诏敕岳飞的文字。依稀堪读:模模糊糊尚可认读。

③ "慨当初"三句:感慨高宗当初对岳飞是何等倚重,后来却又是何等残酷。倚,倚重,即器重并依赖。酷,残酷,苛刻。

④ "果是"二句:果真是大功告成身该死去,可怜事已过去,千言万语也难以补赎其遗恨。合,应该,应当。赎,赎补。

⑤ 堪恨更堪怜:套用宋叶绍翁《鄂王墓》诗句"英雄堪恨复堪怜"。风波狱:风波亭岳飞被杀的冤案。

⑥ 中原蹙:中原地区被金人占领,处境困窘。蹙(cù),困窘,窘迫。徽钦辱:指金人掳徽宗、钦宗北去之耻辱。

⑦ 此身何属:自身何处安置。此身,指宋高宗。何属,归属何处。

⑧ "笑区区"二句:可笑小小的秦桧有什么能耐,只不过是迎合高宗赵构的心意罢了。《孟子·告子下》:"长君之恶其罪小,逢君之恶其罪大。"区区,极言其少或小。欲,指高宗投降金人,以换取长期偏安江南的愿望。

顾 潜

顾潜(1471—1534),字孔昭,明昆山(今江苏昆山市)人。弘治九年(1496)进士。官至直隶提学御史。以忼直忤尚书刘宇,出为马湖知府。未任,罢归。有《静观堂集》《读史新知》等。

满江红·用岳武穆王韵吊岳

磊落人豪,千载后、英灵未歇①。想当时、旌旗指处,军声轰烈②。只手艰难扶社稷,寸心精白凌霜月③。看尽忠报国字痕深,情何切④。 狱已具,冤难雪;兀朮辈,何时灭。叹中原纷乱,大纲乖缺⑤。犬食也羞奸蠹肉⑥,江流不尽英雄血。到如今、心托向南枝,悲陵阙⑦。(《静观堂集》卷六)

【注释】

① 磊落人豪:坦荡无私的人中豪杰。磊落,形容胸怀坦荡,光明正大。

英灵未歇：精神不灭。

② **旌旗指处**：战旗所指向的地方。**军声轰烈**：军队的声威浩大。军声，军队的声威、声势。轰烈，犹言轰轰烈烈。形容气魄雄伟或声势浩大。

③ **"寸心"句**：纯洁清白的心凛如寒月。寸心，指心。旧时认为心的大小在方寸之间，故名。精白，纯净洁白，纯洁清白。霜月，霜寒之夜的明月。

④ **字痕深**：刺刻的字迹深入肌肤。**情何切**：报国之心多么急切。

⑤ **纷乱**：纷争，混乱。**大纲乖缺**：违背治国的纲常使之缺失。大纲，维系国家政权的基本纲常伦理。乖，不顺，违背。

⑥ **"犬食"句**：狗也羞于吃奸邪之人的肉，表示对奸臣的极端愤恨。奸蠹，行为不法的坏人。《南齐书·裴叔业传》："搜盈山源，纠虔奸蠹。"

⑦ **心托向南枝**：谓岳坟树枝皆向南伸展，是岳飞忠心的寄托所致。**悲陵阙**：对着南宋诸帝的陵墓和宫阙而伤心。

李梦阳

李梦阳（1475—1530），字天赐，又字献吉，号空同子，明庆阳（今甘肃庆阳市）人。弘治七年（1494）进士。授户部主事，迁郎中。因代尚书韩文草疏弹劾刘瑾，被勒令辞官。刘瑾败，迁江西提学副使。为复古主义文学"前七子"之一。有《空同集》。《明史》入《文苑传》。

朱仙镇庙①

宋墓莽岑寂，岳宫今在兹②。风霜留桧柏，阴雨见旌旗③。百战回戈地，中原左衽时④。土人严伏腊⑤，偏护向南枝。（《空同集》卷二三）

【注释】

① 朱仙镇岳飞庙，位于开封城南22公里。建于明成化十四年（1478），与武昌、杭州、汤阴岳飞庙同称为全国四大岳飞庙。

② **宋墓莽岑寂**：宋代帝陵已经沉寂在乱草中。莽，草长得很深。岑寂，同沉寂，寂寞，冷清。**岳宫**：岳飞庙。宫，也称庙宇。

③ 风霜留桧柏:虽经历几百年风霜,庙中遗留下来的桧树和柏树依然长青。桧(guì)柏,桧树和柏树。阴雨见旌旗:阴雨天仿佛能看到岳家军的战旗。

④ "百战"二句:岳飞百战取胜却被迫班师之后,此地很快就沦于金人铁蹄之下。回戈,掉转兵戈,回师。多用以称颂王师赫赫之威。左衽,见释居简诗注㉛。

⑤ 土人:世代居住在本地的人。严伏腊:郑重地祭祀。严,郑重,庄重。伏腊,古代两种祭祀的名称。"伏"在夏季伏日,"腊"在岁末腊月。

朱仙镇

水庙飞沙白日阴,古台残树浊河深①。金牌痛苦班师地②,铁马驱驰报主心。入夜松杉双鹭宿,有时风雨一龙吟③。经行墨客还辞赋,南北凄凉自古今④。(《空同集》卷二三)

【注释】

① 水庙飞沙:临水的庙宇尘沙飞扬。朱仙镇地近黄河和贾鲁河,故多飞沙。古台:指岳飞庙古老的台基。台,一本作墩。浊河:混浊的河流。特指黄河。北魏郦道元《水经注·河水一》:"河水浊,清澄一石水,六斗泥……是黄河兼浊河之名矣。"

② "金牌"句:朱仙镇是岳飞接到金牌痛苦地被迫班师之地。

③ 风雨一龙吟:意谓岳飞的魂魄在风雨中因壮志难酬而大声吟啸。龙吟,见岳珂《经进百韵诗》注⑫。

④ 经行:行程中经过。墨客:指诗人、作家等风雅的文人。辞赋:古代一种文体,起源于战国时代。汉朝人集屈原等所作的赋称为楚辞,后人泛称赋体文学为辞赋。后转为诗文之总称。清姚鼐《古文辞类纂序》:"辞赋类者,风雅之变体也。楚人最工为之,盖非独屈子而已。"此用作动词,指写诗作赋。南北凄凉:哀伤国家南北分割而不能统一。

唐 锦

唐锦(1475—1554),字士䌹(jiǒng),明上海县(今属上海市闵行区)

人。弘治九年(1496)进士。累官至江西学政。后罢归,不复仕。尝延修《大明会典》,纂《大名志》《上海县志》。著有《龙江集》等。

拜岳武穆祠二首

湖草春寒绿未回,荒凉石兽使人哀。碧山高冢埋冤骨,青棘幽魂泣隽才①。江北壶浆迎上将,天边星象坼中台②。贞祠况近钱塘路,又见潮声卷怒雷③。

几度长歌复短吟,冷风吹泪欲沾襟。一抔冤土千年血,五国荒城万里心④。惨淡丹青生气凛,阴森松桧暝云深⑤。思陵金碗知何处,断甃荒趺已莫寻⑥。(《龙江集》卷一)

【注释】

① 冤骨:被冤枉致死的尸骨。"青棘"句:人们为岳飞的幽魂被绿色荆棘掩埋而悲泣。幽魂,人死后的阴魂。隽才,才智出众的人。

② 壶浆:见张宪《岳鄂王歌》注⑤。星象:指星体的明暗及位置等现象。古人据以占测人事的吉凶祸福。坼中台:喻岳飞被杀。坼(chè),裂开。中台,星名。《晋书·天文志上》:"西近文昌二星,曰上台……次二星,曰中台。"《晋书·张华传》:"初,(张)华所封壮武郡有桑化为柏,识者以为不祥。又华第舍及监省数有妖怪。少子韪以中台星坼,劝华逊位。华不从……遂害之于前殿马道南。"后用以悼亡。

③ 贞祠:贞节之士的祠庙。此指岳武穆祠。潮声卷怒雷:暗用伍子胥怒魄化为钱塘江潮之典。

④ 一抔冤土:一座冤坟。千年血:意谓碧血长存。五国荒城:见郑元祐《岳武穆王墓》诗注⑦。万里心:谓岳飞心系万里之外的徽、钦二帝。

⑤ "惨淡"句:暗淡凄凉的岳飞像气概凛然如生。惨淡,暗淡,悲惨凄凉。暝云深:晦暗的云雾迷蒙渺远。

⑥ 思陵金碗:指宋高宗的殉葬品。据晋干宝《搜神记》卷一六载:范阳卢充与崔少府女幽婚。别后四年,三月三日,充于水旁遇二犊车,见崔氏女与三岁男共载。"女抱儿还充,又与金锿,并赠诗曰:'……何以赠余亲?

金鋺可颐儿。'"后因以金鋺借指殉葬的器物。鋺,同"碗"。**断甃**:断残的砖瓦。甃(zhòu),砖。**荒趺**:义同荒碑。年代久远的碑碣。趺(fū),碑下的石座。二句意谓宋高宗坟墓被掘是上天报应。

杨 旦

杨旦(生卒年不详),字启东,明郾城(今河南漯河市郾城区)人。正德十六年(1521)进士。官至南京吏部尚书。有《惜阴小稿》。

拜岳王祠

权奸无状逆天常,和议从容出庙堂①。朔漠几更新岁月,山河半失旧封疆②。湖波东注声犹咽,宰木南枝恨未忘③。忠节凛然千载后,肃瞻遗像炷心香④。(《石仓历代诗选》卷四五一)

【注释】

① 无状:谓罪大不可言状。《汉书·翟方进传》:"丞相、御史请遣掾史与司隶校尉、部刺史并力逐捕,察无状者。"逆天常:违背纲常伦理。天常,天的常道。常指封建的纲常伦理。从容:悠闲舒缓,不慌不忙。《书·君陈》:"宽而有制,从容以和。"此意谓权奸可以肆无忌惮,为所欲为。庙堂,指朝廷。

② "朔漠"句:徽、钦二帝在北方沙漠之地长久盼望归国而终不可得。几更新岁月,经历多少次岁月更新。言经历时间之久。"山河"句:国家旧时的疆土有一半已经丧失。山河,指江山,国土。旧封疆,昔日的疆土。封疆,见赵肃远诗注①。

③ 东注:向东流注。注,灌也。声犹咽:水流声好像在呜咽地哭泣。"宰木"句:岳坟的树木向南伸展显示岳飞并没有忘记旧恨。

④ 忠节:忠诚的节操。炷心香:谓献上真诚的心意。炷,烧,燃香。心香,佛教语。谓中心虔诚,如供佛之焚香。

顾 璘

顾璘(1476—1545),字华玉,号东桥居士,明吴县(今江苏苏州市人。弘治九年（1496）进士。授广平知县。累官至南京刑部尚书。有《顾华玉集》《浮湘集》《息园诗文稿》等多种。

岳王坟

崔巍中兴业，浩荡英雄才①。刺身誓日月，驱甲鸣风雷②。艰哉朱仙镇，天地划再开③。君王亦何意，自卷旌旗回。中原本吾土，突骑胡为来④。家昏鬼蜮啸，国破长城摧⑤。宰木空南向，厓山益悲哀⑥。举觞酹宿莽，歌罢魂俱颓⑦。（《浮湘稿》卷一）

【注释】

① 崔巍：高峻，高大雄伟。此形容中兴事业的宏大。浩荡：水壮阔貌。此形容才气之大。

② 刺身：指岳飞背刺"尽忠报国"。誓日月：誓心如日月之光明。驱甲：率军驱驰。驱，率领，指挥。甲，披甲的人，即甲士，代军队。鸣风雷：如风吼雷鸣，形容声势之大。

③ 天地划再开：天地重新划分。划、开，皆分义。

④ 突骑：用于冲锋陷阵的精锐骑兵。此指金人的骑兵。胡为：为什么。

⑤ 家昏：国家政治黑暗。"家"与"国"互文。鬼蜮啸：喻奸臣弄权。鬼蜮，鬼和蜮都是暗中害人的精怪。后以"鬼蜮"喻用心险恶、暗中伤人的小人。啸，动物拉长声叫。长城摧：喻岳飞被杀，如国之长城被摧毁。

⑥ 宰木：指岳坟的树木。厓山：宋末帝沉海处。见王越诗注⑫。

⑦ 宿莽：经冬不死的草。《楚辞·离骚》："夕揽州之宿莽。"王逸注："草冬生不死者，楚人名曰宿莽。"特指墓前野草。魂俱颓：神情完全萎靡。颓，萎靡，消沉。

夏 言

夏言（1482—1548），字公谨，号桂洲，明贵溪（今江西贵溪市）人。正德十二年（1517）进士。官至吏部尚书、华盖殿大学士。谥文愍。纂修《大明会典》总裁。有《桂洲诗集》。《明史》有传。

满江红

南渡偏安,瞻中原、王气消歇①。叹诸公、经纶颠倒,可怜忠烈②。曾见凄凉亡国事,而今惟有栖霞月③。睹祠宫、宰木尚南枝,伤心切④。人生易,头如雪;竹简汗,青难灭⑤。柱乾坤要使,金瓯无缺⑥。后土漫藏遗臭骨,龙泉耻饮奸臣血⑦。恨当时、无奈小人朋,盈朝阙⑧。(《西湖志纂》卷一二)

【注释】

① 王气:旧指象征帝王运数的祥瑞之气。消歇:休止,消失。

② 诸公:指掌握国家命脉的赵构和秦桧之流。经纶颠倒:谓治国不以正道。经纶,本义为整理丝缕,引申为治理。南朝梁吴均《与朱元思书》:"经纶世务者,窥谷忘反。"可怜:犹可惜。忠烈:忠义壮烈,此指岳飞的抗金壮举。

③ "曾见"二句:谓岳飞当年曾经目睹国家破亡的凄凉景象,因而壮怀激烈;如今长眠栖霞岭下,只有山上的明月千古相照。

④ 祠宫:祠堂,神庙。此指岳飞墓庙。宰木、南枝:并见张昱《岳鄂王坟上作》诗注④。

⑤ "人生易"四句:是说人生短暂,但青史长存。竹简汗,古代在竹简上书写,先以火烤竹去水分,再刮去竹青部分,以便于书写和防蛀,称为汗青。因此后世把著作完成叫作汗青,也借指史册。简,用于书写的竹片。

⑥ 柱:同"拄",撑持。金瓯无缺:盛酒之金瓯完好没有缺口。比喻一国的领土和主权完整。金瓯,金制的盆、盂之属,比喻疆土之完固。《南史·朱异传》:"(武帝)尝凤兴至武德合口,独言:'我国家犹若金瓯,无一伤缺。'"

⑦ "后土"二句:大地随便埋藏那些遗臭万年的尸骨,龙泉宝剑也以沾上奸臣的血为耻(意谓秦桧应被诛杀而死)。后土,对大地的尊称。《左传·僖公十五年》:"君履后土而戴皇天。"亦泛指土地、泥土。漫藏,随便埋藏。漫,随便,随意。龙泉,宝剑名。见王越诗注⑥。

⑧ **小人朋**:小人朋比为奸。朋,朋比,勾结。**盈朝阙**:充满朝廷。朝阙,宫阙,借指朝廷。

孙一元

孙一元(1484—1520),字太初,好老氏书,辞家入太白山,因号太白山人。自称关中(今陕西)人。遍游名胜,工为诗。与刘麟、陆昆、龙霓、吴琬唱和,称苕溪五隐。有《太白山人漫稿》。

岳武穆王祠

誓死从来建大勋,长驱虎旅荡边氛①。中原故旧今余几,四海相看独有君。吾道千年元气丧,皇图万里一江分②。至今风断黄龙府,铁马犹嘶战后云③。(《太白山人漫稿》卷六)

【注释】

① **大勋**:大勋劳,大功业。《书·泰誓上》:"天震怒,命我文考,肃将天威,大勋未集。"**虎旅**:虎贲氏与旅贲氏的并称,两者均掌王之警卫。后因以"虎旅"为卫士之称。亦称勇猛的军队。**荡边氛**:扫荡边境的敌寇。边氛,边地灾祸凶气。比喻边寇。

② **吾道**:语本《论语·里仁》:"子曰:'参乎!吾道一以贯之。'"后多指儒家之道。**元气**:指得以生存发展的物质力量和精神力量。**皇图**:封建王朝的版图。岳飞《乞本军进讨刘豫札子》:"陵寝乏祀,皇图偏安。"**一江分**:以一条长江分割。实际上宋金以淮河为界,非以长江。

③ **风断**:谓风吹不到。"**铁马**"**句**:披着铁甲的石马仍然对着战后的云烟嘶鸣。意谓岳飞死而不忘北伐。

郑善夫

郑善夫(1485—1523),字继之,号少谷,明闽县(今福建闽侯县)人。明弘治十八年(1505)进士。终官吏部郎中。有《郑少谷全集》。《明史》入《文苑传》。

武穆吟三首

南瞻岳王坟,拊心讼宣和①。四海既无虞,乐事一何多②。师师入帝侧,金兵乃星罗③。旧时张谏议,天阍语非讹④。但见户括金,不见士荷戈⑤。回首靖康末,志士悲如何⑥。

太尉出世姿,用兵自神武⑦。怀中左氏传,羞与绛灌伍⑧。燕云唾手得,甲卒尽熊虎⑨。北开玄冥天,南靖朱光土⑩。国耻犹未雪,百胜曷足数。誓将与诸君,痛饮黄龙府。不观颍昌旗,气已吞边部⑪。

英雄无奈何,气数乘人事⑫。宋德但末光,椒房生梦寐⑬。北狩不可返,上天有成意⑭。壮士自苦心,奸臣自长计。蜡书晨到门,将星夜堕地⑮。平生四字符,竟落气数里⑯。桓桓蜀武侯,杀身志乃已⑰。(《少谷集》卷二)

【注释】

① 拊心讼宣和:拍胸谴责宋徽宗。拊心,捶拍胸膛。表示哀痛或悲愤。讼,谴责。《论语·公冶长》:"吾未见能见其过而内自讼者也。"宣和,宋徽宗的年号(1119—1125)。因代称宋徽宗。

② "四海"二句:谴责宋徽宗只求寻欢作乐而不忧虑国家。无虞,没有忧患,太平无事。《书·毕命》:"四方无虞,予一人以宁。"一何,多么,为何那么。

③ 师师:李师师,东京名妓,色艺双绝。一度为宋徽宗私幸。星罗:像天空的星星那样分布着。形容数量多,分布广。

④ 张谏议:指张虚白。张虚白,字致祥,邓州南阳(今河南南阳)人。隶籍太乙宫道士。自言其身乃武陵张白。通太乙六壬、金丹秘术。宋徽宗时屡召见之,俾管辖龙德太一宫。官至太虚大夫、冲和殿侍宸,金门羽客。详见《历世真仙体道通鉴》卷五一。谏议,官名,谏议大夫。专掌论议。然张虚白并未官"谏议"。宋朱弁《曲洧旧闻》卷六:"宣和间,金得天祚,遣使来告,上喜,宴其使臣。既罢,召虚白入,语其事,虚白曰:'天祚至海上,筑宫室以待陛下久矣。'左右皆惊,上亦不怒,徐曰:'张胡汝又醉也。'至靖康都城失守,上出青城,见虚白,拊其背曰:'汝平日所

言，皆应于今日。吾恨不听汝言也。'虚白流涕曰：'事已至此，无可奈何。愿陛下爱护圣躬，既往不足咎也。'"　天阍：帝王宫殿的门。借指宫殿。语非讹：话说得没错。讹，错。

⑤　户括金：挨户搜刮钱财。汴京攻陷后，金人令搜括民间金银。《建炎以来系年要录》卷二"（建炎元年二月）乙丑再括金银，时开封言根括金银尽绝"。括，搜求，搜刮。士荷戈：战士扛枪打仗。荷，用肩扛或担，背负。

⑥　回首：回顾。靖康末：指靖康二年（1127）三月底四月初金人相继掳徽、钦二帝北去。悲如何：多么悲哀。

⑦　太尉：对岳飞的尊称。南宋时，太尉既是武阶官之最高虚衔，也可作为对武将之尊称。岳飞绍兴七年（1137）升太尉。神武：英勇威武。

⑧　怀中左氏传：岳飞本传说其"尤好《左氏春秋》"。羞与绛灌伍：以与周勃和灌婴为伍感到蒙羞。意谓岳飞功绩超过绛、灌。《史记·淮阴侯列传》："信由此日夜怨望，居常鞅鞅，羞与绛、灌等列。"绛灌，见陈基诗注④。

⑨　燕云唾手得：岳飞《谢请和赦表》有"唾手燕云，终欲复仇而报国"之语。燕云，见杨维桢《岳王行》注⑥。唾手，喻极易。甲卒：披甲的士卒，泛指士兵。熊虎：喻勇猛。

⑩　"北开"二句：谓岳飞北御强敌，南平内乱。玄冥，北方之神。因指北方。《吕氏春秋·有始》："北方曰玄天。"靖，平定，使安定。朱光，谓火德。汉以火德兴，因借称汉朝。《文选·张衡〈南都赋〉》："曜朱光于白水。"李善注："朱光，火德也。"宋亦以火德兴，因亦称宋朝。

⑪　颍昌：府名。宋元丰三年（1080）升许州置，治所在长社（今河南许昌市），绍兴十年（1140）七月，岳飞与金人战于颍昌，大捷。边鄙：边境地区。此指边境的敌寇。

⑫　气数乘人事：谓宋朝的国运随着人为之事而兴衰。乘，趁着，就着。气数，气运，命运。

⑬　宋德但末光：宋朝的恩德只剩下余辉。末光，余辉。椒房生梦寐：指哲宗孟后被废，侥幸未被金人掳去而立宋高宗。椒房，即椒房殿，后妃居住

的宫室。此泛指皇宫。梦寐,谓睡梦。

⑭ 北狩:徽、钦二帝被掳向北方的讳词。成意:既定的主意。

⑮ 蜡书:封在蜡丸中的文书。引申指密信。此指兀术给秦桧的密信。《宋史·岳飞传》:"兀术遗桧书曰:'汝朝夕以和请,而岳飞方为河北图,必杀飞,始可和。'桧亦以飞不死,终梗和议,已必及祸,故力谋杀之。"将星夜堕地:喻岳飞被杀。见岳珂《鄂忠武王出师疏帖赞》注⑭。

⑯ 四字符:谓"尽忠报国"四字标记。符,标记,记号。

⑰ 桓桓:勇武貌。见陈基诗注⑮。蜀武侯:三国时蜀相诸葛亮死后谥为忠武侯。借喻岳飞。志乃已:志向才不得不停止。

刘天民

刘天民(1486—1541),字希尹,号函山,明历城(今山东济南市)人。正德六年(1511)进士。累官至吏部右侍郎。谥文定。善诗文,与边贡、李攀龙并称"历下三杰"。有《函山先生集》。

满江红·汤阴谒武穆王庙

忠义心横,戴天雠、何时可歇①。中夏里、胡奴充斥,将臣激烈②。仗剑披开东海云,据鞍卧落西山月③。想凌烟、尺寸不垂功,虚愤切④。战场骨,明似雪;廊庙谋,亦须竭⑤。纵刀山斫入,燕支城缺⑥。关上长驱奋此身,仰天大叫喷腥血⑦。蜡丸书、收返发兵符,谁之阙⑧。(《全明词补编》上册)

【注释】

① 忠义心横:忠义充满心中。横,充满,遮盖。《礼记·孔子闲居》:"以横于天下。"注:"充也。"戴天雠:不共戴天之仇。《礼记·曲礼上》:"父之雠,弗与共戴天。"雠,同"仇"。何时可歇:意谓无时停歇。

② "中夏里"三句:言岳飞目睹金人横行中原,激昂慷慨。中夏,指华夏,中国。亦指中原地区。晋陆机《辨亡论》:"魏人据中夏,汉氏有岷益,吴制荆扬而奄交广。"胡奴,对胡人的贱称,犹胡虏。充斥,充满,到

处都是。将臣，武臣，与儒臣相对。此指岳飞。激烈，激昂慷慨。

③ "仗剑"二句：谓岳飞昼夜征战，不曾下鞍，多次战胜金军，使沦陷区的人民拨云见日。仗剑，持剑。《史记·淮阴侯列传》："及项梁渡淮，信仗剑从之。"披开，拨开。据鞍，跨着马鞍。亦借指行军作战。

④ "想凌烟"三句：想到功臣阁不能流传些许功绩，空自愤恨。凌烟，凌烟阁的省称。见叶绍翁诗注③。尺寸功，些许功绩。垂，流传。虚愤切，徒然愤恨。愤切，十分愤恨。

⑤ "战场骨"四句：战场上的白骨像雪一样明亮，朝廷却无计可施。廊庙，见岳珂《经进百韵诗》注⑥。

⑥ "纵刀山"二句：意谓金国的都城即使是刀山也要冲杀进去。刀山，佛教语，地狱中的酷刑之一。《三昧海经·观佛心品》："狱卒罗刹驱魔罪人令登刀山，未至山顶，刀伤足下乃至于心。"喻极险恶的境地。燕支城缺，将金国都城击破。燕支，汉时匈奴王单于正妻的称号。借指金国。

⑦ "关上"二句：谓岳飞致力于抗金，长驱挺进边塞，气概豪迈激越。关上，指边关。

⑧ 蜡丸书：指兀术遗秦桧书。见郑善夫诗注⑮。收返发兵符：收回进军的兵符。意谓诏令岳飞班师。谁之阙：是谁的过失。阙，缺失，过失。

林大辂

林大辂（1488—1560），字以乘，号二山，明莆田（今福建莆田市）人。正德九年（1514）进士。官工部员外郎。因疏救直谏的董筑被下狱。嘉靖时升任湖广巡抚。有《愧瘖集》。

吊岳武穆坟二首

百战间关许国年，英雄遗恨独潸然①。皇舆当日曾浮海，虏帐何人共戴天②。钟鼓瞑传三竺雨，风波寒锁六桥烟③。孤坟一吊空苹藻，极目南枝听杜鹃④。

汤阴不葬祁连冢，马革悬尸旧有情⑤。恻恻西台三字狱，嗟嗟南渡百夫

英⁶。金牌落日催仙镇，玉殿腥云结汴京⁷。白鹭黄龙皇幄远，胡笳羌管梦魂惊⁸。(《愧瘖集》卷九)

【注释】

① "百战"句：当年以身许国，劳碌奔波、艰辛辗转地多次作战。间关，见丘濬词注③。潸然：流泪貌。

② "皇舆"句：指宋高宗曾避敌逃于海上。皇舆，国君所乘的高大车子。多借指王朝或国君。《楚辞·离骚》："岂余身之惮怏兮，恐皇舆之败绩。" "虏帐"句：什么人与仇敌共处于同一个天下。指责宋高宗不思报国仇家恨。虏帐，指金军首领的毡帐，借指金军首领。共戴天，与仇敌共顶一个天。不共戴天的反义。

③ "钟鼓"句：傍晚的雨中传来三竺寺的钟鼓声。钟鼓，钟和鼓。佛教法器。清郑燮《别梅鉴上人》诗："云山有约怜狂客，钟鼓无情老比邱。"暝，日落，天黑。三竺，浙江杭州灵隐山飞来峰东南的天竺山，有上天竺、中天竺、下天竺三座寺院，合称"三天竺"，简称"三竺"。 "风波"句：寒天里西湖六桥的烟霭笼罩着风波亭。锁，笼罩，封闭。六桥，杭州西湖外湖苏堤上之六桥：映波、锁澜、望山、压堤、东浦、跨虹。宋苏轼所建。亦指西湖里湖之六桥：环璧、流金、卧龙、隐秀、景行、濬源。明杨孟瑛所建。参阅明田汝成《西湖游览志·孤山三堤胜迹》。

④ 空苹藻：徒然有祭祀的苹与藻。意谓无益于岳飞复生。苹藻，苹与藻，皆水草名。古人常采作祭祀之用。极目南枝：远望向南伸展的树枝。听杜鹃：愁听杜鹃鸟悲鸣。

⑤ "汤阴"句：意谓岳飞不能埋葬于故乡汤阴。祁连冢，指高大的坟墓。汉武帝为纪念霍去病的战功，在茂陵东北为其修建大型墓冢。"为冢像祁连"，即状如祁连山。见《汉书·卫青霍去病传》。"马革"句：原本有志向为国战死疆场。马革悬尸，义同马革裹尸。见班惟志诗注②。悬，挂。旧，原先，原本。情，情志，意愿。

⑥ 恻恻：悲痛，凄凉。汉扬雄《太玄·翕》："禽缴恻恻。"范望注："恻，痛也。" 西台：官署名，刑部的别称。清梁章钜《称谓录·刑部》："隋改都官为刑部尚书。唐天宝中改为宪部，亦曰西台。" 嗟嗟：叹词，表示感

慨。《楚辞·九章》:"曾歔欷之嗟嗟兮,独隐伏而思虑。"百夫英:犹百夫雄。言人中豪杰。《文选·王粲〈咏史〉》:"生为百夫雄,死为壮士规。"李善注引郑玄曰:"百夫之中最雄俊者也。"百夫,犹众人,多人。

⑦ 催仙镇:催促(班师)于朱仙镇。"玉殿"句:北宋故都汴京华美的宫殿聚集着含有血腥的云。玉殿,宫殿的美称。三国魏曹植《当车以驾行》诗:"欢坐玉殿,会诸贵客。"腥云,含有血腥的云。

⑧ "白鹭"句:意谓披毡裘、住毡帐的徽、钦二帝身陷遥远的五国城。白鹭,用白鹭的长翰毛制的披风。《尔雅·释鸟》:"鹭,春鉏。"晋郭璞注:"白鹭也。头、翅、背上皆有长翰毛。今江东人取以为睫攡(披风),名之曰白鹭缞。"代指披风。黄龙,黄龙府的省称。此借指五国城。皇幄,皇帝临时住的帷帐。古代天子外游时用布幔临时张设的宫殿称幄殿。"胡笳"句:意谓徽、钦二帝听到异族的音乐声往往从梦中惊醒。胡笳、羌管,皆为西北少数民族的乐器。

戴 鳖

戴鳖(jì)(1490—1556),字时重,号东石,明鄞县(今浙江宁波市鄞州区)人。正德十二年(1517)进士。官至四川巡抚。有《戴中丞遗集》。

过汤阴武穆祠

云树萧森武穆祠,晴沙秋日尚含悲①。中台一德初开阁,内殿精忠漫赐旗②。河北不闻经略计,江南已草受书仪③。廿年洒泣看遗传,式里重吟板荡诗④。(《戴中丞遗集》卷三)

【注释】

① 云树:高耸入云的树木。萧森:草木衰败貌。亦为草木茂密貌。晴沙:阳光照耀下的沙滩或飞沙。

② 中台:即尚书省。秦汉时尚书称中台,谒者称外台,御史称宪台,合称三台。魏、晋、宋、齐并称尚书台,梁、陈、后魏、北齐、隋则称尚书省。唐时曾更名中台,后又改为尚书省。一德:一德格天之阁的省称。秦桧

所建阁名。**内殿**：皇帝召见大臣和处理国事之处。因在皇宫内禁，故称。**精忠漫赐旗**：谓宋高宗徒然亲书"精忠岳飞"制旗赐岳飞。漫，徒然。

③ **经略**：筹划，谋划。**江南**：特指金对南宋侮辱性的称谓。绍兴八年十一月，金"诏谕江南使"张通古与宋使王伦南来，金使的称号中将"宋国"称为"江南"，将"通问"称为"诏谕"。宋李纲《梁溪全集》卷一○二《论使事札子》："今者（王）伦之归，与虏使偕，乃以'江南诏谕'为使名。……今乃不著国号，而曰'江南'，不云'通问'，而曰'诏谕'，此何礼也？"**已草**：已经草拟。**受书仪**：接受金国国书的仪式。按照金国要求，张通古带来的金国书信，必须要宋主赵构"北面""再拜亲受之"。宋方的记载是最后宰相秦桧代替赵构"即馆中受书以归"。见《建炎以来系年要录》卷一二三。而金方的记载则说，经过几番讨价还价，"宋主遽命设东、西位，使者东面，宋主西面，受诏拜起皆如仪（按照仪式）"。见《金史·张通古传》。

④ **洒泣**：犹洒泪。**遗传**：遗留的传记，指岳飞传。**式里**：抚轼经过岳飞故里。式，通"轼"，以手抚轼，为古人表示尊敬的礼节。轼，古代车厢前面用作扶手的横木。**板荡诗**：《板》《荡》都是《诗·大雅》中讥刺周厉王无道而导致国家败坏、社会动乱的诗篇。后因以指政局混乱或社会动荡。

黄省曾

黄省曾（1490—1546），字勉之，号五岳山人，明吴县（今江苏苏州市）人，先世为河南汝宁人。嘉靖十年（1531）乡试名列榜首，后进士累举不第，遂弃科举，转攻诗词和绘画。有《五岳山人集》。

谒鄂国武穆王庙宫

嶕城托湖澳，丹宇缀山阳①。庱止已切怆，停挹忽沾裳②。百六遘倾朝，四七拥惟良③。武烈诚希代，国士展无双④。师尹荡友纪，荣夷纠皇纲⑤。遂使汗马雄，翻蹈属镂殃⑥。紫垣蔽滔诡，缥阙恣游荒⑦。妖涵驽秽甘，介狄黥浅忘⑧。婴伏迨忠贤，嚻怨恫多方⑨。一胥曾显吴，匹尹亦兴商⑩。孰云宋箓烬，不在岳氏亡⑪。筌宰既先拨，宗稷安可长⑫。圣世钦往才，岁奠炳今章⑬。哂彼俄顷荣，孰与万祀光⑭。（《五岳山人集》卷七）

【注释】

① <u>嶕城托湖澳</u>：高高的坟墓寄托在西湖之滨。嶕（jiāo），嶕峣，高峻貌。城，指佳城，坟墓。见阮葵生诗注①。托，寄托，寄葬。岳飞为汤阴人，死后埋葬于杭州，故为寄葬。湖澳，湖边可以停舟的弯曲处。<u>丹宇缀山阳</u>：红色的殿宇装饰着栖霞岭的南面。宇，宫殿。缀，装饰。山阳，山南为阳。

② <u>戾止已切怆</u>：我来到这里已深深地悲伤。戾止，来到。《诗·鲁颂·泮水》："鲁侯戾止，言观其旂。"毛传："戾，来；止，至也。"切怆，深深地悲伤。<u>停挹忽沾裳</u>：拜揖过后泪水忽然沾湿衣裳。挹，古同"揖"，作揖。

③ <u>百六遘倾朝</u>：谓北宋朝廷遭遇厄运。百六，《汉书·律历志上》："《易》九厄曰：初入元，百六阳九。"古代认为4617岁为1元，初入元106岁，故以"百六"为厄运。遘（gòu），遭遇。倾朝，满朝，整个朝廷。<u>四七拥惟良</u>：谓宋高宗被臣僚拥戴而登上皇帝位。四七，谓取得帝位。见岳珂《经进百韵诗》注⑦。惟良，贤能的官吏。语出《书·君陈》："呜呼，臣人咸若时，惟良显哉。"

④ <u>武烈诚希代</u>：谓岳飞的武功确实世所少有。武烈，《国语·周语下》："成王能明文昭，能定武烈者也。"韦昭注："烈，威也。言能明其文，使之昭；定其武，使之威也。"后以"武烈"谓武功。希代，犹希世。世上所少有。晋傅玄《走狗赋》："希代来贡，作珍皇家。"<u>国士展无双</u>：谓岳飞是国中独一无二的人才。《史记·淮阴侯列传》："诸将易得耳。至如信者，国士无双。"展，义同"诚"，确实，诚然。《诗·鄘风·君子偕老》："展如之人兮，邦之媛也。"

⑤ <u>师尹荡友纪</u>：秦桧毁坏国家的纲纪。师尹，指周太师尹氏。《诗·小雅·节南山》："赫赫师尹，民具尔瞻。"毛传："师，太师，周之三公也。尹，尹氏，为太师。"后用为三公之称。此借指秦桧。荡，毁坏，破坏。友纪，犹纲纪。《诗·大雅·云汉》："旱既太甚，散无友纪。"郑玄笺："人君

以群臣为友，散无纲纪者，凶年禄饩不足，人无赏赐也。"荣夷纠皇纲：秦桧像荣夷公一样败坏朝纲。荣夷，荣夷公，周厉王卿士。《史记·周本纪》："厉王即位三十年，好利，近荣夷公……厉王不听，卒以荣公为卿士，用事。"此借指秦桧。纠，矫正。此义为改变，败坏。皇纲，朝廷的纲纪。晋陆机《答贾长渊》诗："在汉之季，皇纲幅裂。"

⑥ "遂使"二句：于是使战功卓著的英雄，反而遭到被杀的祸殃。汗马，战马奔走而出汗。喻指劳苦征战。翻，反而。蹈，走向。属镂，剑名。春秋时伍子胥被吴王赐属镂剑自杀。见杨维桢《岳王行》注⑪。

⑦ 紫垣蔽滔诡：朝廷被专横奸猾的人所遮蔽。紫垣，星座名，常借指皇宫。唐令狐楚《发潭州日寄李宁常侍》诗："君今侍紫垣，我已堕青天。"滔诡，谓专横奸猾的人。滔，傲慢，专横霸道。《左传·昭公二十六年》："士不滥，官不滔。"诡，欺诈，奸猾。熛阙恣游荒：皇帝在宫中纵情地游乐。熛（biāo）阙，赤色的宫阙。《文选·扬雄〈甘泉赋〉》："左欃枪而右玄冥兮，前熛阙而后应门。"李善注引晋灼曰："熛阙，赤色之阙。"恣，纵情。游荒，无节制地嬉戏游乐。荒，迷乱，无节制。

⑧ 妖湎驽秽甘：谓宋高宗沉迷于女色，甘心成为愚钝无能且肮脏丑恶的人。妖湎，沉湎于女色。驽秽，驽劣丑恶。介狄黬浅忘：谓秦桧专权作恶忘记自己的愚昧浅薄。介狄，元凶。《诗·大雅·瞻卬》："舍尔介狄，维予胥忌。"马瑞辰通释："《说文》：'狄之为言淫辟也。'《广雅·释言》：'狄，辟也。'古或通以为淫辟之称。介狄谓大狄，犹云元恶也。"黬（yǎn）浅，暗昧浅薄。《文选·王褒〈四子讲德论〉》："鄙人黬浅，不能究识。"李善注："黬，不明也。"

⑨ 婴伏迨忠贤：轻慢忠贞贤良之士，触犯并使他们屈服于自己。婴，通"撄"，触犯。伏，使屈服。迨，通"怠"，轻慢，不恭敬。嚣怨恫多方：对怨怒之声从多方面进行恐吓。嚣（xiāo）怨，喧嚣怨怒。《后汉书·宦者列传》："窦武、何进，位崇戚近，乘九服之嚣怨，协群英之执力，而以疑留不断，至于殄败。"多方，多端，多方面。《墨子·公孟》："人之所得于病者多方，有得之寒暑，有得之劳苦。"

⑩ 一胥曾显吴：谓伍子胥曾使吴国国威显扬。一胥，一个伍子胥。参

见任士林诗注⑥。**匹尹亦兴商**:谓伊尹亦曾使商朝兴盛。匹尹,一个伊尹。伊尹曾辅佐商汤灭夏建商。匹,单独。

⑪ "孰云"二句:有人说宋朝的天命已尽,并不由于岳飞的死去而灭亡。宋箓,宋朝皇帝受赐于天的符命之书。借指宋朝国运。箓(lù),帝王自称其所谓天赐的符命之书,作为御制天下的凭证。烬,烧毁,化成灰烬。

⑫ **筌宰既先拨**:谓宰相秦桧已先叛国。筌宰,犹筌相。喻指善附会而博取富贵。宋杨伯嵒《臆乘·宰相称号》:"史传载居相位妍丑之称,如陈升之曰筌相。"按,陈升之此称,盖取"得鱼忘筌"之义。拨,拨转,掉转。**宗稷安可长**:国家怎么能够长久。宗稷,宗庙社稷。古代亦常用以代表国家政权。

⑬ **圣世钦往才**:当今圣明的时代钦敬往昔的英才。圣世,旧时对于当代的谀称。**岁奠炳今章**:岁时祭奠今天的规章显得光耀明亮。岁奠,每年按一定的时节祭奠。

⑭ "哂彼"二句:可笑那些短暂的荣华,哪比得上万年的光耀。哂(shěn),讥笑。俄顷,片刻,一会儿。孰与,犹言何如,意谓还不如。常用于反诘语气。祀,殷代指年。

周 诗

周诗(1494—1556),字以言,明昆山(今江苏昆山市)人。精医理。至京师,以诗文游公卿间,为人治病,常应手而愈。至杭州,诗名甚噪。平生著作多散佚,所存有《内经解》《虚岩山人集》。

岳王坟

将军埋骨处,过客式英风①。北伐生前烈,南枝死后忠②。山河戎马异③,涕泪古今同。凄断封丘草④,苍苍落照中。(《西湖梦寻》卷一)

【注释】

① **式英风**:敬仰高尚的风格和气节。式,敬仰,景慕。

② **烈**:显赫。《国语·晋语九》:"君有烈名,臣无叛质。"

南枝死后忠：岳坟上的树枝朝南，象征其死后仍忠于故国。

③ 山河戎马异：国家已和当年的战乱不同。戎马，军马，战马。借指战乱，战争。唐杜甫《登岳阳楼》诗："戎马关山北，凭轩涕泗流。"

④ 凄断：谓极其凄凉或伤心。封丘：封土为丘。指坟墓。

谢榛

谢榛（1495—1575），字茂秦，号四溟山人、脱屣山人，明临清（今山东临清市）人。以声律闻于时。为明代"后七子"之一。后为李攀龙排斥，削名"七子"之外，客游诸藩王间，以布衣终其身。有《四溟集》《四溟诗话》。《明史》入《文苑传》。

朱仙镇吊岳武穆

中原何幸见将军，一剑长驱万马群①。战伐功高天意在，庙堂策定帝图分②。只今营垒空秋月，终古旌旗有暮云③。遗恨几多堤上柳④，冷风凄雨不堪闻。（《四溟集》卷五）

【注释】

① "中原"二句：中原人民见到岳将军多么庆幸，岳将军以一剑之任长途驱逐敌人的万马之群。一剑，指独力担任艰巨的任务。见王云凤诗注②。

② 天意在：谓岳飞战功虽高而被杀是天意不佑宋。庙堂策定：指朝廷已决定与金人议和的方略。帝图：犹皇图。封建王朝的版图。

③ "只今"二句：含蓄地表达对岳飞被迫班师的遗憾。只今，至今。空秋月，白白地被秋月照耀。终古，永世。有暮云，有暮云笼罩。意谓在夜晚可以望见当年的旌旗。

④ 堤上柳：指隋堤上的柳树。朱仙镇地近隋堤，堤多植柳。

高叔嗣

高叔嗣（1501—1537），字子业，号苏门山人，明祥符（今河南开封市祥符区）人。嘉靖二年（1523）进士。授工部主事，改吏部，历稽勋郎中，出为山西左参政，迁湖广按察使，卒于官。少受知于李梦阳，其诗清新婉约。有《苏门集》。

岳武穆王庙

在南阳府西门月城内。昔宋绍兴初武穆尝统军克复蔡州，蔡人德之，故为立庙。

战血凭谁浣，忠魂任所之①。郊原高故垒，草树暗灵祠②。落日啼鹃处，征人系马时③。千年知己泪，片石外孙辞④。（《河南通志》卷四八）

【注释】

① 战血凭谁浣：《晋书·嵇绍传》："（嵇）绍以天子蒙尘，承诏驰诣行在所。值王师败绩于荡阴，百官及侍卫莫不散溃，唯绍俨然端冕，以身捍卫，兵交御辇，飞箭雨集。绍遂被害于帝侧，血溅御服，天子深哀叹之。及事定，左右欲浣衣，帝曰：'此嵇侍中血，勿去。'"此谓宋高宗丝毫不顾恤岳飞的战血。浣（huàn），洗。《说文》："浣，濯衣垢也。"忠魂任所之：任凭岳飞的忠魂四处游荡。之，此作动词，去，到。

② 郊原高故垒：原野上还存在当年高高的堡垒。草树暗灵祠：草木茂盛，使祠宇显得暗淡。灵祠，神祠。

③ "落日"二句：言作者在太阳落山时的杜鹃啼叫声中下马来参谒岳武穆王庙。落日、啼鹃，皆渲染岳庙景象的凄凉。征人，远行的人。晋陶潜《答庞参军》诗："勖哉征人，在始思终。"

④ 片石外孙辞：谓碑碣上的文辞优美。片石，一块石头，常指碑碣。如"韩陵片石"。外孙辞，南朝宋刘义庆《世说新语·捷悟》："魏武尝过曹娥碑下，杨修从。碑背上见题作'黄绢幼妇，外孙齑臼'八字，魏武谓修曰：'解不？'答曰：'解。'魏武曰：'卿未可言，待我思之。'行三十里，魏武乃曰：'吾已得。'令修别记所知。修曰：'黄绢，色丝也，于字为"绝"；幼妇，少女也，于字为"妙"；外孙，女子也，于字为"好"；齑臼，受辛也，于字为"辝（辞）"；所谓"绝妙好辞"也。'魏武亦记之，

与修同,乃叹曰:'我才不及卿,乃觉三十里。'"后用以指极其美妙的文辞。

李开先

李开先(1501—1568),字伯华,号中麓,别署中麓子、中麓放客、中麓山人、中麓老樵等,明章丘(今山东章丘市)人。嘉靖八年(1529)进士。官至提督四夷馆太常寺少卿。有《李中麓闲居集》。《明史·文苑传》附《陈束传》。

悼岳武穆

龙蛇陆走乱离年,金国兵强胜左贤①。战阵堂堂惟岳将,旌旗猎猎驻朱仙②。汴京久失中原险,和议原从北虏传③。一自钱塘屈死后,谁能辟地更开天。(《李中麓闲居集》卷三)

【注释】

① 龙蛇:犹龙蛇混杂。指乱时出现的各种人物。陆走:奔走于陆路。《黄帝阴符经》:"天发杀机,移星易宿。地发杀机,龙蛇起陆。人发杀机,天地反覆。"乱离:政治混乱,给国家带来忧患。《诗·小雅·四月》:"乱离瘼矣,爰其适归。"毛传:"离,忧。"左贤:左贤王的省称。汉时匈奴贵族的高级封号。《后汉书·南匈奴传》:"其大臣贵者左贤王,次左谷蠡王,次右贤王,次右谷蠡王,谓之四角。"

② 战阵堂堂:阵营盛大。战阵,阵列,阵营。堂堂,形容盛大。岳将(jiàng):指大将岳飞。猎猎:形容旌旗随风飘拂的样子或声音。朱仙:朱仙镇的省称。

③ "汴京"句:北宋都城开封久已失去中原险要可凭的地势。"和议"句:谓和议原本是金人的意愿而传达给秦桧,宋高宗正好中了金人的圈套。

江瓘

江瓘(1503—1565),字民莹,明歙县(今安徽歙县)人。少补诸生。

以疾弃举子业，工医，专事吟咏。有《江山人集》《名医类案》。

谒岳武穆王坟

结发提戈出塞师，颍昌旗势欲吞胡①。蜡书已构三人虎，烈士空怀四字符②。墓树南生巢鹳鹤，湖烟朝起乱蘪芜③。黄龙痛饮赍雄志，谁向尚方请湛卢④。（《江山人集》卷四）

【注释】

① 结发:指初成年。提戈:犹提兵，率领军队。出塞师:到边塞作战的军队。颍昌:府名。见郑善夫诗注⑪。旗势:指军队的气势。欲吞胡:将要吞灭金侵略者。

② "蜡书"句:完颜兀尤（宗弼）给秦桧的密信，导致秦桧对岳飞进行诬陷。见郑善夫诗注⑮。构，诬陷，陷害。《左传·桓公十六年》："宣姜与公子朔构急子。"三人虎，《韩非子·内储说上》："庞恭与太子质于邯郸，谓魏王曰:'今一人言市有虎，王信之乎?'曰:'否。''二人言市有虎，王信之乎?'王曰:'寡人疑矣。''三人言市有虎，王信之乎?'王曰:'寡人信之矣。'庞恭曰:'夫市之无虎也，明矣，然而三人言而成虎。今邯郸去大梁也远于市，而议臣者过于三人，愿王察之也。'王曰:'寡人自为知。'于是辞行，而谗言先至，后太子罢质，果不得见。"比喻谣言说得多了，就能使人信以为真。"烈士"句:谓岳飞遭诬被杀，"尽忠报国"的抱负不得实现。四字符，指岳飞背刺的"尽忠报国"四字。符，标记，符号。

③ "墓树"二句:写岳飞死后的凄凉。巢，作动词，鸟做窝。鹳鹤，鸟名。形似鹤，嘴长而直，顶不红，常活动于水旁，夜宿高树。湖烟，湖水腾浮的雾气。蘪芜，一种香草。芎䓖的苗，叶有香。

④ 赍雄志:心怀未遂的雄心壮志死去。赍（jī），怀抱着。"谁向"句:用汉朱云请剑之典。见黄文雷诗注⑨。湛卢，剑名，是春秋时期铸剑名匠欧冶子所铸五大盖世名剑之首，泛指剑。汉袁康《越绝书·外传记宝剑》："欧冶乃因天之精神，悉其伎巧，造为大刑三，小刑二:一曰湛卢，二曰纯钧，三曰胜邪，四曰鱼肠，五曰巨阙。"

陆垹

陆垹（1504—1553），字秀卿，号篑斋，明嘉善（今浙江嘉善县）人。嘉靖五年（1526）进士。授南京刑部主事，历迁兵部郎中，出为常德知府，转武昌、岳州等府。官至右佥都御史、巡抚河南。有《陆篑斋集》《篑斋杂著》。

武穆祠

文臣不爱钱，武臣不怕死①。卓哉武穆言，生平允无愧②。所惜一死余，未见雪仇耻。虽然报国心，未必自成毁③。八日仰神谋，千春荐芳芷④。英风凛寰区，况乃夙经理⑤。奸谀竟何人，荷校亦庭死⑥。欲招钱塘魂，永锡巴陵祉⑦。普天无横索，战国仍兹已⑧。亭车瞻拜余，寒日照湖水⑨。（《隆庆岳州府志》卷九）

【注释】

① 《宋史·岳飞传》："或问天下何时太平，飞曰：'文臣不爱钱，武臣不惜死，天下太平矣。'"

② 卓哉：高超啊。卓，高明，高超。哉，文言语气词，此表感叹，相当于"啊"。允无愧：确实无愧于自己所说的话。允，副词，确实，果真。

③ 自成毁：因为成功或被诋毁而有所改变。自，因为，由于。二句言岳飞的报国忠心不以成功和失败而有所改变。

④ 八日仰神谋：指八日破杨么军全靠岳飞神机妙算。参见岳珂《经进百韵诗》注㉟。神谋，犹神算。千春荐芳芷：受到人们千年的祭祀。荐，素祭。无酒肉作贡品的祭祀。芳芷，香草名。

⑤ 英风凛寰区：奇伟杰出的气概令世人敬畏。凛，严肃而可敬畏。寰区，天下，人世间。况乃夙经理：况且此地（岳阳）是素所经营治理之地。夙，旧，平素。经理，经营治理。

⑥ 荷校亦庭死：指秦桧和万俟卨死后在阴间受到严惩。参见杨维桢《岳王行》注⑭。荷校，以肩荷枷，即颈上戴枷。校，枷。

⑦ 钱塘魂:指埋葬于杭州的岳飞冤魂。永锡巴陵祉:永久赐予岳阳福祉。锡,同"赐"。巴陵,岳阳旧名。

⑧ 横索:勒索。战国仍兹已:战争从此停止。战国,谓统治一方、互相交战的国家。《管子·霸言》:"战国众,后与可以霸;战国少,先举可以王。"仍,于是,乃。《南史·宋武帝纪》:"帝叱之,皆散,仍收药而反。"

⑨ 亭车:停车。亭,通"停"。

尹台

尹台(1506—1579),字崇基,号旧山,明永新(今江西永新县)人。嘉靖十四年(1535)进士。授编修。忤严嵩,出为南京祭酒。官至南京礼部尚书。有《洞麓堂集》。

栖霞岭谒岳武穆王墓

元忠瞻异代,巨庙倚高坟①。痛矣英雄事,悲哉战伐勋。金牌飞白日,铁戟断黄云②。劲气号松柏,犹疑叱咤闻③。(《洞麓堂集》卷七)

【注释】

① 元忠:大忠。《逸周书·武顺》:"元忠尚让。"朱右曾校释:"元忠,忠之大者。"瞻异代:瞻于异代。即后代的人前来瞻仰。倚高坟:背靠着高大的坟墓。倚,靠着。

② "金牌"二句:金字牌映着日光飞驰而来,被迫班师的军队断送了天子之气。白日,太阳,日光。铁戟,兵器,借指军队。黄云,黄色的云气,指天子气。《古微书·洛书纬》:"黄帝起,黄云扶日。"

③ "劲气"二句:松柏怒号的强盛之声,听起来还带有岳飞当年叱咤风云的气概。劲气,凛冽的寒气,亦谓刚强正直的气概。叱咤,怒喝声。

唐顺之

唐顺之(1507—1560),字应德,一字义修,号荆川,学者称"荆川先生",明武进(今江苏常州市武进区)人。嘉靖八年(1529)会试第一。官翰林院编修,后调兵部主事。曾亲率兵船破倭寇于海上。升右佥都御史,巡抚凤阳。崇祯时追谥襄文。在文学上与王慎中、茅坤、归有光等同属唐宋派。学识广博,著作多种。有《荆川集》等。

岳将军墓

国耻犹未雪,身危亦自甘①。九原人不返,万壑气长寒②。岂恨藏弓早,终知借剑难③。吾生非壮士,于此发冲冠。(《荆川集》卷三)

【注释】

① "国耻"二句:国家的耻辱还没有洗雪,即使自身处境危殆也心甘。

② "九原"二句:是说岳飞一死不能复生,但他的英雄气概却凛然长存于万山之间。九原,见姚文奂诗注②。壑,山谷。气长寒,正气凛然长存。

③ "岂恨"二句:哪里只是恨宋高宗过早杀害功臣,终于知道诛杀奸邪更难。借剑,见黄文雷诗注⑨。

李春芳

李春芳(1511—1585),字子实,号石麓,明兴化(今江苏兴化市)人。嘉靖二十六年(1547)进士第一。累迁礼部尚书加太子太保兼武英殿大学士入阁拜相。隆庆二年(1568),继徐阶升任首辅。谥文定。有《贻安堂集》。《明史》有传。

阙 题

崇宁狐鼠来熙丰,白山犬羊窥苍穹①。妖氛万里天空蒙,回头北顾谁弯弓②。汤阴淑气起人龙,精忠耿耿贯晴虹③。与虏生存誓不同,金戈铁马声隆隆。旌旗赫奕雷行空,笑谈南北收群雄④。胡命仓皇破竹中,方看取日出高春⑤。无奈阴霾遮九重,宋室萎顿数已穷⑥。凤凰鹈鸠非朋从,天遽夺之

归芙蓉⑦。气随日月悬西东，栖霞岭下若堂封⑧。湖光迤逦山蒙茸，庙前古柏号秋风，仿佛王歌满江红⑨。(《精忠类编》卷八)

【注释】

① "崇宁"句：谓徽宗朝的奸臣是神宗朝的余孽。崇宁，宋徽宗赵佶的年号（1102—1106）。狐鼠，城狐社鼠。喻小人、坏人。熙丰，宋神宗赵顼的两个年号熙宁（1068—1077）和元丰（1078—1085）的合称。白山：吉林省长白山的简称。指女真族居住之地。犬羊：对金人的蔑称。窥苍穹：窥伺苍天的心意。意谓金人已窥知天意不佑护宋朝。苍穹，苍天。

② 妖氛：不祥的云气。多喻指凶灾、祸乱。空蒙：迷茫貌，缥缈貌。北顾：顾望北方。《宋书·索虏传》："上以滑台战守弥时，遂至陷没，乃作诗曰：'……华裔混殊风，率土浃王猷。惆怅惧迁逝，北顾涕交流。'"宋辛弃疾《永遇乐·京口北固亭怀古》词："元嘉草草，封狼居胥，赢得仓皇北顾。"北顾常指因战争大败而后悔。南宋时，"北顾"是流亡到江南的士大夫常用的一个含有政治意义的语词，有"北望中原，企图恢复"之意。弯弓：挽弓，拉弓。此指击退侵略者。汉贾谊《过秦论》："士不敢弯弓而报怨。"

③ 淑气：指天地间神灵之气。人龙：比喻人中俊杰。耿耿：明亮貌。贯晴虹：横穿晴空的长虹。形容气势壮盛。

④ 赫奕：光辉炫耀貌。《文选·何晏〈景福殿赋〉》："故其华表则镐镐铄铄，赫奕章灼，若日月之丽天也。"李善注："镐镐铄铄，赫奕章灼，皆谓光显昭明也。"雷行空：形容声势盛大，如雷行天空。笑谈：形容从容。南北收群雄：谓岳飞聚集南方和北方的抗金义军。收，接收，聚集。

⑤ "胡命"句：岳家军势如破竹，金军慌忙逃命。胡命，指金人的性命。仓皇，匆忙，慌乱。破竹中：形容势不可挡。取日出高舂：喻解救徽、钦二帝归国。取日，迎回落日。唐吕温《狄梁公立卢陵王赞》："取日虞渊，洗光咸池。"高舂，日影西斜近黄昏时。《淮南子·天文训》："（日）至于渊虞，是谓高舂；至于连石，是谓下舂。"

⑥ 阴霾：天气阴晦昏暗。喻奸邪势力。九重：指帝王。唐李邕《贺章仇兼琼克捷表》："遵奉九重，决胜千里。"萎顿：疲乏，没有精神。数已穷：

气数已尽。

⑦ 鹈鴂(tí jué):鸟名。即杜鹃。《楚辞·离骚》:"恐鹈鴂之先鸣兮,使夫百草为之不芳。"朋从:同类相从。《易·咸》:"憧憧往来,朋从尔思。"天遽夺之:上天突然夺去岳飞的生命。遽(jù),急,仓促。归芙蓉:谓死于利剑。归,归死。清袁枚《祭妹文》:"宁知此为归骨所耶?"芙蓉,宝剑名。汉袁康《越绝书·外传记宝剑》载越王句践有宝剑名"纯钩",相剑者薛烛以"手振拂,扬其华,捽如芙蓉始出"。后因以指利剑。

⑧ 若堂封:坟墓封之如堂。语出《礼记·檀弓上》:"吾见封之若堂者矣。"郑玄注:"封,筑土为垄。堂,形四方而高。"此子夏述孔子论墓葬之言。故后以"堂封"称坟墓。

⑨ 迤逦:曲折连绵貌。蒙茸:迷茫貌。号秋风:在秋风中呼啸。王:指鄂王岳飞。

马继龙

马继龙(生卒年不详),字云卿,号梅樵,明永昌(今云南保山市一带)人。嘉靖二十五年(1546)举人。历官至南京兵部车驾司员外郎。有《梅樵集》,未刊。《滇南诗略》录其诗六十八首。

谒岳武穆祠

古庙寒烟锁寂寥,松杉入夜起风涛①。孤臣毅魄今犹在,二帝游魂不可招②。落寞关山边月冷,纵横南北野狐骄③。道逢故老闲相问,犹说金牌憾未消④。(岳墓诗碑)

【注释】

① 锁寂寥:笼罩着一片静寂。锁,封闭。寂寥,空旷寂静。风涛:形容风撼松杉,声如波涛。

② 孤臣:孤立无助或不受重用的远臣。此指岳飞。毅魄:犹英灵。语出《楚辞·九歌·国殇》:"身既死兮神以灵,魂魄毅兮为鬼雄!"游魂:游荡的鬼魂。招:为死者招魂,让其魂魄回到家乡。

③ 落寞:冷落寂寞。野狐骄:喻金人狡诈而骄横。骄,傲慢,骄横。
④ "犹说"句:说起金牌促令岳飞班师的事仍然充满愤恨。憾,恨。

陈所闻

陈所闻(生卒年不详),字荩卿,号萝月道人,明仁和(今浙江杭州市)人。嘉靖二十五年(1546)举人。任玉山知县。洞晓音律,善于词曲。有《濠上斋乐府》《游吴草》《萝月轩集》等。

[南中吕] 驻马听·拜岳墓①

独秉精忠,誓返銮舆未奏功②。只落得湖留孤冢,山结愁云,树咽悲风③。游人洒泪拜行宫,怎怪那朱仙遥望旌旗恸④!试问奸雄,流芳遗臭,孰轻孰重⑤?(《元明清散曲选》)

【注释】

① 南中吕:南曲宫调中吕宫。因南曲与北曲均有中吕宫,故南曲中吕宫称南中吕。驻马听:南中吕常用曲牌名。
② 独秉精忠:岳飞独自保持精诚忠贞之心。秉,保持,坚持。《诗·小雅·小弁》:"君子秉心,维其忍之。"返:使动词,使返回。銮舆:即銮驾,天子车驾。借指天子。此指被金人掳去的徽、钦二帝。奏功:收效,成功。
③ 湖留孤冢:西湖边留下孤零零的坟墓。山结愁云:栖霞岭聚集望之令人生愁的云。树咽悲风:墓树在凄厉的寒风中呜咽。
④ 行宫:古代京城以外供帝王出行时居住的宫室。此指南宋故宫。朱仙:朱仙镇之省称。
⑤ 孰轻孰重:何轻何重。孰,疑问代词,何,哪个。

张 琦

张琦(生卒年不详),字君玉,明鄞县(今浙江宁波鄞州区)人。弘治十二年(1499)进士。累官兴化府知府,加布政使参政。工诗,有《白斋竹里集》。

吊岳武穆王墓

侵疆几复卷鲸鲵，一桧横遮帝眼迷①。直北山河忘故土，江南乌鹊作安栖②。皇天此日真难问③，长剑何人得再提。寂寞墓前青血在，一抔还覆赵家泥④。(《甬上耆旧诗》卷七)

【注释】

① "侵疆"句：言金人多次侵犯宋朝疆域。几复，一次又一次。卷，席卷，形容迅速有力地掠过。鲸鲵，喻凶恶的敌人。一桧：指秦桧。横遮：完全遮蔽，横也有遮蔽义。

② "直北"二句：谓宋高宗忘掉北方的故土山河，而把江南作为安稳栖宿之地。直北，正北。唐杜甫《小寒食舟中作》诗："愁看直北是长安。"乌鹊，乌鸦和喜鹊。《楚辞·九章·涉江》："燕雀乌鹊，巢堂坛兮。"王逸注："燕、雀、乌、鹊，多口妄鸣，以喻谗佞。"

③ "皇天"句：谓岳飞的冤屈难以上诉于天。言冤屈之深。

④ 青血：碧血。"一抔"句：谓岳飞的忠血还被赵宋的泥土覆盖。意谓岳飞竟为宋高宗所杀。

蔡汝楠

蔡汝楠（1514-1565），字子木，号白石，明德清（今浙江德清县）人。年十八中嘉靖十一年（1532）进士。官至南京工部右侍郎。《明史·文苑传》附于《高叔嗣传》。有《自知堂集》。《西湖梦寻》作蔡汝南。

岳王墓

谁将三字狱，堕此一长城①。北望真堪泪，南枝空自荣②。国随身共尽，相与虏俱生③。落日松风起，犹闻剑戟鸣④。(《西湖梦寻》卷一)

【注释】

① "谁将"二句：指斥秦桧以"莫须有"之罪杀害岳飞是毁坏国之长

城。用"谁"字诘问更增强了愤恨之情。

② "北望"二句：北望中原沦于敌手真令人泪下，死后墓木南枝茂盛还有什么用。泪，名词用作动词。南枝，见张昱诗注④。荣，草木繁茂。

③ "国随"二句：国家随着岳飞身死而灭亡，宋高宗却倚仗宰相秦桧而苟活偷生。

④ "落日"二句：言松风犹是岳飞英灵。《红楼梦》第七十七回："宝玉叹道：'你们哪里知道，不但草木，凡天下之物，皆是有情有理的，也和人一样，得了知己，便极有灵验的。若用大题目比，就有孔子庙前之桧，坟前之蓍，诸葛祠前之柏，岳武穆坟前之松。这都是堂堂正大、随人之正气，千古不磨之物。'"剑戟，剑和戟，皆兵器名。泛指武器。

沈友儒

沈友儒（1516—?），字子真，明海昌（今浙江海宁）人。嘉靖十七年（1538）进士。官至刑部员外郎。

岳武穆王迎飨送神词①

酾酒兮盈壶，陈牲兮䐓辜②。神降兮赳赳，解骖兮酌卣③。佩长剑兮荷长殳，弓在室兮矢在厨④。生许国兮鞠躬尽瘁，殁为神兮肸蚃滋炽⑤。吉蠲明禋兮上有圣君，风励臣工兮永懋策勋⑥。神去兮奈何，鼓坎坎兮巫屡歌⑦。神思奋兮挽天河⑧。挽天河兮洒斧，斫去厉鬼兮迪吉⑨。康民无灾兮物无害，欸长啸兮倚天外⑩。（岳墓碑刻）

【注释】

① 迎飨送神：古代祭神，先迎接神灵来享受祭品，谓之"迎飨"；祭毕送之使去，谓之"送神"。飨，同"享"，享受祭品。

② 酾（shāi）酒：斟酒。盈壶：满壶。陈牲：陈设牺牲。䐓辜：分割、肢解牲体。《周礼·春官·大宗伯》："以䐓辜祭四方百物。"䐓（pì），古同"副"，剖。郑玄注："䐓，䐓牲胸也。"辜（gū），肢解，分裂肢体。

③ 神降：神灵下降。赳赳：威武雄健貌。《诗·周南·兔罝》："赳赳武

夫，公侯干城。"解骖：解脱骖马。谓停下车乘。骖，古代驾在车前两侧的马。酌卣：往卣里斟酒。卣（yǒu），古代一种盛酒的器具，口小腹大，有盖和提梁。

④ 荷长殳：手持长殳。荷（hè），用肩扛或担，背负。亦义为持，执。殳（duì），古代的一种兵器，即殳。弓在室兮矢在厨：弓箭袋中装着弓和箭。室，刀剑的鞘。此指装弓的袋。矢，箭。厨，柜子，匣子。此指箭袋。

⑤ 生许国：活着将一生奉献给国家。鞠躬尽瘁：谓恭敬谨慎，竭尽心力。殁为神：死后成为神。肸蠁滋炽：祭祀的香火更加旺盛。肸蠁（xī xiǎng），（香气）散布，传播。滋炽，更加兴盛。滋，更加，愈益。炽，兴盛，昌盛。《说文》："炽，盛也。"

⑥ 吉蠲明禋：谓祭祀前选择吉日，明洁诚敬地献享。吉蠲，谓祭祀前选择吉日，斋戒沐浴。《诗·小雅·天保》："吉蠲为饎，是用孝享。"毛传："吉，善。蠲，絜也。"郑玄笺："谓将祭祀也。"明禋（yīn），洁敬。指明洁诚敬地献享。《书·洛诰》："伻来毖殷，乃命宁予以秬鬯二卣，曰明禋，拜手稽首休享。"蔡沈集传："明，洁；禋，敬也，以事神之礼事公也。"圣君：对德才高超者的尊称。《墨子·尚贤中》："传曰：求圣君哲人，以裨辅而身。"此称岳飞。风励臣工：鼓励、劝勉群臣百官。风励，用委婉的言辞鼓励、劝勉。臣工，群臣百官。《诗·周颂·臣工》："嗟嗟臣工，敬尔在公。"毛传："工，官也。"永懋策勋：永远勤奋努力地建立功勋。懋（mào），勤奋努力。策勋，记功勋于策书之上。

⑦ 鼓坎坎：击鼓坎坎地响。坎坎，象声词，鼓声。巫屡歌：巫师不断地歌唱。屡，接连着，不止一次地。

⑧ 神思奋兮挽天河：神灵想奋起引来天河之水。挽，牵引，扭转。

⑨ 洒斧：义同洗兵。见徐孟岳诗注③。洒（xǐ），古同"洗"，洗涤。斧，斧斤，借指兵器。斫去厉鬼：砍掉恶鬼。斫，大锄。引申为用刀、斧等砍。厉鬼，恶鬼。迪吉：《书·大禹谟》："惠迪吉，从逆凶。"孔传："迪，道也。顺道吉，从逆凶。"后因以"迪吉"表示吉祥，安好。

⑩ 康民无灾：使人民安乐而无灾祸。康，安乐，安定。物无害：万物不受侵害。欻长啸：忽然大声呼叫。欻，忽然，急速。长啸，大声呼叫。岳飞

《满江红》词:"抬望眼、仰天长啸,壮怀激烈。"**倚天外**:倚靠在极高远的天外。战国楚宋玉《大言赋》:"方地为车,圆天为盖,长剑耿耿倚天外。"倚,靠着。

徐 渭

徐渭(1521—1593),字文清,后改字文长,号天池山人,青藤道士,又别署田水月,明山阴(今浙江绍兴市)人。性情纵放,少年屡试不第。中年以后任浙闽总督胡宗宪幕僚。晚年以卖书画为生,最终穷困潦倒而死。他是文学家兼书画家,诗文、戏曲著作丰富。有《徐文长三集》《徐文长逸稿》《徐文长佚草》等。《明史》入《文苑传》。

岳 坟

墓门惨淡碧湖中,丹雘朱扉射水红①。四海龙蛇寒食后,六陵风雨大江东②。英雄几夜乾坤博,忠孝传家俎豆同③。肠断两宫终朔雪,年年麦饭隔春风④。(《西湖梦寻》卷一)

【注释】

① 墓门:墓道之门。惨淡:光线暗淡。也可理解为悲凉凄惨。丹雘(wò):可供涂饰的红色颜料。《书·梓材》:"若作梓材,既勤朴斫,惟其涂丹雘。"孔颖达疏:"雘是彩色之名,有青色者,有朱色者。"射:映射,映照。

② "四海"句:谓岳飞有功而被杀受到人们的悼念。四海,指中国。龙蛇,相传春秋时晋文公负其功臣介之推。介愤而隐于绵山。从者怜之,作书云:"龙欲上天,五蛇为辅。龙已升云,四蛇各入其宇,一蛇独怨。"文公悔悟,烧山逼令出仕,之推抱树焚死。人民同情介之推的遭遇,相约于其忌日(清明前一日)禁火冷食,以为悼念。以后相沿成俗,谓之寒食。见《史记·晋世家》。"六陵"句:谓南宋帝陵在长江之东的风雨中凄凉冷落。六陵,见林泉生诗注⑥。

③ 乾坤博:使国家疆土扩大。俎豆同:在不同时代受到相同的祭祀。俎

(zǔ)豆,指奉祀。俎和豆,古代祭祀、宴会时盛肉类等食品的两种器皿。

④ "肠断"句:为宋徽宗和宋钦宗最终死在北方的寒雪中而极度悲伤。麦饭:即麦屑饭。《急就篇》卷二:"饼饵麦饭甘豆羹。"颜师古注:"麦饭,磨麦合皮而炊之也……麦饭豆羹皆野人农夫之食耳。"因指最粗劣的饭食。隔春风:为春风所阻隔。意思是春风吹不到"朔雪"之地,徽、钦二帝死后连最低劣的祭品也享受不到。

吴文华

吴文华(1521—1598),字子彬,号小江,晚年更号容所,明连江(今福建连江县)人。嘉靖三十五年(1556)进士。巡抚广西、广东。入为南京工部尚书。卒谥襄惠。有《济美堂集》。

谒岳武穆祠

几树萧森岳庙东,一杯怀古酹西风①。凯歌竟负黄龙饮,信誓虚传铁券功②。无复翠华回绝漠,最怜白雁入行宫③。神州恢复千年恨,读罢遗诗恨未终。(《明诗综》卷四九)

【注释】

① 萧森:草木凋零衰败貌。"一杯"句:将一杯思念古人的酒在秋风中浇奠在地上。酹(lèi),将酒倒在地上,表示祭奠。

② "凯歌"句:岳家军节节胜利却被迫班师,岳飞最终违背了与将士们痛饮黄龙府的约言。负,违背。信誓:表示诚信的誓言。《诗·卫风·氓》:"信誓旦旦,不思其反。"铁券:犹铁契。古代皇帝颁赐功臣授以世代享受某种特权的凭证。为汉高祖所创。铁制的契券用丹砂书写誓词,从中剖开,朝廷和受赐者各存一半。唐以后不用丹书,而是嵌金,并刻有免死等特权的文字。《汉书·高帝纪下》:"又与功臣剖符作誓,丹书铁契,金匮石室,藏之宗庙。"句谓宋高宗多次褒奖岳飞之功,却又将其杀害。

③ 翠华:天子仪仗中以翠羽为饰的旗帜或车盖。《文选·司马相如〈上林赋〉》:"建翠华之旗,树灵鼍之鼓。"李善注:"翠华,以翠羽为葆

也。"因以翠华作为御车或帝王的代称。唐陈鸿《长恨歌传》："潼关不守，翠华南幸。" **白雁**：元朝灭宋的最高军事首领伯颜的谐音。明田汝成《西湖游览志余》卷六："先是，临安有谣云：'江南若破，白雁来过。'盖伯颜之谶也。" **行宫**：古代京城以外供帝王出行时居住的宫室。此指南宋宫室。

吴国伦

吴国伦（1524—1593），字明卿，别号南岳山人，明兴国（今江西兴国县）人。嘉靖二十九年（1550）进士。明代中期文学复古运动流派"后七子"的重要成员。谪贬江西，浮沉外僚几二十年，足迹半天下。后罢归里居，交接海内文士，声望日隆。

朱仙镇谒岳武穆庙

一羽班师诏，千钧殉国身①。虚廊图甲马，乔岳领精神②。无复腥膻入，惟应俎豆新③。兴亡都逝水④，吊古涕盈巾。（《甔甀洞稿》卷十）

【注释】

① **一羽**：谓诏令班师的金字牌如古代的羽檄，故云。羽檄，古代军事文书，插鸟羽以示紧急，必须迅速传递。**千钧殉国身**：谓岳飞以身殉国重于千钧。千钧，极言其重。钧，古代重量单位，合三十斤。

② **"虚廊"二句**：空旷的廊庑画着岳飞骑马作战的图画，岳飞崇高的精神比于泰山。廊，廊庑（殿下外屋）或走廊。甲马，披甲的战马。乔岳，高山，本指泰山，后成泛称。《诗·周颂·时迈》："怀柔百神，及河乔岳。"毛传："乔，高也。高岳，岱宗也。"此处双关崇高的岳飞。领，领取。

③ **无复腥膻入**：外敌不再入侵。无复，不再。腥膻，旧指入侵的外敌。见陆游《书愤》诗注①。**惟应俎豆新**：只应该祭祀超过从前。俎豆，指祭祀。见徐渭诗注③。

④ **兴亡都逝水**：兴盛和衰亡的史事都随着流水逝去。

田艺蘅

田艺蘅（1524—?），字子艺，号品岩子，明钱塘（今浙江杭州市）人。

进士田汝成子。以岁贡生为徽州训导（一说以贡教授应天）。有诗文《田子艺集》，杂著《煮泉小品》《玉笑零拾》《大明同文集》《诗女史》等。《明史·文苑传》附《田汝成传》。

谒岳武穆墓还过于肃愍公祠有感[①]

向南孤木晓苍苍，桥梓千秋恨未央[②]。大将功成身必死，中华数尽国终亡[③]。故都山水犹无恙，异代苹蘩自有香[④]。回首三台祠下路，令人感慨共沾裳。（《香宇集续集》卷二一）

【注释】

① 于肃愍公祠：于谦祠。弘治二年（1489），明孝宗赐于谦谥肃愍，并在杭州三台山麓的于谦墓前建"旌功祠"。

② 向南孤木：树枝向南伸展独立生长的树木。苍苍：茂盛，众多。《诗·秦风·蒹葭》："蒹葭苍苍，白露为霜。"毛传："苍苍，盛也。"桥梓：亦作乔梓。喻岳飞父子。见王逢诗注③。未央：无尽，无穷。

③ "大将"句：谓历史多如此先例。中华数尽：谓宋朝的气数已经完尽。中华，指宋朝。数，旧谓气数，即命运。

④ "故都"句：谓旧时的京城依然如故。无恙，没有疾病，没有忧患。《易传》云："上古之时，草居露宿。恙，啮虫也，善食人心，俗悉患之，故相劳云'无恙'。""异代"句：谓岳坟和于祠后世自有祭祀。苹蘩，苹和蘩。两种可供食用的水草，古代常用于祭祀。香，指祭品的香气。

汪道昆

汪道昆（1525—1593），字伯玉，号南溟，又号太函，明歙县（今安徽歙县）人。嘉靖二十六年（1547）进士。与戚继光参加抗倭战争有功，官至兵部侍郎。以诗文名海内，有《太函集》等。《明史·文苑传》附《王世贞传》。

西湖怀古五首(选一)

将军乘胜气吞胡,百万提戈待一呼①。忽尔园林沉王气,翻然刀笔夺雄图②。伤心左衽秋风急,回首中原落日孤③。最是故都仍俎豆,居人涕泪满江湖④。(《弇州集》卷一一三)

【注释】

① 气吞胡:豪壮的气概可吞灭胡虏。"百万"句:千百万兵众手持武器等待响应岳飞的命令。一呼,意谓一呼百应。

② 忽尔:忽然。园林:指北宋诸帝陵园。王气:旧指象征帝王运数的祥瑞之气。翻然:倒反,反而。刀笔:刀笔吏的省称。旧时官衙内办理公文案卷的小吏。古代在竹简上记事,错讹处用刀刮去,故称。此指任意定夺是非的秦桧之流。夺雄图:使岳飞远大的抱负落空。夺,改变,使丧失。

③ "伤心"二句:悲伤中原地区在金人统治下萧条衰败的景象。左衽,见释居简诗注㉛。

④ 故都:指南宋旧都杭州。俎豆:指祭祀。见徐渭诗注③。句意谓岳飞在杭州得到后人祭祀。居人:犹居民。

王世贞

王世贞(1526—1590),字元美,号凤州,又号弇州山人,明太仓(今江苏太仓市)人。嘉靖二十六年(1547)进士。累官至刑部尚书。才识渊博,好为古诗文,倡导文学复古运动,以"文必秦汉,诗必盛唐"相标榜。著有《弇州山人四部稿》《带经堂全集》等多种。《明史》入《文苑传》。

岳 坟

落日松杉覆古碑,英风飒飒动灵祠①。空传赤帝中兴诏,自折黄龙大将旗②。三殿有人朝北极,六陵无树对南枝③。莫将乌喙论勾践,鸟尽弓藏也不悲④。(《西湖梦寻》卷一)

【注释】

① 英风:此指岳飞英灵所兴起于松杉的风。飒飒:象声词,风声。灵祠:神祠,神社。

② 赤帝:赤帝子的简称。《史记·高祖本纪》:"(高祖)乃前,拔剑南斫蛇……后人来至蛇所,有一老妪夜哭,人问何哭,妪曰:'人杀吾子,故哭之。'人曰:'妪子何为见杀?'妪曰:'吾子,白帝子也,化为蛇,当道,今为赤帝子斩之。'"借指宋高宗。"自折"句:谓宋高宗自己把直抵黄龙府的抗金事业毁弃。古谓大将旗折预示出师不利或主将将死。

③ "三殿"二句:北宋皇室有人被掳向极远的北方,南宋诸帝偏安一隅却陵墓不保。三殿,见高启诗注②。北极,指地处极北的金国皇帝。六陵,见林泉生诗注⑥。南枝,见张昱《岳鄂王坟上作》诗注④。

④ "莫将"二句:意谓不论宋高宗是不是像越王勾践那样"长颈乌喙"的人,如果抗金成功再杀掉岳飞也不会留下悲哀。鸟尽弓藏,参见李谌词注⑤。

满江红·题高宗赐岳武穆诏后次文徵仲待诏①

御墨淋漓,到飞字、百身难赎②。弹指罢、遗黎梦断,旧都沦覆③。十二金牌丞相诏,风波片纸君王狱④。恨匈奴、巧放两人归,乾坤蹙⑤。翘首地,青衣狱;回马地,朱仙哭⑥。笑大江东去,一龟兹足⑦。北面生看臣构在,南枝死望中原复⑧。痛他年、降表出皋亭,鸱夷目⑨。(《弇州山人词》)

【注释】

① 高宗赐岳武穆诏:见文徵明《满江红》词注①。次:次韵。文徵仲待诏:文徵明,字徵仲,曾官翰林待诏,故称。

② 御墨淋漓:谓宋高宗诏书的墨迹酣畅流利。淋漓,形容酣畅。到飞字:下达给岳飞的文字。百身难赎:身死一百次也难以换取岳飞的复生。《诗·秦风·黄鸟》:"彼苍者天,歼我良人!如可赎兮,人百其身!"

③ 弹指:言时间极短。遗黎:指沦陷区的人民。梦断:梦醒。旧都沦覆:指北宋故都开封沦陷。沦覆,沦亡,覆没。

④ 丞相诏:谓十二金牌是宰相秦桧矫诏。风波片纸:宋佚名《朝野遗记》:"秦桧妻王氏,素阴险,出其夫上。方岳飞狱具。一日桧独居书室,食柑玩皮,以爪划之,若有思者,王氏窥见笑曰:'老汉何一无决耶?捉虎易,放虎难也。'桧犁然当心,致片纸付入狱。是日,岳王薨于棘寺。"参见胡仲参诗注④。君王狱:皇帝下令办理的案子。意谓杀死岳飞是宋高宗的指使。

⑤ 匈奴:借指金人。巧放两人归:巧妙地放秦桧夫妇二人归国。乾坤蹙:国家削弱。蹙,困窘,狭窄。

⑥ 翘首地:徽、钦二帝盼望回国的地方,指五国城。翘首,抬头而望。多以喻盼望或思念之殷切。青衣狱:欠通。且上文已有一韵脚字"狱"。疑当为"青衣辱"。见查慎行诗注②。回马地:班师地。指朱仙镇。回马,掉转马头返回。朱仙哭:指岳飞在朱仙镇接奉十二金牌后"愤惋泣下"。

⑦ 一龟兹足:谓南宋小朝廷沉湎歌舞,满足于一曲龟兹之乐。龟兹(qiū cí),古乐曲名。原为龟兹(古国名。汉西域诸国之一)一带的地方乐曲。

⑧ "北面"二句:岳飞生前目睹高宗赵构向金人北面称臣,死后忠魂寄于向南伸展的树枝仍然盼望收复中原。北面,面向北。古礼,臣拜君,卑幼拜尊长,皆面向北行礼,因而居臣下、晚辈之位曰"北面"。《周礼·夏官·司士》:"正朝仪之位,辨其贵贱之等。王南向,三公北面东上。"此谓臣服于人。臣构,赵构向金人自称臣构。

⑨ "痛他年"三句:可痛恨的是岳飞死后也像伍子胥悬目吴之东门那样,看到南宋被灭亡。他年,日后,将来的某一年。降表,请求投降的表文。皋亭,山名。在今杭州市北郊,俗称半山。南宋时为临安防守要隘,元兵至,宋君臣在此投降。鸱夷目,伍子胥悬目东门事。见江源诗注⑥。鸱夷,指伍子胥。见王衡诗注④。

张凤翼

张凤翼(1527—1636),字伯起,号灵墟,又称灵墟先生、泠然居士,明长州（今江苏苏州市）人。三十八岁中举，会试未第，遂绝意仕途。晚年鬻书自给。与弟献翼、燕翼并有文名。有《处实堂集》。

谒岳鄂王祠

武穆祠堂剑岭偏，秋风访古独潸然[①]。一丘葬地云霞护，万古忠魂日月悬。谁遣骄胡回白面[②]，空令父老泣朱仙。当时不饮黄龙酒，酹酒何须到九泉[③]。（《处实堂集》卷三）

【注释】

① 剑岭偏:在剑岭的旁边。剑岭，指栖霞岭。《西湖志纂》卷七："古剑关在栖霞岭上，左宝云，右仙姑，两山夹峙，若剑门然。"偏，一旁。潸然:流泪貌。

② 骄胡:骄横的胡人。白面:白面山。位于池州殷汇镇东，秋浦河旁，其西南为秀山。清顾祖禹《读史方舆纪要》卷二七："白面山，在府西南六十里，雪崖拱北，如傅粉然，下有白面渡。"相传岳飞追击金兵，途经白面山，回首山崖有"金灯"二字，举剑击之，岩崩峰裂，至今峭崖只存一半，剑削之痕依稀可辨。《秀山志》记述："名之累崖，似乎不幸，然有此一击，留传不朽，又为兹崖添一佳话云。"

③ "当时"二句:意谓岳飞生前不能实现痛饮黄龙府的愿望，死后向他浇奠祭酒又有什么用呢？九泉，地下深处。旧指人死之后埋葬的地方。

李得阳

李得阳（1536—1615），字伯英，明南直隶广德州（今安徽广德县）人。嘉靖四十四年（1565）进士。历任兰溪知县、户部主事、九江知府、广东兵备副使、湖广左布政、抚楚都御史等职，终南京工部右侍郎。有《理学臆言》《义仓漫语》《古今一览》《难字备考》《桐川野史》《谈斋帖》等。

阙 题

重地东南拥帝京,将军曾此破胡兵①。旌旗想象空山里,号令犹传野甸名②。六战勤劳良自苦,一生忠胆向谁明③。祠前春草年年绿,赢得行人泪暗倾④。(广德岳武穆祠诗碑)

【注释】

① "重地"句:东南重地屏蔽着京都临安。重地,重要而需要严加防护的地方。指安徽广德地区。岳飞从建炎三年冬到四年夏,辗转在这里抗金兵,诛流寇,浴血奋战,长达半年之久。拥,拱卫,屏蔽。帝京,帝都,京都。唐白居易《琵琶行》:"我从去年辞帝京,谪居卧病浔阳城。"此指南宋行都临安。胡兵:指金兵。

② "旌旗"句:缅怀岳家军在空山里转战。想象,缅怀,遥忆。旌旗,军旗,代指岳家军。"号令"句:岳家军野战纪律严明的名声至今还被传颂。野甸,郊外,旷野。

③ 六战:据《建炎以来系年要录》卷三十:"建炎三年十二月初七日辛巳,金人陷广德军。……(岳飞)乃邀击金人于广德军界,六战皆捷,大获全胜。"良自苦:的确辛苦自己。向谁明:向谁表白。

④ 泪暗倾:眼泪暗自倾洒。

帅 机

帅机(1537—1595),字惟审,号谦斋,明临川(今江西抚州市临川区)人。嘉靖三十一年(1552)举人,隆庆二年(1568)进士。历官浙江平阳各县、礼科给事中、广东参政,曾任彰德府同知,后迁国子监学正,官至南刑部郎中。与汤显祖、丘兆麟、祝徵同被誉为明代"临川四大才子"。有《阳秋馆集》。

过武穆庙二首

扑桧难酬恨,深悲主听昏①。天应弃宋室;地遂暗中原②。古庙霜钟肃,寒松夕鸟喧③。奸良翻藉寇,千载更销魂④。

金牌兴废决,忍耻遂无新⑤。血已化沉碧,盗原憎主人⑥。丹心未究业,百捷竟亡身⑦。凛凛灵祠下,阴风起暮尘⑧。(《阳秋馆集》卷一二)

【注释】

① 扑桧难酬恨:击打秦桧铁像也难以报复心中的仇恨。扑,拍打,敲击。酬,报复。深悲主听昏:深深悲伤皇帝听闻不聪。

② 天应弃宋室:应该是上天抛弃宋朝。地遂暗中原:于是使中原大地陷入金人的黑暗统治。暗,使动词,使昏暗。

③ 古庙霜钟肃:古庙的钟声显得肃穆。霜钟,指钟或钟声。语本《山海经·中山经》:"(丰山)有九钟焉,是知霜鸣。"郭璞注:"霜降则钟鸣,故言知也。"寒松夕鸟喧:傍晚的禽鸟在松树上喧闹。寒松,寒冬不凋的松树。

④ 奸良翻藉寇:杀害忠良反而帮助敌寇。奸良,诛杀好人。语出《诗·秦风·黄鸟》:"彼苍者天,奸我良人。"藉寇,借给敌寇兵器。比喻做有利于敌人的事。藉,同"借"。语出《荀子·大略》:"非其人而教之,赍盗粮,借贼兵也。"千载更销魂:千百年使人极度悲伤。销魂,形容极度悲伤、愁苦。

⑤ 金牌兴废决:金字牌已决定南宋的兴盛和衰亡。忍耻遂无新:宋高宗甘心忍受耻辱国家就没有起色。

⑥ 血已化沉碧:岳飞的忠血已化为沉埋的碧玉。参见岳珂《鄂忠武王出师疏帖赞》注⑮。盗原憎主人:盗贼原本憎恨被盗的物主。比喻邪恶的人憎恨正直的人。语出《左传·成公十五年》:"盗憎主人,民恶其上。子好直言,必及于难。"

⑦ 丹心未究业:赤诚的忠心未能完成最终的事业。究,最终。百捷竟亡身:百战百胜竟然招来杀身之祸。

⑧ "凛凛"二句:严肃而可敬畏的武穆祠,傍晚时神灵兴起阴冷之风。凛凛,令人敬畏的样子。《宋史·辛弃疾传》:"孰谓公死,凛凛如生。"灵祠,神祠,神社。阴风,阴冷之风,隐含杀伐之气的风。暮尘,傍晚的尘埃。

郑高行邓氏

邓氏名铃（生卒年不详），字德和，明闽县（今福建闽侯县）人。儒士郑坦妻。能口诵《列女传》《孝经》。郑坦死，父母以其年轻，劝其改嫁，割双耳以示守节，受到官府表彰，故称其"高行"。隆庆中嗣子郑云镐中举做官，赠太宜人。有《风教录》。

读岳武穆王传

英雄誓复旧山河，曾奈奸邪误国何①。铁马长驱河洛水，金牌亟返郾城戈②。中原父老空遮诉，南渡君臣不耻和③。五国城头烟月惨，千年坟树尽南柯④。（《列朝诗集》闰集第四）

【注释】

① 曾奈：怎奈，无奈。

② 河洛：黄河与洛水的并称。代指中原地区。亟返郾城戈：急切地使岳家军从郾城返回。亟（jí），急切。返，使动词，使返回。郾城，见林俊诗注①。戈，兵器的一种，代军队。

③ 空遮诉：徒然拦遮班师的部队倾诉心愿。不耻和：不以和议为耻。耻，意动词，认为耻辱。

④ 五国城：见郑元祐《岳武穆王墓》诗注⑦。烟月：云雾笼罩的月亮。惨：惨淡。尽南柯：树枝全向南伸展。南柯，同"南枝"。见张昱诗注④。

张元凯

张元凯（1538—1582），字左虞，明吴县（今江苏苏州市）人。少受毛氏诗，折节读书。以世职为苏州卫指挥。再督漕北上，有功不得叙，自免归，寄情诗酒。有《伐檀斋集》。

岳王庙

古墓前朝独有名，忠魂曾受玺书旌①。功高主意疑韩信，运厄天心忌孔

明②。南渡江山数行泪，北辕戎马几空城③。草间酹罢残碑湿，肠断黄龙痛饮情④。(《伐檀斋集》卷八)

【注释】

① 曾受玺书旌：曾经受到皇帝诏书的表彰。玺书，古代以泥封加印的文书。秦以后专指皇帝的诏书。旌，表扬。

② "功高"句：以韩信功高受到汉高祖的猜忌喻岳飞受到宋高宗猜忌。主意，君主的心意。"运厄"句：以三国时诸葛亮命运不济，"出师未捷身先死"，喻岳飞未能终成大功。运厄，命运阻困。天心忌，上天心存嫉妒。

③ 北辕戎马：指北伐的军队。北辕，车向北驶。戎马，战马。几空城：多少荒凉的城市。《汉书·燕刺王刘旦传》："归空城兮狗不吠，鸡不鸣。"

④ "草间"句：向岳坟祭奠后泪水沾湿古碑。草间，指掩藏于草丛中的坟墓。酹，祭祀时以酒浇地。"肠断"句：为岳飞未能痛饮黄龙府而悲伤。肠断，形容极度悲伤。

屠 隆

屠隆（1541—1605），字长卿，又字纬真，号赤水，别号由拳山人。明鄞县（今浙江宁波市鄞州区）人。万历五年（1577）进士。官至礼部郎中。后遭诬陷，削籍罢官。明中晚期杰出的文学家、诗人和戏曲家。有《栖真馆集》《由拳集》《采真集》《南游集》《鸿苞集》等。《明史·文苑传》附《徐渭传》。

岳武穆墓下作

东南马首解金鞍，西去龙舆望汉官①。水断黄河旗影灭，霜高百里鼓声寒。当时部曲伤心过，万古行人掩泪看②。墓木不随宫树尽，大湖春草路漫漫③。(《由拳集》卷九)

【注释】

① 东南马首：马头朝向东南，指岳飞班师。参见释居简诗注⑮。解金鞍：卸下金饰的马鞍。谓停止征战。西去龙舆：指汉更始帝刘玄从宛城西

去建都洛阳。龙舆，天子的车舆，借指皇帝。望汉官：见岳珂《经进百韵诗》注㊹。此借指沦陷区人民盼望重见大宋官吏。

② 部曲：本是古代军队的编制单位。借指军队。亦指部属，部下。大将军营五部，校尉一人；部有曲，曲有军候一人。掩泪：掩面流泪。

③ 官树：皇官的树木。借指南宋王朝。大湖：指杭州西湖。漫漫：广远无际貌。《管子·四时》："五漫漫，六惛惛，孰知之哉！"尹知章注："漫漫，旷远貌。"

韩子祁

韩子祁（生卒年不详），字心克，号肖南，明平湖（今浙江平湖市）人。万历四年（1576）举人。授德安推官，又补赣州，升苏州同知。生平以翰墨为乐，为诗苍老高洁。有《醯鸡集》。

读鄂王传

山前山后尽王庭，大将旌旗压柳营①。海上浮图俱下驷，岳家赤帜有先声②。两宫未复元戎意，九伐方张国贼生③。五国城枯南望眼，康王已是讳称兵④。（《槜李诗系》卷一五）

【注释】

① 王庭：朝廷。压柳营：谓岳飞治军严明超过汉代周亚夫。柳营，见岳珂《经进百韵诗》注㊷。

② "海上"句：谓金国军队皆为劣等。海上，海边，海岛。此指近海的金国。浮图，指铁浮图，见释居简诗注⑩。下驷，劣等马。《史记·孙子吴起列传》："孙子曰：'今以君之下驷与彼上驷，取君上驷与彼中驷，取君中驷与彼下驷。'既驰三辈毕，而田忌一不胜而再胜，卒得王千金。"后喻物之粗劣者，犹言下品或下等。先声：谓使人震慑而先发的声威。《史记·淮阴侯列传》："兵固有先声而后实者，此之谓也。"

③ "两宫"二句：徽、钦二帝未能归国岳飞常放在心上，北伐刚刚取胜朝廷就出现了奸贼破坏。元戎，军中统帅，指岳飞。意，谓在意，放在心

上。九伐，古代指对九种罪恶的讨伐，泛指征伐。方张，谓正当扩展、强大之际。《鄂王行实编年》卷三："万骑鼓行，震天声于不测；千里转战，夺勇气于方张。"国贼，危害国家或出卖国家主权的败类。

④ 枯南望眼：徽、钦二帝盼望归国眼泪哭干。康王：赵构即位前曾封康王。讳称兵：意谓放弃武力。讳，忌讳，讳言。称兵，举兵，谓动用武力。

陈 第

陈第（1541—1617），字季立，号一斋，晚号温麻山农，明连江（今福建连江县）人。万历时诸生。曾任蓟镇游击将军，后致仕归里，专心研究古音。诗集有《一斋诗集》《两粤游草》《五岳游草》等。

谒岳武穆祠用蔡清之论为诗①

初年宠命属专征，和议中朝忽变更②。作战风云推独妙③，含冤今古恨难平。七陵日落无抔土，五国天寒有哭声④。矫制直行清漠北，归来虽死气犹生⑤。（《五岳游草》卷五）

【注释】

① 蔡清（1453—1508）：字介夫，别号虚斋，明福建晋江人。成化二十年（1484）进士。官至南京国子监祭酒。明前期著名理学家。事迹具《明史·儒林传》。

② "初年"二句：谓宋高宗起初对岳飞加恩任命自主征伐，后临朝主持和议态度忽然发生变化。初年，初期。宠命，加恩特赐的任命。封建社会中对上司任命的敬辞。晋李密《陈情事表》："今臣亡国贱俘，至微至陋，过蒙拔擢，宠命优渥。"属，通"嘱"，托付，委托。专征，受命自主征伐。中朝，临朝之时。《史记·范雎蔡泽列传》："昭王临朝叹息，应侯进曰：'臣闻主忧臣辱，主辱臣死。今大王中朝而忧，臣敢请其罪。'"亦指朝廷，朝中。

③ 作战风云：指作战布阵。古军阵名有"风""云"等，后即以"风云"泛称军阵。唐王涯《从军词》之一："戈甲从军久，风云识阵难。"推：

推许。**独妙**：唯独能巧妙运用。

④ **七陵**：指北宋帝陵。在今河南巩义市。参见董嗣杲《岳鄂王墓》注②"八陵"。称七陵，是未列宣帝（赵匡胤的父亲）赵宏殷永安陵，因其实际并未在位。**无抔土**：指陵墓被破坏。**五国**：五国城省称。徽、钦二帝被囚于五国城。见郑元祐《岳武穆王墓》诗注⑦。

⑤ **"矫制"二句**：按蔡清的言论，岳飞接奉班师的金牌后，可以假托皇帝的命令，继续北伐，凯旋后虽被处死，也比班师被杀值得。矫制，指假托君命行事。制，制书。古代皇帝命令的一种。汉蔡邕《独断》："其（皇帝）命令：一曰策书，二曰制书，三曰诏书，四曰戒书。"直行，径直，直接。亦含有"正道直行"，即按道义去做的意思。漠北，指蒙古高原大沙漠以北的地区。

周履靖

周履靖（1549—1640），字逸之，初号梅墟，改号螺冠子，晚号梅颠，明嘉禾（今浙江嘉兴市）人。性慷慨，善吟咏，尤工书画。有《闲云稿》《夷门广牍》《梅颠稿选》《画评会海》等。

吊岳武穆墓

共识忠臣墓，英灵奕世传①。悲声嘶铁马，怨恨入啼鹃②。细雨蘼芜外，凄风松桧前③。平生怀古意，有泪洒岩泉④。（《梅颠稿选》卷九）

【注释】

① **奕（yì）世**：累世，世世代代。

② **"悲声"二句**：岳飞墓前的石马为之悲哀地嘶鸣，杜鹃为之怨恨地啼叫。铁马，此指石雕的披着铁甲的战马。啼鹃，杜鹃。相传杜鹃啼声凄苦，因多用以形容人的思念之苦或悲怨之深。

③ **"细雨"二句**：写岳飞墓的凄凉冷清。蘼芜（mí wú），芎䓖（xiōng qióng）的苗，叶有香气。《乐府诗》："上山采蘼芜，下山逢故夫。"凄风，凄惨的风。松桧，松树和桧树，多植于墓前。

④ 岩泉：山岩间流出的泉水。

胡应麟

胡应麟（1551—1602），字元瑞，号少室山人，别号石羊生，明兰溪（今浙江兰溪市）人。布衣一生，却广交天下，终为一代学术巨匠。著有《诗薮》《少室山房集》等。《明史·文苑传》附《王世贞传》。

后西湖十咏（选一）

十尺嵬峩岳降神，当年横槊徇边尘①。中原万姓遮留日，绝徼全师恸哭晨②。阴雨旌旗朝上帝，春风笳鼓酹游人③。凄凉大树英灵在，尽拱南枝向北辰④。（《少室山房集》卷五五）

【注释】

① 十尺：指岳飞塑像高度。宋尺一尺相当于现在30.72厘米。此为夸张说法。嵬峩：亦作巍峨。高大貌。岳降神：谓岳飞诞生。《诗·大雅·崧高》："维岳降神，生甫及申。"后遂以"岳降"称颂诞生或诞辰。横槊：横持长矛，形容气概豪迈。宋苏轼《前赤壁赋》："舳舻千里，横槊赋诗，固一世之雄也。"徇边尘：巡行边境。徇，同"徇"。边尘，边地的尘土。代称边境。

② 遮留：遮道拦阻挽留。绝徼（jiào）：极远的边塞地。

③ "阴雨"二句：在阴雨天可看到岳飞率神兵朝见上帝的军旗，春风里游人奏乐酹酒祭祀岳飞。笳鼓，笳和鼓，两种乐器。此意谓奏乐。

④ 大树：双关高大的树木和大树将军。大树将军，见王逢《岳鄂王墓木……》注⑥。借指岳飞。"尽拱"句：谓岳坟的树木像众星拱卫北斗星一样尽向南伸展。北辰，北斗星。喻朝廷。意谓岳飞死后还忠于朝廷。

贾应龙

贾应龙（生卒年不详），明末彰德府（今河南安阳市）人。万历十年（1582）举人。万历三十二年（1604）出任临淮知县。廉正爱民，有政声。

岳鄂王颂

读宋史者，览鄂王事，未尝不废书叹焉①。夫挺身犯虏而蔽于谗，尽心殉国而戮于忠，天理人心宜其不泯矣②。予谓王之忠义，自宋迄今，虽闾夫妇人皆能道之，不既昭暴其不平哉③？丈夫生不逢世，而死足以建节④！遇晋一时⑤，而心足以示万代。如比干、龙逢剖心赴死，其英风遗烈，照耀史书⑥。忠臣义士闻之者，将扪拊不暇⑦。际虽不偶，而名教赖之矣⑧。庸计死生成败云⑨。由此以谭⑩，皆未为君子之不幸也。于王何吊乎⑪？乃其忠孝完节，布之金石⑫，则吹万有声⑬，自不容已⑭。爰作颂曰⑮：

扶舆精英，蓄极而通，乃诞厥灵⑯。灵钟于人，郁为忠贞，是谓纯臣⑰。大哉岳王，应运而昌，为臣纪纲⑱。戡国定家，逐鹿除猰，太阿出匣⑲。奋戟大呼，内平剧谋，外扼强胡⑳。我武维扬，彼侵者疆，几还旧方㉑。义胆忠肝，矢志弥坚，闻于钧天㉒。天帝曰吁，其谁相予，精忠者与㉓？始以桧贼，继以俊卨，共成其节㉔。望月既蚀，夹道孔棘，空怀往绩㉕。猗与休哉，我王全才，畴与为俦㉖。维王之文，左氏潜心，游夏其伦㉗。维王之武，孙吴是诎，颇牧其侣㉘。维王之忠，蹇蹇匪躬，王臣同风㉙。维王之孝，归庐疏告，陈情并耀㉚。奕世以徂，谁为董狐，直笔以书㉛。模拟王真，能纪王勋，难写王心㉜。维有后哲，道碑口碣，千载不灭㉝。（《精忠类编》卷八）

【注释】

① 废书：放下书。谓中止阅读。《史记·孟子荀卿列传》："余读孟子书，至梁惠王问'何以利吾国'，未尝不废书而叹也。"

② 夫（fú）：发语词。挺身犯虏：奋身而起抗击虏寇。犯，袭击，迎击。《资治通鉴》卷一○七："王祖帅诸垒共救之，夜犯燕军，燕人逆击，走之。"蔽于谗：被谗言所蒙蔽。蔽，蒙蔽。戮于忠：对忠良加害。戮，杀害。泯：泯没，消失。常用为死的婉称。《穀梁传》："严霜夏坠，从弟雕落，二子泯没，天丧予，何痛如之！"

③ 闾夫：平民。"不既"句：不已经彰显他的不平了吗？昭暴，彰显。

④ 生不逢世：生来没遇到好世道。建节：树立节操。汉王充《论衡·

齐世》:"有人于此,立义建节,实核其操,古无以过。"

⑤ 遇否一时:一时遭遇不顺。遇,际遇,运遇。否,闭塞不通。

⑥ 比干、龙逢:古代的两位忠臣。赴死:就死,就义。英风:高尚的风格和节操。遗烈:死后遗留的节烈、风操。

⑦ 将扪拊不暇:将会不停地扪心拍胸,感慨不已。

⑧ 际虽不偶:遭际虽然不好。古代占法以偶为吉,奇为凶。名教:指以正名定分为主的封建礼教。晋袁宏《后汉纪·献帝纪》:"夫君臣父子,名教之本也。"

⑨ "庸讵"句:难道还计较死生成败吗。庸,表示反问,难道,哪里。云,句尾助词。

⑩ 由此以谭:从这一点来说。谭,同"谈"。

⑪ 于王何吊乎:对于岳鄂王哪用安慰呢。吊,祭奠,慰问。

⑫ 布之金石:将它传布于钟鼎碑碣。金石,指古代镌刻文字、颂功纪事的钟鼎碑碣之属。常用以比喻不朽。

⑬ 则吹万有声:谓岳飞"忠孝完节"的德行具有广远的教化作用。《庄子·齐物论》:"夫吹万不同,而使其自己也。"成玄英疏:"风唯一气,窍则万殊。"本谓风吹万种孔窍发出不同的声响,常比喻恩泽广被天下。南朝宋谢灵运《九日从宋公戏马台集送孔令》诗:"在宥天下理,吹万群方悦。"

⑭ 自不容已:自然不允许其自行停止。

⑮ 爰作颂曰:于是作颂文道。爰,于是。颂,古代一种用以歌功颂德的文体。陆机《文赋》"颂优游以彬蔚",指出这种文体的特点是从容潇洒,文采华盛。

⑯ "扶舆"三句:潦倒的人才精英,困顿既久,必然腾达,于是就诞生了岳飞这个英雄。扶舆,谓勉强扶持。《后汉书·宋均传》:"均自扶舆诣阙谢恩。"王先谦集解引沈钦韩曰:"扶舆盖汉晋人常言。《晋·山涛传》'遂扶舆还洛',《刘寔传》'遂自扶舆冒险而至',《皇甫谧传》'扶舆就道',盖勉强扶持之意。"精英,精华。指人中之最精粹、最美好者。蓄极而通,中医理论认为,一些致病的因素蓄积到极点,就会通过一定的方式暴

发出来，原来的不通反而通了。喻人才久困必舒。宋苏轼《张君宝墨堂记》："今张君以兼人之能，而位不称其才……然以余观之，君岂久闲者，蓄极而通，必将大发之于政。"。厥灵，这个贤才。厥，代词。灵，假借为良，善，美好。《书·多士》："丕灵承帝事。"《广雅》："灵，善也。"

⑰ "灵钟于人"三句：灵秀之气汇聚于人，便凝结成忠诚坚贞的品质，这就叫作纯臣。郁，集聚。纯臣，忠纯笃实之臣。《左传·隐公四年》："石碏，纯臣也。"

⑱ "大哉"三句：伟大的岳王，适应时运而兴盛，成为臣子的楷模。《易·乾》："大哉乾元。"纪纲，网罟的纲绳。引申为起楷模作用之人物。

⑲ "戡国"三句：戡乱救国，逐鹿中原，好比出匣的太阿宝剑。戡，用武力平定叛乱。逐鹿，《史记·淮阴侯列传》："秦失其鹿，天下共逐之，于是高材疾足者先得焉。"裴骃集解引张晏曰："以鹿喻帝位也。"后因以"逐鹿"喻争夺统治权。豭（jiā），公猪。喻寇盗。太阿，古宝剑名。相传为春秋时欧冶子、干将所铸。《文选·李斯〈上书秦始皇〉》："垂明月之珠，服太阿之剑。"李善注："《越绝书》曰：楚王召欧冶子、干将作铁剑二枚，二曰太阿。"

⑳ "奋戟"三句：挥动兵器大呼，内平剧盗，外逐强敌。奋，提起，举起。剧谋，强劲的反贼。谋，指谋反之人。

㉑ "我武"三句：我们的岳家军军威高扬，那些被侵占的疆土，几乎要全部归还原来的地方。我武维扬，语出《尚书·泰誓》，意为武功强盛，军威高扬。"维"在句中是助词，无实在意义。旧方，犹故土。

㉒ "义胆"三句：肝胆正直忠贞，决心更加坚定，被天帝所闻知。矢志，立下誓愿，以示决心。钧天，天的中央。古代神话传说中天帝住的地方。《吕氏春秋·有始》："中央曰钧天。"高诱注："钧，平也。为四方主，故曰钧天。"

㉓ "天帝"三句：天帝说："吁，谁来辅佐我，是精忠的人吗？"相（xiàng），辅佐，辅助。与，同"欤"，语气词。

㉔ "始以桧贼"三句：起初由奸贼秦桧，接着由张俊和万俟卨共同成就了岳飞的节操。张俊和万俟卨都是秦桧杀害岳飞的帮凶。

㉕ "望月"三句:望日的满月已经亏蚀,身处困境十分紧急,白白怀念往日的业绩。夹道,指两壁间的狭窄小道。孔棘,很紧急,很急迫。《诗·小雅·采薇》:"岂不日戒,玁狁孔棘。"郑玄笺:"孔,甚也;棘,急也。"

㉖ "猗与"三句:啊,真美呀,我岳王多才多能,谁可与他相比。猗与,亦作猗欤,叹词,表示赞美。《诗·周颂·潜》:"猗与漆沮,潜有多鱼。"郑玄笺:"猗与,叹美之言也。"休,美好,美善。《易·大有》:"顺天休命。"郑注:"美也。"畴,谁。《书·说命上》:"畴敢不祗若王之休命?"畴敢,即谁敢。侪(chái),等辈,同类的人们。

㉗ "维王之文"三句:岳王的文才,潜心于《左氏春秋》,子游子夏是他的同类。维,用于句首,无义。潜心,专心。游夏,子游(言偃)与子夏(卜商)的并称。均为孔子学生,长于文学。见《论语·先进》。伦,辈,类。

㉘ "维王之武"三句:岳王的武略,可夸耀于孙武和吴起,廉颇和李牧是他的朋侣。诩,夸耀。孙吴,春秋时孙武和战国时吴起的并称。皆古代兵家。孙武著《兵法》十三篇。吴起著《吴子》四十八篇。颇牧,战国时赵国名将廉颇与李牧的并称。

㉙ "维王之忠"三句:岳王的忠贞,直言敢谏而不顾自身,与古之王臣同一风范。謇謇匪躬,语出《易·蹇》:"王臣謇謇,匪躬之故。"謇謇,忠直貌。高亨注:"謇謇,直谏不已也。"匪躬,谓忠心耿耿,不顾自身。孔颖达疏:"尽忠于君,匪以私身之故而不往济君,故曰匪躬之故。"王臣,志匡王室之臣。王弼注:"执心不回,志匡王室者也。"风,风范。

㉚ "维王之孝"三句:岳王的孝道,先回去为母守墓,然后向皇帝上疏告知,陈述的言辞和衷情并皆光耀。归庐,指岳飞回庐山去庐墓。古人于父母或师长死后,服丧期间在墓旁搭盖小屋居住,守护坟墓,谓之庐墓。疏告,上奏疏告知。陈情,陈述衷情。如晋李密有《陈情表》。

㉛ "奕世"三句:累世以往,谁是董狐那样的人,敢于将岳王的事迹真实记载于史册。奕世,累世,代代。《国语·周语上》:"奕世载德,不忝前人。"徂(cú),往,过去。董狐,春秋晋国太史。《左传·宣公二年》记

载，晋灵公被赵盾族弟赵穿带兵杀死，董狐以"赵盾弑其君"记载此事，并宣示于朝臣，以示笔伐。赵盾辩解，说是赵穿所杀，不是他的罪。董狐申明理由说："子为正卿，亡不越境，反不讨贼，非子而谁？"

㉜ "模拟"三句：即使能够摹画岳王的肖像，记载岳王的功勋，也难以书写岳王的忠心。真，肖像，摹画的人像。

㉝ "维有"三句：只有后代的贤哲和路上行人的口头颂扬，使岳王的事迹和精神永世不灭。后哲，后代的贤哲。道碑口碣，指行人的口头颂扬。口碣，犹口碑。

张翼先

张翼先（生卒年不详），明云南太和（今云南大理市）人。万历十年（1582），时任江夏知府，题武昌岳飞亭武穆画像赞。

武穆画像赞

於赫维王，英风万古①。穆穆其文，桓桓其武②。壮志吞胡，精忠报主。肃瞻遗像，如熊如虎③。浩气堂堂，八荒按堵④。翊我邦家，有秩斯祜⑤。

（武昌岳飞亭武穆画像碑）

【注释】

① 於赫：叹美之词。《诗·商颂·那》："於赫汤孙，穆穆厥声。"维：文言助词，无义。王：岳飞死后追封鄂王。英风：高尚的风格和气节。

② 穆穆：言语和美。《诗·大雅·文王》："穆穆文王，于缉熙敬止。"毛传："穆穆，美也。"桓桓：勇武、威武貌。

③ 肃瞻：恭敬地瞻仰。如熊如虎：形容勇猛。

④ 浩气：正气，正大刚直之气。《孟子·公孙丑上》："我善养吾浩然之气……其为气也，至大至刚，以直养而无害，则塞于天地之间。"堂堂：形容盛大，宏大。八荒：八方荒远的地方。按堵：安居，安定。

⑤ 翊（yì）：辅佐。邦家：国家。《诗·小雅·南山有台》："乐只君子，邦家之基。"有秩斯祜：福祉无穷。《诗·商颂·烈祖》："嗟嗟烈祖，有秩斯

祜。"有秩，博大，无穷。高亨注引王引之《经传释词》："秩，大也。"有，形容词词头。斯，用在形容词之后，相当于"然"。祜（hù），郑笺："祜，福也。"

杨于庭

杨于庭（生卒年不详），字道行，明全椒（今安徽全椒县）人。万历八年（1580）进士。官至兵部职方司郎中。有《道行集》及《春秋质疑》。

岳王祠

王业神州已陆沉，将军祠墓肃阴阴①。和戎社稷浑无策，报主乾坤只此心②。原草尚含南向恨，塞鸿空断北来音③。可怜十二金牌诏，父老攀留泪满襟④。（岳墓诗碑）

【注释】

① 王业：帝王的事业。神州已陆沉：比喻国土已沦陷于敌手。南朝宋刘义庆《世说新语·轻诋》："桓公入洛，过淮泗，践北境，与诸僚属登平乘楼，眺瞩中原，慨然曰：'遂使神州陆沉，百年丘墟，王夷甫诸人，不得不任其责！'"肃阴阴：肃穆而深邃。南朝齐谢朓《直中书省》诗："紫殿肃阴阴，彤庭赫弘敞。"

② 和戎：指与少数民族或别国媾和修好。戎，本指古代我国西部少数民族。此指全国。社稷：本指国家，此指朝廷。浑无策：全然没有好办法。"报主"句：报效君王天地间唯有岳飞存此忠心。

③ "原草"二句：岳坟上向南生长的草木仍然含恨，徽、钦二帝却没有北雁传来的音信。原草，指岳坟上的草木。因墓地亦称九原。南向，即向南。塞鸿，边塞的大雁。暗用汉苏武鸿雁传书事。

④ 攀留：攀辕恳留。表示对将要离去的官吏眷恋。《鄂王行实编年》卷五："先臣始班师，父老人民大失望，遮先臣马首恸哭而诉曰：'我等顶香盆、运粮草以迎官军，敌人悉知之。今日相公去此，某等不遗噍类矣。'"

徐即登

徐即登（生卒年不详），字献和，又字德峻，号匡岳，明丰城（今江西丰城市）人。万历十一年（1583）进士。官至河南按察使。著有《春秋说》《周礼说》《正学堂稿》《建文诸臣录》等。

吊岳武穆庙

宋代诸陵何处寻，鄂王祠庙肃阴阴①。金牌诏数催何急，铁骑尘高转战深②。知过二桃三字狱，冤衔六桧万年心③。英雄遗恨今犹在，长护中原壮带襟④。（淮阳岳飞观诗碑）

【注释】

① 宋代诸陵：宋朝诸位皇帝的陵墓。北宋八陵在今河南巩义市，南宋六陵在今浙江绍兴市。肃阴阴：见杨于庭诗注①。

② 诏数：诏书接连不断。数（shuò），频频，屡次。铁骑尘高：披甲的战马扬起尘土很高。转战深：深入作战。转战，连续在不同地区作战。

③ "知过"二句："莫须有"冤案的智谋超过二桃杀三士，万年含冤之心恨杀奸臣秦桧。知，同"智"。二桃，指二桃杀三士。见薛季宣诗注③。六桧，明程敏政《篁墩文集》："宋季处士胡衮者，愤秦桧之奸，题其堂曰'六桧'，盖以隐戮也。"。"六桧"谐音"戮桧"，谓秦桧之罪，当致杀戮。

④ 壮带襟：使如带似襟的险要重地更加坚固。壮，坚实，坚牢。此用作使动词，使之壮。带襟，犹襟带，衣襟和腰带。谓山川屏障环绕，如襟似带。比喻险要的地理形势。汉张衡《东京赋》："苟民志之不谅，何云岩险与襟带。"

王玉书

王玉书（生卒年不详），字水功，一字仙笈，学者称无界先生，明末太仓（今江苏太仓市）人。万历十三年（1585）以明经授太常博士，寻辞去，踯躅山水间。与周齐曾、陆介、周元合称"榆林四先生"。有《瑶光阁集》。

张苍水遗骨瘗武穆祠后[1]

一代英雄尽,伤心此土丘。前人存旧恨,把臂有同仇[2]。客积湖山泪,鸟鸣烟雨秋。为疑泉壤下,何语漫相酬[3]。(《续耆旧》卷二六)

【注释】

① 张苍水:张煌言,字玄著,号苍水。见张煌言诗作者简介。遗骨:遗体,骸骨。瘗(yì):掩埋,埋葬。

② 前人:指岳飞和张煌言。把臂:握持手臂。谓亲切会晤。有同仇:有同样的仇敌。满族是金人的后裔。

③ "为疑"二句:不知道他们在地下相见,会纵情地谈论些什么。泉壤,犹泉下,地下。漫,放纵,不受约束。相酬,互相唱和,酬对。

陈守友

陈守友(生卒年不详),字达甫,明末休宁(今安徽休宁县)人。万历年间新安诗派诗人。有《陈太甫诗集》。与同乡汪淮、李敏编撰有《新安诗集》。

岳 墓

过庙仍瞻墓,寒林气郁森[1]。西湖莽埋没,中土日销沉[2]。五国杜鹃梦,千城都护吟[3]。未须追古愤,延仁重伤心[4]。(《列朝诗集》乙集第七)

【注释】

① 过庙仍瞻墓:过访岳飞庙依然像从前一样瞻拜岳王坟。意谓并非第一次拜谒。过,过访。仍,依然,照旧。寒林气郁森:墓地森严庄重的气氛很浓重。寒林,秋冬的林木。又梵语音译,指弃尸之处。唐玄应《一切经音义》卷七:"尸陀林,正言尸多婆那,此名寒林。其林幽邃而寒,因以名也。在王舍城侧,死人多送其中。"郁,浓郁,浓重。森,指气氛庄重肃穆。

② "西湖"二句：西湖被埋没于荒草之中，中原地区日渐衰败。莽，密生的草。中土，指中原地区。销沉，衰退没落。金元好问《颍水》诗："胜概销沉几今昔，中年登览足悲哀。"

③ 五国：五国城的省称。杜鹃梦：常喻哀怨、思归之情。见龚璛诗注③。千城：言城邑之多。都护吟：吟唱《丁都护歌》。都护，古代官名。《丁都护歌》是乐府旧题，属《清商曲辞·吴声歌曲》。据传刘宋高祖（裕）的女婿徐逵之为鲁轨所杀，府内直都护丁旿奉旨料理丧事，其后徐妻（刘裕之长女）向丁询问殓送情况，每发问辄哀叹一声"丁都护"，至为凄切。后人依声制曲，故定名如此。见《宋书·乐志》。此借指人们哀伤岳飞被杀。

④ 未须：不必。追古愤：追悼古代（岳飞）的冤愤。延伫：久立，久留。《楚辞·离骚》："悔相道之不察兮，延伫乎吾将反。"王逸注："延，长也；伫，立貌。"重伤心：加重伤心。重（zhòng），沉重，加重。

徐元普

徐元普（生卒年不详），字泽夫，号五修，明万历年间华亭（今上海市松江区）人。徐阶之孙。积极倡导复古文学，深受王世贞推许。

谒岳武穆王墓祠

声咽长天水不流，伊人底事负中州①。盟渝白马仍和好，师抵黄龙问逗留②。宝剑独鸣空百战，翠花遥指竟千秋③。何时销得英雄骨，差有端平献薄酬④。

莫言航海绝归期，当日君侯已数奇⑤。四字矢心阴鬼泣，一诚贯日老臣知⑥。碑残名蚀苔花落，鼓死风号木叶悲⑦。此地不堪遗恨在，故将双泪哭吾私⑧。

何处堪闻长乐钟，百年埋玉起悲风⑨。狐眠孤冢枯杨白，猿啸空山血泪红。寸草不随宫树北，丹心犹共海潮东⑩。属镂一剑君王赐，肯学鸱夷伴钓翁⑪。

精忠犹见掣旗鲜，忽报金牌绝塞传⑫。黄鸟有情歌薤露，夜台无路叩皇

天⑬。间关母氏魂何在,少小郎君死可怜⑭。我亦雄心销未尽,一杯三叹夕阳前。(岳墓诗碑)

【注释】

① 伊人:那个人,这个人。多指意中人或所怀念的人。《诗·秦风·蒹葭》:"蒹葭苍苍,白露为霜。所谓伊人,在水一方。"此指岳飞。底事:何事,为何。负中州:辜负中原人民的期望。指被迫班师。中州,指中原。

② 盟渝白马:谓金人背叛盟约。渝,改变,违背。白马,古代盟誓用白马作为牺牲。见林俊诗注③。师抵黄龙:岳飞曾与部下相约:"直抵黄龙府,与诸君痛饮耳!"问逗留:问可否暂且停留。

③ 宝剑独鸣:是锐气满盈、流溢于外之兆。古人常用"宝剑鸣"表达志士的不平之气。宋陆游《旅思》诗:"废亭草满青骡健,野店灯残宝剑鸣。"《三月十七日夜醉中作》诗:"逆胡未灭心未平,孤剑床头铿有声。"参见岳珂《经进百韵诗》注⑫。翠花遥指:指徽、钦二帝被掳到遥远的北方。翠花,同"翠华"。天子仪仗中以翠羽为饰的旗帜或车盖。

④ 销得英雄骨:形容毁谤之言害人之烈。《文选·邹阳〈于狱中上书自明〉》:"众口铄金,积毁销骨。"差(chā)有:幸有。差,略微。端平:公正允当。《礼记·月令》:"(孟秋之月)决狱讼,必端平。"郑玄注:"端,犹正也。"孙希旦集解:"端,谓明于曲直之辨而无所枉;平,谓得乎轻重之宜而无所颇。"献薄酬:献上微薄的酬报。

⑤ 航海:建炎三年(1129)十二月,高宗赵构为避金人进犯杭州,从定海(今浙江省宁波市镇海区)上船下海。共二十只大船,还装载了高级文武官员和百司禁卫,以及政府的一些档案和用品。此后这二十只海船就一直漂泊在近海当中。直到次年四月,女真兵马北返,才又舍舟登陆。绝归期:没有回来的日期。君侯:见何允泓诗注⑯。数奇(jī):命运不好,遇事多不利。《汉书·李广传》:"大将军阴受上指,以为李广数奇,毋令当单于,恐不得所欲。"

⑥ 四字矢心:指岳飞背刺"尽忠报国"以表明忠心。矢心,誓心,陈示忠心。阴鬼泣:令鬼魂感动而哭泣。一诚贯日:精诚专一之心穿过太阳。参见杨维桢《岳王行》诗注⑪。老臣知:只有老臣自己知道。老臣,指任职较

久、齿德俱尊之臣。此指岳飞。唐杜甫《蜀相》诗："三顾频烦天下计，两朝开济老臣心。"

⑦"碑残"二句：渲染岳飞墓祠经久荒凉，景象可哀。名蚀，石碑上的姓名已剥蚀莫辨。鼓死，军中鼓声沉寂。宋郑樵《吊采石渡头将军》："金鼓死兮弓矢休，势失英雄不自由。"木叶，指飘落的树叶。《楚辞·九歌》："袅袅兮秋风，洞庭波兮木叶下。"

⑧不堪：忍受不了。吾私：我所偏爱的人。私，偏爱。《战国策·齐策》："吾妻之美我者，私我也。"

⑨长乐钟：见胡铨诗注④"钟室"。谓岳飞功高而被诬杀。埋玉：埋葬有才华的人。语本南朝宋刘义庆《世说新语·伤逝》："庾文康亡，何扬州临葬云：'埋玉树箸土中，使人情何能已已？'"

⑩"寸草"句：岳飞墓上的小草朝向南方，而不随着皇宫的树枝向北。官树，帝王宫苑中的树木。北，与下句的"东"一样，都是方位名词作动词。意谓向北，向东。"丹心"句：赤诚之心与海潮永远朝向东海一样向着朝廷。

⑪"属镂"二句：岳飞像吴王夫差杀害伍子胥一样被宋高宗杀害，却不愿像范蠡那样泛舟五湖，与钓翁为伴。属镂，见杨维桢《岳王行》注⑪。鸱夷，见叶绍翁诗注④。肯，岂肯，不肯。

⑫掣旗鲜：战旗飘扬如风牵引。掣（chè），牵引，拉。绝塞：极远的边塞地区。此指岳飞北伐的河朔地区。

⑬黄鸟：黄雀。又《诗经·秦风》篇名。《左传·文公六年》："秦伯任好卒，以子车氏之三子奄息、仲行、鍼虎为殉，皆秦之良也。国人哀之，为之赋《黄鸟》。"黄鸟歌有哀悼贤者不当死之意。薤（xiè）露：乐府《相和曲》名，是古代的挽歌。晋崔豹《古今注》卷中："《薤露》《蒿里》，并歌也。出田横门人。横自杀，门人伤之，为之悲歌。言人命如薤上之露，易晞灭也，亦谓人死，魂魄归乎蒿里。……至孝武时，李延年乃分为二曲，《薤露》送王公贵人，《蒿里》送士大夫庶人，使挽柩者歌之，亦呼为《挽歌》。"夜台：坟墓。亦借指阴间。叩：叩问。皇天：苍天，上帝。指道教神话中的皇天上帝、昊天上帝。

⑭ 间关:辗转,曲折。母氏:母亲。《诗·邶风·凯风》:"有子七人,母氏劳苦。"此指岳飞的母亲,岳母曾为儿子背刺"尽忠报国"。少小郎君:指岳飞之子岳云。郎君,对年轻男子的尊称。

陈邦瞻

陈邦瞻(1557—1623),字德远,明高安(今江西高安市)人。万历二十六年(1598)进士。累官至兵部左侍郎。编纂《宋史纪事本末》《元史纪事本末》,著有《陈氏荷华山房集》。《明史》有传。

岳忠武故里二首

金碧标严寝,风云护古垣①。蒸尝瞻故里,板荡忆中原②。痛抉吴门目,悲游屈子魂③。千秋长洒泪,遗恨在乾坤④。

一剑从南渡,三军更北征⑤。雄风生铁马,寒日照霓旌⑥。河朔争擐甲,燕然未勒铭⑦。遗祠献牛酒,犹是犒师情⑧。(《陈氏荷华山房诗稿》卷一三)

【注释】

① 金碧标严寝:庄严的殿宇显出金碧辉煌。标,显出,显扬。严,严肃,庄严。寝,古代宗庙的正殿称庙,后殿称寝,合称寝庙。《礼记·月令》:"寝庙毕备。"郑玄注:"凡庙,前曰庙,后曰寝。"此泛指庙中殿宇。风云护古垣:风云护卫着古老的庙墙。垣,墙。

② 蒸尝瞻故里:瞻仰岳飞故乡的祭祀。蒸尝,亦作"烝尝"。泛指祭祀。板荡忆中原:回想当时中原地区的动荡混乱。板荡:指政局混乱,社会动荡不安。见戴鳌诗注④。

③ 痛抉吴门目:哀痛岳飞像伍员一样忠而遭谗,死后还要眼看金人灭宋。参见江源诗注⑥。悲游屈子魂:悲伤岳飞忠魂难招,如屈原的游魂四处飘荡。

④ 千秋长洒泪:千秋万代人们为岳飞流泪。遗恨在乾坤:终天的愤恨充满天地间。

⑤ 一剑从南渡:岳飞以一剑之任跟随宋朝南迁。一剑,犹一剑之任。见王云凤诗注②。三军更北征:更率领军队北伐侵略军。三军,春秋时期大国对军队的合称。有上、中、下三军或左、中、右三军,中军为统帅。后为军队的通称。

⑥ 雄风生铁马:强劲的军队显出威武雄壮的气概。铁马,披着铁甲的战马。借指雄师劲旅。寒日照霓旌:寒冬的太阳映照着彩饰的旌旗。霓旌,彩饰之旗。《文选·司马相如〈上林赋〉》:"拖蜺旌,靡云旗。"李善注引张揖曰:"析羽毛,染以五采,缀以缕为旌,有似虹蜺之气也。"蜺,同"霓"。

⑦ 河朔争擐甲:黄河之北的忠义民兵争相投入战斗。河朔,古代泛指黄河以北的地区。擐(huàn)甲,贯甲,穿上甲胄,指做好战斗准备。《左传·成公二年》:"擐甲执兵,固即死也;病未及死,吾子勉之。"燕然未勒铭:未能成就刻石燕然山的武功。参见吕本中诗注④"燕然刻石"。

⑧ "遗祠"二句:人们向古祠献上牛和酒等祭品,还如当年犒劳岳家军时的盛情。牛酒,牛和酒。古代用作馈赠、犒劳、祭祀的物品。犒师情,犒劳军队之情。

朱仙镇再赋

长烟犹似拥征旗①,千古伤心泪自垂。河北香盆迎马日,江南金字罢兵时②。书从魏箧藏应满,剑出秦庭赐肯迟③。莫向祠前瞻列柏,春风不散岁寒枝④。(《陈氏荷华山房诗稿》卷二一)

【注释】

① 长烟:指弥漫在空中的雾气。晋郭璞《游仙诗》之六:"升降随长烟,飘飘戏九垓。"拥征旗:环绕着军旗。拥,环抱,裹。

② 香盆:焚香之盆。旧时百姓顶此盆焚香迎劳王师。参见杨于庭诗注④。金字:指金字牌。罢兵:停战。罢,停,歇。

③ 书从魏箧:诬谤的奏书在"魏箧"之后。《战国策·秦策二》:"魏文侯令乐羊将,攻中山,三年而拔之。乐羊反而语功,文侯示之谤书一

箧。"后因称诽谤之辞为"箧中书"或"魏箧"。剑出秦庭：秦名将白起怨秦王不听他的话而遭楚魏联军的攻击，不肯为将，称病不起。秦王免白起为士伍，遣之出咸阳。至杜邮，复使使者赐之剑，使自裁。白起死非其罪，秦人怜之，乡邑皆为设祀。见《史记·白起王翦列传》。二句谓岳飞遭受诬陷而被朝廷杀害。

④ 列柏：列植的柏树。岁寒枝：经历严寒的枝条。喻忠贞不屈的节操。岁寒，一年的严寒时节。《论语·子罕》："岁寒，然后知松柏之后凋也。"

王　衡

王衡（1561—1609），字辰玉，号缑山，别署蘅芜室主人，明太仓（今江苏太仓市）人。万历十六年（1588）顺天乡试中举。因是宰相王锡爵之子，王衡在其父执政期间没再参加会试。万历二十九年（1601），王锡爵退隐后，王衡才再次走进科场，以一甲第二名（榜眼）及第，官翰林院编修。著作有《缑山集》《纪游稿》《春秋纂注》等多种。

西湖上拜岳武穆墓

当年飞将事横行，强弩如风射不平①。战后欢呼重出塞，军前痛哭话休兵②。此身恩遇先酬死，中土功劳负请缨③。怒逐鸱夷入江水，新潮更接旧潮生④。

酹水苞茅薄献酬，不须入墓气如秋⑤。宁辞腔血膏原野，谁使勋名在浅丘⑥。伏腊衣冠新戟下，有时风雨大刀头⑦。西湖纵道经行处，夜夜神灯照汴州⑧。（《缑山集》卷一）

【注释】

① 飞将：西汉名将李广，行动快，箭法精，忽来忽去，匈奴人称之为"飞将军"。《史记·李广苏建列传》："广居右北平，匈奴闻之，号曰'汉之飞将军'，避之数岁，不敢入右北平。"省称为"飞将"。唐王昌龄《出塞》诗："但使龙城飞将在，不教胡马度阴山。"此借称大将岳飞。事：指率领军队、指挥作战之事。横行：犹言纵横驰骋。多指在征战中所向无敌。

《史记·季布栾布列传》:"上将军樊哙曰:'臣愿得十万众,横行匈奴中。'""强弩"句:强劲的弓射出的箭像疾风一样呼啸而过,射向人间不公平的人和事。指岳飞平定内乱和抵御外侮。元末陶宗仪《辍耕录·扶箕诗》:"杀尽不平方太平。"

② "战后"句:谓岳家军在欢呼胜利后重新出征。出塞,出兵边塞。《史记·周本纪》:"今又将兵出塞,攻梁,梁破则周危矣。""军前"句:谓岳家军被迫班师后战士们在战场上痛哭。休兵,停止战事。

③ "此身"句:谓岳飞身受皇帝知遇立誓以死报答。恩遇,指天子的知遇。唐高适《燕歌行》:"身当恩遇常轻敌,力尽关山未解围。"酬死,以死报答。"中土"句:谓岳飞未能收复中原地区,辜负了主动请求杀敌的愿望。中土,指中原地区。功劳,指有贡献、劳绩的人。《国语·晋语四》:"尊贵宠,赏功劳,事耆老,礼宾旅,友故旧。"请缨,《汉书·终军传》载:"南越与汉和亲,乃遣军使南越,说其王,欲令入朝,比内诸侯。军自请:'愿受长缨,必羁南越王而致之阙下。'"后以"请缨"指自告奋勇请求杀敌。

④ "怒逐"二句:谓岳飞被杀,怒魄追随尸体被抛入钱塘江的伍子胥,兴起新一拨的浪潮。鸱夷,革囊。《史记·伍子胥列传》:"吴王闻之大怒,乃取子胥尸盛以鸱夷革,浮之江中。"裴骃集解引应劭曰:"取马革为鸱夷。鸱夷,榼形。"代指伍子胥。参见任士林诗注⑥。

⑤ "酌水"句:以水代酒作为向岳飞奉献的微薄祭品。酌水,《隋书·循吏传·赵轨》:"征轨入朝。父老相送者,各挥涕曰:'别驾在官,水火不与百姓交,是以不敢以壶酒相送。公清若水,请酌一杯水奉饯。'轨受而饮之。"故《隋书·循吏传论》曰:"赵轨秩满,酌水饯离,清矣!"后遂用"酌水"表示对居官清廉者的赞语。此谓酌水代酒。苞茅,束成捆的菁茅。苞,通"包"。古代祭祀时,以裹束着的菁茅置于柙中,用来滤去酒中渣滓。《左传·僖公四年》:"尔贡苞茅不入,王祭不共,无以缩酒,寡人是征。"献酬,酬答,酬报。"不须"句:不必进入气氛如清冷的秋天般的墓地。

⑥ "宁辞"句:岂能推却用一腔热血来滋润平原旷野。意谓不惜流血

牺牲。腔血，一腔热血。膏（gào），润泽，滋润。"谁使"句：是谁使岳飞的功名竟然成为坟墓。痛惜岳飞功高被杀。勋名，功名。浅丘，不高的丘陵，此指坟墓。

⑦ "伏腊"句：每当祭祀时岳飞会衣冠如生地出现在崭新的兵器之下。伏腊，伏祭和腊祭。泛指祭祀。见李梦阳《朱仙镇庙》诗注⑤。衣冠，特指死者的服装或死者。见林泉生诗注②。"有时"句：有时在风雨天岳飞的神灵会回到庙里来。大刀头，汉武帝时李陵败降匈奴，昭帝即位遣李陵故人任立政等三人至匈奴招李陵。单于置酒赐汉使者，"立政等见陵，未得私语，即目视陵，而数数自循其刀环，握其足，阴谕之，言可还归汉也"。见《汉书·李广苏建传》。刀环在刀之头，后即以"大刀头"作为"还"字的隐语。

⑧ "西湖"句：尽管说杭州是岳飞行程中经过之地。"夜夜"句：夜夜有神奇的灯火照亮北宋都城开封。意谓岳飞死而不忘收复故都。神灯，谓神奇的灯火。宋朱熹《方广圣灯次敬夫韵》："神灯照夜惟闻说，皓月当空不用寻。"汴州，古地名。隋唐时置。今河南开封市。为北宋都城。

眭 石

眭石（生卒年不详），字金卿，号东荪，明南直隶丹阳（今江苏丹阳市）人。万历二十九年（1601）进士。累官至翰林院检讨。才思敏捷，工古文辞，数千言立就。有《眭东荪文集》。

满江红·拜岳忠武墓用原韵

万古兹岳①，松万树、悲风不歇。丹心映、余霞片片，亭台欲烈②。干弩已回胥口马，扁舟应避波心月③。恨裹尸、不向漠南还，啼鹃切④。三字狱，何须雪；两宫耻，终谁灭⑤。遍愁云，补不就山河缺⑥。碧浪难穷袁粲泪，玉泉忍化苌弘血⑦。更冬青、无复向南枝，空陵阙⑧。（《全明词补编》下册）

【注释】

① 兹岳：双关，此山岳（栖霞岭）和此岳飞。

② "丹心映"三句:岳飞的丹心和晚霞相映,将亭台楼阁映照得通红。余霞,晚霞。欲烈,几乎燃烧。《说文》:"烈,火猛也。"

③ "干弩"二句:言岳飞的抗金功业可比钱镠射潮,却不能像范蠡那样功成身退,泛舟五湖。《宋史·河渠志七》:"浙江通大海,日受两潮。梁开平中,钱武肃王始筑捍海塘,在候潮门外。潮水昼夜冲激,版筑不就,因命强弩数百以射潮头,又致祷晋山祠。既而潮避钱塘,东击西陵,遂造竹器,积巨石,植以大木。堤岸既固,民居乃奠。"干弩,弓名,泛指弓。胥口马,钱塘江潮如奔腾的万马。胥口,钱塘江入海口。扁舟,小船。《史记·货殖列传》:"范蠡既雪会稽之耻,乃喟然而叹曰:'计然之策七,越用其五而得意。既已施于国,吾欲用之家。'乃乘扁舟浮于江湖。"参见叶绍翁诗注④。

④ "恨裹尸"三句:遗恨岳飞不能战死疆场,杜鹃至今为之哀鸣。裹尸,用马革裹尸典。语出《后汉书·马援传》。漠南,指蒙古高原大沙漠以南的地区。此指金人占领区。

⑤ "三字狱"四句:岳飞"莫须有"的冤案哪用洗雪(意谓人们尽知其冤),徽、钦二帝被掳的耻辱最终由谁来消除。

⑥ "遍愁云"二句:意谓哀愁并不能补偿国家破亡的遗恨。愁云,望之令人生愁的云。

⑦ "碧浪"二句:意谓穷尽西湖之水难以比得上哀伤不肖之子的眼泪,人们不忍心让岳飞死在九泉之下。碧浪,指西湖的碧波。穷,尽。袁粲泪,哀痛不肖之子的眼泪。《晋书·何劭传》:"劭初亡,袁粲吊岐(劭子),岐辞以疾。粲独哭而出曰:'今年决下婢子品。'"此不肖之子指宋高宗。玉泉,犹九泉。唐卢照邻《哭明堂裴主簿》诗:"始谓调金鼎,如何掩玉泉。"忍,意为不忍。苌弘血,见岳珂《鄂忠武王出师疏帖赞》注⑮。

⑧ "更冬青"三句:南宋诸陵被盗空只剩下冬青,而没有像岳坟前向南伸展的树枝。意谓宋高宗杀害岳飞导致国家灭亡,陵寝被掘,更加可悲。冬青,见袁宏道诗注②。向南枝,见张昱《岳鄂王坟上作》诗注④。陵阙,指皇帝的陵墓。阙,陵墓前的牌楼。

袁宏道

袁宏道（1568—1610），字中郎，号石公，又号六休，明荆州公安（今湖北公安县）人。万历十六年（1588）中举，二十年进士。后反复做官又弃官，多方游历，著书立说。与其兄宗道、弟中道都是晚明反复古主义运动"公安派"代表人物，时称"三袁"。有《袁中郎集》。《明史》入《文苑传》。

宿朱仙镇

秋高夜铎冷空庭，草木犹疑战铁腥①。地下九哥今悔不，六陵花鸟哭冬青②。

羯胡岁岁括金钱，称侄称臣也枉然③。马角不生龙蜕冷，酸心直到犬儿年④。

青骢挽断绿杨丝，寒食西湖祭酒时⑤。第六桥头香十里，桃花风起迭琉璃⑥。

祠前箫鼓赛如云，茹泣争刳吊古文⑦。一等英雄含恨死，几时论定曲将军⑧。（《列朝诗集》丁集第一二）

【注释】

① "秋高"二句：深秋的夜风吹动殿宇的檐铃，使空旷的庭院显得冷清，草木也好似带有当年鏖战留下的兵器腥味。铎，大铃。

② 九哥：指宋高宗赵构。赵构为徽宗第九子，宫中称"九哥"。宋佚名《朝野遗记》："和议成，显仁后（高宗生母）将还，钦庙挽其轮而曰：'蹛之，第与吾南归，但得为太一宫主足矣，他无望于九哥也。'"六陵：南宋六陵，见林泉生诗注⑥。冬青：宋六陵被杨琏真伽盗发后，宋代遗民、绍兴义士唐珏和林德旸邀里中少年，乘夜潜入陵园，将诸帝遗骸收藏匣口，"六陵各为一函"，覆以黄绢，上署帝号、陵名，密埋于绍兴兰渚山天章寺前，并植以冬青树为标志。《南村辍耕录》卷四《发宋陵寝》记其事颇详，且记唐珏《梦中诗》四首，中有"只有春风知此意，年年杜宇哭冬青"句。

③ 羯胡：《魏书·石勒传》："其先匈奴别部，分散居于上党武乡羯室，因号羯胡。"旧时用以泛称来自北方的外族。括：搜求，榨取。金钱：指岁币。称侄称臣：宋高宗与金主书，每称"臣构"，后孝宗则称"侄"。

④ 马角：语出《史记·刺客列传论》："世言荆轲，其称太子丹之命，'天雨粟，马生角'也，太过。"司马贞索隐："《燕丹子》曰：'丹求归，秦王曰：乌头白，马生角，乃许耳。丹及仰天叹，乌头即白，马亦生角。'"此以马角不生喻徽、钦二帝归国是不可能的。《宋史·朱弁传》："其后，（王）伦复归，又以弁奉送徽宗大行之文为献，其辞有曰：'叹马角之未生，魂消雪窖；攀龙髯而莫逮，泪洒冰天。'"龙蜕：传说中龙所脱的皮。此喻实际已经不在帝位的宋钦宗。酸心，伤心。犬儿年：亦作狗儿年。俗称十二生肖之一狗所代表的年份，即戌年。明陆深《春风堂随笔》："北狄中，每以十二生肖配年为号，所谓狗儿年、羊儿年者。岂此皆胡语耶？"此指蒙古灭宋，元代蒙人使用狗儿年之类。

⑤ "青骢"句：言很多游人到岳坟祭奠，将马拴系在绿杨树上。青骢（cōng），毛色青白相杂的骏马。挽断，极言拴系人次之多。挽，拴系。寒食：寒食节。见龚璛诗注②。

⑥ 第六桥头：指苏堤六桥之跨虹桥。宋吴自牧《梦粱录》卷七："苏堤南来第一桥曰映波，第二桥曰锁澜，第三桥曰望山，第四桥曰压堤，第五桥曰东浦，第六桥曰跨虹。"香十里：形容祭祀之盛，香气远溢。迭：层层重叠的样子。琉璃：诗文中常以喻晶莹碧透之物。此喻碧波。

⑦ 箫鼓：箫与鼓，泛指乐奏。赛：指赛神，谓设祭酬神。唐张籍《江村行》："一年耕种长苦辛，田熟家家将赛神。"茹泣：同饮泣。泪流满面，进入口中。形容极度悲痛。劖（chán）：刻凿。指用锐利的器具刻凿文字。句意谓人们极度悲伤地争相将凭吊岳飞的诗文刻凿在碑石上。

⑧ 一等英雄：谓岳飞和曲端同样是被冤杀的英雄。一等，一样，相同。宋王安石《影福殿前柏》诗："知君劲节无荣慕，宠辱纷纷一等看。"曲将军：曲端。见张宪《悲建绍》诗注②。此二句为曲端鸣不平。意谓岳飞和曲端同样被冤杀，岳飞之冤尚且昭雪，而曲端之冤却无人"论定"。

邹维琏

邹维琏（1573—1636），字德辉，号匪石，明新昌（今江西宜丰县）人。万历三十五年（1607）进士。授延平推官。耿介有大节。天启中，为郎中。杨涟劾魏忠贤，被旨切责，琏抗疏论谏，谪戍贵州。崇祯初，召为南京太仆寺卿。累擢右佥都御史，巡抚福建。为温体仁所忌，复罢官。后起为兵部右侍郎，遘疾不赴，卒于家。有《达观楼集》。

谒岳武穆王坟

一拜忠坟感废兴，金牌当日恨相仍①。天戈不抵黄龙府，秋草空榛巩洛陵②。甲士五千甘越耻，长城万里助胡崩③。河山割裂伤南北，风起松杉怒尚腾④。

登坛壮气白虹知，岂谓功高事已危⑤。漠北犬羊沽酒贺，中原豪杰叩心悲⑥。壶浆望断迎王旅，宫阙伤残赋黍离⑦。吊古千秋频堕泪，钱塘江上两鸱夷⑧。（《达观楼集》卷二）

【注释】

① 感废兴：感叹衰亡和兴盛。《孟子·离娄上》："国之所以废兴存亡者亦然。"恨相仍：怨恨接续不断。仍，接续，连续。《文选·张衡·思玄赋》："夫吉凶之相仍兮。"

② 天戈：指帝王的军队。见袁甫诗注⑥。空榛巩洛陵：白白地使北宋帝陵草木丛生。榛，《广雅》："木丛生曰榛。"巩洛陵，指地处巩洛的北宋帝陵。巩洛，二古地名的并称，地在今河南洛阳一带。北宋帝陵在巩县（今河南巩义市），历史上一度属洛阳管辖。

③ "甲士"句：以越王勾践复仇兴越的故事，谴责南宋朝廷拥有数十万军队竟然甘心忍受亡国的耻辱。《史记·越王勾践世家》："越欲先吴未发往伐之。……吴王闻之，悉发精兵击越，败之夫椒。越王乃以余兵五千人保栖于会稽。吴王追而围之。"甲士，披甲的战士，泛指士兵。"长城"句：喻岳飞被杀，如帮助金人摧毁国家的万里长城。胡，此指金人。崩，崩塌。

④ "河山"句：伤心山河南北分裂。"风起"句：松杉发出的风声像岳飞的怒气还在升腾。

⑤ "登坛"句：谓岳飞被拜为将帅时豪壮的气概上贯白虹。登坛，登坛拜将，指任命将帅。《史记·淮阴侯列传》："何曰：'王素慢无礼，今拜大将如呼小儿耳，此乃信所以去也。王必欲拜之，择良日，斋戒，设坛。具礼，乃可耳。'王许之。"唐司马贞索隐述赞："君臣一体，自古所难。相国深荐，策拜登坛。"壮气，豪迈、勇壮的气概。白虹，日月周围的白色晕圈。《礼记·聘义》："气如白虹，天也。"《后汉书·郎颛传》："凡日傍气色白而纯者名为白虹。"岂谓：哪里料到。

⑥ "漠北"句：金人听说岳飞被杀而买酒庆贺。漠北，蒙古高原大沙漠以北的地区。犬羊，对金人的蔑称。见方岳诗注②。沽酒，从市上买来的酒，买酒。《论语·乡党》："沽酒、市脯，不食。"叩心：捶胸，悲痛的样子。《史记·淮南衡山列传》："民皆引领而望，倾耳而听，悲号仰天；叩心而怨上。"

⑦ "壶浆"句：沦陷区人民迎接朝廷的军队却再也看不到前来。壶浆，见张宪《岳鄂王歌》注⑤。王旅，天子的军队。《诗·大雅·常武》："王旅啴啴，如飞如翰。""宫阙"句：哀伤北宋都城的宫殿已成为一片废墟。黍离，见高明诗注②。

⑧ "钱塘"句：谓岳飞与伍子胥同是被冤杀的忠臣。鸱夷，代指伍子胥。参见王衡诗注④。

魏大中

魏大中（1575—1625），初名廷鲤，字孔时，号廓园，明嘉善（今浙江嘉善县）人。万历四十四年（1616）进士。历任行人司行人，工、礼、户、吏各科给事中等职。天启四年（1624），遭劾被贬三级外放。旋归。次年与杨涟、左光斗等同被构陷下狱，酷刑拷讯死。有《藏密斋集》。《明史》有传。

临江仙·钱塘怀古

埋没钱塘歌吹里,当年却是皇都[1]。赵家轻掷与强胡[2]。江山如许大,不用一钱沽[3]。　　只有岳王泉下血,至今泛作西湖[4]。可怜故事眼中无[5]。但供侬醉后,囊句付奚奴[6]。(《明词综》卷五)

【注释】

[1] 埋没:湮没。歌吹:歌唱吹奏。皇都:京城,国都。
[2] 赵家:指赵姓的宋朝。轻掷:轻易地抛弃。胡:对金人的蔑称。
[3] "江山"二句:如此大的江山,并不是赵家花一分钱买来的。言外之意是,当年他们的先祖赵匡胤从后周孤儿寡母手中很容易地抢来的,所以他们会毫不心疼地"轻掷与强胡"。如许大,这么大。沽,买。
[4] "只有"二句:是说西湖的水都是岳飞的血汇聚而成的。泉下,九泉之下,地下。
[5] 故事:旧事,往事。眼中无:谓眼前看不到。
[6] 但:只是。供(gōng):供给。侬:我。旧诗文中常用以自称。囊句:将所得诗句装入诗囊中。语本唐李商隐《李长吉小传》:"恒从小奚奴,骑距驴,背一古破锦囊,遇有所得,即书投囊中。"囊,贮放诗稿的袋子。此用作动词,放入囊中。奚奴:《周礼·天官·序官》"奚三百人"汉郑玄注:"古者从坐男女没入县官为奴,其少才知以为奚,今之侍史官婢。或曰:奚,宦女。"后称奴仆为"奚奴"。

袁中道

袁中道(1575—1630),字小修,一作少修,明荆州公安(今湖北公安县)人。万历四十四年(1616)进士。官至吏部郎中。"公安派"领袖之一。袁宗道、袁宏道胞弟,与其兄并称"三袁"。有《珂雪斋集》《袁小修日记》。

朱仙镇五绝

先朝名将典刑存，分阃从来大帅尊①。天子自临犹不拜，金牌谁敢到辕门②。

收却金牌走战场，麾军直复旧封疆③。挥戈急斩奸臣首，迎取君王入汴梁④。

乘胜长驱靖虏尘，中原日月可重新⑤。康王如狙偏安计，五国城中问主人⑥。

可怜大业坏垂成，龙象翻依兔径行⑦。毕竟南朝多否运，堂堂虎将学书生⑧。

官道垂杨直瘦柯，黄沙日夜变芳莎⑨。游人一掬冤魂泪，洒向前朝旧运河⑩。（《珂雪斋前集》卷七）

【注释】

① 先朝名将：指汉代周亚夫。先朝，前朝。指汉朝。典刑：同典型，典范。分阃：指出任将帅或封疆大吏。南朝梁刘勰《文心雕龙·檄移》："故分阃推毂，奉辞伐罪，非唯致果为毅，亦且厉辞为武。"大帅尊：统军的主帅尊大。意谓应该自主专权。

② "天子"二句：意谓岳飞能像汉代周亚夫那样天子来到军营都不下拜，谁敢把金字牌送到军营。《史记·周亚夫传》："上（汉文帝）自劳军。……已而之细柳军，军士吏被甲，锐兵刃，彀弓弩，持满。天子先驱至，不得入。先驱曰：'天子且至！'军门都尉曰：'将军令曰：军中闻将军令，不闻天子之诏。'居无何，上至，又不得入。于是上乃使使持节诏将军：'吾欲入劳军。'亚夫乃传言开壁门。壁门士吏谓从属车骑曰：'将军约，军中不得驱驰。'于是天子乃按辔徐行。至营，将军亚夫持兵揖曰：'介胄之士不拜，请以军礼见。'天子为动，改容式车，使人称谢：'皇帝敬劳将军。'成礼而去。"辕门，《周礼·天官·掌舍》："设车宫、辕门。"郑玄注："谓王行止宿阻险之处，备非常。次车以为藩，则仰车以其辕表门。"后多指领兵将帅的营门。《六韬·分合》："大将设营而陈，立表辕门。"

③ "收却"二句：意谓岳飞应该将金字牌收起来，继续北伐，指挥大军径直收复旧时的疆土。收却，收起。却，助词，用在动词后，相当于"掉""去"。麾军，同"挥军"，指挥军队。封疆，指疆域，疆土。

④ "挥戈"二句：紧承前二句：接着手挥兵器赶紧将奸臣杀掉，迎接皇帝进入故都开封。迎取，迎得。取，助词，表示动态，相当于"得""着"。

⑤ 靖虏尘：平定敌寇的侵扰。靖，平定。虏尘，敌寇侵扰所扬起的尘土。"中原"句：指中原地区可重新回归宋朝。日月，犹天地。唐郑畋《马嵬坡》诗："玄宗回马杨妃死，云雨难忘日月新。"

⑥ "康王"二句：如果赵构要继续实行他的偏安一隅的政策，就可以从五国城中迎回宋钦宗来做皇帝。康王，赵构曾封康王。狃，因袭，习惯。主人，指君主。唐韩愈《祭穆员外文》："主人信谗，有惑其下；杀人无罪，诬以成过。"此指身在五国城的钦宗。作者自注："时钦宗尚存。"

⑦ 可怜：可惜。大业坏垂成：大功在即将告成时却被毁坏。"龙象"句：喻岳飞不能实行一个主帅应有的雄图。龙象，龙与象。水行中龙力大，陆行中象力大，故佛氏用以喻诸阿罗汉中修行勇猛有最大能力者。《大般涅槃经》卷二："世尊，我今已与诸大龙象菩萨磨诃萨断诸结漏。"此指岳飞。依，循着，沿着。兔径，兔子行走的路。兔子一般不会沿大路走，因指小道，曲径。

⑧ 南朝：指南宋王朝。否运：厄运，坏运。晋慧远《沙门不敬王者论序》："悲夫！斯乃交丧之所由，千载之否运。"否，《易》卦名。意为塞，坏。《易·否》："否之匪人。不利君子贞。大往小来。""堂堂"句：谓志气宏大英勇善战的岳飞竟然像书呆子那样迂腐。虎将，《汉书·王莽传下》："莽拜将军九人，皆以虎为号，号曰'九虎'，将北军精兵数万人东，内其妻子宫中以为质。"后遂用为勇将的通称。此指岳飞。书生，指不谙世情、不知应变的书呆子。

⑨ 官道：公家修筑的道路，大路。唐白居易《西行》诗："官道柳阴阴，行宫花漠漠。"直瘦柯：又直又细的枝条。柯，草木的枝茎。"黄沙"句：黄沙日夜飞扬，将垂杨变得像莎草。莎（suō），草名，多年生

草本植物，地下的块根称"香附子"，可入药。

⑩ 一掬冤魂泪：一捧哀伤岳飞冤魂的泪水。掬，两手相合捧物。此作量词，一掬犹一捧。前朝旧运河：指宋运河。作者自注："祠前即宋运河。"北宋以开封为都城，形成了以开封为中心的运河网。朱仙镇地近开封，故岳飞祠前即有运河。此句有遗憾终南宋一代未能收复故都之意。

王象春

王象春（1578—1632），字季木，号虞求，明末新城（今山东桓台县）人。清代著名诗人王士禛之叔祖。万历三十八年（1610）进士。官至南京吏部考功郎。终因刚直而免官归田，卒未起用。诗文结集为《齐音》《问山亭集》。

谒岳武穆庙

衰草寒烟日暮时，伤心瞻拜岳王祠。君王自得偷安计，臣子应班痛哭师①。东海未填精卫死，南风不竞杜鹃知②。由来和议非长策，千古英雄恨莫追③。（《明诗综》卷六五）

【注释】

① "君王"二句：宋高宗自己打定偏安一隅的主意，岳飞自然应该痛哭班师。偷安，只图眼前安逸。

② "东海"句：喻岳飞未能洗雪国耻而遭杀害。精卫，古代神话中鸟名。《山海经·北山经》："发鸠之山，其上多柘木。有鸟焉，其状如乌，文首、白喙、赤足，名曰精卫，其鸣自詨。是炎帝之少女名曰女娃，女娃游于东海，溺而不返，故为精卫，常衔西山之木石，以堙于东海。"后多用以比喻有仇恨而志在必报，或不畏艰难、奋斗不懈的人。南风不竞：比喻力量衰弱，士气不振。见薛季宣诗注⑥。杜鹃知：暗用典。谓秦桧掌权，导致国势衰微，洛阳桥的杜鹃先已知道。参见彭孙贻词第二首注④。

③ 长策：长远之策，犹良计。恨莫追：恨难补救。追，补救，挽回。

林云凤

林云凤（1578—1648），字若抚，明末长州（今江苏苏州市）人。工诗，善书画。周亮工《书影》卷五谓其"沧桑后匿影田间，虽甚贫，不一谒显贵"。有《自可编》。

泰山谒岳武穆庙[①]

见说沧桑改，兹丘独不平[②]。不堪当鲁望，亦自以相名[③]。旷野无多枞，斜阳只半城。同声祠下起[④]，犹想岳家兵。（《天启崇祯两朝遗诗》）

【注释】

① 泰山谒岳武穆庙：泰山岳武穆庙位于今江苏泰州市泰山公园内。宋建炎四年（1130），金兵入侵，通泰镇抚使兼泰州知州岳飞曾率军于九月初九抵达泰州，据城抗敌。绍兴十年（1140）因开挖东、西河，垒土成山，高五丈，周围一百二十丈。以泰州的州名取名泰山。泰州人民怀念岳飞，故又称泰山为岳墩。明万历十年（1582），兵备副使舒大猷在山顶建岳武穆祠，奉祀岳飞。

② 见说：犹听说。唐李白《送友人入蜀》诗："见说蚕丛路，崎岖不易行。"沧桑改：喻世事变化巨大。兹丘：这座山，指泰山。丘，本指自然形成的小土山，泛指山。

③ 不堪当鲁望：不足以与鲁地著名的泰山相当。不堪，不足以。当，相当，对等。鲁望，指鲁地著名的泰山。鲁，今山东南部，春秋时为鲁国。望，人所敬仰的，有名的。亦自以相名：也擅自以"泰山"相命名。

④ 同声：指泰州人民众口一词地传颂岳飞抗击金军的事迹。

施绍莘

施绍莘（1581—1640?），字子野，号峰泖浪仙，明末华亭（今上海市松江区）人。少有俊才，怀大志，然屡试不第，以诸生终。兴趣广泛，除经术、古今文外，还旁通星纬舆地、二氏九流之书。善音律，以散曲及词著名,有《秋水庵花影集》。

锦衣香·钱塘怀古

问衣锦山,谁荣贵①?问翠微亭,谁恬退②?只可惜报国精忠,奉牌十二,十年心力一朝灰③。千秋切齿,磔桧分尸④。笑优游人在半堂,身谋家计,人国同儿戏⑤。葬身无地,如今化作,业风妖气⑥。(《秋水庵花影集》)

【注释】

① 衣锦山:在浙江临安市南一里,一名石镜山。有石镜在山之东峰,其光如镜。钱镠少时游此,照其形,冕旒如王者状。后唐昭宗封镠为越王,升衣锦营为衣锦军,改山名为衣锦山。镠游衣锦城宴故老,山林皆覆以锦,号其幼所尝戏大木曰衣锦将军。荣贵:荣崇高贵。

② 翠微亭:在池州(今安徽贵池)南齐山顶上。唐杜牧《九日齐山登高》:"江涵秋影雁初飞,与客携壶上翠微。"亭名本此。岳飞于绍兴四年十二月到次年四月驻军池州凡四阅月,其间写了《池州翠微亭》诗。岳飞被害后,抗金名将韩世忠为了给岳飞申冤昭雪,在西子湖畔的飞来峰半山腰建了"翠微亭"。按此事不见宋人记载,不足信。《池州翠微亭》诗,亦疑后人作伪。恬退:淡于名利,安于退让。

③ 奉牌十二:接奉十二道金字牌。十年心力一朝灰:即岳飞所说:"十年之力,废于一旦。"灰,化为灰烬。

④ 磔桧分尸:将秦桧施以磔刑,分裂其尸。磔(zhé),古代一种将肢体分裂的酷刑。分尸,将尸体分裂。杭州岳飞庙有分尸桧。

⑤ 优游:悠闲自得。《诗·大雅·卷阿》:"伴奂尔游矣,优游尔休矣。"半堂:即半闲堂,南宋权相贾似道在今杭州市西湖葛岭修建的别墅。宋周密《齐东野语·贾相寿词》:"贾师宪当国日,卧治湖山,作堂曰半闲。"后亦泛指奸臣的住所。人国:国家。语本汉李龟年诗:"北方有佳人,绝世而独立,一顾倾人城,再顾倾人国。"

⑥ 业风:佛家谓业有善恶两种,此指恶业所感之猛风。

钱谦益

钱谦益(1582—1664),字受之,号牧斋,晚号蒙叟,东涧老人。学者称虞山先生。明末常熟人。明万历三十八年(1610)一甲三名进士。官至礼部侍郎。东林党首领之一。马士英、阮大铖在南京拥立福王,钱依附,为礼部尚书。后降清,仍为礼部侍郎。有《钱牧斋全集》。《清史稿》入《文苑传》。

西湖杂感(二十首选一)

宰树丰碑一水湄,金牌终古事参差①。攒宫麦饭无寒食,赐墓椒浆有岁时②。歌舞梦华前代恨,英雄复楚后人思③。兴亡今古如偿博,可惜冬青绿满枝④。(《牧斋有学集》卷三)

【注释】

① "宰树"句:谓岳飞和于谦的墓祠同在西湖之滨。一,一同。水湄,水边。《诗·秦风·蒹葭》:"蒹葭凄凄,白露未晞。所谓伊人,在水之湄。""金牌"句:作者原注:"于公被祸,亦有金牌迎立事。"按明陆容《菽园杂记》卷八:"于公谦、王公文遇害时,以迎立外藩诬之。文称冤,谦但云亲王非有金符不可召,当辩之。"参差(cēn cī),差不多。

② "攒宫"二句:意谓南宋帝陵无人祭祀,而岳飞、于谦的坟墓却有人按时祭祀。攒(cuán)宫,帝、后暂殡之所。宋南渡后,帝、后茔冢均称"攒宫"。表示暂厝,准备收复中原后迁葬河南。宋张淏《云谷杂记》卷三:"初,隆祐太后升遐时,朝廷欲建山陵。两浙漕臣曾公养谓帝、后陵寝今存伊洛,不日中原即归祔矣,宜以攒宫为名。佥以为当。"麦饭无寒食,谓寒食节也没有最简陋的祭品。麦饭,见徐渭诗注④。赐墓,指皇帝赐葬的岳、于坟墓。椒浆有岁时,谓每年按时祭祀。椒浆,祭神用的以椒浸制的酒浆。《楚辞·九歌·东皇太一》:"蕙肴蒸兮兰藉,奠桂酒兮椒浆。"岁时,每年一定的季节或时间。《周礼·地官·州长》:"若以岁时祭祀州社,则属其民而读法。"孙诒让正义:"此云岁时,唯谓岁之二时春、秋耳。"

③ 梦华：谓追思往事恍如梦境。语本《列子·黄帝》："昼寝而梦，游于华胥氏之国。"宋孟元老有《东京梦华录》。复楚：恢复楚国。战国时楚南公曾说"楚虽三户，亡秦必楚"。秦末项羽也曾提出"亡秦复楚"的口号。此借指岳飞恢复宋朝和于谦迎归明英宗。

④ "兴亡"二句：谓王朝的兴盛和消亡如同偿还赌债，南宋六陵被掘是罪有应得。《宋稗类钞》卷一："宋祖以乙亥命曹翰取江州；后三百年乙亥，吕师夔以江州降元。以丙子受江南李煜降；后三百年丙子，少帝为元所掳。以己卯灭汉，混一天下；后三百年己卯，宋亡于崖山。宋祖生于丁亥而建国于庚申；元太祖之降生与建国之年亦同。宋兴于后周显德七年，时恭帝八岁；亡于德祐元年，少帝四岁，讳显，显德二字，不期而合。又同庙号，亦曰恭帝。周有太后在上，禅位于太祖；宋亦有太后在上，归命于大元。"这诸多巧合，古人认为如同偿还赌博之债报应不爽。冬青，见袁宏道诗注②。

何允泓

何允泓（1585—1625），字季穆，号瑞堂，明末常熟（今江苏常熟市）人。淮府长史何钫季子。诸生。有《垣庚斋诗存》《何季穆文集》。

读岳忠武传四首

傅张不得终经制，韩岳何劳更枕戈①。载主空传之建业，行宫渐侈似宣和②。班朝清海成三恪，振旅朱仙泣两河③。惆怅一生吞虏计，止余遗草泣孙珂④。

膏血横吞直指燕，秦垣心腑浸方缠⑤。将军河上能争地，丞相闱中善格天⑥。蚤有雕儿贪厚饵，尚期龙府醉诸贤⑦。张秦总是明经客，何但书生拜马前⑧。

天造临安胜雒中，西湖浑似化人宫⑨。两高黛抹垂帘见，千里香吹合殿通⑩。循国千珍天府并，刘家双玉越姬空⑪。也曾回首栖鸦岭，日暮愁云接混同⑫。

中原枢管是荆襄,恢复从兹起旧疆⑬。蝼蚁也须先斩馘,麟猊何敢尚狓猖⑭。异时得固三年守,兹日先培六郡良⑮。谁把君侯经画苦,都堂一问贾平章⑯。(《列朝诗集》丁集卷一三)

【注释】

① **傅张**:傅亮和张所并称。傅亮,陕西人。以边功得官,谙练兵事。都城开封已破,率陕西、京西勤王之师三万人,首至城下,屡立功。统御将佐、士卒如古人,无敢犯令者。张所(?—1127),青州(治今山东益都)人。徽宗朝进士,累官至监察御史。高宗即位为兵部员外郎,以言事忤黄潜善,责凤州团练副使、江州安置。建炎元年(1127),李纲再度入相,荐张所任河北招抚使,傅亮为河东经制副使。奸臣黄潜善为了打击、削弱李纲为首的抗战派力量,不久罢免张所、傅亮,撤销河北招抚司及河东经制司。**经制**:经理节制。**韩岳**:指韩世忠和岳飞。二人都积极抗金,卓有战功。韩世忠,见陆游《感事》诗注①。**枕戈**:枕着武器。戈,泛指武器,谓杀敌报国,志坚情切。语出《晋书·刘琨传》。见胡铨诗注②。

② **载主**:用车载着神主。主,神主,俗称牌位。上书死者姓名以供祭祀。《史记·周本纪》:"武王上祭于毕。东观兵至于盟津。为文王木主,载以车,中军。"**建业**:古县名。东汉建安十七年(212)孙权改秣陵县设置,治所在今南京市。作者原注:"建炎间时幸平江、建康,亦载木主以行。"按《宋史·高宗本纪二》:"(建炎三年二月)癸丑,游骑至瓜州,太常少卿季陵奉太庙神主行,金兵追之,失太祖神主。"**行宫**:相对于北宋,偏安于杭州的南宋皇宫只能算行宫。**侈**:奢侈,追求过分的享受。**宣和**:宋徽宗赵佶的年号(1119—1125)。赵佶在位期间,重用蔡京、童贯、高俅、杨戬等奸臣主政,大肆搜刮民财,穷奢极侈,荒淫无度。建立专供皇室享用的物品造作局。又四处搜刮奇花异石,用船运至开封,称为"花石纲",以营造廷福宫和艮岳。句意谓宋高宗南渡后逐渐奢侈,如同徽宗宣和时期。

③ **班朝**:谓整肃朝班。《礼记·曲礼上》:"班朝治军,莅官行法,非礼威严不行。"孔颖达疏:"班,次也;朝,朝廷也。次谓司士正朝仪之位次也。"**清海**:同"青海"。东方之海。借指居地近海的金国首都。**三恪**:周朝新立,封前代三王朝子孙,给以王侯名号,称三恪,以示敬重。作者原

注："金每朝会，以天水郡侯（按金封宋钦宗为天水郡侯）、辽天祚（按辽朝末代皇帝，名耶律延禧）、刘豫为一行。" 振旅：谓整队班师。《诗·小雅·采芑》："伐鼓渊渊，振旅阗阗。"

④ 惆怅：因失意或失望而伤感、懊恼。遗草：犹遗稿。宋曾巩《谒李白墓》诗："世间遗草三千首，林下荒坟二百年。"泣孙珂：让其孙岳珂哭泣。岳珂有《金佗稡编》，收录岳飞的诗文奏草及相关资料。

⑤ 虏血横吞：谓岳飞北伐的气势强盛。岳飞有词句"笑谈渴饮匈奴血"。燕：指被金人占领的幽燕之地。秦垣：秦桧的丞相府。代指秦桧。垣，官署的代称。元王逢《寄桃浦诸故知即事》诗："有章掷还太尉阁，有版不受丞相垣。"心腑：犹心脏。祲（jìn）：不祥之气，妖氛。《左传·昭公十五年》："吾见赤黑之祲。"注："妖氛也。"缠：搅扰，牵绊。

⑥ 闺中：宫室之中。《楚辞·离骚》："闺中既以邃远兮，哲王又不寤。"王逸注："言君处宫殿之中，其闺深远，忠言难通。"格天：感通上天。语本《尚书·君奭》："在昔成汤既受命，时则有若伊尹，格于皇天。"秦桧丞相府建有"一德格天"阁，高宗亲书匾额。善格天，语含讽刺。此"天"当指宋高宗。

⑦ 蚤：通"早"。雕儿：王俊的外号。王俊，岳家军中的一名前军副统制，是一个最惯于反复变诈、喜欢出卖同僚的人，在岳家军中是一个害群之马，因此人们都呼他为王雕儿。数年无功不迁官。绍兴十一年（1141）希承张俊和秦桧的意旨，诬告主将张宪谋反，是制造岳飞冤案的主要帮凶，以此升正任观察使。饵：钓鱼用的鱼食。引申为诱饵或用来引诱人的事物。龙府：黄龙府的省称。醉：使动词，使醉。诸贤：指岳家军将士。

⑧ 张秦：张浚和秦桧。明经客：这里指进士。汉代以明经射策取士。隋炀帝置明经、进士二科，以经义取者为明经，以诗赋取者为进士。宋改以经义论策试进士，明经始废。张浚和秦桧都是进士出身。何但：犹何必。书生拜马前：见杨维桢《岳王行》注⑭。

⑨ 天造：谓自然生成，对人为而言。《易·屯》："天造草昧。"雒中：洛阳。浑似：完全像。化人宫：仙人所居之处。语本《列子·周穆王》："化人之宫构以金银，络以珠玉；出云雨之上，而不知下之据，望之若屯云

焉。"

⑩ 两高:指南高峰和北高峰。见金实诗注①。黛抹:像用黛涂抹。黛,青黑色的颜料,古代女子用来画眉。合殿通:谓香气贯通全部宫殿。

⑪ "循国"二句:是说张俊家的珍宝可与皇家相比,高宗后宫的美女冠绝越地。循国,张俊死后封循王。见杨万里诗注①。天府,《周礼·春官·天府》:"天府,掌祖庙之守藏与其禁令。"原为周官名,掌祖庙之守藏,后因称朝廷藏物之府库为天府。《宋宰辅编年录校补》:"(张俊)喜置田产,故江浙间、两淮岁入租米仅百万石。及死,诸子进黄金九万两。"一说则为"岁收租米六十万斛"(《建炎以来系年要录》卷一三五,绍兴十年四月乙丑)。《夷坚支戊》卷四《张拱之银》说张俊家多银,"每以千两铸一球,目为没奈何"。刘家双玉,指宋高宗的刘贵妃和刘婕妤。宋李心传《建炎以来朝野杂记》卷一《德寿妃嫔》载:刘妃,临安人,入宫为红霞帔,后拜贵妃。时有小刘氏者,入宫转宜春郡夫人,进婕妤。"妃与婕妤皆有宠,宫中号妃为大刘娘子,婕妤为小刘娘子。"《金史》卷一三一《梁珫传》:"海陵欲伐宋,珫极言宋刘贵妃绝色倾国。海陵大喜。及南征,将行,命县君高师姑儿贮衾褥之新洁者,俟得刘贵妃用之。"越姬空,意谓美女尽在此,越地没有美女了。唐韩愈《送温处士赴河阳军序》:"伯乐一过冀北之野,而马群遂空。"

⑫ 栖鸦岭:即栖霞岭。愁云:望之令人生愁的云。混同:指天地混同一体。

⑬ "中原"二句:荆襄地区是中原的枢纽,恢复原有疆土要从这里开始。枢管,犹枢纽,关键。旧疆,原有的疆土。

⑭ 蝼蚁:蝼蛄和蚂蚁。此喻金兵。斩馘(guó):斩敌首割下左耳计功。《诗·鲁颂·泮水》:"矫矫虎臣,在泮献馘。"麟猊:刘豫子名刘麟,侄名刘猊。代指刘豫伪政权。宋岳珂《饯紫微高侍郎朝天》诗:"又不见魏公一战平麟猊,次年子月一废齐。"披猖:猖獗,猖狂。

⑮ "异时"句:谓岳飞得以专一为母亲守孝三年。此指绍兴六年,岳飞母丧而被夺情起复。古礼,子女要为父母守孝三年。《论语·阳货》:"夫三年之丧,天下之通丧也。"异时,以后,他时。固,专一,安守。

"兹日"句：今天先期培养六郡的贤良人才。此指岳家军克复襄阳、唐、邓、随、郢诸州及信阳军。

⑯ **君侯**：清赵翼《陔余丛考·君侯》："盖其时丞相称君，而以列侯为之，故兼称君侯也。……盖自汉以来，君侯为贵重之称，故口语相沿，凡称达官贵人皆为君侯耳。"此尊称岳飞。**经画**：经营筹划。**苦**（gǔ）：止，息。《尔雅·释诂下》："苦，息也。"引申为败坏，破坏。**都堂**：指朝廷。唐尚书省署居中，东有吏、户、礼三部，西有兵、刑、工三部，尚书省的左右仆射总辖各部，称为都省，其总办公处称为都堂。宋金沿之。**平章**：古代官名。唐代以尚书、中书、门下三省长官为宰相，因官高权重，不常设置，选任其他官员加同中书门下平章事之名，简称"同平章事"，同参国事。唐睿宗时又有平章军国重事之称。宋因之，专由年高望重的大臣担任，位在宰相之上。贾平章，贾似道（1213—1275），字师宪，号悦生、秋壑，天台人。南宋理宗时权臣。咸淳三年贾似道进太师、平章军国重事。元军围攻襄阳，守将吕文焕投降。元军自襄阳东下，鄂州、江州、安庆守将皆降。似道亲出督师，不战而去，致全军溃散。事闻，似道罢官、贬逐，为监送官郑虎臣擅杀于漳州。未久，宋亦亡。

吕维祺

吕维祺（1587—1641），字介孺，号豫石，明新安（今河南新安县）人。万历四十一年（1613）进士。官至南京兵部尚书，被劾辞。李自成破洛阳，"不辱大节"，"引颈受死"。有《明德堂文集》《孝经本义》《节孝义忠集》等。

岳忠武庙

忠魂千古泪沾襟，公死神州竟陆沉①。地府定犁张俊舌，何人识破宋高心②。岂辞丹血孤臣洒，未捣黄龙隐痛深③。祠外萧萧风雨夜，灵旗黯淡满空林④。

莫须何以服天下⑤，今古权奸事总奇。群小善迎当局意，片心难写后贤

碑⑥。出师遗恨汉诸葛,恢复忠心唐子仪⑦。怕死爱钱成世界⑧,几时方是太平时。(《文德先生文集》卷一九)

【注释】

① "公死"句:岳飞一死国土竟然沦陷于金人之手。神州陆沉,见杨于庭诗注①。

② 地府:迷信说法,人世之外,另有世界,设有百官,专管鬼魂死人的,称为地府,又称阴间。张俊舌:张俊诬陷人的舌头。张俊诬陷岳飞,是杀害岳飞的主要帮凶。宋高心:宋高宗隐秘的心思。

③ "岂辞"句:岳飞哪能推托倾洒一腔忠血。孤臣,见高明诗注⑤。指岳飞。隐痛:内心深处深感苦痛。《公羊传·成公三年》:"新宫者何?宣公之宫也。宣宫则曷为谓之新宫?不忍言也。"汉何休注:"亲之精神所倚,而灾,孝子隐痛不忍正言也。"

④ 萧萧:风雨声。灵旗:神灵的旗子。空林:木叶落尽的树林。唐章八元《新安江行》:"古戍悬鱼网,空林露鸟巢。"

⑤ "莫须"句:"莫须有"的罪名怎么能使天下人信服?莫须,"莫须有"之省。何以,用反问的语气表示没有或不能。

⑥ "群小"句:朝廷中的众小人善于迎合当权者的心思。群小,众小人。《诗·邶风·柏舟》:"忧心悄悄,愠于群小。"郑玄笺:"群小,众小人在君侧者。"当局,当权的人,特指政府。"片心"句:后代的贤者难以将一片心意在碑石上表达出来。

⑦ "出师"二句:汉末的诸葛亮遗恨出师未捷身先死,唐代的郭子仪恢复故国忠心耿耿。二句以诸葛亮、郭子仪喻岳飞。

⑧ 世界:指世道,社会风气。《朱子语类》卷一三〇:"世界不好,都生得这般人出来,可叹!"

吴伯与

吴伯与(生卒年不详),字福生,明末宣城(今安徽宣城市)人。万历四十一年(1613)进士。官至浙江参议兼广东副使。有《索雯斋集》等。

拜岳武穆墓

血染湖烟入墓浮,模糊山色似当秋①。休兵雨泪归中土,出塞风呼此一丘②。死骨春秋新戟影,怒心今古出潮头③。唯余千顷银山浪,掬作将军薄献酬④。(岳墓诗碑)

【注释】

① 血染湖烟:笼罩于湖面的雾气在阳光映照下像血染过一样发红。湖烟,诗文中常用以形容水面混茫的景象。入墓浮:飘浮进入墓园。模糊山色:山的景色看不甚清。似当秋:似乎正当秋天。岳飞班师在绍兴十年七月,正是秋天。

② "休兵"句:从中原班师而归的战士泪流如雨。中土,指中原地区。"出塞"句:到前线杀敌像风一样呼啸的英雄竟落得一座土坟。出塞,到边防前线去戍守。这里指到前线杀敌。风呼,像风一样呼啸。形容气势和威力极大。丘,坟墓。

③ "死骨句":谓岳飞虽死,春秋祭祀时,其兵器新的光影还会出现。谓岳飞死而不忘北伐。春秋,指春秋二季的祭祀。戟,代指兵器。"怒心"句:暗用伍子胥精魄化为潮水的典故,喻岳飞的愤恨永久难消。

④ 银山浪:银山般的浪涛。形容浪涛又白又高。"掬作"句:捧来作为向岳将军献享的微薄祭酒。掬,两手相合捧物。《左传·宣公十二年》:"舟中之指可掬也。"献酬,酬答,酬报。

林栋隆

林栋隆(生卒年不详),字无过,明鄞县(今浙江宁波市鄞州区)人。万历四十七年(1619)进士。官吏部侍郎。

过大营铺读岳少保金沙寺诗①

宋徽二帝蒙尘北,封豕妖氛啸山谷②。岳侯建旄桂岭东,远扫风烟靖南服③。大营之地昔屯兵，紫电高牙映日迎④。长驱欲捣黄龙府，曹成小丑安足平⑤。恢复吞胡心可剖，号令风霆如拉朽⑥。金牌十二谁召还，血污游魂莫须有。我来山寺识忠肝，石画残碑掩泪看⑦。劲气不随湘水去⑧，至今江月照人还。（《续耆旧》卷二）

【注释】

① 大营铺：即大营驿。在湖南省祁阳县。建炎四年四月，岳飞复过广德军，写有《广德军金沙寺壁题记》。诗题意为：诗为过大营铺读岳少保《金沙寺壁题记》而写。

② 宋徽二帝：谓宋徽宗、钦宗父子二帝。蒙尘北：被掳到北方蒙受风尘。封豕：比喻贪暴者。《左传·昭公二十八年》："（伯封）实有豕心，贪婪无餍，忿颣无期，谓之封豕。"妖氛：妖气。啸山谷：啸叫于山谷。喻寇盗作乱。

③ 建旄：犹建节。唐时，节度使或经略使受任，皆赐旌节。旌节上以旄牛尾为饰。后因以指大将出镇。桂岭：县名。因界内有桂岭为名。故治在今广西贺县东北一百里桂岭山下。岳飞《大破曹成申省状》："（绍兴二年闰四月）十六日取桂岭县，取夺大寨了当。"靖南服：平定南方。南服，古代王畿以外地区分为五服，故称南方为"南服"。

④ 紫电：古宝剑名。晋崔豹《古今注·舆服》："吴大皇帝有宝刀三，宝剑六：一曰白虹，二曰紫电。"高牙：大纛，牙旗。代指岳家军。

⑤ 曹成：见吕本中诗注①。安足平：哪里值得平定。意谓不在话下。

⑥ 吞胡：吞灭胡虏，形容气概之盛。心可剖：赤诚之心可以剖开示人。谓忠心可鉴。号令风霆：号令像狂风和暴雷一般迅疾。托名岳飞《送紫岩张先生北伐》诗："号令风霆迅，天声动北陬。"如拉朽：好像摧折朽木，喻毫不费力。

⑦ 忠肝：忠义之心。石画残碑：指刻在残损碑石上的岳飞的雄图大计。石画，大计。石，通"硕"。《汉书·匈奴传下》："时奇谲之士，石画之臣甚众。"岳飞《永州祁阳县大营驿题记》："他日扫清胡虏，复归故国，迎还两宫还朝，宽天子宵旰之忧，此所志也。"掩泪：掩面流泪。

⑧ 劲气：刚强正直的气概。湘水：湘江，湖南最大的河流，长江的主要支流之一。

汪膺

汪膺（1591—1643），字元御，号玉淙，明末长州（今江苏苏州市）人。天启七年（1627）举人。有《寸碧堂诗集》。

岳忠武祠

汴鼎裂，长城摧①。莫须有，撄风雷②。日西驰，不可回③。冬青树，号狐狸④。碧花恨草相离披，百年□运吹作灰⑤。祀公何许湖之湄，朱干龙为旗，公惠来思尚见之⑥。长白山，黄龙府，喙息游魂敢旁午⑦。投袂云关怒貙虎，吹铙痛饮黄龙府⑧。（《寸碧堂诗集》卷二）

【注释】

①　汴鼎裂：谓北宋灭亡。鼎是国家政权的象征，北宋都汴京，故以汴鼎称北宋政权。长城摧：喻岳飞被杀。

②　莫须有，撄风雷：莫须有的冤狱触犯风雷之怒。撄，触犯。

③　日西驰，不可回：喻南宋政权如日薄西山，无可挽回。

④　冬青树，号狐狸：谓南宋诸陵被掘后，成为野兽出没之所。冬青树，见袁宏道诗注②。

⑤　碧花恨草：谓草木含恨。离披：分散下垂貌，纷纷下落貌。《楚辞·九辩》："白露既下百草兮，奄离披此梧楸。"朱熹集注："离披，分散貌。"□运：应指宋朝国运。吹作灰：如灰被吹散而消灭。

⑥　祀公何许：在什么地方祭祀岳飞。公，指岳飞。湖之湄：西湖之滨。湄，河岸，水与草交接的地方。朱干龙为旗：指岳忠武祠祭祀的仪仗。朱干（gān），红色的盾。《公羊传·昭公二十五年》："乘大路、朱干、玉戚以舞《大夏》，八佾以舞《大武》，此皆天子之礼也。"“公惠”句：谓岳公如果惠然肯来还能看得到（那些仪仗）。惠，敬辞。有赐给恩惠的意思。来思，《诗·小雅·采薇》："今我来思，雨雪霏霏。"又《出车》："今我来思，雨雪载涂。"朱熹集传："《采薇》之所谓来，戍毕时也。此诗之所谓来，归而在道时也。"高亨注："思，语气词。"后以"来思"表示回来、归来的意

思。

⑦ "喙息"句：谓岳飞的魂魄不敢到处游荡。喙息，有口能呼吸者。代指人和一切动物。喙息游魂，谓岳飞的游魂尚有生命。旁午，四面八方，到处。宋刘克庄《运粮行》："县符旁午催调发，大车小车声轧轧。"钱钟书注："旁午，四面八方。"

⑧ 投袂：甩袖，形容激动奋发。《左传·宣公十四年》："楚子闻之，投袂而起。"云关：云雾所笼罩的关隘。南朝齐孔稚珪《北山移文》："扃岫幌，掩云关，敛轻雾，藏鸣湍。"怒貙虎：形容将士像发怒的猛兽。貙（chū）虎，即貙。《尔雅·释兽》："貙，似狸。"晋郭璞注："今貙虎也，大如狗，文如狸。"亦指貙和虎。常喻勇猛的武士。唐韩愈《再与柳州鄂中丞书》："握兵之将，熊罴貙虎之士，畏懦贼缩……"吹铙：演奏铙歌。铙歌，亦称铙吹，军中乐歌。为鼓吹乐的一部。所用乐器有笛、觱篥、箫、笳、铙、鼓等。马上奏之，用以激励士气。也用于大驾出行和宴享功臣以及奏凯班师。此意为奏凯歌。

张肯堂

张肯堂（？—1651），字载宁，号鲵渊（一作鲲渊），明末松江华亭（今上海市松江区）人。天启五年（1625）进士。累迁右佥都御史，巡抚福建。唐王即位于福州，进太子少保、吏部尚书。唐王败，漂泊海外。顺治八年（1651），清兵攻舟山，城破，阖门老小二十余口自缢尽节。《明史》有传。

满江红·拜岳武穆祠次韵

满目兴亡，评终古、都归休歇①。单驻着、英灵千载，臣忠子烈②。苍狗随翻岭上云，玉蟾不了秦时月③。看精神、炯炯照乾坤，留清切④。三字狱，君难雪；五日召，胡难灭⑤。恨儿曹、巧弄得长城缺⑥。马策忙挝铁铸首，龙章未表银瓶血⑦。想忠魂、缥缈驶罡风，还金阙⑧。（《兰皋明词汇选》）

【注释】

① 满目兴亡：满眼兴亡之迹。宋汪元量《凤州》诗："三分割据人如梦，满目兴亡客似痴。"满目，充满视野。"评终古"二句：自古以来的历史评论都已确定。终古，千古，自古以来。

② 单驻着：只留下。臣忠子烈：指岳飞父子为臣为子忠义刚烈。

③ "苍狗"二句：意谓栖霞岭历经风云变幻，永远为战场的明月照耀。苍狗，唐杜甫《可叹》诗："天上浮云似白衣，斯须改变如苍狗。"后因以比喻世事变幻无常。玉蟾，民间传说指月中的三足蟾蜍，因明月色白，故称。不了，不能结束，不能了结。秦时月，唐王昌龄《出塞》诗有"秦时明月汉时关"的名句，因指边塞的月亮。

④ "看精神"三句：看岳飞的精神像明月照耀天地，留下清冷而明亮的光辉。炯炯，明亮或光亮貌。照（zhāo），古同"昭"，光明。清切，形容月光清冷而明亮。

⑤ 君：对岳飞的尊称。五日召：停留五日而应召班师。《宋史·岳飞传》说岳飞接奉十二金牌后，"飞留五日"以待老百姓转移。胡：指金寇。

⑥ 儿曹：犹儿辈。《史记·外戚世家》："是非儿曹愚人所知也。"此为对秦桧等奸臣的蔑称。巧弄得长城缺：玩弄机巧使得岳飞被杀。巧，机巧，诡诈。弄，玩弄，作弄。长城，喻岳飞。

⑦ "马策"二句：马鞭不停地敲打秦桧等铁像的头，皇帝的诏敕并没有表彰银瓶小姐死得刚烈。马策，马鞭。挝（zhuā），敲，打。铁铸首，指秦桧等铁铸跪像的头。龙章，对皇帝文章的谀称。借指诏书、敕令。表，表彰，显扬。银瓶血，指传说中岳飞幼女银瓶为父冤刚烈而死。

⑧ 缥缈驶罡风：驾驭着罡风在空中飘荡。缥缈，随风飘扬。驶，驾驭。罡（gāng）风，道家谓高空之风。后亦泛指劲风。金阙：道家谓天上有黄金阙，为仙人或天帝所居。《神异经·西北荒经》："西北荒中有两金阙，高百丈。"金阙也可指天子所居的宫阙。岳飞《满江红》词最后三字"朝天阙"，一本作"朝金阙"。

钱继登

钱继登（1594—1672），字尔先，又字龙门，号簮山老人，明嘉兴嘉善

(今浙江嘉善县)人。万历四十四年(1616)进士。官至佥都御史,巡抚淮阳。晚年精于禅学。著《易簪》《经世环应编》《壑专堂集》等。

满江红·拜岳王墓①

西子湖山,唤不醒、千年聋哑②。只辨得、浓妆淡抹,逢人便嫁③。突兀不存今古史,霏微烟写兴亡画④。只西泠、尽处一抔坟,伤心者⑤。银瓶坠,传佳话;铁像毁,留余骂⑥。看权奸忠义,谁增声价⑦。白骨英雄衰草里,画船箫鼓斜阳下⑧。但两高、相对哭孤忠,于司马⑨。(《全明词》第三册《古今词汇》)

【注释】

① 此词《全清词·顺康卷补编》第一册题为《满江红·吊岳武穆墓》,作者为钱继章。

② "西子"三句:谓杭州的山水如聋似哑,千百年来沉迷而难以唤醒。

③ "只辨得"三句:只知道精心装扮而不能择一而从。意谓任何统治者都可占有。辨得,明白,知道。浓妆淡抹,化用苏轼《饮湖上初晴后雨》诗:"欲把西湖比西子,淡妆浓抹总相宜。"

④ 突兀:高耸貌,指杭州的山。霏微烟:迷蒙的烟波,指西湖的水。

⑤ 西泠:见张昱《岳鄂王坟上作》诗注④。一抔坟:指岳飞墓。伤心者:是令人伤心的地方。

⑥ 银瓶坠:指岳飞幼女银瓶小姐坠井事。铁像毁:指秦桧等人的铁像被击碎。《西湖梦寻》:"墓前之有秦桧、王氏、万俟卨三像,始于正德八年,指挥李隆以铜铸之,旋为游人挞碎。后增张俊一像。四人反接,跪于丹墀。自万历二十六年,按察司副使范涞易之以铁,游人椎击益狠,四首齐落,而下体为乱石所掷,止露肩背。"余骂:谓唾骂不已。

⑦ "看权奸"二句:看看权奸之臣和忠义之士,谁的声名更高。声价,名誉身价。

⑧ 画船箫鼓:指游人作乐。画船,装饰华美的游船。箫鼓,箫与鼓,泛指乐奏。

⑨ 两高：指南高峰和北高峰。孤忠：见林景熙诗注②。此指岳飞。于司马：于谦，官至兵部尚书，故称。参见于谦诗作者简介。

王 屋

王屋（1595—？），初名畹，字孝峙，明末嘉善（今浙江嘉善县）人。少尝佣书，过目成诵，即能诗文。得魏大中赏识。魏罹难，屋作长歌哭送，随护千里。著作甚多，惜少有流传。仅存《草贤堂词笺》《蘖弦斋词笺》《蘖弦斋杂笺》。

满江红

徵仲有和沈启南题宋思陵与岳鄂王手敕墨本词，慷慨特绝。王元美尝和其韵，余读之弗善也。因为赋之，仍次文韵①。

恨切肝脾，亘千古、不堪重读②。嗟宋主、诛忠何憯，信奸何酷③。万死不悔臣节著，百身苟可人争赎④。奈当时、徒有一韩王⑤，终冤狱。硬铁汉，犹颦蹙；儿女子，甘臣辱⑥。彼桧何足道，浚心谁属⑦。秦缪三良诚可弃，齐襄九世仇焉复⑧。视沦胥、左衽不关心，生吾欲⑨。（《蘖弦斋词笺》）

【注释】

① 徵仲：文徵明，又字徵仲。沈启南：沈周，字启南。宋思陵：以宋高宗的陵墓名代指其人。王元美：王世贞，字元美。其词并见前。弗善：不以为好。因为赋之：因而为此再填写一阕词。赋，写诗、填词皆可称赋。仍次文韵：沿用文徵明的韵脚字填词。

② 恨切肝脾：愤恨深入内脏。切，深，深切。亘千古：经历久远的年代。亘，绵延伸展。不堪重读：指宋高宗与岳飞的手敕。不堪，不忍心。

③ 宋主：指宋高宗。诛忠何憯：杀害忠良多么惨毒。憯（cǎn），同"惨"。信奸何酷：信任奸佞多么深厚。酷，副词，表示程度深。相当于极、甚。

④ 臣节著：谓岳飞人臣的节操彰显。百身苟可人争赎：如果死一百次可

以换回岳飞的复生,人们会争相献身。典用《诗·秦风·黄鸟》:"如可赎兮,人百其身。"苟,如果。赎,本义为以财物换回。

⑤ 奈:怎奈,无奈。韩王:指韩世忠。死后封蕲王。韩世忠曾诘问秦桧岳飞犯罪的事实,并说:"莫须有三字,何以服天下!"

⑥ 颦蹙:皱眉蹙额,形容忧愁不乐。儿女子:是骂人的话,相当于"娘儿们""妇道人家"。《史记·淮阴侯列传》载韩信临死前说:"吾悔不用蒯通之计,乃为儿女子所诈,岂非天哉?"此为对宋高宗和秦桧等投降派的蔑称。甘臣辱:甘心承受向金人称臣的耻辱。

⑦ 浚心谁属:张浚的心何在?谓张浚曾在宋高宗面前阻挠岳飞统领淮西军。谁,何。

⑧ 秦缪三良:指秦穆公时的三贤臣奄息、仲行、鍼虎。《诗·秦风·黄鸟·序》:"黄鸟,哀三良也。国人刺穆以人从死,而作是诗也。"秦缪,即秦穆公。《史记·蒙恬列传》:"昔者秦穆公杀三良而死,罪百里奚而非其罪也,故立号曰'缪'。"齐襄九世:春秋时,齐哀公遭纪侯诬害,为周天子所烹,至襄公历九世始复远祖之仇,灭纪国。见《公羊传·庄公四年》。后因喻君国累世深仇。仇焉复:大仇如何报复。

⑨ "视沦胥"三句:谴责宋高宗不顾国土沦丧、人民遭难,只求偷生。沦胥,本义相率牵连。《诗·小雅·雨无正》:"若此无罪,沦胥以铺。"毛传:"沦,率也。"郑玄笺:"胥,相铺遍也。言王使此无罪者见牵率相引而遍得罪也。"泛指沦陷、沦丧。左衽,见释居简诗注㉛。生吾欲,《孟子·告子上》:"生吾欲也,义亦吾所欲也,二者不可得兼,舍生而取义者也。"而宋高宗于生与义二者,只知偷生,不知礼义,无异禽兽。

张 岱

张岱(1597—1679),字宗子,又字石公,号陶庵、蝶庵、天孙,明末山阴(今浙江绍兴市)人。生长于世代簪缨之族,为人放达不羁。早慧,多才艺。明亡,避居剡溪山中,布衣蔬食,发愤著书。有《琅嬛文集》《陶庵梦忆》《西湖梦寻》《石匮书》等。

岳王坟

西泠烟雨岳王宫,鬼气阴森碧树丛①。函谷金人长堕泪,昭陵石马自嘶风②。半天雷电金牌冷,一族风波夜壑红③。泥塑岳侯铁铸桧④,只令千载骂奸雄。(《西湖梦寻》卷一)

【注释】

① "西泠"二句:谓岳飞墓祠因冷落而显得阴森。烟雨,像烟雾那样的细雨。鬼气,带有鬼怪的气氛。

② 函谷:函谷关,关名。在今河南灵宝境内。因其路在谷中,深险如函,故名。金人:指汉武帝时通天台上的捧露盘金人。以铜铸成,仙人掌擎玉杯,来承接云表之露。唐李贺《金铜仙人辞汉歌·序》:"魏明帝青龙元年八月,诏宫官牵车西取汉武帝捧露盘仙人,欲立置前殿。宫官既拆盘,仙人临载乃潸然泪下。"后常以此典表亡国之痛。金人从长安被移到洛阳,须经函谷关。昭陵:唐太宗墓。在陕西礼泉县九嵕山。传说昭陵前的石人马曾助唐军与安禄山战而不胜。见唐姚汝能《安禄山事迹》。唐李商隐《复京》诗:"天教李令心如日,可要昭陵石马来。"唐韦庄《闻再幸梁洋》诗:"兴庆玉龙寒自跃,昭陵石马夜空嘶。"皆记此事。此借指岳坟前的石马。自嘶风:空自向风嘶鸣。谓不能奔赴前线。

③ "半天"句:意谓诏令班师的金牌像半空的雷电来得那么突然,令人心寒。一族:一家,指岳飞及其子岳云。风波:遭遇不幸。夜壑红:谓被杀流血。夜壑,《庄子·大宗师》:"夫藏舟于壑,藏山于泽,谓之固矣。然而夜半有力者负之而走,昧者不知也。"后用"夜壑"比喻事物的变化。

④ "泥塑"句:岳飞遗像用泥塑造,秦桧跪像用铁铸成。张岱《西湖梦寻·岳王坟》:"倪太史元璐曰:'岳王祠,泥范忠武,铁铸桧、卨,人之欲不朽桧、卨也,甚于忠武。'"

刘道开

刘道开(1601—1681),一名远鹏,字非眼,别号了庵居士,明末巴县(今重庆市渝中区）人。崇祯六年（1633）举人。官翰林院编修。有《自怡轩诗文集》《痛定录》等。

岳　庙

君臣无意复舆图，唾手燕云岂庙谟①。才过张韩天若忌，心同龙比主难孚②。金戈铁马公生气，绿水青山宋旧都③。画舫不须经庙下，忠魂最恨是西湖④。（《诗观二集》卷六）

【注释】

① 君臣：指宋高宗和秦桧之流。舆图：指疆域，疆土，土地。北周庾信《齐白兔表》："臣闻舆图欲远，则玉虎晨鸣；辙迹方开，则银麚入贡。"唾手燕云：见郑善夫诗注⑨。庙谟：犹庙谋，庙算。朝廷或帝王对战事进行的谋划。

② 张韩：指张俊和韩世忠。天若忌：上天好像也忌恨。龙比：古代的两位忠臣龙逢和比干的并称。龙逢，见彭泽诗注①。比干，子姓。殷帝丁次子，帝乙之弟，帝辛（即纣王）的叔父，官少师（位比丞相）。受其兄帝乙的嘱托，忠心辅佐纣王。纣王暴虐荒淫，横征暴敛，"比干曰：'为人臣者，不得不以死争。'乃强谏纣。纣怒曰：'吾闻圣人心有七窍。'剖比干，观其心"。见《史记·殷本纪》。主难孚：难以得到君主的信任。孚，信任，使信任。

③ "金戈"句：岳飞遗像像当年率领威武雄壮的军队，依然气概昂扬。金戈铁马，形容威武雄壮的军旅兵马。见方岳诗注⑪。生气，气概昂扬。《国语·晋语四》："未报楚惠而抗宋，我曲楚直，其众莫不生气，不可谓老。""绿水"句：南宋的故都杭州如今绿水青山，美景如旧。

④ 画舫：装饰华丽的游船。舫，小船。"忠魂"句：岳飞忠魂之所以最恨西湖，是因为当年南宋君臣贪图西湖美景，不思收复失地，杀害抗金的将领。

陈名夏

陈名夏（1601—1654），字百史，明末溧阳（今江苏溧阳市）人。崇祯十六年（1643）一甲三名进士。授修撰兼都给事中。复社名士。后降李自成。福王时，定入从贼案。顺治二年（1645）降清，官至大学士。后被劾论斩改绞。有《石云居士文集》。

汤阴拜武穆祠

万古悲凉地，徘徊夕照中①。河山余涕泪，寝庙动秋风②。夜雨旌旗出，晴沙战垒空③。白头诸父老，指点说英雄。（《晚晴簃诗汇》卷二二）

【注释】

① "万古"二句：作者在夕阳中盘桓于汤阴岳武穆祠这个永久令人悲伤凄凉的地方。

② 寝庙：泛指庙宇。此指武穆祠。动秋风：在秋风的吹动中。

③ "夜雨"二句：下雨的夜晚岳飞会率部高扬军旗出现，可惜当年的战场即使在晴天也看不到了。晴沙，阳光照耀下的沙滩或飞沙，此指战场。战垒，战争中用以防守的堡垒。

祁彪佳

祁彪佳（1602—1645），字虎子，一字幼文，又字宏吉，号世培，别号远山堂主人，明末山阴（今浙江绍兴市）人。天启二年（1622）进士。崇祯四年（1631）升右佥都御史。清兵入关，力主抗清，任苏松总督。杭州失陷后，自沉殉国，谥忠敏。有《远山堂诗集》《远山堂曲品》《远山堂剧品》等。《明史》有传。

过桃山岳庙①

哭断西风铁马追，英魂惨惨逐旌旗②。十年功废凭谁话，片石犹含赵宋悲③。

金牌十二困英雄，河北谁收一战功。风雨六陵肠断夜，始惊当日错和戎④。（《远山堂诗集·七言绝句》）

【注释】

① 桃山：古驿站名。驿以山得名。在今安徽省萧县，旧属徐州。顾祖禹《读史方舆纪要》卷二九："（徐州）州南五十里曰桃山驿。"清嘉庆《萧县志》载："县东南六十里山下有桃山。"桃山岳庙建于明万历年间。

② "哭断"句：谓岳飞在秋风中班师，战士们骑着身披铁甲的战马痛哭相随。追，追随。惨惨：忧闷，忧愁。《诗·小雅·正月》："忧心惨惨，念国之为虐。"逐旌旗：萦绕战旗而不离开。

③ 十年功废：参见岳珂《经进百韵诗》注㉛。凭谁话：由谁来谈论。片石：指石碑。赵宋悲：赵宋王朝的可悲。

④ 六陵：指南宋六帝陵。元初被杨琏真伽盗掘。肠断：形容极度悲伤。和戎：本指与少数民族或别国媾和修好，此指向金人屈膝投降。

徐士俊

徐士俊（1602—1681），原名翙（huì），字野君，明末仁和（今浙江杭州市）人。好乐府，工杂剧。与同里卓人月友，诗词赓和。有《雁楼集》（附《诗余》）。

满江红·拜鄂王祠追和王韵

刘岳张韩，问谁个、英风不歇①。收拾去、忠魂秋草，于今为烈②。骨肉回头惊露电，娇娃弹指沉星月③。葬空山、长听浙江潮④，悲心切。翻旧案，花如雪；忆旧梦，烟如灭⑤。借莫须有事，轻分圆缺⑥。送罢残红多少恨，归来望帝犹啼血⑦。再修成、青史灭疆边，文还缺⑧。（《雁楼集·诗余》）

【注释】

① 刘岳张韩：刘光世、岳飞、张俊、韩世忠并称南宋中兴四大名将。英风：美好的声望，崇高的威望。不歇：不曾消失。

② "收拾去"三句：意谓除去岳飞坟墓上的秋草，岳飞美好的声名在今天更加盛大显著。于今为烈，某件事过去就已经有过，现在比过去更加厉

害。语本《孟子·万章下》:"殷受夏,周受殷,所不辞也,于今为烈,如之何其受之?"烈,厉害。

③ "骨肉"二句:骨肉,比喻至亲。此指岳飞长子岳云。回头惊露电,回头之际岳云像露水电光一样很快消失。娇娃,指传说中岳飞幼女银瓶。弹指沉星月,弹指之间在星月夜中投井沉没。回头、弹指,皆指时间极短。

④ 浙江潮:钱塘江潮。传说钱塘江潮为伍子胥死后怒魄所化。故寓意岳飞死后长抱愤恨。

⑤ "翻旧案"四句:推翻旧时的冤案,花儿像雪一样洁白;回忆往事,像烟云一般消散。

⑥ 轻分圆缺:随意地判定是非。轻,轻易,随意。圆缺,喻功过是非。

⑦ 残红:凋残的花,落花。望帝:见龚璛诗注③。

⑧ "青史"二句:谓历史渺茫无际,记述岳飞事迹的文字还有所欠缺。灭疆边,失去边界,渺茫无际。

张 溥

张溥(1602—1641),初字乾度,后字天如,号西铭,明末太仓(今江苏太仓市)人。崇祯四年(1631)进士。复社领袖。推崇前后七子的文学理论,主张复古,又以"务为有用"相号召。一生著作宏富,编述三千余卷。《明史》入《文苑传》。

吊岳武穆祠

万古悲凉君未终,至今野老哭江东①。寻常将相谁为死,草率华夷不再雄②。铁铸狐狸羞石马,坟如明月向西风③。将携热酒浇磷白,松柏声来欲射熊④。(《七录斋诗文合集·诗稿》卷二)

【注释】

① "万古"句:谓岳飞永世的悲哀凄凉没有终结。君,对岳飞的尊称。野老:村野老人。江东:指江南。

② 谁为死:有谁为国家而死。草率华夷:指南宋朝廷轻率丢弃国家疆

土。草率，轻率，不慎重。华夷，宋元时指国家的疆域。元关汉卿《一枝花·杭州景》套曲："大元朝新附国，亡宋家旧华夷。"王季思注："宋元时称国家的疆域为华夷，因为它包括了少数民族地区。"不再雄：指中国不再称雄于世。雄，称雄。

③ 铁铸狐狸：指铁铸的秦桧等奸贼跪像。羞石马：使石马也为之蒙羞。羞，使动词。明月：指斛律光。见杨维桢《岳王行》注⑬。

④ 磷白：《论语·阳货》："不曰坚乎？磨而不磷。不曰白乎？涅而不缁。"此喻品格高尚，不受恶劣环境影响的岳飞。射熊：《史记·赵世家》："居二日半，简子寤。语大夫曰：'我之帝所甚乐……有一熊欲来援（抓）我，帝命我射之，中熊，熊死。又有一罴来，我又射之，中罴，罴死。'"此借喻射杀恶人。

夏曰瑚

夏曰瑚（1602—1637），字肤公，号涂山，明末直隶山阳（今江苏淮安市）人。崇祯四年（1631）进士。官翰林院编修。有《二然居士集》。

奉吊宋岳武穆王

栖霞山下祠坟古，落日荒云抱石林①。不问中原倾玉柱，空留遗像铸黄金②。孤臣独奋中兴志，天道元无翊宋心③。千载英灵俨如在，辘轳风雨作龙吟④。（岳墓诗碑）

【注释】

① 荒云：昏暗的云。荒，昏暗。《庄子·在宥》："日月之光，益以荒矣。"抱：环拥。石林：指碑林。

② 不问：不管。中原倾玉柱：支撑中原大厦的石柱倾倒。比喻担当国家重任的岳飞死去。玉柱，石柱的美称。遗像铸黄金：谓岳飞塑像用黄金铸成。表示极端尊崇。

③ "孤臣"句：岳飞独自振奋中兴国家的志气。"天道"句：上天原本没有帮助宋朝的意思。天道，天理，有意志的上天。翊（yì），辅佐。

④ **俨如在**:俨然如在面前。《论语·八佾》:"祭如在,祭神如神在。""**辘轳**"句:喻岳飞志不得申。辘轳,剑名,剑首以玉作辘轳形为饰,故名。龙吟,参见岳珂《经进百韵诗》注⑫。

卓人月

卓人月(1606—1636),字珂月,明末仁和(今浙江杭州)人。崇祯八年(1635)贡生。复社成员。著名文学理论家、戏曲家、诗人。著有《蕊渊集》、《蟾台集》、《卓子创调》、《千字大人颂》、杂剧《花舫缘》、传奇《新西厢》,辑有《古今词统》。

满江红·拜岳鄂王祠追和原韵①

臣罪当诛,对明圣、恩波未歇②。稽谥法、南阳同志,汾阳同烈③。恨极冰天啼冻雨,忧来潭水吟寒月④。向青灯、长梦战胡儿,抽刀切⑤。　牌上字,冤难雪;背上字,痕难灭⑥。叹未成一篑,为山功缺⑦。七日红枯荆客泪,三年碧尽周人血⑧。请千秋、卖国巨奸来,瞻宫阙⑨。(《笠泽词征》)

【注释】

① **追和原韵**:根据前人所写某首诗或词的原韵写成的诗或词,称为"追和原韵"。此原韵指岳飞《满江红·怒发冲冠》之原韵。此词《全清词·顺康卷》第一册作者为人月之父卓发之。

② **"臣罪"三句**:唐韩愈《拘幽操》:"乌乎!臣罪当诛兮,天王圣明。"明圣,义犹圣明。明达圣哲的君主。《管子·霸言》:"国在危亡而能寿者,明圣也。"恩波,谓帝王的恩泽。把功臣说成是"臣罪当诛",把卖国的宋高宗说成是"明圣",把杀害忠臣说成"恩波未歇",这是愤激的反话。

③ **"稽谥法"三句**:稽考谥法,岳飞与诸葛亮、郭子仪的谥号都为"忠武",他们的志向和功业也都相同。稽,考核,核查。谥法,中国古代帝王、诸侯、卿大夫、大臣等人死后,朝廷根据他们生前事迹和品德,评定一个称号以示表彰,即称为"谥"。谥法是评定谥号的法则、原理。战国时伪托周公作的《谥法解》被编入《逸周书》,这是谥法在后来的重要依据。

南阳，指三国时诸葛亮。诸葛亮在《出师表》中曾自述："臣本布衣，躬耕南阳。"汾阳，指唐代郭子仪。郭子仪曾封汾阳王，人称郭汾阳。作者原注：宋《改谥岳忠武文》云："孔明志兴汉室，子仪光复唐都。不嫌今古同辞，将与山河并久。"同志，志向相同；同烈，功业相同。句中为互文。

④ **"恨极"二句**：想到徽、钦二帝在冰天里的冷雨中哭泣愤恨至极，忧愁来时只好面对深潭吟咏寒月。冻雨，冷雨，寒雨。作者原注："'泪雨冰天'，洪皓祭徽宗句也。'潭水寒生月，松风夜带秋'，忠武诗也。"

⑤ **"向宵灯"三句**：夜晚对着灯火，常常梦见岳飞正在急切地抽出刀来和胡人作战。

⑥ **牌上字**：指十二金牌上的文字。**背上字**：指岳飞背上所刺的"尽忠报国"四个字。

⑦ **未成一篑，为山功缺**：《尚书·旅獒》："为山九仞，功亏一篑。"意为堆九仞高的山，只缺一筐土而不能完成。此喻岳飞北伐只差最后一点没能完成。篑，盛土的筐子。

⑧ **"七日"句**：春秋楚国伍员，因家族被楚王诛灭而奔吴，谓其友申包胥曰："我必复楚国！"包胥曰："子能复之，我必能兴之。"按：《史记·伍子胥列传》作"我必覆楚"。杨伯峻《春秋左传注》以为"复即覆，倾覆也，此复乃假借字"。后伍率吴兵破楚，申包胥乞师于秦。秦王不许。申"立依于庭墙而哭，日夜不绝声，勺饮不入口七日"，秦为所感，遂救楚。事见《左传·定公四年》。荆为楚之旧号，楚人至秦即为客，故称申包胥哭秦廷之泪为荆客泪。此意谓南宋将亡而莫能求救。红枯，眼中的血哭尽。**"三年"句**：周朝人苌弘的血三年尽化为碧。见岳珂《鄂忠武王出师疏帖赞》注⑮。此喻岳飞之死。

⑨ **"请千秋"三句**：千年后，请那些卖国大奸来瞻仰一下岳飞庙的殿宇，他们将何以为心！官阙，这里指鄂王祠的殿宇。

李文缵

李文缵（1607—?），字绍武，一作昭武，号梦公，明鄞县（今浙江宁波市鄞州区）人。以诸生荐授驾部郎中，后从钱忠介举兵，事败遂游四方。

诗、书、画称三绝。

满江红·和岳忠武韵

狩泣苍麟,叹盲左、书传未歇①。空痛绝、王师帝佐,忠魂惨烈②。白草黄沙鸣塞雁,青霜紫电看秦月③。望湖滨、顿首鬣封祠,同仇切④。国已破,耻谁雪;乱未已,恨难灭。幸孙曾尚在,蒸尝无缺⑤。灵武旋颁哀痛诏,干将犹带模糊血⑥。卷纶竿、闲钓小桥西,心依阙⑦。(《明词综》卷一三)

【注释】

① 狩泣苍麟:孔子为猎获麒麟而悲泣。春秋鲁哀公十四年猎获麒麟,相传孔子作《春秋》至此而辍笔。《春秋·哀公十四年》:"春,西狩获麟。……孔子曰:'孰为来哉!孰为来哉!'反袂拭面,涕沾袍。"杜预注:"麟者仁兽,圣王之嘉瑞也。时无明王出而遇获,仲尼伤周道之不兴,感嘉瑞之无应,故因《鲁春秋》而修中兴之教。绝笔于'获麟'之一句,所感而作,固所以为终也。"后以"泣麟"为哀叹悲泣世衰道穷之典。苍麟,青色的麟。盲左:春秋鲁太史左丘明双目失明,故称。书传(zhuàn):为经作传。传是阐释经文的著作。《春秋》是六经之一,旧说《左传》是阐释《春秋》经文的著作。此三句大意哀叹宋室衰微,史传多有记述。

② 痛绝:悲痛到极点。王师:天子的军队,国家的军队。帝佐:帝王的辅佐。此指岳飞。惨烈:死得十分凄惨。

③ "白草"二句:言徽、钦二帝在五国城过着凄惨、绝望的囚徒生活。白草黄沙,指北方边塞的景色。塞雁,边塞的大雁。青霜紫电,皆宝剑名。唐王勃《滕王阁序》:"紫电青霜,王将军之武库。"意谓面对着刀光剑影。秦月,边塞的明月。语本唐王昌龄《出塞》:"秦时明月汉时关,万里长征人未还。"

④ "望湖滨"三句:望着西湖之滨的岳飞墓祠跪拜,不禁产生与岳飞同样深切的仇恨。顿首,磕头。旧时礼节之一。以头叩地即举而不停留。鬣封祠,指岳飞墓祠。鬣封,马鬣封。坟墓上封土的一种形状。见释居简诗注

⑤ "马鬣封"。

⑤ 孙曾:孙子和曾孙,泛指后代。蒸尝:指祭祀。

⑥ 灵武:东汉段颎曾大破东羌于灵武谷。见《后汉书·段颎传》。后以"灵武之役"借指战胜异族的关键战役。此指绍兴十年岳飞北伐取胜。旋:旋即,随即。哀痛诏:令人哀伤悲痛的班师诏。干将:宝剑名。相传春秋吴有干将、莫邪夫妇善铸剑,为阖闾铸阴阳剑,阳曰"干将",阴曰"莫邪"。干将藏阳剑献阴剑。吴王视为重宝。事见汉赵晔《吴越春秋·阖闾内传》。鲁迅《故事新编·铸剑》即演述此故事。后以"干将"泛称利剑。干将犹带模糊血,形容岳飞死得极惨。

⑦ "卷纶竿"三句:作者说自己虽然垂钓于西湖(意谓无缘建立像岳飞那样的功业),心却依然向着朝廷。纶竿,钓竿。阙,代指朝廷。

宋之韩

宋之韩(1609—1669),字奇玉,号莲仙,明末沂州(今山东临沂市)人。岁贡生。以博学出任东昌府教授,升四川泸州通判。有《海沂诗集》。

岳武穆坟

松楸穆穆俯钱塘,北望中原气色苍①。胜国属当开大漠,偏安未许保余杭②。郊丘斜日西湖晚,敌垒孤云仙镇荒③。恢复奇谋长舌尽④,英雄千古自忠良。(《海沂诗集》卷一)

【注释】

① 松楸:指岳飞坟墓的树木。穆穆:宁静,静默。俯钱塘:俯视着杭州城。气色苍:景色苍茫。气色,景色,景象。

② 胜国:被灭亡的国家。《周礼·地官·媒氏》:"凡男女之阴讼,听之于胜国之社。"郑玄注:"胜国,亡国也。"此指南宋。属当:适逢,正当。《左传·成公二年》:"下臣不幸,属当戎行。"杜预注:"属,适也。"开大漠:打到边远的沙漠地带。余杭:县名。今杭州市余杭区。古以余杭称杭州。

③ 郊丘：郊外的坟墓。指岳飞墓。敌垒：敌人的营垒。孤云：单独飘拂的云片。仙镇：朱仙镇的省称。

④ "恢复"句：光复中原的奇异谋略被长舌妇所断送。长舌，长长的舌头。比喻好说闲话、搬弄是非。《诗·大雅·瞻卬》："妇有长舌，维厉之阶。"郑玄笺："长舌，喻多言语。"此指献言杀害岳飞的秦桧妻王氏。

周　星

周星（1611—1680），一名黄周星，字景虞，号九烟、圁庵、而庵、笑仓道人等，明末上元（今江苏南京市）人。崇祯十三年（1640）进士。官户部主事。入清后不仕，以授徒为生。康熙十九年（1680），拒应博学鸿词试，投钱塘江自尽。工诗文，通音律，擅长戏曲。有《九烟先生遗集》。

西湖竹枝词三首和杨廉夫韵①（选一）

山川不改仗英雄，浩气能排岱麓松②。岳少保同于少保，南高峰对北高峰③。（《九烟先生遗集》卷四）

【注释】

① 杨廉夫：元杨维桢，字廉夫。见杨维桢诗作者简介。

② "山川"句：山河不变全仗有英雄护持。仗，凭仗。"浩气"句：英雄的浩然正气能推开泰山脚下的松树。排，推。岱，泰山。泰山亦称岱宗。麓，山脚。

③ "岳少保"二句：谓岳飞和于谦的坟墓像南高峰和北高峰一样遥相耸峙。岳飞和于谦生前都封过"少保"的官爵。南高峰、北高峰，见金实诗注①。

柳如是

柳如是（1618—1664），女，本名杨爱，后改名柳隐，字如是，又称河东君、蘼芜君，明末嘉兴（今浙江嘉兴市）人。明末清初著名歌妓才女。与复社、几社、东林党人交往。崇祯十四年（1641），与钱谦益结缡。明亡，柳劝钱殉节，钱推托不允，如是奋身投入荷花池，身殉未遂。后投缳自尽。有《湖上草》《戊寅草》等。

岳武穆祠[①]

钱塘曾作帝王州，武穆遗坟在此丘[②]。游月旌旗伤豹尾，重湖风雨隔髦头[③]。当年宫馆连胡骑，此夜苍茫接戍楼[④]。海内如今传战斗，田横墓下益堪愁[⑤]。（《湖上草》）

【注释】

① 《西湖诗词选》此诗作者作李流芳。
② 帝王州：帝王居住的地方。亦用指京都。南朝齐谢朓《入朝曲》："江南佳丽地，金陵帝王州。"此丘：指栖霞岭。丘，小土山。
③ 游月：亦作月游。语本《史记·刘敬叔孙通列传》："陛下何自筑复道高寝，衣冠月出游高庙？"裴骃集解引应劭曰："月出高帝衣冠，备法驾，名曰游衣冠。"此谓每月奉岳王衣冠出游。伤豹尾：哀伤大将岳飞。豹尾，古代将帅旌旗上的饰物。或悬以豹尾，或在旗上画豹文。《宋史·舆服志二》："宋凡命节度使，有司给门旗二，龙、虎各一，旌一，节一，麾枪二，豹尾二……豹尾，制以赤黄布，画豹文，并髹杠。"重湖风雨：指岳飞平洞庭湖杨么事。重湖，洞庭湖的别称。洞庭湖南与青草湖相通，故称。隔髦头：与帝王远隔。髦头，古代帝王大驾出宫时，武士披发前驱者。
④ 宫馆：离宫别馆。供皇帝游憩的地方。《文选·张衡〈西京赋〉》："郡国宫馆，百四十五。"李善注："离宫别馆在诸郡国者。"苍茫：广阔无边的样子。戍楼：边防驻军的瞭望楼。
⑤ 海内：国境之内，全国。古谓我国疆土四面临海，故称。《孟子·梁惠王下》："海内之地，方千里者九。"焦循正义："古者内有九州，外有四海……此海内，即指四海之内。"战斗：犹战争。田横墓：指烈士的坟墓。秦末，原齐贵族田横起事，自立为齐王。汉朝建立，横率部属五百人逃亡海岛。高祖召之，横不欲臣服，于途中自杀。高祖发卒二千，以王者之礼葬田横于尸乡（今河南偃师市城西）。事见《史记·田儋列传》。此喻岳飞墓。

益堪愁:更令人生愁。堪,可。

吴嘉纪

吴嘉纪(1618—1684),号野人,明末泰州(今江苏泰州市)人。布衣。有《陋轩诗》。

泰州岳武穆祠

凿釜沉舟誓不还,直期一战扫腥膻①。班师冤狱成三字,破虏奇勋废十年。屈膝自甘天子任,断头谁信将军怜②。无情最是黄龙饮,反兆金酋作贺筵③。(泰州岳武穆祠诗碑)

【注释】

① 凿釜沉舟:犹破釜沉舟。《史记·项羽本纪》:"项羽乃悉引兵渡河,皆沉船,破釜甑,烧庐舍,持三日粮,以示士卒必死,无一还心。"比喻决心战斗到底。釜,古炊器。敛口圆底,或有二耳。直期:只是期望。直,通"特",独独,只。腥膻:旧指入侵的外敌。此指金寇。

② "屈膝"句:宋高宗甘心承受向金人屈膝的耻辱。任,承受,承当。"断头"句:谁知道岳将军被杀是那样值得怜悯。信,知晓。宋陆游《蝶恋花》词:"早信此生终不遇,当年悔草《长杨赋》。"

③ "无情"二句:最无情的是岳飞与诸将相约痛饮黄龙府的话,反而成了金国首领庆贺胜利宴席的预言。岳珂《吁天辨诬序》:"及先臣之死,虏之诸酋莫不酌酒相贺,以为和议自是可坚。"无情最是,即最无情的是。兆,预示,预兆。酋,(盗匪、侵略者的)首领。

周 容

周容(1619—1679),字鄮山,号躄堂,明末鄞县(今浙江宁波市鄞州区)人。诸生。明亡为僧,后以母在返俗。康熙十八年(1679)以词科荐,辞不就,寻卒。工书、画,负才使气,人以徐渭方之。有《春涵堂集》。

岳忠武王墓

西湖风月中,须得有王墓①。才壮山河色,勿为花柳娱②。日落槐阴寒,鸟声松涛怒。客来意萧森,常似凉秋暮③。石马嘶夜半,灵旗卷空路④。中原深未收,湖波没沙步⑤。(《续耆旧》卷六十)

【注释】

① "西湖"二句:隐含"江山也要美人扶"之意。风月,清风明月。泛指美好的景色。

② "才壮"二句:才使山河生色而更加壮美,不要为了繁华的景物而游乐。花柳,指繁华游乐之地。唐李白《流夜郎赠辛判官》诗:"昔在长安醉花柳,五侯七贵同杯酒。"

③ 意萧森:心意凄凉。萧森,凄凉,冷落。凉秋暮:清冷的晚秋天气。

④ 灵旗卷空路:谓岳飞神灵的旗子飘卷在空中的道路上。

⑤ 深未收:远隔而未能收复。深,远。没沙步:淹没了沙上的脚印。

张煌言

张煌言(1620—1664),字玄著,号苍水,明末鄞县(今浙江宁波鄞州区)人。崇祯十五年(1642)举人。弘光元年(1644),南京失守后,与钱肃乐等起兵抗清。后奉鲁王监国,坚持抗清斗争近二十年。官至权兵部尚书。后被清军俘获,不屈而死。有《张苍水集》。

八月辞故里拟绝命词 (二首选一)①

国亡家破欲何之?西子湖头有我师②。日月双悬于氏墓,乾坤半壁岳家祠③。惭将素手分三席,敢为丹心借一枝④。他日素车东浙路,怒涛岂必属鸱夷⑤。(《张忠烈公集》卷十一)

【注释】

① 八月:清康熙三年(1664)八月。故里:作者的家乡浙江鄞县。作

者被捕后解送杭州,甲辰七月十七日入定海,廿三日到鄞县。八月离鄞县与亲友诀别时作此诗,表现了大义凛然、视死如归的英雄气概。诗题一作"入武林"。绝命词:临终前所写与世决绝的文辞。

② 欲何之:要到哪里去。西子湖:杭州西湖。宋苏轼有"欲将西湖比西子"诗句,故称。有我师:有我可效法的人,指岳飞、于谦。师,效法,学习。唐韩愈《师说》:"生乎吾前,其闻道也固先乎吾,吾从而师之。"

③ 日月双悬:谓于谦的功绩像日月一样光辉。于谦,见前于谦诗作者简介。于谦死后,葬于西湖三台山麓。乾坤半壁:谓岳飞墓祠建在只剩半壁江山的杭州。二句为互文。

④ "惭将"二句:自谦语。意谓自己没有功绩,怎敢在西湖和岳、于平分"三席"之地,只不过同为丹心一片要向他们借取栖身之地罢了。素手,白手,空手。丹心,指殉国的决心。一枝,一根枝杈。《庄子·逍遥游》:"鹪鹩巢于深林,不过一枝。"后用以比喻栖身之地。

⑤ 素车:古代凶、丧事所用之车,以白土涂刷。《周礼·春官·巾车》:"素车,棼蔽。"郑玄注:"素车,以白土垩车也。"传说伍子胥死后,常"乘素车白马在潮头之中",参见朱休度诗注①。东浙:唐肃宗时析江南东道为浙江东路和浙江西路,钱塘江以南简称浙东,以北简称浙西。"怒涛"句:谓自己死后魂魄也会化作浙江怒涛。鸱夷,革囊。见王衡诗注④。代指伍子胥。传说子胥冤魂化为浙江怒涛。

忆西湖

梦里相逢西子湖,谁知梦醒却模糊。高坟武穆连忠肃,参得新坟一座无①。(《张忠烈公集》卷十一)

【注释】

① "高坟"二句:意谓西湖已有岳飞和于谦的两座高坟,还能再容许添上我的一座新坟吗?武穆,岳飞的谥号。忠肃,于谦的谥号。张煌言死后,尸抛荒野。好友黄宗羲收其弃骨,由明遗民纪昌五出重金购回首级并葬于杭州西湖边南屏山北麓荔枝峰下,与岳飞、于谦二墓为邻,相为辉映,实现了他在这首

诗中所表达的遗愿。无，助词，表疑问，约相当于"吗"。

杨焯

杨焯（生卒年不详），字俊三，明末清初吴县（今江苏苏州市）人。寄寓金陵（今江苏南京市）。

岳坟玉环①

隗家留得岳家坟，寒食年年哭墓云。看取玉环丛九曲②，桔花如雪洒冷军。（《诗观初集》卷三）

【注释】

① 宋佚名《朝野遗记》："岳飞薨于狱，临安义士隗顺痛飞冤，潜飞尸，逾城葬于九曲丛祠。飞素佩一玉环，顺仍置之腰下，树双桔以志。将终，谓其子曰：'异日朝廷必求改葬，汝可告之。'"诗意本此。

② 丛九曲：即九曲丛祠。岳飞初葬之处。见注①。为诗歌语言的字数、平仄所限，故省略并倒装。

周拱辰

周拱辰（生卒年不详），字孟侯，明末桐乡（今浙江桐乡市）人。崇祯时岁贡生。著书室曰"缉柳斋"，长文学，有《圣雨斋诗文集》（《全明词》第三册附《诗余》）。

贺新郎·吊岳墓

宋鞠精忠事，合付与、业镜胡涂①，不须深究。十二金牌莫须有，君相何曾分咎②。塞狗窦、坚篱自守③。抵死追搜奸相谋，这刑书、先坐书生扣④。密地里，安排久⑤。　　黄粱恶梦偶然耳，漫劳他、湖上青山，碧藏一斗⑥。莫道兴衰人做得，只替碧翁毒手⑦。更琐碎、史臣分剖⑧。怒发冲冠风雨化，踏梅花、笑拉林逋手⑨。劫灰剩，黄龙酒⑩。（《全明词》第三册

《圣雨斋诗余》)

【注释】

① 宋鞫精忠事：南宋朝廷治罪精忠岳飞的事。鞫，鞫治，审问定罪。合付与：应该是交给。业镜胡涂：谓业镜也不分善恶。业镜，佛教语。谓诸天与地狱中照摄众生善恶业的镜子。见《楞严经》卷八。

② 君相：国君与国相。指宋高宗和秦桧。分咎：分担罪过。

③ "塞狗窦"二句：意谓应该堵塞漏洞，严加防范以固守疆域。狗窦，狗出入的洞。坚篱，使篱笆牢固。宋元时俗语有"篱牢犬不入"，见《水浒传》第二四回武松谓潘金莲语。此喻加强国防。自守，自保，自为守卫。

④ "抵死"三句：判处岳飞死刑并追查搜捕其家人是奸相秦桧的阴谋，判决书中的定罪早在那位书生拦阻兀术的马头时就已经说得很清楚了。抵死，判处死刑。《新唐书·裴耀卿传》："夷州刺史杨浚以赃抵死，有诏杖六十，流古州。"追搜，追查搜捕。刑书，刑法的条文。《书·吕刑》："哀敬折狱，明启刑书胥占，咸庶中正。"此指对岳飞的判决书。坐，定罪。书生扣，书生扣马。见杨维桢《岳王行》注⑭。

⑤ 密地里，安排久：谓宋高宗和秦桧杀害岳飞暗地里谋划已久。密地里，隐秘之地，暗地里。

⑥ "黄粱"句：谓岳飞抗金而被杀简直是一场偶然的恶梦。唐沈既济《枕中记》载：卢生在邯郸客店遇道士吕翁，生自叹穷困，翁探囊中枕授之曰："枕此当令子荣适如意。"时主人正蒸黄粱，生梦入枕中，享尽富贵荣华。及醒，黄粱尚未熟，怪曰："岂其梦寐耶？"翁笑曰："人世之事亦犹是矣。"后因以"黄粱梦"喻虚幻的事和不能实现的欲望。漫：徒然。碧藏一斗：埋藏一斗碧血。指岳飞埋于青山之下。

⑦ "莫道"二句：言兴衰自是上天的意旨。碧翁，碧翁翁之省，犹天公。宋陶穀《清异录·天文》："晋出帝不善诗，时为俳谐语，咏天诗曰：'高平上监碧翁翁。'"毒手，狠毒手段。

⑧ 更琐碎、史臣分剖：那些具体的事件更需要史官去辩白。琐碎，琐细，零碎。史臣，史官。分剖，辩白，诉说。元王实甫《西厢记》第三本第二折："小娘子此一遭去，再着谁与小生分剖。"

⑨ 怒发冲冠风雨化：岳飞在《满江红》词中所表现的爱国情怀已如春风化雨般地深入人心。"怒发冲冠"是岳飞《满江红》词的首句。风雨化，《孟子·尽心上》："有如时雨化之者。"汉刘向《说苑·贵德》："吾不能以春风风人，吾不能以夏雨雨人，吾穷必矣。"后遂以"春风化雨"比喻良好教育的普及与深入。"踏梅花"二句：意谓岳飞长埋于西湖之畔，可以与林逋为友。林逋（967—1028），字君复，北宋初年著名隐逸诗人。隐居杭州西湖孤山，无妻无子，种梅养鹤以自娱，人称其"梅妻鹤子"。

⑩ 劫灰剩，黄龙酒：意谓经历时间长久，只剩下不能痛饮黄龙府的遗恨。劫灰，《三辅黄图》卷四《池沼》："武帝初穿池，得黑土。帝问东方朔。东方朔曰：'西域胡人知。'乃问胡人。胡人曰：'劫烧之余灰也。'"后因谓战乱或大火毁坏后的残迹或灰烬。

清代

叶光耀

叶光耀（生卒年不详），字文斗，号在园，清初新城（在今浙江杭州富阳区）人。举明经，年三十九选为博士，授吴兴外翰。著有《浮玉词》。

满江红·吊岳武穆祠并和原韵

无限苍凉，觑石马、英灵未歇①。问孰任、长城万里，惟公忠烈②。一片心怀南渡恨，千秋魂断西泠月③。痛金牌十二、诏班师，伤心切。　　三字狱，仇难雪；风波怨，全家灭。叹孤臣一死，山河徒缺④。黄土长埋忠义骨，青锋欲溅权奸血⑤。看萧条、松柏尽南枝，朝宫阙⑥。（《全清词·顺康卷补编》第一册）

【注释】

① 觑石马：看岳坟前的石马。觑（qù），偷看。英灵未歇：英魂并未死去。歇，停止。

② "问孰任"三句：问谁可当得起国家的万里长城，唯有忠义刚烈的岳飞。公，对岳飞的尊称。

③ 南渡恨：对南宋王朝不思收复失地的怨恨。魂断西泠月：魂魄埋在西泠的月光下。魂断，意谓死去。岳飞死后埋葬在杭州西泠桥近处。

④ 山河徒缺：国家白白地残破而不能恢复完整。

⑤ "青锋"句：真想用利剑将权奸杀死。青锋，剑名。剑身寒光闪烁，锋芒毕露，故称。泛指宝剑。权奸，指秦桧等掌握朝廷大权的奸臣。

⑥ 朝宫阙：朝向南宋故宫。

吴伟业

吴伟业（1609—1672），字骏公，号梅村，别署鹿樵生、灌隐主人、大云道人，清初江南太仓（今江苏太仓市）人。明崇祯四年（1631）进士。官至左庶子。南明弘光时，拜少詹事，因与马士英辈不合，辞官归里。清顺治九年（1652），被迫出仕，后升国子监祭酒。三年后奔母丧南归不出。有

《梅村家藏稿》《梅村诗余》等多种。《清史稿》入《文苑传》。

过朱仙镇谒武穆庙

少保功名绛节遥①,山川遗恨未能消。故京陵树犹西向,南渡江声自北朝②。父子十年摧劲敌,士民三镇痛天骄③。嗟君此地营军险,祠庙丹青空寂寥④。(《梅村家藏稿》卷五)

【注释】

① "少保"句:岳飞的功名和旌节已经远去。少保,官名。岳飞曾加少保衔。绛节,古代使者持作凭证的红色符节,此指节度使的旌节。参见徐有贞诗注⑧。遥,谓时间遥远。

② "故京"二句:杭州岳飞陵墓的树木尚且向西伸展(象征心系中原),南渡后的江水声空自朝北鸣咽。故京,故都。此指南宋故都杭州。中原在杭州西北。

③ "士民"句:沦陷区的人民痛恨金人的残酷统治。士民,士大夫和普通百姓的并称。犹言士庶。泛指人民、百姓。三镇,指太原、中山与河间三镇。靖康元年(1126)十一月,宋钦宗与金人订立城下之盟,被迫同意割让三镇于金。痛,痛恨。天骄,即天之骄子。汉时匈奴用以自称。

④ 嗟:叹词。君:对岳飞的尊称。营军险:部署军队于险要之处。营,经营。祠庙丹青:彩饰的古庙。丹青,彩绘的两种颜料。寂寥:冷落萧条。

李 渔

李渔(1611—1680),初名仙侣,号天徒,后改名渔,字笠鸿、谪凡,号笠翁。清初雉皋(今江苏如皋市)人。十八岁补博士弟子员。文学家、戏曲家。著作宏富,总为《李渔全集》。

谒岳武穆王墓

忠臣尽瘁矢无他,万死甘心奈屈何①。三字狱成千古恨,从来谤语不须

多②。(《李渔全集》卷七)

【注释】

① 尽瘁:竭尽心力,不辞劳苦。《诗·小雅·北山》:"或燕燕居息,或尽瘁事国。"毛传:"尽力劳病,以从国事。"矢无他:发誓一心为国,别无他图。矢,通"誓"。万死甘心:甘心死上万次。奈屈何:冤屈对他又能怎么样呢。

② 谤语:犹谤言。造谣中伤的话。不须多:意谓像"莫须有"这样的罪名只三个字就足够了。

曹 溶

曹溶(1613—1685),字秋岳,一字洁躬,号倦圃,清初秀水(今浙江嘉兴市)人。明崇祯十年(1637)进士。官御史。清顺治初授原官,累迁补山西按察副使,备兵大同。丁忧不复出。康熙中,举博学鸿词,以疾辞。荐修《明史》,亦不赴。家富藏书,工诗词。著有《静惕堂诗词集》等多种。

拜鄂王坟下

铁甲金戈势不残,墓门松鬣对峰峦①。天亡自合奸谋出,公在何愁雪耻难②。河朔军前辞父老,风霜葬后泣衣冠③。千年凛凛看生气,独有南朝社稷寒④。(《静惕堂诗词集》卷三一)

【注释】

① 铁甲金戈:身披铁甲、手持金戈。形容岳飞遗像。势不残:气势依旧壮盛而不衰减。松鬣(liè):松针,代指松树。峰峦:泛指高大的山。峰指高而尖的山头,峦指小而尖的山或连绵的山。

② "天亡"二句:天要灭亡宋朝自该有奸人的计谋产生,如果岳飞存在何必担心洗雪国耻困难。天亡,谓上天使之灭亡。语出《史记·项羽本纪》:"令诸君知天亡我,非战之罪也。"合,应该。奸谋,奸邪的计谋。

③ 河朔军前:指在朱仙镇班师时的军前。泣衣冠:对着岳飞坟墓哭泣。

参见林泉生诗注②。

④ "千年"二句:是说岳飞的气概历时长久尚凛然如生,而南宋王朝一去不复返了。生气,活生生的气概。南朝,指南宋王朝。社稷寒,指宋朝灭亡。寒,凋零,枯萎。

任克溥

任克溥(1614—1703),字海眉,清初聊城(今山东聊城市)人。顺治四年(1647)进士。历官刑部侍郎。康熙十八年(1679)以"不谨"被夺官。三十八年康熙南巡,过临清,复原衔。四年后,康熙再次南巡,过聊城,赐尚书衔。《清史稿》有传。

谒武穆祠

臣节常伸岁月新,后世宁忍不称神①。一腔精诚从母训②,千秋正气报君恩。武略接近关夫子,文学远绍孔圣人③。茫茫宇宙谁无死,纯忠大孝天地存④。(岳墓诗碑)

【注释】

① 臣节常伸:谓岳飞的人臣节操长久伸张。臣节,人臣的节操。岁月新:历经岁月更替而更加显著于现世。宁忍:岂忍。意为不忍。

② 精诚:至诚,真诚。《庄子·渔父》:"真者,精诚之至也,不精诚,不能动人。"从母训:听从母亲的教导,指岳母为其背刺"尽忠报国"。

③ "武略"二句:岳飞的军事韬略接近关云长,文才远承圣人孔夫子。武略,军事谋略。文学,文才,才学。《北史·魏收传》:"收从叔季景有文学,历官著名,并在收前。"绍,继承。《书·盘庚》:"绍复先王之大业。"

④ 纯忠:精纯的忠诚。大孝:至大的孝行。《礼记·中庸》:"舜其大孝也与。"《龙文鞭影》:"重华大孝,武穆精忠。"

彭孙贻

彭孙贻(1615—1673),字仲谋,一字羿仁,号茗斋,又号管葛山人,清初海盐（今浙江海盐县）人。明末贡生。入清，奉母杜门以居，以孝行闻于时。一生潜心著述，尤留心于明史。有《明史纪事本末补编》《甲申后亡臣表》《茗斋集》《茗斋诗集》等多种。

满江红·和岳忠武王韵

一扫燕云，拼直抵、黄龙小歇①。看百战、中原震动，背嵬猛烈②。拐子山摧胡马阵，孟婆风转卢龙月③。叹遗民、飞送上皇书，谁关切④。绣旗字，绒花雪；肤涅字，雕青灭⑤。待燕云唾手，金瓯无缺⑥。雀弋粘罕竿首肉，杯剟乞买颅间血⑦。奉南还、二圣谒园陵，修宫阙⑧。（《茗斋诗余·补遗》）

【注释】

① 一扫燕云：一举扫清燕云地区的敌寇。燕云，见杨维桢《岳王行》注⑥。拼直抵、黄龙小歇：拼死直杀到黄龙府再稍事休息。抵，到达。

② 背嵬：背嵬军。见袁甫《岳忠武祠》诗注⑨。

③ "拐子"二句：金军的拐子马阵像山倒塌一样被摧毁，岳家军如孟婆驱风般地震动边关。拐子，拐子马。见释居简诗注⑩。山摧，如山倒塌。孟婆，传说中的风神。风转卢龙月，大风摇动边塞的月亮，形容威力之大。转（zhuǎn），摇动。卢龙，汉长城的古塞名。在今河北的喜峰口一带，因山体色黑形似龙而得名。泛指边塞。

④ "叹遗民"三句：哀叹沦陷区人民飞速传送宋徽宗给高宗的求救信，可有谁关切他呢？建炎元年七月，宋徽宗自燕山密遣曹勋至，赐宋高宗绢半臂（短袖或无袖上衣），书其领曰："便可即真，来救父母。"高宗以宣示群臣，群臣皆泣。见《三朝北盟会编》卷一百十一。

⑤ 绣旗字：宋高宗赐岳飞的旗帜上绣有"精忠岳飞"四个大字。绒花雪：谓在冰天雪地征战。肤涅字：岳飞背肤上刺的"尽忠报国"四个字。涅，指在身上刺字涂墨。雕青灭：染成青色的刺字被湮灭。雕青，在身上刺刻文字或花纹涂墨后成青色。

⑥ 燕云唾手：谓可轻易收复失地。见郑善夫诗注⑨。金瓯无缺：喻国家

完整。见夏言词注⑥。

⑦ "雀弋"二句：把粘罕首级像射雀一样射下悬在竿头，杯中盛上从吴乞买头颅中挖出的血来喝。表示极端仇恨。弋（yì），用带绳子的箭射鸟。粘罕，完颜粘罕（1080—1137），本名黏没喝，又名粘罕，小名鸟家奴，汉名宗翰，国相完颜撒改长子，金开国功臣，历侍金太祖、太宗、熙宗三朝皇帝。天会三年（1125），大举攻宋，南渡黄河。七年俘虏辽末帝和北宋徽、钦二帝。十五年（1137）卒。正隆二年，例封金源郡王。大定间，改赠秦王，谥桓忠，配享太祖庙廷。竿首，用竿悬首示众。刳（kū），从中间破开再挖空。乞买，金太宗完颜吴乞买（1075—1135），金朝第二代皇帝，汉名晟，金太祖完颜阿骨打之弟。天辅七年（1123）八月，阿骨打死，九月吴乞买继位，改年号天会。灭辽和北宋，又大举攻伐南宋。天会十三年去世。庙号为"太宗"，谥号为"文烈皇帝"。

⑧ "奉南还"三句：奉迎徽、钦二帝南还归国，再拜谒北宋祖宗的园陵，重修汴京的宫阙。

冲地金风，扫禁院、繁华都歇①。伤往事、朱仙北望，浩歌激烈②。老桧能摇南渡楫，败荷空恋西湖月③。听天津、桥上子规声④，声凄切。冷山皓，头如雪；渡河泽，泪痕灭⑤。叹英雄空老，宝刀欲缺⑥。望里黄龙虚痛饮，车前太乙休啼血⑦。看秦城、王气暗钱塘，遮陵阙⑧。（《茗斋诗余·补遗》）

【注释】

① 冲地金风：以强劲的秋风喻金侵略者的威势。冲地，猛烈地撞击大地。金风，秋风。禁院：宫中庭院。唐李贺《堂堂》诗："蕙花已老桃叶长，禁院悬帘隔御光。"繁华都歇：昔时的繁华都看不到了。

② 朱仙北望：向北眺望朱仙镇。朱仙镇为岳飞班师地。浩歌：放声高歌，《楚辞·九歌·少司命》："望美人兮未来，临风恍兮浩歌。"

③ "老桧"句：指秦桧从金营航海回到南宋，时在建炎四年十月。"败荷"句：喻南宋小朝廷苟安于杭州。

④ "听天津"句：意谓已预知秦桧为相，天下必然大乱。天津桥，桥

名。位于洛阳城南。宋赵与时《宾退录》卷十:"邵伯温《闻见录》载:康节先生(邵雍)治平间与客散步天津桥上,闻杜鹃声,惨然不乐,曰:'洛阳旧无杜鹃,今始至不二年。上用南士为相,多引南人,专务变更,天下自此多事矣。'客曰:'闻杜鹃何以知此?'曰:'天下将治,地气自北而南;将乱,自南而北。今南方地气至矣,禽鸟飞类,得气之先者也。'"子规,即杜鹃鸟。

⑤ 冷山皓,头如雪:冷山,山名。即今黑龙江五常境内的大青顶子山。皓,洪皓(1088—1155),字光弼,徽宗政和五年(1115)进士。历台州宁海主簿,秀州录事参军。高宗建炎三年(1129),以徽猷阁待制假礼部尚书使金被留,绍兴十五年(1145)始归。留金十六年,威武不屈,时人称为"宋之苏武"。完颜宗翰曾把他流放到遥远的冷山。渡河泽,泪痕灭:力主渡河北伐的宗泽早已流泪死去。宗泽事见陆游《夜读……作绝句》诗注②。

⑥ "叹英雄"二句:感叹抗金英雄壮志难酬,徒然老去,宝刀简直要残损。宝刀,喻人。成语有"宝刀不老"。

⑦ 望里:遥望中。黄龙虚痛饮:未能实现痛饮黄龙府的愿望。虚,空,未能实现。车前太乙:指宋钦宗。见袁宏道诗注②引《朝野遗记》。《七修类稿》卷二十"太一"作"太乙"。休啼血:不要因不能归国而哭得眼中流血。

⑧ "看秦城"二句:意谓秦桧的气焰使钱塘黑暗,遮蔽山陵和城阙。秦城王气,指秦桧的势焰。《宋史·秦桧传》:"静江有驿名秦城,知府吕愿中率宾僚共赋《秦城王气》诗以媚桧……愿中由此得召。"

龚鼎孳

龚鼎孳(1615—1673),字孝升,号芝麓,清初合肥(今安徽合肥市)人。崇祯七年(1634)进士。官兵科给事中。李自成入京,授直指使。降清后,累官至礼部尚书。与吴伟业、钱谦益并称为江左三大家。死后百年,被清廷划为贰臣之列。有《定山堂集》。

满江红·拜岳鄂王墓敬和原韵

铁骑春寒,英雄恨、何时始歇①。对万古、日飞潮射,抗忠比烈②。玉剑气横南渡水，灵旗夜卷朱仙月③。念青衣、氆帐是何人，关情切④。金牌恨，风波雪；社稷事，东窗灭⑤。叹一堆黄土，河山顿失⑥。五国冰长封马角，九天雨又吹龙血⑦。忆当年、壮发怒云高，摇双阙⑧。(《清名家词·定山堂诗余》)

【注释】

① 铁骑春寒：披着铁甲的石马冒着早春的寒冷。何时始歇：什么时候才能停止。始，才。

② "对万古"三句：谓岳飞的忠义和功业可以与鲁阳公退日、钱镠射潮相比并。万古，犹远古。日飞，太阳飞回。暗用鲁阳公抈戈退日之典。见岳珂《鄂忠武王出师疏帖赞》注⑭。潮射，参见眭石词注③。抗，对等，抗衡。比，平等，并列。

③ "玉剑"二句：是说岳飞生前才气横溢，雄冠南宋，死后仍然魂系朱仙镇进击金寇。玉剑，玉具剑，剑鼻和剑镡用白玉制成的剑。剑气，指剑的光芒。常以喻人的才华和才气。南朝梁任昉《宣德皇后令》："剑气凌云，而屈迹于万夫之下。"横，充满，遮盖。灵旗，神灵的旗帜。

④ 青衣：指青衣行酒，见查慎行诗注②。氆帐：游牧民族所居毡帐。《新唐书·吐蕃传上》："有城郭庐舍不肯处，联氆帐以居，号大拂庐，容数百人。"氆（cuì），鸟兽的细毛。《说文》："氆，兽细毛也。"《字林》："氆，细羊毛也。"关情切：深切地牵动情怀。

⑤ 风波雪：指岳飞在深冬岁末被杀害于传说中的风波亭。社稷事，东窗灭：谓南宋的恢复大业由于秦桧夫妇东窗设计害死岳飞而毁灭。东窗，见杨维桢《岳王行》注⑭。

⑥ "叹一堆"二句：可叹岳飞一死，河山顿时丧失。一堆，一堆土，指坟墓。

⑦ "五国"句：五国城长久被冰冻覆盖，使马不能生角。暗喻徽、钦二帝归国是不可能实现的事。马角，犹马生角。见袁宏道诗注④。"九天"句：高天之雨又吹洒着烈士的血。九天，传说天有九重，故称。龙血，指死于战争者之血。语出《易·坤》："龙战于野，其血玄黄。"

⑧ 壮发怒云高：指岳飞《满江红》词句"怒发冲冠""壮怀激烈"。

壮发，谓豪壮的头发。怒云高，谓头发因发怒而上竖直指云天。摇双阙：升腾到双阙之上。摇，扶摇上升。双阙，古代宫殿、祠庙、陵墓前两边高台上的楼观，借指京都。

方孝标

方孝标（1617—1697），本名玄成，避玄烨（康熙）讳，以字行，别号楼冈，清初桐城（今安徽桐城市）人。顺治六年（1649）进士。累官至内弘文院侍读学士，坐事流放宁古塔，后得释。康熙九年（1670）入滇，仕吴三桂，为翰林承旨。据在滇、黔时所闻所见明末清初事，著《滇黔纪闻》。同邑戴名世著《南山集》，多采其言。后名世被祸，并及孝标。时孝标已死，掘墓锉骨，亲族坐死及流徙者甚多。另著有《钝斋文集》《钝斋诗集》《光启堂文集》等。

岳少保墓

时危壮气灵，颓寝走巫觋①。傍瞻六陵塔，宋墓莽萧寂②。固知忠孝心，海田罔超越③。当时南迁成，九庙如落叶④。誓死六军前，慷慨只戍卒⑤。坐取上将旗，文身矢廷阙⑥。大功不获就，青编余哽咽⑦。铸金肖奸雄，千载挞流血⑧。究彼奸雄谋，犹成割据业⑨。岂如后来人，身殄钟虡绝⑩。向使二圣还，康王何所适⑪。君心在偏安，小人何能逆⑫。即使师不班，韩刘阵已撤⑬。势绌孤军深，谋泄声援隔⑭。如山兵虽雄，氛祲可遽灭⑮。徒令嫉贤名，巧就下流拙⑯。万马沸清湖，樵采空箭筈⑰。墓上向南枝，过者不敢折。谁谓将军亡，阴雨见旄钺⑱。（《钝斋诗选》卷二）

【注释】

① 时危壮气灵：时局危难的时候，岳飞豪迈勇壮的气概就显示灵应。时危，时局危难。南朝宋鲍照《代出自蓟北门行》："时危见臣节，世乱识忠良。"壮气，见邹维琏诗注⑤。颓寝走巫觋：毁废的陵寝尚有巫觋行走。寝，陵墓的正殿。巫觋（xí），古代称女巫为"巫"，男巫为"觋"，合称"巫觋"。

② 六陵塔:指白塔。因"取宋南渡诸宗骨殖,杂以牛马之骼,压于塔下",故名。参见金实诗注③。宋墓莽萧寂:南宋帝陵一片荒芜显得萧条寂静。莽,草木茂盛。萧寂,萧条寂静。南朝宋刘义庆《世说新语·品藻》:"然门庭萧寂,居然有名士风流,殷不及韩。"

③ "固知"二句:本来就知道岳飞的忠孝之心,即使沧海变成桑田也不会有人超过。谓岳飞的忠孝心经久不渝且无人能及。海田,犹沧海桑田。喻世事变化巨大。

④ 九庙如落叶:北宋故都的宗庙像飘零的落叶一样被弃掷不顾。九庙,指帝王的宗庙。见迺贤《岳坟行》注③。

⑤ "誓死"二句:只有情绪激昂慷慨的岳飞,在军前立誓为国家效命至死不变。戍卒,戍守的兵卒。此言岳飞从军之初位阶低下。

⑥ 坐取上将旗:安坐而夺取敌军主将的旗帜。形容指挥若定,从容取胜。上将,主将,统帅。《孙子·地形》:"料敌制胜,计险厄远近,上将之道也。"文身矢廷阙:谓岳飞背刺"尽忠报国",并以之立誓于朝廷。文身,同"纹身"。矢,同"誓"。廷阙,亦作"阙廷",朝廷。《史记·秦始皇本纪》:"将闾曰:'阙廷之礼,吾未尝敢不从宾赞也。'"

⑦ "大功"二句:未得成就抗敌复国的大功业,史籍中还留下他的哭泣。《宋史·岳飞传》:"一日奉十二金字牌,飞愤惋泣下,东向再拜曰:'十年之力,废于一旦。'"不获,不能,不得。青编,指史籍。哽咽,哭时声气阻塞。

⑧ "铸金"二句:铸成与秦桧等奸臣相像的铁人,千百年来被打得遍体流血。铁人流血,自是夸张,表达了人民的极端愤恨。肖(xiào),相似,相像。奸雄,奸人的魁首,也指弄权欺世、窃取高位的人。挞(tà),用鞭子或棍子打。

⑨ "究彼"二句:探究宋高宗的阴谋,还是完成了他偏安一隅的事业。究,探求。据诗意,此奸雄当指宋高宗。割据,谓占据一方领土,成立政权。

⑩ "岂如"二句:哪里像他的后代,身死国家也灭亡。殄,尽,绝。钟虡(jù),饰以猛兽形象的悬挂乐钟的格架。常用于祭祀或朝会。借指社

稷王朝。明徐复祚《投梭记·应聘》:"王敦志图大宝,手移钟虡。"

⑪ "向使"二句:先前假使宋徽宗、钦宗从金国归来,康王到哪里去呢。意谓如果那样,宋高宗应该将帝位归还钦宗,仍做他的康王。这正是宋高宗所顾忌的。二圣,指徽宗、钦宗。康王,宋高宗未登极前封号为康王。适,往,归向。

⑫ "君心"二句:君主的心意在于苟且偏安,小人又如何能不顺从呢。逆,抵触,违背。

⑬ "即使"二句:即使岳飞不班师,韩世忠和刘锜的军阵先已撤退。按:此处疑误。据《宋史·岳飞传》:"桧知飞志锐不可回,乃先请张俊、杨沂中等归,而后言飞孤军不可久留,乞令班师。"

⑭ 势绌孤军深:情势紧迫孤军深入。绌,不足。谋泄声援隔:秦桧将阴谋透露给亲信,致使岳家军失去声援。隔,隔绝。《三朝北盟会编》卷二〇七载宋佚名《岳侯传》:"秦桧大怒,忌侯功高,常用间谋于上。又与张俊、杨沂中谋,乃遣台官罗振奏:'兵微将少,民困国乏,兵若深入,岂不危也?愿陛下降诏且令班师。'"

⑮ "如山"二句:号令如山的岳家军虽然雄壮,但邪恶势力却可很快使其消灭。氛祲,指预示灾祸的云气。此喻奸臣或邪恶势力。遽,急,仓促。

⑯ "徒令"二句:谓秦桧之辈杀害岳飞,徒然得到嫉妒贤人的坏名声,反而弄巧成拙。下流,《论语·子张》:"纣之不善,不如是之甚也。是以君子恶居下流,天下之恶皆归焉。"邢昺疏:"谓为恶行而处人下,若地形卑下,则众流所归,人之为恶处下,众恶所归。"

⑰ 万马沸清湖:万马之声喧腾于清清的西湖。樵采空箭筈:打柴的人白白地拾得当年遗留的箭头。樵采,打柴的人。宋林逋《西村晚泊》诗:"田园向野水,樵采语空林。"箭筈(kuò),箭的末端。筈,即箭发射时搭在弓弦上的部分。唐玄应《一切经音义》卷十五:"箭筈:箭其末曰筈。筈,会也,谓与弦会也。"

⑱ 阴雨见旄钺:阴雨天可以看到岳飞率领的军队。旄钺,白旄和黄钺。借指军权。语本《书·牧誓》:"王左杖黄钺,右秉白旄以麾。"蔡沈集传:

"钺，斧也，以黄金为饰……旄，军中指麾，白则见远。"

施闰章

施闰章（1618—1683），字尚白，一字屺云，号愚山，晚年又号矩斋，清初宣城（今安徽宣城市）人。顺治六年（1649）进士。康熙十八年（1679）举博学鸿儒。曾任河南乡试正考官，转侍读，寻病逝。有《学余堂文集》《学余堂诗集》等数种。

朱仙镇岳祠

痛哭班师处，秋阴惨庙门①。余忠回草木，一死变乾坤②。白日霓旌动，空阶石马喧③。请君看此地，万古是中原④。（《学余堂诗集》卷二九）

【注释】

① 痛哭班师处：朱仙镇是当年岳飞奉金牌班师时痛哭的地方。宋章颖《鄂王传》："一日而奉金书字牌者十有二，飞嗟惋至泣，东向再拜曰：'臣十年之力，废于一旦。'"秋阴惨庙门：秋季阴沉沉的天气使庙门显得惨淡凄凉。惨，使动词，使惨淡。

② 余忠回草木：岳飞遗留的忠心使草木回转南向。余忠，犹"遗忠"。一死变乾坤：岳飞一死使国家发生巨变。回、变，皆使动词。

③ 白日霓旌动：大白天似能看到神灵的旗帜飘动。霓旌，相传仙人以云霞为旗帜。空阶石马喧：空落落的台阶前似能听到石马嘶鸣喧哗。喧，声音杂乱。

④ 万古是中原：中原永远是中国的土地。意谓明朝又从元朝手中夺回中原地区。

侯方域

侯方域（1618—1655），字朝宗，行三，清初归德府（今河南商丘市）人。明末诸生。复社名士。与方以智、冒襄、陈贞慧合称为明季四公子。曾为史可法幕府于扬州。入清，于顺治八年（1651）应河南乡试，为副贡生。

有《壮悔堂文集》《四忆堂诗集》。《清史稿》入《文苑传》。

岳　庙

鄂王遗栋宇①，瞻拜意如何。老树霜枝直②，空祠落日多。黄龙终跃马，赤羽竟回戈③。已矣钱塘水，长存潮汐波④。(《四忆堂诗集》卷三)

【注释】

① 栋宇：房屋的正中和四垂，指房屋。《易·系辞下》："上古穴居而野处，后世圣人易之以宫室，上栋下宇，以待风雨。"常指神殿或庙宇。

② 霜枝：凌霜的枝条。

③ 黄龙终跃马：立誓最终能直捣黄龙府。跃马，纵横称雄。赤羽竟回戈：谓岳家军竟然被诏班师。赤羽，赤色旗帜。唐高适《送白少府送兵之陇右》诗："军容随赤羽，树色引青袍。"代指岳家军。回戈，掉转兵戈，回师。

④ 已矣：叹词，罢了，算了。潮汐（xī）：见陈德武词注⑦。意谓岳飞的怒魄化为钱塘江的潮汐。

吴　绮

吴绮（1619—1694），字园次，号丰南、听翁，又号红豆词人，清初江都（今江苏扬州市江都区）人。顺治十一年（1654）拔贡。荐授中书舍人。历官湖州知府。人称"三风太守"，谓其多风力，尚风节，饶风趣。有《林蕙堂集》。《清史稿》附《陈维崧传》。

满江红·岳坟次武穆原韵

南渡杨刘，到此日、功名销歇①。只今有、西陵华表，标题忠烈②。三字冤沉歼室土，两宫泪洒龙城月③。笑玉环、脑后是何人，情非切④。一湖水，千峰雪；身纵死，名难灭。把椒浆浇奠，唾壶堪缺⑤。道上金牌人有口，阶前铁像心无血⑥。只荒祠、犹自对遗宫，神依阙⑦。(《清名家词·艺香词》)

【注释】

① 南渡杨刘：指南宋的杨沂中和刘光世。功名销歇：功业和名声都已消失。

② 西陵华表：指岳坟前的华表。西陵，同西泠。岳飞墓在西泠桥之右。标题忠烈：标榜题写着"忠烈"。明英宗天顺间改"褒忠衍福禅寺"为岳王庙，并赐额"忠烈"。

③ 犴（àn）室：牢狱。参见陶宗仪诗注②"狴犴"。龙城：汉时匈奴地名。为匈奴祭天之处。《汉书·匈奴传上》："五月，大会龙城，祭其先、天地、鬼神。"借指金五国城。

④ "笑玉环"三句：指斥宋高宗不思迎回徽、钦二帝。玉环，用美玉琢成的帽环。宋张端义《贵耳集》卷下："绍兴初，杨存中在建康诸军之旗中有双胜交环，谓之二圣环，取两宫北还之意。因得美玉琢成帽环，进高庙曰：'尚御裹。'偶有一伶者在旁，高宗指环示之：'此环杨太尉进来，名二胜环。'伶人接奏云：'可惜二圣环，且放在脑后。'高宗亦为之改色。"情非切，心意并不关切。

⑤ 椒浆：见钱谦益诗注②。浇奠：祭奠时以酒浇地。唾壶堪缺：形容心情忧愤或情绪激昂。参见王越诗注⑨。

⑥ 人有口：谓人们自有口碑。《五灯会元·宝峰文禅师法嗣·永州太平安禅师》："劝君不用镌顽石，路上行人口似碑。"心无血：谓毫无血性或毫无人性。

⑦ 荒祠：古庙，指岳飞庙。荒，时间久远。遗宫：指南宋遗留于杭州的宫殿。神依阙：谓岳飞的魂魄依然依恋着朝廷。

毛先舒

毛先舒（1620—1688），原名骙，字驰黄，后改名先舒，字稚黄，清初仁和（今浙江杭州市）人。明诸生。明亡，不求仕进。与毛奇龄、毛际可齐名，时称"浙中三毛，文中三豪"。著述宏富，有《东苑文钞》《东苑诗钞》《思古堂集》等二十来种传世。

岳 坟

鄂王祠庙大湖西，大树萧萧向古堤①。合殿氤氲生碧瓦，孤亭苔藓落红泥②。露流古桧铜人泣，秋老深松石马嘶③。解得南枝何限恨，六陵残处鹧鸪啼④。（《东苑诗钞·七言律诗》）

【注释】

① 大湖：指西湖。大树：指岳坟树木。萧萧：风声。《战国策·燕策》："风萧萧兮易水寒。"古堤：指西湖的白堤和苏堤。

② 合殿：满殿。氤氲：烟雾弥漫的样子。生碧瓦：香火烟雾上升，像从殿顶绿瓦上产生。孤亭：孤立的亭子。苔藓：苔和藓同属隐花植物中的一个大类，有很多种，大多生长在潮湿的地方。一般不细加分别，统称苔藓。红泥：沾上泥土的落花。

③ "露流"句：露水从古老的桧树上滴落像铜人的眼泪。铜人泣，用"金人泣露盘"之典，寓亡国之痛。见张岱诗注②。秋老：秋深。深松：高松。

④ 何限：无限，无边。唐韩愈《郴口又赠》诗之二："沿涯宛转到深处，何限青天无片云。"六陵残处：指南宋诸陵被盗掘残破。鹧鸪：鸟名。古人谐其鸣声为"行不得也哥哥"，诗文中常用以表示思念故乡。

郭 棻

郭棻（1622—1690），字芝仙，号快庵，清初清苑（今河北清苑县）人。顺治九年（1652）进士。授翰林院检讨。康熙十一年（1672）任河南典试官。晋内阁学士，兼礼部侍郎。有《学源堂诗集》《学源堂文集》《甲申保定府殉难记》。先后主修《清苑县志》《保定府志》《畿辅通志》。

题岳武穆祠

莫恨黄龙志未伸，麒麟冢胜画麒麟①。翻怜决计东窗者，十二金牌换铸

人②。(《学源堂诗集》卷十)

【注释】

① 麒麟冢:名臣贵人的坟墓。见钱子正诗注③。画麒麟:画像于麒麟阁。封建时代多以画像于麒麟阁表示卓越功勋和最高的荣誉。麒麟阁,参见邵缉词注⑨"麟阁"。

② 翻怜:反而可怜。决计东窗者:指秦桧夫妇。参见杨维桢《岳王行》注⑭、王世贞《满江红》词注④。决计,决定计策。十二金牌换铸人:意谓当年用金字牌矫诏迫令岳飞班师,换来的竟是自己铸金(铁)的跪像。

吴 炎

吴炎(1623—1663),字赤溟,一字如晦,号愧庵,清初吴江(今江苏苏州市吴江区)人。诸生。明亡,更号赤民,以诗文自娱。长于史学,得顾炎武、钱谦益等所藏史料,与潘柽章合撰《明史记》。书将成,庄廷鑨"明史案"发,受牵连,于康熙二年(1663)六月被杀于杭州弼教坊,遗稿被焚。

咏岳武穆

将军野战最知名①,半壁山河一力撑。义在春秋臣节殚,法过韬略阵云明②。运移宋历终江海,功就蕲王敢弟兄③。痛饮黄龙千载恨,钱塘夜夜有潮声④。(《觚賸·虎林军营唱和》)

【注释】

① 野战:不按常法作战。《鄂王行实编年》卷二:"泽(宗泽)大奇先臣,谓之曰:'尔勇智才艺,古良将不能过;然好野战,非古法。'……因授以阵图。"

② 义在春秋:谓岳飞深明《春秋》大义。臣节:人臣的节操。殚:尽。法过韬略:用兵之法超过古代兵书。韬略,古代兵书《六韬》《三略》的并称,泛指兵书。阵云:浓重厚积形似战阵的云。此指作战布阵。

③ 宋历:宋朝的历数,借指宋朝的气运。《书·大禹谟》:"天之历数

在汝躬。"终:终结,完了。江海:指地近长江和东海的东南地区。"功就"句:如果岳飞大功成就,韩世忠岂敢与之相比。蕲王,指韩世忠。弟兄,喻不相上下。

④ "钱塘"句:谓钱塘江潮乃岳飞怒魄所化。见任士林诗注⑥。

陈维崧

陈维崧(1625—1682),字其年,号迦陵,清初宜兴(今江苏宜兴市)人。诸生。康熙十八年(1679)举博学鸿词,授翰林院检讨,参与修纂《明史》,四年后卒于任所。骈文及词,冠绝一时。有《湖海楼集》。《清史稿》入《文苑传》。

沁园春·经朱仙镇

古镇朱仙,跃马经过,令人暗惊。看黄尘扑面,闾阎栉比①;清波极目,舟楫充盈②。南控陈桥,西通尉氏③,仿佛当年古汴京。停鞭问,怕沙冲地坼,浪啮堤平④。　谁何绣栱雕甍,有庙貌巍峨市口横⑤。是鄂王故事,丹青未老⑥;赵家遗恨,金铁争鸣⑦。三月饧箫,一天社鼓,走赛仍多旧日伧⑧。抠衣拜,题诗未许,泪满长缨⑨。(《清名家词·湖海楼词》)

【注释】

① 闾阎栉比:形容民居密密地排列。闾阎,里巷内外的门。后多借指里巷的民居。栉比,像篦子齿那样密密地排列。语出《诗·周颂·良耜》:"其崇如墉,其比如栉。"

② "清波"二句:遥望清澈河流,充满船只。舟楫,船桨,借指船只。

③ 南控陈桥:在南面控扼陈桥驿。陈桥,指陈桥驿。位于河南省封丘县东南部。在朱仙镇之北黄河北岸。是北通燕赵的咽喉。赵匡胤陈桥兵变,"黄袍加身",即在此地。尉氏:今河南省尉氏县,在朱仙镇之西南。

④ "怕沙冲"二句:只怕流沙将土地冲得裂开,大浪将河堤荡平。形容浪沙很大。坼(chè),裂开。啮(niè),咬,引申为侵蚀。

⑤ 谁何绣栱雕甍:是谁将殿宇装饰得雕梁画栋?汉贾谊《过秦论》:

"信臣精卒，陈利兵而谁何？"本指诘问，此意为询问。绣栱雕甍，指文采华丽的殿宇。栱，斗栱。我国传统木结构建筑中的一种支承构件，主要由斗形木块和弓形肘木纵横交错层叠构成。甍，屋脊。庙貌：指庙宇和神像。市口：市镇或市集的出入处，亦泛指人较多的街头。横：坐落。

⑥ 鄂王故事：鄂王岳飞的往昔事迹。丹青未老：谓绘画新而不陈旧。

⑦ 赵家遗恨：赵宋王朝的遗恨。金铁争鸣：金戈铁马齐声作响。

⑧ "三月"三句：写清明祭祀时乐奏沸天，人们行走赛神的场面。清明节在旧历三月，故曰"三月饧箫"。饧箫，卖饧糖人所吹的箫。语本《诗·周颂·有瞽》："箫管备举。"郑玄笺："箫，编小竹管，如今卖饧者所吹也。"泛指箫。一天，满天。社鼓，旧时社日祭神所鸣奏的鼓乐。走赛，行走赛神。旧日伧，过去的村夫。晋南北朝时，南人讥北人粗鄙，蔑称之为"伧父"。宋陆游《老学庵笔记》卷九："南朝谓北人曰'伧父'，或谓之'虏父'。"后用以泛指粗俗、鄙贱之人，犹言村夫。

⑨ 抠衣：提起衣服前襟。古人迎趋时的动作，表示恭敬。题诗未许：意谓由于悲伤未能成诗。长缨：古时系帽的长丝带。《韩非子·外储说左上》："邹君好服长缨，左右皆服长缨。"

魏学渠

魏学渠（生卒年不详），字子存，号青城，清初嘉善（今浙江嘉善县）人。顺治五年（1648）举人，康熙十八年（1679）举博学鸿词。官补江西少参。以诗文、书法知名于时，为柳州八子之一。有《青城山人集》。

六州歌头·拜岳武穆墓

徽钦北狩，南渡想中兴①。驱貔虎，振军声，奋先登②。鹏举英雄慷慨，誓师表，回天力，渡河北，清江汉，树鸿名③。痛饮黄龙壮志，壶浆父老竞逢迎④。看旌旗如岳，兀兀已魂惊⑤。钟鼎神京，再承平⑥。 痛中朝贼，定和议，东窗计，坏长城⑦。悲五国，哀九庙，电扫雷轰⑧。十二金牌愤，精忠字、付青蝇⑨。南枝桧，千古泣银瓶⑩。尽说珊戈铁马，风雨夜鼓响钲

鸣⑪。况祠邻少保,灵爽并如生,光炯辰星⑫。(《千秋雅调》)

【注释】

① 北狩:到北方巡狩。天子出行,视察邦国州郡称巡狩。徽、钦二帝实为被掳。此为讳饰。南渡:指南宋朝廷。

② 驱貔虎,振军声:指挥勇猛的将士,军威大振。驱,驱策。引申为指挥,率领。貔虎,见胡铨诗注③。军声,军队的声威。奋先登:奋起先于众人登城。《左传·隐公十一年》:"颖考叔取郑伯之旗蝥弧以先登。"

③ 鹏举:岳飞字鹏举。誓师表:北伐誓师的奏表。绍兴七年三月,岳飞有《乞出师札子》。回天力:喻能挽回危局的极大力量。渡河北:渡过黄河北伐。清江汉:清除江汉地区的寇盗。树鸿名:树立盛大的名声。鸿名,大名,盛名。

④ "壶浆"句:中原父老箪食壶浆争相欢迎岳家军。壶浆,见张宪《岳鄂王歌》注⑤。逢迎,迎接。

⑤ 旌旗如岳:意谓"撼山易,撼岳家军难"。旌旗,以军旗代指岳家军。兀术魂惊:《宋史》说岳飞率军打到朱仙镇,吓得兀术要"弃汴走"。

⑥ 钟鼎神京:礼仪旧邦的都城汴京。钟鼎,钟和鼎皆为礼器,借指礼仪。神京,帝都,首都。承平:治平相承,太平。《汉书·食货志》:"王莽因汉承平之业。"

⑦ 中朝贼:指秦桧等奸臣。中朝,朝廷,朝中。《三国志·魏志·杜畿传》:"中朝苟乏人,兼才者势不独多。"东窗计,坏长城:指秦桧夫妇东窗定计杀害岳飞。见杨维桢《岳王行》注⑭。

⑧ 悲五国:悲伤身在五国城的徽、钦二帝不能归国。哀九庙:哀伤故都汴京九庙被毁。九庙,见迺贤诗注③。电扫雷轰:形容北宋王朝像闪电划过一般迅速消逝,像被迅雷轰击一般立即摧毁。

⑨ 精忠字、付青蝇:谓岳飞遭到奸臣的谮害。青蝇,喻谗佞。见郑元祐《重建岳王精忠庙谢李全初长司》诗注⑤。

⑩ 南枝桧:指岳坟枝条向南伸展的桧树。参见张昱《岳鄂王坟上作》诗注④。千古泣银瓶:长久为抗金事业功亏一篑而悲泣。唐白居易《井底引银瓶乐府》:"井底引银瓶,银瓶欲上丝绳断;石上磨玉簪,玉簪欲成中央

折。"银瓶从井底引到井口,丝绳却断了。比喻功败垂成,前功尽弃。或指传说中岳飞幼女银瓶,亦可通。

⑪ "尽说"二句:人们都传说在风雨之夜岳飞会率领军队击钲进军。琱戈铁马,意犹金戈铁马。形容战士的雄姿。琱戈,刻镂之戈。亦为戈的美称。钲,见岳珂《经进百韵诗》注⑯。

⑫ 祠邻少保:岳飞庙与于谦墓相邻。少保,于谦曾官少保。灵爽:指神灵,神明。清钱泳《履园丛话·梦幻·秦桧铁像》:"窃念岳王灵爽在天,逆桧沉沦地狱久矣。"光炯辰星:岳飞和于谦精神的光辉像辰星一样明亮。炯,光明,明亮。辰星,指心宿。《楚辞·远游》:"奇傅说之托辰星兮,羡韩众之得一。"

董元恺

董元恺(1625—1687),字舜民,号子康,清初江南武进(今江苏常州市武进区)人。顺治十七年(1660)举人。怀才不遇,复遭诖误,侘傺不自得,故激昂慷慨,悉寓于词。有《苍梧词》。

满江红·过金沙寺为岳鄂王题壁处敬和原韵①

摄甲投戈,过萧寺、晨钟甫歇②。想当日、冲冠怒发,满怀忠烈③。剑气夜寒阳羡草,笔光阵扫金沙月④。拂残碑、遗恨对西湖,同悲切。　淮北耻,终难雪;淮西议,终难灭⑤。叹黄龙未饮,金瓯还缺⑥。潭水秋吟名士句,冰天泪洒英雄血⑦。看阴阴、松柏向南枝,朝双阙⑧。(《清名家词·苍梧词》)

【注释】

① 金沙寺为岳鄂王题壁处:参见林栋隆词注①。

② 摄甲投戈:岳飞穿着甲胄,放下兵器。因要进入佛寺,所以要放下兵器。同时,运笔题壁也必放下兵器。摄甲,身穿铠甲。见陈邦瞻《岳忠武故里二首》诗注⑦。萧寺:唐李肇《国史补》卷中:"梁武帝造寺,令萧子云飞白大书'萧'字,至今一'萧'字存焉。"因称佛寺为萧寺。甫歇:

刚刚停止。

③ 冲冠怒发:岳飞《满江红》词有"怒发冲冠"句。满怀忠烈:心中充满忠义壮烈之情。

④ 阳羡:宜兴在秦汉时称阳羡。笔光:笔的光芒。阵扫:如临阵扫荡。唐杜甫《醉歌行》诗:"词源倒流三峡水,笔阵独扫千人军。"

⑤ 淮北耻:指南宋朝廷将淮河之北割让给金国的耻辱。淮西议:指张俊、杨沂中等对绍兴十一年岳飞不赴援淮西的诬陷。参见岳珂《经进百韵诗》注⑫。

⑥ 金瓯还缺:国家破亡。金瓯,比喻疆土之完固。

⑦ "潭水"二句:意谓在秋天吟咏岳飞"潭水寒生月"的诗句,泪水为岳飞在冰雪寒天被杀而洒。岳飞《题鄱阳龙居寺》诗有"潭水寒生月,松风夜带秋"的名句。名士、英雄,皆指岳飞。

⑧ 双阙:古代宫殿、祠庙、陵墓前两边高台上的楼观。

赵吉士

赵吉士(1625—1706),字恒夫,亦字天羽,原籍安徽休宁,后入籍杭州。顺治八年(1651)举浙江乡贡进士。康熙七年(1668)授山西交城知县。行取户部主事,擢户科给事中,授朝议大夫。后以勘河不称旨罢。有《万青阁全集》《寄园寄所寄》等。

念奴娇·汤阴道中过岳少保故里

相州城下,有穹碑高揭,鄂王故里①。记得金人南下日,百郡都无完垒②。戈戟排空,战尘匝地③,杀气连天起。千群铁骑,年来竟饮江水④。
谁是戮力中原⑤,岳家军在,志雪君王耻。直抵黄龙方痛饮,恨杀金牌十二。满眼南枝,树犹如此,洒尽孤血泪⑥。祠前拜罢,碧天云净如洗。(《万青阁诗余·补遗》)

【注释】

① 相州城下:指相州汤阴城下。汤阴宋时属相州(今河南安阳市)。

穹碑：圆顶高大的石碑。泛指碑碣。**高揭**：高高地标明。揭，标示。**鄂王故里**：汤阴旧有"宋岳忠武王故里"石碑立于官道旁。今移于汤阴火车站。

② **百郡都无完垒**：许多郡县都被攻破。完垒，完整的营垒。

③ **戈戟排空**：兵器高耸于空。排空，凌空，耸向高空。**战尘匝地**：遍地是战争的烟尘。战尘，战场上的尘埃，借指战争。匝地，遍地。

④ **"千群"二句**：大批金军近年来竞相南侵。饮江水，意犹饮马长江。指北方敌军入侵。见薛季宣诗注④。

⑤ **谁是戮力中原**：是谁尽力收复中原。戮力，并力，尽力。

⑥ **满眼南枝，树犹如此**：看到岳坟上的树枝尽向南伸展，不禁感叹，树木尚且这样，岳飞的忠心可以想见。满眼，充满视野。树犹如此，语本《世说新语·言语第二》："桓公北征经金城，见前为琅邪时种柳，皆已十围，慨然曰：'木犹如此，人何以堪！'攀枝执条，泫然流泪。"南朝梁庾信《枯树赋》作"树犹如此，人何以堪"。**孤血泪**：意谓孤臣的血泪。

何 采

何采（1626—1700），字第五，一字敬舆，又字涤源，号南硐，亦号省斋，清初桐城（今安徽桐城市）人。顺治六年（1649）进士。改庶吉士，授翰林院编修，官至侍读。工书。有《南硐词选》。

貂裘换酒·岳武穆墓①

千古伤心者。叹淋漓、满腔热血，含凄徒洒②。南渡君臣犹巢燕③，营就湖山如画。听悲咽、冷泉独泻。一寸红柑轻轻画，使黄龙、痛饮成虚话④。铁铸错，金牌价⑤。　　格天高阁凌云挂⑥。算何如、雨抛苔卧，寒原石马⑦。当日清凉骑驴过，应有英雄泪下⑧。悔枹鼓、夫人空把⑨。隔浦岿然丰碑峙，觉凛风、浩气遥相射⑩。两少保，双坟也⑪。（《南硐词选》）

【注释】

① **貂裘换酒**：词牌"贺新郎"的别名。亦名金缕曲、贺新凉等。

②　"叹淋漓"三句:可叹岳飞一腔热血,心含悲凄,徒然淋漓地洒落。哀伤岳飞心怀忠贞而被冤杀。

③　巢燕:做巢的燕子。指燕巢于幕。比喻处境非常危险。《左传·襄公二十九年》:"夫子之在此也,犹燕之巢于幕上。"杨伯峻注:"帐幕,随时可撤。燕巢于其上,至为危险。"

④　一寸红柑轻轻画:指秦桧谋划杀害岳飞时以指爪划柑皮。参见王世贞词注④。成虚话:成为空话。

⑤　铁铸错,金牌价:谓十二金牌召岳飞班师铸成大错,付出巨大代价。铁铸错,《资治通鉴·唐昭宗天祐三年》:"全忠留魏半岁,罗绍威供亿,所杀牛羊豕近七十万,资粮称是,所赂遗又近百万;比去,蓄积为之一空。绍威虽去其逼,而魏兵自是衰弱。绍威悔之,谓人曰:'合六州四十三县铁,不能为此错也!'"胡三省注:"错,鑢也,铸为之;又释错为误。罗以杀牙兵之误,取铸错为喻。"后指造成重大的而又无可挽回的错误。

⑥　"格天"句:宋高宗亲书的"一德格天之阁"匾额高高地挂在秦桧的府第。凌云,迫近云霄。

⑦　"算何如"三句:算来哪比得上风雨吹打、铺满青苔的岳飞墓地上的石马。寒原,冷落寂静的墓地。

⑧　"当日"二句:当时韩世忠骑驴从此经过,应该流下英雄的眼泪。清凉,近人杨钟羲《雪桥诗话》:"蕲王(韩世忠)自号清凉居士。清凉,山名,在延安。盖伤故里之沦于异域也。"

⑨　悔枹鼓、夫人空把:后悔白白地让夫人擂鼓助阵。枹(fú)鼓,亦作桴鼓,鼓槌和鼓。《宋史·韩世忠传》:韩世忠截击兀朮于镇江,"战将十合,梁夫人亲执桴鼓,金兵终不得渡"。把,执,持。

⑩　"隔浦"三句:隔岸于谦墓前高大的石碑峛然耸立,让人感到他们令人敬畏的风范和浩然正气遥相映照。隔浦,隔岸。浦,水边或河流入海的地区。峛然,高大独立貌。峙,耸立。凛风,令人敬畏的风范。浩气,浩然正气。射,映射,映照。

⑪　两少保:岳飞和于谦都官少保衔。双坟也:两座被冤杀的忠臣墓。

梁允植

梁允植（生卒年不详），字承笃，号冶湄，清初直隶真定（今河北正定县）人。顺治拔贡。授钱塘知县。擢福建延平府知府。有《柳村词》等。

满江红·拜岳鄂王墓敬和原韵

电掣金戈，中原恨、荧荧肯歇①。忆往哲、睢阳胥浦，未堪拟烈②。陵隧几沉京洛草，偏安忍见吴山月③。痛艰难、国步是何时，忧思切④。青衣酒，阴山雪；陆海沸，东京灭⑤。愤补天无石，皇图竟缺⑥。壁垒朱仙悲鹤唳，风波犴狴啼鹃血⑦。叹当时、矫诏有浮云，迷丹阙⑧。（《全清词·顺康卷》第十二册《词汇》）

【注释】

① 电掣金戈：谓岳家军北伐像电光闪过一般迅猛。电掣，电光急闪而过，喻迅速。金戈，戈的美称。借指雄师劲旅，威武的军士。"中原恨"二句：未能收复中原的遗恨，耿耿于怀，岂肯消失。荧荧，光闪烁貌。义同"耿耿"。

② 往哲：先哲，前贤。睢阳：唐张巡守睢阳，不屈而死，世称张睢阳。胥浦：是仪征西部地区一条主要行洪和引水骨干河道。据《嘉庆续修扬州府志》："胥浦在县西十里，源自铜山以西，下出于江，旧有伍子胥庙，浦因以名。相传子胥解剑渡江处。"此以胥浦代指伍子胥。未堪拟烈：不可与岳飞的功业相比。拟，比拟。烈，功业。

③ "陵隧"句：北宋诸帝陵墓长久沉没在洛阳的草中。陵隧，墓道，泛指陵墓。京洛，洛阳的别称。因东周、东汉均建都于此，故名。北宋帝陵在河南巩义，地近洛阳。南宋时为金占区。"偏安"句：不忍看到南宋偏安于吴山的月光之下。吴山，山名。在今浙江杭州西湖东南。

④ 国步：国家的命运。步，时运。《诗·大雅·桑柔》："于乎有哀，国步斯频。"艰难国步，指内忧外患频起，国家的前途和命运面临严峻的考验。忧思切：深切地忧虑。

⑤ 青衣酒，阴山雪：谓徽、钦二帝在阴山的雪地备受欺侮。青衣酒，见查慎行诗注②。阴山，山脉名。即今横亘于内蒙古自治区南境、东北接连内兴安岭的阴山山脉。山间缺口自古为南北交通孔道。唐王昌龄《出塞》诗之一："但使龙城飞将在，不教胡马度阴山。"陆海沸，东京灭：神州战乱如汤沸腾，北宋灭亡。陆海，物产富饶之地，指中国。《汉书·地理志下》："（秦地）有鄠杜竹林，南山檀柘，号称陆海，为九州膏腴。"颜师古注："言其地高陆而饶物产，如海之无所不出，故云陆海。"东京，指北宋首都汴京。

⑥ 补天无石：喻无法挽救国家的危亡。参见韩信同诗注⑧。皇图竟缺：国家竟然残破。皇图，封建王朝的版图，亦指封建王朝。

⑦ "壁垒"句：言岳家军进兵朱仙镇，吓得金人惊恐疑虑，自相惊扰。壁垒，古时军营的围墙，泛指防御工事。鹤唳（lì），鹤鸣。风声鹤唳。见岳珂《经进百韵诗》注㉚。"风波"句：言岳飞被杀于风波亭，杜鹃也为之啼血。犴狴，同"狴犴"，指监狱。见陶宗仪诗注⑧。

⑧ 矫诏：假托皇帝的诏旨。此指命令岳飞班师的诏命。浮云：喻秦桧等奸佞之徒。语本《文子·上德》："日月欲明，浮云盖之。"后喻奸佞之徒蔽君上之明。迷丹阙：使皇帝迷惑。丹阙，赤色的宫阙，借指皇帝。

计　敬

计敬（生卒年不详），字勖丹，清初嘉善（今浙江嘉善县）人。

百字令·钱塘怀古

银江迢递，向崇墉环绕，碧峰万叠①。千古兴亡同逝水，夕照乱流明灭②。锦地莺花，画船箫鼓，空自夸豪侠③。而今惟见，断云荒草残碣。

可惜报国精忠，金牌十二，竟败垂成业。古庙空山聊酹酒，休问赵家宫阙④。何处驱愁，西陵寂寞，谡谡飞黄叶⑤。倦怀无那，孤山且玩梅月⑥。
（《清词综补》卷三）

【注释】

① 银江：银白色的钱塘江水。迢递：曲折貌。崇墉：高城。此指杭州城。

埔，墙，特指城墙。碧峰万叠：碧绿的浪峰一重又一重。

② 夕照乱流明灭：夕阳映在流动的江水中忽明忽暗。

③ "锦地"三句：形容杭州的繁华。锦地，锦绣般的大地。莺花，莺啼花开，指春日景色美好。箫鼓，箫与鼓，泛指奏乐。豪侠，豪迈好义。

④ "古庙"二句：姑且向古老的岳飞庙以酒浇地祭奠，而南宋的宫阙已不复存。聊，姑且。

⑤ 何处驱愁：意谓无处消愁。西陵：借指西陵桥之右的岳飞墓。谡谡飞黄叶：枯黄的树叶在秋风中飘飞。谡谡，象声词，形容风声呼呼作响。

⑥ 倦怀无那：心情烦闷无奈。倦怀，闷倦的情怀。无那，犹无奈。唐王维《酬郭给事》诗："强欲从君无那老，将因卧病解朝衣。"孤山且玩梅月：且到孤山玩赏梅和月。宋林逋居孤山，多种梅。

朱彝尊

朱彝尊（1629—1709），字锡鬯，号竹垞，清初秀水（今浙江嘉兴市）人。康熙十八年（1679）以布衣入选博学鸿词科。二十二年入直南书房，颇得康熙赏识。诗与渔洋（王士禛）称南北二大宗。精研经学，深于考证金石，善八分书，工山水。著述甚富，有《曝书亭集》。《清史稿》入《文苑传》。

岳忠武王墓

宋室偏安日，真忘帝业艰。但愁诸将在，不计两宫还①。鄂国英雄士，淮阴伯仲间②。策名先部曲，薄伐自江关③。赤县期全复，黄河渡几湾④。龙庭生马角，雪窖视刀镮⑤。城下盟何急，师中诏已颁⑥。盈庭尊狱吏，囊木谢朝班⑦。相狡妻兼煽，和成主愈孱⑧。长城毁道济，大勇器成睅⑨。旧井银瓶失，高坟石虎间⑩。铭功存版碣，铸像列神奸⑪。旷世心犹感，经过泪独潸⑫。传闻从父老，流恨满湖山⑬。朔骑频来牧，南枝尚可攀⑭。墓门人寂寞，江树鸟缗蛮⑮。宿草经时绿，秋花满目斑⑯。依然潭水月，终古照潺湲⑰。（《清诗别裁集》卷一二）

【注释】

① "但愁"二句:宋高宗只担忧抗金的诸位大将存在,不谋划徽、钦二帝归国的事情。诸将,指岳飞、韩世忠等抗金名将。

② "鄂国"二句:谓岳飞与汉代韩信不相上下。淮阴,汉韩信为刘邦重要功臣,封淮阴侯。见张昱《题岳王祠》诗注②。伯仲,兄弟之间的老大和老二。伯仲间,比喻不相上下,难分优劣高低。

③ "策名"二句:谓岳飞献身抗金事业身先士卒,收复失地以荆襄地区为根本。策名,"策名委质"之省。《左传·僖公二十三年》:"策名委质,贰乃辟也。"杜预注:"名书于所臣之策。"后用以指因仕宦而献身于朝廷之事。部曲,部属,部下。薄伐,征伐,讨伐。《诗·小雅·出车》:"赫赫南仲,薄伐西戎。"江关,湖北省宜都市的荆门与宜昌的虎牙二山夹江对峙,称江关。此指江关所在的荆襄地区。

④ 赤县:"赤县神州"的省称。指中国。语出《史记·孟子荀卿列传》:"中国外如赤县神州者九,乃所谓九州也。"期全复:期望全部恢复。黄河渡几湾:谓多次渡河作战。俗有"黄河九曲十八湾"之说。

⑤ "龙庭"二句:谓身在北方的徽、钦二帝盼望能够归国。龙庭,亦作龙廷。匈奴单于祭天地鬼神之所。借指匈奴和其他边塞少数民族国家。此指黄龙府。雪窖,积雪覆盖下的地窖。借指酷寒和酷寒的地区。马生角,喻不可能的事。见袁宏道诗注④。刀镮,亦作"刀环"。刀头上的环。《汉书·李陵传》:"立政等见陵,未得私语,即目视陵,而数数自循其刀环,握其足,阴谕之,言可归还也。"环、还同音,后因以为"还归"的隐语。

⑥ 城下盟:敌人兵临城下时被迫接受的屈辱盟约。《左传·桓公十二年》:"楚伐绞……大败之,为城下之盟而还。"泛指被迫签订的屈辱条约。诏已颁:命令班师的诏书已经颁发。

⑦ 盈庭:亦作"盈廷",充满朝廷。《诗·小雅·小旻》:"发言盈庭,谁敢执其咎?"尊狱吏:见薛季宣诗注②。橐木谢朝班:岳飞被戴上刑具离开朝廷。橐木,刑具。谢,辞别。朝班,古代群臣朝见帝王时按官品分班排列的位次,后泛称朝廷百官之列。

⑧ "相狡"二句:宰相秦桧奸狡再加其妻煽动,和议成功使君主更加

孱弱。

⑨ 长城毁道济：参见薛季宣诗注④。大勇器成瞷：谓岳飞是古代成瞷一样的大勇之才。大勇，谓超乎寻常的勇敢。《孟子·公孙丑上》："子好勇乎？吾尝闻大勇于夫子矣。"器，指大器，比喻有大才、能担当大事的人。《管子·小匡》："管仲者，天下之贤人也，大器也。"此作动词，成器。成瞷（jiàn），亦称"成荆"或"成庆"。春秋齐国的勇士。《孟子·滕文公上》："成瞷谓齐景公曰：'彼，丈夫也；我，丈夫也；吾何畏彼哉？'"

⑩ 旧井银瓶失：谓岳飞幼女银瓶昔时所投的井已不复存在。石虎：指岳坟前的石兽。

⑪ 铭功：在金石上刻写文辞，记述功绩。版碣：碑碣上所刻的志传文字。泛指碑碣。神奸：能害人的鬼神怪异之物。《左传·宣公三年》："昔夏之方有德也，远方图物，贡金九牧，铸鼎象物，百物而为之备，使民知神奸。"杜预注："图鬼神百物之形，使民逆备之。"此指奸臣秦桧等人的铸像。

⑫ 旷世：谓久历年代。心犹感：内心依然感慨。潸（shān）：流泪貌。

⑬ 传闻从父老：关于岳飞事迹的传说由老年人那里听到。流恨：犹遗恨。汉蔡琰《胡笳十八拍·第七拍》："七拍流恨兮恶居于此？"

⑭ 朔骑频来牧：北方的金军屡次入侵。朔骑，犹胡骑，指北方的敌军。牧，放牧，牧马，指胡骑南侵。南枝尚可攀：岳坟向南的树枝依然繁茂。喻岳飞不忘故国。可攀，意谓因生长繁茂而可用手拉扯。

⑮ "墓门"二句：以鸟鸣声加重岳坟的孤寂。如唐王维《鸟鸣涧》"蝉噪林愈静，鸟鸣山更幽"之意。緡蛮，亦作"绵蛮"，鸟鸣声。《诗·小雅·绵蛮》作"绵蛮黄鸟"。緡与绵，一音之转。

⑯ 宿草：经年的草。特指墓草。《礼记·檀弓上》："朋友之墓，有宿草而不哭焉。"后多用为悼亡之词。经时：历时长久。斑：色彩驳杂。

⑰ "依然"二句：谓只有与潭水相映的月光依然永世映照着流水。含蓄地表达了作者无尽的痛惜和哀思。岳飞《题鄱阳龙居寺》诗有"潭水寒生月"句。潺湲，水流貌，此指流水。

陆葇

陆葇（1630—1699），原名世枋，字次友、义山，号雅坪，清平湖（今浙江平湖市）人。康熙六年（1667）进士，十八年举博学鸿词。官至内阁学士兼礼部侍郎。有《雅坪集》。《清史稿》有传。

满庭芳·读岳武穆满江红词感赋

受命朱仙，衔冤三字，此恨地老天荒①。人谁无死，愿死在沙场。未到黄龙痛饮，愁如海、精卫哀翔②。临安市、鸱夷抉目，抱石汨罗江③。思量。南渡后，将倾大厦，一木难当。想青能妒李，侁可欺杨④。自古奸雄误国，多成就、两字忠良。沉吟罢，纵重兴宋室，无过郭汾阳⑤。（《雅坪词谱》）

【注释】

① 受命朱仙：在朱仙镇接受班师的诏命。受命，特指接受君主之命。《左传·襄公二十七年》："石恶将会宋之盟，受命而出。"衔冤三字：心怀"莫须有"的冤恨。衔冤，含冤。地老天荒：谓时间久远。

② "愁如海"二句：谓忧愁如海之深广，难以平复。精卫，见王象春诗注②。

③ 鸱夷抉目：指伍子胥悬目东门。鸱夷，见王衡诗注④。抉目，见江源诗注⑥。抱石汨罗江：借屈原投汨罗江事，指责宋高宗听信谗言而误国。

④ 青能妒李：青，卫青。李，李广。汉元狩四年（前119），汉武帝发动漠北战役，李广随卫青出征。汉武帝密信卫青，说李广"数奇"，不能给其先锋官的重任。卫青因此派李广与赵食其领兵走一条水草很少的远道去包抄匈奴军队。李广争执无用，只好领兵前往，中途迷路，延误了战机，导致单于突围逃走。漠北大战结束后，李广部才和主力部队会合。卫青要把李广的失误报告皇帝，并催促李广自写此次贻误战机的报告文书。李广愤而自杀。事见《汉书·李广苏建传》。过去多认为这是卫青嫉妒李广，害怕李广立功所致。侁可欺杨：侁，王侁（shēn），字秘权，宋开封浚仪人。性刚愎

深得宋太宗信任。杨，杨业（？—986），本名重贵，又名继业，《宋史》中说其为山西太原人。北宋名将。雍熙三年（986），宋军分三路攻辽，杨业与主帅潘美等连克云、应、寰、朔四州。但东路宋军于岐沟关大败，辽军乘胜大举反击。监军王侁不听杨业的正确主张，迫使他率军直趋朔州。杨业言此行必败，王侁讥刺他说："君侯素号无敌，今见敌逗挠不战，得非有他志乎？"杨业被迫出发，约定潘、王率军于陈家谷口（今山西朔县南）接应，而自率军冒死迎击敌军，以掩护大军及百姓撤退。王为争功，乃置杨业军不顾，离开谷口。杨业死战，终因寡不敌众，负伤坠马被俘，不食三日而死，所部几无生还。事见《宋史·杨业传》。此二典意指张俊嫉妒岳飞功高而加以谗害。

⑤ **沉吟**：深思吟味。"**纵重兴**"二句：即使岳飞能使宋朝中兴，也只不过像郭子仪那样获得尊荣富贵而已。唐郭子仪封汾阳王。意谓岳飞忠而被杀使他的声名更显得伟大。

彭　桂

彭桂（1631—1684），原名椅，字上馨，一字爱琴，清溧阳（今江苏溧阳市）人。诸生。久为幕宾。诗文浩瀚淹博，数千言立就。清康熙十八年（1679）荐博学鸿词，以母疾辞不赴。有《初蓉阁集》《谷音集》。

苏武慢·朱仙镇谒鄂忠武王庙

昨过汤阴，又辞梁苑①，来到朱仙古镇。东京父老，南渡河山，当日抛残胡忍②。今瞻庙貌，昔戴香盆，犹睹冲冠悲愤③。怪何来、叩马书生，先与太师传信④。　　最堪怜、君辱青衣，臣埋碧血，消得东窗半瞬⑤。狱成三字，泪洒两宫，羞杀靴中藏刃⑥。一日金牌，千年铁像，桧罪犹轻于俊⑦。把杯浆酹向，斜阳未了，黄龙遗恨⑧。（《初蓉词》）

【注释】

① **辞**：告别。**梁苑**：西汉梁孝王所建的东苑。故址在今河南省开封市东南。

② 抛残：犹抛撇，丢弃。胡忍：何忍，怎么忍心。指斥宋高宗。

③ 戴香盆：头顶焚香之盆。旧时百姓顶此盆焚香迎劳王师。参见杨于庭诗注④。犹睹冲冠悲愤：好像看到岳飞怒发冲冠的悲愤。

④ 叩马书生：见杨维桢《岳王行》注⑭。先与太师传信：意谓扣马书生是替秦桧给兀朮传递口信，要他不要急于退兵。与，给，为。太师，指秦桧。绍兴十二年九月，秦桧加太师，进封魏国公。

⑤ 君辱青衣：指徽、钦二帝遭受羞辱。青衣，见查慎行诗注②。臣埋碧血：指岳飞被杀，碧血长埋。消得东窗半瞬：怎禁得起半瞬间的东窗设计。消得，犹怎消得，意谓禁不起。东窗，见杨维桢《岳王行》注⑭。半瞬，极言时间之短。

⑥ 羞杀靴中藏刃：宋高宗应为靴藏匕首而羞死。高宗与秦桧狼狈为奸，但又对秦桧时刻提防。"秦太师死，高宗告杨郡王云：'朕今日始免得这膝裤中带匕首！'乃知高宗平日常防秦之为逆。"见《朱子语类》卷一三一。

⑦ 桧罪犹轻于俊：意谓张俊的罪比秦桧更重。

⑧ 把杯浆酹向：将杯中的酒浆倒在地上。酹，把酒洒在地上表示祭奠。斜阳未了：夕阳尚未落山。黄龙遗恨：未能痛饮黄龙府的遗恨。谓以祭奠之酒权当痛饮黄龙府之酒。

宋　俊

宋俊（生卒年不详），字长白，号柳亭，清康熙朝山阴（今浙江绍兴市）人。少怀大志，雅负隽才，然仕途坎坷。侘傺无聊，乃游楚越，与俞樵同为制府吴留村重客。有《岸舫词》《柳亭诗话》。

满江红·和徐瞻野题朱仙镇用武穆王原韵

十二金牌，听四面、鼓鼙声歇①。谁解问、周宣汉武，中兴遗烈②。五国城边南望影，万松岭上星沉月③。恨无端、叩马一书生，微言切④。风波狱，何时歇；精忠志，何能灭。念臣心只愿，金瓯无缺。麻纸诏残乌贼水，花门箭洗黄河血⑤。怪当年、被发祭山川，传伊阙⑥。（《岸舫词》）

【注释】

① 鼓鼙声歇：指岳飞班师，战事暂时停止。鼓鼙，大鼓和小鼓。古代军中用来发号进攻。借指军事。

② "谁解问"三句：有谁知道问一问周宣王和汉武帝遗留的中兴业绩。周宣王和汉武帝是古代中兴帝王的典范，宋高宗也以中兴之主相标榜，却无所作为。遗烈，前代遗留的业绩。

③ "五国"句：指徽、钦二帝盼望归国而不得。"万松"句：指岳飞被杀。万松岭，见郑元祐《岳武穆王墓》诗注⑦。星沉月，谓将星在月夜陨落。见岳珂《鄂忠武王出师疏帖赞》注⑭。

④ 无端：无缘无故，毫无来由。叩马一书生：见杨维桢《岳王行》注⑭。微言切：暗中进言而切中肯綮。微言，密谋，暗中进言。《吕氏春秋·精谕》："白公问于孔子曰：'人可与微言乎？'孔子不应。"高诱注："微言，阴谋密事也。"

⑤ "麻纸"句：言当年诏书上的字迹已经淡去。麻纸诏，唐太宗规定，皇帝的诏书必须用麻纸书写。麻纸的纸质坚韧而较厚，不易破碎，唐宋时期，一直是纸中的重要品种。乌贼水，乌贼又称"墨鱼"。体内有墨囊，遇敌即放出墨汁而逃。宋周密《癸辛杂识续集·乌贼得名》："世号墨鱼为乌贼……盖其腹中之墨可写伪契券宛然如新，过半年则淡然如无字。""花门"句：回纥箭上的血已用黄河水清洗。古谓清洗兵器为结束战争，因指岳飞的北伐已被停止。花门，山名。在居延海北三百里。唐初在该处设立堡垒，以抵御北方外族。天宝时为回纥占领。后因以"花门"为回纥的代称。花门箭，指回纥造的箭。回纥箭用铁胎弓，可射三十丈。

⑥ 被发祭山川：谓被金人或元人所统治。《左传·僖公二十二年》："初，平王之东迁也，辛有（周大夫）适伊川（伊水），见被发而祭于野者，曰：'不及百年，此其戎乎（这里将要变成戎人居住的地方了）！其礼（礼仪）先亡（消失）矣。'"被（pī）发，义同披发。散发不作髻。当时夷狄的习俗。《论语·宪问》："微管仲，吾其被发左衽矣。"传伊阙：传说在伊阙这个地方。伊阙，地名。在今河南洛阳市南。北魏郦道元《水经注·伊水》："伊水又北入伊阙。昔大禹疏以通水，两山相对，望之若阙，伊水历

其间北流，故谓之伊阙矣。春秋之阙塞也。"

恽　格

恽格（1633—1690），字寿平，又字正叔，别号南田等，清初武进（今江苏常州市武进区）人。入清后，以绘画为业。为"清初六家"之一。兼工诗书。著有《瓯香馆集》《南田集》等多种。

岳武穆祠

禾黍金飙向古丘，孤臣战迹至今留①。荒碑尚记南朝恨，蔓草翻深异代愁②。赤岸日高沧海色，碧天云散大江流③。千秋壮气消难尽，化作风涛遍十州④。（《南田集》）

【注释】

① 禾黍：悲悯故国破败之典。见高明诗注②。金飙：秋风。古丘：古坟。孤臣：指岳飞。

② 荒碑：古碑。荒，时间久远。南朝：指南宋王朝。蔓草：泛指蔓生的野草。《诗·郑风·野有蔓草》："野有蔓草，零露漙兮。"翻深异代愁：反而加深后代人的哀愁。深，使动词。异代，隔代，后代。

③ "赤岸"二句：哀伤杭州昔日的繁华已不复存在。赤岸，地名。在今杭州市丁桥镇。南宋时有赤岸港，水陆交通方便，系至京城孔道，颇繁华。朝廷曾于此建班荆馆招待使者。宋周密《武林旧事》卷八："北使到阙，先遣伴使赐御筵于赤岸之班荆馆，中使传宣抚问。"大江流，有悲伤意。南朝齐谢朓《暂使下都夜发新林至京邑赠西府同僚》诗："大江流日夜，客心悲未央。"

④ 壮气：豪迈、勇壮的气概。十州：泛指黄河以南的中原地区。

毛师柱

毛师柱（1634—1711），字亦史，号端峰，清初太仓（今江苏太仓市）人。诸生。少从陆世仪研习程朱理学，究心时务。家贫游食四方。晚始归老乡里。其诗早受知于吴伟业，晚与同里唐孙华、沈受宏、王吉武齐名。有《端峰诗选》《端峰诗续选》。

朱仙镇拜岳武穆王庙

破竹真能复两京，十年功绩痛垂成①。但知金币坚和议，忍使香盆聚哭声②。手挽山河心未死，身骑箕尾气犹生③。经过当年班师地，千古令人涕泪横④。（《清诗别裁集》卷一五）

【注释】

① 破竹：劈竹子。喻岳家军北伐循势而下，顺利无阻。首句《端峰诗选·七言律》作"不杀才能复两京"。两京：指宋代的东京开封和西京洛阳。代指中原地区。痛垂成：痛惜功亏一篑。

② 金币：指向金人进贡的钱物。坚：使动词，使牢固。香盆：焚香之盆。旧时百姓顶此盆焚香迎劳王师。参见杨于庭诗注④。

③ 手挽山河：只手扭转国家局势。身骑箕尾：《庄子·大宗师》："傅说得之，以相武丁，奄有天下，乘东维，骑箕尾，而比于列星。"傅说一星，在箕星尾星之间，相传为傅说死后升天而化。后因以指大臣死亡。《宋史·赵鼎传》："书铭旌云：'身骑箕尾归天上，气作山河壮本朝。'"

④ 班师地：指朱仙镇。史载岳飞在朱仙镇接到十二金牌而班师。涕泪横：眼泪横流。

孔贞瑄

孔贞瑄（1634—?），字璧六，号聊园，清初曲阜（今山东曲阜市）人。孔子六十三代孙。顺治十七年（1660）举人，中十八年会试副榜。由泰安学正升云南大姚知县。晚年专事著述，有《聊园全集》。

读史臆断十六首·和战①

武穆功高秦相挠，盈庭和战两嗷嘈②。徽钦帝后皆为质，庸主何能作汉

高③。(《聊园续集》)

【注释】

① 臆断:主观地评判。此为作者自谦之辞。臆,主观地,缺乏客观依据地。和战:讲和或打仗。

② 秦相:指宰相秦桧。挠:扰乱,阻止。盈庭:亦作"盈廷",充满朝廷。《诗·小雅·小旻》:"发言盈庭,谁敢执其咎?"嗷嘈:喧杂。南朝梁武帝《古意》诗之一:"嗷嘈绕树上,翩翻集寒枝。"此指为讲和或战争争吵不休。

③ 帝后:皇帝及其妻子。为质:做人质。《左传·昭公二十年》:"以三公子为质。""庸主"句:庸劣的宋高宗怎能像汉高祖那样保全自己的父亲。《史记·项羽本纪》载:项羽以刘邦的父亲相要挟,"为高俎,置太公其上,告汉王曰:'今不急下,吾烹太公。'汉王曰:'吾与项羽俱北面受命怀王,曰约为兄弟,吾翁即若翁,必欲烹而翁,而幸分我一杯羹。'项王怒,欲杀之。项伯曰:'天下事未可知,且为天下者不顾家,虽杀之无益,只益祸耳。'项王从之"。刘邦的强硬,反而保全了父亲;宋高宗的屈膝求和,却并未保住父亲。

赵 俞

赵俞(1636—1713),字文饶,号蒙泉,清初嘉定(今上海市嘉定区)人。康熙二十七年(1688)进士。授山东定陶知县。在任五年,以病告归。有《绀寒亭诗集》《绀寒亭文集》。

岳忠武祠

桧树枝生宋祚微,将军那许总戎机①。出师累捷身应死,与敌同仇事已非②。脱帻收时光焰动,属镂赐后怒涛飞③。孤忠愿抱千秋恨,不共蕲王早见几④。(《清诗别裁集》卷一六)

【注释】

① 桧树:暗喻秦桧。因桧(guì)树之桧与秦桧(huì)之桧字同。

宋祚微：宋朝的国运衰微。总戎机：统管军事，统率军队。戎机，战争，军事机宜。

② 出师累捷：出兵屡次奏捷。身应死：是愤恨的反话。化用杜甫《蜀相》诗"出师未捷身先死"句。与敌同仇：与敌人有共同的仇敌。指秦桧卖国。事已非：事情已反常。

③ 脱帻（zé）：摘下头巾。指檀道济被捕事。见薛季宣诗注④。收：逮捕。《说文》："收，捕也。"《世说新语·言语》："孔融被收，中外惶怖。"属镂：指吴王赐伍子胥属镂剑令其自杀。见杨维桢《岳王行》注⑪。此以檀道济和伍子胥喻岳飞。

④ 孤忠：此指岳飞。见林景熙诗注②。蕲王：韩世忠。见陆游《感事》诗注①。见几：从事物细微的变化中预见其先兆。语本《易·系辞下》："君子见几而作，不俟终日。"二句谓岳飞宁愿抱恨千秋而死，而不愿像韩世忠那样优游避祸而生。

万斯同

万斯同（1638—1702），字季野，号石园，学者称石园先生，清初鄞县（今浙江宁波市鄞州区）人。明末受学黄宗羲。学主慎独，专意古学，博通诸史，尤精明史。明亡，绝意仕进。后秉承父师嘱托，以布衣参史事，不署衔，不受俸。卒于明史馆。有《石园文集》等二十来种。《清史稿》入《文苑传》。

鄞西竹枝词①

宋室奸人骨一抔②，游人唾骂几时休。恨无长剑开荒冢，截取枯骨献岳侯③。（《石园文集》卷二）

【注释】

① 此诗是作者在看了南宋王次翁撰写的《王氏传家录》后所赋。作者自注云："次翁本济南人，从高宗南渡，遂家于鄞，官参知政事，为秦桧心腹，撤三大帅兵，召岳武穆，皆其谋也。详见《王氏传家录》，即次翁自

撰。"鄮（mào），中国秦代县名，在今浙江宁波市鄞州区。

② 宋室奸人：指王次翁。一抔：一捧土。指坟墓。

③ "恨无"二句：谓要掘墓截骨来告慰岳飞，以示对王次翁恨之入骨。

李光地

李光地（1642—1718），字晋卿，号厚庵，别号榕村，清泉州（今福建泉州市）人。康熙九年（1670）进士。累官至文渊阁大学士兼吏部尚书。谥文贞，加赠太子太傅。《清史稿》有传。

岳倦翁谢改国史①

先臣诚好勇，殉国昧知几②。匡复亲承诏，精忠独建旗③。虽张难与并，自桧更何讥④。异惨当朝泣，深冤列圣唏⑤。九原纾勃郁，五岭返羁鞿⑥。日历湔虚影，春秋炳白晖⑦。名存身不死，功隳节还巍⑧。茕子安能报，中兴仰帝畿⑨。（《榕村集》卷三六）

【注释】

① 岳倦翁：岳珂，号倦翁，岳飞孙。谢改国史：上表感谢皇帝对《日历》等国家史籍中关于岳飞的不实事迹的修正。通篇拟岳珂口气。

② "先臣"二句：谓岳飞诚然勇武，但他殉国而死在于其不能预知事物发生变化的隐微征兆。先臣，古代臣于君前称自己已死的祖先、父亲为"先臣"。此拟岳珂称其祖父岳飞。好勇，好逞勇武。昧，糊涂，不明白。知几，谓有预见，看出事物发生变化的隐微征兆。《易·系辞下》："知几其神乎。……几者，动之微，吉之先见者也。"

③ "匡复"二句：亲奉诏旨匡复危亡的宋室，只有他树起了宋高宗手书"精忠岳飞"而赏赐的大旗。匡复，谓挽救复兴危亡之国。

④ "虽张"二句：即使张俊也难与之并列，自秦桧以下哪里更值得一提。自桧，谐音而含有"自郐以下"的意思。《左传·襄公二十九年》："为之歌陈，曰：'国无主，其能久乎？'自郐以下无讥焉。"郐，西周时的诸侯国名。从郐以下的乐曲就不加评论。比喻从某某以下就不值得一提。

⑤ "异惨"二句:异常悲惨的死令当时的人感泣,极大的冤屈让历代圣人为之叹息。列圣,历代圣人。唏,叹息。

⑥ "九原"二句:谓宋孝宗为岳飞平反,岳飞在地下愤恨的心情得以舒缓,被拘管在岭南的家属也得以返回。九原,犹九泉,地下,阴间。勃郁,风回旋貌。此指盘结于内心的愤恨。五岭,大庾岭、越城岭、骑田岭、萌渚岭、都庞岭的总称,位于江西、湖南、广东、广西四省之间,是长江与珠江流域的分水岭。羁靮(jī jí),亦作靮羁。《楚辞·离骚》:"余虽好修姱以靮羁兮,謇朝谇而夕替。"王逸注:"靮羁,以马自喻。缰在口曰靮,革络头曰羁,言为人所系累也。"此喻被拘管的岳飞家属。

⑦ "日历"二句:《日历》中洗雪不实的痕迹,史册炳耀清白的光辉。《日历》,宋代官修皇帝在位时之编年史,是史官纂修国史的依据。《宋史·职官志四》:"(秘书省)著作郎一人,著作佐郎二人,掌修纂日历。"秦桧当国,其子秦熺掌修《高宗日历》,对岳飞的事迹多隐瞒和不实记录。湔(jiān),洗,洗雪。虚影,不切实际的痕迹。春秋,指史册。晖,阳光,亦泛指光辉。

⑧ 功隳节还巍:功业被毁节操却依然高大。

⑨ 茕子:孤儿。此拟岳珂自称。安能报:怎么能够报答。中兴仰帝畿:殷切期望帝业能够中兴。仰,仰望,切望。帝畿,京畿。指京都及其附近地区。此泛指帝业。

洪 昇

洪昇(1645—1704),字昉思,号稗畦,一作稗村,又号南屏樵者,清钱塘(今浙江杭州市)人。国子生。清代戏曲作家。因所作《长生殿传奇》于国恤中演出,被斥革。道经吴兴浔溪,醉后失足堕水死。有《稗村集》。

岳武穆王墓

老树残碑风露寒,忠魂千载照湖干①。汾阳大略垂成易,诸葛雄心欲遂难②。共恨相公终误国③,谁知天子乐偏安。两宫未返身先死,泪洒中原血

肯干④。(《稗村集》)

【注释】

① 湖干(gān):湖岸。干,涯岸。《诗·魏风·伐檀》:"坎坎伐檀兮,置之河之干兮。"

② "汾阳"二句:岳飞的远大谋略本来容易接近成功,但他的雄心壮志要实现却很难。汾阳,唐郭子仪封汾阳王。大略,远大的谋略。垂成,事情将近成功。诸葛,诸葛亮。遂,遂愿,实现。此以郭子仪、诸葛亮喻岳飞。

③ 相公:旧时对宰相的敬称。此指宰相秦桧。

④ 两宫:指被金掳去的徽、钦二宗。血肯干(gān):谓泪尽血继岂能干。形容悲伤至极,流泪很多。

潘耒

潘耒(1645—1708),字次耕,又字稼堂,晚号止止居士,清吴江(今江苏吴江市吴江区)人。师事顾炎武,博通经史、历算、音韵诸学。康熙十八年(1679)召试博学鸿词,授检讨,参修《明史》。有《遂初堂诗集》《遂初堂文集》。

朱仙镇岳庙

百战功成破竹时,收京无诏诏班师①。朝廷久已捐中土,豪杰徒然奋义旗②。洒血忠魂应庙食,荐馨父老尚歌思③。八陵寂寞无椒醑,一树冬青更可悲④。(《遂初堂诗集》卷一四)

【注释】

① "百战"句:正当岳家军势如破竹、多年征战即将成功的时候。破竹,劈竹子。喻循势而下,顺利无阻。"收京"句:谴责宋高宗没有收复故都汴京的诏书却有命令岳飞班师的诏书。

② 捐中土:抛弃中原地区。捐,舍弃,抛弃。中土,指中原地区。奋义旗:高举为正义而战的旗帜。奋,挥动,举起,舞动。《史记·张耳陈

余列传》:"陈王奋臂,为天下倡始。"义旗,为正义而战的或起义的军队的旗帜。唐骆宾王《代李敬业以武后临朝移诸郡县檄》:"爰举义旗,以清妖孽。"

③ 庙食:谓死后立庙,受人奉祀,享受祭飨。荐馨:指祭祀。荐,进献,祭献。馨,指祭品的香气。歌思:歌颂思慕。典出《列子·仲尼》:"尧乃微服游于康衢,闻儿童谣曰:'立我蒸民,莫非尔极。不识不知,顺帝之则。'"

④ 八陵:指北宋帝陵。见董嗣杲诗注②。椒醑:以椒浸制的芳烈之酒。常用于祭祀。醑(xǔ),美酒。晋张协《洛禊赋》:"布椒醑,荐柔嘉,祈休吉,蠲百痾。"一树冬青:指南宋帝陵被掘。见袁宏道诗注②。

沈受宏

沈受宏(1645—1722),字台臣,号白㳚,清太仓(今江苏太仓市)人。岁贡生。有《白㳚文集》。

苏堤口号①

六桥遥带两峰孤,烟水茫茫旧宋都②。一向岳王坟上拜,回头不忍见西湖③。(《清诗别裁集》卷二十)

【注释】

① 苏堤:北宋元祐五年(1090),苏轼任杭州知州时,疏浚西湖,利用浚挖的淤泥构筑并历经后世演变而形成。后世为纪念苏轼治理西湖的功绩,命其名为"苏堤"。口号:犹口占。随口吟诗。

② 六桥:西湖苏堤有六桥。见林大辂诗注③。遥带两峰孤:远远地引领独立耸峙的南高峰和北高峰。烟水:雾霭迷蒙的水面。二句写西湖美景。

③ "一向"二句:是说拜罢岳王坟后,不忍回顾当年发生在西湖边上的那些历史往事。沈德潜《清诗别裁集》在此诗后评:"责高宗之溺于偏安不欲复仇也。"

查慎行

查慎行（1650—1727），原名嗣琏，字夏重，清海宁（今浙江海宁市）人。为太学生，因观演《长生殿》与洪昇同除名。是以改名慎行，字悔余，号初白。康熙四十二年（1703）进士。官翰林院编修，受知康熙帝。有《敬业堂诗集》《苏诗补注》等。《清史稿》入《文苑传》。

朱仙镇岳忠武祠

平生感愤兴亡际，往往无端供裂眦①。晋之怀愍宋徽钦②，失国偷生本同类。两家弟子又庸下，南渡谁论复仇义③。千秋乃有岳将军，欲雪斯惭出奋臂④。曾经读史浮大白⑤，况到提戈用武地。一条衣带指黄河，倒卷狂澜作余势⑥。当时大业已垂成，谈笑收京俄顷事⑦。乞和语出金人口，二帝归如反掌易⑧。南内何妨奉上皇，中原未必虚神器⑨。可怜计算不出此，奸相逢君有深意⑩。朝廷不要两宫还，那许疆场坏和议。乾坤震荡功百战，性命风波狱三字。汤阴故里武林坟⑪，几处经过频洒泪。岂如此地更悲凉，血裹征袍等闲弃。二百年来崇庙貌，两行桧柏干霄翠⑫。北风怒吼白日昏，犹有英雄不平气。（《敬业堂诗集》卷二十）

【注释】

① "平生"二句：平素对历史兴盛和衰亡愤慨之时，往往让人眼眶都要裂开。际，时候。裂眦，因发怒而眼睛瞪得眼眶似乎要裂开。形容极其愤怒的神态。

② 晋之怀愍：西晋的两位皇帝。晋怀帝司马炽（284—313），字丰度，西晋第三任皇帝，307年至313年在位（但在311年即已被俘）。永嘉五年（311）六月，匈奴汉国刘曜、王弥率兵攻入京师洛阳，怀帝在逃往长安途中被俘送往平阳。匈奴汉主刘聪对之百般羞辱，命令他在正月的朝会上着青衣行酒。后派人将他毒死。享年三十岁，葬处不明。晋愍帝司马邺（300—318），字彦旗，西晋最后一任皇帝。313年至316年在位。建兴四年（316）八月，刘曜率军围攻长安。城内粮尽，无法拒守。愍帝只得赤露左臂，口含

玉璧，乘坐羊车，带着棺木，出城往刘汉军营求降。刘汉军将他押到平阳。西晋至此宣告灭亡。刘聪也像对待怀帝那样，出猎时，命令愍帝行车骑将军，全身披挂，手执长戟，作为前导。刘聪在光极殿宴会群臣，命令愍帝穿上青衣，替大家斟酒、洗杯，甚至在自己如厕时，命令愍帝替他持伞盖。后愍帝被刘聪派人杀死，时年十八。葬处不明。各见《晋书》本纪。

③ 两家：指晋司马氏与宋赵氏两家。庸下：平庸低下。复仇义：报仇的大义。

④ 欲雪斯惭：要洗雪这个耻辱。奋臂：同"攘臂"。振臂而起。常指举大事。

⑤ 浮大白：用大酒杯满饮。汉刘向《说苑·善说》："魏文侯与大夫饮酒，使公乘不仁为觞政，曰：'饮不釂者，浮以大白。'"浮，用满杯酒罚人，借指满饮。宋龚明之《中吴纪闻》卷二："子美（苏舜钦字）豪放，饮酒无算，在妇翁杜正献家，每夕读书以一斗为率。正献深以为疑，使子弟密察之。闻读《汉书·张子房传》，至'良与客狙击秦皇帝，误中副车'，遽抚案曰：'惜乎！击之不中。'遂满饮一大白。又读至'良曰：始臣起下邳，与上会于留，此天以臣授陛下'，又抚案曰：'君臣相遇，其难如此！'复举一大白。正献公闻之大笑，曰：'有如此下物，一斗诚不为多也。'"此意谓岳飞读史书而慷慨激昂。

⑥ 一条衣带：即一衣带水。谓像一条衣带那么宽的河流，形容其狭窄或逼近。《南史·陈纪下》："隋文帝谓仆射高颎曰：'我为百姓父母，岂可限一衣带水不拯之乎？'"隋将伐陈，陈在长江之南，故云。此言岳飞抗金不为大河所限。倒卷狂澜：形容威力极大。狂澜，汹涌的波浪。唐韩愈《进学解》："障百川而东之，回狂澜于既倒。"余势：剩余的威势。

⑦ 收京：收复故都。俄顷：片刻，一会儿。

⑧ "乞和"二句：意谓如果让岳飞大功告成，那么金人就会反过来向南宋乞和，二帝归来则易如反掌。

⑨ "南内"二句：是作者进一步推想。宋徽宗回来不妨奉养在南内，中原未必不为宋朝政权所管辖。南内，南宋皇帝居住的地方。《宋史·舆服志六》："皇帝之居曰殿，总曰大内，又曰南内，本杭州治也。绍兴初，创

为之。"宋周密《武林旧事·乾淳奉亲》:"官家恭请太上、太后来日就南内排当。"神器,代表国家政权的实物,如玉玺、宝鼎之类。借指帝位、政权。虚神器,意谓国家政权空虚。

⑩ "奸相"句:说奸相秦桧逢迎高宗是别有用心。逢君,意谓逢君之恶。指迎合昏庸的执政者,引他去干坏事。参见徐集孙诗注②。

⑪ 武林坟:指杭州岳飞的坟墓。武林,杭州的别称,以武林山得名。

⑫ 干霄翠:苍翠高入云霄。干(gān),冲犯,冲。

张 潮

张潮(1650—?),字山来,一字心斋,别号三在道人,清歙县(今安徽歙县)人。岁贡生。官至翰林孔目。编有《虞初新志》《昭代丛书》等。著有《幽梦影》《心斋诗集》《鹿葱花馆诗钞》《花影词》《心斋词》等。

何满子·拜岳武穆坟

劲骨难归土,化忠魂、肯共形销①。谁把雠仇熔铁铸,眼中着屑偏牢②。纵被游人碎首,依然无补王朝。 凭吊何分泾渭③,尽知携酒来浇。老桧分尸偏不死,时时欲吐新条。空剩双坟耸峙,增他湖上岪嶤④。(《名家词钞·心斋集》)

【注释】

① 劲骨:指岳飞刚烈的硬骨。归土:归葬故乡。《礼记·祭义》:"众生必死,死必归土。"肯共形销:忠魂怎能同形骸一起消失。意谓精神永垂不朽。

② 雠仇:亦作"仇雠"。仇人,冤家对头。《左传·成公十三年》:"君之仇雠,而我之昏姻也。"此指秦桧等。眼中着屑:金的碎末附着在眼中。比喻碍眼,不顺眼。《五灯会元·黄檗运禅师法嗣·临济义玄禅师》:"金屑虽贵,落眼成翳。"此谓秦桧的铸像像金屑着眼一般碍眼。

③ 凭吊何分泾渭:谓前来凭吊的人不分贤愚。泾渭,古人谓泾浊渭清(实为泾清渭浊),因此常用"泾渭"喻人品的优劣清浊,事物的真伪是非。

④ 双坟：指岳飞和其子岳云的坟墓。耸峙：相对耸立。岹峣（tiáo yáo）：高峻的样子。

余光耿

余光耿（1651—1705），字介遵，一字觐文，清婺源（今江西婺源县）人。诸生。祖懋衡，东林眉目。父维枢，入清官兵部主事。少孤家落，久困场屋，康熙四十四年（1705）乡举榜发即卒。著有《一溉堂诗集》和《蓼花词》。

风流子·岳忠武墓

酸风吹宰木，凄凉韵、哽咽似朱仙①。算图出袖中，气吞云梦；威行阃外，冢拟祁连②。哪知道、金牌摧壮志，瓶井坠奇冤③。毳幕霜高，生还有恨；龙庭酒熟，痛饮无缘④。　　精忠悬霄汉，垂杨舣棹处，簪履纷然⑤。依旧涧苹溪藻，春管秋弦⑥。怕画壁珊戈，雨昏还跃；红墙石马，月黑重鞭⑦。无奈六陵鱼碗⑧，飞散多年。（《蓼花词》）

【注释】

① 酸风：指刺人的寒风。唐李贺《金铜仙人辞汉歌》："魏官牵车指千里，东关酸风射眸子。"宰木：墓树。凄凉韵：风声似带凄凉的音调。哽咽似朱仙：好像岳飞在朱仙镇接奉十二金牌时的哽咽。

② 图出袖中：见岳珂《经进百韵诗》注㉟。气吞云梦：形容岳飞剿灭洞庭湖杨幺部的气魄极大。语本唐孟浩然《望洞庭湖赠张丞相》诗："气蒸云梦泽，波撼岳阳城。"一本作"气吞云梦泽"。阃外：见洒贤诗注④。冢拟祁连：坟墓高大如祁连山。参见林大辂诗注⑤。

③ 瓶井坠奇冤：谓岳飞冤诬被杀致使抗金事业前功尽弃。见魏学渠词注⑩。也可理解为银瓶娘子因父亲的奇冤不得申雪坠井而死。

④ 毳幕霜高，生还有恨：指徽、钦二帝遗恨不得生还故国。毳幕，游牧民族居住的毡帐。霜高，指秋空高爽。宋陆游《子龙求烟雨轩诗口占绝句》："霜高木落应尤好，长挂西窗更怕寒。"龙庭酒熟，痛饮无缘：谓岳飞

无缘痛饮黄龙府。龙庭,借指黄龙府。见朱彝尊诗注⑤。酒熟,指新酒酿成。

⑤ 舣棹:划船靠岸。舣,停船靠岸。棹,划船用具,短曰楫,长曰棹。簪履:簪笄和鞋子。常用以喻卑微旧臣。《魏书·于忠传》:"皇太后圣善临朝,衽席不遗,簪履弗弃。"

⑥ 涧苹溪藻:语本《诗·召南·采苹》:"于以采苹?南涧之滨;于以采藻?于彼行潦。"苹与藻,皆水草名。古人常采作祭祀之用。春管秋弦:春秋按时祭祀演奏音乐。

⑦ "怕画壁"四句:谓岳飞虽死而不忘重起抗金。画壁,绘有图画的墙壁。珊戈,刻镂之戈。亦为戈的美称。雨昏还跃,在下雨昏暗的天气还会腾跃而起。红墙,涂成红色的墙壁。皆指岳飞祠庙。月黑重鞭,(石马)在没有月光的夜间重被鞭策。

⑧ 六陵鱼碗:指宋高宗陵墓被挖出的殉葬品,犹金碗。宋周密《武林旧事》卷七载,"时有卖鱼羹人宋五嫂对御,自称东京人氏,随驾到此。太上特宣上船起居,赐金银百文,仍令后苑供应泛索(正餐以外的点心)"。

曹 寅

曹寅(1658—1712),字子清,号荔轩,又号楝亭,先世为汉族,原籍奉天辽阳(今辽宁辽阳市)。自其祖父起为满州贵族的包衣(奴仆),隶属于正白旗。为小说家曹雪芹祖父。官至通政使、管理江宁织造、巡视两淮盐漕监察御史。有《楝亭诗钞》《楝亭词钞》《续琵琶记》等。

南辕杂诗·桃山驿岳忠武祠

忠武谏储致猜,《绍兴中兴纪事本末》载之最详①。世以金牌班师为憾,而史则以金牌促诏不赴为罪②,皆不然也。

建炎无后叹君臣,鬼蜮纷纭谁与亲③。切记祸媒非促诏,只应寅亮是奇人④。(《楝亭诗钞》卷五)

【注释】

① 谏储致猜:岳飞因劝谏宋高宗立储君招致宋高宗对他猜忌。金人废

刘豫后,扬言要在开封立宋钦宗的太子赵谌为皇帝。岳飞认为,要挫败敌人的阴谋,高宗应该先确立皇储(太子)。"近谍报虏酋以丙午元子(赵谌)入京阙。为朝廷计,莫若正资宗(赵昚,即后来的宋孝宗)之名,则虏谋沮矣。"于是在绍兴七年觐见高宗时提出这一建议,因而招致高宗的深忌。事见宋张戒《默记》、宋熊克《中兴小历》。**《绍兴中兴纪事本末》**:又名《皇朝中兴纪事本末》或《中兴小历》,宋熊克著,是南宋高宗一朝的编年史。

② **金牌促诏不赴**:指绍兴十一年岳飞援淮西,后以所谓"逗留不进"而加之罪。见岳珂《经进百韵诗》注⑫。

③ **建炎无后**:宋高宗没有后嗣。建炎,以宋高宗年号代其人。宋高宗本有一子赵旉,早夭。建炎三年(1129)二月间,金宗翰派兵袭扬州,"比江都官中方有所御幸,而张浚告变者遽至,蹙然惊惕,遂病董腐(阳痿)。故明受殂后,后官皆不孕"。(宋佚名《朝野遗记》)宋高宗只好收养了太祖赵匡胤的后裔伯琮(即后来的孝宗)、伯玖为子。**叹君臣**:君臣为之哀叹。**鬼社**:指奸党、私党。**谁与亲**:有谁与之为亲。

④ **祸媒**:引起灾祸的导火线。**"只应"句**:作者认为,岳飞被祸的真正原因,只应该是他像娄寅亮一样向宋高宗提出"建储"之议,因而招致宋高宗的猜忌。寅亮,娄寅亮,字陟明,宋永嘉(今浙江温州市)人。徽宗政和二年(1112)进士。高宗绍兴元年(1131)擢监察御史。建炎四年(1130),高宗至越,娄寅亮曾上疏建议立太祖后裔为储君。《宋史·娄寅亮传》:"寅亮上疏云:'……臣愚不识忌讳,欲乞陛下于子行中遴选太祖诸孙有贤德者,视秩亲王,俾牧九州,以待皇嗣之生,退处藩服。并选宣祖、太宗之裔,材武可称之人,升为南班,以备环卫。庶几上慰在天之灵,下系人心之望。'"

汪 灏

汪灏(1658—?),字紫沧,清休宁(今安徽休宁县)人。由教习选任陕西知县。康熙南巡,命其入南书房供奉,御试七次,皆合圣意,康熙四十二年(1703),钦赐进士,授翰林院编修。与查慎行、戴名世等往来甚密。

有《知平堂集》《街西柳映斋集》《披云阁词》等。《清史稿》入《孝义传》。

沁园春·三忠庙

东郊有合祀关壮缪、张睢阳、岳忠武像者，填词以代迎神送神之曲①。

万古英雄，三朝柱石，一样流芳②。叹昔日忠魂，擎天异代；今朝庙貌，忽地同堂③。为国捐生，为臣尽节，谈笑提烹也不妨④。单则恨、这汉唐随陷，宋社同荒⑤。　而今往事苍凉。便吊遍、桃园只断肠⑥。况睢阳城下，齿痕何在⑦，风波亭上，背字堪伤⑧。逆竖刳心，奸雄碎骨，冤殛滔天终莫偿⑨。仪容壮，幸排肩血食，扶植纲常⑩。（《披云阁词》）

【注释】

① 关壮缪：三国时蜀将关羽，谥曰"壮缪侯"。张睢阳：唐张巡守睢阳，被俘不屈而死，世称张睢阳。迎神送神之曲：见徐有贞诗注①。

② 三朝柱石：三个不同朝代担当国家重任的人才。柱石，支撑建筑物的立柱和石基。借指肩负国家重要使命的人。一样流芳：同样流传美好声誉。

③ 擎天异代：在不同时代托起天空。喻支撑国家社稷。忽地同堂：忽然被尊祀于同一庙堂。

④ 为国捐生：为国家抛弃生命。为臣尽节：作为臣子忠义赴死，保全节操。提烹：抛掷（头颅）和烹煮。清陈维崧《贺新郎·五人之墓》："慷慨吴儿偏嗜义，便提烹、谈笑何曾怕。"

⑤ "单则恨"三句：谓"三忠"并不恨自己为国捐生，仅只恨国家也随之陷落或灭亡。单，副词，仅仅。则，副词，只。宋社，宋朝社稷。同荒，一同荒废。汉对应关羽，唐对应张巡，宋对应岳飞。

⑥ 桃园：民间俗传三国时刘备、关羽、张飞在桃园结拜兄弟。见《三国演义》第一回。

⑦ 睢阳：在今河南商丘市。齿痕：安禄山叛乱时，唐河南节度副使张巡誓死守睢阳城，每战大呼，眦裂血流，齿牙皆碎。及城陷，贼将尹子奇谓巡曰："闻君每战眦裂，嚼齿皆碎，何至此耶？"巡曰："吾欲气吞逆贼，但力

不遂耳!"子奇以大刀抉巡口,视其齿,存者不过三数。见《旧唐书·张巡传》。

⑧ 背字堪伤:意谓值得悲伤的是岳飞背刺"尽忠报国"却落得如此下场。

⑨ 逆竖:对叛逆者的憎称。文天祥《正气歌》:"或为击贼笏,逆竖头破裂。"此詈称秦桧。刳心:挖出心脏。表示极度憎恨。刳(kū),剖开。冤殛:被杀之冤。殛(jí),杀死。

⑩ 排肩血食:并肩享受祭飨。血食,谓享受祭品。古代杀牲取血以祭,故称。扶植纲常:扶持国家赖以生存的纲常伦理。纲常,指三纲五常。

何 焯

何焯(1661—1722),字润千,改字屺瞻,号义门,晚号茶仙,清崇明(今上海市崇明县)人。学者称义门先生。康熙四十二年(1703)赐进士,授编修。卒赠侍讲学士。博览群籍,长于考订,评校之书最精,名重一时。著作颇丰,有《诗古文集》等。《清史稿》入《文苑传》。

岳 坟

南枝号怒北风狂,鸟雀不下侯所藏①。长城自坏谋弗臧,中兴主将谁雁行②?凭城据险得一当,规模大略难论量③。先平襄汉根本强,上游南渡关存亡④。从容进取恢旧疆,指掌席卷收临潢⑤。十年功名一旦荒,班师父老空涕滂⑥。权臣在内何披猖,敌国未破躬罹殃⑦。易世过者犹□伤,我欲推本不可详⑧。天教宋祚不如唐,保身阃冗非汾阳⑨。祖宗取人作法凉,狄青先已遭猜防⑩。由来利害策其长,大藩参错内势张⑪。冬青树小埋雪霜,折冲岂若留忠良⑫。(《义门先生集》卷一一)

【注释】

① 侯所藏:岳侯所埋藏的地方。指岳飞的坟墓。

② "长城"二句:谓杀害岳飞等于自坏长城阴谋不善,中兴主将谁可与岳飞相比。弗臧,不善,不良。《诗·邶风·雄雉》:"不忮不求,何用不

臧。"雁行,飞雁的行列。借喻同列,同等。《梁书·侯景传》:"丞相司徒,雁行而已。"

③ 凭城据险:据城以守,凭借险要。得一当:谓得正确之道而恰当。《吕氏春秋·论人》:"无以害其天则知精,知精则知神,知神之谓得一。凡彼万形,得一后成。"规模:亦作规摹。规划,筹谋。大略:远大的谋略。论量:评论。金元好问《论诗》诗之三十:"书生技痒爱论量。"

④ "先平"二句:先平定襄汉地区以强固恢复大业的根本,占据长江上游关乎着国家的存亡。襄汉,襄阳和汉水流域地区。《宋史·岳飞传》:"飞奏:'襄阳等六郡为恢复中原基本,今当先取六郡,以除心膂之病。……'帝以谕赵鼎,鼎曰:'知上流利害,无如飞者。'"上流,犹上游。

⑤ 进取:进攻,攻取。指掌:比喻事情容易办。见宋无诗注①。席卷:如卷席一般,形容全部占有。临潢:府名。辽会同元年(938)置。治临潢(今内蒙古巴林左旗东南彼罗城),即契丹之皇都上京。以城临潢水(今西拉木伦河)得名。金之首都上京为会宁府,故址在今黑龙江阿城南白城。二地不同。此以辽之上京代指金之上京。

⑥ 一旦荒:即"废于一旦"。荒,废。涕滂:同"涕泗滂沱"。谓涕泪如雨。形容哭得很伤心。

⑦ 披猖:猖狂。躬罹殃:身遭灾祸。躬,身体。

⑧ 易世过者:后世经过的人。易世,改朝换代。□伤:原缺一字。"我欲"句:我想探究其根源而不可得知其详。推本,探究、寻究根源。

⑨ "天教"二句:上天教宋朝的国运不如唐朝,但岳飞却不像郭子仪那样庸碌低劣地保全自身。阘冗(tà rǒng),庸碌低劣。《朱子语类》卷一三二:"郭子仪晚节保身甚阘冗,然当紧要处,又不然。"

⑩ "祖宗"二句:宋朝先皇制定的录用人才的政策已被弃置,岳飞也像狄青那样功高而先已受到猜忌和防范。狄青(1008—1057),字汉臣,汾州西河(今山西汾阳)人,北宋大将。在宋夏战争中,立下累累战功,声名随之大振。几年之间,历官至枢密使。随着狄青官职的升迁,朝廷对其猜忌也在逐步加深。嘉祐元年(1056)八月,仅做了4年枢密使的狄青终于

被罢官,出知陈州。但朝廷仍不放心,每半个月就遣中使名曰抚问,实则监视。这时的狄青已被谣言中伤搞得惶惶不安,每次使者到来他都要"惊疑终日"。不到半年,郁郁而死。见《宋史·狄青传》。猜防,猜疑防范。

⑪ "由来"二句:任命官员的关键从来在于利用其特长,而当时朝廷要员却错乱地任用,其在朝廷内的势力因而扩张。利害,利和害。义为关键。策,古代帝王对臣下封土、授爵或免官,如策命、策免、策封。大藩,古代指比较重要的州郡一级的行政区。借指其长官。参错,犹错乱。

⑫ "冬青"二句:是说宋高宗如果早知道死后陵墓被掘,何如当初留下忠良之臣制敌取胜。冬青,见袁宏道诗注②。折冲,见释居简诗注㉖。

杜 诏

杜诏(1666—1736),字紫纶,号云川,又称丰楼先生,清无锡(今江苏无锡市)人。康熙四十四年(1705)圣祖南巡,迎銮献诗,特命供职内廷。五十一年会试榜后,特赐一体殿试,改翰林院庶吉士。有《云川阁集》。

拜岳鄂王墓

突兀丰碑峙,阴霾叠巇重①。悲风嘶石马,怒气抵黄龙②。汴水尚流恨,燕云如荡胸③。茫茫凭吊意,清泪泣孤忠④。(《云川阁集·诗》卷五)

【注释】

① 突兀丰碑峙:高大的石碑直立上耸。突兀,高耸貌。峙,直立,耸立。阴霾叠巇重:浓重的阴霾笼罩着重叠的山峰。叠巇,重叠的山峰。

② 悲风嘶石马:石雕的战马在凄厉的寒风中嘶鸣。怒气抵黄龙:愤怒的情绪直达黄龙府。

③ 汴水尚流恨:汴河的水还流淌着岳飞的遗恨。燕云如荡胸:收复燕云失地的壮举好像在胸中激荡。燕云,燕云十六州。见杨维桢《岳王行》注⑥。荡胸,心胸摇荡。唐杜甫《望岳》诗:"荡胸生层云,决眦入归鸟。"

④ 茫茫凭吊意:抚今追昔不免无限的感慨之情。茫茫,纷繁,纷杂,

众多。汉蔡琰《胡笳十八拍》："十六拍兮思茫茫，我与儿兮各一方。"清泪泣孤忠：为岳飞的孤忠哭泣流出眼泪。

毛远公

毛远公（生卒年不详），榜姓王，字骥聊，号季莲，清萧山（今浙江杭州市萧山区）人。康熙四十年（1701）举人（按：《艺林年鉴》作康熙十六年）。善绘设色牡丹，工诗词。有《叔畹集》《琼枝词》。

西湖竹枝词

秋叶飞来武穆祠，南峰高去北峰卑①。前朝多少伤心曲，莫唱高宗渔父词②。（《西湖竹枝词》）

【注释】

① "南峰"句：南高峰相比北高峰低。南高峰（257.4米），坐落在烟霞岭旁。北高峰（314米），在杭州灵隐寺后。去，相距。句意暗含宋高宗等投降派不能与岳飞比高。

② 高宗渔父词：《全宋词》载有高宗赵构的《渔父词》15首，自序作于绍兴元年七月十日。当时金兵追击，赵构逃至会稽，阅览黄庭坚作的《渔父词》15首，一时兴起，也作了15首《渔父词》"戏同其韵"。这些小词清丽淡雅如水墨画，如第一首："一湖春水夜来生。几迭春山远更横。烟艇小，钓丝轻。赢得闲中万古名。"在逃难路上，赵构竟有这样的闲情逸致和从容心情。当时国仇家恨云垂海泣，赵构似乎全无心肝。

王 锡

王锡（生卒年不详），字百朋，清仁和（今浙江杭州市）人。累试不第。康熙四十六年（1707）尝应南巡召试，亦不遇。寡交游，家贫困。早年师事毛奇龄。有《啸竹堂集》。

满江红·吊鄂王岳武穆墓

宋室偏安，笑君相、不思邦族①。只有个、孤忠慷慨，誓收六服②。无奈朝廷金字召，可怜父老朱仙哭。便虚教、血战十年勋，同蕉鹿③。　　二圣驾，终难复；三字案，传成狱。痛一门节孝，痛登鬼录④。旧恨早随东逝水，英风尚满南枝木。最堪悲、月夜子规声，啼空谷⑤。（《全清词·顺康卷》第十九册《啸竹堂集》）

【注释】

① 君相：国君与国相。指宋高宗和秦桧。邦族：邦国宗族。《诗·小雅·黄鸟》："言旋言归，复我邦族。"泛指国家。

② 六服：周王畿以外的诸侯邦国曰服，其等次有六：侯服、甸服、男服、采服、卫服、蛮服。《书·周官》："六服群辟，罔不承德。"后用以指全国各地。

③ 虚教：空教，徒然教。同蕉鹿：像梦幻般消失。《列子·周穆王》："郑人有薪于野者，遇骇鹿，御而击之，毙之。恐人见之也，遽而藏诸隍中，覆之以蕉，不胜其喜。俄而遗其所藏之处，遂以为梦焉。"蕉，通"樵"。后以"蕉鹿"指梦幻。

④ 节孝：贞节和孝顺。登鬼录：名登录鬼簿。指死亡。鬼录，亦作"鬼箓"。迷信者所谓阴间死人的名簿。

⑤ 子规：亦名杜鹃。啼空谷：在空旷的山谷啼鸣。

魏荔彤

魏荔彤（1671—？），字赓虞，一字念廷，号淡庵，又号怀舫，清直隶柏乡（今河北柏乡县）人。康熙四十九年（1710）任福建漳州知府，擢江南常镇道。生平嗜古，善《易》精医。有《怀舫集诗词杂著》。

沁园春·岳武穆坟

已缺金瓯，又堕长城，谁为厉阶①。叹青衣再著，英雄饮恨；黄龙远去，宗社长哀②。五国魂沉，两京乌啄，三字人亡祸乱偕③。千秋后、证好还天道，得丧婴孩④。　　六桥桃李纷开。空凭吊湖山少赋才⑤。看紫阳嵓月，圆而后缺；钱塘江水，去也难来⑥。朔漠清尘，西湖立马，今古兴亡一瞬眯⑦。君何恨，任金陵宋寝，同委蒿莱⑧。（《全清词·顺康卷补编》第三册）

【注释】

① "已缺"三句：国家已经破碎，却又把抗金大将岳飞杀掉，谁是罪魁祸首。金瓯，喻完整美好的国家。厉阶，祸端。《诗·大雅·桑柔》："谁生厉阶，至今为梗。"毛传："厉，恶。"《诗·大雅·瞻卬》："妇有长舌，维厉之阶。"郑玄笺："阶，所由上下也。"

② 青衣再著：指徽、钦二帝又像晋怀、愍二帝那样穿上下人的衣服为人行酒。青衣，见查慎行诗注②。黄龙远去：黄龙府远远地隔离。谓不能直捣黄龙府。宗社：宗庙和社稷。借指国家。

③ 五国魂沉：指徽、钦二帝终死五国城。魂沉，魂魄沉没。两京乌啄：中原地区为金人所侵占。两京，指宋代的东京开封和西京洛阳。代指中原地区。乌啄，即轭。牛马等运物时架在脖子上的器具。《小尔雅·广器》："衡，轭也。轭上者谓之乌啄。"引申为控扼。"三字"句：以"莫须有"的罪名将岳飞杀死，祸乱随之而来。

④ 证好还天道：证明天道好还。谓天道循环，报应不爽。得丧婴孩：指宋末帝赵昺（死时仅8岁）溺死崖山海中，南宋灭亡。作者认为此乃上天报应。

⑤ "空凭吊"句：作者自谦没有才能而只能白白地对湖山凭吊。赋才，天赋，才能。

⑥ "看紫阳"四句：谓历史一去不可复返。紫阳，山名。旧名瑞石山，在杭州吴山东南，清平山北，山上多奇岩、怪石、穴窦，南宋时划为禁山。元代山上建紫阳庵，始名紫阳山。嵓，同"岩"。

⑦ 朔漠清尘：指岳飞到北方沙漠清除金兵之志。尘，指胡尘。胡人兵马扬起的沙尘。喻胡兵的凶焰。西湖立马：指金海陵王"立马吴山"之思。况周颐《蕙风词话》卷三："金海陵（即金主完颜亮）阅柳（柳永）词

'有三秋桂子，十里荷花'句，遂起吴山立马之思。" 一瞬睨：一瞬间。

⑧ "君何恨"三句：谓岳飞不当有恨，因为即使是秦始皇的埋金之墓和宋朝诸帝的陵寝，也同样埋没在荒草之中。金陵，相传金陵的名称是因秦始皇在金陵岗埋金以镇王气而得，即"埋金的陵墓"，故名。委，委弃，抛弃。蒿莱，野草，杂草。

丁之翘

丁之翘（生卒年不详），字楚邻，号嗒庵，清如皋（今江苏如皋市）人。康熙朝廪生。有《愁余草》《自娱草》。

沁园春·用韵追和丘琼台责高宗杀武穆①

狱决风波，功隳沙漠，往事堪哀②。当朱仙兵进，犁庭指日，却因何故，迭遭金牌③。桧纵营谋，俊虽党恶，皆以昏庸种祸胎④。思恢复，叹十年之力，一旦成灰。　　吾为探出私怀⑤。恐驾返，徽钦忌且猜⑥。任中原蹂躏，姑为退避，淮南猖獗，慢自延捱⑦。内溃奸徒，外讧强敌，义士忠臣安在哉⑧。罪之首，出皋亭降表，恨与山堆⑨。（《东皋诗余》卷二）

【注释】

① 丘琼台：丘濬，字仲深，号琼台。见丘濬诗作者简介。丘濬责高宗杀武穆，见丘濬《沁园春》词。

② 狱决风波：冤案处决于风波亭。狱决，判决狱讼。功隳沙漠：直抵黄龙府的大功被毁坏。隳，毁坏，崩毁。沙漠，指地处北方沙漠的金国都城。

③ 犁庭指日：不日就可彻底摧毁敌人。犁庭，犁平其庭院。比喻彻底摧毁敌方。指日，犹不日。谓为期不远。迭遭金牌：接连不断地遭到金字牌催促班师。

④ 桧纵营谋：秦桧纵然设计密谋。营谋，为达某一目的而想方设法。俊虽党恶：张俊虽然与秦桧结党作恶。党恶，与恶人结党，结党作恶。党，动词。"皆以"句：都因为宋高宗昏庸种下祸根。以，因为。祸胎，祸根。

⑤ 吾为探出私怀：我对此揭示出宋高宗的私心。探，探求。私怀，私

心。

　　⑥ 恐驾返，徽钦忌且猜：宋高宗恐怕徽、钦二帝回国后影响他的帝位，因而对抗金大将进行猜忌。因钦宗的帝位是徽宗禅让的，高宗的帝位是自立的。

　　⑦ 中原踩躏：中原地区遭受金人践踏。姑为退避：姑且后退逃避。淮南猖獗：金人猖狂于淮南地区。慢自延挨：慢慢地拖延。

　　⑧ 内溃奸徒：国内奸佞之徒作乱。内溃，犹内乱。外讧强敌：国外强劲之敌争扰。讧，纷争，扰乱。安在哉：在哪里呢？

　　⑨ 罪之首，出皋亭降表：谓最终导致南宋灭亡的罪魁祸首是宋高宗。皋亭，山名。在今浙江省杭州市北郊。南宋时为临安防守要隘，元兵至，宋君臣在此投降。俗称半山。恨与山堆：愤恨堆积得像山一样高。

盛本梓

　　盛本梓（生卒年不详），字让山，清嘉兴（今浙江嘉兴市）人。约生于清康熙初。年未三十而殁。有《滴露堂小品》。

沁园春·鄂王墓

　　江左偏安，忆靖康年，四海云驰①。正秋云似垒，虎林城下；渚蒲如箭，江涨桥西②。为舣扁舟，更携斗酒，敬酹当年少保祠③。秦丞相，如路岩归日，瓦砾相遗④。　　旌忠飞白曾题⑤。看惨淡、阴风大将旗⑥。痛半生事业，蛇成画足；千秋忠义，豹死留皮⑦。弓已先藏，鸟犹未尽，遗恨朱仙万古悲⑧。公休恨，又半闲堂下，秋草离离⑨。（《滴露堂小品》）

【注释】

　　① 江左：江南。靖康年：见郑善夫诗注⑥。四海云驰：谓全国的局势如风云奔驰。

　　② 正秋云似垒：正值云如战垒的秋天。虎林：杭州旧称。渚蒲如箭：州渚中的蒲草像箭一般高高挺立。渚，水中小块陆地。蒲，多年生草本植物，生池沼中，高近两米。江涨桥西：桥西的江水上涨。此桥指西泠桥。

③ 为舣扁舟：为凭吊鄂王墓而将小船停靠岸边。舣（yǐ），停船靠岸。斗（dǒu）酒：用斗盛的酒。斗，古代一种酒器。敬酹：恭敬地以酒浇地。

④ 如路岩归日，瓦砾相遗：就像唐朝路岩被贬时一样，路人以瓦砾投掷。路岩，字鲁瞻，冠氏（今山东冠县）人。唐代大中间进士，36岁居相位，"势动天下"。后被贬充西川节度使，"岩出城，路人以瓦砾掷之。权京兆尹薛能，岩所擢也，岩谓能曰，'临行，烦以瓦砾相饯！'"见《资治通鉴》卷二五二。相遗，相掷。遗（yí），落，下落。

⑤ 旌忠飞白曾题：宋高宗表彰岳飞的忠勇，曾手书"精忠岳飞"绣旗以赐。飞白，亦作"飞白书"。一种特殊的书法。相传东汉灵帝时修饰鸿都门，匠人用刷白粉的帚写字，蔡邕见后，归作"飞白书"。这种书法，笔画中丝丝露白，像枯笔所写。见唐张怀瓘《书断》上。曾题，曾经题写。

⑥ 看惨淡、阴风大将旗：看看阴冷的风吹着大将的旗帜，显得悲惨凄凉。惨淡，暗淡，悲惨凄凉。阴风，阴冷的风，隐含杀伐之气的风。

⑦ 蛇成画足：画蛇添足。典出《战国策·齐策二》。此喻出力不讨好。豹死留皮：比喻留美名于身后。宋欧阳修《王彦章画像记》："公本武人，不知书，其语质，平生尝谓人曰：'豹死留皮，人死留名。'"

⑧ 弓已先藏，鸟犹未尽：喻敌未灭而先诛大将。

⑨ 半闲堂：南宋宰相贾似道在今杭州市西湖葛岭修建的别墅。宋周密《齐东野语·贾相寿词》："贾师宪当国日，卧治湖山，作堂曰半闲。"后借指贾似道。亦借指奸臣。秋草离离：秋天的草长得茂密。离离，浓密貌。

沈德潜

沈德潜（1673—1769），字确士，号归愚，清长州（今江苏苏州市）人。乾隆元年（1736）荐举博学鸿词科，四年中进士。曾任内阁学士兼礼部侍郎。所著有《沈归愚诗文全集》。又选《古诗源》《唐诗别裁》《明诗别裁》《清诗别裁》等，流传颇广。

恭和御制岳武穆墓诗元韵①

报国忘躯矢血诚②，谁教万里坏长城。十年愤积龙沙远，一死身嫌泰岱

轻③。自愿藏弓维弱主，何来叩马有书生④。于今墓畔南枝树，犹见忠魂怒未平。(《西湖志纂》卷七)

【注释】

① 御制岳武穆墓诗：指乾隆皇帝所作《岳武穆墓》诗："读史常思忠孝诚，重瞻冢树拱佳城。莫须有狱何须恨，义所重人死所轻。梓里秋风还忆昨，石门古月镇如生。夜台犹切偏安愤，想对余杭气未平。"见《乾隆杭州府志》首卷二。

② 矢血诚：立誓献出自己的赤诚之心。矢，通"誓"。血诚，谓极其真诚的心意。

③ "十年"句：岳飞郁积的愤恨是十年苦战未能使远在五国城的徽、钦二帝归国。龙沙，泛指塞外漠北边塞之地，荒漠。"一死"句：意谓岳飞一死比泰山还重。泰岱，即泰山。泰山又名岱宗，故称。

④ 自愿藏弓：意谓飞鸟尚在，却自藏良弓。喻甘愿杀害抗敌的英雄。维弱主：唯有孱弱的君主。叩马有书生：见杨维桢《岳王行》注⑭。

李 绂

李绂（1673—1750），字巨来，号穆堂，清临川（今江西抚州市临川区）人。康熙四十八年（1709）进士。由编修累官内阁学士，历任广西巡抚、直隶总督，因参劾下狱。乾隆初起授户部侍郎。治理学宗陆王，被梁启超誉为"陆王派之最后一人"。有《穆堂类稿》《穆堂续稿》《穆堂别稿》等。

谒岳武穆王祠三首

时会机宜实可凭，两河豪杰信梁兴①。尽团营堡争扶义，并挽车牛不待征②。计日收京清九禁，先期飞檄扫诸陵③。可怜十二金牌召，震野呼号绝抚膺④。

帝自逡巡畏两宫，故教桧卨主和同⑤。燕南枉费金人令，河北空填壮士胸⑥。四海伤心三字狱，千秋扼腕十年功⑦。南枝不返泉长冷，惨淡西陵恨有穷⑧。

天道人心定论彰，褒封阁室尽轩裳⑨。河山净扫风尘色，庙貌高悬日月光⑩。总为后来留劝戒，几多前事感兴亡⑪。于公只作寻常看，子孝臣忠分所当⑫。（《穆堂初稿》卷四上）

【注释】

① "时会"句：当时的情势机遇实在可以凭仗利用。时会，当时的机遇或特殊情况。汉班彪《北征赋》："故时会之变化兮，非天命之靡常。"机宜，事理，时宜。三国魏嵇康《与山巨源绝交书》："吾不如嗣宗之贤，而有慢弛之阙，又不识人情，暗于机宜。"两河豪杰：指河北、河东二路的抗金义军。梁兴：又名梁青，宋山西泽州周村人。梁兴为首的太行山忠义社，联合其他抗金义军，有力地配合了岳飞的抗金斗争。

② "尽团"二句：两河豪杰聚集各个营寨的义军支持岳飞的正义之师，都牵着牛车前来犒劳，不等待征召。《宋史·岳飞传》："（绍兴）六年，太行山忠义社梁兴等百余人，慕飞义率众来归。""先是，绍兴五年，飞遣梁兴等布德意，招结两河豪杰，山寨韦铨、孙谋等敛兵固堡，以待王师，李通、胡清、李宝、李兴、张恩、孙琪等举众来归。金人动息，山川险要，一时皆得其实。尽磁、相、开、德、泽、潞、晋、绛、汾、隰之境，皆期日兴兵，与官军会。其所揭旗以'岳'为号，父老百姓争挽车牵牛，载糇粮以馈义军，顶盆焚香迎候者，充满道路。"团，聚集，集合。营堡，堡垒。车牛，指牛车。为旧时交通运载工具。《书·酒诰》："肇牵车牛，远服贾。"

③ "计日"句：很快就可收复故都清理宫禁。计日，计算日数。形容短暂，为时不远。九禁，犹宫禁。帝王居住之处。因有九重，故名。"先期"句：先行速递檄文洒扫北宋诸帝陵。《宋史·岳飞传》："会遣士儇谒诸陵，飞请以轻骑往洒埽，实欲观衅以伐谋。""飞檄陵台令行视诸陵，葺治之。"飞檄，疾速传递檄文。檄，古代官府用以征召或声讨的文书。

④ "震野"句：痛哭呼号之声震动四野，军民皆悲愤欲绝。呼号，痛哭哀号。唐杜甫《送重表侄王砅评事使南海》诗："逗留热尔肠，十里却呼号。"抚膺，捶拍胸膛。表示悲痛、愤恨或慨叹。

⑤ "帝自"二句：宋高宗自己顾忌徽、钦二帝回国而不敢向敌人进击，

所以责成秦桧和万俟卨共同主持与金国讲和。逡巡,因为有所顾虑而徘徊不前。汉贾谊《过秦论》:"九国之师逡巡而不敢进。"

⑥"燕南"句:谓燕京以南地区金人的号令已无人听从。宋章颖《鄂王传》:"自燕以南,敌之号令不复行矣。""河北"句:但是,由于金牌迫令岳飞班师,徒然使黄河以北勇敢豪壮之士义愤填膺。

⑦"千秋"句:岳飞十年之功被毁让人千秋愤恨。扼腕,见艾性夫诗注⑤。

⑧泉长冷:谓岳飞的坟墓长久冷落。泉,泉台,墓穴。亦指阴间。恨有穷:愤恨岂有穷尽?意谓恨无穷。

⑨"天道"句:谓社会对岳飞公正的论断很明显。天道人心,谓天理合于人意,自有公论。彰,明显,显著。"褒封"句:全家人都获得光荣的褒奖封赏。褒封,褒奖封赏。轩裳,犹车服。即车舆礼服。《书·舜典》:"敷奏以言,明试以功,车服以庸。"孔传:"功成则赐车服以表显其能用。"孔颖达疏:"人以车服为荣,故天子之赏诸侯,皆以车服赐之。"

⑩"河山"句:谓国家已扫清战乱。风尘,比喻战乱,戎事。"庙貌"句:庙宇和神像受到日月高照。

⑪"总为"句:岳飞留下的事迹为了勉励告诫后人。劝戒,勉励告诫。《汉书·古今人表序》:"归乎显善昭恶,劝戒后人。""几多"句:多少前代的事令人产生兴盛衰亡的感慨。

⑫"于公"二句:对于岳飞来说,这些都不过是平平常常的事,为子尽孝、为臣尽忠是应尽的义务。

朱 樟

朱樟(1677—1757),字亦纯,一字鹿田,号慕巢,晚号灌畦叟,清钱塘(今浙江杭州市)人。康熙三十八年(1699)举人。历官泽州知府。樟工诗,有《观树堂诗集》及《鹿野诗余》。

满江红·午日吊岳武穆王墓①

万里黄龙,笑午日、谁投角黍②。想孤臣忠烈,一门父子③。碧血蒙尘埋绿草,丹心报国垂青史。问如今、谁似楚人冤,湘江水④。　　改不得,银瓶志⑤;磨不灭,金牌字⑥。看西湖竞渡,岳家旗帜⑦。缚虎空怜亭下计,剖符不了中原事⑧。痛当年、白骨葬春山,何时死⑨。(《鹿野诗余》)

【注释】

① 午日:端午,即农历五月初五日。

② 万里黄龙:指死于遥远北方黄龙府的徽、钦二帝。角黍:食品名。即粽子。以箬叶或芦苇叶等裹米蒸煮使熟。状如三角,古用黏黍,故称。《太平御览》卷八五一引晋周处《风土记》:"俗以菰叶裹黍米,以淳浓灰汁煮之令烂熟,于五月五日及夏至啖之。一名粽,一名角黍。"明李时珍《本草纲目·谷四·粽》:"糉,俗作粽。古人以菰芦叶裹黍米煮成……近世多用糯米矣,今俗五月五日以为节物相馈送。或言为祭屈原,作此投江,以饲蛟龙也。"

③ 此处失律。按词谱,当作11字:—丨丨、丨——丨,丨—+丨。一门父子:指岳飞与岳云父子。

④ 楚人冤:楚国人屈原被谗遭流放的冤屈。屈原(约前340—约前278),名平,字原,一字灵均。战国末期楚国丹阳(今湖北秭归)人。屈原虽忠事楚怀王,但却屡遭排挤,怀王死后又因顷襄王听信谗言而被流放,最终投汨罗江而死。湘江水:借指汨罗江。二水同入洞庭湖。三句意谓岳飞忠心事主而被诬杀的冤屈比得上楚人屈原投汨罗江而死的冤屈。

⑤ 改不得,银瓶志:谓岳飞幼女银瓶投井以鸣父冤的志节坚定不移。

⑥ 磨不灭,金牌字:谓金字牌迫令班师的遗恨永难消失。磨灭,经过相当时期逐渐消失。

⑦ 看西湖竞渡,岳家旗帜:看端午节西湖竞渡的船上插有岳字旗帜。谓人们在端午节纪念屈原的同时,也纪念有同样遭遇的岳飞。

⑧ 缚虎:秦桧之妻王氏劝秦桧杀掉岳飞时曾建言"缚虎易纵虎难"。亭下计:指秦桧杀害岳飞于风波亭的计谋。"剖符"句:谓秦桧虽位居宰相却不能解决恢复中原的大事。剖符,犹剖竹。古代帝王分封诸侯、功臣时,以竹符为信证,剖分为二,君臣各执其一,后因以"剖符""剖竹"为分封、授官之称。不了事,不能把事情办妥。又谓不明事理。《老学庵笔记》卷

二:"初,斩(施)全于市,观者甚众,中有一人朗言曰:'此不了事汉,不斩何为!'闻者皆笑。"《东瓯金石志》:"秦桧尝梦至一洞,群僧环坐,后经雁山罗汉洞,诡云:'我前梦抵此石室,群僧环坐,日尚忆此否?吾瞿然悟身为诺讵罗,僧谓吾世缘未了,姑去。今睹此,始知所梦。'因筑了堂,为诗以记。有'欲了世缘那得了'句。""不了事汉"本此。此语双关,实谓秦桧是一个不明白事理又不能收复中原的人,施全当然应该斩他。

⑨ 何时死:意谓岳飞永远活在人们心中,何曾死去。

戴 瀚

戴瀚(1686—1755),字巨川,号雪邨,清上元(今江苏南京市)人。雍正元年(1723)榜眼。授翰林院编修。历任右春坊右中允、左春坊左庶子。雍正七年(1729)提督福建学政。官至侍讲学士、南书房行走。雍正十三年(1735)被革职。有《雪邨编年诗剩》。

汤阴谒鄂王故宅二首

汤水环城风日昏,鄂王犹自有家园。凶门誓走黄龙府,吉网催传白虎幡①。可叹卧薪惟请妾,谁闻磨剑敢称孙②。只今松柏余哀响,天醉当年不问冤③。

朝端肯缚中行说,囊底应禽左谷蠡④。天阙高居弃钟虡,鼎湖余魄望旌旗⑤。青衣未洗穹庐恨,黄犬宁怀上蔡悲⑥。豢食贼臣何益事,枉教泥首辱轩墀⑦。(《雪邨编年诗剩》卷一)

【注释】

① 凶门:古代将军出征时,凿一扇向北的门,由此出发,如办丧事一样,以示必死的决心,称"凶门"。"吉网"句:意谓金牌催促岳飞班师早已布置了罗网。吉网,唐御史吉温陷害无辜,刑罚严酷,时称"吉网"。催传,传令催促。白虎幡,绘有虎形的旗帜。古代军中所用。《释名·释兵》:"熊虎为旗⋯⋯军将所建,象其猛如熊虎也。"幡,长条形的旗帜。泛指旗帜。

② "可叹"句:可叹宋高宗发奋复仇却只有妇人请战。卧薪,指"卧薪尝胆"。见陈基诗注⑨。请妾,请战之妾。指宋高宗吴皇后。《四朝闻见录》卷二:"宪圣(吴皇后)尝从上(高宗)航海,倏敌骑数十掩至,欲挈御舟,后(吴皇后)徐发一矢,其一应弦倒,余悉引去。高宗重于视师之役,后苦请必往,曰:'若臣妾裹五尺皂纱,必须一往。'""谁闻"句:谁听说过士卒精锐却向敌人屈膝称孙。磨剑,比喻刻苦自励。亦为"横磨剑"的省称。长而大的利剑。比喻精锐善战的士卒。《旧五代史·晋书·景延广传》:"晋朝有十万口横磨剑,翁若要战则早来。"称孙,可能是由高宗向金主称臣、宋孝宗向金主称侄而衍生。

③ 哀响:悲凉的乐声。晋陆机《豪士赋序》:"欲陨之叶,无所假烈风;将坠之泣,不足繁哀响也。"天醉:谓不饮酒却兀然无知。清刘光第《美酒行》:"嗟余不举酒,天醉形能忘。"此责上天昏聩。

④ "朝端"句:朝廷中如能逮捕通敌的奸臣。朝端,指朝廷。南朝梁任昉《齐竟陵文宣王行状》:"敷奏朝端,百揆惟穆。"中行说,西汉文帝时人,原为宫廷太监。匈奴老上稽粥单于刚刚继位,孝文皇帝又派遣皇族女公主去做单于的阏氏,让宦官燕国人中行说去当公主的辅佐者。中行说不愿去,汉朝强迫他。他说:"一定让我去,我将成为汉朝的祸患。"中行说到达后,就投降了单于,单于特别宠信他。事见《史记·匈奴列传》。此借指暗中投降金国的秦桧。"囊底"句:擒获金人首领当如探囊取物。囊底,犹囊中,袋子里面。禽,通"擒"。左谷蠡,匈奴贵族封号。"谷"音"鹿"。左右谷蠡王各为二十四长之二,次于左右贤王。左右谷蠡王分居于匈奴东西部。与左右贤王合称"四角",地位高于其余王侯。此借指女真贵族首领。

⑤ "天阙"句:天子高高的官阙抛弃礼乐。天阙,天子的官阙,亦指朝廷或京都。岳飞《满江红》词:"待从头、收拾旧山河,朝天阙。"钟虡,一种悬钟的格架。上有猛兽为饰。借指礼乐。《后汉书·董卓传》"钟虡"唐李贤注:"故贾山上书云'悬石铸钟虡'。《前书音义》曰:'虡,鹿头龙身,神兽也。'""鼎湖"句:宋徽、钦二帝死后仍然盼望岳家军前来解救自己。鼎湖,地名。古代传说黄帝在鼎湖乘龙升天。因借指帝王崩逝。《周书·静帝纪》:"先皇晏驾,万国深鼎湖之痛,四海穷遏密之悲。"

⑥ "青衣"句:尚未洗雪徽、钦二帝在金人毡帐中青衣行酒的耻辱之恨。青衣,见查慎行诗注②。穹庐,古代游牧民族居住的毡帐。《汉书·匈奴传下》:"匈奴父子同穹庐卧。"颜师古注:"穹庐,旃帐也。其形穹隆,故曰穹庐。""黄犬"句:岳飞岂肯心怀李斯被杀时那样的悲伤。黄犬,猎犬。《史记·李斯列传》:"二世二年七月,具斯五刑,论腰斩咸阳市。斯出狱,与其中子俱执,顾谓其中子曰:'吾欲与若复牵黄犬俱出上蔡东门逐狡兔,岂可得乎!'遂父子相哭,而夷三族。"

⑦ "脔食"句:将奸臣的肉一片一片地吃掉,又于事何补呢。脔食,小块小块地吃肉。脔(luán),切成小块的肉。《资治通鉴》卷一二七《宋纪九》载:宋文帝元嘉三十年(453),"张超之走至合殿御床之所,为军士所杀,剖肠割心,诸将脔食其肉,生啖之"。"枉教"句:徒然让秦桧等人的跪像玷辱殿堂前的台阶。作者原注:"庙前有秦桧等像。"泥首,以泥涂首,表示自辱服罪。轩墀,殿堂前的台阶。

钱陈群

钱陈群(1686—1774),字主敬,号香树、柘南居士,清嘉兴(今浙江嘉兴市)人。康熙六十年(1721)进士。授翰林院编修。雍正时,五升其官。乾隆时,任顺天府学政、刑部侍郎等职。年八十,加太子太傅。有《香树斋集》《香树斋续集》。

岳武穆祠

可知天意亦何常,臣职当圆不宜方①。十道信牌权已去,三言疑狱史犹光②。投簪空遂蕲王志,中饵难医时相肠③。身后余荣华衮在,盛朝俎豆荐芬芳④。(《香树斋续集》卷九)

【注释】

① 天意亦何常:意谓天意无常。当圆不宜方:为人处事应当变通灵活而不应当方正刚直。此为愤激之语。实为赞扬岳飞正直无邪。

② 十道信牌:指十二道金字牌。信牌,即传信牌。宋仁宗康定元年五

月，制军中传信牌，传递军中文件时，以为凭信。《宋史·舆服志六》："传信木牌：先朝旧制，合用坚木朱漆为之，长六寸，阔三寸，腹背刻字而中分之，字云某路传信牌。却置池槽，牙缝相合。又凿二窍，置笔墨，上帖纸，书所传达事。用印印号上，以皮系往来军吏之项。临阵传言，应有取索，并以此牌为言，写其上。"权已去：谓岳飞的军权已被解除。三言疑狱："莫须有"的疑案。疑狱，疑难案件。《礼记·王制》："疑狱，泛与众共之，众疑赦之。"孔颖达疏："疑狱，谓事可疑难断者也。"史犹光：谓岳飞的事迹依然光耀史册。

③ 投簪：丢下固冠用的簪子。比喻弃官。晋陆机《应嘉赋》："苟形骸之可忘，岂投簪其必谷。"蕲王：韩世忠封蕲王。中饵：咬中诱饵。饵，钓鱼用的鱼食。喻秦桧受到金人的利诱。时相：当时的宰相。指秦桧。

④ 余荣：遗留的荣耀。华衮：古代王公贵族的多彩的礼服。常用以表示极高的荣宠。《诗·大雅·烝民》："衮职有阙，维仲山甫补之。"孔颖达疏："举衮以表君也。"后以"华衮"指君王。此指岳飞被追封为鄂王。盛朝：犹盛世，安定兴盛的时代。作者称颂清朝。俎豆荐芬芳：祭祀进献祭品而洋溢香气。

姚之驷

姚之驷（生卒年不详），字鲁思，号仲容，清钱塘（今浙江杭州市）人。康熙四十年（1701）清圣祖南巡，以所著《类林新咏》进呈。康熙六十年进士。历官至陕西道监察御史。著有《镂空集》。

满江红·拜鄂王祠追和王韵

痛饮黄龙，控万马、奔腾未歇①。堪恨处、金牌十二，轻灰奇烈②。奴辈巧成三字狱，忠魂已伴双峰月③。盼南枝、犹听子规啼，风凄切④。
报国字，言堪雪；偏安耻，仇难灭⑤。叹东西南北，天倾地缺。箕尾骑归封马鬣，春秋奏格倾牲血⑥。向流芳、回首凤山青，无宫阙⑦。（《全清词·顺康卷补编》第三册）

【注释】

① 控万马:掌握千军万马。控,掌控。奔腾未歇:战马不停地奔腾。谓不停地征战。

② 轻灰奇烈:轻易地将非凡的功业毁掉。灰,名词作使动词,使之成为灰。意为毁灭。奇烈,奇异的功业。

③ 奴辈:奴仆之辈,奴才们。《晋书·石崇传》:"及车载诣东市,崇乃叹曰:'奴辈利吾家财。'"此为对秦桧等奸臣的蔑称。双峰:指杭州的南高峰与北高峰。

④ 盼南枝:看那向南伸展的树枝。盼,看。《广雅》:"盼,视也。"子规:杜鹃鸟的别名。传说为蜀帝杜宇的魂魄所化。常夜鸣,声音凄切,故借以抒悲苦哀怨之情。《埤雅·释鸟》:"杜鹃,一名子规。"凄切:凄凉悲哀。

⑤ 报国字,言堪雪:"尽忠报国"四字之言岂可洗雪冤诬的罪名。堪,犹岂堪。雪,洗冤。仇难灭:仇恨难以消失。

⑥ "箕尾"二句:意谓岳飞死后回归天上,在人间留下坟墓,享受春秋祭祀。箕尾骑归,见毛师柱诗注③。封马鬣,指坟墓。见释居简诗注⑤。奏格,指祭祀。顾炎武《日知录》卷一:"《诗》曰:'奏格无言,时靡有争。'是故君子不赏而民劝,不怒而民威于铁钺,所谓'弗损益之'者也。"《宋史·乐志九》:《嘉祐裕享二首·迎神怀安》:"展牲肥腯,奏格和平。"倾牲血,往祭祀器皿中倾注牲畜的血。古代祭祀要杀牲取血。

⑦ 流芳:流芳亭。作者自注:"亭名。"杭州《岳王庙志》:"庙右偏有流芳亭,刻王遗像于石,置其中。"凤山:今杭州市凤凰山的省称。宋蔡絛《铁围山丛谈》卷六:"政和壬辰,鲁公(指蔡京)在钱塘居凤山下之私第。"无宫阙:看不到南宋在杭州的宫殿。

陈惪荣

陈惪(德)荣(1688—1747),字廷彦,号密山,清直隶安州(今河北安新县)人。康熙五十一年(1712)进士。历康、雍、乾三朝,除在湖北和安徽先后短期任过知县和布政使外,在贵州任黔西州知州、大定府(大方）知府及贵州按察使、布政使等职长达二十余年。有《葵园诗集》。《清史稿》入《循吏传》。

过汤阴谒岳忠武庙

松柏阴森古道陲，停鞭稽首鄂王祠①。荒台何处埋金甲，飞鸟犹知避绣旗②。冤狱哪凭三字定，精忠惟有两宫知③。逡巡门外看遗像，千古奸良鉴在兹④。

纵横百战建奇功，入阵全归变化中⑤。谁弃山河同草芥⑥，可怜父子最英雄。阶霜犹挟春秋笔，廊月疑开左右弓⑦。苔藓丰碑镌恨句，不堪卒读满江红⑧。（汤阴岳庙诗碑）

【注释】

① 古道陲：古道旁。陲，边缘。唐姚合《街西居三首》："独我恶水浊，凿井庭之陲。"停鞭：犹停马。稽首：古时一种跪拜礼，叩头至地。是九拜中最恭敬者。《周礼·春官·大祝》："一曰稽首，二曰顿首，三曰空首，四曰振动……"贾公彦疏："一曰稽首，其稽，稽留之字；头至地多时，则为稽首也。此三者（稽首、顿首、空首）正拜也。稽首，拜中最重，臣拜君之拜。"

② 埋金甲：谓埋葬身披金甲的岳飞。金甲，金饰的铠甲。汉蔡琰《悲愤诗》："卓众来东下，金甲耀日光。""飞鸟"句：谓岳飞死后威严仍在，飞鸟知其军队整肃而不敢经过。绣旗，指高宗赐予岳飞的绣制旗帜。

③ 三字：指"莫须有"。两宫：指宋徽宗和钦宗。

④ 逡巡（qūn xún）：徘徊不进，滞留。《后汉书·隗嚣传》："舅犯谢罪文公，亦逡巡于河上。"李贤注："逡巡，不进也。"鉴在兹：以此作为鉴戒。鉴，借鉴，鉴戒。唐杜牧《阿房宫赋》："后人哀之而不鉴之，亦使后人而复哀后人也。"

⑤ "入阵"句：临阵作战全在灵活变化中。岳飞曾说："阵而后战，兵法之常；运用之妙，存乎一心。"

⑥ 草芥:小草。比喻不足珍惜的无价值的东西。宋苏洵《六国论》:"子孙视之不甚惜,举以予人,如弃草芥。"

⑦ "阶霜"句:阶前的寒霜仍像挟带着春秋史笔的凛然之气。春秋笔,相传孔子据史实修《春秋》,笔则笔,削则削;字寓褒贬,不佞不讳,使乱臣贼子惧。后遂以"春秋笔"指据事直书的史笔。"廊月"句:殿廊外的弯月像岳飞左右发射的弓。

⑧ 苔藓丰碑:长满苔藓的高大石碑。镌恨句:镌刻着愤恨的词句。不堪卒读:意谓承受不了读完之后的感伤之情。

郑方坤

郑方坤(1693—?),字则厚,号荔乡,清建安(今福建建瓯市)人。雍正元年(1723)进士。历官景州知州、武定知府。以足病自免。在官多善政。博学有才藻,与兄方城竞爽齐名,有《却埽斋倡和集》《蔗尾诗集》《蔗尾文集》等数种共百卷。

论词绝句

故山松竹梦难寻,半壁东南已陆沉①。最是岳王写哀愤,欲将心事付瑶琴②。(《蔗尾诗集》卷五)

【注释】

① "故山"句:谓岳飞思念家乡而不得回归。岳飞《小重山》词:"白首为功名,故山松竹老,阻归程。"故山,旧山,指家乡。陆沉:陆地沉没。比喻国土沦陷于敌手。见杨于庭诗注①。

② "最是"二句:岳飞抒发自己悲哀和愤恨的最精彩的句子是"欲将心事付瑶琴"。这是作者对诗歌创作的一种评论。作者之所以称赞此句,是因为它含蓄深刻而耐人寻味。岳飞《小重山》词最后三句是:"欲将心事付瑶琴,知音少,弦断有谁听?"意谓想把反对和议的心事诉诸装饰着美玉的琴,无奈懂得琴音的人不多,即使弹断琴弦有谁来听?心事,指岳飞壮志难酬的愤恨,以及对高宗所说"夷狄不可信,和好不可恃"等心里话。

王 峻

王峻（1694—1751），字次山，号艮斋，清常熟（今江苏常熟市）人。雍正二年（1724）进士。历云南乡试正考官。补江西道监察御史。以母忧去官，遂不出。曾主讲安定、云龙、紫阳等书院。峻工诗，善画，长于舆地之学。有《艮斋诗文集》。

谒岳忠武庙

强弓手挽雅歌娴，未许韩刘伯仲间①。谁使朱仙回玉帐，转愁雪窖有刀环②。长城自坏天难问，半壁偏安主厚颜③。遗庙近邻嵇绍墓，灵旗风静古碑间④。（《清诗别裁集》卷二七）

【注释】

① "强弓"二句：谓岳飞能文能武，韩世忠、刘光世难与相比。强弓手挽，手拉强劲的弓。雅歌，风雅的歌吟。娴，娴熟。韩刘，韩世忠和刘光世。皆被称为南宋中兴名将。伯仲，兄弟之间的老大和老二。喻不相上下。未许伯仲间，谓难与比并。

② 朱仙：朱仙镇的省称。回玉帐：谓撤军。玉帐，主帅所居的帐幕，取如玉之坚的意思。雪窖、刀环：并见朱彝尊诗注⑤。

③ 长城自坏：喻岳飞被杀。见薛季宣诗注④。天难问：难以向上天诉说。问天，谓心有委屈而诉问于天。汉王逸《〈楚辞·天问〉序》："《天问》者，屈原之所作也。何不言问天？天尊不可问，故曰天问也。"主：君主。指宋高宗。厚颜：厚脸皮，不知羞耻。《荀子·解蔽》："厚颜而忍诟。"

④ 嵇绍墓：在汤阴县城西南七里，今不存。灵旗：神灵的旗帜。

桑调元

桑调元（1695—1771），字伊佐，一字弢甫，自号独往生、五岳诗人，清钱塘（今浙江杭州市）人。雍正十一年（1733）特赐进士。授工部主事。丁父忧，服阕补官，旋引疾归。尝主九江濂溪书院、滦源书院。有《弢甫集》《躬行实践录》《论语说》等。《清史稿》有传。

朱仙镇岳庙叠韵

南渡饶名将①，中兴尚有人。长城翻自坏，漏网罢弥纶②。国仰无双士，忠摅不二臣③。堂廉群谶笑，父子独愁辛④。直捣威名震，偏安气已屯⑤。儿童犹骂蔡，校尉欲歼秦⑥。铁骑方张胆，金牌忽怆神⑦。北盟撄利齿，南渡迫穷鳞⑧。湖岫花诚丽，冰天草不春⑨。十年雄略废，一德密谋新⑩。黔首流离众，中原蹂躏频⑪。难还两宫驾，谁扫七陵尘⑫。紫殿光虽灿，青城影孰亲⑬。熊罴摧猛士，豺虎压强邻⑭。苦逼东南域，虔输百万缗⑮。朱仙当日惨，痛哭血盈巾。（《发甫集·恒山集》卷二）

【注释】

① 饶名将：多有名将。饶，富足，多。

② 漏网罢弥纶：谓宋高宗放弃收复失地统一中国的计划。靖康之变，北宋皇族尽被金人掳去，唯时为康王的赵构在河北幸免，如漏网之鱼。弥纶，统摄，笼盖。《易·系辞上》："《易》与天地准，故能弥纶天地之道。"高亨注："《释文》引京云：'准，等也。弥，遍也。'《集解》引虞翻曰：'纶，络也。'"弥纶即普遍包络。此二句言《易经》所讲之道与天地齐等，普遍包络天地之道。

③ 国仰无双士：举国敬仰最优秀的人才。无双士，见何梦桂诗注③。忠摅不二臣：尽忠的臣子忠贞不渝。忠摅（shū），"摅忠"的倒置。犹尽忠。不二臣，忠贞不贰的臣子。

④ 堂廉群谶笑：朝廷中众人宴饮欢笑。堂廉，殿堂的侧边。《仪礼·乡饮酒礼》："设席于堂廉，东上。"郑玄注："侧边曰廉。"借指朝廷。谶笑，一作"宴笑"。宴饮欢笑，三国魏曹植《酒赋》："献酬交错，宴笑无方。"父子独愁辛：徽、钦父子独自悲愁辛酸。

⑤ 偏安气已屯：偏安的南宋王朝气数已很艰难。屯（zhūn），《易》卦名。下震上坎。震为雷，喻动；坎为雨，喻险。雷雨交加，险象丛生，环境恶劣。为下下卦。《易·屯》："曰屯。刚柔始交而难生。"故屯有艰难、困

顿义。

⑥ 儿童犹骂蔡：蔡，蔡京（1047—1126），字元长，宋仙游（今福建仙游）人。熙宁三年进士及第，官至太师，是历史上有名的权奸。蔡京先后四次任相，共达十七年之久。兴花石纲之役，改盐法和茶法，铸当十大钱。北宋末，太学生陈东上书，称蔡京为"六贼之首"。南宋吴曾《能改斋漫录》卷一二记载，当时汴京有童谣曰："打破筒（童贯），泼了菜（蔡京），便是人间好世界。" 校尉欲歼秦：指施全欲杀秦桧事。参见李东阳《三字狱》诗注⑤。据《宋史·秦桧传》，施全为"殿司小校"。

⑦ 张胆：大胆，无所畏惧。《汉书·张耳陈余传》："将军瞋目张胆，出万死不顾之计，为天下除残。"颜师古注："张胆，言勇之甚。" 怆神：伤心。五代冯道《偶作》诗："莫为危时便怆神，前程往往有期因。"

⑧ 北盟撄利齿：谓岳飞敢于挫败凶猛的金侵略军。北盟，北方结盟的金国。撄，接触，触犯。利齿，猛兽锋利的牙齿。南渡迫穷鳞：谓岳飞班师南渡后成为失水之鱼。迫，困厄，窘迫。此用作使动词。穷鳞，失水之鱼。比喻处在困境的人。唐柳宗元《酬娄秀才将之淮南见赠之什》诗："好音怜铩羽，濡沫慰穷鳞。"

⑨ 湖岫花诚丽：杭州的湖山诚然美丽。湖岫，犹"湖山"。岫，山脉，峰峦。晋嵇康《忧愤诗》："采薇山阿，散发岩岫。" 冰天草不春：谓徽、钦二帝身在冰天雪地的北方，草木毫无生机。春，指草木生长，花开放。常喻生机。清王士祯《马嵬怀古》诗："巴山夜雨却归秦，金粟堆边草不春。"

⑩ 雄略：指岳飞非凡的谋略。一德：指秦桧的"一德格天阁"。

⑪ "黔首"二句：中原地区屡次受到金人的蹂躏，那里的众多老百姓流离失所。黔首，秦代对百姓的称谓。秦始皇自以为得水德，衣服旄旌节旗皆尚黑。平民以黑巾裹头，故名。

⑫ 两宫驾：徽、钦二帝的车驾。代指徽、钦二帝。七陵尘：指金人在北宋帝陵留下的尘污。七陵，见陈第诗注④。

⑬ 紫殿光虽灿：杭州的宫殿金光灿烂。紫殿，帝王宫殿。《三辅黄图·汉宫》："武帝又起紫殿，雕文刻镂黼黻，以玉饰之。" 青城影孰亲：从青城被掳去的皇亲国戚谁与相亲。青城，见秦瀛诗注⑭。影，身影。

⑭ 熊罴摧猛士:熊罴般的勇士遭受摧残。豺虎压强邻:豺虎般的金人紧逼国境。压,逼近。如大兵压境。强邻,强大的邻国。指金国。

⑮ 苦逼东南域:金人苦苦地进逼东南地区(指南宋国都临安)。虔输百万缗:南宋朝廷虔诚地输纳大量金钱。缗,古代穿铜钱用的绳子。亦为古代计量单位。一千钱称缗,同贯。

任端书

任端书(1702—1740),字萦(yīng)思,号念斋,清溧阳(今江苏溧阳市)人。乾隆二年(1737)进士第三人。授编修。曾任会试同考官。寻丁父艰归,遂不出,优游林下二十余年。有《南屏山人集》。

岳武穆坟

未许功成漠北回,将星中夜殒烟霾①。九州气尽黄龙饮,三字冤从碧血埋②。终古风云嘶石马,于今父老叹金牌。偏安自此伤南渡,秋雨荒宫没藓荄③。(《南屏山人集·诗集》卷十)

【注释】

① 功成漠北回:谓直抵黄龙府凯旋。漠北,蒙古高原大沙漠以北的地区。将星中夜殒:见岳珂《鄂忠武王出师疏帖赞》注⑭。烟霾:昏晦的云雾。

② "九州"句:因南宋气数已尽未得痛饮黄龙府。"三字"句:"莫须有"的冤狱随着岳飞的碧血而长埋。

③ "秋雨"句:古庙在秋雨中被苔藓和乱草所掩蔽。荒宫,古庙。荒,年代久远,荒废。藓荄,苔藓和乱草。荄,草根。

齐召南

齐召南(1703—1768),字次风,号琼台,晚号息园,清天台(今浙江天台县)人。副贡生。乾隆元年(1736)中博学鸿词,改翰林院庶吉士,官至礼部右侍郎。有《水道提纲》及《赐砚堂诗》。

岳王墓

鄂国祠堂孤屿中,乾坤抔土覆精忠①。丹青影闪朱旗电,松柏声呼铁马风②。今日象奸重铸鼎,当时因鸟故藏弓③。乐生去国人休叹④,不过从前百战空。(《宝纶堂诗钞》卷二)

【注释】

① 孤屿:孤立的岛屿。抔土:指坟墓。覆精忠:覆盖着精忠之魂。

② "丹青"句:谓庙宇中的彩绘,红旗光影闪耀。"松柏"句:墓前的松柏发出铁马嘶风般的声响。

③ 象奸重铸鼎:参见朱彝尊诗注⑪。象奸,模仿奸臣的相貌。因鸟故藏弓:喻为了媚敌而杀害大将岳飞。

④ 乐生:指战国燕将乐毅。公元前284年燕昭王派乐毅为上将军,率全国之兵会同赵、楚、韩、魏四国之军伐齐。半年内连下齐国70余城,独莒城、即墨久攻不下。燕昭王死,惠王立,齐田单派人向燕惠王行离间计,说乐毅其实是在用恩德收服齐人之心,为他叛燕自立做准备。燕惠王于是派骑劫为大将代替乐毅。乐毅认为"善作者不必善成,善始者不必善终",决定拒绝回燕而西向去赵。见《史记·乐毅列传》。

江 昱

江昱(1706—1775),字宾谷,号松泉,清江都(今江苏扬州市江都区)人。诸生。读书嗜古,以诗名于时。有《潇湘听雨录》《韵歧》《松泉诗集》。

鄂王玉印歌

印大径寸,白文,刻"岳飞私印"四字①。太湖渔人网得之。今为吴郡孙氏所有②。佩之可以已疟③。云间友人征予作歌④。

瘦蛟泣雨天风腥,五湖水立秋冥冥⑤。璘璨激起怒涛里,珊瑚铁网寒东丁⑥。缠屈花虬四窠字，忠武之名凛生气⑦。金牌郁勃孤臣魂，碧血浸淫纽间渍⑧。红羊一劫神龙居，精灵厌怪良非虚⑨。临安君臣榷场市，孩儿空剖黄花鱼⑩。(《淮海英灵集》丙集卷四)

【注释】

① 径寸:指正方形边长一寸。白文:印章上面为阴文，字体凹下。盖印后文字为白色，与朱文相对。

② 吴郡:地名。苏州府的别称。治今苏州市。

③ 佩之可以已疟:佩带它可用来治愈疟疾。已，使停止。

④ 云间:地名。松江府的别称。今上海市松江区一带。因西晋文学家陆云对客自称"云间陆士龙"而得名。征予作歌:征求我作歌。征，征求。

⑤ "瘦蛟"二句:瘦蛟哭泣致使天下雨风腥臭，太湖之水波涛涌起在秋天显得渺茫无际。天风，即风。五湖，太湖的别称。水立，波涛涌起。冥冥，渺茫貌。汉刘向《九叹·远逝》:"水波远以冥冥兮，眇不睹其东西。"

⑥ 璚瑰(qióng guī):同"琼瑰"。次于玉的美石。《诗·秦风·渭阳》:"何以赠之，琼瑰玉佩。"毛传:"琼瑰，石而次玉。"指岳王玉印。"珊瑚"句:铁网和寒水中的珊瑚碰触发出东丁之声。言玉印为渔人从太湖中网得。珊瑚，许多珊瑚虫的骨骼聚集物，树状，可供玩赏。铁网，铁丝编成的网。古代渔人用以搜取珊瑚。唐李商隐《碧城》诗之三:"玉轮顾兔初生魄，铁网珊瑚未有枝。"

⑦ 缠屈花虬:缠绕屈曲像体有花纹的虬龙。形容篆字形体。四窠字:四个擘窠大字。指印文"岳飞私印"。写字、篆刻时，为求字体大小匀整，以横直界线分格，叫"擘窠"，亦称大字。凛生气:气概昂扬令人敬畏。

⑧ "金牌"句:金字牌使岳飞的魂魄抑郁不爽。郁勃，郁结壅塞。"碧血"句:印纽间的红色油渍是碧血浸润而成。浸淫，浸润，濡湿。纽，印章顶部的雕刻装饰叫作"纽"，即"印鼻"。

⑨ 红羊一劫:指靖康国难。靖康二年(1127)是丁未年。丙丁为火，色红;未属羊，故称"红羊"。古人以为丙午、丁未是国家发生灾祸的年份。宋柴望作《丙丁龟鉴》，历举战国到五代之间的变乱，发生在丙午、丁未年的有二十一次之多。发生在丁未年的祸难被称为红羊劫。神龙居:借指

北宋京城开封的皇宫。《文选·左思〈吴都赋〉》："抗神龙之华殿，施荣楯而捷猎。"刘逵注："神龙，建业正殿名。""精灵"句:岳飞名印可以祛邪制怪确实不是空话。指"佩之可以已疟"。厌（yā）怪，旧谓以法术制服魔怪。

⑩ "临安"二句:谓宋高宗的玉孩儿扇坠，已成为榷场市的交易品，不如岳飞的玉印为后人所珍藏。临安君臣，指宋高宗和张俊。榷场市，宋、辽、金、元时在边境所设的同邻国互市的市场。场内贸易由官吏主持，除官营外，商人需纳税、交牙钱，领得证明文件方能交易。宋金战争停止时，双方都在淮河沿岸及西部边地设立贸易的市场，称为"榷场"。详见《宋史·食货志下八》。宋刘迎《淮安行》诗中写道："迄今井邑犹荒凉，居民生资唯榷场。马军步军自来往，南客北客相经商。"（《中州集》卷三）孩儿空剖黄花鱼，玉孩儿扇坠白白地从黄花鱼腹中剖出。《西湖游览志余》卷二："高宗尝宴大臣，见张循王俊持一扇有玉孩儿扇坠，上识是十年前往四明误坠于水，屡寻不获。乃询循王，对曰：'臣于清河坊铺家买得。'召问铺家，云：'得于提篮人。'复遣根问，回奏云：'于候潮门外陈宅厨娘处买得。'又遣问厨娘，云：'破黄花鱼腹得之。'奏闻，上大悦，以为失物复还之兆。铺家及提篮人补校尉，厨娘封孺人，循王赏赐甚厚。"

钱 载

钱载（1708—1793），字坤一，号萚石、匏尊、晚号万松居士、百福老人，清嘉兴（今浙江嘉兴市）人。乾隆十七年（1752）进士。累官至礼部侍郎，充江南乡试考官，举顾问为第一。有《萚石斋诗集》《萚石斋文集》。

谒岳忠武王庙

荡阴城小仰高榱，浙汜人来拜倍虔①。终古玉藏行在地，有时云返故乡天②。团圞内寝如家室，仿佛明湖共豆笾③。犹荷圣皇临跸视，官箴两语为题篇④。（《萚石斋诗集》卷一九）

【注释】

① 高榱：高大的殿宇。榱，房屋的脊檩。浙汜：浙江之畔。汜，水边。

作者系浙江人,故自称浙汜人。拜倍虔:瞻谒倍加虔敬。

② "终古"句:岳飞的忠骨永久埋藏在杭州。玉藏,即藏玉。意同埋玉。埋葬有才华的人。语本南朝宋刘义庆《世说新语·伤逝》:"庾文康亡,何扬州临葬云:'埋玉树箸土中,使人情何能已已?'"玉,喻美德,贤才。行在,专指天子巡行所到之地。杭州曾为南宋行都。"有时"句:谓岳飞的忠魂有时乘天空之云返回故乡。

③ "团圞"二句:岳飞夫妇的神像在寝殿就像在家庭团聚,也和在西湖同享祭祀差不多。团圞,团聚。内寝,内室。汤阴岳飞庙正殿后原有寝殿,供奉岳飞与其夫人塑像。家室,家庭,住宅。明湖,西湖的别称明圣湖之省。豆笾,祭器。木制的叫豆,竹制的叫笾。代指祭祀。

④ 荷:蒙恩。圣皇:指乾隆皇帝。临跸视:亲至跸道瞻视。临,到。跸,帝王出行时清理道路,禁止百姓通行。此指跸道,帝王出行时所经过的道路。官箴两语:指岳飞曾说的"文官不爱钱,武臣不惜死"两句话。官箴,做官的戒规。题篇:题写诗篇。乾隆题诗有"两言臣则师千古"之句。

爱新觉罗·弘历

爱新觉罗·弘历(1711—1799),即乾隆皇帝。雍正帝第四子。为清代入关后第四任皇帝。在位六十年(1736—1795),作为太上皇又训政三年。死后庙号为高宗纯皇帝。

岳武穆祠

阵战曾轻兵法常,绍兴亦委设施方①。操戈不谓兴张俊,纳币终成去李光②。何事书生叩马首,遂教名将饮鱼肠③。至今人恨分尸桧,宰树余杭万古芳④。(《乾隆杭州府志》首卷三)

【注释】

① 阵战:泛指作战。兵法常:兵法之常规。宗泽授岳飞阵图,岳飞说:"阵而后战,兵法之常。运用之妙,存乎一心。""绍兴"句:宋高宗亦曾委托措置军事的方略。《鄂王行实编年》卷五:"(赐札)又曰:'施设之方,

则委任卿，朕不可以遥度也。'"绍兴，宋高宗的年号。代指其人。委，委托。设施，措置，筹划。

② 操戈：义犹同室操戈。喻自相攻击。春秋郑徐吾犯之妹有美色，公孙楚与其从兄公孙黑争娶之。楚已纳聘，黑欲强夺，公孙楚"执戈逐之，及冲，击之以戈"。事见《左传·昭公元年》。又《后汉书·郑玄传》载，何休好《公羊传》而恶《左传》《穀梁传》，郑玄乃著论以驳之，"休见而叹曰：'康成（玄之字）入吾室，操吾矛，以伐我乎！'"后以"同室操戈"比喻兄弟相残或内部纷争。不谓：不意，不料。汉蔡琰《胡笳十八拍》："不谓残生兮却得旋归。"兴张俊：兴起于张俊。张俊，见杨万里诗注①。纳币终成：和议最终成功。纳币，缴纳财物。币，泛指财物。《管子·国蓄》："以珠玉为上币，以黄金为中币，以刀布为下币。"去李光：逐去李光。李光（1078—1159），字泰发，一作字泰定，号转物老人，越州上虞（今浙江上虞市）人。徽宗崇宁五年（1106）进士。历官至江南西路安抚制置大使兼知洪州，拜参知政事。绍兴九年（1139），时秦桧初定和议，欲借光名镇压反对者。既而桧议撤淮南守备，夺诸将兵权，光极言戎狄狼子野心，和不可恃，备不可彻。桧恶之。出知绍兴府，改提举洞霄宫。十一年，贬藤州安置；后移琼州，又移昌化军。秦桧死，内迁郴州。后复官，寻卒。孝宗即位，赐谥庄简。见《宋史·李光传》。

③ 何事：为何，何故。饮鱼肠：被剑刺杀。饮，含。饮剑，谓中剑深入，如含之也。鱼肠，古宝剑名。参见江瓘诗注④。

④ 分尸桧：明张岱《西湖梦寻》卷一："（岳飞）墓前有分尸桧。天顺八年，杭州同知马伟锯而植之，首尾分处，以示磔（肢解）桧状。"宰树：墓木。见张昱《岳鄂王坟上作》诗注④。余杭：指杭州。

陶元藻

陶元藻（1716—1801），字龙溪，号篁村，晚号凫亭，清会稽（今浙江绍兴市）人。乾隆贡生，九试棘闱，屡荐不得上。历游燕、赵、齐、鲁、扬、粤、瓯、闽之境。后客扬州，归里筑泊鸥庄，以撰述自娱。诗文均负盛誉。有《泊鸥山房集》《香影词》等。

过岳王墓下作

金牌十二败垂成,谁向临安说汴京①。毡帐椎牛争入贺,南朝自撤岳家兵②。(《泊鸥山房集》卷二五)

【注释】

① 败垂成:事情接近成功的时候却遭到了破坏。"谁向"句:谓南宋朝廷早已忘记了收复中原。

② "毡帐"二句:谓金人听到"南朝自撤岳家兵"的消息后,杀牛饮酒争相进入首领的毡帐庆贺。参见张宪《岳鄂王歌》注⑭及吴嘉纪诗注③。椎牛,谓击杀牛。《韩诗外传》卷七:"是故椎牛而祭墓,不如鸡豚之逮亲存也。"

袁 枚

袁枚(1716—1797),字子才,号简斋,清钱塘(今浙江杭州市)人。乾隆四年(1739)进士。授翰林院庶吉士。外任溧水、江浦、沭阳、江宁等地知县。后辞官定居江宁(今江苏南京市),筑室小仓山隋氏废园,改名随园,从事诗文著述,自号仓山居士,世称随园先生。著有《小仓山房集》《随园诗话》《子不语》等三十余种。《清史稿》入《文苑传》。

岳武穆墓

岳王坟上鸟声悲,半是黄鹂半子规①。铁像至今常跪月②,金牌当日早班师。清宫客少王思礼,前进兵输来护儿③。公本纯臣无底恨,可怜慈圣茹斋时④。(《小仓山房诗集》卷一七)

【注释】

① 黄鹂:也叫鸧鹒或黄莺,鸣声清丽悦耳。子规:杜鹃鸟的别名。传说为蜀帝杜宇的魂魄所化。常夜鸣,声音凄切,故借以抒悲苦哀怨之情。

② 铁像:指跪在岳飞墓前的秦桧等人的铁像。常跪月:常跪在月下。

③ "清宫"二句：以王思礼、来护儿喻岳飞。清宫，清理宫室。古代帝王行幸所至，必先令人检查起居宫室，使其清静安全，以防发生意外。王思礼（？—761），唐朝将领。高丽人。从讨安禄山叛军。后以复长安、收东京功，迁兵部尚书，封霍国公。谥武烈。《旧唐书·王思礼传》载："至德二年（757）九月，思礼从元帅广平王收京，既破贼，思礼领兵先入景清宫。"兵输，古谓战争结束后把兵器交还有司。《周礼·夏官·司兵》："（司兵）及授兵，从司马之法以颁之；及其受兵输，亦如之。"郑玄注："兵输，谓师还，有司还兵也。"来护儿（？—617），字崇善，江都（今属江苏）人，隋朝大将。随杨素等转战各地，有功。炀帝即位，迁右骁卫大将军。三征高丽，致高丽王请降。大业十年（614），来护儿第三次征高丽，高丽发兵迎战，来大败之，并准备继续向平壤前进，高丽王遣使请降，炀帝召来撤军，来上表请战，不肯奉诏。长史崔君肃劝不听，只好当众说："若从元帅，违拒诏书，必当闻奏，皆获罪也。"诸将皆惧，一起苦劝，来无奈，只好同意撤军。见《隋书·来护儿传》。

④ 纯臣：忠纯笃实之臣。《左传·隐公四年》："石碏，纯臣也。" 无底恨：犹无限恨。无底，无限度，无穷尽。《后汉书·张纲传》："甘心好货，纵恣无底。" 慈圣：宋徽宗的尊号。茹斋：吃素食。宋徽宗崇奉道教，故常素食。

谒岳王墓作十五绝句（选四）

军令如山鸟不哗，黑风龙虎尽呼爷①。自然慈圣还宫日，苦向官家问岳家②。

华表凌霄落照迟，一朝孤愤万年知③。梨花寒食烧香女，纤手都来折桧枝④。

不依古法但横行，自有云雷绕膝生⑤。我论文章公论战，千秋一样斗心兵⑥。

江山也要伟人扶，神化丹青即画图⑦。赖有岳于双少保，人间始觉重西湖⑧。（《小仓山房诗集》卷二六）

【注释】

① 鸟不哗:形容岳家军军纪严明,连飞鸟都不敢喧哗。黑风龙虎:金军将领有外号黑风大王和龙虎大王者。尽呼爷:《宋史·岳飞传》:"金所籍兵相谓曰:'此岳爷爷军。'争来降附。"

② "自然"二句:慈圣,此指宋高宗生母韦太后。官家,旧时对皇帝的称呼。明郎瑛《七修类稿》卷四七:"(韦)后北归至临平,因问何不见大小眼将军(岳飞)。人曰:岳飞死狱矣。遂怒帝,欲出家。故终身于宫道服也。"

③ 华表凌霄:岳飞墓前的华表高入云霄。凌,迫近,高出。孤愤:谓因孤高嫉俗而产生的愤慨之情。

④ 梨花寒食:梨花开放时的寒食节。折桧枝:攀折桧树的枝条,表示对秦桧的愤恨。

⑤ "不依"句:不按古老的兵法只是任意而为。"自有"句:自然有神妙的结果产生。云雷,云和雷。喻神妙,神奇。汉王充《论衡·儒增》:"云雷在天,神于百物。"绕膝生,围绕膝下而生。多形容儿孙承欢。故此句兼有岳云、岳雷膝下侍奉之意。

⑥ "我论"二句:我谈论写作文章,岳公谈论用兵布阵,都应该"不依古法但横行",这是千古相通的道理。斗心兵,凭心意而斗,即岳飞所说"运用之妙,存乎一心"。心兵,《吕氏春秋·荡兵》:"在心而未发,兵也。"后以"心兵"喻心事。

⑦ "江山"二句:江山也需要伟大人物的扶持,伟人的精神变为颜料自然就会有绝妙的图画。丹青,绘画的两种颜料。

⑧ "赖有"二句:西湖凭仗岳飞和于谦的精神,才显得更加美丽而引人注目。宋岳飞和明于谦都曾官少保衔,且都葬于西湖之畔。

刘 墉

刘墉(1719—1804),字崇如,号石庵,另有青原、香岩、东武、穆庵、溟华、日观峰道人等字号,清高密(今山东高密市)人,祖籍丰县(今江苏丰县)。乾隆十六年(1751)进士。官至吏部尚书、内阁大学士。

为官清廉。谥文清。有《刘文清公遗集》。

岳忠武

千载功隳讵忍论，匆匆诏狱事酸辛①。艰危一木犹支厦，痛惜千夫莫赎身②。南国湖山多乐事，中原涕泪几遗民③。只应禾黍秋风后，华表重来吊石麟④。（《刘文清公遗集》卷一一）

【注释】

① "千载"句：可流传千年的功业被毁怎么忍心谈论。隳，毁坏。讵，岂，谁。"匆匆"句：仓促炮制的诏狱之事令人哀痛。匆匆，仓促，急忙。诏狱，奉皇帝旨意办理的案件。酸辛，辛酸，悲苦。

② 艰危：指国家局势艰难危急。一木犹支厦：独木尚且支撑将倾的大厦。喻独撑危局。千夫莫赎身：身死千百次也难以换回岳飞的复生。化用《诗·秦风·黄鸟》："如可赎兮，人百其身！"

③ 南国湖山：指杭州的山水。南国，泛指我国南方。《楚辞·九章·橘颂》："受命不迁，生南国兮。"几遗民：多少亡国之民。几，几多，多少。

④ 禾黍秋风：秋风吹动的亡国景象。禾黍，参见高明诗注②。"华表"句：意谓重来岳坟祭吊。华表、石麟，皆坟前物。

钱维城

钱维城（1720—1772），字宗盘，一字幼安，又字茶山，号稼轩，又号纫庵，清江南武进（今江苏常州市武进区）人。乾隆十年（1745）进士第一。历官至工部侍郎、充武会试正考官。卒，特赐尚书衔，谥文敏。有《茶山诗钞》《茶山文钞》《鸣春小草》等。

恭和御制岳武穆祠元韵①

自将忠荩绣旗常，百战威名震朔方②。祖豫州亡功旋隳，霍嫖姚去战无光③。班师计已成孤注，请剑人谁动热肠④。痛饮黄龙今古恨，徒留祠树式

遗芳⑤。(《鸣春小草》卷四)

【注释】

① 御制岳武穆祠:指乾隆皇帝《岳武穆祠》诗。见前。
② "自将"句:自从宋高宗将"精忠岳飞"绣成大旗。忠荩,犹忠诚。旗常,旗与常。旗画交龙,常画日月,是王侯的旗帜。《周礼·春官·司常》:"日月为常,交龙为旗……王建大常,诸侯建旗。"朔方:北方。
③ 祖豫州亡:晋祖逖曾任豫州刺史,世称祖豫州。正当祖逖北伐节节胜利准备渡河北进,完成统一大业之时,晋元帝听说祖逖在河南深得民心,屡建战功,怕将来不利于自己的统治,便于晋大兴四年(321)任命戴渊为都督兖豫雍冀并司六州军事、征西将军,出镇合肥,以牵制祖逖。祖逖心力交瘁,忧愤成疾。是年九月病死在雍丘(今河南杞县)。见《晋书·祖逖传》。功旋隳:北伐的功业旋即被毁坏。霍嫖姚:见陈基诗注⑧。去:指死去。霍去病死时仅24岁。战无光:作战没有荣耀。谓再无取胜。祖、霍皆喻岳飞。
④ 孤注:谓把所有的钱并作一次赌注。比喻仅存的可资凭借的事物。请剑:谓忠直敢谏,请诛奸佞。用汉朱云之典。见黄文雷诗注⑨。
⑤ 式遗芳:示范岳飞的盛德美名。式,示范,作为榜样。《诗·大雅·崧高》:"王命申伯,式是南邦。"遗芳,比喻前人留下的盛德美名。

赵 翼

赵翼(1727—1814),字云崧,一字耘松,号瓯北,晚号三半老人,清阳湖(今江苏常州市)人。乾隆二十六年(1761)进士。授翰林院编修。官至贵西兵备道。旋辞官,主讲安定书院。长于史学,考据精赅。论诗主"独创",反摹拟。与袁枚、蒋士铨齐名,合称"乾隆三大家"。著有《廿二史札记》《陔余丛考》《瓯北诗钞》《瓯北诗话》等多种。《清史稿》入《文苑传》。

岳忠武墓

背嵬军来敌锋避,撼岳难,撼山易①。枢密使罢贼疏弹,缚虎易,纵虎难②。宰木苍苍向南拱，此是改葬祁连冢③。祠前已植分尸桧，更铸乌金长跪竦④。却忆圜扉横霣时，格天阁秘无人窥⑤。橐膳安有肉笑厣，拉胁遽定柑划皮⑥。铁椎郎君戮都市，银瓶弱女投井湄⑦。全家簿录赴岭表，仅有狱卒潜瘗尸⑧。百战不死死牢户⑨，从古冤祸无此奇。邪正由来冰炭异，奸臣逞毒何足计⑩。独怪思陵非甚暗，曾写精忠鉴素志⑪。是时权相日尚浅，未至靴刀严戒备⑫。言官诬劾韩良臣，犹能力持格群议⑬。胡独于公任罗织，自坏长城檀道济⑭。千载人思赎百身，当时狱竟成三字⑮。乃知风旨本朝廷，为梗和戎亟拔钉⑯。可惜垂成功八九，少缓须臾兀尤走⑰。生平誓踏贺兰山，未饮黄龙一杯酒⑱。空令敷天抱冤愤，恢复初心岂愿有⑲。丰碑突兀西湖滨，孤忠虽雪志未伸⑳。有时风号怒浪起，犹似热血蟠轮囷㉑。（《瓯北集》卷一三）

【注释】

① 背嵬军：见袁甫诗注⑨。敌锋：敌军锐利的气势。撼岳难，撼山易：即金人所说"撼山易，撼岳家军难"。

② 枢密使罢：指岳飞辞去枢密副使之职。贼疏弹：奸贼上奏章弹劾。疏，奏章。此指上奏章。缚虎易，纵虎难：秦桧之妻王氏献言杀害岳飞时所说的话。

③ "宰木"句：见张昱《岳鄂王坟上作》诗注④。改葬祁连冢：改葬后的坟墓。岳飞被害后尸体先为狱卒隗顺偷葬，宋孝宗即位后为岳飞平反，以礼改葬于栖霞岭下。祁连冢，高大的坟冢。见林大辂诗注⑤。

④ 分尸桧：作者自注："明同知马伟所植。""更铸"句：更铸秦桧等人的铁像永久惊惧地跪着。作者自注："都指挥李隆所铸。"乌金，指铁。竦，通"悚"，恐惧。

⑤ 圜扉：狱门。借指为牢狱。横霣：犹横死，非正常死亡。此指被害而死。霣（yǔn），古通"殒"。"格天"句：谓秦桧在格天阁密谋设计不让人知道。格天阁，秦桧相府的楼阁，宋高宗亲书题额"一德格天之阁"。

⑥ "橐膳"句：意谓怎能盼得秦桧早死。岳珂《桯史》卷一二："秦桧擅权久，大诛杀以胁善类。……初，汾（赵鼎之子）就逮，自分必死，然竟不知加以何罪，嘱其家曰：'此行无全理。脱幸有言，当于馈食中置肉

笑靥一，以为信，毋忘！'既入狱，月余无所问，直日施惨酷，求死不可得。……忽外致食于橐，满其中皆笑靥，汍泣曰：'吾约以一，而今乃多如是，殆绐我。'既而狱吏皆来贺，即日脱械出，则桧声钟给赙（死亡，办理丧事）矣。"橐膳，以袋盛饭食。肉笑靥，果食名。宋孟元老《东京梦华录·七夕》："七月七夕……又以油面糖蜜造为笑靥儿，谓之果食，花样奇巧百端，如捺香方胜之类，若买一斤，数内有一对被介胄者如门神之像。"亦省作"笑靥"。拉胁：一种酷刑。拉，摧折。胁，腋下肋骨所在的部分。《说文》："胁，两膀也。"宋佚名《朝野遗记》载，"其（岳飞）毙于狱也，实请具浴，拉胁而殂"。遽定：仓促决定。柑划皮：见王世贞词注④。

⑦ 铁椎郎君：指岳飞之子岳云。《宋史·岳飞传》附岳云传："（云）每战以手握两铁椎，重八十斤，先诸军登城。"郎君，古代对贵家子弟的通称。戮都市：被杀于都城街市。"银瓶"句：世传岳飞为秦桧所害，飞幼女抱银瓶投井而死。后人覆井筑亭，题亭曰孝泉亭，名井曰银瓶井，称女曰银瓶小姐、银瓶娘子。宋王逢《银瓶娘子辞》序："娘子宋鄂王女，闻王被收，负银瓶投井死。"井湄，亦作"井眉"，井口的边沿。语本汉扬雄《酒箴》："子犹瓶矣。观瓶之居，居井之湄，处高临深，动常近危。"

⑧ 簿录：谓查抄财产，将其登记入册。岭表：岭外，岭南。指五岭以南的地区，即广东、广西一带。《宋史·岳飞传》：岳飞死后，"籍其家赀，徙家岭南"。"仅有"句：只有狱卒隗顺偷偷地将岳飞尸体埋葬。潜，偷偷地。瘗（yì），掩埋，埋葬。

⑨ 牢户：监狱。汉焦赣《易林·小畜之泰》："天门开辟，牢户寥廓。"

⑩ "邪正"二句：邪曲和正义从来就像冰和炭那样不同，奸臣施展毒辣手段哪里值得计较。何足，意谓不足以，不值得。

⑪ 思陵：宋高宗的陵墓名。代指宋高宗。非甚暗：并非特别昏昧。暗，昏昧，糊涂。"曾写"句：曾经手书"精忠岳飞"制旗以赐，尚能明察岳飞的平素志向。素志，平素的志向。宋高宗手敕岳飞《起复诏》："且命练兵襄阳，以窥中原，乃卿素志。"

⑫ "是时"二句：当时秦桧掌权的时间还不长，宋高宗还没有到用靴刀严加戒备的程度。权相，弄权的宰相，指秦桧。靴刀，见彭桂词注⑥。

⑬ "言官"二句:有言官诬告弹劾韩世忠,宋高宗尚能尽力持正,搁置众人的意见。《宋史·韩世忠传》:"(世忠)遂抗疏言桧误国,桧讽言者论之,帝格其奏,不下。"言官,监官和谏官,古代并称台谏,通称言官。诬劾,捏造罪名加以弹劾。韩良臣,韩世忠字良臣。格,阻止,搁置。

⑭ "胡独"二句:为什么对于岳飞却任凭奸臣罗织罪名将他杀死,自坏国之长城。公,对岳飞的尊称。罗织,谓无中生有地多方构陷。自坏长城檀道济,参见薛季宣诗注④。

⑮ "千载"二句:千年之后人们尚且想以百身换回岳飞的复生,当时的冤案竟然以"莫须有"三字炮制而成。赎百身,谓愿意用死一百次来换取死者的复生。见王世贞词注②。

⑯ "乃知"二句:现在才知道杀害岳飞是宋高宗的旨意,因为岳飞阻挠与金人讲和,所以要急切地拔去这颗钉子。风旨,泛指意旨,意图。本,根源在于。朝廷,代指宋高宗。梗,阻挠。和戎,与金人讲和。

⑰ "可惜"二句:可惜岳飞的抗金大功已有八九分即将告成,如果稍微迟缓片刻班师兀尤就会败逃而去。须臾,片刻。走,奔逃。

⑱ "生平"句:岳飞《满江红》词有"驾长车、踏破贺兰山缺"句。"未饮"句:岳飞相约"直抵黄龙府,与诸君痛饮"的宏愿未能实现。

⑲ 敷天:普天下。敷,通"溥"。《诗·周颂·般》:"敷天之下,裒时之对,时周之命。"高亨注:"敷,读为普。"抱冤愤:心怀岳飞的冤屈而愤恨。恢复初心:指宋高宗大复疆域的本意。初心,本意。岂愿有:怎么愿意有这样的结果(指杀害岳飞)。

⑳ 丰碑:高大的颂功碑。突兀:高耸貌。西湖滨:岳飞墓在西湖之滨。"孤忠"句:孤高自持的忠贞虽然得以显示于天下,而他的志向并未实现。雪,因冤案昭雪而显示。伸,伸展,伸张。引申为实现。

㉑ 热血蟠轮囷:热血激荡盘旋。蟠(pán),盘曲,盘结。轮囷,亦盘曲貌。《文选·邹阳〈狱中上书自明〉》:"蟠木根柢,轮囷离奇。"李善注引张晏曰:"轮囷离奇,委曲盘戾也。"

岳祠铜爵

桐乡金德舆得一铜爵①,口内镌"精忠报国"字,旁镌"岳珂建造"。盖宋阜陵赐恤岳忠武后珂所制祠中祭器也②。咏者甚多,为赋四律。

鄂国祠堂礼器存,土花碧不蚀精魂③。壮怀未饮黄龙酒,故物如传白兽尊④。金已铸身当日痛,字仍涅背旧时痕⑤。金佗坊里文孙制,始信忠勋有后昆⑥。

款识摩挲重感伤,英雄岂爱一杯浆⑦。丰功不画凌烟阁,奇祸翻遭偃月堂⑧。把此定应浮大白,至今空与注流黄⑨。稍欣一样炉火力,铁像摹成跪墓旁⑩。

赐恤曾盛湛露波⑪,知公遗恨尚难磨。狱冤虽已昭三字,家祭终非告两河⑫。聊抵鼎铭传世古,何须圭瓒报功多⑬。沧桑劫后金瓯碎,剩此残樽作象牺⑭。

量容不及二升觚,偏有兴亡系故都⑮。服匿两宫终饮酪,背嵬千骑忍提壶⑯。珍逾武肃传家券,气压宣和博古图⑰。完璧倘归祠庙祭,椒馨应更满西湖⑱。(《瓯北集》卷三五)

【注释】

① 金德舆(1750—1800):字鹤年,号云庄,又号鄂岩、少权、仲权。浙江桐乡人。监生,官至刑部主事。善书法,又工诗,喜收藏。铜爵:盛酒的礼器,形似雀,青铜制,有流、两柱、三足,用以温酒或盛酒,盛行于殷代和西周初期。

② 宋阜陵:宋孝宗(赵眘)的陵墓名永阜陵。故代称宋孝宗。赐恤:专指官吏死后,根据其生前的功劳大小,追赠官爵,褒封谥号,并给其家属抚恤金。祭器:祭祀时所陈设的各种器具。

③ 礼器:义同祭器。"土花"句:绿色的苔藓也没有使铜爵的精魂受到腐蚀。土花,苔藓。蚀,腐蚀,侵蚀。精魂,精神魂魄。

④ 故物:旧物。白兽尊:即白虎樽。古代用以奖劝直言者的一种盖上有白虎图像的酒器。《宋书·礼志一》:"正旦元会,设白虎樽于殿庭,樽盖上

施白虎,若有能献直言者,则发此樽饮酒……欲令言者猛如虎,无所忌惮也。"唐避太祖李虎讳,改"虎"为"兽"。尊,同"樽"。古代盛酒的器具。

⑤ "金已"句:作者原注:"岳元声《精忠类编》:宋孝宗藩邸时知公(岳飞)冤,以金铸其像。""字仍"句:铜爵上的字仍旧是岳飞背上所刺的字。按:铜爵上的字为"精忠报国",岳飞背上的字为"尽忠报国"。

⑥ 金佗坊:地名。在浙江嘉兴市。岳珂在金佗坊有别业。金佗,亦作金陀。文孙:周文王之孙。《书·立政》:"继自今文子文孙。"孔传:"文子文孙,文王之子孙。"后泛用为对他人之孙的美称。此称岳飞之孙岳珂。忠勋:指尽忠而有勋绩的人。后昆:后嗣,子孙。《书·仲虺之诰》:"垂裕后昆。"

⑦ 款识(zhì):古代钟鼎彝器上铸刻的文字。摩挲:抚摩。重(zhòng)感伤:深深地感慨悲伤。"英雄"句:岳飞怎么会贪图一杯祭酒呢。

⑧ 凌烟阁、偃月堂:并见叶绍翁诗注③。

⑨ 把此:手持此铜爵。把,执,持。浮大白:见查慎行诗注⑤。注流黄:灌入酒浆。流黄,褐黄色。此指褐黄色的酒。

⑩ "稍欣"二句:令人略可欣慰的是(铜爵和铁像)同样靠炉火之力而铸成,秦桧等人的铁像铸成后却跪在墓旁。摹,通"模"。以原物为模型铸造。

⑪ 湛露波:浓重的露水。喻清澈的酒。《诗·小雅·湛露》:"湛湛露斯,匪阳不晞。厌厌夜饮,不醉无归。"《诗序》:"湛露,天子宴诸侯也。"此谓宋孝宗褒奖岳飞,岳珂制铜爵曾盛酒祭祀其祖。

⑫ "狱冤"二句:"莫须有"三字冤案虽已昭雪,家中的祭祀终究不是告诉岳飞已经收复中原。家祭,家中对祖先的祭祀。陆游《示儿》诗:"王师北定中原日,家祭无忘告乃翁。"两河,见柯九思诗注①。

⑬ 鼎铭:在钟鼎等器物上刻铸的文辞。引申为建功立业,以传后世。圭瓒:古代的一种玉制酒器,形状如勺,以圭为柄,用于祭祀。《书·文侯之命》:"平王锡晋文侯秬鬯圭瓒。"报功:汉王充《论衡·祭意》:"凡祭祀之义有二:一曰报功,二曰修先。"

⑭ 沧桑劫后:经历劫难的世变之后。金瓯碎:喻国家残破。残樽:遗留的酒樽。指铜爵。象牺:祭祀用的酒樽。因酒樽上有象牺图案,故名。

⑮ 觚（gū）:古代酒器,青铜制,盛行于中国商代和西周初期,喇叭形口,细腰,高圈足。"偏有"句:谓铜爵偏偏关涉着故都的兴亡。

⑯ "服匿"句:远在北方的徽、钦二帝只能用服匿来喝奶酪。服匿,盛酒器。《汉书·苏武传》:"三岁余,王病,赐武马畜服匿穹庐。"颜师古注:"孟康曰:'服匿如罂,小口大腹方底,用受酒酪。'晋灼曰:'河东北界人呼小石罂受二斗所曰服匿。'""背嵬"句:主帅被害,背嵬军的将士们再不忍心提酒壶。作者原注:"背嵬本随身酒器,公以名其亲军。"

⑰ "珍逾"二句:谓铜爵比钱镠的铁券和宋徽宗的博古图还要珍贵。武肃,指吴越国武肃王钱镠。传家券,指钱镠铁券,又称"金书铁券",是唐昭宗为表彰时任镇海镇东军节度使钱镠而赐予他的铁制契券。上镌昭宗诏文,赋予钱镠许多特权,包括免死。钱氏后裔以之传家。陶宗仪《辍耕录·钱武肃铁券》:"吾乡钱叔琛赟,乃武肃之诸孙也……尝出示所藏铁券,形宛如瓦,高尺余,阔二尺许,券词黄金商嵌。"宣和博古图,宋代金石学著作。简称《博古图》。宋徽宗敕撰,王黼编纂,30卷。该书著录了宋代皇室在宣和殿收藏的自商代至唐代的青铜器839件,集中了宋代所藏青铜器的精华。

⑱ 完璧:义犹完璧归赵。比喻将原物完好地归还。椒馨:椒酒的香气。椒酒,用椒浸制的酒浆。

阮葵生

阮葵生（1728—1789）,字宝诚,号吾山、安甫,清山阳（今江苏淮安市）人。乾隆十七年（1752）中举。历任监察御史、通政司参议、刑部右侍郎。工诗文。有《七录斋诗文集》及《茶余客话》。

岳鄂王墓

忠魂奕奕俨如临,长拜佳城桧柏森①。谁遣衣冠埋此地,宜留英爽到于今②。神人并痛班师诏，君相原明报国心③。野草残碑俱起敬，不须奸魄铸乌金④。

龙沙万里泣铜驼，谁饮匈奴血似河⑤。边月阵云空有恨，卧薪尝胆竟如何⑥。虺蛇自养心中疾，黑虎愁回塞上戈⑦。十九年真堪痛哭，南枝千载蚀苍萝⑧。（《七录斋诗钞》卷六）

【注释】

① 奕奕：精神焕发貌。俨如临：就像岳飞忠魂真的到来。佳城：喻指墓地。《西京杂记》卷四："滕公驾至东都门，马鸣蹋不肯前，以足跑地久之。滕公使士卒掘马所跑地，入三尺所，得石椁。滕公以烛照之，有铭焉……曰：'佳城郁郁，三千年见白日。吁嗟滕公居此室！'滕公曰：'嗟乎天也！吾死其即安此乎？'死遂葬焉。"桧柏森：桧树和柏树繁盛茂密。

② 衣冠：衣和冠。见林泉生诗注②。此指岳飞。英爽：此指英灵，精神。

③ 神人并痛：神和人并皆痛恨。成语有"人神共愤"。君相原明：谓宋高宗和秦桧本来明白（岳飞的报国忠心）。

④ "不须"句：不必将死去的奸臣用铁铸成人像。奸魄，奸臣的魂魄。指死去的秦桧等奸臣。

⑤ "龙沙"句：谓远在北方荒漠的徽、钦二帝为故国残破而哀泣。龙沙，泛指塞外漠北边塞之地，荒漠。泣铜驼，《晋书·索靖传》："靖有先识远量，知天下将乱，指洛阳宫门铜驼，叹曰：'会见汝在荆棘中耳！'"后因以"铜驼荆棘"指山河残破、世族败落或人事衰颓。"谁饮"句：作者原注："二三句用武穆词中语意。"按此句用岳飞《满江红》词"笑谈渴饮匈奴血"语意。

⑥ "边月"句：用岳飞《满江红》词"八千里路云和月"语意。边月，边地的月亮。阵云，浓重厚积形似战阵的云。卧薪尝胆：见陈基诗注⑨。此谓宋高宗不能效勾践自励复国。

⑦ 虺蛇：毒蛇。常喻恶人。此喻秦桧等奸恶之人。心中疾：心存嫉妒。疾，通"嫉"。黑虎：喻勇猛的将士。此喻岳家军。愁回塞上戈：忧愁地从边塞撤军。回戈，指撤军。

⑧ 十九年：约数，意谓十来年。《庄子·养生主》："今臣之刀十九年矣。"此指岳飞所说的"十年之功，废于一旦"。蚀苍萝：为青色的女萝侵蚀损伤。寓有正义者为攀附者所害之意。苍萝，青色的女萝。女萝，植物名，即松萝。多附生在松树上，成丝状下垂。《诗·小雅·频弁》："茑与女萝，施于松柏。"毛传："女萝，菟丝，松萝也。"

钱大昕

钱大昕（1728—1804），字及之，一字晓徵，号辛楣，又号竹汀，清嘉定（今上海市嘉定区）人。乾隆十九年（1754）进士。官至少詹事。精通经史百家。擅考证，精金石，于音韵学和训诂学尤有创见。为乾嘉学派重要学者之一。著作宏富，以《潜研堂集》《恒言录》《十驾斋养新录》《廿二史考异》影响最大。《清史稿》入《儒林传》。

岳忠武王墓

唾手燕云愿力坚，长城何忍一朝捐①。小朝誓表和亲日，大将圜扉绝命年②。雪窖生还虚壮志，金佗论定剩遗编③。君王自恋余杭乐，不独文臣解爱钱④。（《潜研堂诗续集》卷三）

【注释】

① 唾手燕云：见郑善夫诗注⑨。愿力：佛教语，誓愿的力量。多指善愿功德之力。泛指意愿之力。长城：喻岳飞。捐：抛弃。

② 小朝：小朝廷，小国家。《新五代史·南唐世家·李景》："景既割地称臣，有语及朝廷为大朝者，梦锡（常梦锡）大笑曰：'君等尝欲致君如尧舜，今日自为小朝邪？'"誓表：指决心臣服的表章。圜扉：狱门。亦借指为牢狱。绝命：犹死亡。《书·高宗肜日》："非天夭民，民中绝命。"

③ "雪窖"句：空怀让徽、钦二帝从北方归国的壮志。雪窖，指极北方。见朱彝尊诗注⑤。"金佗"句：谓岳珂编订《金佗稡编》留给后人。论定，编次确定。《史记·酷吏列传》："与张汤论定诸律令。"遗编，指前人留下的著作。

④ 余杭:代称杭州。文臣解爱钱:参见陆垹《武穆祠》注①。

王文治

王文治(1730—1802),字禹卿,号梦楼,清江南丹徒(今江苏镇江市丹徒区)人。乾隆二十五年(1760)一甲第三名进士。官至云南临安知府,罢归。工诗、书,善画墨梅,并精音律之学。有《梦楼诗集》《快雨堂题跋》等。

杭州十首(选一)

鄂王埋碧血,大树撼长风①。冤狱留三字,边尘没两宫②。前朝仍北狩,复辟赖于公③。亦被青蝇构,孤臣饮恨同④。(《梦楼诗集》卷二)

【注释】

① 大树撼长风:语涉双关。既谓自然界的大风撼动着墓上的树木,又谓政治的暴风摧残大树将军。长风,暴风,大风。玄应《一切经音义》卷一引《兼明苑》:"风暴疾而起者谓之长风。"大树将军,见王逢《岳鄂王墓木……》注⑥。

② 边尘没两宫:徽、钦二帝长埋于边塞之外。边尘,边地的尘土。借指边塞。没,指死亡。

③ 前朝:指前朝皇帝明英宗。北狩:被掳到北方的讳饰之词。正统十四年(1449),瓦剌入犯,明英宗听从王振之言亲征,抵土木堡兵败被俘。复辟赖于公:明英宗凭靠于谦奋力抗击瓦剌军才得以归国而复辟。复辟,谓失位的君主复位。辟,君主。语出《书·咸有一德》:"伊尹既复政厥辟。"于公,指于谦,见于谦诗作者简介。

④ 亦被青蝇构:谓于谦如岳飞一样被奸臣构陷。青蝇,见郑元祐《重建岳王精忠庙谢李全初长司》诗注⑤。构,构陷。谓捏造罪名加以陷害。孤臣:指岳飞和于谦。饮恨:抱恨含冤而无由陈诉。

朱 珪

朱珪(1730—1806),字石君,号南崖,晚号盘陀老人,本浙江萧山人，随父入籍顺天府。乾隆十二年（1747）进士。历官至两广总督，吏、兵、户部尚书，协办大学士、太子太保、太子太傅。与兄朱筠时称"二朱"。有《知足斋诗集》。

岳忠武王墓

鄂王宰树照明湖，化鹤啼鹃气郁纡①。半壁江山春锦绣，二陵风雨夜模糊②。庙谟只解争臣侄，诏狱何须辨有无③。铸铁难销丞相错，人心天日岂欺吾④。(《知足斋诗集》卷七)

【注释】

① 宰树：墓木。照明湖：映照在西湖中。明湖，西湖的别称明圣湖之省。"化鹤"句：谓岳飞死去杜鹃为之忧愁萦绕而悲啼泣血。化鹤，谓成仙。用丁令威化鹤事，后多以代称死亡。啼鹃，传说杜鹃鸟啼叫时，嘴里会流出血来，形容杜鹃啼声的悲切。郁纡（yù yū），忧思萦绕貌。

② 二陵：即二崤。在今河南洛宁县西北。《左传·僖公三十二年》："殽有二陵焉。其南陵，夏后皋之墓也；其北陵，文王之所辟风雨也。"杨伯峻注："二陵者，东崤山与西崤山也。"周襄王二十六年（前626），著名的秦晋崤之战即发生于此。故"二陵风雨"多用指战场的风雨。唐崔曙《九日登望仙台呈刘明府》诗："三晋云山皆北向，二陵风雨自东来。"

③ 庙谟：犹庙谋，庙算。朝廷或帝王对战事进行的谋划。只解争臣侄：只知道争取做金主的臣和侄。诏狱：奉皇帝旨意办理的案件。何须辨有无：意谓岳飞罪诬不辨自明。

④ 人心天日：公道自在人心，天日昭昭，皆言世间自有公道。见李调元诗注②。

张 埙

张埙（1731—1789），字商言、商贤，号瘦铜、吟乡，别称锦屏山人。清吴县（今江苏苏州市）人。乾隆三十四年（1769）进士。官内阁中书。与翁方纲、赵翼、孔继涵友善，故考证金石及书画题跋颇为详赡。书法及诗均秀瘦可爱。有《竹叶庵文集》。

岳鄂王墓二首（选一）

山色湖光涕泪中，当时草草杀元戎①。武臣身死文臣笑，南乡枝荣北乡空②。药不能尝许世子，国曾何复晋文公③。居然高庙神尧据④，此事难欺三尺童。(《竹叶庵文集》卷二)

【注释】

① 草草：匆忙仓促的样子。元戎：军中统帅。指岳飞。

② 武臣：指岳飞。文臣：指秦桧。"南乡"句：向南的枝条繁荣，向北的枝条稀疏。乡，通"向"。

③ "药不能尝"句：谓宋高宗赵构不能像许世子那样，对父亲徽宗尽为子之道。《春秋·昭公十九年》："夏五月戊辰，许世子止弑其君买。"《左传》："夏，许悼公疟。五月戊辰，饮太子止之药卒。太子奔晋。书曰'弑其君'，君子曰：'尽心力以事君，舍药物可也。'""国曾何复"句：晋文公名重耳（chóng ěr），春秋五霸之一。因其父晋献公立幼子为嗣，曾流亡国外19年；后在秦国援助之下，于62岁时回国继位。此句谓宋钦宗终究不能像晋文公那样回国称帝。

④ "居然"句：宋高宗居然占据唐高祖李渊的尊号。高庙，称宋高宗。神尧，唐代对唐高祖李渊的尊称。唐杜甫《别李义》诗："神尧十八子，十七王其门。"仇兆鳌注："《通鉴》天宝十三载二月，上高祖谥曰神尧大圣光孝皇帝。"宋孝宗曾上宋高宗尊号为"光尧寿圣太上皇帝"。

朱 彭

朱彭（1731—1803），字亦篯（jiān），一字青湖，清钱塘（今浙江杭州市）人。贡生。嘉庆元年（1796）征举孝廉方正。有《抱山堂诗集》。

秦桧斋僧锅①

南渡中原望恢复，北辕不返徽钦辱②。桧之卖国逭老奸，鼎折宁惟覆公悚③。堂堂鄂王真孤忠，旌旗指日趋黄龙④。密谋顿起风波狱，十二金牌失战功。是时锻炼沉冤结，罗钳吉网无遗窟⑤。天人共怒恶业深，祷佛安能一朝雪⑥？我思地狱多变相，刀刲镬煮森相向⑦。请君入瓮会有时，彭越之烹桧则当⑧。何为铸此饭山僧，秽物偏教寿无量⑨。乃知惧罪过招提，稗史流传或非妄⑩。君不见栖霞岭畔起高坟，石马中间置铁人。樵夫捎击游人唾，无复当时丞相嗔⑪。自经野火金皆乐，洞胸穿胁肩如削⑫。不如此锅销，却铸权奸坟前长跪秦长脚⑬。（《两浙輶轩录补遗》卷六）

【注释】

① 秦桧斋僧锅：秦桧送给杭州灵隐寺一斋僧锅。据《灵隐新志》卷九《轶事》载："秦桧已杀岳飞，献斋僧锅于灵隐并为之祈祷，有一行者，乱言讥桧。"

② "北辕"句：徽、钦二帝被掳北方不得返回而遭受凌辱。

③ 桧之：秦桧字。逞老奸：施展老奸巨猾的手段。逞，显示，施展。老奸，犹老奸巨猾。指阅历很深，老于世故，而手段又极其奸诈狡猾者。"鼎折"句：难道只是败坏国家大事。参见李东阳《吊岳武穆祠》诗注③。宁惟，岂只是。

④ 孤忠：见林景熙诗注②。"旌旗"句：大军不日就可奔赴黄龙府。指日，可以指出日期，谓为期不远。趋，奔赴。

⑤ 是时：此时，当时。锻炼：拷打折磨。明陶宗仪《南村辍耕录·鞫狱》："吏隶辈奉承上意拷掠锻炼，靡所不至。"沉冤结：冤案具结。沉冤，长久得不到改正的冤狱。结，具结。旧时对官署提出表示负责的文件。罗钳吉网：《资治通鉴·唐玄宗天宝四载》："李林甫欲除不附己者，重用酷吏罗希奭（shì）、吉温，二人皆随林甫所欲深浅，锻炼成狱，无能自脱者，时人谓之'罗钳吉网'。"后即以"罗钳吉网"指酷虐诬陷。钳，钳铁。古代束颈的刑具。无遗窟：没有避祸藏身的地方。《战国策·齐策四》："冯谖曰：'狡兔有三窟，仅得免其死耳。今君有一窟，未得高枕而卧也。请为君复凿二窟。'"此暗用其典。

⑥ 天人共怒：天和人都愤怒。形容民愤极大。恶业深：罪孽深重。恶业，"恶缘恶业"之省。佛教语。指应当受到报应的罪恶。祷佛：向佛祈祷。

安能一朝雪：谓怎么能将罪恶一时洗雪。一朝（zhāo），一旦，一时。形容时间短。

⑦ **地狱**：意为"苦的世界"。处于地下，有八寒、八热、无间等名目。古印度传说人在生前做了坏事，死后要堕入地狱，受种种苦。佛教也采用此说。**变相**：简称"变"，佛教画术语。变的意思是变原样，依照佛经所说，作成绘画的形状，叫作变相。《坛经·行由品》："拟请供奉卢珍画《楞伽经》变相及五相血脉图，流传供养。"此谓改变生前形象的鬼。**刀刲镬煮**：用刀宰杀，用镬烹煮。刲（kuī），宰杀，刺杀。镬（huò），形如大盆，用以煮食物的铁器。**森相向**：森严恐怖地相对。森，形容森严可畏。

⑧ **请君入瓮**：《太平广记》卷一二一引唐张鷟《朝野佥载·周兴》："唐秋官侍郎周兴，与来俊臣对推事。俊臣别奉进止鞫兴，兴不之知也。及同食，谓兴曰：'囚多不肯承，若为作法？'兴曰：'甚易也。取大瓮，以炭四面炙之，令囚人处之其中，何事不吐！'即索大瓮，以火围之，起谓兴曰：'有内状勘老兄，请兄入此瓮。'兴惶恐叩头，咸即款伏。"后用"请君入瓮"谓以其人之道还治其人之身。**会有时**：定会有时机。唐李白《行路难》诗："长风破浪会有时，直挂云帆济沧海。"**彭越之烹**：彭越，西汉开国大将。被诬告谋反，吕后施以醢刑（即把人剁成肉馅，做成肉酱），并分赐给各路诸侯品尝。事见《史记·魏豹彭越列传》。**桧则当**：秦桧应该承受。当，承受。

⑨ **饭山僧**：施舍饭食给山寺的僧人。饭，动词，即给人饭吃。**秽物**：肮脏的东西。指斋僧锅。**寿无量**：无量寿佛即阿弥陀佛的意译。章炳麟《无神论》："释教有无量寿佛之说，念之者得生净土，永不退转。"世因以无量寿或寿无量谓长寿无疆。

⑩ **过招提**：过访灵隐寺。招提，梵语。音译为"拓斗提奢"，省作"拓提"，后误为"招提"。其义为"四方"。四方之僧称招提僧，四方僧之住处称为招提僧坊。北魏太武帝造伽蓝，创招提之名，后遂为寺院的别称。**稗史流传**：见注①。稗史，野史。参见杨维桢《岳鄂王歌》注③。**或非妄**：或许不是胡说。妄，虚妄，极不真实。

⑪ **樵夫**：砍柴的人。**掊**（pǒu）**击**：打击，敲击。**丞相嗔**：丞相嗔怒。

语本唐杜甫《丽人行》:"炙手可热势绝伦,慎莫近前丞相嗔。"杜诗中丞相指杨国忠,此诗丞相指秦桧。

⑫ "自经" 二句:谓灵隐寺经火灾后,秦桧斋僧锅被烧残变形。据《灵隐新志》卷一《重兴》载:"嘉庆二十一年(1816)八月二十九日,灵隐大殿毁于火,延及观音殿,难以恢复……"金,指秦桧斋僧的铁锅。洞胸,穿透胸膛。穿胁,穿透从腋下到肋骨尽处的部分。肩如削,形如削肩。削肩,双肩朝下坍斜。以上皆将铁锅拟人化。

⑬ "不如" 二句:不如把此锅销熔,铸成长跪的秦桧铁像。长跪,直身而跪。古时席地而坐,坐时两膝据地,以臀部着足跟。跪则伸直腰股,以示庄敬。秦长脚,秦桧外号。

朱休度

朱休度(1732—1812),字介裴,号梓庐,清秀水(今浙江嘉兴市)人。朱彝尊四世侄孙。乾隆十八年(1753)举人。官嵊县训导、江西新喻县知县、广西广灵知县。因病辞官,后主讲荆川书院。曾刻自著诗1080首,总名为《小木子诗》。

杭州岳坟

酒飞不洒黄龙府,涛怒空翻白马江①。一片明湖风雨夜,鬼啼长咽铁人腔②。(《小木子诗·俟宁居偶咏》卷下)

【注释】

① "酒飞" 二句:祭祀的酒不能代替岳飞痛饮黄龙府,岳飞的怒魄徒然翻起钱塘江潮。白马江,传说伍子胥之魂常乘素车白马立于钱塘江潮头。《太平广记》卷二九一《神一·伍子胥》:"伍子胥累谏吴王,赐属镂剑而死。临终,戒其子曰:'悬吾首于南门,以观越兵来。以鲢鱼皮裹吾尸,投于江中,吾当朝暮乘潮,以观吴之败。'自是自海门山,潮头汹高数百尺,越钱塘渔浦,方渐低小。朝暮再来,其声震怒,雷奔电走百余里。时有见子胥乘素车白马在潮头之中,因立庙以祠焉。"

② 明湖：西湖又名明圣湖，省称明湖。"鬼啼"句：秦桧等铁铸的人像常常像鬼一样哽咽啼哭。

翁方纲

翁方纲（1733—1818），字正三，一字忠叙，号覃溪、苏斋、彝斋，清直隶大兴（今北京市大兴区）人。乾隆十七年（1752）进士。官至内阁侍读学士。精鉴赏，富藏书，长于金石考证。金石、谱录、书画、词章之学冠绝一时。尤精书法，与刘墉、梁同书、王文治并称为"翁刘梁王"四大家。《清史稿》入《文苑传》。

题绍兴六年墨敕后①

呜呼！岳祠犹存此敕乎，时方宣抚于荆湖②。置司襄阳调军符，衰绖徒跣啼呱呱③。暑天苦由来匡庐，再三辞免驰泣书④。省札亦复一再俱，丝纶稠迭御墨濡⑤。稡编续编编烂如，宝真斋赞琳玭珠⑥。独无此幅宁遗诸，卨也簿录计区区⑦。左藏南库堆束刍，此幅想在其中欤⑧。五月末交六月初，亦知练兵急时需⑨。襄阳地实根本图，岳家旗摇万众呼⑩。墨衰弗为母也除，干蛊果念父兄无⑪。忠孝两字兼庙谟，同雠义岂君臣殊⑫。千载可怜纸墨渝，四边尚绚金花铺⑬。金牌十二样可摹，履霜阴始其根株⑭。乳医老媪坏庞隅，蜗涎不蠹尘不污⑮。萤萤小玺圆颖觚，日星为质鉴可诬⑯。鼓鼙之听回应桴，销金锅子岁月徂⑰。奸回鼎铸无人扶，天弗祚宋职孰辜⑱。卨也桧也何足诛⑲，呜呼！岳祠犹存此敕乎。（宋高宗手敕岳飞《起复诏》手卷后题诗）

【注释】

① 绍兴六年墨敕：指宋高宗于绍兴六年赐岳飞《起复诏》手卷。见汪志伊诗注①。墨敕，由皇帝亲笔书写，不经外廷盖印而直接下达的命令。

② 时方：当时正值。宣抚：宣慰安抚。岳飞当时正在荆湖地区任宣抚副使（无正使）。荆湖：见张宪《岳鄂王歌》注⑥。

③ 置司：设置军事机关。调军符：谓调动军队。军符，兵符。古时调遣军队的符节凭证。衰绖（cuī dié）：丧服。古人丧服胸前当心处缀有长六寸、

广四寸的麻布，名衰，因名此衣为衰；围在头上的散麻绳为首绖，缠在腰间的为腰绖。衰、绖两者是丧服的主要部分。亦指穿丧服或居丧。《左传·僖公三十三年》："遂发命，遽兴姜戎，子墨衰绖。" 徒跣：赤足。《礼记·问丧》："亲始死，鸡斯徒跣。" 陈澔集说："徒跣，无屦而空跣也。" 呱呱（gū gū）：象声词。形容哀哭声。

④ 苫凷（shān kuài）：寝苫枕凷。睡觉躺在草垫上，头枕着土块。表示居丧不敢安寝。《礼记·丧服大记》："父母之丧，居倚庐，不涂，寝苫枕凷。" 苫，草垫。凷，同"块"，土块。匡庐：指江西的庐山。相传殷周之际有匡俗兄弟七人结庐于此，故称。岳母葬于庐山。驰泣书：急速驰送哭泣书写的奏疏。

⑤ 省札：古代中枢各省的文书。丝纶：《礼记·缁衣》："王言如丝，其出如纶。" 孔颖达疏："王言初出，微细如丝，及其出行于外，言更渐大，如似纶也。" 后因称帝王诏书为"丝纶"。稠迭：稠密重叠。濡：本义为沾湿，此指濡墨，即用毛笔蘸墨写字。

⑥ 稡编：《金佗稡编》的省称。续编：《金佗续编》的省称。烂如：灿烂，光亮。如，语助词。《周易·屯》："上六，乘马班如，泣血涟如。" 宝真斋赞：《宝真斋法书赞》的省称。此书与上二书均为岳珂著作。珎玭珠：像珍珠一样宝贵。珎（zhēn），同"珍"。玭（pín），珍珠。

⑦ 独无此幅：谓岳珂的上述三书均没有此《起复诏》。宁遗诸：难道是遗漏了吗？诸，之乎二字的合音。卨：万俟卨。见王越诗注⑧。簿录：谓查抄财产，将其登记入册。区区：愚拙，凡庸。《古诗为焦仲卿妻作》："阿母谓府吏：何乃太区区！"

⑧ 左藏南库：左藏为古代国库之一，以其在左方，故称左藏。宋初诸州贡赋均输左藏。南宋又设左藏南库。束刍：捆草成束。《诗·唐风·绸缪》："绸缪束刍，三星在隅。" 欤：疑问代词。相当现代汉语中的"吧"或"吗"。

⑨ "五月"二句：是说这幅手敕是写在五月和六月之交，从诏书的内容也可知道当时急需训练士兵准备打仗。翁自注"是月廿九日晦"，而诏敕写于该月二十八日，故云。

⑩ "襄阳"二句:襄阳之地实为救亡图存的根本,岳家军来到,军旗飘动、万众欢呼。

⑪ "墨衰"二句:以岳飞的大孝与宋高宗的不孝形成鲜明对比。墨衰,墨衰绖。黑色孝服。干蛊,谓儿子能继承父志,完成父亲未竟之业。《易·蛊》:"干父之蛊,有子,考无咎。"王弼注:"以柔巽之质,干父之事,能承先轨,堪其任者也。"果念,果真思念。

⑫ "忠孝"二句:忠孝大义当君臣同兼,同仇之义难道皇帝可与臣下不同?庙谟,犹庙谋。本谓朝廷或帝王对战事进行的谋划。岳飞《措置襄汉乞兵状》:"恭奉圣旨,恢复襄汉,仰遵庙谟,今已克平五郡。"此指皇帝。同雠,同"同仇",谓共同赴敌,对敌人表示共同的愤慨。《诗·秦风·无衣》:"修我戈矛,与子同仇。"

⑬ 纸墨渝:文字已褪色。纸墨,借指文字。晋陶潜《饮酒》诗序:"既醉之后,辄题数句自娱,纸墨遂多。"渝,改变,违背。"四边"句:四边分布的金色花纹依然绚烂。绚(xuàn),有文采。此作动词,辉映,照耀。金花,金色的花纹。铺,散开,分布。

⑭ "金牌"二句:谓此诏已预兆后来的十二金牌班师诏。履霜,《易·坤》:"初六,履霜,坚冰至。"谓踏霜而知寒冬将至。用以喻事态发展已有产生严重后果的预兆。阴始,暗中开始。根株,比喻事物的根基。

⑮ 乳医:古代称产科医生。《汉书·霍光传》颜师古注:"乳医,视产乳之疾者。"老媪:老妇人。庑(wǔ):堂下周围的走廊、廊屋。"蜗涎"句:谓此诏不为蜗涎蠹蚀,不为尘土脏污。蜗涎,蜗行所分泌的黏液。

⑯ 萤萤:同莹莹,明亮,亮晶晶。小玺:指盖在手敕上的高宗的印玺。圆颖觚:圆转而又有棱角。圆,圆转。颖,尖锐。觚,棱角。质:质地。鉴可诬:明察是否冤诬。鉴,照,明察。印也称印鉴。可,对,正确。《韩非子》:"然则古之无变,常之毋易,在常古之可与不可。"诬,冤屈。

⑰ 鼓鼙:指战鼓。回应桴(fú):如桴鼓回应。形容极其迅速。销金锅子:比喻挥金如土,用钱如沙,像销金的锅子一样。明郎瑛《七修类稿》卷二三:"吾杭西湖盛起于唐,至南宋建都,则游人仕女,画舫笙歌,日费万金,盛之至矣。时人目为销金锅。"徂(cú):去,过去。

⑱ 奸回鼎铸：见朱彝尊诗注⑪。奸回，奸恶邪僻。无人扶：无人扶持国家的政权。天弗祚宋：上天不佑助宋朝。弗，不。祚，福祚。此作动词，佑助。职孰辜：是谁的罪过。职，职官，职务。孰，疑问代词，谁，哪个。辜，罪。

⑲ "卨也"句：万俟卨和秦桧哪里值得诛杀。意谓宋高宗才是罪魁祸首。

吴骞

吴骞（1733—1813），字槎客，又字葵里，号兔床、兔床山人，又号愚谷，清海宁（今浙江海宁市）人。贡生。幼多病，遂弃举业。学识渊博，能画工诗，喜藏书。积有名刻善本45000余卷，筑拜经楼以庋藏。著有《愚谷文存》《愚谷文存续编》等二十来种。

岳氏铜爵歌金云庄比部属赋①

铜爵复铜爵，高者足，虚者腹，兕觥鹦螺非尔属②。恨不能平吞鸭绿③。想见金陀坊里吁天成家祭，还同九州哭④。一哭白日沉，再哭愁云紫⑤。哭绝朔风动地来，纥干山雀冻已死⑥，死不可生生可耻。小朝廷，仅降俘，尔十六燕云俄割尽，若敖鬼诵冬青引⑦。斑驳云雷不敢抚，恐化长虹牛斗吐⑧。西曹知我癖慕古，兰桨轻挐问湖浒⑨。手酌寒泉酹侯墓⑩，千秋泪湿墓下土。却顾南枝惨无色，神灵咫尺威严逼⑪。山雨突来天泼墨，仿佛当年狱底黑。万里长城甘自坏，十二金牌哪追得⑫。爵兮轩然若有翼，何不高飞诉五国⑬。
（《拜经楼诗集》卷十）

【注释】

① 金云庄：金德舆，号云庄。见赵翼《岳祠铜爵》诗注①。比部：刑部。金官刑部主事，故称。属赋：嘱咐赋诗。

② "兕觥"句：兕觥和鹦螺杯都不是你的同类。兕觥（sì gōng），古代酒器。腹椭圆形或方形，圈足或四足，有流和鋬。盖一般成带角兽头形。盛行于商代和西周前期。《诗·周南·卷耳》："我姑酌彼兕觥，维以不永

伤。"鹦螺：一种用鹦鹉螺制成的纯天然的酒杯。亦称鹦鹉杯。

③ "恨不"句：不能一口吞灭金朝的遗恨难以平复。鸭绿，鸭绿江。借指地处鸭绿江畔的金国。

④ 金陀坊：岳飞之孙岳珂在嘉兴金陀坊有别业。家祭：家庭祭祀。还同九州哭：仍然和陆游"但悲不见九州同"一样地痛哭。宋陆游《示儿》诗："死去元知万事空，但悲不见九州同。王师北定中原日，家祭无忘告乃翁。"

⑤ 愁云紫：愁云变为紫色。愁云，望之令人生愁的云。

⑥ "哭"句：哭得北风不再强劲地刮来。哭绝，哭得（朔风）断绝。动地，震撼大地。"纥干山雀"句：见徐孟岳诗注②。此谓被掳去的徽、钦二帝及亲眷皆死在北方。

⑦ 仅降俘：仅仅成为保全性命的俘虏。十六燕云：燕云十六州。见杨维桢《岳王行》注⑥。俄割尽：顷刻完全割让。"若敖"句：谓宋朝皇帝死后无人祭祀，只能吟诵冬青引以自哀。若敖鬼，语出《左传·宣公四年》："鬼犹求食，若敖氏之鬼不其馁而！"言春秋时楚国若敖氏的鬼将因灭宗无人祭祀而挨饿。比喻没有后代，无人祭祀。冬青引，南宋诸陵被掘后，林景熙、唐珏收其骨葬之，树以冬青为志。唐珏曾作《冬青引》。

⑧ 斑驳：因锈蚀而出现的斑痕。云雷：云雷纹。大都是连续的回旋状线条。一般称圆形的为云纹，方形的为雷纹。郭沫若《中国史稿》第二编第二章第三节："（商代青铜器）花纹多富丽繁缛，有饕餮纹、夔纹、蝉纹、云雷纹、蟠龙纹等形式。"牛斗吐：光射牛星和斗星。牛斗，指牛宿和斗宿。吐，发出，散发。如吐辉，谓发出光辉。

⑨ 西曹：刑部的别称。此指金云庄。癖慕古：好古成癖。慕古，仰慕古人。此义为喜好古物。兰桨：木兰做的船桨。古人常以桂棹兰桨称船桨之美。轻拏：轻轻地执持。拏，同"拿"。问湖浒：到西湖边来访问。浒，水边。

⑩ 寒泉：清冽的泉水或井水。《易·井》："井洌寒泉，食。"酹侯墓：浇奠岳侯的坟墓。

⑪ "神灵"句：似乎见到岳飞的神灵近在咫尺威严逼人。咫尺，周制八寸为咫，十寸为尺。形容距离很近。

⑫ "十二金牌"句:谓追悔莫及,即使十二道金牌的速度也追赶不上。追,追悔,后悔。

⑬ 轩然:高昂貌。若有翼:如果有翅膀。诉五国:到五国城向徽、钦二帝诉说(岳飞被冤杀)。

李调元

李调元(1734—1803),字美堂,号雨村,别署童山蠢翁,清绵州安县(今四川安县)人。乾隆二十八年(1763)进士。历任翰林编修、广东学政、通水兵备道等职。因得罪权相和珅,遭诬陷,遣戍伊犁,以母老赎归,居家著述终老。著有《童山全集》,撰辑诗话、词话、曲话、剧话、赋话著作达五十余种。

读岳忠武传三十绝句(选六)

万古功臣万古冤,精忠报国背堪扪①。至今狱案无他语,天日昭昭八字存②。

中原百战恨难平,只道君王自罢兵。十二金牌魂魄冷,方知长脚误苍生③。

柑皮爪画精忠命,小纸书歼大将身④。当日临安菜园土,荒坟犹讳贾宜人⑤。

中原肠断请仙诗,英气长存九曲祠⑥。莫向皋亭山下过,伯颜曾祭岳家旗⑦。

长舌从来是厉阶,谁知阴险善安排⑧。但经冲正先生口,毒过中丞肉简牌⑨。

谳诬只在弃山阳,逗留淮西计亦良⑩。莫怪小人多反复,平章依样害平章⑪。(《童山诗集》卷三〇)

【注释】

① 背堪扪:背上的字仍然可以摸得到。扪,按,摸。

② 狱案:案件的文本。天日昭昭:宋曾三异《同话录》:"岳武穆狱案,

今在莆阳陈鲁公家,世本无狱辞,但大书'天日昭昭,天日昭昭'八字。"

③ 长脚:秦桧外号。《山堂肆考》卷一〇六:"宋秦桧初为太学生,号'秦长脚'。一日睡于窗下,有异人来诣桧语。其同舍郎曰:'他日此人误国害民,天下同受其祸,诸君亦有死其手者。'"明郎瑛《七修类稿》卷三七《陈岳箕诗》:"强金扰扰我提兵,血战中原恨未平。大厦已斜支一木,岂期长脚误苍生。"句意谓是秦桧矫诏迫使岳飞班师。

④ 柑皮爪画:见王世贞词注④。小纸书:秦桧密令杀害岳飞所写的小纸条。见胡仲参诗注④。

⑤ 临安菜园土:《三朝北盟会编》卷二〇七《岳侯传》说:"侯中毒而死,葬于临安菜园内。""荒坟"句:岳飞死后,狱卒隗顺负其遗体逾城至西湖北山九曲丛祠旁暗葬,树双橘树作标记,墓前树碑"贾宜人之墓"以伪装。宋周必大《龙飞录》记载:"临安访求岳飞坟,在钱塘门外,当时私号贾宜人坟。"讳,因避忌而假称。宜人,封建时代妇女因丈夫或子孙而得的一种封号。宋代政和年间始有此制。

⑥ 请仙诗:明王兆云《挥麈新谭》载:"有请仙者,乩书一诗云:'百战间关铁马雄,尚余壮气凛秋风。有时醉倚箕山望,肠断中原一梦中。'后大书一'鄂'字,始知为武穆也。"九曲祠:即九曲丛祠。见杨焯诗注②。

⑦ 皋亭山:见丁之翘词注⑨。"伯颜"句:明朱国桢《涌幢小品》:"皋亭山,伯颜取宋屯兵处。方伯颜兵至,是夕大电雷,伯颜望见四山旌旗闪烁,皆作'精忠岳家'字,伯颜宰牲为文告祭。祭讫,风雷乃止。"伯颜(1236—1295),蒙古八邻部人。元朝伐宋军最高统帅。以功进中书右丞相。官至知枢密院事。追封淮王。

⑧ 长舌:见宋之韩诗注④。厉阶:见魏荔彤词注①。阴险:表面和善,内心险恶。安排:谓设计陷害。

⑨ 冲正先生:指秦桧妻王氏。宋陆游《尚书王公墓志铭》:"秦丞相夫人王氏陈乞旧所得恩数之未用者,自称冲真先生。"见《渭南文集》卷三四。《南宋轶事汇编》卷一五:"桧妻号'冲正先生'。"中丞:指大中丞。古官名。掌管接受公卿的奏事,以及荐举、弹劾官员的事务。肉简牌:谓传话人。简牌,即"简板"。亦称"简牌子"。把字写在木板或金属板上的简

帖。宋陆游《老学庵笔记》卷三:"(王荆公)居半山,好观佛书,每以故金漆版书藏经名,遣人就蒋山寺取之……南人谓之简版,北人谓之牌子,又通谓之简版,或简牌子。"清褚人穫《坚瓠续集·简板尺牍》:"古人与胼侪往来,以漆皮作书帖,又苦其漏泄,遂作二板相合,以片纸封其际,故曰简板,或云尺牍。"《续资治通鉴·宋孝宗乾道元年》:"尹穑奸邪,与汤思退阴结死党,使季南寿往来传递言语,士大夫目之为肉简牌。"尹穑历迁谏议大夫,相当于大中丞之任。

⑩ "谳诬"二句:秦桧、张俊等人加给岳飞的罪名是"弃山阳""逗留淮西"。《鄂王行实编年》卷五:"(绍兴十一年)比至楚州,乘城行视,(张)俊顾先臣曰:'当修城以为守备计。'先臣曰:'吾曹所当戮力以图克复,岂可为退保计耶?'……俊于是大憾先臣。及归,倡言于朝,谓先臣议弃山阳,专欲保江。""逗留淮西"事,见岳珂《经进百韵诗》注⑫。谳诬,诬陷定罪。

⑪ 平章依样害平章:指张俊照样被秦桧所害。《宋史·张俊传》:"初,桧以俊助和议,德之,故尽罢诸将,以兵权付俊。岁余,俊无去意,故桧使(江)邈攻之。"张俊遂被罢为镇洮宁武奉宁军节度使,充醴泉观使。平章,见何允泓诗注⑯。秦桧任宰相,张俊任枢密使,皆位同平章。

张五典

张五典(1734—?),字叙百,号荷塘,清泾阳(今陕西泾阳县)人。乾隆二十五年(1760)举人。官上元知县。工诗,兼善山水。有《荷塘诗集》。

襄阳怀古

汴南巨镇此岩疆,根本中原计虑长①。笑折双锋分骑步,先收六郡句湖湘②。何来窃据谋张宪,不独偏安负李纲③。汉上闲田处归众,漫劳遮马拜焚香④。(《荷塘诗集》卷二)

【注释】

① 汴南巨镇:指朱仙镇。此岩疆:指襄阳。岩疆,边远险要之地。

"根本"句:岳飞《乞复襄阳札子》:"而况襄阳六郡,地为险要,恢复中原,此为基本。"计虑,谋划。

② 笑折双锋:笑谈之间摧折国内群盗与国外金军两股敌军的锋芒。分骑步:分派骑兵和步兵。"先收"句:岳飞《乞复襄阳札子》:"今外有北虏之寇疆攘,内有杨么之窃发,俱为大患……今日之计,正当进兵襄阳,先取六郡,李成不就絷缚,则亦丧师远逃。于是加兵湖湘,以殄群盗,要不为难。"

③ 窃据谋张宪:秦桧等人诬陷岳飞曾"移书张宪,令'措置别作擘划',致张宪意待谋反,据守襄阳等处作过"。见李心传《建炎以来朝野杂记》乙集卷一二《岳少保诬证断案》。偏安负李纲:李纲,见张宪《悲建绍》诗注⑤。绍兴二年,李纲曾上言:"荆湖,国之上流,其地数千里,诸葛亮谓之用武之国。今朝廷保有东南,控驭西北。加鼎、澧、岳、鄂若荆南一带,皆当屯宿重兵,倚为形势,使四川之号令可通,而襄、汉之声援可接,乃有恢复中原之渐。"但宋高宗为了偏安一隅,却将李纲外放。见《宋史·李纲传下》。

④ "汉上"句:谓岳飞在襄阳等六郡实行营田政策。汉上,指地处汉水流域的荆襄地区。处归众,安置离家而又归来的民众。"漫劳"句:徒然烦劳老百姓拦住岳飞的马头焚香而拜不让岳飞离去。

段玉裁

段玉裁(1735—1815),字若膺,号懋堂,清金坛(今江苏金坛市)人。乾隆二十五年(1760)举人。任贵州玉屏、四川巫山(今属重庆)等知县。引疾归,积数十年精力,专治《说文》。有《说文解字注》《六书音均表》《经韵楼集》等。《清史稿》入《儒林传》。

壬戌六月拜墓观像敬题

稽首重过马鬣封①,如生面目拜遗容。八千里路臣心壮,十二金牌帝志慵②。可惜中兴成画虎,所嗟平日怕真龙③。独余一诏分明在,言孝言忠墨

尚浓。(宋高宗手敕岳飞《起复诏》手卷后题诗)

【注释】

① 稽首:古时的一种跪拜礼,叩头至地,是九拜中最恭敬的。见陆德荣诗注①。马鬣封:指坟墓。见释居简诗注⑤。

② 八千里路:岳飞《满江红》词有"三十功名尘与土,八千里路云和月"句。帝志慵:谓宋高宗无心收复失地。慵,困倦,懒得动。

③ 画虎:即画虎类狗。语出《后汉书·马援传》:"效季良不得,陷为天下轻薄子,所谓画虎不成,反类狗者也。"此喻宋高宗模仿前代帝王中兴,反而弄得不伦不类。怕真龙:用"叶公好龙"之典。真龙,喻宋钦宗。意谓高宗口说要迎归二圣,内心却害怕钦宗回国后影响自己的帝位。

毛秀蕙

毛秀蕙(1736—1795),女,字山辉,清太仓(今江苏太仓市)人。诸生王愫妻。愫娱情画理,不慕荣禄。秀蕙亦明画理,工韵语,擅山水,兴至点染,辄有题句,幽居之乐,为时艳称。有《女红余艺》。

钱塘怀古

京洛烟尘弃不收,西湖台阁作金瓯①。流连秋色还春色,歌咏杭州胜汴州②。自愿苟安增岁帛,谁抒孤愤报仇雠③?栖霞岭畔将军墓,只有南枝记旧丘④。(《晚晴簃诗汇》卷一八四)

【注释】

① "京洛"二句:抛弃战乱的故都汴京不思收复,却将杭州的亭台楼阁当作完整的国土。京洛,泛指国都。此指北宋国都汴京。烟尘,烽烟和战尘。指战乱。台阁,泛指亭台楼阁等建筑物。金瓯,见夏言词注⑥。

② 流连:耽于游乐,留恋不止。《孟子·梁惠王下》:"流连荒亡,为诸侯忧。从流下而忘反谓之流,从流上而忘反谓之连。"歌咏:歌唱,吟咏。汴州:古地名。今河南开封市。北宋都城。取意于宋林昇《题临安邸》诗:"山外青山楼外楼,西湖歌舞几时休。暖风熏得游人醉,直把杭州作汴州!"

③ **岁帛**：犹岁币。旧指朝廷每年向外族输纳的钱物。**抒**：通"纾"，解除，排除，免除。《左传·文公六年》："有此四德者，难必抒矣。" **孤愤**：孤高的愤慨。**仇雠**：仇人，冤家对头。

④ **旧丘**：故乡，故居。此指故国。

谢启昆

谢启昆（1737—1802），字蕴山，号苏潭、良璧，清南康（今江西南康市）人。乾隆二十六年（1761）进士。授编修。嘉庆四年（1799）由浙江布政使升广西巡抚。著有《树经堂集》《西魏书》《粤西金石志》等。《清史稿》有传。

读全宋诗仿元遗山论诗绝句二百首·岳飞①

江表秋风蹑翠岩，楼兰千古恨长衔②。游魂经略中原遍，乩上诗成下界参③。（《树经堂诗初集》卷一一）

【注释】

① **元遗山**：元好问（1190—1257），字裕之，号遗山，世称遗山先生，金秀容（今山西忻州）人。兴定（1217—1222）进士。官至行尚书省左司员外郎，金亡不仕。工诗文，在金元之际颇负重望。其《论诗》绝句三十首最为著名。

② **"江表"句**：岳飞《题翠岩寺》诗有"秋风江上驻王师，暂向云山蹑翠微"句。江表，江外。指长江以南的地区。蹑，《扬子·方言》："蹑，登也。" **"楼兰"句**：谓岳飞因不能殄灭金寇而千古含恨。楼兰，古西域国名。见王廷珪诗注②。借指金人。

③ **"游魂"二句**：谓岳飞死后犹不忘收复中原，其壮志仍多从乩诗中表现出来。乩上诗成，通过巫神扶乩在沙盘上写成的诗。据宋郭彖《睽车志》卷一：岳侯死后，临安西溪寨军将子弟因请紫姑神，而岳侯降之，大书其名。众皆惊愕，谓其花押则宛然平日真迹也。复书一绝云："经略中原二十秋，功多过少未全酬。丹心似石今谁诉，空自游魂遍九州。"经略，筹

划，谋划。下界参，由下界的人来参悟。

茹纶常

茹纶常（1740—?），字文静，号容斋，一号簇蚕山樵，清介休（今山西介休市）人。监生。有《容斋诗集》。

题岳武穆传后

儿皇帝前臣构后，传之史册洵可丑①。十二金牌促班师，遂弃中原如敝帚。十万貔貅尽腐心，两河英雄皆扼手②。但杀将军和议成，诏狱直出宰相某③。丞相之威无比伦④，将军之狱莫须有。东窗只知纵虎难，北狩哪顾蒙尘久⑤。风波亭下天为昏，不久官家如木偶⑥。长脚夫，长舌妇，不了事汉有施全，彼唆附者何鸡狗⑦。我时怒发欲冲冠，掩卷惟倾酒一斗。呜呼！君不见汴梁西湖岳王祠，乌金几辈人击掊⑧。留芳遗臭都不朽。（《容斋诗集》卷二八）

【注释】

① 儿皇帝：五代契丹之制，国君死，在墓旁起屋，谓之明殿，并置学士一人掌答书诏，逢有大庆吊，学士以亡君之名为书，称新君为儿皇帝。后晋石敬瑭为谄媚契丹统治者耶律德光，尊比他年龄小的德光为父，从契丹俗，自称儿皇帝。见《新五代史·四夷附录一·契丹》。臣构：南宋高宗赵构也向金主自称臣构。洵可丑：确实丑恶。洵，实在。

② 貔貅：喻勇猛的将士。腐心：犹痛心。《史记·刺客列传》："樊於期偏袒搤掔而进曰：'此臣之日夜切齿腐心也。'"扼手：同扼腕。表示极度愤恨。

③ "但杀"句：参见郑善夫诗注⑮。诏狱：皇帝指令办的案件。宰相某：宰相某人。指秦桧。

④ 无比伦：义犹无与伦比。没有人可与相比，谁也比不上。伦，类。

⑤ "东窗"句：见杨维桢《岳王行》注⑭。北狩：指徽、钦二帝被掳往北方。蒙尘：蒙受风尘。

⑥ **官家如木偶**：谓宋高宗像一个傀儡。官家，旧时对皇帝的称呼。

⑦ **不了事汉**：见朱樟词注⑧。**彼唆附者何鸡狗**：那些被唆使的人和主动攀附的人是些什么东西。鸡狗，骂人的话，犹禽兽。

⑧ **乌金几辈**：指秦桧几人的铁像。乌金，铁。**击掊**：敲打。掊（pǒu），抨击，击破。

汪志伊

汪志伊（1742？—1818），字稼门，清桐城（今安徽桐城市）人。乾隆三十六年（1771）举人。充四库馆校对。历官福建、江苏巡抚，湖广、闽浙总督。颇多政绩。嘉庆二十二年（1817）被革职永不叙用。次年卒。有《稼门诗钞》。《清史稿》有传。

题起复诏碑①

庐山刻不忘中原，尽孝于忠岂待言②。可惜精忠无用处，空教三字狱成冤。（岳墓《起复诏》碑）

【注释】

① **起复**：封建时代官员遭父母丧，守制尚未满期而应召任职。岳母姚太夫人于绍兴六年三月二十六日卒于军中。飞不俟报，解官而去，扶榇至庐山，奏乞终制。五月二十八日宋高宗诏飞起复。诏曰："三年之丧，古今之通礼也。卿母终天年，连请守制者，经也。然国事多艰之秋，正人臣干蛊之日，反经行权，以墨绖视事，古人亦尝行之，不独卿始，何必过奏之耶。且命练兵襄阳，以窥中原，乃卿素志。诸将正在矢师效力，卿不可一日离军。当以恢复为口，尽孝于忠，更为所难。卿其勉之。绍兴六年五月二十八日皇帝书赐岳飞。"相传《起复诏》为岳飞后裔世守之物，长期贮藏杭州岳王祠，秘不示人。乾隆六十年（1795）仲冬，浙江布政使汪志伊往西湖栖霞岭下敬谒岳飞墓并拜岳王祠，岳氏后裔向他出示了这件稀世之宝。这是《起复诏》第一次公开面世。其时《起复诏》已"残阙五六字"，汪志伊"恐岁久磨灭更甚"，于是指示"选工上石"，并且赋七言绝句一首，还写下

近200字的观跋:"乾隆六十年岁次乙卯仲冬月,敬谒宋岳忠武墓,继拜祠下,获睹兹敕。粤稽张俊与万俟卨,党同秦缪丑,曾以台章所指淮西逗留事为言,簿录其家,因所赐御札与往来道涂日月皆可考,乃收御札送官,藏之以灭迹。吁!奸计亦密矣。是敕也,岂以无与于淮西事而得免奸劫邪?忠孝发于至性,千古仰之。尺书珍如拱璧,自绍兴丙辰迄今六百六十载,残阙五六字,恐岁久磨灭更甚,爰选工上石,谨识数语于后。桐城汪志伊。"王曾瑜先生已考证《起复诏》系赝品。

② "庐山"句:谓岳飞虽身在庐山,却一刻也没有忘记收复中原。《宋史·岳飞传》:"居母忧,降制起复。飞扶榇还庐山。连表乞终丧,不许。累诏趣,起乃就军。"尽孝于忠:是《起复诏》中的话。意谓将尽孝之心用于尽忠之事。岂待言:哪里用等别人来说。意谓岳飞早已这样做了。

秦 瀛

秦瀛(1743—1821),字凌沧,一字小岘,号遂庵,清无锡(今江苏无锡市)人。乾隆三十九年(1774)举人。官刑部侍郎。以诗古文名当世,工行、楷,有董其昌意,兼善隶书。有《小岘山人诗文集》《遂庵日知录》。

题宋高宗手书赐岳忠武敕后

渡江泥马王孙泣,汴水铜驼委荆棘①。长城惟说岳家军,铁浮屠军撼不得②。吁嗟岳侯真人豪,燕云唾手恢神皋③。岳侯一去大树死,遗敕空闻传宋高④。十二行中字参错⑤,绍兴六年五月作。岳侯丧母反庐山,立趣登车赐褒鄂⑥。墨缞视事古岂无,守经行权理不殊⑦。岳侯固是忠孝者,捧敕痛哭仍长驱⑧。尽孝于忠君所教,君王何乃偏忌孝⑨。背嵬顿弃鹳鹅师,蒙尘竟老冰霜窖⑩。输金输币只偏安,猛虎就缚妖狐欢⑪。窗边妖妇能张舌,帐外书生解扣鞍⑫。三字冤成莫须有,乌呼此敕终长负⑬。二帝不返青城魂,诸君谁饮黄龙酒⑭。(《小岘山人诗集》卷十)

【注释】

① 渡江泥马:按:应为渡河泥马。相传靖康之变,康王(赵构)后于

金，与金太子同射。康王三矢俱中，金人以为此必拣选宗室之长于武艺者冒名为之，留之无益，遣还。康王得脱，奔窜疲困，假寐于崔府君庙中，梦神人曰："金人追及，速去之。已备马于门首。"康王惊觉，马已在侧，跃马南驰。既渡河而马不复动，下视之，则泥马也。见宋辛弃疾《南渡录》。泥马渡河事宋元以来争传乐道，文人笔记颇多记载，时有异同。然此说之诞妄，前人早有指出。王孙：此指康王赵构。铜驼委荆棘：见阮葵生诗注⑤。

② 铁浮屠军：金军的攻城步兵。见释居简诗注⑩。

③ 吁嗟：叹词。表示赞美。神皋：神明所聚之地。引申为神圣的土地。

④ 大树：见王逢《岳鄂王墓木……》注⑥。此以大树将军喻岳飞。南朝梁庾信《哀江南赋》："将军一去，大树飘零。"一去：指岳飞离开军队为母守丧。遗敕：指宋高宗赐岳飞《起复诏》。见汪志伊诗注①。

⑤ "十二"句：谓手敕的字行参差不齐。参错，排列不齐，互相错杂。

⑥ 趣：通"趋"，催促。褒鄂：唐朝开国名将鄂国公尉迟敬德和褒国公段志玄。此喻岳飞。赐褒鄂，指将《起复诏》赐予岳飞。

⑦ 墨缞视事：服丧期间到职治事。墨缞（cuī），黑色丧服。见翁方纲诗注⑪。视事，旧指官吏到职办公。《左传·襄公二十五年》："崔子称疾不视事。"此指带兵作战。守经：固守经义或常法。行权：改变常规，权宜行事。"反经行权，以墨缞视事，古人亦尝行之"，是手敕中语。理不殊：道理没有什么不同。

⑧ 长驱：向前奔驰不止，长途向前驱驰。

⑨ "尽孝"二句：尽孝于忠是皇上的教导，但皇上自己为什么偏偏禁忌孝道。此指斥赵构不思营救徽、钦二帝。"尽孝于忠"是手敕中语。

⑩ "背嵬"二句：谓岳飞母丧尚且能丢下军队扶榇庐山，宋高宗却竟然忍心让父亲老死北方。背嵬，岳飞的亲卫军。此代岳家军。鹳鹅，《左传·昭公二十一年》："丙戌，与华氏战于赭丘。郑翩愿为鹳，其御愿为鹅。"杜预注："鹳、鹅皆阵名。"杨伯峻注："《埤雅·释鸟》：鹅自然有行列。故《聘礼》曰'出如舒雁'（雁即鹅）。古者兵有鹳、鹅之阵也。旧说江淮谓群鹳旋飞为鹳井，则鹳善旋飞，盘薄霄汉，与鹅之成列正异，故古之阵法或愿为鹳也。"后遂以"鹳鹅"泛指军阵。蒙尘，古代多指帝王失位逃

亡在外，蒙受风尘。《左传·僖公二十四年》："天子蒙尘于外，敢不奔问官守？"冰霜窨，冰霜覆盖下的地窖。

⑪ 输金输币：指以钱物缴纳贡品。输，送（礼物）。《左传·襄公三十一年》："逢执事之不闲，而未得见；又不获闻命，未知见时。不敢输币，亦不敢暴露。"杨伯峻注："输，送也。币指礼物。"猛虎：喻岳飞。语用"缚虎易纵虎难"。妖狐：喻秦桧。

⑫ 窗边妖妇：指在东窗定计的秦桧妻子王氏。张舌：搬弄唇舌。帐外书生：指兀术军帐外的书生。扣鞍：犹扣马。

⑬ 乌呼：对不幸的事表示叹息、悲痛。此敕终长负：最终长久违背了这一手敕的初衷。负，违背，背弃。

⑭ 青城：宋斋宫名。一在南熏门外，为祭天斋宫，谓之南青城；一在封丘门外，为祭地斋宫，谓之北青城。宋吴自牧《梦粱录·郊祀年驾宿青城端诚殿行郊祀礼》："所谓青城，止以青布为幕，画甓砌之文，旋结城阙。"元刘祁《归潜志》卷七："大梁城南五里号青城，乃金国初粘罕驻军受宋二帝降处。当时后妃皇族皆诣焉，因尽俘而北。后天兴末，末帝东迁，崔立以城降，北兵亦于青城下寨，而后妃内族复诣此地，多僇死，亦可怪也。"

吴锡麒

吴锡麒（1746—1818），字圣徵，号谷人，清钱塘（今浙江杭州市）人。乾隆四十年（1775）进士。选翰林院庶吉士，授编修。后两度充会试同考官，擢右赞善，入直上书房，转侍讲侍读，升国子监祭酒。有《有正味斋集》。

岳忠武王墓

目极中原地①，英雄万古叹。长城先自坏，半壁竟偷安。少保威名重，平生忠孝殚②。君王甘屈膝，臣子愿披肝③。克敌除飞到，论兵撼岳难④。义旗天半卓，匹马阵中盘⑤。唾手燕云复，迎军父老欢。功将侔郭令，魂已落曹瞒⑥。奸相方持柄，书生解叩鞍⑦。金牌齐一哭，玉帐罢诸团⑧。未洗青衣辱⑨，翻教碧血寒。狱成三字惨，人赎百身拚⑩。如此风波恶，于今墓草干。吟诗辞激烈，吊古泪汍澜⑪。雪窖春无色，刀环梦早残⑫。中兴殊藉藉，北望总漫漫⑬。箕尾咸悲赵，湖山又罢韩⑭。老成惊共逝⑮，大节要同完。日照中天白，心留旧史丹。关河经百战，风雨有余酸⑯。石鹤迷华表，银瓶坠井干⑰。南枝吹不转，遗恨满林峦。（《有正味斋诗集》卷三）

【注释】

① 目极中原地：远望中原地。目极，尽眼力所及远望。

② 忠孝殚：竭尽忠和孝。殚，竭尽。

③ 甘屈膝：甘心向金人屈膝称臣。愿披肝：愿意将心肝显露出来。谓竭尽忠诚。

④ 克敌除飞到：《老学庵笔记》卷一："鼎澧群盗，惟夏诚、刘衡二砦据险不可破。二人每自诧曰：'除是飞过洞庭湖。'其后卒为岳飞所破，盖语谶云。"又《宋史·岳飞传》："初，贼（洞庭湖杨么部）恃其险曰：'欲犯我者，除是飞来。'至是人以其言为谶。"撼岳难：即金人所说"撼山易，撼岳家军难"。

⑤ 义旗天半卓：为正义而战的旗帜在半空中竖立。卓，建立，竖立。匹马阵中盘：单人独骑在敌阵中回旋驰骋。匹马，见胡铨诗注②。

⑥ 功将侔郭令：功绩将与郭子仪相等。侔，齐，相等。郭令，郭子仪称郭令公。魂已落曹瞒：已使奸臣丧失魂魄。曹瞒，曹操小名阿瞒。旧时皆以曹操为奸雄。此喻指秦桧。

⑦ 持柄：持国柄，掌握国家大权。叩鞍：同叩马，勒住马。叩，通"扣"。

⑧ 玉帐罢诸团：军中皆罢兵休战。玉帐，指军中主帅的大帐。团，军队编制单位。《隋书·仪礼志三》："骑兵四十队，队百人置一纛。十队为团，团有偏将一人。"《新唐书·兵志》："士以三百人为团，团有校尉。"

⑨ 青衣辱：见查慎行诗注②。

⑩ 人赎百身拚：人们愿意舍弃上百次生命赎回岳飞的生命。拚（pàn），通"拚"，舍弃。

⑪ 泪汍澜：眼泪急流。汍澜，泪急流貌。

⑫ "雪窖"二句：徽、钦二帝在北方冰天雪地里见不到春天的景色，归国的梦早已破灭。雪窖、刀环，并见朱彝尊诗注⑤。

⑬ 藉藉：显著盛大貌。漫漫：长久貌。《后汉书·蔡邕传》李贤注引《三齐记》载宁戚歌曰："从昏饭牛薄夜半，长夜漫漫何时旦！"

⑭ 箕尾咸悲赵：人们都悲伤赵鼎的去世。箕尾，箕星和尾星。指去世。赵鼎（1085—1147），见杨万里诗注②。赵鼎自书铭旌曰："身骑箕尾归天上，气作山河壮本朝。"湖山又罢韩：韩世忠又被罢免而优游山水。

⑮ 老成：指旧臣，老臣。《诗·大雅·荡》："虽无老成人，当有典刑。"

⑯ 余酸：犹余悲。无尽的悲伤。

⑰ 石鹤迷华表：石雕的鹤找不到华表。此用丁令威化鹤归来之典。银瓶坠井干：喻功亏一篑，前功尽弃。见魏学渠词注⑩。亦可指岳飞幼女银瓶因父冤不得申投井而死。

岳忠武王铜印歌

文曰：武胜定国军节度使开府仪同三司荆湖南北襄阳路宣抚使兼营田大使岳飞之印。①

岳家军乃飞来矣，霹雳一声贼魄褫，姓名烈烈有如此②。何时镌入方寸铜，得毋制者为舒通，金鞍铁简颁赐同③。具衔前后领三使，篆文漉漉朱泥渍④，似渗中原一腔泪。当时亦诏屯荆襄，力图进取辞煌煌，两河踊跃先声扬。与其黄金先系肘⑤，何似黄龙痛饮酒，中兴录上书臣某。金牌十二何处来，风波直抉长城颏，长脚一伸天不回⑥。此印漂流固应尔⑦，胡为吁天冤已洗，不见金佗稡编纪⑧。精忠者心不可移，官印私印可听之，镂膺刻肺吾能知⑨。（《有正味斋诗集·续集》卷六）

【注释】

① 此印疑为后人伪造。见本书王曾瑜先生序。

② "岳家军"句：见前诗注④。贼魄褫：寇盗吓得魂魄丢失。褫

(chǐ),剥夺。烈烈:显赫、显著貌。

③ "得毋"二句:莫非宋高宗得到舒通一带的制印良匠,铜印的赏赐如同金鞍铁筒的赏赐。舒通,舒州(治今安徽潜山县)和通州(今江苏南通市)并称。金鞍铁筒,《金佗稡编》卷一:"十二月大雪苦寒,遣诏赐器物兼赐御札云:'战鞍绣鞍各一对,龙涎香一千饼,龙茶一合,灵宝丹一合,铁筒一对,赐卿,至可领也。'"颁赐,赏赐。

④ 具衔:谓题写官衔。领三使:兼任三使的官职。即印文中三种带"使"的官职。领,兼任。篆文:篆字印文。漉漉:莹润貌。朱泥渍:朱红的印泥浸染。渍,浸,染。

⑤ 黄金先系肘:先将黄金印系缚于肘。谓获得高官。《晋书·周顗传》:"今年杀诸贼奴,取金印如斗大系肘。"黄金,指黄金印。系,系缚。

⑥ "风波"句:岳飞在风波亭被杀,等于挖倒了国之长城。抆:此用如"掘"。"长脚"句:秦桧长脚一伸,局面很难挽回。长脚,秦桧外号。

⑦ 漂流:漂泊,行踪无定。固应尔:固然应该那样。

⑧ "胡为"二句:谓岳飞冤案已雪,为什么不见《金佗稡编》记载此印。吁天,向天呼冤。岳珂有《吁天辨诬录》载《金佗稡编》。

⑨ 可听之:可以听凭人们去说。镂膺刻肺:镂于胸刻于肺。犹铭心刻骨。

李传燨

李传燨(生卒年不详),字理之,号梦岩,清临川(今江西抚州市临川区)人。乾隆四十四年(1779)举人。官广西兴业知县。

岳王墓诗次韵

古墓明湖岸,经过恨不胜①。乾坤当扰乱,篡夺自因仍②。驴背仙人坠,龙飞帝位乘③。加袍符木谶,隐烛愧金縢④。递遭宣和主,殊惭有道曾⑤。由来倾国祚,多半用邦朋⑥。明旨收花石,强邻责币缯⑦。更闻纷寇盗,谁复憯威棱⑧。敌箭传青海,宫车困白登⑨。二宗沦朔漠,九庙绝尝烝⑩。典午余东晋，奔申赋中兴⑪。群友争翊戴，六合望清澄⑫。剿贼三呼厉，行军四将能⑬。汤阴尤伟异，留守重飞腾⑭。观象虚占豕，循名未愧鹏⑮。精忠青简照，奖劝紫霄承⑯。汴洛倾心久，襄樊破敌曾⑰。湖么休跋扈，金兀罢侵凌⑱。溟渤龙惊钓，天山雁避矰⑲。奋威诸夏振，辟国两河宏⑳。怀愍虽终辱，荆舒实屡惩㉑。岂知归反间，复尔拜疑丞㉒。和议西陲失，安偷海外增㉓。罢兵教虎困，构祸等蝇薨㉔。垂涕当闻诏，投弓竟释棚㉕。兵权众取忌，义勇倍生憎㉖。锻炼劳钳网，含糊折股肱㉗。风波何惨淡，天帝亦愚瞢㉘。气壮骑箕去，光昏坠宿应㉙。循王殊可惜，秦氏究谁称㉚。危笑忘亡卫，痴同恃赂鄫㉛。玉津成仓卒，木马任凌竞㉜。江浦潮三日，厓山浪万层㉝。黄龙虚立誓，白雁岂无征㉞。朔骑驰红旆，残军费铁绳㉟。长城真自坏，弱国岂堪矜㊱。遗庙司花近，英风大树凭㊲。衣冠绵后裔，香火类禅僧㊳。顽铁颜应赧，南枝翠尚凝㊴。夜灯杨琏塔，春草赵家陵㊵。忠佞原难辨，兴亡最有凭㊶。椒浆君莫奠㊷，遗愤易填膺。(《江西诗征》卷八四)

【注释】

① 古墓明湖岸：岳飞的古墓在西湖岸边。明湖，西湖亦名明圣湖，省称明湖。经过恨不胜：经过时愤恨难以承受。胜，旧读 shēng。能承担，能承受。

② 乾坤当扰乱：天下正当混乱之时。扰乱，混乱。《吕氏春秋·任数》："君臣扰乱，上下不分别。"篡夺自因仍：篡位夺权自然相继不断。因仍，因袭，沿袭。《三国志·魏志·程昱传》："转相因仍，莫正其本。"

③ 驴背仙人坠：宋邵伯温《易学辨惑》："（陈）抟隐居华山……一日乘驴游华阴市，闻（宋）太祖登极，大笑，问其故，曰：'天下自此定矣。'"龙飞帝位乘：谓宋太祖乘机代周称帝。龙飞，《易·乾》："飞龙在天，利见大人。"孔颖达疏："若圣人有龙德，飞腾而居天位。"遂以"龙飞"为帝王的兴起或即位。

④ 加袍符木谶：赵匡胤黄袍加身符合木简上的谶言。谶，迷信的人指将要应验的预言、预兆。《宋史·太祖纪一》："（周）世宗在道，阅四方文书，得韦囊，中有木三尺余，题云'点检作天子'，异之。时张永德为点检，世宗不豫，还京师，拜太祖检校太傅、殿前都点检，以代永德。"

隐烛愧金滕:谓宋太宗赵光义在烛影斧声中取得帝位应该有愧于周公对武王的兄弟之情。隐烛,遮蔽烛光。宋文莹《续湘山野录》:"急传宫钥开端门,召开封王,即太宗也。延入大寝,酌酒对饮,宦官宫女悉屏之。但遥见烛影下,太宗时或避席,有不可胜之状……顾太宗曰:'好做好做。'遂解带就寝,鼻息如雷霆。是夕太宗留宿禁内。将五鼓,周庐者寂无所闻,帝已崩矣。"后人因有以"烛影斧声"指太宗杀兄夺位。金滕,谓用金属制的带子将收藏书契的柜封存。《书·金滕》中写周武王病重,周公向三王的在天之灵祈祷,请求以自身代武王去死,"公归,乃纳册于金滕之匮中"。后成王疑周公,上帝以"大雷电以风"示警,"王与大夫尽弁,以启金滕之书",才看到周公的祝辞,从而得知周公的忠诚。

⑤ 递澶宣和主:按次第更迭传到宋徽宗。递澶(zhān),同"嬗递",演变。宣和主,指宋徽宗。因其有年号曰"宣和",故称。殊惭有道曾:特别惭愧于有道之君的曾祖仁宗。曾,指曾祖。宋仁宗以仁德著称。见端木埰词注⑩。

⑥ "由来"二句:自来倾覆国家的君主,大多任用结党营私的人。国祚,国之福运。邦朋,互相勾结违法乱政的人,朋党。《周礼·秋官·士师》:"掌士之八成……七曰为邦朋。"

⑦ 明旨收花石:诏令遍收奇花异石。明旨,对帝王旨意的美称。强邻责币缯:强横的邻邦辽国索取贡献。责,索取(财物)。《说文》:"责,求也。"币缯,犹币帛。缯,对纺织品的总称。

⑧ 更闻纷寇盗:更听说各种各样的寇盗。纷,盛多,各种各样。谁复憺威棱:谁还害怕朝廷的威势。憺(dàn),义同"惮",畏惧。威棱,威力,威势。《汉书·李广传》:"是以名声暴于夷貉,威棱憺乎邻国。"

⑨ 敌箭传青海:谓北方边远的金国发兵南侵。古代北方少数民族起兵令众,以传箭为号。唐杜甫《投赠哥舒开府翰》诗:"青海无传箭,天山早挂弓。"青海,喻边远荒漠之地。官车困白登:汉高祖七年(前200),匈奴冒顿单于攻晋阳(今山西太原),刘邦亲自带兵迎战,被围困于平城白登山(今山西大同东北)达七日之久,后重贿冒顿的阏氏(皇后),始得出围。此借指金军围汴京,皇帝被困。

⑩ 二宗沦朔漠:徽宗、钦宗被俘陷于北方荒漠之地。九庙绝尝烝:赵宋的宗庙断绝祭祀。谓京城陷落，国家灭亡。九庙，见迺贤诗注③。尝烝，同"烝尝"，泛指祭祀。

⑪ 典午余东晋:以西晋灭亡在江南建立东晋，喻北宋灭亡在江南建立南宋。典午，"司马"的隐语。晋帝姓司马氏，后因以"典午"指晋朝。奔申赋中兴:以周平王出奔申国建立东周，喻赵构建立南宋而中兴。周幽王宠爱褒姒，就废掉了申后和太子，另立褒姒为后，褒姒生子伯服为太子。太子宜臼被逐，出奔申国（今河南南阳北）。申人、缯人召西戎以伐周，周于是乎亡。太子宜臼在申即位，是为平王。为避犬戎，平王把都城从镐京东迁至洛邑（今河南洛阳），史称东周。见《国语·晋语》和《史记·周本纪》。

⑫ 群友争翊戴:众臣下争相辅佐拥戴。周文王辅佐之臣大颠、闳夭、散宜生、南宫适，被称为"文王四友"，此处暗用其典，故改为"群友"。翊(yì)戴，辅佐拥戴。六合望清澄:天下人都盼望国家安宁，政治清明。六合，上下和四方，泛指天地或宇宙。

⑬ 剿贼三呼厉:指宗泽临死三呼"过河"。行军四将能:指张俊、刘光世、韩世忠、岳飞所谓"中兴四将"皆有用兵作战的本领。行军，古代泛指用兵。《孙子·九地》："不知山林、险阻、沮泽之形者，不能行军。"

⑭ 汤阴:指岳飞。岳飞为汤阴人，故称。伟异:卓异出众。留守:指东京留守宗泽。重飞腾:重视岳飞的才能高超。飞腾，高超。明王世贞《无凭》诗："世情工顿挫，吾意岂飞腾。"

⑮ 观象虚占豕:观察相貌虚妄地占测岳飞是猪精。《夷坚志》甲集卷一五载:岳之门僧惠清言："岳微时居相台，为市游徼，有舒翁者善相人，见岳必烹茶设馔，尝密谓之曰：'君乃猪精也，精灵在人间，必有异事，它日当为朝廷握十万之师，建功立业，位至三公。然猪之为物，未有善终，必为人屠宰，君如得志，宜早退步也。'岳笑，不以为然，至是方验。"循名未愧鹏:循名责实，岳飞不愧表字鹏举。

⑯ 精忠青简照:精纯的忠心照耀青史。青简，犹青史。奖劝紫霄承:谓岳飞蒙受皇帝的褒奖鼓励。奖劝，褒奖鼓励。紫霄，指帝王所居。南朝梁简

文帝《围城赋》："升紫霄之丹地，排玉殿之金扉。"承，接受，承受。

⑰ 汴洛倾心久：长久向往收复中原地区。倾心，向往。汴洛，汴京和洛阳，宋时称东京和西京，代指中原地区。襄樊破敌曾：曾在襄阳和樊阳大破敌军。

⑱ 湖么：指洞庭湖杨么。休跋扈：停止骄横放肆。金兀：指金国完颜兀术（宗弼）。罢侵凌：放弃侵犯欺凌。

⑲ 溟渤龙惊钓：大海的龙害怕被钓。称颂岳飞具有豪放的胸襟和远大的抱负。《列子·汤问》："龙伯之国有大人，举足不盈数步而暨五山之所，一钓而连六鳌，合负而趣归其国，灼其骨以数焉。"此为免"犯孤平"而易"鳌"作"龙"。溟渤，溟海和渤海。多泛指大海。天山雁避矰：喻金人害怕岳飞而避其锋芒。矰，古代用来射鸟的拴着丝绳的短箭。

⑳ 奋威诸夏振：奋勇扬威震动中原。诸夏，周代分封的中原各个诸侯国。泛指中原地区。《左传·闵公元年》："诸夏亲昵，不可弃也。"辟国两河宏：开辟国土两河地区得以扩展。辟国，开国，建国。两河，见柯九思诗注①。

㉑ 怀愍虽终辱：徽、钦二帝虽然终身受辱。怀愍，晋怀帝和晋愍帝。见查慎行诗注②。此喻徽宗和钦宗。荆舒实屡惩：敌人在荆舒故地却屡次遭到惩罚。荆舒，指春秋时的楚国和舒国。舒在今安徽省庐江县境内，时为楚之与国，故连称。《诗·鲁颂·閟宫》："戎狄是膺，荆舒是惩。"

㉒ 岂知归反间：哪里知道撤军回来反遭疏远。间，隔开，间隔。复尔拜疑丞：又被拜为枢密副使。疑丞，亦作"疑承"，古官名。供天子咨询的四辅中的二臣。后泛指辅佐大臣。《礼记·文王世子》："虞、夏、商、周，有师保，有疑丞。"

㉓ 和议西陲失：和议使西部的边陲丧失。安偷海外增：偷安一隅徒然增加向金人的贡献。海外，国外。此指金国。

㉔ 罢兵教虎困：停止北伐使岳飞陷于困窘。虎，喻岳飞。构祸等蝇薨：那些逸陷的奸臣制造祸乱像群蝇轰轰地乱飞。构祸，造成祸乱。《诗·小雅·四月序》："《四月》，大夫刺幽王也。在位贪残，下国构祸，怨乱并兴焉。"蝇薨，成群的苍蝇一起飞的声音。喻奸臣作乱。

㉕ 垂涕当闻诏:指岳飞接奉班师的诏书"愤惋泣下"。投弓竟释㧓:竟然将弓扔下,将箭筒也弃掷。谓罢兵撤军。㧓（bīng）,箭筒盖子。

㉖ 兵权众取忌:岳飞的兵权成为众人的忌妒对象。义勇倍生憎:岳飞的义勇使那些人倍生憎恨。

㉗ 锻炼劳钳网:拷打折磨用尽种种刑罚。锻炼,拷打折磨。钳网,犹刑狱。参见朱彭诗注⑤"罗钳吉网"。含糊折股肱:糊糊涂涂地摧残股肱之臣。

㉘ 风波何惨淡:岳飞被害风波亭多么凄惨。天帝亦愚瞢:上天亦太愚昧不明。瞢（méng）,一时的心乱迷糊。

㉙ 气壮骑箕去:气势壮盛地离开人世。骑箕,指去世。见毛师柱诗注③。光昏坠宿应:有一颗对应的星宿光芒暗淡地坠落。旧时认为一些重要人物都与天上的星宿相对应。唐杜甫《寄刘峡州伯华使君四十韵》诗:"刺史诸侯贵,郎官列宿应。"

㉚ 循王:张俊追封为循王。殊可惜:特别值得惋惜。指张俊身为大将却投靠奸臣秦桧。秦氏究谁称:秦桧究竟是谁荐举的。称,称颂而举荐。

㉛ 危笑忘亡卫:奸笑忘记卫国国势不振终被灭亡的教训。危笑,阴险地笑。卫,周王朝的同姓诸侯国之一。姬姓,卫氏。昭公时期,三晋强盛,而卫国如小侯,成为赵国的附属。到了成侯时期,因为国势不如诸侯,于是贬号为侯。到了嗣君时期,卫国只剩下濮阳,而卫侯贬号为君。秦始皇灭六国,卫国因为弱小而得以保存。秦二世贬卫君角为庶人。见《史记·卫康叔世家》。痴同恃赂鄟:同古时的鄟国一样愚昧,以为依靠贿赂就可保全国家。赂鄟,倚仗贿赂的鄟国。鄟,周代诸侯国名,在今山东省苍山县向城镇鄟国古城遗址。鲁襄公四年（前569）"莒人伐鄟",六年"莒人灭鄟"。鄟倚仗贿赂鲁襄公,以为鲁襄公一定会来救援,因无准备。鲁未援,终被灭。《左传·襄公六年》:"莒人灭鄟,鄟恃赂也。"

㉜ 玉津戕仓卒:作者原注:"指韩侂胄。"谓韩侂胄仓促死于玉津园。玉津,南宋御园名。韩侂胄（1152—1207）,字节夫,相州安阳（今河南安阳市）人。北宋名臣韩琦曾孙。光宗绍熙五年（1194）,他与宗室赵汝愚等人拥立宁宗赵扩。掌握军政大权达13年之久。开禧元年（1205）为平章军国

事。为立盖世功名发动开禧北伐，战败后遣使向金请和。开禧三年（1207），礼部侍郎史弥远等以密旨命权主管殿前司公事夏震诛韩侂胄于玉津园。嘉定元年（1208），史弥远按照金的要求，凿开韩侂胄的棺木，割下头颅，送给金朝，订立了屈辱的《嘉定和议》。见《宋史》本传。<u>木马任凌竞</u>：作者自注："孝宗。"谓宋孝宗像骑在为人所操纵的木马上，战战兢兢。《南史·齐纪下·废帝东昏侯》："（帝）始欲骑马，未习其事，俞灵韵为作木马，人在其中，行动进退，随意所适。"凌竞，战栗、恐惧貌。

㉝ <u>江浦潮三日</u>：钱塘江边多日涌起怒潮。意谓岳飞的怒魄化为钱塘江潮。江浦，江滨。<u>厓山浪万层</u>：厓山海战掀起万层浪涛。厓山，见王越诗注⑫。

㉞ <u>黄龙虚立誓</u>：白白立下痛饮黄龙府的誓愿而不能实现。虚，空，白白地。<u>白雁岂无征</u>：白雁谣难道没有征验。白雁谣见吴文华诗注③。

㉟ <u>朔骑驰红旆</u>：北方军队的旌旗急速到来。朔骑，指元朝军队。红旆，红旗，泛指旌旗。<u>残军费铁绳</u>：南宋军队溃败多为所俘。铁绳，铁链。谓以铁链拴系俘虏。

㊱ <u>弱国岂堪矜</u>：衰弱的国家哪里值得怜悯。矜，怜悯，同情。

㊲ <u>遗庙司花近</u>：作者原注："墓邻花神庙。"<u>英风大树凭</u>：岳飞的忠魂寄凭在大树上。蕴意为岳飞如大树将军。参见王逢《岳鄂王墓木……》注⑥。

㊳ <u>衣冠绵后裔</u>：指岳飞后代延续做官。衣冠，代称缙绅、士大夫。<u>香火类禅僧</u>：岳庙的香火像寺院的香火一样兴盛。

㊴ <u>顽铁颜应赧</u>：秦桧等人的铁像应该感到羞惭。颜，脸色。赧，因羞惭而脸红。<u>南枝翠尚凝</u>：岳坟向南伸展的树枝依然翠绿繁茂。凝，集聚。

㊵ <u>夜灯杨琏塔</u>：杨琏塔上的灯光夜晚明亮。谓宋亡。杨琏塔，见金实诗注③。<u>春草赵家陵</u>：赵宋帝陵长满春草。

㊶ <u>"忠佞"二句</u>：忠和奸本来难以辨别，但兴盛和衰亡是最有力的凭据。

㊷ <u>椒浆君莫奠</u>：请君不要用椒酒祭奠。椒浆，见钱谦益诗注②。<u>遗愤易填膺</u>：留下的愤慨最容易充满胸际。

赵怀玉

赵怀玉（1747—1823），字亿孙，号味辛，又字印川，清武进（今江苏常州市武进区）人。乾隆四十五年（1780）高宗南巡，召试，赐举人。官至署登州、兖州知府。丁父忧归，遂不复出。后主通州石港讲席六年，诸生极爱戴之。工古文词。有《亦有生斋文集》。

满江红·岳鄂王墓次韵

十二金牌，风波起、雄图竟歇①。千载后、我来凭吊，尚余激烈②。朔骑不嘶春陇草，杜鹃还叫南枝月③。与诸君、痛饮捣黄龙，平生切④。伤北伐，仇难雪；归北寺，冤难灭⑤。叹长城坏后，水残山缺⑥。三尺乌金魑魅像，一抔黄土英雄血⑦。看宋家、遗骨记冬青，空陵阙⑧！（《清名家词·秋籁吟》）

【注释】

① 风波起：掀起风浪。暗指岳飞被杀于风波亭。雄图竟歇：岳飞远大的抱负竟然无法实现。

② 尚余激烈：还剩下激昂慷慨之情。

③ "朔骑"句：石雕的北方战马不再嘶鸣，岳坟上长满春草。陇，通"垄"，坟墓。"杜鹃"句：杜鹃还对着月夜的岳坟树木哀鸣。南枝，象征岳飞忠魂。

④ 平生切：平生最殷切的期望。

⑤ 北寺：大理寺的别称。又监狱名。此指大理寺监狱。

⑥ 长城坏后：喻岳飞被杀之后。水残山缺：国家的山河残缺不全。

⑦ 乌金：黑色的铁。魑魅像：指秦桧等人的跪像。魑魅（chī mèi），古谓能害人的山泽之神怪。常喻指坏人或邪恶势力。一抔黄土：指坟墓。

⑧ "看宋家"二句：指南宋皇陵被挖掘一空，遗留的骸骨只能以冬青树作为记号。冬青，见袁宏道诗注②。空陵阙，剩下空空的陵墓。阙，陵墓前的牌楼。

黄景仁

黄景仁（1749—1783），字仲则，一字汉镛，自号鹿菲子，清武进（今江苏常州市武进区）人。乾隆四十年（1775）高宗南巡，召试二等，入四库馆。议叙得县丞。时毕沅为陕西巡抚，景仁往访之，途次解州卒。喜游名山大川，以诗词名当时。有《两当轩集》。

金缕曲·岳坟和韵

一吼燕云裂①。猛回头、黑罡风起，大旗吹折②。万里长城凭汝坏，可念两宫头白③。把锦样、中原轻掷④。三字狱成和议定，又坟前、闲过骑驴客⑤。黄龙恨，不堪说⑥。　　阴森宰树松邪柏⑦。觅多时、枝枝南向，一枝无北。眼见玉津歌吹地，露冷音尘都歇⑧。此处有、丰碑矗矗⑨。地下定逢于少保，话南朝、天子生还得⑩。千年血，土花碧⑪。（《两当轩集》卷一八）

【注释】

① 一吼燕云裂：形容岳飞抗金的气魄极大，叱咤怒吼可将燕云地区震裂。燕云，见杨维桢《岳王行》注⑥。

② "猛回头"三句：谓正当岳飞北伐节节胜利，背后的奸臣却搬弄是非，将其杀害。黑罡风，阴黑的罡风。罡（gāng）风，道教谓高空之风。常喻恶势力。大旗吹折，喻大将岳飞被杀。

③ "万里长城"二句：指责宋高宗杀掉岳飞是甘心自坏长城，竟忍心让徽、钦二帝老死金国。

④ 把锦样、中原轻掷：把锦绣般的中原轻易抛弃。锦样，锦绣般的。

⑤ 闲过骑驴客：指韩世忠骑驴优游经过。参见张宪《岳鄂王歌》注⑬。

⑥ 黄龙恨：指岳飞未能痛饮黄龙府的遗恨。

⑦ 宰树：坟上的树木。松邪（yé）柏：怨恨宋高宗听信奸臣之言而投降。《史记·田敬仲完世家》："四十四年……王建遂降，迁于共。故齐人怨

王建不蚤与诸侯合从攻秦,听奸臣宾客以亡其国,歌之曰:'松耶柏耶?住建共者客耶?'疾建用客之不详也。"邪,通"耶"。

⑧ 玉津歌吹地:谓昔日的杭州如天堂般的寻欢作乐之地。玉津,南宋御园名。歌吹,歌唱吹奏。露冷音尘都歇:在寒露中再也看不到昔日繁华的踪迹。音尘,踪迹。唐李白《忆秦娥》词:"乐游原上清秋节,咸阳古道音尘绝。"

⑨ 丰碑矗矗:高大的石碑耸立。矗矗,高峻貌。

⑩ "地下"二句:想象岳飞在阴间遇见于谦,一定会说起明英宗得以从北国生还的事。于少保,于谦。于谦曾官少保。见于谦诗作者简介。于谦抗击瓦剌军,致明英宗得以生还。而岳飞抗击女真军,由于过早被杀,致使徽、钦二帝未得生还。南朝,相对于北国而言,兼指明朝和南宋。

⑪ 千年血,土花碧:千年的碧血滋生碧绿的苔藓。土花,苔藓。

刘大观

刘大观(1753—1834),字正孚,号松岚、刘十,别号斥邱居士,清临清州邱县(今河北邱县)人。乾隆四十三年(1778)进士。官至署山西布政使。后寓居怀庆府(今河南沁阳市)。有《玉磬山房诗文集》。

朱仙镇吊古二首

树叫寒鸦秋气深,裁诗吊古不堪吟①。金牌得力宫车远,宰相能知密勿心②。

曾见苍虬压墓碑,万牛难掣向南枝③。又来此地瞻遗像,暮鼓声如夜战时④。(《玉磬山房诗文集》卷八)

【注释】

① 树叫寒鸦:寒天的乌鸦鸣叫于树上。寒鸦,寒天的乌鸦,受冻的乌鸦。唐王昌龄《长信秋词》诗之三:"玉颜不及寒鸦色,犹带昭阳日影来。"秋气深:秋日凄清肃杀之气浓重。深,浓厚,浓重。裁诗:作诗。唐杜甫《江亭》诗:"故林归未得,排闷强裁诗。"吊古:凭吊往古之事。不堪吟:不

忍心吟诗。不堪，不忍心。南唐李璟《浣溪沙》词："还与容光共憔悴，不堪看！"

② 得力：有效力。唐白居易《题酒瓮呈梦得》诗："曲糵销愁真得力，光阴催老苦无情。"官车：帝王坐的车。此代徽、钦二帝。密勿心：宋高宗隐秘的心思。密勿，机要，机密。《三国志·魏志·杜恕传》："与闻政事密勿大臣，宁有悃悃忧此者乎？"

③ 苍虬：青色的龙。比喻树木盘曲的枝干。宋王沂孙《疏影·咏梅影》词："苍虬欲卷涟漪去，慢蜕却、连环香骨。"压：覆盖。"万牛"句：万头牛也不能将岳坟向南的树枝拉为向北。形容岳飞的忠贞之心坚定不移。挲，拉，拽。

④ 暮鼓：鼓楼晚间报时的鼓声。唐王贞白《长安道》诗："晓鼓人已行，暮鼓人未息。"声如夜战时：暮鼓声犹如当年夜间作战时击鼓进军的声音。

吴 櫄

吴櫄（生卒年不详），字季文，号兰柴，清新化（今湖南新化县）人。乾隆四十三年（1778）（一说五十六年）拔贡生。老于场屋，以明经终。才气横溢，不可一世。晚应乡举，为监司某所辱，发愤卒。诗稿散佚。

朱仙镇怀岳武穆

和议真羞社稷臣，文章两府漫垂绅①。藁街肯肆王钦若，臣妾能包五尺巾②。

宗爷已去岳爷来，覆辙汪黄是祸胎③。一汴二杭终到海，北人南去不胜哀④。

兰亭摹揭费摩挲，大内光阴莫空过⑤。治狱几曾书御押，绍兴宸翰有谁多⑥。

匕首愁将膝裤亲，得加王号国封申⑦。铁椎莫浪椎秦桧，曾是临安一德人⑧。

张韩刘岳亦齐名,醉拥张秾亦有情⑨。不道金缯输岁币,背嵬犹自隶精兵⑩。

银瓶烈女殉亲亡,儿子云雷共惨伤⑪。至竟愧郊还有录,一飞无父墓田荒⑫。

赵宋山河委暮烟,朱仙镇上草连天。当年不醉黄龙府,老死西湖亦可怜。

宋臣遗像肃清高,肆雅投壶气自豪⑬。旧憾可能随逝水,神弦赛罢雨萧萧⑭。(《沅湘耆旧集》卷一〇九)

【注释】

① "和议"句:与金国签订的和议真使岳飞感到羞辱。社稷臣,谓关系国家安危之重臣。语出《论语·季氏》:"夫颛臾……是社稷之臣也,何以伐为?""文章"句:谓饱读文章的两府官员徒尸其位。两府,亦称"二府"。宋代以掌管军事的枢密院(西府)和掌管政务的中书门下(政事堂、东府)共同行使行政领导权,并称为"二府",为当时最高国务机关。《宋史·职官志二》:"宋初,循唐、五代之制,置枢密院,与中书对持文武二柄,号为'二府'。"垂绅,大带下垂。《礼记·玉藻》:"凡侍于君,绅垂。"孔颖达疏:"绅,大带也。身直则带倚,盘折则带垂。"言臣下侍君必恭。后借指在朝为臣。

② 藁街:亦作"稾街"。汉时街名,在长安城南门内,为属国使节馆舍所在地。汉将陈汤斩匈奴单于首级悬于藁街。肆,古时处死刑后陈尸示众。王钦若(962—1025):字定国。北宋临江军新喻(今江西新余)人。官历三朝,曾前后三次为相(包括一次为副宰相)。因其状貌短小,颈有疣,时人称为瘿相。为人奸邪险伪,善迎合帝意。与丁谓、林特、陈彭年、刘承珪交结,时人谓之五鬼。详见《宋史》本传。此喻指秦桧。臣妾能包五尺巾:指宋高宗吴皇后。见戴瀚诗注②。

③ 覆辙:翻车的轨迹。比喻招致失败的教训。汪黄:指汪伯颜、黄潜善。见凌云翰诗注①。祸胎:祸根。

④ 一汴二杭终到海:谓宋朝国都由汴京迁到杭州,最终以末帝沉入厓山海中而灭亡。传为姜子牙所作的预言诗《乾坤万年歌》有云:"一汴二杭

事不巧,却被胡人通占了。三百年来棉木(谐音"宀木",为"宋"字)终,三间海内去潜踪。"北人南去:指宋高宗南渡。宋高宗曾说"桧言'南人归南,北人归北',朕北人,将安归"?见《宋史·秦桧传》。

⑤"兰亭"二句:宋高宗对王羲之的《兰亭序》情有独钟,"详观点画,以至成诵,不少去怀也",达到不管小字大字,都能"随意所适",而"颇具佳趣"的地步。见宋高宗《翰墨志》。摹搨,依样描制,复制。摩挲,抚摸。大内,皇宫。

⑥治狱:审理案件。几曾:何曾。御押:皇帝的签押。绍兴:代指宋高宗。宸翰:帝王的墨迹。二句意谓宋高宗先前曾多少次签押诏敕给岳飞,而最后阴谋杀害岳飞却不在诏敕上签押。

⑦"匕首"句:宋高宗膝裤中常藏有匕首以防秦桧。参见彭桂词注⑥。膝裤,古时对无底半袜(亦称裤腿)、袜均称"膝裤",或称"套裤"。"得加"句:秦桧死后得以追加申王的王号。

⑧浪:轻易,随便。椎秦桧:用锥击杀秦桧。一德人:一德格天之人。秦桧建"一德格天"阁。

⑨张韩刘岳:张俊、韩世忠、刘光世、岳飞。张秾:南宋杭州名妓,后为张俊所得。《三朝北盟会编》卷二○五:"俊有爱妾,钱塘妓张秾也。知书,俊文字,秾皆与之。"

⑩金缯输岁币:每年向金朝进贡财物。金缯,黄金和丝织品。泛指金银财物。岁币,旧指朝廷每年向外族输纳的钱物。"背嵬"句:背嵬军仍属于岳飞的精锐部队。隶,隶属。此诗以张俊衬托岳飞。

⑪银瓶:传为岳飞幼女。云雷:岳飞长子岳云和次子岳雷。惨伤:惨痛悲伤。

⑫"至竟"句:最终岳飞之孙还有《愧郯录》传世。至竟,最终,毕竟。愧郯,《愧郯录》,书名,属笔记。岳飞之孙岳珂撰。记载宋代典章制度,并考证前代掌故沿革。一飞:林一飞。秦桧妾所生。《齐东野语》卷一一《曹泳》:"桧素畏内,妾尝孕,逐之。生子为仙游林氏子,曰一飞。"秦桧的亲信曹泳"尝劝桧还一飞,以补燸处"。林一飞在秦桧晚年始得重用,官至尚书省右司员外郎,"恃权挟势,辄得进用"。但王氏坚决否认林一飞

是秦桧之子。《朱子语类》卷一三一说,宋庭曾向王氏询问林一飞是否为秦桧子,"(王氏)自陈云:'妾有几子,林非是。'"秦桧至死也无法将林一飞改秦姓,故云"一飞无父"。

⑬ "宋臣"句:套用唐杜甫《咏怀古迹》"宗臣遗像肃清高"句。宋臣指岳飞。肃清高,庄重而纯洁高尚。肆雅:学习雅事。投壶:古代宴会礼制。亦为娱乐活动。宾主依次用矢投向盛酒的壶口,以投中多少决胜负,负者饮酒。参阅《礼记·投壶》。《宋史·岳飞传》:"(飞)好贤礼士,览经史,雅歌投壶,恂恂如书生。"

⑭ 神弦赛罢:祭祀的音乐演奏结束。神弦,即神弦曲。唐李贺有《神弦曲》,王琦题解:"《神弦曲》者,乃祭祀神祇弦歌以娱神之曲也。"赛,赛神。设祭酬神。

李赓芸

李赓芸(1754—1827),字生甫,号许斋,清嘉定(今上海市嘉定区)人。乾隆五十五年(1790)进士。官至福建按察使,署布政使。坐事被讦,虑为狱吏所辱,遂自经。有《稻香吟馆诗稿》。《清史稿》入《循吏传》。

岳忠武王祠

鄂王灵爽塞乾坤,萧飒南枝不肯春①。睡语敢嗤张魏国,游魂不识贾宜人②。神栖西洛陵谁上,鬼到东窗事或真③。请看一抔留万劫,何如风雨拾寒琼④。(《稻香吟馆诗稿》卷五)

【注释】

① "鄂王"句:谓岳飞的精神充满天地间。灵爽,精神。塞,填塞,充满。萧飒:稀疏,萧条冷落。不肯春:不肯回春。春,用作动词。

② "睡语"句:宋周密《齐东野语》卷一三:"又张魏公之出督也,陛辞之日,与高宗约曰:'臣当先驱清道,望陛下六龙凤驾,约至汴京,作上元帅。'飞闻之曰:'相公得非睡语乎?'于是魏公憾之终身。"睡语,梦话。敢嗤,敢于嗤笑。张魏国,张浚封魏国公。"游魂"句:岳飞的游魂并不知

道贾宜人是谁。隗顺草葬岳飞于九曲丛祠,曾伪题"贾宜人之墓"。

③ "神栖"句:有谁登上望祭殿心神留恋北宋帝陵。神栖,心神栖迟。栖迟意为留恋。作者原注:"《鹤林玉露》:临安净慈寺后有望祭殿,每岁寒食望祭西京诸陵,祝版有'心驰西洛及秩上陵之典礼,徒切望思'云云。"鬼到东窗事:见杨维桢《岳王行》注⑭。

④ 一抔留万劫:指经历多次劫难留下的岳飞坟墓。何如:比……怎么样。风雨拾寒琼:南宋末林景熙拾取南宋诸陵被掘的遗骨埋葬后,有《梦中作》四首以志其情。其中有"亲拾寒琼出幽草,四山风雨鬼神惊"之句。寒琼,清凉的美玉,喻白骨。二句对比,反衬岳飞深受后人尊敬。

曾 燠

曾燠(yù)(1759—1831),字庶蕃,一字宾谷,晚号西溪渔隐,清南城(今江西南城县)人。官至贵州巡抚。清代中叶著名诗人、骈文名家、书画家和典籍选刻家,被誉为清代骈文八大家之一。

岳墩十四韵①

宋不中原复,公如泰岳颓②。两河乘障待,一篑废功回③。初应浮江谶,聊资镇海才④。东隅天失险,南霸敌犹摧⑤。此地存孤垒,当时用背嵬⑥。诸山难共撼,半壁耻徒开⑦。太上方思沛,平王忍弃郐⑧。帛曾传雁塞,马欲渡龙堆⑨。赤帜风云起,金牌旦暮催。具瞻师尹石,能死狱庭灰⑩。万里长城坏,千秋岘首哀⑪。余威惊草木,腥血渍莓苔⑫。道济沙中碛,淮阴水上台⑬。几经寒月照,常有怒潮来⑭。(《赏雨茅屋诗集》卷三)

【注释】

① 诗题后原有小字:"泰州城内土山,是武穆屯军处,一名泰山。"

② 宋不中原复:南宋朝廷不去收复中原。公如泰岳颓:岳飞之死如泰山倒塌。泰岳颓,见吴龙翰诗注②。

③ 两河乘障待:两河人民等待岳飞前来抵御金寇。乘障,同"乘鄣"。谓登城守卫。引申为抵御。一篑废功回:谓岳飞班师,收复中原的事业功亏

一簧。

④ 初应浮江谶:初步应验了"五马浮渡江,一马化为龙"的谶言。见胡炳文诗注③。指宋高宗南渡称帝。聊资镇海才:作者原注:"南渡君以公为通州镇抚使兼知泰州。"资,取,取用。

⑤ 东隅:汉光武帝曾对冯异说:"始虽垂翅回谿,终能奋翼黾池,可谓失之东隅,收之桑榆。"谓其先败后胜。见《后汉书·冯异传》。此东隅应指岳飞从泰州撤军。天失险:意犹失天险。南霸敌犹摧:作者原注:"公以泰无险可恃,退保柴墟,战于南霸桥,金大败,渡百姓于沙上。见本传。"

⑥ 孤垒:孤立的堡寨。背嵬:背嵬军的省称。

⑦ "诸山"二句:岳家军坚如山岳,敌人并力也难以撼动;南宋的半壁江山徒然可耻地建立。诸山,指岳家军各部。共撼,并力撼动。开,创立,建立。

⑧ 太上方思沛:用汉高祖父亲太上皇思念故乡事谓宋徽宗盼望归国。《汉书·高帝纪》注引应劭曰:"太上皇思欲归丰,高祖乃更筑城寺市里如丰县,号曰新丰,徙丰民以充实之。"思沛,思念故乡。语本《史记·高祖本纪》:"高祖乃起舞,慷慨伤怀,泣数行下。谓沛父兄曰:'游子悲故乡。吾虽都关中,万岁后吾魂魄犹乐思沛。'"平王忍弃邰:喻宋高宗忍心丢弃祖宗之地。平王,周平王,东周第一代王。西周幽王之子。名宜臼。公元前771年,周幽王被犬戎杀死,太子宜臼在申(今河南南阳北)即位,是为平王。为避犬戎,平王把都城从镐京东迁至洛邑(今河南洛阳),史称东周。邰,古代周族始祖后稷的发祥地。

⑨ 帛曾传雁塞:谓徽、钦二帝曾从北方边塞传来书信。雁塞,山名。《初学记》卷三十引南朝齐刘澄之《梁州记》:"梁州县界有雁塞山,传云此山有大池水,雁栖集之,故因名曰雁塞。"其地当在今陕西汉中一带。泛指北方边塞。此句暗用《汉书·苏武传》"得雁,足有系帛书"之典。龙堆:白龙堆的略称。古西域沙丘名。借指金国首都。

⑩ "具瞻"二句:岳飞受到人们的普遍敬仰,正义凛然地死于监狱之中。具瞻,谓为众人所瞻望。语出《诗·小雅·节南山》:"赫赫师尹,民具尔瞻。"毛传:"具,俱;瞻,视。"师尹,指周太师尹氏。毛传:"师,

太师，周之三公也。尹，尹氏，为太师。"师尹石，借指记载岳飞事迹的碑石。狱庭，关押犯人的处所。亦泛指牢狱。狱庭灰，《史记·韩长孺列传》："其后安国坐法抵罪，狱吏田甲辱安国。安国曰：'死灰独不复然乎？'田甲曰：'然即溺之。'居无何，梁内史缺，汉使使者拜安国为梁内史，起徒中为二千石。"韩安国从狱中出来了，算是死灰复燃；而岳飞终于没能"死灰复燃"。

⑪ 岘首哀：谓像哀伤羊祜一样哀伤岳飞。岘首，山名。即湖北襄阳县南的岘山。晋羊祜任襄阳太守，有政绩。后人以其常游岘山，故于岘山立碑纪念，称"岘山碑"。《晋书·羊祜传》："襄阳百姓于岘山祜平生游憩之所建碑立庙，岁时飨祭焉。望其碑者莫不流涕，杜预因名为堕泪碑。"

⑫ 余威惊草木：剩余的威风使敌人惊恐草木皆兵。腥血渍莓苔：岳飞被杀，尚有腥气的血浸渍青苔。莓苔，青苔。

⑬ 道济沙中碛：以檀道济在沙漠中艰难作战喻岳飞。《南史·檀道济传》："道济时与魏军三十余战多捷，军至历城，以资运竭乃还。时人降魏者具说粮食已罄，于是士卒忧惧，莫有固志。道济夜唱筹量沙，以所余少米散其上。及旦，魏军谓资粮有余，故不复追，以降者妄，斩以徇。"沙中碛，沙漠中的沙堆。碛(qì)，水中沙堆。淮阴水上台：淮阴，指淮阴侯韩信。水上台，指水上军。《史记·淮阴侯列传》："平旦，信建大将之旗鼓，鼓行出井陉口，赵开壁击之，大战良久。于是信、张耳佯弃鼓旗，走水上军。水上军开入之，复疾战。赵果空壁争汉鼓旗，逐韩信、张耳。韩信、张耳已入水上军，军皆殊死战，不可败。……于是汉兵夹击，大破虏赵军，斩成安君泜水上，禽赵王歇。"

⑭ 几经寒月照：作者原注："'潭水寒生月'，公诗句也。"常有怒潮来：岳飞的怒魄如伍子胥一样化为钱塘江潮。

孙原湘

孙原湘（1760—1829），字子潇，一字长真，晚号心青，自署射姑仙人侍者，清昭文（今江苏常熟市）人。嘉庆十年（1805）榜眼。为翰林院庶吉士、武英殿协修官。告假归，得怔忡疾，遂不出。历主昆山之玉峰书院、旌德之毓文书院、通州之紫琅书院、本邑之游文各书院。有《天真阁集》。

岳忠武

三字分明狱未成，如何圜土暴尸横①。偏安早定平王计，返驾先愁叔武迎②。若捣黄龙成痛饮，难刑白马乞和盟③。此间大好江山在，恢复何劳万里城。(《天真阁集》卷一)

【注释】

① 狱未成：未能定案。圜土：牢狱。《周礼·地官·比长》："若无授无节，则唯圜土内之。"郑玄注："圜土者，狱城也。"暴尸：死在外面尸体没有收殓埋葬。横：横陈。

② 平王计：周平王东迁之计。喻宋高宗南渡。"返驾"句：谓宋高宗担忧其兄钦宗回国后会被迎立为国君。叔武，春秋时卫成公之弟。周襄王二十年（前632）城濮之战后，卫成公逃往楚国，后又到陈国。周卿士王子虎与诸侯盟誓时，卫成公派大夫元咺奉事其弟叔武去会盟。其后，有人说元咺已立叔武为国君。元咺之子角因而被卫成公所杀。尽管如此，元咺依旧奉事叔武回国摄政。是年六月，晋国允许卫成公返卫恢复君位。卫成公在约定日期之前进入卫国。叔武正在洗发，握着头发跑出迎接，但前驱却把他射杀。卫成公知叔武无罪，便头枕他尸体的大腿而痛哭。事见《左传·僖公二十八年》。

③ "若捣"二句：如果让岳飞实现了直捣黄龙府，与部众痛饮的誓愿，就无法向金人签订乞和的盟约。刑白马，杀白马以为盟誓的牺牲。见林俊诗注③。

精忠柏①

万木畏枯枯则薪，一株独以枯见珍②。神斤鬼斧不敢近，忠义之气缠其身③。蛟虬翠郁风波亭，一夜号泣枯精英④。奸邪气横正气绝，感愤物理同人情⑤。不见百口保飞宗，正卿窜身南海以死争⑥。上书讼冤刘允升，槁尸棘寺鸣不平⑦。区区小校犹忠诚，竟欲斩艾邪蒿萌⑧。柏虽草木气至清，肯与贼桧同时生⑨。死八百年挺不屈，蜕尽龙皮剩龙骨⑩。中有丹心不肯枯，只是春风吹不活。天欲吹活柏固辞，偷生半壁匪我思。除非痛饮黄龙时，枯枝一一回青枝。天亦不能强活之，任其一木乾坤支⑪。表忠但敕风雷司，霹雳老桧分其尸⑫。吁嗟南渡朝廷小，泥首北风如偃草⑬。只赏西湖花柳妍，浑忘朔漠椿棠老⑭。构兮构兮木不良，大厦以桧为栋梁，长城如檀翻见戕⑮。不如此柏有本性，直与精忠同正命⑯。但看枝枝北向枯，木理犹知朝二圣⑰。从来死贵得其死，不见死而不死树如此⑱。（《晚晴簃诗汇》卷一一八）

【注释】

① 精忠柏：传说"精忠柏"原为南宋大理院狱中风波亭畔的一株古柏，岳飞含冤入狱被害后，这株柏树如遭雷击，立即枯萎。但历经数百年的风雨枯柏却僵而不腐，像铁石一般坚硬。人们仰慕枯柏英烈般的风骨，就称之为"精忠柏"。太平天国时树毁于火，断为九段。解放后尚存八段，色黑，坚如金石，陈列于杭州岳庙精忠柏亭中。

② "万木"句：各种树木都怕枯朽，枯朽就会被当作柴火烧。薪，柴火。"一株"句：有一株树木却因枯死被珍爱。见珍，被珍爱。

③ 神斤鬼斧：鬼神的斧斤。《说文》："斤，斫木斧也。"段注："凡斫物者皆曰斧，斫木之斧，则谓之斤。"忠义之气缠其身：谓忠义之气围绕其木。缠，围绕。

④ 蛟虯：蛟与虯。两种水族动物。此形容柏枝屈曲之状如蛟似虯。金赵秉文《游华山寄元裕之》诗："五鬣不朽之长松，流膏入地盘蛟虯。"翠郁：苍翠，浓绿。风波亭：见董嗣杲诗注②。号泣：号啕大哭。《书·大禹谟》："帝初于历山，往于田，日号泣于旻天，于父母。"精英：精华。

⑤ "奸邪"句：奸邪之气充盈，正义之气断绝。横（héng），充满，遮盖。《礼记·孔子闲居》："以横于天下。"郑玄注："充也。""感愤"句：愤慨之情物理与人情相同。感愤，愤慨。《后汉书·臧洪传论》："雍丘之围，臧洪之感愤壮矣！"物理，事物内在的规律和道理。

⑥ "不见"二句：《宋史·宗室传》："及岳飞被诬，士㒟（niǎo）力辩曰：'中原未靖，祸及忠义，是忘二圣不欲复中原也。臣以百口保飞无

他。'桧大怒,讽言者论士㒟交通飞,踪迹诡秘,事切圣躬,遂夺官。中丞万俟卨复希旨连击之。谪居于建(建州,今福建省建瓯市),凡十二年而薨,年七十。"不见,意谓不是已经看到。飞宗,岳飞的宗族家人。正卿,赵士㒟官权知大宗正事,此以大宗正卿称之。窜身,此指被贬谪。南海,古代指极南地区。《左传·襄公十三年》:"赫赫楚国,而君临之,抚有蛮夷,奄征南海,以属诸夏。"

⑦ "上书"二句:《鄂王行实编年》卷五:"布衣刘允升上疏讼其冤,下棘寺以死。"上书,向皇帝进表章。讼冤,申辩冤屈。三国魏嵇康《幽愤诗》:"实耻讼冤,时不我与。"横尸,尸体横陈。棘寺,大理寺的别称。古代听讼于棘木之下,大理寺为掌刑狱的官署,故称。鸣不平,语本唐韩愈《送孟东野序》:"大凡物不得其平则鸣。"

⑧ 区区:言其微不足道。小校:指殿前司小校施全。斩艾(yì):斩刈,斩杀。《左传·哀公二年》:"范氏、中行氏反易天明,斩艾百姓,欲擅晋国而灭其君。"邪蒿:野生植物名。萌:植物的芽。此以邪蒿萌喻奸臣秦桧。施全刺秦桧事,见李东阳《三字狱》诗注⑤。

⑨ 气至清:气极纯洁。至,最,极。肯与:岂肯与。意谓不肯与。

⑩ "蜕尽"句:谓精忠柏皱裂的皮脱落,只剩下瘦劲的树干。龙皮,喻皱如龙鳞的树干。龙骨,喻瘦劲的枝干。唐先汪《题安乐山》诗:"翠柏不凋龙骨瘦,石泉犹在镜光寒。"

⑪ 强活之:强迫枯柏复活。活,使动词,使复活。之,代枯柏。一木乾坤支:独木支拄岌岌可危的江山。意同一木支大厦。

⑫ "表忠"二句:表彰忠烈命令主管风和雷的神,用暴雷将墓前的桧树劈开。敕,帝王的诏书、命令。司,主管,执掌。霹雳,暴雷。老桧分其尸,岳飞坟墓有分尸桧。

⑬ 朝廷小:犹小朝廷。指偏安一隅的南宋政权。宋胡铨《戊午上高宗封事》:"臣有赴东海而死尔,宁能处小朝廷求活邪!""泥首"句:像迎着北风倒伏的草一样向金国臣服。泥首,以泥涂首,表示自辱服罪。后指顿首至地。《后汉书·隗嚣公孙述传论》:"及其谢臣属,审废兴之命,与夫泥首衔玉者异日谈也。"北风,指北方的金国。偃草,倒伏的草。

⑭ 西湖花柳妍:繁华的西湖美景。花柳,指繁华游乐之地。妍,美丽。浑忘:完全忘记。朔漠:北方沙漠之地。椿棠:指宋高宗的父亲徽宗和哥哥钦宗。《庄子·逍遥游》:"北方有大椿者,以八千岁为春,八千岁为秋。"谓大椿长寿,后因以椿称父。《诗·小雅·棠棣》是一首申述兄弟应该互相友爱的诗。后常用棠棣以指兄弟。此处棠棣省作棠。老:指经历时间长久。

⑮ 构、桧、檀:皆木名。又双关三个人的名和姓。构指高宗赵构。桧指奸臣秦桧。檀指南朝宋将檀道济,喻英雄岳飞。长城如檀,见薛季宣诗注④。见戕:被毁坏,被杀害。

⑯ 本性:固有的性质或个性。《荀子·性恶》:"然则礼义积伪者,岂人之本性也哉!""直与"句:独与精忠的岳飞同样尽其道而死。直,特,独。正命,见蒲道元诗注①。

⑰ 木理:本指树木的纹理,此谓树木也有情理。二圣:指徽、钦二帝。

⑱ "从来"二句:从来死亡贵在得其死亡所值,不是已经看到像精忠柏这样虽死犹生的树了吗?

爱新觉罗·颙琰

颙琰(1760—1820),即嘉庆皇帝。爱新觉罗氏,原名永琰。乾隆皇帝第十五子,为清代入关后第五帝。在位二十五年(1796—1820)。庙号仁宗。

题岳鄂王墓

狱成三字竟无由①,南渡偏安实可羞。自许终完君父事,何期反结相臣仇②。陈汤尚有冤同讼,伍相空余怒未休③。霜雪不凋双桔树,攒宫凄恻朔风秋④。(岳墓诗碑)

【注释】

① 无由:没有根由,没有来历。谓无缘无故。

② 自许:自我期许。终完君父事:最终完成君王的事业。君父,本是对父为国君者的称呼,特称天子。何期:犹言岂料。表示没有想到。相臣:宰

相。此指宰相秦桧。

③ "陈汤"句:陈汤,字子公,山阳瑕丘(今山东兖州北)人,西汉大将。元帝建昭三年(前36),陈汤与甘延寿出使西域,途中,陈汤果断地采取了"矫制"的措施,调集汉朝屯田之兵及车师国的兵员共同行动,出奇兵攻杀匈奴郅支单于。在取得胜利后回朝,中书令石显、匡衡论其假传圣旨,犯有大罪,不予封赏。宗正刘向上书元帝为之讼冤,元帝下诏赦免其假传圣旨之罪,赐陈汤为关内侯,食邑三百户,赏黄金百斤。事见《汉书·陈汤传》。伍相:伍子胥。伍子胥曾为吴王阖闾的相国,故称。参见任士林诗注⑥。空余怒未休:空剩下无尽的愤怒化为钱塘江潮。

④ 双桔树:隗顺将岳飞草葬于九曲丛祠后,在墓前种植桔树作为标记。攒(cuán)宫:帝、后暂殡之所。见钱谦益诗注②。指南宋六陵。凄恻:因情景凄凉而悲伤。南朝梁江淹《别赋》:"是以行子肠断,百感凄恻。"朔风秋:北风哀愁。古人往往对萧瑟秋景而兴哀,故秋有悲哀意。

王 昙

王昙(1760—1817),又名良士,字仲瞿,清秀水(今浙江嘉兴市)人。乾隆五十九年(1794)举人。博通经史百家,尤工诗与骈文。好谈经济,尤喜论兵。著述繁富,大多未刻而散佚,仅存《烟霞万古楼文集》《烟霞万古楼诗选》《烟霞万古楼诗录》《烟霞万古楼诗残稿》等。

鄂王坟

天意不祚宋,王心独忤秦①。忠完一父子,国误两君臣②。生死狱三字,兴亡人百身③。黄龙浑未到,遗恨此山垠④。

造化有时定,孤臣终古春⑤。青编尘乙夜,白简悟壬人⑥。六帝园无土,三宫墓不神⑦。栖霞风雨在,湖水酬遗民⑧。(《烟霞万古楼诗残稿》)

【注释】

① 天意不祚宋:上天的心意不佑护宋朝。祚,赐福,保佑。王心独忤秦:岳王的心却违逆秦桧。忤(wǔ),抵触,不顺从。

② 忠完：完忠。完整无缺的忠诚。一父子：意谓岳飞与岳云父子相同。一，相同如一。国误：误国。贻误败坏国家大事。两君臣：指高宗和秦桧。

③ 生死狱三字："莫须有"三字决定岳飞之死。兴亡人百身：国家覆亡，人们愿意身死一百次来换取岳飞的复生。人百身，见王世贞词注②。生死、兴亡，皆偏意复指。

④ 浑未到：完全没有抵达。山垠：山边。岳飞墓在栖霞岭畔。

⑤ "造化"二句：大自然有时序的限定，岳飞的精神万古长青。造化，自然界的创造者。亦指自然。终古，久远。

⑥ "青编"二句：夜间观看蒙上灰尘的史册，省悟岳飞是被奸臣诬陷致死。作者原注："岳氏谢昭雪表有'青编尘乙夜之观，白简悟壬人之谮'二句，为鄂王史断千古美文也。"青编，即青丝简编。借指史籍。尘，蒙上灰尘，弄脏。乙夜，二更时候，约为夜间十时。白简，古时弹劾官员的奏章。壬人，奸佞之人。指巧言谄媚、不行正道的人。《汉书·元帝纪》："是故壬人在位，而吉士雍蔽。"

⑦ "六帝"二句：谓南宋六陵被掘，帝、后们的陵墓已无神灵存在。六帝，指南宋高宗、孝宗、光宗、宁宗、理宗、度宗。三官，谓天子、太后、皇后。《汉书·王嘉传》："自贡献宗庙三官，犹不至此。"颜师古注："三官，天子、太后、皇后也。"

⑧ 湖水酹遗民：宋朝的遗民以西湖之水来酹祭岳飞。

阮　元

阮元（1764—1849），字伯元，号芸台、雷塘庵主，晚号怡性老人，清扬州仪征（今江苏仪征市）人。乾隆五十四年（1789）进士。历官湖广总督、云贵总督。拜体仁阁大学士。谥文达。阮元被尊为一代文宗。经籍训诂之外，兼究天文、历算、地理等学。著述颇丰，有《十三经注疏校勘记》《经籍纂诂》《畴人传》《揅经室集》《诂经精舍文集》等。《清史稿》有传。

拜岳鄂王庙

不战即当死，君亡臣敢存①。犹怜驴背者，未逐马蹄魂②。独洗两宫辱，

莫言三字冤③。投戈相殉耳,余事总休论④。(《揅经室集》卷八)

【注释】

① 不战即当死:谓岳飞班师后就面临着被杀。不战,指撤军。当,面对,面临。君亡臣敢存:君王要臣死,臣岂敢存活。亡,使动词,使亡。

② "犹怜"二句:还可惜骑在驴背上的韩世忠,未能追随岳飞征战的魂魄。有责韩世忠未能像岳飞那样正义凛然而死之意。

③ "独洗"二句:本来就是为了洗刷徽、钦二帝被掳的耻辱,何必说"莫须有"是冤诬呢。意谓岳飞志在为君而死,并不在乎死得冤屈与否。

④ "投戈"二句:扔下武器以身殉国罢了,其他事情都不再说了。意谓岳飞视死如归,并未把死当作一回事。

杜 堮

杜堮(1764—1859),字石樵,清滨州(今山东滨州市)人。乾隆五十五年(1790)一等一名钦赐举人。嘉庆六年(1801)进士。官礼部侍郎。重赴鹿鸣,赠大学士。谥文端。有《遂初草庐诗集》。

岳墓八首(选三)

亡宋者,高宗也。宋不复,则必亡。今也自杀其可以复宋之臣,以绝中原之望,而快敌仇之心,凡所以亡宋者,汲汲为之如恐不及,孝宗以下何责焉①。

中原唯待岳家军,自返江南更不闻。一曲湖山藏剑佩,千年陵谷变风云②。庙谟忍付沉冤狱,手诏空褒振世勋③。满眼兴亡终古恨,漫浇浊酒对斜曛④。

王业偏安学六朝,化龙枉负渡江谣⑤。阴谋不惜长城坏,暮气终教焰火销⑥。偶拾遗文叶弦管,闲听往事话渔樵⑦。欲将数斗唐衢泪⑧,洒入钱塘早晚潮。

诏书似火勒回戈,南下其如牧马何⑨。不恤筐筐穷赤子,漫云衣带限黄河⑩。鞭驱又见唐天宝,藁葬谁怜汉伏波⑪。长夜九原闻太息,英魂几遍历

铜驼⑫。(《遂初草庐诗集》卷八)

【注释】

① "汲汲"句:急迫地去做好像只怕达不到。汲汲,心情急切貌。"孝宗"句:谓亡宋的责任全在宋高宗一人,孝宗以下的各位皇帝不须责怪。焉,兼有介词"于"加代词"此"的语法功能,相当于"于此"。

② 一曲湖山:湖山一曲。湖和山的曲折处。藏剑佩:谓埋葬死者。剑佩,宝剑和垂佩。南朝宋鲍照《代蒿里行》:"虚容遗剑佩,实貌戢衣巾。""千年"句:时间久远局势发生巨大变化。陵谷,《诗·小雅·十月之交》:"高岸为谷,深谷为陵。"因喻世事巨变。风云,喻变幻动荡的局势。

③ 庙谟:庙谋,朝廷的谋略。忍付沉冤狱:忍心付与难以辩白的冤案。谓以冤案杀死岳飞。"手诏"句:宋高宗手书的诏敕白白地表彰岳飞的极世功勋。褒,表扬。振世,极世。自有世界以来。

④ 终古:久远。斜曛:落日的余晖。指黄昏,傍晚。

⑤ 学六朝:效仿六朝偏安于江南。六朝,指三国吴、东晋和南朝的宋、齐、梁、陈,相继建都建康(今江苏南京市)。"化龙"句:谓宋高宗白白辜负了人们对他渡江称帝的期望。化龙、渡江谣,见胡炳文诗注③。

⑥ 暮气:喻不振作的精神状态和疲沓不求进取的作风。焰火:喻人民抗金的激情。

⑦ 遗文:指岳飞遗留的诗文。叶弦管:合于音乐。谓合于音乐歌唱。叶(xié),合,和洽。话渔樵:渔人和樵夫讲说岳飞的往事。

⑧ 唐衢泪:唐衢,唐中叶诗人,屡应进士试,不第。所作诗意多伤感。见人诗文有所悲叹者,读后必哭。尝游太原,与友人宴,酒酣言事,失声大哭。时人称唐衢善哭。事见唐李肇《唐国史补》卷中、《旧唐书·唐衢传》。后用为伤时失意之典。

⑨ 似火:谓催促急迫。晋李密《陈情表》:"州司临门,急于星火。"勒回戈:勒令撤军。勒,强制。回戈,回师。"南下"句:其如南下牧马何。怎样对付金人南侵呢。其如……何,将……怎么办。南下牧马,指北方少数民族南侵。汉贾谊《过秦论》:"胡人不敢南下而牧马。"

⑩ "不恤"二句:南宋朝廷向金人输纳岁币不顾惜人民的贫穷,不要

说一衣带宽的黄河能阻挡敌人南侵。不恤,不忧悯,不顾惜。《书·汤誓》:"我后不恤我众。"筐筥,盛物竹器。方曰筐,圆曰筥。《诗·小雅·鹿鸣序》:"鹿鸣,燕群臣嘉宾也,既饮食之,又实币帛筐筥,以将其厚意。然后忠臣嘉宾,得尽其心矣。"借指币帛,财物。穷赤子,穷尽人民的所有。漫云,别说,不要说。衣带,指衣带水,像一条衣带那么宽的河流。形容水面狭窄。限,《说文》:"限,阻也。"

⑪ 鞭驱:用鞭驱赶。唐天宝:指唐天宝末年安史之乱。藁葬:草草埋葬。汉伏波:指汉伏波将军马援。马援,字文渊,扶风茂陵人,东汉著名的军事家。因功累官伏波将军,封新息侯。曾以"男儿要当死于边野,以马革裹尸还葬"自誓,出征匈奴、乌桓。后以六十二岁高龄出征武陵"五溪蛮",病死军中。有人诬告马援曾搜刮了一车珍珠文犀运回(其实是准备作种子用的薏米),光武帝为此震怒。马家人不知马援究竟身犯何罪,惶惧不安。马援的尸体运回,不敢埋在原来的坟地,只买了城西几亩地,草草埋葬在那里。马援的宾朋故旧,也不敢到马家去吊唁,景况十分凄凉。事见《后汉书·马援传》。

⑫ 九原:九泉,地下。太息:叹息。铜驼:指变乱后的残破景象。见阮葵生诗注⑤。

舒 位

舒位(1765—1815),字立人,小字犀禅,号铁云,清顺天大兴(今北京市大兴区)人。乾隆五十三年(1788)中举。会试落第,家贫,以馆幕为生。博学,善书画,尤工诗、乐府。诗与王昙、孙原湘齐名。有《瓶水斋诗集》《皋桥今雨集》等。

汤阴谒岳忠武王祠 (四首选一)

只解春浮海,谁呼夜渡河①。视天真似梦,割地竟无多②。窗下妻方煽,宫中侄请和③。可怜三舍日,挥断鲁阳戈④。(《瓶水斋诗集》卷六)

【注释】

① "只解"二句:南宋君臣只知道享乐杭州美丽的景色,却无人夜渡

黄河痛击金寇。春浮海，春色超过海洋。形容春色浓厚而广大。借指景色美丽。渡河，渡过黄河作战。《宋史·宗泽传》：宗泽临死，"泽无一语及家事，但连呼'过河'者三而薨"。

② 视天真似梦：《诗·小雅·正月》："民今方殆，视天梦梦。"意思是广大人民正在受难，看那国君昏昏不明。割地竟无多：意谓向金人割让土地所剩竟然没有多少。

③ 窗下：东窗之下。见杨维桢《岳王行》注⑭。妻：指秦桧之妻王氏。煽：煽动。宫中佞请和：宋高宗为了请和，每向金主称臣。至宋孝宗符离败后，"易表称书，改臣称侄"。见《宋史·孝宗本纪赞》。

④ "可怜"二句：意谓岳飞空自浴血苦战，多次击退金寇。参见岳珂《鄂忠武王出师疏帖赞》注⑭。

铁　人

撼山难撼岳，铸铁莫铸错①。坏汝万里城，构此三字狱。尔不如金人，排立秦咸阳②。亦不如铜人，双擢汉建章③。且不如石人④，青山望故乡。又何似泥人，黄土抟鸿荒⑤。尔既非木人⑥，刻画孝子伤。大有似草人，缚射酒徒狂⑦。左曰奸相桧，比肩妻氏王⑧。右为万俟卨，屈膝俊也张⑨。鬼神无所祷，夫妇乐成行⑩。谁作跽而请，直欲走且僵⑪。恨铁不铸矛，以刺贼臣头。恨铁不铸钟，以铭将军功。痛饮黄龙府，铁不铸樽俎⑫。招魂五国城，铁不铸灯檠⑬。而独铸胚胎，屈铁铁跪阶⑭。伤心南渡事，一十二金牌。
(《瓶水斋诗集》卷一四)

【注释】

① 铸错：指造成重大的而又无可挽回的错误。见何采词注⑤。此指铁铸的秦桧等人跪像。

② 金人：指秦始皇用铜铸的人像。《史记·秦始皇本纪》："收天下兵，聚之咸阳，销以为钟鐻，金人十二，重各千石，置廷宫中。"排立：排列而立。咸阳：地名。今陕西省咸阳市。秦王朝首都。

③ 铜人：指铜制的仙人捧露盘。《三辅黄图》："神明台，武帝造，上

有承露盘，有铜仙人舒掌捧铜盘玉杯以承云表之露，以露和玉屑服之，以求仙道。"双擢：相对耸立。擢，耸拔。汉建章：汉代的建章宫。建章宫建于汉武帝太初元年（前104）。仙人捧露盘立于建章宫前。

④ 石人：指传说中的望夫石。曹丕《列异传》："武昌新县北山上有望夫石，状若人立者。传云：昔有贞妇，其夫从役，远赴国难；妇携幼子饯送此山，立望而形化为石。"后世传说有多种版本。

⑤ 泥人：传说远古时代女娲抟土造人。《太平御览》卷七八引《风俗通》："俗说天地开辟，未有人民，女娲抟黄土做人，剧务力不暇供，乃引绳于泥中，举以为人。故富贵者黄土人也，贫贱凡庸者泥人也。"黄土抟鸿荒：在鸿荒时代抟黄土造人。抟（tuán），把东西捏聚成团。鸿荒，太古，混沌初开之世。

⑥ 木人：木制的偶像。汉丁兰幼丧父母，未得奉养，而思念劬劳之恩，刻木为像，事之如生。此即二十四孝中"刻木事亲"的故事。见南宋吴自牧《梦粱录·历代古墓》。

⑦ 草人：扎成人形的草把。缚射酒徒狂：明沈錬上疏揭露严嵩父子十大罪，遭廷杖五十，削官贬于保安为民。"且缚草为人，像李林甫、秦桧及嵩，醉则聚子弟攒射之。"见《明史·沈錬传》。

⑧ 比肩：并肩。

⑨ 俊也张：乃是张俊。此处为了押韵而将姓置于名后。

⑩ "鬼神"二句：秦桧夫妇跪着并不是向鬼神有所祈祷，而是乐于跪成一行。语含揶揄。

⑪ 跽而请：长跪进行请教。《史记·范雎蔡泽列传》："王微闻其言，乃屏左右，跽而请曰：'先生何以幸教寡人？'"跽（jì），长跪，挺直上身两膝着地。走且僵：奔跑将要仆倒。宋苏轼《潮州韩文公庙碑》："汗流籍湜走且僵，灭没倒影不能望。"僵，仆倒，倒毙。二句利用两句名言挖苦铁人。

⑫ 樽俎：古代盛酒食的器皿。樽以盛酒，俎以盛肉。《庄子·逍遥游》："庖人虽不治庖，尸祝不越樽俎而代之矣。"

⑬ 灯檠：灯架。北周庾信《对烛赋》："刺取灯花持桂烛，还却灯檠下烛盘。"《南村辍耕录》卷四《发宋陵寝》载，元初杨琏真加发徽、钦二宗

陵寝："二陵皆空无一物，徽陵有朽木一段，钦陵有木灯檠一枚而已。"

⑭ 胚胎：本义指在母体内初期发育的动物体。此义同毛坯，半制成品。屈铁铁跪阶：使铁蒙受委屈而长跪于阶下。

爱新觉罗·永璘

永璘（1766—1820），爱新觉罗氏。乾隆皇帝第十七子。与嘉庆皇帝同为孝仪纯皇后所生。乾隆五十四年（1789），封贝勒。仁宗亲政，封惠郡王，又改封庆郡王，晋封为亲王。寻卒，谥曰僖，是为庆僖亲王。入《清史稿·诸王传》。

题岳武穆墓

下马来寻武穆坟，萋萋春草共斜曛①。仓皇北狩归何日，缱绻有枝旧拂云②。德寿宫中但书画，金佗编里漫功勋③。须知李相歌苏武，曾向当年汴宋闻④。（岳墓诗碑）

【注释】

① 萋萋：草木茂盛。《诗·周南·葛覃》："葛之覃兮，施于中谷，维叶萋萋。"毛传："萋萋，茂盛貌。" 斜曛：斜阳。曛（xūn），落日的余光。

② 仓皇：匆忙急迫。南唐李煜《破阵子》词："最是仓皇辞庙日，教坊犹奏别离歌，垂泪对宫娥。" 北狩：皇帝到北方巡狩。皇帝被掳到北方去的婉辞。缱绻有枝：形容岳坟树枝紧紧聚拢。缱绻，纠缠萦绕，固结不解。《诗·大雅·民劳》："无纵诡随，以谨缱绻。"马瑞辰通释："缱绻即紧紧之别体。"高亨注："缱绻，固结不解之意。" 旧：久。拂云：触到云。极言其高。

③ 德寿宫：宋宫名。原为绍兴十五年宋高宗钦赐给秦桧的大宅，并有高宗亲笔题额"一德格天之阁"，后改建为"德寿宫"。绍兴三十一年高宗退位后居此。宋张仲文《白獭髓》："秦桧师垣故第，即今德寿宫，西有望仙桥，东有升仙桥。" 金佗编：即岳飞的孙子岳珂所著《金佗稡编》。漫：水过满，四外流出。引申为满，遍，到处都是。

④ 李相：宰相李纲。见张宪《悲建绍》诗注⑥。苏武：指李纲所作《苏武令》词。《宋人轶事汇编》卷一四引《词谱》："绍兴初，都下盛传《苏武令》一词，声韵凄楚，言是李纲作。"词曰："塞上风高，渔阳秋早。惆怅翠华音杳，驿使空驰，征鸿归尽，不寄双龙消耗。念白衣、金殿除恩；归黄阁、未成图报。　谁信我、致主丹衷，伤时多故，未作救民方召。调鼎为霖，登坛作将，燕然即须平扫。拥精兵十万，横行沙漠，奉迎天表。"汴宋：北宋都城汴京，故称汴宋。

蒋攸铦

蒋攸铦（1766—1830），字颖芳，号砺堂，清辽东襄平（今辽宁辽阳市）人。乾隆四十九年（1784）进士。官至两江总督、军机大臣。被权臣曹振镛当面排挤，外放两江。寻殁，谥文勤。有《绳枻斋集》《黔轺纪行集》和自编《绳枻斋年谱》。《清史稿》有传。

谒岳忠武穆祠二首

巍峨庙像肃灵光，青史勋名付渺茫①。留得忠魂追蜀帝，不将天幸羡蕲王②。九原风雨悲南渡，千载松楸忆北邙③。若使銮舆终返正，甘心鸟尽作弓藏④。

既为中原生此人，安危一发系千钧⑤。天心未肯先亡宋，臣罪都缘不帝秦⑥。嵇绍衣襟同溅血，曲端旗帜倍怆神⑦。南强北胜皆离黍，尸祝崇祠历劫新⑧。（《黔轺纪行集》）

【注释】

① 庙像：庙中神像。肃灵光：像鲁灵光殿威严地独存。肃，威严的样子。灵光，鲁灵光殿的省称。汉代著名宫殿。在曲阜。汉王延寿《鲁灵光殿赋》序："鲁灵光殿者，盖景帝程姬之子恭王余之所立也……遭汉中微，盗贼奔突，自西京未央、建章之殿皆见隳坏，而灵光岿然独存。"后喻硕果仅存的人或事物。"青史"句：意为史籍对岳飞的记载不够真实全面。勋名，犹功名。《后汉书·张奂传》："（张奂）及为将帅，果有勋名。"渺茫，虚

妄无凭。指不可信。明谢肇淛《五杂组·人部二》："禄命之说，诚渺茫不足信。"

② 追蜀帝：比得上杜鹃鸟啼血那样悲哀。蜀帝，指古代蜀帝杜宇。见龚璛诗注③。追，比得上，赶得上。《三国志·魏志·高堂隆传》："生廉追伯夷，直过史鱼。" 天幸：天赐之幸，侥幸。唐王维《老将行》："卫青不败由天幸，李广无功缘数奇。" 蕲王：韩世忠封蕲王。作者自注："韩世忠之得全其终如卫青之不败，由天幸也。"

③ "九原"二句：谓岳飞死后依然哀伤南宋始终偏安一隅，人们永远怀念坟墓中的岳飞。九原，犹九泉，黄泉。《旧唐书·李嗣业传》："忠诚未遂，空恨于九原。"松楸，松树与楸树。墓地多植。北邙，借指墓地或坟墓。

④ "若使"二句：如果能让徽、钦二帝回归，岳飞即使早死也心甘情愿。銮舆，皇帝的车驾。此代指徽、钦二帝。鸟尽作弓藏，即"蜚鸟尽，良弓藏"。见李谌词注⑤。

⑤ "安危"句：意谓岳飞是国家存亡的关键。成语有"千钧一发"。千钧重物用一根头发系着，比喻万分危急或异常要紧。钧，古代重量单位，合三十斤。

⑥ 臣罪：臣子的罪过。臣，指岳飞。缘：因为。帝秦：尊奉秦王为帝。战国时秦军围赵都邯郸，魏王使客将军辛垣衍说赵奉秦王为帝，以解邯郸之围。齐鲁仲连晓以利害，终使赵魏同息此议。此即"鲁仲连义不帝秦"。事见《战国策·赵策三》。后以屈奉暴君或异族统治者为"帝秦"。此句对宋高宗和秦桧等投降派具有强烈的反讽意义。

⑦ 秕绍：见高叔嗣诗注①。曲端：见张宪《悲建绍》诗注②。怆神：伤心。宋陆游《夜登千峰榭》诗："危楼插斗山衔月，徙倚长歌一怆神。"

⑧ 离黍：犹黍离。为慨叹亡国之典。见高明诗注②。尸祝：古代祭祀时对神主掌祝的人，主祭人。借指祭祀。明宋濂《题傅氏诰敕后》："（金昌年）尝浚慈湖，溉田千顷，民至今尸祝之。" 崇祠：高大的祠庙。历劫：历尽劫难。句意谓历时长久岳武穆祠的祭祀更为隆盛。

吴嵩梁

吴嵩梁（1766—1834），字子山，号兰雪，晚号澈翁，别号莲花博士、石溪老渔，清东乡（今江西东乡县）人。嘉庆五年（1800）举人。由内阁中书官贵州黔西州知州。有《香苏山馆诗集》。

岳武穆砚

黄河风卷红罗帜，三字狱成天似墨。长城万里坏不惜，何况端溪一方石①。精忠涅背死报国，臣骨即朽心不易。两宫播弃中原沉，紫云万古销魂色②。一声白雁南朝秋，桂子荷花生暮愁③。鬼神呵护砚犹在，不与河山同破碎。遗事凄凉说两京，人间故物有金莺④。石交合附文山传，风义千秋玉带生⑤。（《香苏山馆诗集·古体诗钞》卷八）

【注释】

① 端溪一方石：一方端溪石砚。端溪，溪名。在广东省高要市东南。产砚石。制成者称端溪砚或端砚，为砚中上品。后即以"端溪"称砚台。

② 两宫播弃：将徽、钦二帝丢弃在金国。播弃，弃置，舍弃。《书·泰誓中》："今商王受，力行无度，播弃犁老，昵比罪人。"紫云：紫色云。借指紫石砚。唐李贺《杨生青花紫石砚歌》："端州石工巧如神，踏天磨刀割紫云。"销魂色：失去神色。魂色，神色。

③ 白雁：谐音元朝灭宋的军事统帅伯颜。桂子荷花：指风光秀丽的杭州。北宋柳永《望海潮》："重湖叠巘清嘉，有三秋桂子，十里荷花。"

④ 两京：指北宋东京开封和西京洛阳。亦指京畿路和京西路。当时皆为金军占领。故物：旧物。金莺：砚名。作者原注："宣和金莺砚今在郑邸。"

⑤ 石交：交谊坚固的朋友。《史记·苏秦列传》："此所谓弃仇雠而得石交者也。"合附文山传：应该附于文天祥传。文山，文天祥号文山。据清梁绍壬《两般秋雨庵随笔》卷五《岳忠武砚》记载，岳飞被害后，忠武砚几经辗转，流落到南宋末期诗人谢枋得的手上，后谢将此砚转赠文天祥，文在砚背篆刻铭文："砚虽非铁磨难穿，心虽非石如其坚，守之勿失道自全。"

风义:犹风操。玉带生:文天祥所用端砚,以砚有白纹如玉带,名为"玉带生"。元张宪《玉带生歌序》:"'玉带生',端人也,事文山丞相为文墨宾……丞相素重之,呼召不以名,但曰'玉带生'。"

叶绍本

叶绍本(1767? —1841),字立人,一字仁甫,号筠潭,清归安(今浙江湖州市吴兴区)人。嘉庆六年(1801)进士。历官长芦盐运使、福建提督学政、山西布政使,降鸿胪寺卿。重文爱士,擅长古文。有《白鹤山房诗钞》《白鹤山房词钞》等。

谒岳忠武王庙四首(选一)

揽史真宜怒磔髯,孤忠于尔定何嫌①。文章孔雀机原毒,哲妇晨鸡计更憸②。幸有椒聊偿戮斧,可知麦饭负垂帘③。兴亡不禁千秋感,桥上鹃啼兆早占④。(《白鹤山房诗钞》卷一六)

【注释】

① 揽史:观看史书。揽,通"览"。磔髯:胡须张开竖起。形容愤怒至极。《广雅》:"磔,张也。"孤忠:忠贞自持的人。此指岳飞。于尔定何嫌:于你们到底有什么嫌隙。定,到底,究竟。

② 文章孔雀:色彩美丽的孔雀。喻堂皇的举措隐藏着阴险的计谋。当指岳飞名义上被升为枢密副使,但实际上被剥夺兵权事。文章,错杂的色彩或花纹。孔雀的尾羽色彩和花纹都很美丽,而它的胆却可浸制成毒酒。传说孔雀好吃毒物,尤其是毒蛇,由此而日积月累的毒素积存于孔雀胆内,用此胆浸泡的酒便成了毒酒。机:计谋,机密之心。"哲妇"句:谓秦桧妻王氏的计谋更奸邪毒辣。哲妇,多谋虑的妇人。《诗·大雅·瞻卬》:"哲夫成城,哲妇倾城。懿厥哲妇,为枭为鸱。"孔颖达疏:"若为智多谋虑之妇人,则倾败人之城国。妇言是用,国必灭亡。"后因以指乱国的妇人。晨鸡,司晨的牝鸡。喻专权的妇人。见盛大士诗注⑭。秦桧妻王氏曾与秦桧在东窗下定计杀害岳飞。憸(xiān),奸邪。

③ "幸有"句:幸有宋孝宗赏赐岳飞的众子孙,以报偿岳飞的被冤杀。作者原注:"谓孝宗。"椒聊,即椒。《诗·唐风·椒聊》:"椒聊之实,蕃衍盈升。"毛传:"椒聊,椒也。"朱熹集传:"聊,语助也。"因椒子实蕃衍,故亦用以喻子孙众多。戮斧,被斧钺戮杀。泛指被杀。"可知"句:作者原注:"哲宗绍述首负宣仁,此北宋致亡之由。"按:北宋宣仁太后,姓高氏,亳州蒙城(今属安徽)人。英宗皇后,神宗时尊为皇太后。元丰八年(1085)哲宗以年幼即位,尊为太皇太后,垂帘秉政达八年之久,死后,哲宗才得以亲政。哲宗亲政后,改元绍圣(绍述神宗之政),极力推崇神宗,大力打击元祐大臣,甚至在章惇等人挑拨下,直指高太后"老奸擅国",欲追废其太后称号及待遇。作者认为,这一时期的政治斗争,是导致北宋灭亡的根由。麦饭,见徐渭诗注④。

④ "桥上"句:谓南宋衰微早有预兆。参见彭孙贻词(其二)注④。占,察看甲骨的裂纹或蓍草排列的情况取兆推测吉凶。

查 揆

查揆(1770—1834),又名初揆,字梅史,清海宁(今浙江海宁市)人。嘉庆九年(1804)举人。官蓟州知州。有《筼谷文集》和《菽原堂集》。

岳武穆王金䀉歌①

绍兴南渡社稷臣,武昌咸平功尤超②。背嵬八百撼不得,太行两河皆人豪。郾城朱仙大献捷,铁浮图军纷潜逃③。狱成三字莫须有,庙堂煽惑狐鸣嗥④。见机始叹蕲王高,醉眠驴背携酒瓢⑤。此时缪丑方烜赫,三世累累银绶绦⑥。埙堪连镳皆上第,冰山讵料朝阳销⑦。王之文孙忠孝后,桯史笔挟风霜骄⑧。能读父书峻风骨,下视嘉国有弁髦⑨。金爵隆兴珂所作,纪乃祖烈鄂与褒⑩。藏之家庙谨什袭,春秋献享行清醪⑪。河南陵寝秋萧骚,不闻一爵奠丹椒⑫。何年沦落杂瓦砾,会稽山下虹霓交⑬。石鼓作臼神物怒,野人不识沙中淘⑭。客来征诗夸至宝,蚴蟉郁律蛟龙韬⑮。下卣中罍失规模,夏盏殷斝侵莱蒿⑯。回黄转绿古色泽，赤城霞起朝建标⑰。史籀斯篆苔晕蚀，背文四字劳镌雕⑱。神气肃穆棱角厉，令我怀古心郁陶⑲。王昔精忠志恢复，义旗疾卷风驱涛。黄龙痛饮须臾顷，月支之头盛醽糟⑳。钧天夜奏醉不醒，交讧倏忽回鞭橐㉑。金瓯已作偏安计，酒器频随岁币劳。子卯不乐知萎死，杜黄扬斝谁其曹㉒。桧也翻得赐酒器，敢与钟镛争哗呶㉓。孝宗积弱势不振，诸将无复建旄旐㉔。允文六事不见省，同甫五论徒取嘲㉕。长城万里汝自坏，此斝于王如秋毫。至今留遗等杯棬，桓彝玺节空喧嚣㉖。陵谷变迁已千载，沙虫猿鹤魂难招㉗。诸陵玉碗窃发尽，维王之斝愈光昭㉘。作歌记事好藏弃，宣和秘玩笑系匏㉙。（《筼谷诗钞》卷三）

【注释】

① 金斝：铜制的斝。斝（jiǎ），古代青铜制的酒器，圆口，三足。

② 社稷臣：见吴檩诗注①。此指岳飞。武昌咸平：岳飞曾一度驻军武昌，武昌得以和平安定。咸平，和平，太平。功尤超：功勋尤其卓著。超，卓越，卓著。

③ 献捷：古代打胜仗后，进献所获的俘虏及战利品。《穀梁传·僖公二十一年》："冬，公伐邾，楚人使宜申来献捷。捷，军得也。"铁浮图军：见释居简诗注⑩。

④ 庙堂：指朝廷。煽惑：煽动蛊惑。狐鸣噑（háo）：狐狸号叫。喻奸人喧嚣。

⑤ 见机：见赵俞诗注④。蕲王：韩世忠追封蕲王。"醉眠"句：参见张宪《岳鄂王歌》注⑬。

⑥ 缪丑：秦桧改谥缪丑。《宋史·秦桧传》："是夜（绍兴二十五年十月二十二日夜），桧卒，年六十六，后赠申王，谥忠献。""开禧二年四月，追夺王爵，改谥缪丑。"烜（xuǎn）赫：昭著，显赫。汉荀悦《汉纪·成帝纪三》："以言事为罪，无烜赫之恶。""三世"句：谓秦桧三代皆居高官。三世，指秦桧及其子秦熺、孙秦埙、秦堪。银绶绦，银印青绶。秦汉制，吏秩比二千石以上皆银印青绶。以后用作高级阶官名号。绶绦，绶带。古代用以系官印等物的丝带。

⑦ 埙堪：秦埙、秦堪。皆桧孙，熺子。连镳：骑马同行。镳，马勒。引

申为接续。北周庾信《周车骑大将军贺娄公神道碑》："重世剌举,连镳衮服。" 上第:上等,第一。《后汉书·梁冀传》："其四方调发,岁时贡献,皆先输上第于冀。"李贤注："上第,第一也。" "冰山" 句:谁料到冰山被朝阳溶化。谓秦桧一死,全家失势。冰山,冰冻形成的山。冰山遇天气转暖即消融,故以喻不可长久依赖的靠山。讵料,岂料,谁料。

⑧ 王之文孙:指岳飞之孙岳珂。文孙,指周文王之孙。后泛用为对他人之孙的美称。桯史:书名。岳珂所著。笔挟风霜骄:谓笔力雄健。

⑨ 能读父书:是对"徒读父书"的反用。《史记·廉颇蔺相如列传》:"(赵)括徒能读其父书,不知合变也。"此谓岳珂能完成其父未竟的收集岳飞传记资料的遗志。峻风骨:风骨刚劲挺拔。风骨,指文学作品刚健道劲的格调。唐陈子昂《〈修竹篇〉序》:"汉魏风骨,晋宋莫传。" "下视" 句:鄙视秦桧之子秦熺为无用之物。下视,轻视,看不起。宋范仲淹《议守》:"匈奴屡变,往往犯塞……至于书问傲慢,下视中国。"嘉国,指嘉国公秦熺。《宋史·高宗本纪八》:"(绍兴二十四年十一月)戊辰,进秦熺少傅,封嘉国公。"弁,黑色布帽。髦,童子眉际垂发。古代男子行冠礼,先加缁布冠,次加皮弁,后加爵弁,三加后,即弃缁布冠不用,并剃去垂髦,理发为髻。因以"弁髦"喻弃置无用之物。《左传·昭公九年》:"岂如弁髦,而因以敝之。"

⑩ 金爵:即金雀。隆兴:宋孝宗第一个年号(1163—1164)。"纪乃祖烈" 句:记录他祖父的如同鄂国公和褒国公一般的功业。乃祖,其祖。烈,功业。鄂与褒,唐鄂国公尉迟敬德和褒国公段志玄。

⑪ 什袭:重重包裹,谓郑重珍藏。什,十。宋张守《跋〈唐千文帖〉》:"此书无一字刓缺,当与夏璜赵璧,什袭珍藏。"献享:奉献供品祭祀。行清醥:依次斟上清酒。行,依次斟酒。清醥,清酒。古代祭祀用的清洁的酒。《诗·小雅·信南山》:"祭以清酒,从以骍牡。"朱熹集传:"清酒,清洁之酒。"

⑫ 河南陵寝:指位于黄河以南巩义的北宋帝陵。萧骚:萧条凄凉。唐祖咏《晚泊金陵水亭》诗:"江亭当废国,秋景倍萧骚。"丹椒:花椒。指椒酒。用花椒浸制的酒。见钱谦益诗注② "椒浆"。

⑬ 沦落:流落,漂泊。杂瓦砾:与瓦砾混杂在一起。会稽山:位于绍兴市区东南部。铜爵得之于会稽山下。清陆应宿《岳祠铜爵歌并序》:"忠武王孙珂于嘉泰四年镌奉祀忠武祭器,宋亡,悉埋土中。明万历间始得自诸暨(今绍兴)山中,归奉金佗坊家庙。"虹霓交:旧以虹霓为二气不正之交,象征世乱。清顾炎武《赠推官咸正》诗:"当年关中陷,九野横虹霓。"

⑭ 石鼓作臼:将珍贵的周代石鼓刓作舂臼,谓不识物之珍贵。宋梅圣俞《雷逸老以仿石鼓文见遗因呈祭酒吴公》诗:"石鼓作自周宣王,宣王发愤搜岐阳。……传至我朝一鼓亡,九鼓缺剥文失行。近人偶见安碓床,亡鼓作臼刓中央。"神物:神灵、怪异之物。《易·系辞上》:"是故天生神物,圣人则之。"野人:上古谓居国城之郊野的人。与"国人"相对。泛指村野之人,农夫。沙中淘:从泥沙中淘出。

⑮ 征诗:征求作诗。蚴蟉郁律:形容爵上的文字形体。蚴蟉(yǒu liú),蛟龙屈曲行动貌。郁律,屈曲夭矫貌。唐元稹《说剑》诗:"巡逡潜虬跃,郁律惊左右。"蛟龙韬:像隐藏的蛟龙。韬,掩藏,隐蔽。

⑯ 下卣中罍:下品的卣和中品的罍,意谓金爵为上品。卣(yǒu),古代一种盛酒的器具。口小腹大。有盖和提梁。罍(léi),古代一种盛酒的容器。小口,广肩,深腹,圈足,有盖。多用青铜或陶制成。失规模:失去原来的形制。规模,法度。夏琖殷罍:夏代的酒盏和商代的铜罍。喻岳祠金爵。琖,小杯子。侵莱蒿:为野草所侵蚀。莱蒿,同蒿莱,野草,杂草。

⑰ 回黄转绿:草木秋冬黄落,春日转绿。谓时序变迁,亦喻世事变化。赤城:山名。在浙江省天台县北,为天台山南门。《文选·孙绰〈游天台山赋〉》:"赤城霞举而建标。"李善注:"孔灵符《会稽记》曰:'赤城,山名,色皆赤,状似云霞。'"建标:树立标识。李善注:"建标,立物以为之表识也。"因会稽山地近赤城山,故借用成句而化之,谓赤城山之朝霞为埋藏的铜爵建立标识。

⑱ "史籀"二句:谓铜爵上用篆文镌刻的"尽忠报国"四字已为苔藓侵蚀。史籀,周宣王史名籀,其所造文字曰籀文。亦曰大篆。春秋战国时流行于秦国,今存石鼓文是其代表。斯篆,秦代李斯省改大篆而成的一种字体。亦称秦篆或小篆,后世通称篆书。汉许慎《〈说文解字〉序》:"秦始皇

帝初兼天下，丞相李斯乃奏同之，罢其不与秦文合者。斯作《仓颉篇》，中车府令赵高作《爰历篇》，太史令胡母敬作《博学篇》，皆取史籀大篆，或颇省改，所谓小篆者也。"苔晕，苔藓的模糊痕迹。宋徐积《宿山馆》诗之一："君看床头铁鳞甲，雨痕苔晕几千层。"背文四字：指岳飞背刺的"尽忠报国"四字。镌雕，镌刻，雕刻。

⑲ "神气"句：铜罍上的文字神态严肃庄重、棱角分明。神气，神情，神态。厉，凌厉，雄健，锋利。郁陶：忧思积聚貌。《书·五子之歌》："郁陶乎予心，颜厚有忸怩。"孔传："郁陶，言哀思也。"

⑳ 须臾顷：言极短时间。"月支"句：用金人的头颅来盛酒。月支（yuè zhī）：亦作月氏。古族名，曾于西域建月氏国。后泛指塞外少数民族。此指金人。醨糟，泛指酒。醨（lí），味不浓烈的酒。糟，酒渣。

㉑ 钧天："钧天广乐"的略语。指天上的音乐。南朝梁刘勰《文心雕龙·乐府》："钧天九奏，既其上帝。"交讧：交相骚扰作乱。此谓将士们醉后狂闹。倏忽：一转眼，忽然。回鞬櫜：谓还师。鞬櫜，鞬服，盛弓箭的器具。借指军队。

㉒ 子卯不乐：古代国君认为甲子、乙卯日是不祥的日子，在这两天不奏音乐，作为对自己的警戒。《左传·昭公九年》："辰在子卯，谓之疾日。君彻宴乐，学人舍业。"疾日，忌日。知悼：即知悼子。晋国大夫。杜蒉扬觯：杜蒉，晋平公的厨师。《礼记·檀弓下》记载：知悼死，尚未下葬，晋平公却喝起酒来，并让师旷和李调作陪，敲钟击鼓奏乐。杜蒉发现此事不合礼仪，就以敬酒的特殊方式劝谏国君。"平公呼而进之，曰：'蒉，曩者尔心或开予（或许要开导我），是以不与尔言。尔饮旷（你让师旷喝酒）何也？'曰：'子卯不乐。知悼子在堂，斯其为子卯也大矣。旷也，大师（太师）也。不以诏（不把"子卯不乐"的礼仪告诉国君），是以饮之也。'……平公曰：'寡人亦有过焉，酌而饮寡人。'杜蒉洗而扬觯（洗过酒杯，倒上酒举起奉上）。公谓侍者曰：'如我死，则必无废斯爵也。'"谁其曹：谁是杜蒉的同辈。意谓如今没有像杜蒉那样的人来劝谏国君。

㉓ 翻得：反而得到。谓不当得而得。赐酒器：宋高宗曾赏赐秦桧酒器。《宋史·秦桧传》："（绍兴）十六年正月，桧立家庙。三月，赐祭器，将相

赐祭器自桧始。""敢与"句:谓秦桧所得酒器岂能与岳家金罂相比。钟镛,钟和镛。泛指大钟。哗咬(náo),喧闹。明陈子龙《妒妇赋》:"恶声嘈嘈,哗咬达曙。"

㉔ 无复建旌旄:不再指挥军队北伐。旌旄,军中用以指挥的旗子。

㉕ 允文六事:似应指宋孝宗隆兴初,虞允文的一些建议得不到采纳。六,或为虚数。虞允文(1110—1174),南宋隆州仁寿(今属四川)人,字彬父,一作彬甫。绍兴进士。乾道五年(1169)为相,任用胡铨、王十朋。八年,再任四川宣抚使,在蜀年余病死。《宋史》有传。不见省:不被省悟。同甫五论:陈亮(1143—1194),字同甫,人称龙川先生,婺州永康(今属浙江)人。婺州以解头(解元)荐,"因上《中兴五论》,奏入不报"。淳熙五年(1178)诣阙上书论国事。后曾两次被诬入狱。光宗绍熙四年(1193)策进士,擢为第一,授建康军节度判官厅公事,未到任而卒。著有《龙川文集》《龙川词》。《宋史》入《儒林传》。

㉖ "至今"二句:谓南宋诸帝的遗留物不受重视,空自喧嚣于当时。留遗,指桓、彝、玺、节等遗留物。杯棬(quān),一种木质的饮器。喻极普通之物。《孟子·告子上》:"性,犹杞柳也;义,犹杯棬也。以人性为仁义,犹以杞柳为杯棬。"焦循正义引《大戴礼记·曾子事父母》卢辩注:"杯,盘盘盆盏之总名也。盖杯为总名,其未雕未饰时,名其质为棬,因而杯器之不雕不饰者,即通名为棬也。"桓,桓表,即华表。彝,古代盛酒的器具,亦泛指古代宗庙常用的祭器。玺,印。自秦代以后专指帝王的印。节,符节。古代朝廷分与使者持之以作凭证。空喧嚣,徒然喧哗吵闹于一时。谓比不上岳家金罂珍贵于后世。

㉗ 陵谷变迁:丘陵变山谷,山谷变丘陵。比喻世事变迁,高下易位。语本《诗·小雅·十月》:"高岸为谷,深谷为陵。"沙虫猿鹤:《艺文类聚》卷九十引晋葛洪《抱朴子》:"周穆王南征,一军尽化,君子为猿为鹤,小人为虫为沙。"后因以"猿鹤沙虫"指阵亡的将士或死于战乱的人民。

㉘ "诸陵"二句:南宋诸帝陵的殉葬品被盗发净尽,唯有岳王的金爵越发光耀。玉碗,玉制的碗。泛指帝王的殉葬之物。《南史·沈炯传》:"甲帐珠帘,一朝零落;茂陵玉碗,遂出人间。"窃发,盗窃发掘。光昭,照

耀。三国魏曹操《秋胡行》之二："明明日月光，何所不光昭。"

㉙ 藏弆(jǔ)：亦作藏去，收藏。《汉书·游侠传·陈遵》："性善书，与人尺牍，主皆藏去以为荣。"颜师古注："去亦藏也。"宣和秘玩：宋徽宗收藏的珍奇玩物。宣和，借称宋徽宗赵佶。宣和为其年号。秘玩，亦作秘玩。珍奇而罕见的玩物。系匏：语出《论语·阳货》："吾岂匏瓜也哉，焉能系而不食？"按：匏瓜味苦，故系置不用。后用"系匏"比喻弃置无用。

绍兴六年赐岳忠武手敕代梁侍讲作①

金佗坊冷秋草肥，南库手诏抛烟霏②，此独完好知者稀。想见将军大小眼，读罢涕泪沾麻衣，绍兴五年一载违③。五国望断钦与徽，冰天万里魂来归。孟婆消息吹九圻，柰花如雪簪刘妃④。君方谅闇臣墨衰，庐墓不许依春晖⑤。重台书体信手挥，十有一玺是也非⑥。摩挲古纸天水碧，聂大年题或庶几⑦。(《筼谷诗钞》卷八)

【注释】

① 绍兴六年赐岳忠武手敕：即宋高宗赐岳飞《起复诏》。梁侍讲：梁同书（1723—1815），字元颖，号山舟，晚号不翁、新吾长，浙江杭州人。乾隆十七年（1752）特赐进士，官侍讲。此诗亦见于宋高宗手敕岳飞《起复诏》手卷后，署名梁同书。文字略异。

② 金佗坊：岳珂嘉定十年（1217）至嘉定十四年（1221）任职嘉兴，居金佗坊（现嘉兴市三塔塘），将收存的有关其祖父岳飞的全部材料汇集刻印成《金佗稡编》二十八卷。南库：左藏南库。见翁方纲诗⑧。手诏：帝王亲手写的诏书。抛烟霏：弃掷于烟雾中。意谓消失，看不到。烟霏，烟雾云团。

③ 大小眼：明郎瑛《七修类稿》载：岳飞有个绰号，叫"大小眼将军"。据说是因其两眼一大一小。参见袁枚《谒岳王墓作十五绝句》诗注②。麻衣：古时丧服。《礼记·间传》："又期而大祥，素缟麻衣。"郑玄注："谓之麻者，纯用布，无采饰也。"一载违：分别一年。绍兴五年岳飞曾入觐。违，不见面，离别。

④ "孟婆"句：宁德皇后的死讯随风传遍各地。孟婆，传说中的风神。九圻：犹九地，遍地，大地。圻（qí），疆界，地域。柰花，茉莉花的别名。丧事簪白柰花始于东晋。见《晋书·成恭杜皇后传》。《容斋四笔》卷六："绍兴五年，宁德皇后（宋徽宗郑皇后）讣音从北庭来，知徽州唐辉使休宁尉陈之茂撰疏文，有语云：'十年罹难，终弗返于苍梧。万国衔冤，徒尽簪于白柰。'"簪刘妃：指刘妃为宁德皇后去世而头簪白柰花。刘妃，宋高宗有大小二位刘妃，皆艳压群芳，深得高宗宠眷。

⑤ 谅闇（àn）：亦作谅阴。居丧时所住的房子。《礼记·丧服四制》："《书》曰：'高宗谅闇，三年不言。'善之也。"郑玄注："闇，谓庐也。"《论语·宪问》引作"谅阴"。借指居丧。多用于皇帝。君方谅闇，指宋高宗正在为宁德皇后居丧。墨衰：黑色丧服。见翁方纲诗注⑪。此作动词。春晖：指慈母。语出唐孟郊《游子吟》："慈母手中线，游子身上衣。谁言寸草心，报得三春晖？"

⑥ 重台书体：谓宋高宗低劣的书体。重台，奴婢的奴婢。明陶宗仪《辍耕录·重台》："凡婢役于婢者，俗谓之重台。"因比喻同类事物中最低下者。《说郛》卷六九引赵构《翰墨志》："公（米芾）效羊欣，而评者以婢比欣，公岂俗所谓重台者耶。"十有一玺：梁同书诗原注："《宋会要》载绍兴元年，宣示中兴之宝，十有一敕内印文无之。"是也非：意谓"十有一敕内印文无之"的说法是不实的。

⑦ 摩挲：抚摸。古纸：指《起复诏》。天水碧：浅青色。五代无名氏《五国故事》卷上："天水碧，因煜（南唐后主李煜）之内人染碧，夕露于中庭，为露所染，其色特好，遂名之。"双关赵宋灭亡。天水为赵氏郡望。碧谐音"毕"。聂大年（1402—1455）：字寿卿，明江西临川人。博通经史，亦善诗词。宣德末，为仁和县教谕。景泰六年（1455）荐入翰林，寻病逝。有《东轩集》。庶几：差不多，近似。《易·系辞下》："颜氏之子，其殆庶几乎？"高亨注："庶几，近也，古成语，犹今语所谓'差不多'，赞扬之辞。"梁同书诗原注："聂大年有题高宗遗墨诗，见《皇明文征》。"

黄士珣

黄士珣（1771—？），字芗泉，号扣翁，清钱塘（今浙江杭州市）人。

岁贡生。有《沧粟斋集》。

精忠柏歌

挐空百尺干蛟立,此即森森忠武骨①。牛斗常为剑气冲,风雷欲助龙髯活②。昭昭天日成狱词,禾绢闭眼无士师③。可怜冤已到狱底,大厦尚恁一木支。阴阳谬进高丽使,陋却园林栽锦绮④。廊庙原期匠氏求,圜扉竟俾将军倚⑤。朝廷发策言和戎,太平宰相称翁翁⑥。故宫禾黍泣秋露,明湖花柳娇春风⑦。此时此柏无人识,老皮张展修鳞黑⑧。幸免阁妃相屋材,定知隗卒勤封殖⑨。一朝树倒散胡孙,此柏长扶正气存⑩。无人荷校怜阴府,有木刲骸表墓门⑪。柏台今日分司地,指点前朝大理寺⑫。莓苔蚀处旧成文⑬,仿佛精忠岳家字。(《两浙輶轩续录》卷三十)

【注释】

①　挐空:凌空,抓向空中。干蛟立:树干像蛟龙一样直立。森森:威严可畏貌。清施闰章《重刻〈何大复诗集〉序》:"李空同虎视鹰扬,望之森森。"

②　牛斗:指牛宿和斗宿。晋张华令雷焕掘狱得剑事,见凌云翰诗注③。剑气:宝剑的光芒。用此典谓岳飞死于冤狱,其精神的光华上射星空。龙髯:龙之须。常喻松。宋王安石《道傍大松人取为明》诗:"虬甲龙髯不易攀,亭亭千尺荫南山。"此借喻精忠柏。

③　昭昭天日:见李调元诗注②。狱词:亦作"狱辞",供词。"禾绢"句:见沈钦韩《岳忠武王官衔姓名铜印歌》注⑥。

④　"阴阳"句:作者原注:"高宗南渡时,高丽国进阴阳柏一株。见《太平清话》。""陋却"句:谓在锦绣般的园林里栽上阴阳柏反而使园林显得丑陋。锦和绮皆为有彩色花纹的丝织品。常用来形容华美。

⑤　"廊庙"句:原本期望求得工匠而整修廊庙。喻朝廷原本希望靠岳飞来护卫。廊庙,殿下屋和太庙。亦指朝廷。匠氏,木匠,工匠。《左传·哀公十七年》:"辛巳,石圃因匠氏攻公。公阖门而请,弗许。""圜扉"句:意谓竟然使岳将军陷于牢狱。明沈德符《万历野获编》卷一七:"岳鄂王初

入狱,垂手于庭,立亦欹斜,为隶人呵之曰:'岳飞叉手正立!'岳竦然听命。"圜扉,指监狱。俾,使。倚,斜靠。

⑥ 发策:发送书信。"太平"句:讥讽秦桧是个"蜜翁翁"式的人物,而妄图做太平宰相。太平宰相,唐裴坦居太平里,号"太平宰相"。后多称无所事事、无所作为、得过且过的宰相。翁翁,犹公公。宋魏泰《东轩笔录》卷十五:"边人传诵一诗云:'昨夜阴山吼贼风,帐中惊起紫髯翁。平明不待全师出,连把金鞭打铁骢。'有张师雄者,西京人,好以甘言悦人,晚年尤甚,洛中号曰'蜜翁翁'。出官在边郡,一夕,贼马至界上,忽城中失师雄所在,至晓,方见师雄重衣披裘,伏于土窟中,神已痴矣。西人呼土窟为空,寻为人改旧诗以嘲曰:'昨夜阴山吼贼风,帐中惊起蜜翁翁。平明不待全师出,连着皮裘入土空。'"宋赵与时《宾退录》卷七:"绍兴间,禁中呼秦太师为'太平翁翁'。"宋陆游《追感往事》诗:"太平翁翁十九年,父子气焰可熏天。不如茅舍醉春酒,日与邻翁相枕眠。"(《剑南诗稿》卷四五)

⑦ 故宫禾黍:见高明诗注②。泣秋露:在秋天的露水中哭泣。明湖花柳:西湖的花和柳。指西湖美景。娇春风:在春风中显得娇媚。

⑧ "老皮"句:精忠柏的老树皮张开像黑色的鱼鳞。张展,张开,展开。修鳞,指大鱼。

⑨ "幸免"句:谓精忠柏有幸免于被相中做阎妃功德院的建筑材料。阎妃,宋理宗的爱妃。宋理宗曾为她建功德院,遍求优质材木。《西湖梦寻》卷二《西湖西路·集庆寺》:"行里许,有集庆寺,乃宋理宗所爱阎妃功德院也。淳祐十一年建造。阎妃,鄞县人,以妖艳专宠后宫。寺额皆御书,巧丽冠于诸刹。经始时,望青采斫,勋旧不保,鞭笞追逮,扰及鸡豚。"相,相看。隗卒勤封殖:狱卒隗顺辛勤培植。封殖,壅土培育。《左传·昭公二年》:"宿敢不封殖此树,以无忘《角弓》,遂赋《甘棠》。"

⑩ 树倒散胡孙:宋庞元英《说薮·曹咏妻》载:"宋曹咏依附秦桧,官至侍郎,显赫一时。依附者甚众,独其妻兄厉德斯不以为然。咏百端威胁,德斯卒不屈。及秦桧死,德斯遣人致书于曹咏,启封,乃《树倒猢狲散赋》一篇。"《坚瓠八集》卷四:"(秦桧)曾为童子师,仰束脩自给,有

'若得水田三百亩，这番不做胡孙王'之句。后为相，以申王致仕。申属猴也，牟隆山［牟应龙（1247—1324），字伯成，号隆山先生，眉山人，徙居吴兴。宋度宗咸淳七年（1271）进士，入元以上元县主簿致仕，泰定元年（1324）卒］以为诗谶。"后因以"树倒猢狲散"比喻以势利相结合的人，为首者一倒台，依附的徒众即四散。

⑪ "无人"句：没有人怜悯在阴曹地府项戴刑枷的秦桧。荷校，以肩荷枷。即颈上带枷。校，枷。参见杨维桢《岳王行》注⑭。"有木"句：谓有分尸桧立于墓门。刲骸，将骸骨切开。刲（kuī），刺，切割。表，表木。立木为标志。

⑫ "柏台"二句：按察使今天分管的地方，正是南宋大理寺故址。柏台，御史台的别称。清时亦称按察使（臬台）为柏台。又指精忠柏台。清俞樾《精忠柏台记》："精忠柏在吾浙按察使司狱公廨之右土地庙前，即宋时大理寺狱风波亭故址也。……即于故处垒土为台，树石其上，命曰'精忠柏台'。余惟唐时御史府列植柏树，是称柏台，今直省按察使总司一省之纪纲，唐时所谓外台也，故亦有柏台之称。兹柏托根适当其地。"分司，分掌，分管。

⑬ "莓苔"句：谓精忠柏被苔藓侵蚀之处旧时形成文字。

盛大士

盛大士（1771—1838），字子履，号逸云，又号兰畦道人，清镇洋（在今江苏太仓市）人。嘉庆五年（1800）举人。官山阳教谕。有《蕴愫阁诗集》。

谒岳忠武王墓

南渡朝廷小，偷安弃汴京。两宫仇未复，三字狱先成。江表新迁社[①]，中原正用兵。相州兴义旅，鄂国著威名[②]。铁骑嘶风健，牙旗望气惊[③]。严关开战垒，细柳整军营[④]。温峤登坛誓，刘琨拜表迎[⑤]。控弦思敌忾，握节命专征[⑥]。醉待黄龙酒，书邀白马盟[⑦]。一朝诛上将，万里坏长城。玉弩悬空壁,金牌下九阕⑧。地舆臣构献,天堑伪齐争⑨。事业销磨尽,英雄生死轻。丹忱原磊落⑩,冤案不分明。此后甘衔璧,凭谁共请缨⑪。枕戈无锐卒,蹈海有遗氓⑫。化鹤魂留恨,骑驴气不平⑬。牝鸡潜缚虎,石马怒奔鲸⑭。殿上瞻旒斾,阶前跪裸裎⑮。湖山仍秀郁⑯,草木亦精诚。俎豆供新奠,衣冠拜旧茔⑰。栖霞岭畔望,过客泪纵横。(《蕴愫阁诗集》卷七)

【注释】

① 江表新迁社:宋朝国都刚迁徙到江南。江表,江南。社,土神和祭祀土神的地方。常代指国家或国都。因而迁社意谓国都迁徙或朝代更替。

② 相州:在今河南安阳。宋时,汤阴属相州。义旅:犹义师。正义的军队。鄂国:称岳飞。岳飞追封鄂王,故称。

③ 铁骑嘶风健:披甲的战马勇猛地迎风嘶叫。健,雄健,勇猛。牙旗望气惊:岳飞的主将大旗令望气者惊恐。牙旗,旗杆上饰有象牙的大旗。多为主将主帅所建,亦用作仪仗。望气,古代方士的一种占候术。观察云气以预测吉凶。《墨子·迎敌祠》:"凡望气,有大将气,有小将气,有往气,有来气,有败气,能得明此者,可知成败吉凶。"

④ 严关:险要的关隘。《乐府诗集·郊庙歌辞四》:"严关重闭,星回日穷。"细柳整军营:岳飞的军营像汉朝大将周亚夫驻扎在细柳的军营一样严整。细柳,周亚夫屯军处,在今陕西省咸阳市西南渭河北岸。

⑤ 温峤登坛誓:温峤(288—329),字泰真,一作太真,太原祁县(今山西祁县)人,东晋政治家。《晋书·温峤传》载温峤在讨平苏峻之战前为了鼓舞士气,效死决战,"峤于是创建行庙,广设坛场,告皇天后土祖宗之灵,亲读祝文,声气激扬,流涕覆面,三军莫能仰视"。刘琨拜表迎:刘琨(271—318),字越石,中山魏昌(今河北定州邢邑)人,西汉中山靖王刘胜的后裔。西晋爱国将领。以雄豪著名。愍帝即位,拜大将军、都督并州诸军事,加散骑常侍、假节。琨迎立并上谢表,中有"臣虽顽凶,无觊古人,其于被坚执锐,致身寇仇,所谓天地之施,群生莫谢不胜。受恩至深,谨拜表陈闻"之语。见《晋书·刘琨传》。

⑥ 控弦:拉弓,持弓。《史记·匈奴列传》:"以故冒顿得自强,控弦之士三十余万。"敌忾:抵抗所愤恨的敌人。《左传·文公四年》:"诸侯敌王

所忾，而献其功。"杜预注："敌，犹当也；忾，恨怒也。"<mark>握节</mark>:掌握兵权。节，符节。<mark>专征</mark>:受命自主征伐。

⑦ <mark>书邀白马盟</mark>:谓岳飞曾上疏阻拦朝廷向金人请和。绍兴八年，岳飞有《乞罢和议奏》；绍兴九年，岳飞有《谢请和赦表》。邀，阻拦，阻截。白马盟，盟誓时要刑白马，故称盟约为白马盟。

⑧ <mark>玉弩悬空璧</mark>:喻岳飞被罢兵权而不用。玉弩，玉饰的弓。<mark>九闼</mark>:天庭的大门。《汉书·扬雄传下》："不阶浮云，翼疾风，虚举而上升，则不能撠胶葛，腾九闼。"喻指宫门。

⑨ <mark>地舆臣构献</mark>:谓宋高宗赵构向金国称臣割地。地舆，《淮南子·原道训》："以地为舆，则无不载也。"地载万物，故比之以车舆，后因称大地为地舆。<mark>天堑伪齐争</mark>:言伪齐刘豫屡次与南宋争夺疆域。天堑，天然的壕沟。言其险要可以隔断交通。多指长江。

⑩ <mark>丹忱</mark>:赤诚的心。<mark>磊落</mark>:形容胸怀坦荡。

⑪ <mark>衔璧</mark>:《左传·僖公六年》："许男面缚衔璧，大夫衰绖，士舆榇。"杜预注："缚手于后，唯见其面，以璧为贽，手缚故衔之。"后因称国君投降为"衔璧"。<mark>请缨</mark>:《汉书·终军传》载："南越与汉和亲，乃遣军使南越，说其王，欲令入朝，比内诸侯。军自请：'愿受长缨，必羁南越王而致之阙下。'"后以"请缨"指自告奋勇请求杀敌。

⑫ <mark>枕戈</mark>:见胡铨诗注②。<mark>蹈海有遗氓</mark>:遗民宁愿跳海也不愿投降金人。《史记·鲁仲连邹阳列传》："彼秦者，弃礼义而上首功之国也，权使其士，虏使其民。彼即肆然而为帝，过而为政于天下，则连有蹈东海而死耳，吾不忍为之民也。"后以"蹈海"为不愿臣事入侵者之典。遗氓，犹遗民。

⑬ <mark>化鹤</mark>:指死去成仙。用丁令威化鹤归来之典。见林泉生诗注④。<mark>骑驴</mark>:谓韩世忠。见张宪《岳鄂王歌》注⑬。

⑭ <mark>牝鸡潜缚虎</mark>:谓秦桧妻王氏暗中献言杀害岳飞。牝鸡，母鸡。旧时以牝鸡司晨贬喻女性掌权，所谓阴阳倒置，将导致家破国亡。语本《书·牧誓》："牝鸡无晨，牝鸡之晨，惟家之索。"孔传："喻妇人知外事。雌代雄鸣则家尽，妇夺夫政则国亡。"缚虎，王氏曾说"缚虎易，纵虎难"。<mark>石马怒奔鲸</mark>:谓岳飞墓前的石马因不能奔赴前线杀敌而愤怒。奔鲸，奔跑的

鲸鱼。喻指不义凶暴之人。《文选·谢朓〈和王著作八公山〉诗》："长蛇固能翦，奔鲸自此曝。"李善注："杜预曰：'鲸鲵，大鱼名。以喻不义之人，吞食小国也。'"

⑮ 旒綎：垂旒。指岳飞神像所戴王冠。旒，古代帝王礼帽前后悬垂的玉串。綎，下垂貌。裸裎（luǒ chéng）：赤身露体。《孟子·公孙丑上》："尔为尔，我为我，虽袒裼裸裎于我侧，尔焉能浼我哉？"此指赤身露体的铁像。

⑯ 秀郁：秀丽盛美。

⑰ 俎豆供新奠：祭祀供奉新的祭品。奠，祭品。衣冠：见阮葵生诗注②。旧茔：古老的坟墓。

陆继辂

陆继辂（1772—1834），字祁孙，一字修平，清阳湖（今江苏常州市）人。嘉庆五年（1800）举人。曾官江西贵溪知县。工诗。有《崇百药斋文集》。

岳忠武遗砚歌 并序

砚今尺横三寸八分，纵六寸四分，正面右刻"丹心贯日"四字，左刻"汤阴鹏举识"五字，皆篆书。池上鹳鹆眼一，就刻作云日形①。明初入内府，太祖以赐徐中山②。中山刻楷书四十七字于右旁，向藏藁城徐氏中山后人从成祖至北平者③，今为太原宋氏得之。

我昔曾赋叠山卜卦砚，文山玉带生④。天生文谢结此一朝局，如石已泐不可使合并⑤。独怪岳侯胜算已在握，黄龙计日挥千觥⑥。忽摧长城坏梁木，沙颍瓦碎曾无声⑦。忌兄弃父论太酷，读史至此但觉心怦怦。精忠报国字与骨同朽，乃尚留此丹心贯日之砚铭。中山乘时作萧邓，竹帛自立千秋名⑧。猜雄之主几不保终始，吁嗟带砺难为凭⑨。幸哉不毙土囊下，此砚遂与铁券俱铮铮⑩。宋高守文颇易事，何物贼桧能令山岳委地鸿毛轻⑪。由来成败完毁偶然事，赐物世守亦已逾云仍⑫。即今大功坊又没秋草，烟云过眼成飘零⑬。诗人怀古作悲惋,岂知石本顽无情⑭。君不见长生长乐汉当作,砚并良制旋见铜雀高崚嶒⑮。赵家艮岳寿益促,风吹珍石如春冰⑯。兴来磨墨一斗盈,且纵弱腕驱风霆⑰。人间倘无五寸管,忠义智勇亦复一一俱沉冥⑱。
(《崇百药斋文集》卷七)

【注释】

① 鸜鹆眼:亦作"鸲鹆眼"。指端石上的圆形斑点。其大如五铢钱,小如芥子,形如八哥之眼,外有晕。以活而清朗、有黑精者为贵。就刻作云日形:就势雕刻成云和太阳的形状。

② 内府:王室的仓库。《韩非子·十过》:"若受我币而假我道,则是宝犹取之内府而藏之外府也。"徐中山:徐达(1332—1385),字天德,濠州钟离(今属安徽)人。明朝开国军事统帅。死后追封为"中山王",故称。

③ 向藏:先前收藏于。藁城:今河北省藁城市。成祖:明成祖朱棣。

④ 叠山卜卦砚:宋末诗人谢枋得在建阳(今福建建阳桥南)桥亭卜卦时,自用歙砚一方,因上镌刻"桥亭卜卦砚"而名,亦简称为"卜卦砚"。谢枋得(1226—1289),字君直,号叠山。信州弋阳(今属江西)人。宝祐四年(1256)与文天祥同科进士。曾应吴潜征辟,组织民兵抗元。德祐元年(1275),以江东提刑、江西诏谕使知信州。元兵犯境,战败城陷,隐遁于建宁唐石山中,后流寓建阳,以卖卜教书度日。宋亡,寓居闽中。元朝屡召出仕,坚辞不应。福建参政魏天祐强之北行至大都(今北京),在大都悯忠寺(今北京法源寺)坚贞不屈,绝食而死。门人私谥文节。文山玉带生:见吴嵩梁诗注⑤。

⑤ 结此一朝局:谓文天祥和谢枋得最后的结局一样。"如石"句:谓文、谢已死而不可复生。已泐,已经依其纹理而裂开。泐(lè),石头风化被水冲激而成的纹理。亦指石头依其纹理而裂开。

⑥ "黄龙"句:不日即可痛饮黄龙府。计日,可以数着日子。形容为时不远。千觥,千杯酒。觥(gōng),古代酒器。

⑦ 摧长城坏梁木:喻岳飞被杀。沙颓瓦碎:如沙堆崩颓,瓦器粉碎。喻南宋覆灭。

⑧ "中山"二句:徐达乘机建立功勋,在历史上留下与萧何、邓禹一

般的千秋声名。乘时，乘机，趁势。萧邓，萧何与邓禹的并称。萧何，沛县人，与汉高祖刘邦同乡。邓禹，新野人，与汉光武帝刘秀同乡。两人均以佐命功封侯。竹帛，竹简和白绢。借指史册。

⑨ 猜雄之主：多疑猜忌的君主。指宋高宗。带砺："河山带砺"之省。封爵之誓词。语出《史记·高祖功臣侯者年表》："封爵之誓曰：'使河如带，泰山若厉。国以永宁，爰及苗裔。'"裴骃集解引应劭曰："封爵之誓，国家欲使功臣传祚无穷。带，衣带也。厉，砥石也。河当何时如衣带，山当何时如厉石，言如带厉，国乃绝耳。"厉，同"砺"。

⑩ "幸哉"二句：所幸的是此砚不毁于土穴之中，于是与铁契一般铮铮有声。土囊，洞穴。《文选·宋玉〈风赋〉》："夫风……盛怒于土囊之口。"李善注："土囊，大穴也。"铁券，即铁契。古代帝王赐给功臣世代享受优遇或免罪的凭证。铮铮，象声词。常形容金、玉等物的撞击声。

⑪ 宋高：指宋高宗。守文：本谓遵循文王法度。后泛指遵循先王法度。语本《公羊传·文公九年》："继文王之体，守文王之法度。"《宋史·高宗纪赞》："高宗恭俭仁厚，以之继体守文则有余，以之拨乱反正则非其才也。""何物"句：秦桧是什么东西，能杀害岳飞如鸿毛一般轻掷。

⑫ 赐物世守：世代守藏皇帝赏赐的物品。逾云仍：传至远代子孙。逾，超过，不止于。云仍，远孙。见岳珂《鄂忠武王出师疏帖赞》注㉒。

⑬ 大功坊：明太祖朱元璋在南京建都，诏令在关帝庙旧址为徐达"治甲第"，并树立"大功坊"牌楼。《明史·徐达列传》："朱元璋言：'徐兄功大，未有宁居，可赐以旧邸。'旧邸者，太祖为吴王时所居也。达固辞。……乃命有司即旧邸前治甲第，表其坊曰'大功'。"烟云过眼：像烟云在眼前一晃而过。比喻事物很快就成为过去。成飘零：指岳忠武砚成为流落漂泊之物。

⑭ 作悲悁：作悲愤怨恨之诗。石本顽无情：石砚本是冥顽不通性情之物。

⑮ 长生长乐：指长生殿和长乐宫。皆汉宫殿名。汉当作：汉朝应当兴起。"砚并良制"句：很快看到高高的铜雀台瓦都精制成铜雀瓦砚。后世从三国魏铜雀台遗址掘取古瓦制成的砚台称铜雀瓦砚。崚嶒（léng céng）：高

耸突兀貌。

⑯ 艮岳：山名。宋徽宗政和七年于汴梁（今河南开封）东北隅作万岁山，宣和四年徽宗自为《艮岳记》，以为山在国都之艮位，故名。寿益促：寿命更短。春冰：春天的冰。因其薄而易裂，多喻容易消失的事物。

⑰ 且纵弱腕：姑且放开柔弱的手腕。谓舒腕写字。驱风霆：驱赶风雷。谓笔势强劲。

⑱ 五寸管：指笔管。一般长市尺五寸。沉冥：犹埋没，沉沦。

吴荣光

吴荣光（1773—1843），原名燎光，字殿垣，一字伯荣，号荷屋、可庵，别署拜经老人、白云山人，清南海（今广东佛山市南海区）人。嘉庆四年（1799）进士。官至湖广总督。精鉴金石，工书能画，善吟咏。著有《白云山人文稿》《筠清馆金石录》等多种。

岳忠武玉印

卅九载匆匆，章留急就工①。金牌沙里蜮，玉印雪中鸿②。汉寿应同炯，湘灵亦护忠③。一壖怀古意④，但唱满江红。（《石云山人诗集》卷二一）

【注释】

① 卅九载匆匆：三十九岁匆匆而尽。岳飞死时三十九岁。章留急就工：留下的玉印其急就章篆文精致工巧。作者原注："印为白文，用急就章篆法。"

② 沙里蜮：水沙中的蜮。蜮，传说一种在水里暗中害人的怪物，口含沙粒射人或射人的影子，被射中的就要生疮，被射中影子的也要生病。雪中鸿：在雪泥上留下的鸿鸟爪印。比喻往事留下的痕迹。语本宋苏轼《和子由渑池怀旧》诗："人生到处知何似，应似飞鸿踏雪泥。泥上偶然留指爪，鸿飞那复计东西。"

③ 汉寿应同炯：岳飞玉印应同关羽的汉寿亭侯印一样光耀。曹操曾奏请献帝，封关羽为"汉寿亭侯"，并铸"汉寿亭侯之印"送给关羽。作者原

注:"先出湘水者。"谓关羽之印先得之于湘水。**湘灵亦护忠**:湘水之神也佑护岳飞的忠魂。湘灵,古代传说中的湘水之神。《楚辞·远游》:"使湘灵鼓瑟兮,令海若舞冯夷。"作者原注:"印亦得之湘水。"

④ **一埸**:一块空地。埸,城郭旁、宫庙外及水边等处的空地或田地。

沈钦韩

沈钦韩(1775—1831),字文起,号小宛,清吴县(今江苏苏州市)人。嘉庆十二年(1807)举人。授安徽宁国府训导。淹通诸学,自诗古文骈体外,尤长于训诂考证。所著有《幼学堂诗稿》《幼学堂文稿》等八种。

岳鄂王墓

黄柑夜半闪青磷,齿及慈闱骨已尘①。膝裤亦思施义士,铅筒终愧贾宜人②。金镮泪尽红旗杳,铁简苔封墨诏新③。直待营斋天姥岭,九原忠义郁难伸④。(《幼学堂诗稿》卷七)

【注释】

① "黄柑"句:指秦桧食柑玩皮,其妻建言杀害岳飞事。见王世贞词注④。青磷,青绿色的磷火。喻秦桧夫妇。"齿及"句:意谓宋高宗的生母韦皇后从金国回来的路上谈到岳飞,才知道岳飞已经被杀。详见袁枚《岳武穆墓》诗注④。齿及,谈到,提到。慈闱,旧时母亲的代称。骨已尘,骨已化为尘土。

② "膝裤"二句:宋高宗膝裤中藏的刀也想像施全那样直接刺杀秦桧,铅筒最终使贾宜人惭愧。膝裤藏刀,见彭桂词注⑥。膝裤,古时对无底半袜(亦称裤腿)、袜均称"膝裤"。施义士,指施全。铅筒,宋佚名《朝野遗记》:"及其(隗顺)死也,谓其子曰:'异时朝廷求而不获,必悬官赏,汝告言曰:棺上一铅筒,有棘寺勒字,吾埋殡之符也。'后果购其瘗不得,以一班职为赏。其子始上告官,悉如所言,而尸色如生,尚可更敛礼服。"贾宜人,隗顺葬岳飞于九曲丛祠,立碑伪题"贾宜人之墓"。

③ "金镮"句:言被掳往金国的南宋皇族盼不到前来解救的军队。金

镯，金制的手镯或耳坠子。《宋史·后妃下》："上皇遣曹勋归，夫人（高宗邢皇后）脱所御金环，使内侍持付勋曰：'幸为吾白大王，愿如此环，得早相见也。'""铁简"句：言宋高宗曾赏赐岳飞之信物、墨诏仍在。铁简，铁券。古代皇帝颁赐功臣授以世代享受某种特权的凭证。墨诏，皇帝亲笔书写的诏旨。

④ 营斋：设斋食以供僧道，请为死者超度灵魂。宋陆游《老学庵笔记》卷二："秦会之初得疾，遣前宣州通判李季设醮于天台桐柏观。季以善奏章自名。行至天姥岭下，憩小店中，邂逅一士人，颇有俊气，问季曰：'公为太师奏章乎？'曰：'然。'士人摇首曰：'徒劳耳。数年间，张德远当自枢府再相，刘信叔当总大兵捍边。若太师不死，安有是事耶！'季不复敢与语，即上车去，醮之。明日而闻秦公卒。"天姥岭：天姥山。在浙江新昌县境内。郁：怨恨，愤怒。

岳忠武王官衔姓名铜印歌

武胜定国军节度使开府仪同三司荆湖南北襄阳路宣抚使兼营田大使岳飞之印。案本传，王以绍兴四年授清远军节度使湖北路荆襄潭州制置使，封武昌县子；五年，领镇宁、崇信两镇节度使，进侯；平杨么，加检校少保，进封公；六年，改武胜定国军两节；七年，除宣抚使、营田大使；九年，授开府仪同三司。

伏波章，司农印，金龟顾盼酬国士①。当年堂印绾者谁，辱等坠厕无足齿②。南熏门前铁路步，留守司中策名始③。大小二百余战不惜死，直抵黄龙痛饮尔。老墨舞动东松庵，热血溅被桃溪水④。耳环坠蝶帕封泪，九哥宫中何忍视⑤。眨眼长脚误苍生，禾绢士师奉一纸⑥。肉简牌忽挚生雕，剺头仙莫测怪豕⑦。精忠报国四字炳天日，向时五郎努力老妪喜⑧。可怜九由丛祠吊翠微，来日东朝道服老泪泚⑨。百番御札尽没左藏库，金蕉绣鞍星散可知矣⑩。何来善铜方寸刓陆离⑪，快剑长戟欲唤将军起。六百年中铅汞洗，金甲光开绶曳紫⑫。结发初阶秉义郎，最功始领两节使⑬。襄汉再造中兴基，屯田议立壮军垒。惟憾三司崇班最后除，慨忼力诋求和耻⑭。想其奋草恢复疏，紫泥检押臣飞取进止⑮。直透纸背鲁公一笔书，盘橐淋漓心肝相奉有如此⑯。呜呼，牙牌官衔夸累累，趋刻趋销易饼不值一钱耳⑰。忠孝侯印数有几，磊落天壤何用蓝田玺⑱。汉寿亭侯前将军，丈二之组合璧拟⑲。莫令许允相，莫令赵尧睨，若辈但知全躯保妻子⑳。（《幼学堂诗稿》卷十）

【注释】

① 伏波章：汉光武帝时，伏波将军马援曾上书皇帝，请求统一官印字体。并举城皋县县令、县丞、县尉三颗官印上印文不同为例：县令印文"皋"字为上"白"下"羊"；县丞印文"皋"字为上"四"下"羊"；县尉印文"皋"字为上"白"中"人"下"羊"。"即一县长吏，印文不同，恐天下不正者多。符印所以为信也，所宜齐同。"见《东汉会要》。司农印：唐司农卿段秀实用印。《旧唐书·段秀实传》载，唐德宗时，泾原兵变，皇帝逃往奉天，正想篡位的凤翔节度使朱泚趁机占据长安，又遣其将韩旻领马步三千趋奉天"伪迎圣驾"，实欲杀害。司农卿段秀实获知其阴谋后，情急中"乃倒用司农印印符以追兵"，就是伪造一份要韩旻立即回到长安的命令。因为没有朱泚的节度使印，便用他所管司农寺的官印颠倒钤盖在伪令上，"军人亦莫辨其文，遑遽而回"。按：军人之所以"莫辨其文"，是因为当时印文用篆籀，识之者少。再加上故意颠倒钤盖，所以就更不认识了。金龟顾盼：相传晋余不亭侯孔愉少时尝得一龟，放于余不溪中，"龟于路左顾者数过"。及后铸侯印，"而龟左顾，更铸犹如此。印师以闻，愉悟，取而佩焉。累迁尚书左仆射"。事见《世说新语·方正》刘孝标注引《孔愉别传》《晋书·孔愉传》。后遂用为封官铸印之典。顾盼，向两旁或周围看来看去。酬国士：报答国士。国士，一国中最杰出的人才。

② 堂印：宰相居政事堂所用的官印。绾者谁：系绾的人是谁。实指秦桧。绾（wǎn），盘绕，系结。古时官印是用印绶系结在身上的。辱等坠厕：耻辱同于王戎坠厕。西晋八王之乱时，王戎因建议齐王冏主动撤回自己的封国以保爵位，受到齐王冏谋臣怒斥："汉魏以来，王公就第，宁有得保妻子乎？议者可斩！""于是百官震悚，戎伪药发堕厕（假装药力发作，坠入厕中），得不及祸。"见《晋书·王戎传》。无足齿：不足以提及。表示极端鄙视。

③ 南熏门、铁路步:并见释居简诗注⑨。留守司:指宗泽的东京留守司。岳飞离开王彦军后,"复归宗泽,为留守司统制"。策名:指因仕宦而献身于朝廷之事。

④ "老墨"二句:岳飞老到的笔墨曾写下《东松寺题记》,热血沸腾地在桃溪书写的《题宜兴张大年家厅事屏记》被洗去。老墨,老到的笔墨。宋方岳《秋崖集》卷三八:"王之讨杨么也,公(岳飞)过师吾里,留题东松庵壁上,老墨飞动,忠义之气煜如。"湔被(jiān fú),洗涤。桃溪,张大年所居常州宜兴县张渚镇溪名。宋赵彦卫《云麓漫钞》卷一:"岳侯尝馆于其(张大年)家,题其厅事之屏云:'近中原板荡……'后(岳飞)陷入罪,其家洗去之,今尚有遗迹隐然。"

⑤ "耳环"二句:谓宋高宗见到从金国寄来的亲人信物,怎么忍心看下去?宋曹勋《北狩见闻录》:"徽庙出御衣之衬一领,俗呼背心,又懿节邢后(高宗邢皇后)所带金耳环子一只,上有小蝴蝶,俗名斗高飞,云是今上皇帝在藩邸时制,以为的验及皇太后信,令勋见上奏之。诏语丁宁,且泣且属曰:'无忘吾北行之苦。'又以拭泪帕子付臣曰:'见上深致我思念泪下之痛。'"九哥,高宗赵构排行第九,钦宗称其九哥。参见袁宏道诗注②。

⑥ 禾绢士师:皇帝的军队。宋杨万里《刑部侍郎章公墓铭》:"绍兴二十有一年,时宰颛政……宣城章公,儒者也,高皇选于众,乃自刑部副郎擢为大理少卿,以式遏其炽,或摘公曰:'今日士师,非禾绢士师也,盍去!'"此言秦桧专政,军队已非皇帝之军队。禾绢,指皇帝。《南史·宋纪下·明帝》:"中书舍人胡母颢专权,奏无不可。时人语曰:'禾绢闭眼诺,胡母大张橐。''禾绢'谓上也。"士师,兵众,军队。《礼记·曲礼上》:"前有车骑,则载飞鸿;前有士师,则载虎皮。"郑玄注:"士师,谓兵众。"奉一纸:谓向金国捧递的降表。

⑦ "肉简牌"二句:意谓秦桧等奸党阻挠岳飞北伐,"蓊头仙""怪豕"之类的传说只是妄诞。肉简牌,见李调元诗注⑨。生雕,指岳飞。传说岳飞为金翅鸟转世。蓊头仙,传说大理寺卿周三畏鞫勘岳飞,夜间数次见到"古木下一物似豕而角",既而听岳飞之门僧惠清言有人为岳飞相面说他是猪精,乃不肯勘问岳飞,挂冠而去,不知所终。明万历间,延安葭州山

中，有鬅头仙人，日饮净水三瓯，不进他食，与人论及岳飞冤狱，必放声大哭！人问其姓，自称姓周，后又不知所往。空中堕名帖二纸，上书"周三畏拜谢"。见《夷坚志》及《樵书》。参见李传燨诗注⑮。

⑧ 炳天日:光耀天日。五郎:岳飞小名五郎。老妪:指岳母。《鄂王行实编年》卷六:"俄有自（岳飞）母所来者，谓之曰，而母寄余言：'为我语五郎，勉事圣天子，无以老媪为念也。'"

⑨ 九曲丛祠:隗顺初葬岳飞处。吊翠微:韩世忠为伤悼岳飞在杭州飞来峰建翠微亭。东朝道服:宋高宗生母韦太后听说岳飞被杀后，在宫中穿道服，吃素斋。参见袁枚《谒岳王墓作十五绝句》诗注②。东朝，古代官殿的别称。指汉长乐宫。太后所居。因在未央宫之东，故称。也借指太后、太妃。泚(cǐ):《说文》:"泚，清也。"

⑩ 百番御札:上百道皇帝亲笔写的书札。御札，帝王的书札，手诏。左藏库:见翁方纲诗注⑧。金蕉:指金蕉叶，酒杯名。绣鞍:刺绣的马鞍。参见吴锡麒《岳忠武王铜印歌》注③。星散:分散，四散。

⑪ 善铜方寸:一寸见方的优质铜。刓陆离:挖刻得参差错落。刓(wán)，刻，挖刻。

⑫ 铅汞洗:指铜印的元气经过洗炼。铅汞，道教语。指先天元气。金甲光开:谓如金饰的铠甲光芒闪耀。开，启，放。绶曳紫:拖着紫色的印绶。古代高级官员用紫色丝带作印组。《汉书·百官公卿表上》:"相国、丞相，皆秦官，金印紫绶。"

⑬ "结发"二句:岳飞刚成年时最初晋升官阶为秉义郎，取得最高的功绩才兼任宣抚使和营田大使。结发，指初成年。阶，晋升官阶。秉义郎，宋阶官名。徽宗政和（1111—1117）中，定武臣官阶五十三阶，第四十六阶为秉义郎，以代旧官西头供奉官。绍兴（1131—1162）时改称秉节郎。靖康元年（1126）十二月，岳飞从刘浩解东京围，破金兵于滑州，迁秉义郎。见《鄂王行实编年》卷一。最功，功绩最优。最，古代考核政绩或军功时划分的等级，以上等为最，跟"殿"相对。领，兼任。节使，节度使的省称。古代集地方军政大权的官职。唐初在边境设置。后遍设于内地，至北宋初解除了节度使的兵权，成为一种荣衔。两节使为对宣抚使、营田大使

的称谓。意谓相当于古代的节度使。

⑭ 三司：指开府仪同三司。魏晋南北朝时期的一种高级官位，唐宋文散官之最高阶，从一品。"开府"指开设府第，设置官吏。"仪同三司"是说仪仗同于三司。三司指太尉、司空、司徒，亦称三公。汉制，唯三公可开府，汉末，李傕、张杨、董承等以将军开府，始有开府之名。魏晋以后，开府者益多，因而别置开府仪同三司。崇班：犹高位。最后除：最后授予（官位）。除，拜受官位，除去旧职以任新职。慨忼：同慨慷。情绪激昂。力诋：竭力谴责。

⑮ 奋草恢复疏：奋笔起草请求恢复失地的奏疏。紫泥检押：用紫泥作奏疏的封套并在其上加盖印章。紫泥，古人以泥封书信，泥上盖印。皇帝诏书则用紫泥。此处是指岳飞的奏疏，而非指皇帝诏书。只是取泥上盖印之意。检押，保护书籍的封套。取进止：宋代奏疏末所用的套语。犹言听候旨意，以决行止。如岳飞《奏乞出师札子》："臣不胜拳拳孤忠，昧死一言，取进止。"

⑯ 直透纸背：谓笔力道劲。鲁公一笔书：颜真卿一体的书法。唐代宗时颜真卿官至吏部尚书、太子太师，封鲁郡公，人称"颜鲁公"。书法大气磅礴。《颜鲁公文集·张长史十二意笔法意记》："当其用锋，常欲使其透过纸背。"盘窠淋漓：形容笔势圆转而酣畅。盘窠，盘绕，屈曲。

⑰ 牙牌官衔：指镌刻官员官衔的印。牙牌，象牙腰牌。宋元以后为官员身份证。累累：重积貌，众多貌。《汉书·佞幸传·石显》："印何累累，绶若若邪！"颜师古注："累累，重积也。"趣刻趣销：很快刻制又很快销毁。趣，通"促"。时间短。易饼：换饼。《三国志·魏志·诸夏侯曹传》裴松之注引《魏略》："初，（丁）斐随太祖，太祖以斐乡里，特饶爱之。……建安末，从太祖征吴。斐随行，自以家牛羸困，乃私易官牛，为人所白，被收送狱，夺官。其后太祖问斐曰：'文侯，印绶所在？'斐亦知见戏，对曰：'以易饼耳。'"

⑱ 忠孝侯印：《初学记》卷二六引《搜神记》曰："张颢为梁相，天新雨后，有鸟如山鹊，飞翔近地，令人摘之，化为石。颢命椎破，得一金印，文曰'忠孝侯印'。颢上之，藏官。后议郎汝南樊衡夷上言：'尧舜时

旧有此官。今天降印，宜可复置。'"此借指忠武官衔姓名铜印。**磊落天壤**：光耀于天地之间。磊落，明亮貌，错落分明貌。**蓝田玺**：蓝田玉所刻的印玺。蓝田，县名，今属陕西省。以产美玉闻名。汉班固《西都赋》："陆海珍藏，蓝田美玉。"借指蓝田玉。

⑲ **"汉寿亭侯" 二句**：我打算将关羽的汉寿亭侯印与岳飞的官印用一丈二尺长的丝带系结在一起。汉寿亭侯，见吴荣光诗注③。前将军，古代军衔，始于战国，秦汉魏晋南北朝沿置。位在大将军、骠骑将军之下。《三国志·蜀志·关张马黄赵传》："（建安）二十四年，先主为汉中王，拜（关）羽为前将军，假节钺。"组，组绶，用以系印的丝带。合璧，两个半璧合成一圆形，称之为合璧。引申指会集两者之精华。拟，打算。

⑳ **许允**：三国时魏臣。字士宗，高阳（治今河北高阳）人。晋孙盛《魏氏春秋》载："允善相印，将拜，以印不善，使更刻之，如此者三。允曰：'印虽始成而已被辱。'问送印者，果怀之而坠于厕。"**相（xiàng）**：仔细观察，看相。**赵尧**：赵尧原为汉高祖符玺御史。赵人方与公曾对御史大夫周昌说，你的部下赵尧年纪虽小，然称得上是奇士，你要另眼相待，将来他还要代替你的职位呢！周昌不以为然。后赵尧推荐周昌为赵王如意的相，高祖要找人代周昌为御史大夫，"高祖持御史大夫印弄之，曰：'谁可以为御史大夫者？'孰视赵尧曰：'无以易尧。'遂拜赵尧为御史大夫"。见《史记·张丞相列传》《汉书·张周赵任申屠传》。**睨（nì）**：斜着眼睛看。**若辈**：这些人，这等人。**全躯保妻子**：保全自身和老婆孩子。汉司马迁《报任安书》："今举事一不当，而全躯保妻子之臣，遂而媒孽其短，仆诚私心痛之。"

邓廷桢

邓廷桢（1775—1846），字维周，号嶰筠，清江宁（今江苏南京市）人。嘉庆六年（1801）进士。曾任两广总督，全力配合林则徐厉行禁烟，整顿海防。后任闽浙总督，亲督水师击退英侵略军。嗣因投降派诬陷，与林则徐同时革职，充军伊犁。后起用为陕西巡抚、陕甘总督，卒于任。善时文，犹精于音韵。有《双砚斋诗钞》。《清史稿》有传。

钱塘怀古八首（选一）

鄂王坟上叫冤禽，少保荒丘树接阴①。西市沉沦三字狱，南宫翊卫八年心②。千年信史同先后，百尺丰碑自古今。欲吊忠魂向何处，南屏山下暮钟沉③。（《双砚斋诗钞》卷二）

【注释】

① 冤禽：精卫鸟的别名。南朝梁任昉《述异记》："昔炎帝女，溺死东海中，化为精卫……一名冤禽。"少保荒丘：指明代于谦的荒坟。于谦曾官少保。树接阴：树阴相连。言岳、于坟墓接近。

② 西市：明清时北京处决死囚的刑场。在今菜市口。作者以今刑场借指古刑场。南宫：南面的宫殿。明英宗从瓦剌军被接回，安置在南宫，称上皇。《明史·英宗后纪》："武清侯石亨……以兵迎帝于南宫。"翊卫：弼辅护卫。八年心：八年的忠心。八年，从正统十四年（1449）英宗被俘，到天顺元年（1457）英宗复辟、于谦被杀，共八年。

③ 南屏山：山名。在杭州西湖南岸，玉皇山北，九曜山东。

张　澍

张澍（1776—1847），字百瀹，又字寿谷、时霖等，号介侯、鸠民、介白，清凉州府武威县（今甘肃武威市）人。嘉庆四年（1799）进士。官至广顺州知州。著名朴学大师、经学家、史学家、金石学家。有《养素堂诗集》。

谒岳忠武祠

万里长城忍自坏，咸阳和议信中坚①。江南半壁朝廷小，河北九州岁币捐②。可怜留守先星逝，特幸蕲王以酒全③。最是伤心回旆日④，黄龙未饮恨黄泉。（《养素堂诗集》卷一）

【注释】

① "咸阳"句：谓秦桧确实是宋金和议中最坚定有力的人。咸阳，指

秦桧。《战国策·秦策四》载：齐、韩、魏攻秦，昭王割三城以求和，且曰："宁亡三城而悔，无危咸阳而悔也。"南宋丞相秦桧割地媚金以求偏安，事类昭王。秦都咸阳而桧姓秦，故时人以"咸阳"称之。宋陆游《跋李庄简公家书》："（李光）每言秦氏（秦桧），必曰'咸阳'，愤切慨慷，形于色辞。"中坚，指集体中最有力的并起较大作用的成分。

② "河北"句：将黄河以北地区和中国每年应输纳的财物贡献给金人。岁币，旧指朝廷每年向外族输纳的钱物。捐，捐献，贡献。

③ 留守先星逝：东京留守宗泽先已去世。星逝，流星消逝，将星陨落。蕲王以酒全：蕲王韩世忠以饮酒自我保全。

④ 回旆日：班师日。回旆，犹回师。《文选·张衡〈西京赋〉》："巾车命驾，回旆右移。"薛综注："回车右转，将旋也。"旆，古代旗末端状如燕尾的垂旒。泛指旌旗。

陶 澍

陶澍（1779—1839），字子霖，号云汀，清安化（今湖南安化县）人。嘉庆七年（1802）进士。官至两江总督加太子少保。卒谥文毅。著《印心石屋文集》《蜀𬨎日记》等数种。《清史稿》有传。

朱仙镇岳庙用赵承旨韵①

故国西风问黍离，金牌遗憾痛持危②。两宫冰雪孤臣梦，十载尘沙大将旗③。辇道有山迷艮岳，厓庭无路夺焉支④。长城万里谁人坏，航海空教后世悲⑤。（《陶文毅公全集》卷五九）

【注释】

① 赵承旨：元赵孟𫖯，曾官翰林学士承旨，故称。其诗见前。

② "故国"二句：哀痛扶持危局的岳飞被杀，导致南宋国亡。黍离，见高明诗注②。持危，扶持危局。《礼记·中庸》："继绝世，举废国，治乱持危。"

③ "两宫"二句：身陷冰天雪地的徽、钦二帝常在岳飞梦中，岳飞十

年征战旌旗屡冒尘沙。

④ "辇道"二句:讽刺宋徽宗被俘北去所经之山犹以为艮岳,哀伤岳飞无法建立像汉代霍去病夺取焉支山那样的功绩。辇道,指皇帝车驾所经的路。艮岳,宋徽宗在开封城东北所建的万岁山。虏庭,古时对少数民族所建政权的贬称。焉支,山名。一称燕支山、胭脂山。在甘肃省永昌县西,山丹县东南。《史记·匈奴列传》:"汉使骠骑将军去病将万骑出陇西,过焉支山千余里,击匈奴,得胡首虏万八千余级,破得休屠王祭天金人。"张守节《正义》引《括地志》:"焉支山一名删丹山,在甘州删丹县东南五十里。《西河故事》云:匈奴失祁连、焉支二山,乃歌曰:'亡我祁连山,使我六畜不蕃息;失我焉支山,使我妇女无颜色。'其憨惜乃如此。"

⑤ 航海:指宋末帝于厓山沉海事。

宋翔凤

宋翔凤(1779—1860),字于庭,清长州(今江苏苏州市)人。官湖南新宁县知县。治西汉今文经学,为常州学派的代表人物之一。撰著编入"浮溪精舍丛书"。

朱仙镇

北宋昔沦陷,南车此要冲①。淋漓愁未济②,血战竟无功。却想佳兵日,难忘壮士风③。宣和遗事在,北狩恨无穷④。(《忆山堂诗录》卷五)

【注释】

① 南车此要冲:此处是南迁车驾的交通要冲。要冲,处在交通要道的形胜之地。

② 淋漓愁未济:未能渡河杀敌而充满怨愁。淋漓,盛多,充盛。唐宋之问《龙门应制》诗:"凿龙近出王城外,羽从淋漓拥轩盖。"未济,《易》卦名。离上坎下。《易·未济》:"象曰:火在水上,未济,君子以慎辨物居方。"高亨注:"火炎在上,水浸在下,水未能灭火,是救火之功未成。"因常指未能成功。此兼有未能渡过黄河北伐意。

③ 佳兵日:指金军南侵之日。佳兵,《老子》:"夫佳兵者,不祥之器,物或恶之,故有道者不处。"后世沿用"佳兵"为坚甲利兵或好用兵之义。宋岳珂《桯史·逆亮辞怪》:"金酋亮……既立,遂肆暴无忌,佳兵苛役,以迄于亡。"壮士风:指岳飞的风范。

④ 宣和遗事:书名。一称《大宋宣和遗事》。讲史话本。宋代无名氏作,元人或有增益。宣和是宋徽宗的最后一个年号。该书内容分为十部分,讲中国历代昏君,一直讲到康王赵构南渡,建立南宋。北狩恨无穷:指徽宗被俘北去不归,留下无穷的怨恨。

张维屏

张维屏(1780—1859),字子树、南山,晚号松心、珠海老渔,清番禺(今广州市番禺区)人。道光二年(1822)进士。官南康知府,未几罢归。擅书画,诗文亦驰名。著《听松庐诗文钞》《诗话》《花甲闲谈》《老渔闲话》《艺谈录》《国朝诗人征略》等。

杭州怀古

黄龙指日复燕云,长舌能倾汗马勋①。三字竟成良将狱,六宫空整内人军②。红羊劫换犹余恨,白雁声催不忍闻③。客到西湖增感叹,岳坟才过又于坟④。(《松心诗录》卷九)

【注释】

① "黄龙"句:岳飞不日直抵黄龙府收复燕云十六州。"长舌"句:岳飞抗金的汗马功劳为秦桧妻王氏所破坏。长舌,见宋之韩诗注④。倾,使倾塌。

② 六宫:古代皇后的寝宫,正寝一,燕寝五,合为六宫。因用以称后妃或其所居之地。内人军:宫人所组成的军队。指吴皇后要求随驾北征。参见戴瀚诗注②。

③ 红羊劫:指靖康之难。见江昱诗注⑨。白雁声:指元朝灭宋的军声。白雁,谐音伯颜。见吴文华诗注③。

④ 于坟:明于谦之坟。在杭州三台山麓。

周之琦

周之琦(1782—1862),字稚圭,号退庵,清祥符(今河南开封市祥符区)人。嘉庆十三年(1808)进士。累官广西巡抚。有《心日斋词》传世。

汉宫春·汤阴岳鄂王祠

已矣金牌,叹黄龙痛饮,此志终乖①。谁令两河尽弃,并弃江淮②。机危祸惨,问苍苍、何意生才③。空恸惜,风波狱底,英魂毅魄长埋④。当日精忠赐字,幸小朝气振,康构心开⑤。长驱背嵬劲旅,敌焰应摧⑥。权奸卖国,任中原、板荡兴哀⑦。侥幸煞,强邻酌酒,免教胆落飞来⑧。(《清名家词·心日斋词》)

【注释】

① 已矣:叹词,罢了,算了。此志终乖:这一志向最终未能实现。乖,违背。

② 两河:指宋时河北路和河东路地区。江淮:长江和淮河流域地区。

③ 机危祸惨:危险潜伏,祸患惨烈。苍苍:深青色,指天。何意生才:唐李白《将进酒》诗有"天生我材必有用"句。今生才竟无用,天生此才何意?

④ 恸惜:犹痛惜,心痛惋惜。英魂毅魄:义皆犹英灵。多用于对死者的敬称。

⑤ 精忠赐字:指宋高宗手书"精忠岳飞"制旗以赐。小朝气振:南宋小朝廷气势振作。康构心开:康王赵构心灵开悟。

⑥ 背嵬劲旅:精锐的背嵬军。背嵬,同背峞。岳飞的精锐部队。敌焰应摧:敌人的气焰应该摧折。

⑦ 任中原、板荡兴哀:一任中原战乱动荡,令人悲哀。板荡,见戴暨诗注④。兴哀,产生悲哀。

⑧ "侥幸煞"三句:谓金人饮酒相庆,幸亏岳飞被杀,使他们的胆侥

幸没被吓破。参见吴嘉纪诗注③。侥幸煞，侥幸得很。煞，表示程度深。强邻，强大的邻国。指金国。胆落，犹丧胆。形容恐惧之甚。

林则徐

林则徐（1785—1850），字元抚，又字少穆、石麟，晚号俟村老人等。清福建侯官（今福建闽侯县）人。嘉庆十六年（1811）进士。曾任湖广总督、陕甘总督和云贵总督，两次受命为钦差大臣。官至一品。严禁鸦片，抵抗西方入侵，坚持维护中国主权和民族利益。有《云左山房诗钞》。《清史稿》有传。

汤阴谒岳忠武祠

不为君王忌两宫，权臣敢挠将臣功①。黄龙未饮心徒赤，白马难遮血已红②。尺土临安高枕计，大军河朔撼山空③。灵旗故土归来后，祠庙犹严草木风④。（《晚晴簃诗汇》卷一二五）

【注释】

① "不为"二句：权臣毫不顾忌徽、钦二帝未还，竟敢于阻挠岳飞的抗金事功。忌，忌讳，顾忌。权臣，掌权而专横的大臣。挠，阻挠。将臣，武臣，与儒臣相对。此指岳飞。

② "黄龙"二句：岳飞未能痛饮黄龙府心徒赤诚，宋高宗的多次褒奖难以掩盖岳飞被杀的鲜血。白马，"丹书白马"之省称。古代帝王赐给功臣享有世袭爵位和免罪等特权的证件时，宰白马歃其血，以示坚守誓约。此借指宋高宗对岳飞的多次褒奖。详见岳珂《金佗稡编·高宗宸翰》。

③ "尺土"二句：南宋朝廷将区区杭州作为高枕无忧之地，岳飞的大军在河北空自纪律严明。尺土，一尺之地，极言其小。高枕，垫高枕头安心睡觉。谓无所忧虑。撼山，金人曾言"撼山易，撼岳家军难"。

④ 灵旗：神灵的旗帜。严：严肃，威严。草木风：谓部队严整，令敌惧慑。《晋书·苻坚载记》："坚与苻融登城而望王师，见部阵齐整，将士精锐；又北望八公山上草木皆类人形，顾谓融曰：'此亦劲敌也，何谓少乎？'

怃然有惧色。"唐杜甫《洗兵马》诗："三年笛里关山月，万国兵前草木风。"

吴清鹏

吴清鹏（1786—?），字程九，号西谷，号笏庵，清钱塘（今浙江杭州市鄞州区）人。嘉庆二十二年（1817）一甲三名进士。授编修，升吏科给事中，充会试同考官。历官顺天府丞。有《笏庵诗钞》。

武穆王书武侯出师二表①

武穆行军，夜宿武侯祠，读壁间二表，感而书之，有"聊舒抑郁"之语②。字多草体，旭素固无此正气也③。

鞠躬尽瘁死而已④，南朝正有偏安耻。出师未捷泪沾襟，万古茫茫恨同此⑤。呜呼！国家何代无忠贤，无奈人主信谗言。高宗不是后主暗，秦桧乃过黄皓奸⑥。（《笏庵诗钞》卷一二）

【注释】

① 武侯：诸葛亮封武乡侯。

② 岳飞《书诸葛亮前后〈出师表〉后》："绍兴戊午（绍兴八年）八月望前，过南阳，谒武侯祠，遇雨，遂宿于祠内。更深秉烛，细观壁间昔贤所赞先生文词诗赋，及祠前石刻二表，不觉泪下如雨。是夜竟不成眠，坐以待旦。道士献茶毕，出纸索字，挥涕走笔，不计工拙，聊舒胸中抑郁耳。岳飞并识。"王曾瑜先生考证其系伪托。见《岳飞和南宋前期政治与军事研究》。聊舒抑郁，姑且抒发忧愤烦闷的心情。

③ 旭素：唐代书法家张旭和怀素并称。二人皆以草书名。张旭（生卒年不详），字伯高，一字季明，吴郡（今江苏苏州）人。怀素（725—785），字藏真，释名怀素，俗姓钱，永州零陵（今湖南零陵）人。

④ "鞠躬尽瘁"句："鞠躬尽瘁，死而后已"是诸葛亮《前出师表》中的话。意思是：恭敬谨慎，竭尽心力，一直到死为止。

⑤ 出师未捷：出师尚未获胜。唐杜甫《蜀相》诗："出师未捷身先死，

长使英雄泪满襟。"**恨同此**:谓诸葛亮和岳飞同有出师未捷身先死的遗憾。

⑥ **后主**:指蜀汉后主刘禅(shàn)(207—271),字公嗣,小名阿斗。刘备的长子。三国时期蜀汉第二位皇帝,223年至263年在位。263年蜀汉被曹魏所灭,刘禅投降曹魏,被封为安乐公。**暗**:昏昧,庸愚。**黄皓**:蜀宦官。为后主刘禅所宠,专秉朝政。蜀亡,为司马昭凌迟处死。

黄 钊

黄钊(1787—1853),又名香铁,字谷生,清广东镇平(今广东蕉岭县)人。嘉庆二十四年(1819)举人。官翰林院待诏。有《读白华草堂诗》。

岳字旗

乌珠太子勒马转,前面将军大小眼①。排山五百背嵬军,岳字旗开阵云卷②。金牌召归铁甲弃,三尺坟碑镌贾字③。江边自有张枢密,湖上闲来韩统制④。幕乌哑哑悲复悲,同时尚有曲端旗,空营日落阴风吹⑤。(《读白华草堂诗二集》卷三)

【注释】

① **乌珠太子**:即金四太子完颜兀术。乌珠,乃清人改译兀术名。**勒马转**:勒住马头停止前进并转回去。**将军大小眼**:岳飞有外号大小眼将军。见袁枚《谒岳王墓作十五绝句》诗注②。

② **排山**:推开山岳。极言势大力猛。**阵云卷**:犹如风卷阵云,形容气势之大。阵云,浓重厚积形似战阵的云。

③ **镌贾字**:隗顺葬岳飞于九曲丛祠,立碑伪题"贾宜人之墓"。见李调元诗注⑤。

④ **江边**:指在长江边筹备边防。**张枢密**:张俊。张俊曾任枢密使。**韩统制**:韩世忠。赵构即帝位,韩世忠曾任御营左军统制。

⑤ **幕乌**:即楚幕之鸣乌。参见岳珂《经进百韵诗》注㊾。此言岳飞和曲端先后被杀,其军营尽空,可听见哑哑乌鸣。**曲端**:见张宪《悲建绍》诗

注②。阴风:隐含杀伐之气的阴冷的风。

翁心存

翁心存(1791—1862),字二铭,号邃庵,清常熟(今江苏常熟市)人。道光二年(1822)进士。官至兵部尚书、体仁阁大学士。赠太保,谥文端。有《知止斋诗集》。

拜岳忠武祠 (四首选二)

已割燕云属北荒,又传索土梦钱王①。渡河臣志同宗守,航海天心弃建康②。他日厓山存块肉,当年巨浸感空桑③。陆沉叹息神州偏,不独漂流念故乡④。

侍中墓草对黄昏⑤,一样千秋碧血痕。岂谓两言由哲妇⑥,遂教三字抱沉冤。深宫问尚劳慈圣,报国忠难动至尊⑦。毕竟马家儿大黠,浣衣犹解慰贞魂⑧。(《知止斋诗集》卷四)

【注释】

① 燕云:燕云十六州。见杨维桢《岳王行》注⑥。北荒:北方极荒远之区。此指金人所居之地。索土梦钱王:杭州本为吴越国都城,后归入北宋。传说宋高宗正是钱镠转世。宋高宗生时,宋徽宗和郑后皆梦吴越王钱镠前来索还土地。明田汝成《西湖游览志余》卷二:"先是徽宗梦钱武肃王乞还两浙旧疆甚恳,且曰:'以好来朝,何故留我?我当遣第三子居之。'觉而与郑后言之,郑后曰:'妾梦亦然。果何祥也?'须臾韦妃报诞,即高宗也。既三日,徽宗临视,抱膝间,甚喜。戏妃曰:'酷似浙脸。'盖妃籍虽贯开封,而原占于浙,岂其生固有本?而钱王寿八十一,高宗亦寿八十一。以梦谶参之良不诬矣。"

② "渡河"句:谓岳飞同当年东京留守宗泽一样志在渡河。宗守,宗留守,宗泽。见陆游《夜读……作绝句》诗注②。"航海"句:宋高宗南迁,本拟定都建康,后避金人于海上,又逃到杭州,最终放弃建康。天心,指皇帝之心。

③"他日"句：本希望厓山能留下宋朝的一丝血脉。宋代祥兴二年（1279），元兵攻陷厓山，陆秀夫背幼帝赵昺跳海死。"杨太后（帝母）闻昺死，抚膺大恸曰：'我忍死艰关至此者，正为赵氏一块肉尔，今无望矣！'遂赴海死。"见《宋史·二王纪》。"当年"句：感叹当年陆秀夫与帝昺一同跳进大海而死。巨浸，大水，指大海。空桑，指佐商汤伐夏桀被尊为阿衡（宰相）的伊尹。空桑，地名，传说伊尹生于空桑。《列子·天瑞》："伊尹生乎空桑。"此借指时任左丞相的陆秀夫。

④"陆沉"二句：岳飞叹息国土沦丧朝廷偏安，不只是漂流在外思念故乡。神州陆沉，见杨于庭诗注①。

⑤侍中墓：晋侍中嵇绍墓。在汤阴城南七里。今不存。

⑥"岂谓"句：哪里料到"擒虎易，纵虎难"两句话由阴险多谋的王氏说出。谓，意料。两言，两句话。哲妇，指秦桧妻王氏。见叶绍本诗注②。

⑦"深宫"句：韦太后从金国回来的路上曾问"大小眼将军"岳飞的情况。慈圣，指高宗母韦太后。参见袁枚《谒岳王墓作十五绝句》诗注④。动至尊：感动皇帝宋高宗。至尊，最尊贵的地位。用为皇帝的代称。

⑧"毕竟"二句：毕竟司马氏家的孩子太聪明狡猾，还知道不要洗掉衣服上的血来抚慰嵇绍的忠魂。马家儿，"司马家儿"的省称。《太平御览》卷一三八《羊皇后》："洛阳败，（羊皇后）没于刘曜。曜僭位，以为皇后。因问曰：'朕何如司马家儿？'后曰：'胡可并焉。'"黠，聪明而狡猾。浣衣，见高叔嗣诗注①。贞魂，忠烈之魂。

徐　荣

徐荣（1792—1855），原名鉴，字铁孙（一作铁生），清汉军正黄旗人。道光十六年（1836）进士。广州驻防，官至福建汀漳龙道。在与太平天国军作战中丧生。有《怀古田舍诗节钞》。

朱仙镇是岳忠武奉诏班师处

如山浩气沮朱仙，漫说黄龙痛饮年①。咫尺旧京徒北望，伦离原庙久南

迁②。孤军纵使能深入，大义终愁责后贤③。想见两河千万骑，一时回首哭冰天④（《怀古田舍诗节钞》卷二）

【注释】

① 如山浩气：像山一样高大的浩然正气。沮朱仙：在朱仙镇被毁坏。沮，败坏，毁坏。《韩非子·二柄》："妄举，则事沮不胜。"漫说：更不要说，且别说。唐司空图《柳》诗之一："漫说早梅先得意，不知春力暗分张。"

② 咫尺旧京：近在咫尺的故都汴京。咫尺，形容距离很近。咫，周尺八寸。仳离原庙：与宗庙分别不见。仳（pǐ）离，离别。原庙，在正庙以外另立的宗庙。《史记·高祖本纪》："及孝惠五年，思高祖之悲乐沛，以沛宫为高祖原庙。"裴骃集解："谓'原'者，再也。先既已立庙，今又再立，故谓之原庙。"此指宗庙。

③ "孤军"句：作者自注："桧先请张俊、杨沂中等归，而后上言飞孤军不宜深入，盖是时中原无复宋师矣。""大义"句：终究担忧后代贤人以大义相责。作者自注："《周礼》曰：'违而前进，则是有跋扈不臣之心。且功盖天下，罪亦难赎。'诚哉论也。观忠武取诏书示郾城人曰'吾不得擅留'，精忠心迹千古如见。"

④ 两河千万骑：指班师南归的岳家军。"一时"句：当时回头向着身在冰天雪地中的徽、钦二帝哭泣。

蒋湘南

蒋湘南（1795—1854），字子潇，回族，清固始（今河南固始县）人。道光十五年（1835）举人。绝意仕进，专事游幕、讲学，潜心研究经学。有《七经楼文钞》《春晖阁诗钞》。

朱仙镇吊岳忠武王

道学祸宋人不知，功名代与风会期①。岳公儒将畏清议②，金字牌到班全师。太行忠义效牙爪，西河豪杰皆熊罴③。葺治诸陵示大义，神人同气同嗟咨④。先复怀卫算何苦，俾无逃遁成伏尸⑤。书生偏叩兀尤马，勿乃长脚之所私⑥。张杨已撤失掎角⑦，雄心尚欲孤军支。赐书本说不遥度，一以委卿凭设施⑧。奈何忍弃中原土，故宫禾黍空离离⑨。兵法君命外不受，古来制胜多坚持⑩。锐头小儿不攻赵，秦王空自眈怒狮⑪。王翦固请六十万，否则谢病甘呵訾⑫。金城方略定充国，屯田三奏陈丹墀⑬。初是什三后什八，不顾廷议求其疵⑭。陈汤矫制胆犹壮，大笑凡见多参差⑮。大抵将材近杂霸，未尝学问殊堪嗤⑯。要其剸决洞机要⑰，成功真如摧枯枝。风气既降网先密，英雄多为文法治⑱。疆场进退听堂庙，忠臣发愤空吁嘻⑲。况公忠孝出本性，罗胸幼已通书诗⑳。号令如山撼不动，儒生绳墨偏就羁㉑。当日哭声震遥野，父老遮马前致词。十年之功废一旦，重瞳下泣无如斯㉒。将军生倘值秦汉，苟利社稷死以之㉓。遭逢不幸行自念，何须跋疐劳焦思㉔。韩王不受镇江命，尚乞遮蔽江淮资㉕。公独悾悾束名义，亦因道学深肝脾㉖。诏书一纸即就道，此情何减郭子仪㉗。呜呼！安得公为郭子仪。（《春晖阁诗钞》卷六）

【注释】

① 道学：宋代儒家周敦颐、张载、程颢、程颐、朱熹等的哲学思想。亦称理学。程颐《上太皇太后说》："儒者得以道学辅人主，盖非常之遇。"祸宋：祸害宋朝。"功名"句：追求功名成为一代一代的时尚。风会，风气，时尚。期，会，会合。

② 儒将：有学识、风度儒雅的将帅。清议：即以儒家的伦理道德为依据，臧否人物。

③ "太行"二句：太行山的忠义民兵愿效命为其羽翼，河西地区的豪杰勇猛如熊罴。牙爪，犹羽翼。西河，古地区名，说法不一。宋时黄河流安阳之东，西河意即河西。

④ "葺治"二句：修葺整治北宋诸陵示人以大义，神和人气类相同当一致赞叹。葺治，修葺整治。同气，气类相同。《易·乾》："同声相应，同气相求。"嗟咨，慨叹。

⑤ 先复怀卫：首先收复怀卫地区。怀卫，怀州和卫州并称。怀州，治河内（今河南沁阳）。卫州，州治除先后短时间迁共城和胙城外，其余时间均在汲县（今河南卫辉市）。二地均在黄河以北，约当今河南省卫辉市和焦

作市辖境。南宋时为金军占领区。**算何苦**:筹谋多么费心。**俾无逃遁**:使敌人无处逃跑。**成伏尸**:成为倒在地上的尸体。

⑥ **"书生"二句**:偏偏有书生拦住兀术的马不让其逃走,莫非这个人是秦桧暗地派遣的人吗?勿乃,推测之词。长脚,秦桧的外号。所私,所私爱的人。亦可理解为私下指使的人。

⑦ **张杨**:张俊和杨沂中并称。**失犄角**:失去犄角之援。犄角,指兽类相对而生的两角。喻指分布兵力于不同处所,以便牵制或夹击敌人或互相支持。《宋史·岳飞传》:"桧知飞志锐不可回,乃先请张俊、杨沂中等归,而后言飞孤军不可久留,乞令班师。"

⑧ **"赐书"二句**:《鄂王行实编年》卷五:"(赐札)又曰:'施设之方,则委任卿,朕不可以遥度也。'"赐书,同赐札。皇帝赐予的诏札。遥度,在远处推测或规划。一以委卿,将事情全部委托与你。凭设施,任凭措置筹划。

⑨ **"故宫"句**:使北宋故宫成为一片废墟。禾黍,见高明诗注②。

⑩ **"兵法"二句**:兵法有云"将在外君命有所不受",自古以来克敌制胜大多坚持这一观点。制胜,制服对方以取胜。

⑪ **锐头小儿**:尖脑袋的孩子。语本晋孔衍《春秋后语》:"平原君对赵王曰:'渑池之会,臣察武安君(白起)之为人也,小头而锐,瞳子白黑分明。小头而锐,断敢行也;瞳子白黑分明者,视事明也。'"故常用以称战国时秦将白起。**眈怒狮**:像发怒的狮子一样注视着。眈,注视。秦昭王四十九年,秦攻赵,"秦王欲使武安君代(王)陵为将",白起以为赵不可攻,且不接受任命,"秦王自命,不行;乃使应侯请之,武安君终辞不肯行,遂称病。……秦王闻之,怒,强起武安君,武安君遂称病笃"。见《史记·白起王翦列传》。此二句言白起尚能坚持己见,不听秦王命令伐赵。

⑫ **"王翦"二句**:王翦敢于违逆秦始皇,甘受呵叱。《史记·白起王翦列传》:"于是始皇问李信:'吾欲攻取荆,于将军度用几何人而足?'李信曰:'不过用二十万人。'始皇问王翦,王翦曰:'非六十万人不可。'始皇曰:'王将军老矣,何怯也!李将军果势壮勇,其言是也。'遂使李信及蒙恬将二十万南伐荆。王翦言不用,因谢病,归老于频阳。"甘呵詈,甘愿受

到呵叱。呵訾，犹呵叱。

⑬ "金城"句：赵充国自定攻取金城的方略。赵充国（前137—前52），字翁孙，西汉著名将领。赵充国七十多岁时，汉宣帝以为他老了，派遣御史大夫丙吉去问谁可以为将，赵充国很自信地回答："无逾于老臣者矣。"宣帝又派人去问："将军度羌虏何如，当用几人？"赵充国答："百闻不如一见。兵难隃度，臣愿驰至金城，图上方略。"见《汉书·赵充国辛庆忌传》。"屯田"句：赵充国建议屯田的奏疏向皇帝反复上了多次。陈丹墀，奏陈于朝廷。丹墀，指官殿的赤色台阶或赤色地面。

⑭ "初是"二句：对赵充国建议屯田的奏疏，起初赞成的有十分之三，最后是十分之八，赵充国却不顾朝廷议论诟病。《汉书·赵充国辛庆忌传》："充国奏每上，辄下公卿议。臣初是充国计者什三，中什五，最后什八。"是，认为对，赞成。廷议，指朝廷上的议论。疵，瑕疵，缺陷。

⑮ 陈汤矫制：见颙琰诗注③。矫制，指假托君命行事。制，皇帝说的话。凡见多参差：凡庸的见识多不一致。《汉书·陈汤传》："汤曰：'国家与公卿议，大策非凡所见，事必不从。'"

⑯ "大抵"二句：为将之材大都近于王道掺杂霸道，如果没有学问就特别可笑。大抵，大都，表示总括一般的情况。杂霸，谓用王道掺杂霸道治理国家。语出《汉书·元帝纪》："（太子）尝侍燕，从容言：'陛下持刑太深，宜用儒生。'宣帝作色曰：'汉家自有制度，本以霸王道杂之，奈何纯任德教，用周政乎！'"学问，学习和询问（知识、技能等）。语出《易·乾》："君子学以聚之，问以辩之。"殊，特别。嗤，讥笑。

⑰ "要其"句：关键是他要能洞察要害并当机立断。剸决，专断，决断。剸（tuán），割断，截断。洞，洞察，通晓。机要，犹关键，要害。

⑱ "风气"句：风气已经没落，法网首先严密起来。多为文法治：大多被法规条文所治罪。

⑲ 听堂庙：听从朝廷命令。发愤：犹含恨。《汉书·司马迁传》："而太史公……不得与从事，发愤且卒。"堂庙，犹庙堂。吁嚱（xū xī）：同嘘唏。叹息，感叹。

⑳ 罗胸：胸中罗列着。指有广博的知识、才能或远大的理想、抱负。

书诗:《书》和《诗》。泛指诗文典籍。

㉑ 绳墨:木工画直线用的工具。此义为拘泥于绳墨,不知审时度势。就羁:主动接受拘束。羁,拘束,束缚。

㉒ "重瞳"句:项羽在垓下流泪也不像这样。重瞳,即两个眸子。《史记·项羽本纪》:"吾闻之周生曰'舜目盖重瞳子',又闻项羽亦重瞳子。"此代指项羽。《史记·项羽本纪》:"项王军壁垓下,兵少食尽,汉军及诸侯兵围之数重。夜闻汉军四面皆楚歌……于是项王乃悲歌慷慨,自为诗曰:'力拔山兮气盖世,时不利兮骓不逝。骓不逝兮可奈何,虞兮虞兮奈若何!'歌数阕,美人和之。项王泣数行下,左右皆泣,莫能仰视。"

㉓ 苟利社稷死以之:语本《左传·昭公四年》:"子产曰:'何害!苟利社稷,死生以之。'"意谓如果对国家有利,则不计较生死。

㉔ 遭逢:遭遇。行自念:正当自我思考。行,方,当。"何须"句:何必逞示勇壮使身心疲惫。趹扈,勇壮貌。《文选·张衡〈西京赋〉》:"迥卒清候,武士赫怒,缇衣韎韐,睢盱趹扈。"张铣注:"趹扈,勇壮貌。"劳焦思,"劳身焦思"之省。形容身体和精神都很辛劳。焦思,焦苦思虑。《史记·夏本纪》:"禹伤先人父鲧功之不成受诛,乃劳身焦思,居外三十年,过家门不敢入。"

㉕ "韩王"二句:韩世忠不接受移军镇江的命令,还请求作为护卫江淮的凭借。《宋史·韩世忠传》:"会秦桧主和议,命世忠徙屯镇江。世忠言:'金人诡诈,恐以计缓我师,乞留此军蔽遮江、淮。'又力陈和议之非,愿效死节,率先迎敌……章十数上,皆慷慨激切,且请单骑诣阙面奏,帝率优诏褒答。"遮蔽,遮挡,屏蔽。资,凭借。

㉖ "公独"句:岳飞却温顺恭谨地为声名和道义所束缚。恂恂,温顺恭谨貌。名义,名声与道义。深肝脾:谓深入心灵底处。

㉗ "诏书"二句:接到一纸诏书就立即上路,此时的心情哪里比不上郭子仪"即日应诏"?《旧唐书·郭子仪传》:"(郭子仪)时方握强兵,或方临戎敌,诏命征之,未尝不即日应召,故谗谤不能行。"就道,上路,动身。何减,哪里比不上。

托浑布

托浑布（1799—1843），字子元，号爱山，清蒙古旗人。嘉庆二十四年（1819）进士。官至山东巡抚。有《瑞榴堂诗集》。

谒岳武穆王祠

崇祠屹湖滨，高茔枕岩畔①。英风振华夏，忠诚亘霄汉②。维王辅南宋③，大小经百战。躬率背嵬军，长驱剧精悍④。誓将薄黄龙，雪仇靖危乱⑤。下以奠黔黎，上以舒宵旰⑥。讵知长脚相，掣肘如画墁⑦。光尧听不聪，垂成功解散⑧。金牌十二驰，日夕亟宣唤⑨。长城一朝坏，万古同怅惋⑩。我幼披史书，读之辄扼腕⑪。今兹过西湖，庙貌瞻炳焕⑫。古柏耸阴森，铁人跪鱼贯⑬。阅世五百年，忠心萃不涣⑭。后嗣十余户，比屋护轮奂⑮。春秋展明禋，恂恂奉郁祼⑯。地灵人复杰，世远名不泯⑰。再拜去踟蹰⑱，夕阳坠山半。（《瑞榴堂诗集》卷二）

【注释】

① 崇祠屹湖滨：高大的庙宇屹立在西湖边。高茔枕岩畔：高高的坟墓靠近山岩旁。枕，临，靠近。

② 英风振华夏：奇伟杰出的气概震动全国。忠诚亘霄汉：忠诚的精神横贯天空。亘，空间和时间上延续不断。

③ 维王辅南宋：岳王辅佐南宋王朝。维，助词，用于句首，无义。

④ 躬率背嵬军：亲自率领岳家军。躬，亲身。背嵬军，代指岳家军。长驱剧精悍：长途进军特别精强勇猛。剧，甚，表示程度。精悍，精强勇猛。《后汉书·郑太传》："山东之士，素乏精悍。"李贤注："悍，勇也。"

⑤ 誓将薄黄龙：立誓将要迫近黄龙府。薄，通"迫"。雪仇靖危乱：洗雪仇恨平定危险动乱。

⑥ 下以奠黔黎：使身处下位的老百姓安定而稳固。奠，稳固地安置。上以舒宵旰：解除身处上位的皇帝的辛劳。舒，通"纾"，解除，缓和。宵旰，宵衣旰食，即天不亮就穿衣起床，天晚了才吃饭歇息。形容非常勤劳。

⑦ 讵知:谁知道,怎知道。长脚相:指宰相秦桧。秦桧外号秦长脚。掣肘:拉住胳膊,比喻阻挠别人做事。画墁:在新粉刷的墙壁上乱画,无功而有害。《孟子·滕文公下》:"有人于此,毁瓦画墁,其志将以求食也,则子食之乎?"朱熹集注:"墁,墙壁之饰也。毁瓦画墁,言无功而有害也。"

⑧ 光尧听不聪:宋高宗昏庸糊涂。光尧,宋高宗的尊号。听不聪,听觉不灵敏。此谓不能兼听而明。垂成功解散:大功即将告成却被破坏。解散,强制取消。

⑨ 日夕亟宣唤:日夜急切地宣召传唤。

⑩ 怅惋:惆怅惋惜。

⑪ 我幼披史书:我幼年读史书。披,打开,披阅。读之辄扼腕:读到这段历史总是愤慨不已。辄,就,总是。扼腕,用一只手握住另一只手腕,表示振奋、惋惜、愤慨等情绪。

⑫ 今兹:今日,现在。庙貌瞻炳焕:瞻仰鲜明华丽的庙宇。炳焕,鲜明华丽。

⑬ 耸阴森:耸立浓密的枝叶。阴森,谓树木浓密成荫。《南史·张充传》:"松柏阴森,相缭于涧侧。"跪鱼贯:一个挨一个跪成一排。鱼贯,形容前后接连着,像鱼群游动一样。

⑭ 萃不涣:聚集而不涣散。

⑮ 比屋护轮奂:比邻而居保护着岳飞的祠宇。比屋,所居屋舍相邻。轮奂,形容屋宇高大众多。语出《礼记·檀弓下》:"晋献文子成室,晋大夫发焉。张老曰:'美哉轮焉!美哉奂焉!'"

⑯ 春秋展明湮:春秋二季按时陈列明洁诚敬的祭品。明湮,当为"明禋"之误。指明洁诚敬的献享。恂恂奉郁裸:恭谨地捧上郁鬯酒浇地而奠。恂恂,小心谨慎的样子。奉郁裸,谓手捧郁鬯酒灌地。郁鬯,香酒。用鬯酒调和郁金之汁而成,古代用于祭祀或待宾。裸(guàn),古代酌酒灌地以祭。

⑰ 世远名不漶:历世久远而声名彰显。漶,模糊不清。

⑱ 再拜去踟蹰:恭敬地拜了又拜踟蹰不愿离开。再拜,古代的一种礼节。拜了又拜,表示恭敬。踟蹰(chí chóu),犹踟蹰。犹豫不决貌。

张际亮

张际亮（1799—1843），榜名亨辅，字亨甫，早年曾号松寥山人，自署华胥大夫，清建宁（今福建建宁县）人。道光十八年（1838年）举人。鸦片战争前后著名爱国诗人。著作今存《张亨甫全集》《思伯子堂诗集》《金台残泪记》《南浦秋波录》等。

汤阴谒岳武穆祠堂

鄂王故里草萧萧，祠祭诸孙几代遥①。百战威名金易破，千年谗口铁难销②。恨余南渡黄龙饮，坟傍西湖白马潮③。此地宋家陵阙近，翠华风雨不敢招④。（《思伯子堂诗集》卷一四）

【注释】

① 草萧萧：草稀疏萧条。祠祭：祭祀。《战国策·赵策二》："寡人年少，奉祠祭之日浅。"诸孙：孙子们，孙子辈。几代遥：远隔多少代。

② 金易破：金侵略军容易被打败。也可解作谗言容易将金子销熔。"千年"句：经历千百年那些谗佞人的铁像也难以销毁。谗口，说坏话的嘴，谗人。《诗·小雅·十月之交》："无罪无辜，谗口嚣嚣。"

③ 白马潮：指伍子胥怒魄所化的钱塘江潮。传说伍子胥常素车白马立于潮头。见朱休度诗注①。

④ 宋家陵阙：指在巩义的北宋陵墓。"翠华"句：不敢在风雨中为那些帝王们招魂。翠华，天子仪仗中以翠羽为饰的旗帜或车盖，为御车或帝王的代称。

王柏心

王柏心（1799—1873），字子寿，号螺洲，清监利（今湖北监利县）人。道光二十四年（1844）进士。官刑部主事，晚主荆南书院。以能文称。有《百柱堂全集》。

朱仙镇谒岳祠

中原父老拜焚香，痛哭班师百战场①。二帝冰霜沦氇幕，诸陵日月限戎疆②。臣能再造唐灵武，主异中兴夏少康③。铁骑虚堂风雨夕，犹闻卷甲大河旁④。（《百柱堂全集》卷十）

【注释】

① 拜焚香：头顶焚香之盆而拜。旧时百姓顶此盆迎劳王师。参见杨于庭诗注④。百战场：多次作战的战场。

② "二帝"句：徽、钦二帝沦落于冰霜严寒的毡帐中。氇幕，游牧民族居住的毡帐。"诸陵"句：北宋诸帝陵限于金人统治的天地（而无人祭扫）。戎疆，指金人统治的疆域。

③ "臣能"句：谓岳飞能造就唐肃宗收复两京的功业。灵武，地名。唐置县。故城在今宁夏灵武西北。安史之乱，唐明皇西逃四川，唐肃宗即位于灵武，利用郭子仪、李光弼收复东京洛阳、西京长安，平定安史之乱。参见陈赞诗注⑭。"主异"句：君主不同于使夏朝中兴的少康。参见倪瓒诗注⑥。

④ "铁骑"二句：在这高堂之上的风雨之夜，还能听到岳家军的铁骑从黄河旁撤军的声音。虚堂，高堂。卷甲，收起武装。谓撤退或休兵。梁庾信《哀江南赋序》："岂有百万义师，一朝卷甲，芟刈斩伐，如草木焉。"

吴　藻

吴藻（1799—1862），女，字苹香，自号玉岑子，清仁和（今浙江杭州市）人。幼而好学，长则肆力于词，又精绘事。其父与夫皆业贾，两家无一读书人，而独呈翘秀。有《香南雪北庐集》《花帘书屋诗》《花帘词》《读骚图曲》等。

满江红

血战中原，吊不尽、忠魂辛苦①。纷纷见、旌旗北指，衣冠南渡②。半壁莺花天水碧，十围松柏云山古③。最伤心、杯酒未能酬，黄龙府④。金牌急，无人阻；金瓯缺，何人补⑤？但销金锅里，怕传金鼓⑥。墙角读碑斜照冷，墓门铸铁春泥污⑦。爇名香、岁岁拜灵祠，栖霞路⑧。(《花帘词》)

【注释】

① "血战"三句：谓岳飞血战中原的辛苦，让人对他的忠魂哀悼不尽。

② 纷纷：乱貌。旌旗北指：岳家军的旗帜直指北方。指北上抗击金寇。衣冠：代称缙绅、士大夫。

③ 莺花：莺啼花开。泛指春日景色。天水碧：天与水澄碧一色。谐音"天水毕"，谓赵宋气数已尽。十围松柏：形容岳飞墓上的松柏极粗。借指岳飞死去很久。围，指两只胳膊合围起来的长度，也指两只手的拇指和食指围的长度。云山：指远离尘世的地方。此指岳飞坟墓。

④ "最伤心"三句：最令人伤心的是岳飞未能如愿痛饮黄龙府。酬，如愿以偿。

⑤ 金瓯缺：喻国家不完整。金瓯，见夏言词注⑥。

⑥ "但销金锅里"二句：那些沉湎在侈靡生活中的君臣，最怕的只是金人前来进犯。销金锅，见翁方纲诗注⑰。金鼓，泛指金属制乐器和鼓。多用于军中。《左传·僖公二十二年》："三军以利用也，金鼓以声气也。"

⑦ 斜照：斜阳，夕阳。"墓门"句：墓门前秦桧等人的铁铸跪像使春泥受到玷污。铸铁，指铁铸的人像。

⑧ 爇（ruò）：焚烧。名香：名贵的香。栖霞路：通往栖霞岭的路。岳飞墓庙在栖霞岭下。

苏廷魁

苏廷魁（1800—1878），字德辅，一字赓堂，清高要（今广东高要市）人。道光十五年（1835）进士。改庶吉士，授编修，官至东河河道总督。有《守柔斋诗钞》。

汤阴拜岳武穆庙观王行书谢朓诗真迹①

岳家声势慑强金，愤指黄龙恨转深②。佳士南归天有意③，将军北伐帝

无心。徒传故国多灵显,忍见神州竟陆沉④。自古江流悲不尽,何因词翰结知音⑤。(《守柔斋诗钞续集》卷四)

【注释】

① 王行书谢朓诗真迹:岳飞行书谢朓诗《暂使下都夜发新林至京邑赠西府同僚》石刻。俗称"大江流"碑刻。现仍存汤阴岳飞庙内。此岳飞行书"真迹"当为后人伪托。谢朓(464—499),字玄晖。陈郡阳夏(今河南太康县)人。南朝齐著名诗人。

② 慑强金:使强盛的金人害怕。恨转深:愤恨反而加深。

③ 佳士南归:指建炎四年十月秦桧从金国回到南宋。佳士,本谓品行或才学优良的人。《宋史·秦桧传》:"及首奏所草与挞懒求和书,帝曰:'桧朴忠过人,朕得之喜而不寐。'盖闻二帝母后消息,而又得一佳士也。"

④ "徒传"二句:徒然传说岳飞的灵魂经常回到故乡,但他怎忍心看到南宋灭亡?故国,故乡,家乡。灵显,犹灵应。神州竟陆沉,见杨于庭诗注①。

⑤ "自古"句:隐括谢诗开头两句"大江流日夜,客心悲未央"。"何因"句:为何凭借诗歌使二人结为知心。因,凭借。词翰,诗文辞章。

朱 琦

朱琦(1803—1861),字伯韩,号濂甫,清桂林(今广西桂林市)人。道光十五年(1835)进士。初官翰林院编修,后迁御史。鸦片战争时期爱国诗人。著有《怡志堂诗集》《怡志堂文集》等。

汤阴岳庙

北宋国本弱,南渡岂非天①。和议固当持,功臣宜善全②。胡不法艺祖,偷窃释兵权③。高庙自藏弓,二圣终不旋。紫阳有苛论,琼山亦党奸④。无怪昌黎公,不愿为史官⑤。(《怡志堂诗初编》卷七)

【注释】

① 南渡岂非天:南渡偏安岂非天意?

② "和议"二句：和议固然应该主张，功臣也不应该杀害。善全，善待并保全。

③ "胡不"二句：何不效法宋太祖，暗暗地解掉大将的兵权。胡，义同"何"。法，效法，学习。艺祖，有文德之祖。《书·舜典》："归，格于艺祖，用特。"后用作开国帝王的通称。清顾炎武《日知录·艺祖》："人知宋人称太祖为艺祖，不知前代亦皆称其太祖为艺祖……然则（艺祖）是历代太祖之通称也。"此称宋太祖赵匡胤。偷窃释兵权，即指"杯酒释兵权"。宋太祖即位后，接受赵普建议，解除武将兵权，以免重蹈晚唐五代灭亡之覆辙。建隆二年（961），太祖召侍卫马步军都指挥使石守信、殿前都指挥使王审琦等宿将饮酒，以高官厚禄为条件，解除将领们的兵权。此事正史无记载。最早见于北宋丁谓《丁晋公谈录》和王曾的《王文正公笔录》，后司马光录入《涑水记闻》。

④ 紫阳：称南宋朱熹。朱熹的父亲朱松曾在安徽歙县城南紫阳山老子祠读书，入闽任政和县尉自署其居为"紫阳书堂"。朱熹也题其书房为"紫阳书房"。学者因称朱熹为紫阳先生。朱熹在肯定岳飞"忠勇"的同时，也有苛责岳飞的话。如："若论数将之才，则岳飞为胜，然飞亦横"，"岳飞较疏，高宗又忌之，遂为秦所诛"，"岳飞恃才不自晦"等。（《朱子语类》卷一三一，卷一三二）琼山：称明朝丘濬。丘濬，海南岛琼山人。世称琼山先生。见丘濬诗作者简介。党奸，与奸人结党。明郎瑛《七修类稿》卷三："先正丘文庄公濬尝云：'秦桧再造南宋，岳飞不能恢复……'"作者认为丘濬的论调是附和秦桧奸党。

⑤ 昌黎公：唐朝韩愈。韩愈（768—824），字退之，唐河内河阳（今河南孟州）人。自谓郡望昌黎，世称韩昌黎。唐代古文运动的倡导者，宋代苏轼称他"文起八代之衰"，明人推之为唐宋八大家之首。韩愈虽做过史官（编撰《顺宗实录》），但他不愿为史官，他在《答刘秀才论史书》中历举前代史官不得善终的人，最后总结说："夫为史者，不有人祸，则有天刑，岂可不畏惧而轻为之哉？"因而柳宗元有《与韩愈论史官书》《与史官韩愈致段秀实太尉逸事书》。

宝 鋆

宝鋆（yún）（1807—1891），索绰络氏，字佩蘅，清满州镶白旗人，世居吉林。道光十八年（1838）进士。授礼部主事，擢中允。三迁侍读学士。光绪三年（1877），晋武英殿大学士。十二年，皇太后懿旨加恩，改以大学士致仕。

题精忠柏摹本应恭亲王教①

骏望殷人社，鸿勋岳氏旗②。风凄三字狱，霜冷万年枝③。南宋兴亡恨，西湖草木知④。冬青陵树近，劲节共昭垂⑤。

庙柏吟诸葛，柯铜干铁蟠⑥。一株芬鄂国，千古艳临安⑦。大树齐冯异，纯臣压曲端⑧。南枝有同调，漫作画图看⑨。（《文靖公遗集》卷三）

【注释】

① 摹本：按原本临摹或翻刻的书画等。应恭亲王教：应恭亲王之命而和诗。魏晋以来称应诸王之命而和的诗文为应教。唐王维有《从岐王过杨氏别业应教》诗。赵殿成笺注："魏晋以来，人臣於文字间，有属和于天子，曰应诏；于太子，曰应令；于诸王，曰应教。"恭亲王，指恭亲王奕䜣（1833—1898），道光帝六子，咸丰帝异母弟。咸丰、同治、光绪三朝的名王重臣，洋务运动的领导者。

② 骏望殷人社：谓柏木因作殷人的土神牌位而享有盛大的声望。骏望，盛大的声望。殷人社，指殷人用作土地神的牌位。《论语·八佾》："哀公问社于宰我，宰我对曰：'夏侯氏以松，殷人以柏，周人以栗……'"杨伯峻注："土神叫社，不过哀公所问的社，从宰我的答话中可以推知是指社主（土地神的牌位）而言。"鸿勋岳氏旗：精忠柏就像岳家军的旗帜象征着岳飞的伟大功勋。鸿勋，伟大的功勋，宏大的事业。

③ "风凄"二句："莫须有"的冤狱使精忠柏长期经受凄冷的风霜摧残。

④ "南宋"二句：西湖的草木也知道南宋兴亡的恨。草木，偏义指精

忠柏。

⑤ "冬青"二句:精忠柏坚劲的枝节同南宋帝陵的冬青树同样流传以昭示于后人。劲节,坚劲的枝节。喻坚贞的节操。昭垂,昭示,垂示。明宋濂《送钱允一还天台》诗:"龙剑一挥赴水死,大勋星日同昭垂。"

⑥ 庙柏吟诸葛:诸葛武侯庙的柏树曾被吟咏。柯铜干铁蟠:盘曲的武侯庙柏枝条如铜树干如铁。柯,树枝。蟠,盘踞。意为屈曲盘结。杜甫《古柏行》:"孔明庙前有老柏,柯如青铜根如石。""落落盘踞虽得地,冥冥孤高多烈风。"

⑦ 一株芬鄂国:一株精忠柏使岳鄂王永世流芳。芬,花草的香气。此作动词,使芳香。千古艳临安:千古艳丽于杭州。艳,色彩鲜明,艳丽。此作动词。

⑧ 大树齐冯异:谓岳飞与大树将军冯异等同。大树将军,见王逢《岳鄂王墓木……》注⑥。齐,相等,齐同。纯臣压曲端:谓岳飞与曲端同属忠纯笃实之臣,但又超过曲端。纯臣,忠纯笃实之臣。曲端,见张宪《悲建绍》诗注②。

⑨ "南枝"二句:谓精忠柏是岳飞墓树南枝的志趣相同者,不可把它的画像摹本当作图画来看。同调,音调相同,喻指志趣或主张一致的人。漫,副词,休,莫。

蒋敦复

蒋敦复(1808—1867),原名金和,字子文,又字剑人,晚号江东老剑,清宝山(今上海市宝山区)人。诸生。五赴乡试,皆落第。所著有《啸古堂诗文集》《芬陀利室词》等。

书岳忠武王手书石刻后①

忠武书云:"军事旁午,未得时候台安②。远蒙翰教,忠怀义气,直薄云汉而贯金石③。凡在含灵,能无奋感,况飞素切同仇者耶④?比已鼓励军士,直抵淮阴,灭此而朝食,上报国恩,而答知己,飞之愿也⑤。即不然,亦将惟力是视，生死以之，决不鼠走狼顾偷存视息于人间也⑥。使还，附此申谢⑦。不宣⑧。岳飞顿首观文相公阁下⑨。"案，是书当作于建炎初年，御金人于江淮间事。此后平湖湘诸寇，经略中原矣。观文相公者，李忠定公也。读之二公，生气凛凛，千载如见。墨迹向藏吴中顾氏，今刻石于上海邑城岳祠左壁。敦复每拜祠下，流连不忍去。道光壬寅冬十月，避夷难，后道出沪城，重有所感，乃为是诗⑩。

天荒地老心不死，走笔龙蛇书一纸⑪。古来忠孝几完人，要令男儿识此字。此字圣贤豪杰风雨河岳而日星，此书一百四字、字字烈丈夫之血泪迸裂心精凝⑫。中兴诸将最少年，惟公报国忠孝全。胸中誓雪君父耻，肯与和议相周旋。读公书，考公事，建炎三年（1129）公在江淮官统制⑬。观文相公当是三月罢相李伯纪，共赋无衣譬大义⑭。手提壮士抵淮阴，眼中丑虏皆成禽⑮。国恩知己两不负，只是区区一片心。南薰门，铁路步，撼岳家难畏如虎⑯。张德远，秦会之，一误再误失地复丧师⑰。文官爱钱武惜死，东南时事可知矣。两人一心成大功，无恙河山碧天水⑱。一自孤臣去国遥⑲，金牌火急诏还朝。风波亭子潇潇雨，比似松风更沉寥⑳。忠定遗书惜未见，与公恩义当缱绻㉑。纷纷鼠走而狼顾，视息偷存鸡狗贱。呜呼！彼鸡狗者何其多，吾师古人挽颓波㉒。大书诸葛出师表，再书文山正气歌㉓。（《啸古堂诗集》卷五）

【注释】

① 此书《鄂王家集》不载。清钱汝雯《宋岳鄂王文集》卷上题作《复李忠定书》。李忠定，李纲。忠定，其谥也。郭光先生认为此书当作于绍兴四年（1134）十一月。王曾瑜先生认为，此石刻"依笔迹而论，亦为伪作"。

② 旁午：交错，纷繁。《韵会》："一纵一横曰旁午，犹言交错也。"时候：时时问候。台安：指对方的安好。台，星名。三台星与三公（太尉、司徒、司空）相应。因而旧时书信中用"台"作为对对方的敬称。

③ 远蒙翰教：蒙您从远方来信指教。时李纲居住在福建长乐，岳飞驻军在安徽池州，故言"远蒙"。"忠怀义气"二句：谓来信忠诚之心和正义之气上迫云霄而下穿金石。薄，迫近，逼近。云汉，天河。贯，穿。金石，喻

④ 含灵:古人认为人为万物之灵,故称人为"含灵"。意谓含有灵魂和精神。《晋书·桓玄传论》:"夫帝王者功高宇内,道济含灵。""况飞"句:何况我岳飞是平素和您心灵契合、同仇敌忾的人呢?切,贴近,契合。同仇,共同赴敌。《诗·秦风·无衣》:"在于兴师,修我戈矛。与子同仇。"

⑤ 比:近来。直抵淮阴:径直抵达淮阴。淮阴,故城在今淮阴县东南。绍兴四年九月,金兀术合伪齐刘豫率北军南侵,骑兵自泗攻滁,步兵自楚(今江苏淮安)攻承(今江苏高邮市)。十月,金人攻淮急,围庐州,岳飞奉诏出师池州(今安徽省池州市贵池区)。灭此而朝食:消灭了敌人再吃早饭。以喻斗志的坚决和敌人的不堪一击。语本《左传·成公二年》:"齐侯曰:'余姑翦灭此而朝食。'不介马而驰之。"

⑥ 惟力是视:谓竭尽己力而为。《左传·僖公二十四年》:"除君之恶,惟力是视。"生死以之:将生死置之度外。参见蒋湘南诗注㉓。"决不"句:决不犹豫不决、瞻前虑后、苟且偷生活在人间。鼠走,鼠行走时常左右张望,以防不虞。喻人做事犹豫不决、摇摆不定。狼顾,狼走路时常回头后顾,以防袭击。喻人有后顾之忧。偷存,苟活。视息,仅存视觉、呼吸等。谓苟全活命。

⑦ 附此申谢:附上此信表达谢意。申,表明,表达。

⑧ 不宣:不一一细说。旧时书信末尾常用此语。语本汉杨修《答临淄侯笺》:"反答造次,不能宣备。"

⑨ "岳飞顿首"句:岳飞向李纲行礼致敬意。顿首,为周礼九拜之一。《周礼·春官·大祝》:"一曰稽首,二曰顿首,三曰空首,四曰振动,五曰吉拜,六曰凶拜,七曰奇拜,八曰褒拜,九曰肃拜。"郑玄注:"顿首,拜,头叩地也。"观文相公:称李纲。观文,为观文殿大学士的省称。相公,古时称宰相为相公。宋高宗即位初,一度起用李纲为相,仅七十五天即罢免。阁下:古代多用于对尊显的人的敬称。后泛用作对人的敬称。唐赵璘《因话录·徵部》:"古者三公开阁,郡守比古之侯伯,亦有阁,所以世之书题有阁下之称……今又布衣相呼,尽曰阁下。"

⑩ 道光壬寅：道光二十二年（1842）。避夷难：躲避英军侵略之难。夷，本称国内少数民族，后也称外国。1842年英国侵略军攻占吴淞、镇江，进攻南京。是年签订《中英南京条约》。道出沪城：行程经过上海。沪，上海的别称。相传境内的吴淞江就是古代的"沪渎"，故称。

⑪ 天荒地老：极言历时久远。走笔龙蛇：形容书法生动而有气势。龙蛇，指草书飞动圆转的笔势。

⑫ 血泪迸裂：血泪迸溅。心精凝：心神凝固。谓心神专一。心精，心思，神思。

⑬ "建炎三年"句：建炎三年（1129）八月杜充兼江淮宣抚使，时岳飞在江淮宣抚司任右军统制。《建炎以来系年要录》卷三一："（建炎四年正月丙辰）江淮宣抚司右军统制岳飞自广德军移屯宜兴县。"

⑭ "观文"句：观文相公应当是做了三个月宰相就被罢免的李纲。三月，约言之。李伯纪，李纲字伯纪。"共赋"句：共同吟咏《秦风》中的《无衣》诗篇以明同仇敌忾的心志。《诗·秦风·无衣》："岂曰无衣？与子同袍。王于兴师，修我戈矛。与子同仇！"赋，诵读，吟咏。《左传·隐公元年》："公入而赋。"譬，明白，领悟。

⑮ 手提壮士：亲自率领强壮的军队。手，亲自，亲手。提，提兵，率领军队。士，兵士，武士。《左传·宣公十二年》："下军之士多从之。"借指军队。丑虏：对敌人的蔑称。《诗·大雅·常武》："铺敦淮濆，仍执丑虏。"成禽：成擒，被擒，就擒。禽，通"擒"。

⑯ 南熏门，铁路步：并见释居简诗注⑨。"撼岳家"句：撼岳家军难畏岳家军如虎。

⑰ 张德远：张浚字德远。秦会之：秦桧字会之。

⑱ "无恙"句：谓可惜本来安然美好的国家被赵氏葬送了。无恙，没有疾病。引申为平安无事。碧天水，犹"天水碧"。见查揆《绍兴六年赐岳忠武手敕代梁侍讲作》诗注⑦。

⑲ 去国遥：远离国都。国，指国都。

⑳ "风波亭子"二句：风波亭下着潇潇细雨，比起古琴曲《风入松》的音乐更令人感到凄凉寂寞。潇潇雨，毛毛细雨。岳飞《满江红》词："怒

发冲冠,凭栏处,潇潇雨歇。"比似,与……相比,比起。宋周密《玲珑四犯》词:"凭问柳陌情人,比似垂杨谁瘦?"松风,古琴曲《风入松》的别称。传为晋嵇康所作,见《乐府诗集》卷五九。沉寥(xuè liáo),形容心情寂寞孤独。

㉑ 恩义:道义,恩情。缱绻:纠缠萦绕,固结不解。《诗·大雅·民劳》:"无纵诡随,以谨缱绻。"

㉒ 吾师古人:我效法古人。挽颓波:挽回衰颓的世风。颓波,向下流的水势。比喻衰颓的世风或事物衰落的趋势。

㉓ 诸葛出师表:诸葛亮的《出师表》。文山正气歌:文天祥的《正气歌》。文山,文天祥号文山。

岳忠武

王气秦城半壁开,岳家遗恨满蒿莱[1]。朝廷计画和戎急,大将功名叩马来[2]。玉斧河山三字失,毡裘风雪两宫哀[3]。金缯千古成奇策,长脚当年宰相才[4]。(《啸古堂诗集》卷六)

【注释】

[1] 王气秦城:指秦桧。见彭孙贻词(其二)注⑧。半壁开:建立半壁江山。开,设置,建立。满蒿莱:充满乡野。蒿莱,野草。三国魏阮籍《咏怀》之三一:"战士食糟糠,贤者处蒿莱。"

[2] 计画:谋划,计策。"大将"句:谓岳飞的抗金功业被叩马书生败坏。

[3] "玉斧"句:大宋江山因"莫须有"的罪名杀死岳飞而丧失。玉斧河山,犹言大宋河山。明杨慎《南诏野史》说:"王全斌平蜀还京师,请取云南,负地图进。(宋)太祖鉴唐之祸,以玉斧画大渡河为界。曰:'非吾有也。'由是段氏得据南诏相安无事。"杨慎《滇载记》所载略同。清孙髯题昆明大观楼长联中"宋挥玉斧"即指此。"毡裘"句:在风雪严寒中披着毡裘的徽、钦二帝多么悲哀。毡裘,指古代北方游牧民族以皮毛制成的衣服。

④ "金缯"二句:讽刺秦桧的宰相之才只是靠向金人输纳金缯作为"奇策"。金缯,黄金和丝织品。泛指金银财物。长脚,秦桧的外号。

沈祖懋

沈祖懋(1813—1870),字念农,清钱塘(今浙江杭州市)人。道光十八年(1838)进士。官至国子监司业,提督安徽学政。

岳鄂王庙观宋高宗手敕墨迹

朝写盾琴铭,暮写车攻诗,君有远猷臣所知①。朝赐忠定书,暮赐汾阳传,臣有赤心君所眷②。中兴名将推鄂王,忠肝义胆凌青苍③。桃溪厅事偶题壁④,字字日月争光芒。深宫历历封函寄⑤,想见君臣鱼水意。太学初闻立石经,中原未倡和亲议⑥。手书空仿右军妍,安得长如赐敕年⑦。班师不下金牌诏,臣固精忠主亦贤。(《两浙輶轩续录》卷三七)

【注释】

① 盾琴铭:《南宋杂事诗》卷一注引《玉海》:"高宗赐洪皓御铭盾样琴一,上曰:'古人琴制不同朕制盾样,以示不忘武备之意。'"车攻诗:指《诗·小雅·车攻》。《南宋杂事诗》卷二注引《中兴编年》:"绍兴五年,上(宋高宗)书《车攻》诗以赐辅臣曰:'当与卿等勉励以修政事。'"

② 远猷:长远的打算,远大的谋略。语出《书·康诰》:"顾乃德,远乃猷。"

③ 忠定:李纲谥忠定,此以谥号称之。李纲《靖康传信录》卷三:"(宋钦宗欲遣李纲为宣抚使援太原,)或谓余曰:'公知上所以遣行之意乎?此非为边事,乃欲缘此以去公,则都人无辞耳。公坚卧不起,谗者益得以行其说,上旦怒,将有杜邮之赐,奈何。'余感其言,起受命,上录《裴度传》以赐。"汾阳传:指《郭子仪传》。《建炎以来系年要录》卷三六:"(绍兴四年八月丁丑,)翌日,上谕大臣曰:'世忠不亲文墨,朕方手写《郭子仪传》,欲付卿等呼诸将读示之。'"

④ 眷:顾念,眷爱。

⑤ 凌青苍:迫近上天。青苍,深青色。借指天。
⑥ "桃溪"句:指岳飞《题宜兴张大年家厅事屏记》。
⑦ 深宫:指内宫。历历:逐一,一一。封函寄:封好信函(匣子或信套)然后寄出。句意谓宋高宗曾多次封寄御札给岳飞。
⑧ "太学"句:岳飞死后,其杭州的府第被没收改为太学,宋高宗御书石经《周易》《尚书》《毛诗》《中庸》《论语》《孟子》《左传》等七种立于太学。"中原"句:中原人民尚未响应和戎之议。倡,同"唱",唱和。
⑨ "手书"二句:宋高宗手敕徒然模仿王羲之书体的秀美,也未能保持像当年颁赐手敕时的君臣关系。

罗惇衍

罗惇衍(1814—1874),字星斋,又字兆蕃,号椒生,清顺德(今广东佛山市顺德区)人。道光十五年(1835)进士。官至户部尚书。谥文恪。著有《集义编》《百战百戒》《庸言》《孔子集语》等。《清史稿》有传。

岳 飞

精忠誓报两宫还,恢复燕云唾手间①。开国祖宗安庙社,中原父老望乡关②。天留白雁弓先弛,地閟黄龙酒太悭③。墓柏森森羞北向,英风千古壮河山④。(《集义轩咏史诗钞》卷四五)

【注释】

① 誓报两宫还:立誓报答皇恩,让徽、钦二帝从金国归还。恢复燕云唾手间:见郑善夫诗注⑨。
② "开国"句:使北宋的开国皇帝赵匡胤的神灵在宗庙中安定下来。庙社,本指宗庙和社稷。此单指宗庙。北宋都城开封被金人占领,宗庙被毁,唯有收复中原、重建宗庙,才能使祖宗神灵安定。乡关:犹故乡。《陈书·徐陵传》:"萧轩靡御,王舫谁持?瞻望乡关,何心天地?"
③ "天留"句:上天有意预留伯颜来消灭南宋,所以南宋一味议和自己先已放松武备。白雁,谐音伯颜。弛,弓弦放松。弓用时将弦崩紧,叫

"张"；不用时将弦放松，叫"弛"。《说文》："弛，弓解也。"因以"弓先弛"喻放松武备。<mark>地閟</mark>句：大地关闭黄龙府使岳飞不能在其中痛饮，是太吝啬了吧。閟（bì），同"闭"。悭（qiān），小气，吝啬。

④ <mark>羞北向</mark>：羞于向北生长。<mark>英风</mark>：奇伟杰出的气概，高尚的风格和气节。<mark>壮河山</mark>：使国家更加强盛。

端木埰

端木埰（1815—1887），字子畴，回族，清江宁（今江苏南京市）人。优贡生。以荐除内阁中书，寻充会典馆总纂，升侍读。工书，善诗词。性冷僻，布衣蔬食，恶权贵人。遗著散落。有《赋源楚辞启蒙》《碧瀹词》等存世。

齐天乐

六月初七日，陈筱农兄招读石刻岳忠武王手书奏草①。王建储之请，紫阳深诋之，以为干越取死②。曩即不谓然，今见全事始末，乃知金人欲立宋后于中原，则南中将不可复用兵，故请建储以伐其谋③。此乃兵机，非朝政也④。敬赋一阕。

昭陵遗泽深如海，金刘讵堪成事⑤。异想天开，神奸甚闲，用到殷余夏肄⑥。宗英另峙⑦。要沮我兵威，碍兹同气⑧。监以凶孽，柄操强敌自伊始⑨。　惟王忠烈冠代，伐谋资庙算，储嗣先植⑩。素志酬卿，青宫诏谒，帝亦欢然无忌⑪。兵权在己，论忘尽嫌疑，愈征纯粹⑫。为国精忠，古今谁更比。（《清名家词·碧瀹词》）

【注释】

① <mark>陈筱农</mark>：陈之澍（1847—？），字筱农，三口人。清光绪十一年（1885）优贡生。历任天长、宿松、灵璧、涡阳、黟县教谕。晚年回乡，任县文庙奉祀官，劝学所长，并被选为县议会副议长。<mark>招读</mark>：邀请阅读。<mark>手书奏草</mark>：亲手草写的奏章。

② <mark>王建储之请</mark>：鄂王岳飞请求立赵昚（shèn）为太子的奏议。事在绍

兴七年（1137）。建储，立皇太子。《穀梁传·隐公四年》："《春秋》之义，诸侯与正而不与贤。"范宁注："雍曰：正，谓嫡长也……建储非以私亲，所以定名分。"**紫阳**：朱熹称紫阳先生。**深诋之**：特别诋毁这件事。深，很，甚。诋，毁谤。**干越取死**：迎向利剑找死。意谓身为大将，本不应干预皇族之事，岳飞的建储之议只不过是自己找死。宋张戒《默记》评论岳飞建储议说："嗟夫！鹏为大将，而越职及此，其取死宜哉！"朱熹《朱文公语录》卷二七曾抄录张戒《默记》中的这段话。干越，春秋时的吴国和越国善铸剑，因用以指剑。《庄子·刻意》："夫有干越之剑者，柙而藏之，不敢用也，宝之至也。"陆德明释文："司马云：'干，吴也。吴越出善剑也。'……案：吴有溪名干溪，越有溪名若耶，并出善铁，铸为名剑也。"取死，本义为敢死，此义为找死。

③ **曩即不谓然**：我过去就认为不是那样。曩，以往，从前。然，代指干越取死。**金人欲立宋后于中原**：金人想在中原立宋钦宗的后代为皇帝。张戒《默记》载岳飞对薛弼说："近谍报，虏首以丙午元子入京阙。为朝廷计，莫若正资宗之名，则虏谋沮矣。"丙午元子，即宋钦宗的嫡长子赵谌。被掳于金。丙午，代称钦宗。因钦宗靖康元年为丙午年故。元子，天子和诸侯的嫡长子。京阙，指北宋京城汴京。资宗，指在资善堂读书的宗子赵昚（即后来的宋孝宗）。**则南中将不可复用兵**：那么南宋将不可用兵自相攻杀。这是金人的阴谋。南中，南方。此指南宋。**以伐其谋**：来挫败金人的阴谋。伐谋，破坏敌方施展的谋略。《孙子·谋攻》："故上兵伐谋，其次伐交，其次伐兵。"伐，打破，挫败。

④ **兵机**：用兵的机谋，军事机要。**朝政**：朝廷的政事。

⑤ **昭陵**：宋仁宗葬永昭陵，宋人以昭陵作为仁宗的代称。**遗泽**：留下的德泽。宋仁宗以仁德著称。《宋史·孝宗纪赞》："宋之庙号，若仁宗之为仁，孝宗之为孝，其无愧焉！其无愧焉！"**金刘**：金人和伪齐刘豫。**讵堪成事**：岂可阴谋得逞。

⑥ **"异想天开"三句**：谓奸诈狡猾的金人竟异想天开地要用宋钦宗的后代来祸乱南宋。神奸，奸诈狡猾的人。薏（jì）闲，同"薏间"，毒乱，危害。《左传·定公四年》："管蔡启商，薏间王室。"杜预注："薏，毒也。

周公摄政,管叔、蔡叔开道纣子禄父,以毒乱王室。"**殷余夏肄**:指已亡朝代的残余。此借指钦宗之子赵谌。殷余,指商纣之子武庚(也名禄父)。武王崩,成王幼,周公摄政,管蔡流言于国,谓"公将不利于孺子",周公避居东都,后成王迎周公归,管蔡惧,挟纣子武庚叛,成王命周公讨伐,诛杀武庚与管叔,流放蔡叔,其乱终平。事见《书·金縢》及《史记·管蔡世家》。夏肄,夏朝余民。《左传·襄公二十九年》:"夏肄是屏。"杜注:"肄,余也。"余、肄一声之转。

⑦ **宗英另峙**:另立赵谌为帝相对峙。宗英,皇室中才能杰出的人。峙,直立。此义为对峙,相对而立。

⑧ **"要沮我"二句**:想败坏我们的兵威,妨害同气之亲。沮,坏,败坏。碍,妨害,阻碍。同气,有血统关系的亲属,指兄弟姊妹。《后汉书·东平宪王苍传》:"况臣居宰相之位,同气之亲哉!"

⑨ **监以凶蘧**:由金酋来监管国事。监,监国。君主因故不能亲政,由权臣或近亲摄政。《新五代史·周太祖纪》:"(汉)太后制以威(郭威)监国。"凶蘧(qú),当为凶渠。凶徒的首领,元凶。南朝梁陆倕《石阙铭》:"帝赫斯怒,秣马训兵。严鼓未通,凶渠泥首。"**柄操强敌自伊始**:从此国家政权开始由强敌来掌控。柄,国柄,国家权柄。操,操于,被操纵。伊始,开端,开始。伊,助词,无实义。

⑩ **忠烈冠代**:忠诚刚正冠绝当代。忠烈,忠诚刚正。《宋书·朱龄石传》:"绰为人忠烈,受冲更生之恩,事冲如父。"**伐谋资庙算**:帮助朝廷谋划以挫败敌人的阴谋。资,资助,供给。庙算,朝廷或帝王对战事进行的谋划。**储嗣先植**:先确立太子。储嗣,储君,太子。植,树立。

⑪ **"素志"三句**:作者原注:"储位既定,帝遣忠武王往见孝宗于资善堂,且曰:'此卿素志也。'王之忠纯,帝亦鉴之。薛弼之言显系后来增窜改。"素志酬卿,实现你平素的志愿。酬,实现。卿,皇帝对大臣的称谓。青宫诏谒,宋高宗命令岳飞到资善堂去谒见太子赵昚。青宫,太子居东宫。东方属木,于色为青,故称太子所居为青宫。欢然无忌,很高兴并没有疑忌。欢然,很高兴的样子。按:此三句与文献记载有出入。其实宋高宗对岳飞是有所疑忌的,并且当面给予训斥。

⑫ 兵权在己:意谓太子的地位确立了,金人则不会另立赵谌,这样兵权就掌握在高宗自己手里。"论忘"二句:岳飞的建储之议完全忘记避开嫌疑,这越发证明他的精忠纯粹。征,证明,征验。

彭玉麐

彭玉麐(1816—1890),字雪琴,自号退省庵主人,清衡阳(今湖南衡阳市)人。清末湘军将领。曾从曾国藩创办湘军水师,多有战功。历官水师提督、兵部右侍郎、两江总督,晋兵部尚书。卒赠太子太保,谥刚直。著有《彭刚直公奏稿》《彭刚直公诗集》。《清史稿》有传。

书武穆奏草墨迹后

千军横扫笔锋开,满幅经纶腕底来①。一片血忱飞楮墨,九篇奏札摄风雷②。精忠臣珍酬君国,文字天留出劫灰③。万古常存二百载④,金牌十二总堪哀。(岳墓忠武奏草碑)

【注释】

① 千军横扫:谓笔力可横扫千军。参见董元恺词注④。经纶:指治理国家的抱负和才能。腕底:意犹笔下。

② "一片"二句:一片赤诚之心腾跃于纸墨之上,九篇奏疏聚集风雷之气。血忱,犹血诚。谓极其真诚的心意。楮墨,纸与墨。借指诗文或书画。九篇奏札,武穆奏草碑共刻岳飞奏章墨迹九通。摄,收敛,聚集。风雷,比喻威猛的力量。

③ "精忠"二句:岳飞珍重以精诚报答国君,老天从战乱之中留下这些珍贵的文字。君国,谓居君位而御其国。劫灰,本谓劫火的余灰。后谓战乱或大火毁坏后的残迹或灰烬。作者自注:"此卷墨迹曾在英煦翁相国家不灭于火,边幅尽焦而字无恙。"

④ 二百载:当指此卷墨迹从被火到作者题诗时二百余年。墨卷火后独留明黄道周崇祯三年(1630)题跋,彭玉麐此诗跋于清光绪己卯年(1879)。

许瑶光

许瑶光（1817—1881），字雪门，号复斋，晚号复叟，清善化（今湖南长沙市）人。道光二十九年（1849）拔贡。历官嘉兴府知府，政声卓著。有《雪门诗草》《谈浙》。

钱塘杂感 （八首选一）

表里湖山起暮云，新来菊部不堪闻①。秋风薛荔荒于墓，细雨莓苔湿岳坟②。吠犬如闻新府尹，骑驴闲煞故将军③。忠奸倒置非今始，鸱革浮江早不分④。（《雪门诗草》卷二）

【注释】

① 表里湖山：由"表里河山"化出。谓杭州形胜，内有大湖，外有高山。"新来"句：近来听不到菊部头的歌声了。新来，近来。菊部，"菊部头"之省称。宋高宗时官中伶人有菊夫人者，人称"菊部头"。宋周密《齐东野语·菊花新曲破》："思陵朝，掖庭有菊夫人者，善歌舞，妙音律，为仙韶院之冠，官中号为菊部头。"

② 薛荔：当作薜荔。植物名。又称木莲。常绿藤本，蔓生。《楚辞·离骚》："揽木根以结茝兮，贯薜荔之落蕊。"王逸注："薜荔，香草也，缘木而生蕊实也。"于墓：明朝于谦的墓。莓苔：青苔。

③ 府尹：官名。府级的最高长官，相当于明清时代的知府。始于汉代之京兆尹。一般为京畿地区的行政长官。唐代之东都、西都、北都及州郡之升府者，皆置府尹。宋代开封之府尹不常置。明代之应天、顺天，清代之顺天、奉天，均置府尹。后亦泛称太守。新府尹乃作者自称。故将军：指韩世忠。

④ 鸱革浮江：指伍子胥被用革囊浮之于江的典故。参见王衡诗注④。早不分：谓伍子胥被杀时就早已不分忠与奸。

吴仰贤

吴仰贤（1821—1887），初字慕周，更字牧驺，号萃思，又号鲁儒，别署小匏庵，清嘉兴（今浙江嘉兴市）人。咸丰二年（1852）进士。曾任云南武定知州，迤东道。晚年主讲武水鸳湖书院。善诗词，有《小匏庵诗存》《小匏庵诗话》《集杜兰旁诗》。主纂《嘉兴府志》。

西水驿谒鄂王祠[①]

绰楔旌忠大字摹[②]，灵旗照水似西湖。秋花艳沥苌弘血，玉座寒森温序须[③]。椟底尚藏高庙敕，阶前未铸佞臣躯[④]。年年家祭陈铜爵，慰得黄龙痛饮无[⑤]？（《小匏庵诗存》卷一）

【注释】

① 西水驿：驿站名。在浙江嘉兴城西门外运河之畔。元至元十七年（1280）置。为水驿。岳珂于宋理宗宝庆年间（1225—1227）在此建祠并亲制铜爵，为岳氏第二大家祠。

② 绰楔：古时竖立于正门两旁用以表彰孝义的木柱，类似后之牌坊。旌忠大字摹：摹刻着表彰忠烈的大字。作者原注："文宗显皇帝赐额曰显忠。"按：文宗显皇帝，即咸丰皇帝。庙号文宗。

③ "秋花"句：秋天的鸡冠花红艳得像烈士的血要滴下来。作者原注："祠中鸡冠花红于他处。""玉座"句：神像清肃得像温序的胡须森然张开。玉座，神像的底座。借指神像。温序须，据《后汉书·温序传》载，温序为隗嚣将所拘劫，令使从己，序不从，嚣将赐之剑，使自裁。"序受剑，衔须于口，顾左右曰：'既为贼所迫杀，无令须污土。'遂伏剑而死。"后以"温序须"为慷慨就义的典实。

④ 椟底：匣子底部。椟（dú），柜子，匣子。高庙敕：宋高宗的诏书。作者原注："祠藏宋高宗手敕。""阶前"句：谓此处的殿阶前没有铸造秦桧等奸臣的跪像。

⑤ 家祭：家庭祭祀。陈铜爵：摆放铜爵等祭器。铜爵，见赵翼《岳祠铜爵》诗注①。"慰得"句：能够使岳飞黄龙痛饮未能实现的愿望得到慰藉吗？慰得，能够慰藉。得，助词。用在动词后，表示可能，能够。无，疑问助词。相当于"么"或"吗"。

俞 樾

俞樾(1821—1907),字荫甫,号曲园,清德清(今浙江德清县)人。道光三十年(1850)进士。官翰林院编修、河南学政。晚年讲学杭州诂经精舍。治经、子、小学。所撰各书,总称《春在堂全书》,共二百五十卷。《清史稿》入《儒林传》。

汤阴谒岳忠武庙

十年阃外枕雕戈,奈此秦头压日何①?南渡君臣生气少,东窗夫妇杀机多②。功高岂意翻成罪,战胜无端更议和③。不待呼天诬早辩,精忠二字总难磨④。(《春在堂诗编》卷四)

【注释】

① 阃外:见洒贤诗注④。枕雕戈:义同枕戈。谓杀敌报国,志坚情切。雕戈,刻绘花纹的戈,精美的戈。秦头压日:暗谓秦桧权势太重,遮蔽皇帝。故事流传颇广,记载略异。明张岱《夜行船》卷一四《九流部》:"高宗命周生拆一'春'字,周生言:'秦头太重,压日无光。'忤相桧,死于戍。"清周亮工《字触·外部》:"次日(高宗)召见便殿,书一'春'字命(谢石)相。石奏曰:'秦头太重,压日无光。'上默然,赐赉命出。是时秦桧专权,闻之大怒,乃阴中以他事,窜逐岭表。"

② 生气:活力,生命力。清龚自珍《己亥杂诗》之一二五:"九州生气恃风雷,万马齐喑究可哀。"东窗:见杨维桢《岳王行》注⑭。杀机:欲加杀害之心。唐司空图《歌者》诗之六:"胸中免被风波挠,肯为螳螂动杀机。"

③ 岂意:岂料,没想到。翻成罪:反而成为罪过。无端:没来由,没道理。

④ "不待"二句:意谓公道自在人心,不必等待向天呼冤冤诬早已明辨,岳飞的精忠精神永垂不朽。呼天,向天呼冤。指岳珂《吁天辨诬录》。诬,冤诬。总难磨,总难消灭。取意《论语·阳货》:"不曰坚乎?磨而不

磷。"

沈寿榕

沈寿榕（1823—1882），字朗山，号意文，清海昌（今浙江海宁市）人。历官至广东布政使。有《玉笙楼诗录》。

宋岳忠武王遗像

其裔孙威信公钟琪家所藏①，榕得敬观，赋成四首。

须眉奕奕气如霜，千载而还尚慨慷②。遗像清高亚诸葛，全家福泽逊汾阳③。朝廷南渡民残劫④，祠墓西湖我故乡。明德有人逢圣代，上公茅土赞纯皇⑤。

未捣黄龙已罢兵，官家自欲坏长城。从教宰相完夫妇⑥，记否君王有父兄。天道无知逢世变，人心不死望公生⑦。当时若上云台画，只得寻常战将名⑧。

事去英雄泪有无，宗爷而后岳爷呼⑨。一双铁像泉台冷，百万金钱岁币输⑩。同是捐生悲孝义，吁天著录辨冤诬⑪。中原膏血谁知痛，块肉存亡赵氏孤⑫。

褒鄂原非一例看，功成葅醢岂彭韩⑬。日星共见忠犹在，文武兼资古已难⑭。叩马遮留机局坏，骑驴归去酒杯宽⑮。平生读史参疑信，后起纷纷说将坛⑯。（《玉笙楼诗录》卷一）

【注释】

① 其裔孙：指岳飞的远代子孙。威信公钟琪：岳钟琪（1686—1754），字东美，号容斋。四川成都人。清朝名将。历康、雍、乾三朝，屡立战功。乾隆皇帝称之为"三朝武臣巨擘"。因大金川之战功著，加太子少保，授兵部尚书衔，还四川提督任，赐号威信。卒谥襄勤。

② 须眉：胡子和眉毛。古时男子以胡须眉毛稠秀为美，故以为男子的代称。此指岳飞的相貌。奕奕：精神焕发貌。气如霜：谓气概凛然。千载而还：千年以来。慨慷：同慷慨。充满正气，情绪激昂。

③ 清高:纯洁高尚。亚诸葛:胜过诸葛亮。亚,义同"压"。宋欧阳修《渔家傲》:"叶重如将青玉亚,花轻疑是红绡挂。"福泽:犹福禄,福运与爵禄。逊汾阳:比不上郭子仪。逊,不及,比不上。

④ 残劫:民生凋敝,遭受劫难。

⑤ 明德:彰明德行。《管子·君臣下》:"此先王所以明德围奸,昭公灭私也。"有人:指岳钟琪。圣代:政治清明的时代。上公:周制,三公(太师、太傅、太保)八命,出封时,加一命,称为上公。见《周礼·春官·典命》。汉制,仅以太傅为上公。见《后汉书·百官志一》。晋制,太宰、太傅、太保皆为上公。见《晋书·职官志》。后为对公爵的尊称,亦泛指高官显爵。茅土:参见刘过词注⑨。赞纯皇:辅佐乾隆皇帝。作者自注:"岳威信公于乾隆朝功绩著。"赞,帮助,辅佐。纯皇,称清高宗乾隆皇帝。乾隆皇帝谥"法天隆运至诚先觉体元立极敷文奋武孝慈神圣纯皇帝"。

⑥ "从教"句:任凭秦桧夫妇得以保全。从教,听任,任凭。宋韦骧《菩萨蛮》词:"白发不须量,从教千丈长。"完,完全,保全。

⑦ "天道"句:上天不明事理使岳飞遭逢世道变乱。天道,犹天理,天意。《易·谦》:"谦亨,天道下济而光明。"此指上天。无知,不明事理。"人心"句:公道自在人心,人们盼望岳飞能够重生。公,对岳飞的尊称。

⑧ "当时"二句:如果当时岳飞的像能被画在功臣阁上,也只不过是得到一个平常战将的名声。云台画,画功臣像于云台。云台,见张宪《岳鄂王歌》注⑧。

⑨ 事去:往事已经过去。宗爷:《宋史·宗泽传》:"泽威声日著,北方闻其名,常尊惮之,对南人言,必曰'宗爷爷'。"而后:以后,后来。岳爷:《宋史·岳飞传》:"金所籍兵相谓曰:'此岳爷爷军。'争来降附。"

⑩ 一双铁像:指秦桧夫妇的铁铸跪像。泉台:指阴间。唐骆宾王《乐大夫挽辞》之五:"忽见泉台路,犹疑水镜悬。"岁币:旧指朝廷每年向外族输纳的钱物。输,送给,捐献。

⑪ "同是"句:宗泽和岳飞同是为国抛弃生命,而岳飞的行孝重义更可令人哀伤。悲,伤心,哀痛。"吁天"句:谓岳珂著《吁天辨诬录》为其祖辩明冤屈和诬陷。著录,指记载在簿籍上。泛指记录、记载。

⑫ 膏血:脂血。比喻用血汗换来的财富。谁知痛:有谁知道痛惜。"块肉"句:孤儿赵昺这个赵氏仅余的一丝血脉关乎着赵宋王朝的存亡。参见翁心存诗注③。

⑬ "褒鄂"句:唐朝褒国公和鄂国公原本不能同岳飞一样看待。谓岳飞胜过褒国公和鄂国公。褒鄂,见岳珂《鄂忠武王出师疏帖赞》注⑲。"功成"句:功成被杀哪里只是彭越和韩信。意谓岳飞也是同样。菹醢(zū hǎi),古代把人剁成肉酱的酷刑。后亦用以泛指处死。《楚辞·离骚》:"后辛之菹醢兮,殷宗用而不长。"彭韩,汉代名将建成侯彭越与淮阴侯韩信的并称。彭越(?—前196),字仲,昌邑(今山东金乡县)人。西汉开国功臣,拜魏相国、建成侯,楚汉战争结束后又被封为梁王。与韩信、英布并称"汉初三杰",后因被告发谋反,为刘邦所杀。韩信,见张昱《题岳王祠》诗注②。《文选·李陵〈答苏武书〉》:"昔萧樊囚絷,韩彭菹醢。"李善注引《黥布传》:"薛曰:'前年醢彭越,往年杀韩信。'"

⑭ 文武兼资:兼有文武之天资。资,天赋,天资。

⑮ 叩马遮留:指书生拦住兀朮的马头要他不要急于撤军。机局坏:谓岳家军胜利的局势被破坏。骑驴:指韩世忠事。见张宪《岳鄂王歌》注⑬。酒杯宽:杯中酒多。宽,多,富裕。如劝酒时让人多饮点叫"宽饮"。

⑯ 参疑信:谓半信半疑。参,相间,夹杂。将坛:将台。将帅的指挥台或阅兵台。借指大将岳飞。

蒋益澧

蒋益澧(1825—1875),字芗泉,清湘乡(今湖南湘乡市)人。历官浙江布政使、广东巡抚、广西按察使。《清史稿》有传。

修建岳忠武祠墓碑铭①

宋日南迁,薄于黄昏②。王挥天戈,挽之虞渊③。庙食故都,越七百年④。俎豆之事,则有司存⑤。潢池赤子,盗弄纷纭⑥。坛宇摧圮,千里扬氛⑦。予来浙西,涤秽除膻⑧。拜王之灵,云旆蜿蜒⑨。乃新榱栋,乃修墓

门⑩。精气昭回,陟此几筵⑪。古柏郁郁,南枝幡幡⑫。九京可作,尚友古人⑬。(岳墓修建岳忠武祠墓碑)

【注释】

① 碑铭:碑文的铭辞。铭,刻写在金石等物上的文辞。具有称颂、警戒等性质,多用韵语。南朝齐刘勰《文心雕龙》有《铭箴》篇。后来,有的碑文在最后也有铭。

② 宋日南迁,薄于黄昏:宋朝南迁的局势,犹如太阳接近黄昏。比喻腐朽的南宋王朝临近死亡。薄,迫近。

③ 王挥天戈:岳王指挥朝廷的军队。天戈,帝王的军队。见袁甫诗注⑥。挥,同"麾"。挽之虞渊:把太阳从虞渊挽救回来。喻扭转颓败的局势。虞渊,见陈赞诗注⑥。

④ 庙食故都:在南宋原先的都城杭州建庙享受祭祀。庙食,谓死后立庙,受人奉祀,享受祭飨。越七百年:经历约七百年。指从在杭州建立岳飞庙到作者写作此文时。

⑤ 俎豆之事:祭祀的大事。《左传·成公十三年》:"国之大事,在祀与戎。"则有司存:是当地的官吏使之存续下来。有司,官吏。古代设官分职,各有专司,故称。《书·大禹谟》:"好生之德,洽于民心,兹用不犯于有司。"

⑥ 潢池赤子,盗弄纷纭:边远地方的老百姓,纷纷叛乱造反。《汉书·循吏传》:"海濒遐远,不沾圣化,其民困于饥寒而吏不恤,故使陛下赤子盗弄陛下之兵于潢池中耳。"后因以"潢池弄兵"谓叛乱,造反。潢池,池塘。赤子,指老百姓。盗弄,盗窃玩弄。纷纭,杂乱貌。《楚辞·刘向〈九叹·远逝〉》:"肠纷纭以缭转兮,涕渐渐其若屑。"王逸注:"纷纭,乱貌也。"

⑦ 坛宇摧圮:祭坛倒塌。坛宇,祭祀的坛场。《汉书·礼乐志》:"《郊祀歌》:神之揄,临坛宇。"摧圮,倒塌。前蜀杜光庭《威仪道众玉华殿谢土地醮词》:"讲堂摧圮,道侣沦亡。"千里扬氛:凶恶之气远扬千里。千里,极言其远。氛,指凶气,恶浊之气。

⑧ 予来浙西:我到杭州来。浙西,指杭州。杭州在浙江之西。

涤秽除膻:清洗污秽,除去腥膻。谓平定叛乱。

⑨ 云旆蜿蜒:岳王的神旗连绵曲折而至。云旆,有云纹图饰的大旗。《文选·宋玉〈高唐赋〉》:"简舆玄服,建云旆,蜺为旌,翠为盖。"蜿蜒,萦回屈曲貌。

⑩ 乃新榱栋:于是使殿宇焕然一新。乃,于是,就。榱栋,屋椽及栋梁。代指殿宇。《荀子·哀公》:"君入庙门而右,登自胙阶,仰视榱栋。"乃修墓门:又修葺墓道之门。

⑪ 精气昭回:岳飞精神的光芒回转照耀。精气,指岳飞的精神。昭回,谓星辰光耀回转。《诗·大雅·云汉》:"倬彼云汉,昭回于天。"陟此几筵:登上这新的祭坛。陟,登。几筵,亦作筵几。坐席与几案。古代礼敬尊长或祭祀行礼时的陈设。《周礼·春官·肆师》:"大宾客莅筵几,筑鬻,赞果将。"

⑫ 古柏郁郁:古老的柏树郁郁苍苍。郁郁,繁茂貌。南枝幡幡:向南伸展的枝条在风中翻动。幡幡,翻动貌。《诗·小雅·瓠叶》:"幡幡瓠叶,采之亨之。"

⑬ 九京可作:岳王如可复生。九京,同九原。见姚文奂诗注②。尚友古人:我将上与古人岳飞为友。《孟子·万章下》:"以友天下之善士为未足,又尚论古之人;颂其诗,读其书,不知其人,可乎?是以论其世也,是尚友也。"尚,同"上"。

李嘉乐

李嘉乐(1833—?),字宪之,清光州(今河南潢川县)人。同治二年(1863)进士。改庶吉士,授编修,历官至江西布政使。有《齐鲁游草》。

谒鄂王庙题壁

三载重瞻庙貌崇,前诗仍少碧纱笼①。默祈祐我偿奢愿,功与公同遇不同②。(《仿潜斋诗钞》卷二)

【注释】

① 碧纱笼:谓以纱蒙覆贵人、名士壁上题咏的手迹,表示崇敬。典出

五代王定保《唐摭言·起自寒苦》:"王播少孤贫,尝客扬州惠昭寺木兰院,随僧斋餐。诸僧厌怠,播至,已饭矣。后二纪,播自重位出镇是邦,因访旧游,向之题已皆碧纱幕其上。播继以二绝句曰:'……上堂已了各西东,惭愧阇黎饭后钟。二十年来尘扑面,如今始得碧纱笼。'"又宋吴处厚《青箱杂记》卷六:"世传魏野尝从莱公(寇准)游陕府僧舍,各有留题。后复同游,见莱公之诗,已用碧纱笼护,而野诗独否,尘昏满壁。时有从行官妓,颇慧黠,即以袂就拂之。野徐曰:'若得常将红袖拂,也应胜似碧纱笼。'莱公大笑。"后以"碧纱笼"为诗以人重之典。嘉乐先有《鄂王庙题壁》诗:"五国城寒驾不回,狱成三字有余哀。臣甘冤死原无恨,恨少黄龙酒一杯。"载《仿潜斋诗钞》卷一。

② "默祈"二句:默默地祈祷岳王保佑我实现一个过分的愿望,那就是让我的功绩与您相同而遭遇不要相同。奢愿,过分的愿望。遇,际遇,遭遇。

曾纪泽

曾纪泽(1839—1890),字劼刚,号梦瞻,祖籍湖南衡阳,出生于湘乡,曾国藩长子。曾任出使英、法、俄诸国大臣,后协助李鸿章创办北洋水师,旋为兵部侍郎入总理衙门,后调户部,兼署刑部、吏部等部侍郎。工诗文。著作辑为《曾惠敏公遗集》。

题李之纯所藏岳忠武名章印本①

甘就偏安宋主孱,长城自坏非天悭②。古来权贵兴冤狱,天遣忠贞示大闲③。汗马奇勋传妇孺,雕虫小物重区寰④。紫檀印匣今何在,应拓宸章警懦顽⑤。(《归朴斋诗钞》己集下)

【注释】

① 李之纯:李纯甫(1177—1223),字之纯,号屏山居士,弘州襄阴(今河北阳原)人。金章宗承安二年(1197)进士,仕至尚书右司都事。岳忠武名章印本:盖着岳飞姓名印章的书本。印本,相对写本而言。

② 宋主孱：谓宋高宗孱弱。天悭：上天悭吝而不相助。

③ 权贵：旧时指官高势大的人。此指秦桧。天遣：上天安排。大闲：基本的行为准则。语本《论语·子张》："大德不逾闲。"

④ 汗马奇勋：劳苦征战的奇功。汗马，将士骑的马奔驰出汗。传妇孺：连妇女和儿童都在传颂。雕虫小物：指雕虫小技刻制的印章。雕虫，比喻从事不足道的小技艺。重区寰：为天下所重。区寰，境域，天下。

⑤ 紫檀印匣：紫檀木制成的贮放印章的小盒子。紫檀是世界上最名贵的木材之一。应拓宸章：应该摩拓宋高宗表彰岳飞的御札（并加盖岳飞的印章）。宸章，皇帝所作的诗文。警懦顽：使贪婪和懦弱的人惊而自立。《孟子·万章下》："故闻伯夷之风者，顽夫廉，懦夫有立志。"

宝　廷

宝廷（1840—1890），爱新觉罗氏，字竹坡，号偶斋，同治七年（1868）进士。选庶吉士，授编修。官至礼部侍郎。工诗能词，有《偶斋诗草》《偶斋词》。《清史稿》有传。

题岳忠武砚十四韵

今古一顽石，乾坤三伟人①。中兴叹冤狱，亡国泣孤臣。骨冷明湖水，血枯燕市尘②。偷生为全孝，致命尽成仁③。试玩铭词切，弥征心事淳④。精忠忻有继，翰墨岂无因⑤。末祚尤衰弱，孤忧更苦辛⑥。可怜乏名将，安得抗强邻。若使生同世，何难志共伸。丧师偏遇贾，误国岂殊秦⑦。微物奚堪重，遗文良足珍⑧。瑶琴应并列，玉带合同陈⑨。才略判长短，勋猷非等伦⑩。一般值磨涅，信是不缁磷⑪。（《偶斋诗草·内集》卷六）

【注释】

① 顽石：坚硬冥顽的石头。此指石砚。乾坤三伟人：指岳飞、谢枋得和文天祥。参见吴嵩梁诗注⑤。

② 骨冷明湖水：指岳飞死于杭州。明湖，西湖又名。血枯燕市尘：指文天祥死于燕市。燕市，战国时燕国的国都，元称大都。即今北京市。

③ 偷生为全孝:当指谢枋得于元兵南下时,兵败,"乃变姓名,入建宁唐石山","已而去,卖卜建阳市中"。见《宋史·谢枋得传》。作者借用管仲的话说谢并非畏死。《史记·管晏列传》:"管仲曰:'吾尝三战三走,鲍叔不以我为怯,知我有老母也。'"全孝,保全孝道。致命:犹捐躯。《易·困》:"君子以致命遂事。" 成仁:成就仁德。后指为正义事业献出生命。《论语·卫灵公》:"志士仁人,无求生以害仁,有杀身以成仁。"按:以上四句,第一句说岳飞,第二句说文天祥,第三句说谢枋得,第四句总说。

④ 试玩铭词切:且玩味铭文的词语是那样恳切。弥征心事淳:更加验证他们的心地敦厚。弥,益,更加。征,征验,验证。淳,淳朴,敦厚。

⑤ 精忠忻有继:很高兴精忠精神后继有人。忻,同"欣"。翰墨岂无因:诗文岂能没有承袭。翰墨,原指笔、墨,借指文章书画等。因,承袭。

⑥ 末祚:指南宋的末运。孤忧:孤臣之忧。孤臣指文天祥、谢枋得。

⑦ 丧师偏遇贾:偏遇贾似道战败丧失军队。参见何允泓诗注⑯。误国岂殊秦:谓贾似道误国同秦桧没有什么不一样。殊,不同。

⑧ 微物奚堪重:石砚这样微小之物何以值得重视。奚,何,哪里。遗文良足珍:砚上遗留的铭文确实值得珍爱。良,确实,的确。

⑨ "瑶琴"二句:忠武砚应该同岳飞的瑶琴和文天祥的玉带生砚陈列在一起。瑶琴,用玉装饰的琴。岳飞《小重山》词有"欲将心事付瑶琴"句,此因指岳飞之琴。玉带,文天祥有砚名玉带生。见吴嵩梁诗注⑤。

⑩ 才略判长短:才能和谋略有长短的区别。判,分辨,区别。勋猷非等伦:功绩也不尽相等。勋、猷二字义同。等伦,与之同类或同等。

⑪ "一般"二句:谓岳飞、谢枋得、文天祥三人的确一样经得起考验,同样坚贞不屈。作者原注:"'磨而不磷,涅而不缁',忠武自铭砚。旁有谢叠山(谢枋得)赠文文山(文天祥)跋。""磨而不磷,涅而不缁",语出《论语·阳货》:"不曰坚乎?磨而不磷。不曰白乎?涅而不缁。"何晏集解:"孔曰:磷,薄也;涅,可以染皂。言至坚者,磨之而不薄;至白者,染之于涅而不黑。喻君子虽在浊乱,浊乱不能污。"后因以"磨涅"比喻所经受

的考验、折磨或外界的影响，以"缁磷"喻操守不坚贞。

王先谦

王先谦（1842—1917），字益吾，晚号葵园，世称葵园先生。辛亥革命后，署名遯。清末长沙（今湖南长沙市）人。同治四年（1865）进士。曾任国子监祭酒，督江苏学政。中年辞官归里，潜心讲学，任城南书院、岳麓书院山长。博览古今图籍，研究各朝典章制度。治学重考据、校勘，荟集群言。学术著作十余种，有《虚受堂文集》。《清史稿》入《儒林传》。

岳忠武庙

北图阻天运，南渡局孤忠①。山与名难撼，湖将事洗空②。祠坛肃深靓，鬼物尽青红③。千载和戎恨，愁连沧海东。（《虚受堂诗存》卷五）

【注释】

① 北图阻天运：北伐的计划为天命阻挡。天运，犹天命，自然的气数。南渡局孤忠：南宋朝廷限制岳飞孤高自持的忠诚。局，局囿，限制。

② 山与名难撼：岳飞的声名如山一样难以撼动。化用"撼山易，撼岳家军难"语。湖将事洗空：湖水将往事洗刷一空。

③ 祠坛肃深靓：祠庙的祭坛肃穆而深邃宁静。深靓（jìng），深邃宁静。靓，通"静"。鬼物尽青红：鬼怪全是青色和红色图绘。鬼物，鬼，鬼怪。青红，犹丹青。常用以指代颜料。唐韩愈《谒衡岳庙遂宿岳寺题门楼》诗："粉墙丹柱动光彩，鬼物图画填青红。"

樊增祥

樊增祥（1846—1931），字嘉父，号云门、樊山居士等，清末民国恩施（今湖北恩施市）人。光绪三年（1877）进士。历官至署理两江总督。袁世凯执政时，曾为参政院参政。工诗，又擅词及骈文。有《樊山全集》。

汤阴谒岳庙

玉殿香烟拜冕旒,英魂长是恋乡陬①。生无田宅同骠骑,死有祠堂媲解州②。枉向杜邮悲白起,直怜汉殿少朱游③。黄金倘铸凌烟像,仿得雕青四字不④。(《樊山续集》卷三)

【注释】

① 玉殿:殿宇的美称。冕旒:古代大夫以上的礼冠。顶有延,前有旒,故曰"冕旒"。此指戴有冕旒冠的岳飞神像。乡陬:犹乡曲。陬,角落。

② 骠骑:指汉朝骠骑将军霍去病。见陈基诗注⑧。霍去病屡立战功,多次受到汉武帝的赏赐,动辄食邑上千户甚至数千户。媲解州:与关云长比并。解州,关羽,字云长,河东解州人(今山西临猗)。媲(pì),比并,比美。

③ "枉向"句:空向杜邮悲伤白起被杀。见陈邦瞻《朱仙镇再赋》注③。少朱游:谓缺乏请剑斩佞臣之头的人。朱游,朱云。见黄文雷诗注⑨。以白起、朱游喻岳飞。

④ "黄金"二句:岳飞的像如果用黄金塑造在功臣阁上,可能够仿得出他背上刺刻的"尽忠报国"四个字吗?意谓岳飞的忠心不是图像于功臣阁所能显示的。凌烟像,凌烟阁上的功臣像。凌烟阁,见叶绍翁诗注③。雕青,在人体上刺刻并涂上青色。不,通"否"。此读平声,属"十一尤"部。

孙诒让

孙诒让(1848—1908),幼名效洙,又名德涵,字仲容(一作冲容),别号籀庼,清末瑞安(今浙江瑞安市)人。一代经师,著名朴学家,著有《周礼正义》《墨子间诂》等二十余种。《清史稿》入《儒林传》。

苏武慢·题岳忠武玉印钤本后①

小戳鹅肪,微含猩晕,手泽摩挲犹馥②。中原传檄,北伐哦诗,此印几回钤角③。南渡百年，太学经残，故宫草绿④。叹绍兴传玺飘零，留此冷琼盈掬⑤。　　天付与、光映仙凫，飞来灵鹊⑥。健羡贤侯清福⑦。幢逐剧治，琴鹤同携⑧。想见斗牛虹烛⑨。何日重逢，锦绶添花，新符分竹⑩。更细抚螺扁，入金陀旧录⑪。（《籀颅遗文》卷下）

【注释】

①　岳忠武玉印钤本：盖有岳飞玉制印章的书册。钤（qián），盖印章。

②　小戳鹅肪：质地白润的小印章。戳，图章。鹅肪，鹅脂。形容白润。微含猩晕：略微含有一点红色的晕纹。猩晕，红晕。手泽摩挲犹馥：用手抚摸似乎岳飞的手汗还有香气。手泽，先人手汗沾润。因借指先人的遗物。

③　传檄：传布檄文。哦诗：吟诗。钤角：盖印章于纸角。

④　太学经残：太学的古经已经残损。作者原注："绍兴间诏以忠武故宅为太学石经，见潜说友《咸淳临安志》。"太学，中国古代设于京城的最高学府。汉武帝时开始设立。经，指石经。刻在石上的儒家经典。汉平帝元始元年王莽命甄丰摹古文《易》《书》《诗》《左传》于石，此为石经之始。将石经立于太学讲堂前，始于东汉熹平四年（175），由蔡邕隶体书丹刻石。史称熹平石经。后历代效仿，多有刻石。南宋绍兴十三年（1143）正月，以岳飞故宅为太学。宋高宗赵构和皇后吴氏手书七种石经立于太学。见沈祖懋诗注⑧。故宫草绿：南宋的故宫长满青草。

⑤　绍兴传玺飘零：南宋高宗的传国玉玺漂泊流落。传玺，传国玺之省。秦以后皇帝世代相传的印章。相传秦始皇得蓝田玉，雕为印，上纽交五龙，正面刻李斯所写篆文"受命于天，既寿永昌"八字。秦亡归汉。《汉书·元后传》："初，汉高祖入咸阳至霸上，秦王子婴降于轵道，奉上始皇玺。及高祖诛项籍，即天子位，因御服其玺，世世传受，号曰汉传国玺。"后来封建王朝以玺有"受命于天"之文，争以得玺为符瑞。秦玺已亡，历代多自刻制，文亦有同有异。冷琼盈掬：清凉美玉一满把。冷琼，清凉的美玉。此指岳飞玉印。盈掬，满握，满捧。

⑥　仙凫：《后汉书·方术传·王乔》："王乔者，河东人也。显宗世，为叶令。乔有神术，每月朔望，常自县诣台朝。帝怪其来数，而不见车骑，密令太史伺望之。言其临至，辄有双凫从东南飞来。于是候凫至，举罗张

之,但得一只舄焉。乃诏尚方诊视,则四年中所赐尚书官属履也。"后常以"仙凫"作为履的典实。光映仙凫,或另有出典。飞来灵鹊:指汉张颢破山鹊化石得忠孝侯印事。见沈钦韩《岳忠武王官衔姓名铜印歌》注⑱。灵鹊,即喜鹊。

⑦ 健羡:非常羡慕。贤侯:对有德位者的敬称。此称岳飞。清福:清闲之福。

⑧ 幢迆剧治:军队不断调防,繁难的事务处理得很好。幢(chuáng),古代原指支撑帐幕、伞盖、旌旗的木竿,后借指帐幕、伞盖、旌旗。又,古代军队编制单位。百人为幢。迆(yí),迁徙。剧治,同治剧。谓处理繁重难办的事务。琴鹤同携:谓尚有清趣雅兴。古人常以琴与鹤相随,表示清高、廉洁。唐郑谷《赠富平李宰》诗:"夫君清且贫,琴鹤最相亲。"

⑨ "想见"句:想见岳飞神像穿着官服享受祭祀。斗牛,斗牛服。明代赐予一品官员的官服,上绣虬属兽斗牛,故名。参见《明史·舆服志三》。虹烛,虹烛锭。汉器名。荐熟食的器具。《宣和博古图》卷一八:"高五寸四分,深四寸五分,口径三寸,容四升八合,重四斤八两,三足,铭一十八字。……铭曰虹烛者,取其气运如虹之义,殆荐熟食之器,但阙其盖而不完。"

⑩ 锦绶添花:谓官爵升迁。锦绶,锦制的绶带。为官员显示身份的标志。新符分竹:谓有新的任职。分竹,犹分符。符质为竹。将虎状符节的一半给受封者作为信物,谓授予官爵。

⑪ 细抚螺扁:仔细地抚摸印篆。螺扁,篆书的一种,由篆隶交杂而成。螺者,篆之法也;扁者,隶之法也。形略扁,故称。金陀旧录:指《金佗稡编》。

张宝森

张宝森(1848—1906),字友柏,清末丹徒(今江苏镇江市丹徒区)人。光绪十四年(1888)举人。官仪征训导。有《悔庵诗存》。

与客谈徐武功事感赋①

岳飞谋反,其事莫须有;不杀于谦,此举为无名②。三百年中两妖鸟,秦会之后徐有贞③。同罪者谁?御史王文④。同功者谁?将军石亨⑤。前日议南迁,今日议夺门⑥。武功武功,尔亦腼然人,甘与分尸之桧万年遗臭独何心⑦!宋少保,明少保,栖霞山色至今好⑧。两家祠墓岿然存,秦徐残骨贱如草。东窗饶舌莫嗔司晨鸡,此时并无长舌妻⑨。(《晚晴簃诗汇》卷一七四)

【注释】

① 徐武功事:指徐诬告杀害于谦、王文等事。徐武功,徐有贞的官称。见徐有贞诗简介。徐因谋划帮助英宗复位,封武功伯兼华盖殿大学士,掌文渊阁事。

② 于谦:见于谦诗简介。于谦在土木堡之变中挽救了大明王朝,是一大功臣。徐有贞久与于谦结怨。天顺元年(1457),英宗复辟后,徐有贞诬陷于谦谋反,意欲迎立襄王世子,唆使百官上奏。英宗本无意杀于谦,回复说"谦实有功"。徐说"不杀于谦,此事无名"(指复辟师出无名)。英宗无奈,只好下令收押。狱中,有人说于谦谋反查无实据。于谦自己也说"召藩王非金符不可,符藏内府,岂外庭所能得",很好地击碎了徐的诬陷。徐却说"虽无显迹,意有之"。正是这句话,杀了一代忠臣,也成就了徐有贞的千古骂名。事见《明史·于谦传》。

③ 妖鸟:对坏人的詈称。鸟(diǎo),人、畜的雄性生殖器。两妖鸟指秦桧和徐有贞。秦会之,秦桧字会之。

④ 同罪者谁:和于谦同罪的人是谁?王文:字千之,初名强,明束鹿(今河北辛集市)人。永乐十九年(1421)进士,授监察御史。英宗即位,迁陕西按察使。正统初,进右、左都御使。景泰三年(1452),改吏部尚书,兼翰林院学士,入直文渊阁,二品大臣入阁自文始。后累进少保、东阁大学士,再迁谨身殿大学士。英宗复辟,言官劾王文与于谦等谋立外藩,命鞫于廷,按问无迹。与谦同斩于市。成化初复官,谥毅愍。《明史》有传。

⑤ 同功者谁:与徐有贞同功的人是谁？石亨（？—1460）:明渭南（今陕西渭南市）人。嗣父职，为宽河卫指挥佥事。正统中累迁都督同知。也先寇大同，兵败，单骑奔还。降官，募兵自效。以于谦荐诏掌五军大营，进右都督，封武清伯，论功进侯。为感激于谦的知遇之恩，请求封谦子于冕，于谦斥为徇私，竟与谦交恶。代宗病重，遂与徐有贞、曹吉祥等迎英宗复辟，因私憾杀于谦等。又数兴大狱，培植党羽，尽揽大权，干预政事。帝见亨骄奢淫逸，罢其职。后又以其侄石彪不轨，下诏狱，坐谋叛律斩，没其家资。《明史》有传。

⑥ 议南迁:土木堡之变后，徐有贞首倡国都南迁，受到抗战派于谦等的强烈反对。夺门:正统十四年（1449）英宗为瓦剌军掳去，兵部尚书于谦等拥英宗弟朱祁钰为帝（景帝），遥尊英宗为太上皇，组织抵抗瓦剌。英宗于次年被释归京，景泰八年（1457）发动政变，夺取宫门，登奉天殿复位，废景帝，改元天顺。史称"夺门之变"。

⑦ 腆然人:厚颜无耻的人。腆然，厚颜貌。《宋书·徐湛之传》:"而腆然视息，忍此余生，实非苟吝微命，假延漏刻。"分尸之桧:指岳飞墓祠的分尸桧。

⑧ 宋少保:指岳飞。明少保:指于谦。二人墓都在杭州。岳飞墓在栖霞岭下，于谦墓在三台山麓。此以栖霞山色代指杭州二忠墓的山色。

⑨ "东窗"二句:不要责怪秦桧杀害岳飞是因为王氏在东窗下多嘴，徐有贞杀害于谦和王文时并没有妇人参与。东窗，见杨维桢《岳王行》注⑭。饶舌，多嘴。嗔，责怪。司晨鸡，旧时贬喻女性掌权，所谓阴阳倒置，将导致家破国亡。见盛大士诗注⑭。长舌妻，指秦桧之妻王氏。

王鹏运

王鹏运（1848—1904），字佑遐，一字幼霞，自号半塘老人，晚年又号鹜翁、半塘，清末临桂（今广西桂林市）人。同治九年（1870）举人。历官礼科掌印给事中。支持并参与康有为的改良主义运动，康未受知于光绪帝之前，奏折多由其代上。后离京南下，寓扬州，主仪董学堂，并执教于上海南洋公学。有《半塘词稿》。

满江红·朱仙镇谒岳鄂王祠敬赋

风帽尘衫,重拜倒、朱仙祠下①。尚仿佛、英灵接处,神游如乍②。往事低徊风雨疾,新愁黯淡江河下③。更何堪、雪涕读题诗,残碑打④。黄龙指,金牌亚;旌旆影,沧桑话⑤。对苍烟落日,似闻叱咤⑥。气詟蛟鼍澜欲挽,悲生笳鼓民欲社⑦。抚长松、郁律认南枝,寒涛泻⑧。(《半塘词稿》卷二)

【注释】

① 风帽尘衫:互文,犹风尘衫帽。形容旅途奔波,衣帽沾满风沙尘土。朱仙祠:朱仙镇岳鄂王祠。

② 仿佛:似有若无貌,隐隐约约貌。英灵接处:与岳飞的英魂会合时。神游:谓形体不动而心神向往,如亲游其境。如乍:像刚刚开始。

③ 低徊:回味,留恋地回顾。风雨疾:喻社会动荡混乱。黯淡:形容心情沉重。江河下:寓有清朝危机四伏,江河日下意。

④ 雪涕:擦拭眼泪。雪,擦净,揩干。题诗:指游人所题写的诗句。残碑打:风雨不断地打在残旧的石碑上。

⑤ "黄龙指"四句:正当岳家军直指黄龙府,十二金牌从上压下,从此北伐成为历史的旧话。亚,压,低压。旌旆,亦作"旆旌",泛指旗帜。《诗·小雅·车攻》:"萧萧马鸣,悠悠旆旌。"这里指岳家军北伐的军旗。代指北伐。沧桑,沧海桑田的变迁。话,谈论。

⑥ 苍烟:苍茫的云雾。叱咤(chìzhà):怒喝。《史记·淮阴侯列传》:"项王喑恶叱咤,千人皆废。"司马贞索隐:"叱咤,发怒声。"

⑦ "气詟"二句:岳飞豪气震慑强敌,企图力挽狂澜,然而却功败身死,老百姓冒着纷飞的战火还来祭祀英雄。詟(zhé),震慑。蛟鼍(tuó),水中凶猛的龙、鳄类动物。喻凶恶的敌人。笳鼓,笳声与鼓声。借指军乐。社,祭祀土神。此取祭祀义。

⑧ 长松:高松。郁律:形容心绪波动。寒涛:寒冷的波涛。泻:指波涛奔流直下。作者自注:"道光季年,河决开封,举镇惟岳祠无恙。"

杨深秀

杨深秀(1849—1898),原名毓秀,字漪村,又号苨苨(nǐ nǐ)子,清末闻喜(今山西闻喜县)人。光绪十五年(1889)进士。历官至御史。清末维新志士、"戊戌六君子"之一。有《雪虚声堂诗钞》。《清史稿》有传。

汤阴夜过未能瞻礼岳祠用店壁书意①

直抵黄龙奏凯歌,金牌不受奈君何②?太行无限英雄骨,化石犹然望渡河③。

五国城中望眼枯,罪臣归骨竟西湖④。他年把臂于忠肃,羡尔功成始受诛⑤。

又见金陀撰稡编,忠臣子孝更孙贤。颇闻近有汤阴岳,杀马不驮秦磵泉⑥。(《雪虚声堂诗钞》卷一)

【注释】

① 诗题意思是:夜过汤阴,没能够瞻仰礼拜岳飞庙,用旅店墙壁上所书写诗的诗意而作。

② "金牌"句:岳飞如果不接受金牌诏命又能把您怎么样呢?

③ "太行"二句:太行山之石皆无数英雄白骨所化,即使化作石头仍然希望渡河作战。

④ 罪臣:得罪之臣。指岳飞。归骨:犹归葬。《左传·成公三年》:"以君之灵,累臣得归骨于晋。"

⑤ "他年"二句:岳飞日后与于谦把臂相会,他会羡慕于谦击退瓦剌军、迎归英宗大功告成才被杀。

⑥ "颇闻"二句:作者原注:"相传秦大士公车至汤阴不谒岳王庙,骡夫问曰:'君秦氏乎,余岳姓,余马不□送君矣。'秦呵斥之,乃自杀其马于路,秦不得已,别赁乘而行。"按,秦大士(1715—1777),字鲁一,又字鉴泉,号涧泉(或作磵泉),又号秋田老人,清江宁(今江苏南京市)人。乾隆十七年(1752)文武双科状元,官至侍读学士。名儒硕德,名重

一时，诗、书、画称三绝。

皮锡瑞

皮锡瑞（1850—1908），字鹿门，一字麓云，清末善化（今湖南长沙市）人。光绪九年（1883）举人。三应礼部试未中，遂潜心讲学著书。尝任京师大学堂经学教习，归而著书以老。博贯群经，创通大义，今文经学，造诣尤深。所撰二十余种，百余卷，计数十万言。诗文集有《师伏堂遗书》。

岳忠武墓 （四首选二）

宋室黄袍后，由来忌战功①。贻谋至臣构，怀慝类湘东②。不洒攀龙泪，先藏射鸟弓③。煌煌壁上诏，岂不识英雄④。

锦绣西湖地，君王误此间。至今埋碧血，余愤撼青山。扰攘龙犹战，凄凉鹤不还⑤。栖霞兵火后，凭吊有余潸⑥。（《师伏堂诗草》卷一）

【注释】

① 宋室黄袍后：宋朝皇室自从赵匡胤黄袍加身当上皇帝以后。黄袍，也称龙袍，古代皇帝的袍服。五代后周赵匡胤在陈桥兵变，诸将给他披上黄袍，拥立为帝。《宋史·太祖本纪》："诸校露刃列于庭曰：'诸军无主，愿策太尉为天子。'未及对，有以黄衣加太祖身，众皆罗拜呼万岁。"由来忌战功：因赵匡胤本为后周大将，而取代后周建立宋朝，所以，宋朝历代皇帝对立有战功的大将心存猜忌和戒备。

② 贻谋：《诗·大雅·文王有声》："诒厥孙谋，以燕翼子。"诒，"通贻"。后以"贻谋"指父祖对子孙的训诲。怀慝类湘东：像梁湘东王萧绎一样居心叵测。怀慝，心怀恶念。慝（tè），奸邪，邪恶。湘东，梁元帝萧绎，梁武帝萧衍第七子，初封湘东郡王。在侯景之乱中，他拥具实力却坐观国祸不理，暗藏私心，首先残忍地将对他登基为帝构成威胁的兄弟子侄逐个消灭，等到老父亲梁武帝被外贼活活饿死之后才发兵勤王。萧绎剪除兄弟的目的达到后，便在江陵即位称帝。年号承圣。承圣三年九月西魏宇文泰派于

谨、宇文护率军五万南攻江陵。十一月城陷，萧绎被俘遭害。次年其子萧方智在建康称帝，追尊为元帝。见《梁书·元帝纪》。

③ 不洒攀龙泪：不为父亲徽宗死在五国城流泪。攀龙，攀龙髯。传说黄帝铸鼎于荆山下，鼎成，有龙下迎，黄帝乘之升天，群臣后宫从上者七十余人。余小臣不得上龙身，乃持龙髯，而龙髯拔落，并堕黄帝之弓。百姓遂抱其弓与龙髯而号哭。事见《史记·封禅书》。后用为追随皇帝或哀悼皇帝去世的典故。先藏射鸟弓：却先杀害抗金有功的大将岳飞。此句用"飞鸟尽，良弓藏"意。

④ 煌煌壁上诏：岳飞墓庙有宋高宗赐岳飞的诏书镶于墙壁。煌煌，昭彰，醒目。清龚自珍《古史钩沉论二》："孔壁既彰，蚪斗煌煌。"岂不识英雄：（从诏书内容来看）怎能说宋高宗不了解英雄岳飞。

⑤ 扰攘龙犹战：扰扰攘攘的战争还在进行。扰攘，混乱，骚乱。《汉书·律历志上》："战国扰攘，秦兼天下。"龙战，本谓阴阳二气交战。《易·坤》："上六，龙战于野，其血玄黄。"后遂以喻群雄争夺天下。凄凉鹤不还：谓岳飞凄凉的忠魂不回到故国。暗用丁令威故事，参见林泉生诗注④。

⑥ 兵火：犹战火。余渍：没流完的眼泪。渍，流泪貌。

陈夔龙

陈夔龙（1857—1948），字筱石、小石，号庸庵，清末民国贵阳（今贵州贵阳市）人。光绪十二年（1886）进士。官至直隶总督兼北洋通商大臣。辛亥革命后，寓居上海。

风波亭

牍背书成意未堪，如公忠孝两无惭①。桧阴蔽日心输北，柏树经霜指向南②。渡马王愁城借一，骑驴客叹狱成三③。莫言江上风波恶，涅字当年血泪含④。（《松涛堂诗钞》卷七）

【注释】

① 牍背书成：意谓冤案炮制成功。参见薛季宣诗注②。谓岳飞遭受冤

狱。**意未堪**:内心不可忍受。**两无惭**:谓于忠于孝都无愧。

② **"桧阴"二句**:上句喻秦桧权力遮蔽皇帝而向金人输纳诚心,下句喻岳飞虽经历艰难考验心仍向着南宋故国。输,送给,献纳。

③ **渡马王**:指泥马渡河的康王赵构。**城借一**:"背城借一"之省。背对城墙与敌决一死战。指与敌人作最后决斗。《左传·成公二年》:"请收合余烬,背城借一。"杜预注:"欲于城下,复借一战。"此批判宋高宗不能背城一战。**骑驴客**:指韩世忠。**狱成三**:谓冤狱成于"莫须有"三字。

④ **江上风波恶**:清褚人获《坚瓠集》卷一:"《金山志》载岳武穆班师过金山寺,禅师道月劝之勿赴阙,武穆不听。道月遗以诗云:'风波亭下水滔滔,千万坚心把柁牢。只恐同行人意歹,将身推落在深涛。'武穆至临安,被贼桧诬陷击大理狱,有亭扁曰风波,始悟诗意,悔不从其言。""**涅字"句**:想想岳飞当年背刺"尽忠报国"令人眼含血泪。

丘逢甲

丘逢甲(1864—1912),字仙根,又字吉甫,号蛰庵、仲阏等,祖籍嘉应镇平(今广东蕉岭),生于台湾。光绪十五年(1889)进士。授工部主事。因无意在京做官,返台从事教育。《马关条约》签订后,任义勇军统领誓死保台。事败,内渡广东,首任兴民中学校长。后被选为中华民国临时政府代表。

题岳忠武王书前后出师表石刻

一堂坐对两忠武,两表纵横一指麾①。故国惜无诸葛相,大书留刻卧龙祠②。英雄涕泪偏安局,金石文章异代师③。万古云霄开卷见,外家吾愧是孙枝④。(《岭云海日楼诗钞》卷一三)

【注释】

① **一堂坐对**:相对而坐于同一殿宇。《说文》:"堂,殿也。"段注:"古曰堂,汉以后曰殿。古上下皆称堂,汉上下皆称殿。至唐以后,人臣无有称殿者矣。"**两忠武**:诸葛亮和岳飞都谥"忠武"。**"两表"句**:谓前后

《出师表》的撰写和书写一样雄健奔放。岳飞手书前后《出师表》系伪作，见吴清鹏诗注②。纵横，雄健奔放。唐杜甫《戏为六绝句》之一："庾信文章老更成，凌云健笔意纵横。"一指麾，同样挥毫书写。一，同样。指麾，犹挥指，意谓挥毫。

② "故国"二句：可惜南宋没有诸葛亮这样的贤相，岳飞用大字书写的前后《出师表》留在卧龙祠内。卧龙祠，即诸葛亮庙。诸葛亮号卧龙。故称。

③ "英雄"句：两位英雄都同样为朝廷偏安一隅而悲哭。金石文章：常用以比喻诗文音调铿锵，文辞优美，有金石之声。异代师：后代人学习的楷模。

④ 万古云霄：唐杜甫《咏怀古迹》诗称颂诸葛亮是"万古云霄一羽毛"。开卷见：打开他的《出师表》阅读就可看出。"外家"句：我惭愧是岳飞的外家后代。作者原注："先祖创兆公曾参文信国军事，娶于岳，固忠武王曾孙女也。"孙枝，从树干上长出的新枝。喻孙辈，后代。

徐自华

徐自华（1873—1935），女，字寄尘，号忏慧，清末民国崇德（今浙江桐乡市）人。曾任湖州浔溪女学校长。与秋瑾结为莫逆，经秋瑾介绍，秘密加入光复会和同盟会。倾力资助秋瑾创办《中国女报》和组织光复军起义。秋瑾就义后，冒死将其营葬于西泠桥畔。后与其妹徐小淑同参加南社，是南社著名的女诗人。有《忏慧词》《听竹楼诗稿》等。

谒岳王坟

狱成三字了英雄①，坟在栖霞第几峰？半壁江山埋碧血，一生功业痛黄龙②。饥餐胡虏悲歌壮，念切君仇怒发冲③。宰木至今无北向，空怜顽铁铸奸凶④。（《南社丛刻》第二集）

【注释】

① "狱成"句："莫须有"三字冤狱结束了英雄的性命。了，了却，

结束。

② 碧血：英烈的忠血。痛黄龙：痛恨未能实现痛饮黄龙府的志向。

③ 饥餐胡虏：岳飞《满江红》词有"壮士饥餐胡虏肉"句。念切：深切惦念。怒发冲：岳飞《满江红》词："怒发冲冠，凭栏处，潇潇雨歇。"

④ 宰木：坟墓上的树。无北向：意谓树枝全部向南伸展。顽铁：坚硬冥顽的铁。奸凶：指奸诈凶恶的人。

高　旭

高旭（1877—1925），字天梅，号剑公，别号钝剑、汉剑，又署名慧云、哀蝉等，清末民国金山（今上海市金山区）人。早年倾向维新变法，后转向支持革命。光绪三十年（1904）留学日本，加入同盟会，任江苏分会会长。与陈去病、柳亚子一起创立南社。1923年因参与曹锟贿选，声名不保。诗文由其弟高基编为《天梅遗集》。

禾城西门外拜岳王祠①

撼岳难，撼山易，可怜天生侄皇帝，千古英雄为短气②。撼山易，撼岳难，金牌十二师召还，一朝沦没旧河山③。河山歌舞，花柳惨凄。大地春光，草长莺飞。城郭犹是，人民已非④。我生不辰，慨歌式微⑤。式微式微予心恫，魑魅啖人飞血红。神州陆沉恨无穷⑥。啾啾旻天何不吊⑦？朝廷更比当年小。移山至竟有愚公，填海岂真无精鸟⑧？招王魂兮归去来，呼王灵兮激怒雷⑨。天柱折兮地维裂，英雄只手终当回⑩。吁嗟我王竟冤死，死不沙场乃西市⑪。何如粤王台下之鬼雄，为猿为鹤为沙虫⑫。霹雳一声光熊熊，精气化作长空虹⑬。我王意气雄于虎，在天有灵曷弗助⑭？任他齐上断头台，何年直捣黄龙府⑮？竭来此地拜王祠，肝裂肠摧神欲痴⑯。来日大难尽灰劫，时危更觉非当时⑰。（《高旭集》卷六）

【注释】

① 禾城：浙江嘉兴的别称。嘉兴建城于三国吴国黄龙元年（229），当年因为此地禾苗长势喜人，于是名为禾兴，后又叫嘉禾。为避吴国太子孙和

讳再改为嘉兴。此诗作于1911年，时当黄花岗起义失败。

② **侄皇帝**：北汉刘崇曾向辽主称"侄皇帝"。借指宋高宗赵构。**为短气**：为之灰心丧气。短气，灰心丧气。

③ **沦没**：犹沦陷。《南史·谢晦传》："武帝闻咸阳沦没，欲复北伐。"

④ **"河山"六句**：谓风景依旧，社会已发生巨大变化。前四句取南朝梁丘迟《与陈伯之书》中"暮春三月，江南草长，杂花生树，群莺乱飞"句意，有"以乐景写哀，以哀景写乐，一倍其哀乐"之效。后二句参见林泉生诗注④。文天祥《过金陵驿》诗："山河风景原无异，城郭人民半已非。"

⑤ **"我生"二句**：我生不逢时，感慨悲歌国家衰微。不辰，不得其时。《诗·大雅·桑柔》："我生不辰，逢天僤怒。"式微，本义为天将暮。《诗·邶风·式微》："式微式微，胡不归。"引申为衰微、衰败。

⑥ **恫（dòng）**：恐惧。**魑魅**：古谓能害人的山泽之神怪。常喻指坏人或邪恶势力。**啖**：吃。**神州**：指中国。**陆沉**：比喻国土沦陷于敌手。见杨于庭诗注①。

⑦ **咄咄（duō duō）**：感叹声。表示责备或感慨。**旻天**：泛指天。《书·多士》："尔殷遗多士，弗吊旻天，大降丧于殷。"**不吊**：义同弗吊。谓不为天所哀悯庇佑。吊，悲悯。

⑧ **"移山"句**：愚公最终能将大山移走。愚公移山，古代寓言。见《列子·汤问》。后用为知难而进，有志竟成的典故。**精鸟**：精卫鸟。古代神话中鸟名。用以比喻有仇恨而志在必报，或意志执着的人。

⑨ **归去来**：回去。来，语助词。晋陶潜有《归去来兮辞》。**激怒雷**：激起气势强盛的雷。怒，气势盛壮而不可遏止。

⑩ **天柱**：古代神话中的支天之柱。**地维**：维系大地的绳子。古人以为天圆地方，天有九柱支持，地有四维系缀。《淮南子·坠形训》："昔者共工与颛顼争为帝，怒而触不周之山，天柱折，地维绝。"**只手**：喻指一人之力，独力。**回**：回天，挽回。

⑪ **吁嗟**：感叹词，表示惋惜。**"死不"句**：不死在战场却死在刑场。西市，明清时北京处决死囚的刑场。在今菜市口。

⑫ "粤王台下"句：指广州黄花岗起义的烈士。1911年4月，同盟会领导的起义在广州发动，进攻两广总督署，事败。后有人收得此役死难者遗骸七十二具，合葬于黄花岗，史称"黄花岗七十二烈士"。粤王台，即越王台。在广州市北越秀山上，相传为西汉时南越王赵佗所筑。此以粤王台代指黄花岗。鬼雄，鬼中之雄杰。用以誉为国捐躯者。《楚辞·九歌·国殇》："身既死兮神以灵，子魂魄兮为鬼雄。""为猿"句：见查揆《岳武穆王金䂀歌》注㉗。

⑬ "霹雳"二句：黄花岗起义如一声暴雷电光闪耀，烈士的浩然之气化作长空的彩虹。熊熊，光焰旺盛貌。精气，阴阳精灵之气。古谓天地间万物皆秉之以生。《易·系辞上》："精气为物，游魂为变。"

⑭ 意气：志向与气概。宋叶绍翁《四朝闻见录·岳侯追封》："意气如祖豫州，而誓清冀朔。"曷弗助：为什么不对辛亥革命烈士予以帮助？

⑮ 断头台：执行斩刑的台，台上竖立木架，装着可以升降的铡刀。黄龙府：借指满清统治者的老巢。

⑯ 揭（qiè）来：犹言来，归来，来到。《文选·陆机〈吊魏武帝文〉》："咏归涂以反旆，登崤渑而揭来。"吕延济注："揭来，言归去来也。""肝裂"句：肝肠断裂精神几乎痴狂。形容极度悲伤。

⑰ "来日"二句：将来中国将经历很大的灾难，人们会感到时势比岳飞当时更加危急。灰劫，同劫灰，经历劫火后的余灰。指劫难。

柳亚子

柳亚子（1887—1958），原名慰高，字安如；后改名人权，字亚庐；又改名弃疾，号亚子，吴江（今苏州市吴江区）人。1906年加入同盟会和光复会。1909年创办南社，任社长。1924年加入中国国民党，任孙中山总统府秘书、上海通志馆馆长、中国国民党中央监察委员。新中国成立后，任中央人民政府委员、全国人大常委会委员。著有《磨剑室诗集》《磨剑室词集》《磨剑室文集》等。

西湖岳王冢①

自坏长城奈汝何！黄龙有约恨蹉跎②。无愁天子朝廷小③，痛哭遗民涕泪多。草木不欣胡日月，风云犹壮汉山河④。秋坟一例成冤狱，可许长松附女萝⑤？（《柳亚子诗词选》）

【注释】

① 此诗作于1907年。诗借吊古而实伤时。

② 奈汝何：拿你怎么办。汝，你，指宋高宗。恨蹉跎：遗恨失去直抵黄龙府的时机。蹉跎，失时。北魏贾思勰《齐民要术·种胡荽》："蹉跎失机，则不得矣。"

③ 无愁天子：古对北齐失国昏君后主高纬的讥称。《北齐书·幼主纪》："（后主高纬）乃益骄纵，盛为《无愁》之曲，帝自弹琵琶而唱之，侍和之者以百数。人间谓之无愁天子。"借指宋高宗。朝廷小：小朝廷。指偏安一隅的政权。

④ 欣：快乐，喜欢。胡日月：金人的统治。也借指满族的统治。风云：比喻雄韬大略或高情远志。《文选·沈约〈齐故安陆昭王碑文〉》："气蕴风云，身负日月。"李善注："贤者有风云之智，故吐文万牒。"汉山河：指中国的山河。

⑤ 秋坟：秋天的坟墓。泛指坟墓。此特指为推翻朝清统治而牺牲的革命者秋瑾的坟墓。秋瑾于1907年就义。语出唐李贺《秋来》诗："秋坟鬼唱鲍家诗，恨血千年土中碧。"姚燮集注引钱饮光曰："鲍家诗指明远（鲍照）《蒿里行》，如诗到情真之处，鬼亦能唱。"一例：一律，同样。长松附女萝：暗喻秋瑾追随岳飞于地下。步先烈的后尘。长松，犹高松。女萝，见阮葵生诗注⑧。

后记

　　笔者广泛搜求汇辑前人歌咏岳飞的作品2400余篇，成《宋元明清咏岳飞广辑》一书。遗憾的是限于篇幅无法一一详注。在汇辑过程中，我对其中上千篇作品曾尝试作了注释，兹从中选出400余篇以成本书。其实，不少作品题旨大同小异，不少词语、典故反复运用，也无须篇篇作注。至于那些文质兼美，而读者自能理解和欣赏的作品，更无须作为选注对象。但是，有些咏史的作品或大量运用事典，或寓意含蓄隐晦，或语序颠倒、成分省略颇多，不注则难以深刻理解其意，注释又是必要的。本书旨在通过一些典范篇章的注释，既帮助读者理解本篇，又能够用于理解《宋元明清咏岳飞广辑》一书中其他作品。同时，由于作品中涉及不少与岳飞事迹相关的人、事、地、物，希望通过注释有助于读者更全面地了解岳飞及其当时的社会，感受世世代代歌咏不绝的民族正气，进而转化为促进社会进步的精神力量。但这只是主观期许，由于笔者学植浅疏，天生愚钝，加之资料不足，诚知力难从心。特别是有的诗歌中运用了许多野史、笔记中的逸事、僻典，令人很费索解。强解、曲解、误解之处，在所难免，恳望方家和同好者不吝赐正。

　　在注释过程中，我的恩师、已88岁的张大猷先生给予了极大的支持与帮助。每隔一段时间，我就将新近辑录到的诗歌作品和注释送给先生，先生总是很认真地审阅，或订正，或补充，或指出需要查阅的资料。有时为了怕我看不清楚，还要重新抄写。此书成稿后，先生虽目力不济，犹通读了全稿。此书饱含着先生的不少心血。

我与著名宋史专家王曾瑜教授素昧平生，然心仪既久。书稿初成，我不揣冒昧地呈送先生，先生在百忙中通读了全稿，提出宝贵的指导意见，大到史料的运用，小到文字、标点的正误，在原稿上作了许多批注和指正。不仅慨然赐序，还热心帮助联系和推荐出版事宜，令我万分感激。

感谢中州古籍出版社社长张存威先生慧眼卓识，将拙著选报为国家出版基金资助项目并获成功，中国社会科学院文学研究所的陶文鹏教授在专家推荐意见中对本书予以高度而中肯的评价。国家出版基金是一审查颇为严格而不易获得资助的项目，在半年多漫长的等待中，我的自信确实被消磨得所剩无几。初闻评审通过，百味杂陈，即兴感赋一律：

望雨槁禾梦欲枯，殷雷一震庆昭苏。
劳形自愧斫轮拙，呕血谁怜刻楮劬。
痛哭卞和哀一璞，盛誉皇甫序三都。
明朝寰宇诵声朗，浩气昂昂追远模。

许多同事和朋友对本书的写作和出版给予多方面的帮助，不及一一称名。我的家人也给我提供了安定的写作环境和充分的时间保证。即此付梓之际，向所有对本书关心和帮助过的人并致由衷的谢忱。

傅炳熙
2014年3月记于安阳师范学院